HEYNE
BÜCHER

D1729939

OLIVIA MANNING

AUF NEUEN WEGEN

Roman

Deutsche Erstausgabe

WILHELM HEYNE VERLAG
MÜNCHEN

HEYNE ALLGEMEINE REIHE
Nr. 01/8079

Titel der Originalausgabe
THE LEVANT TRILOGY (Teil II und Teil III)
Niederlage und Sieg/The Battle Lost and Won
Die Summe aller Dinge/The Sum of Things
Aus dem Englischen übersetzt
von Norbert Treuheit, Gottfried Röckelein, Klaus Kemnitz

Teil I ist bereits in dem Heyne-Taschenbuch
»Wie Blätter im Wind« (Nr. 01/8058) erschienen.

Für Parvin und Michael Laurence

Inhalt

Teil V

NIEDERLAGE UND SIEG

1

Auf seinem Weg nach Kairo, wo Simon Boulderstone Urlaub machen wollte, kam er an den Pyramiden von Gizeh vorbei, als diese gerade im Dunst der Mittagshitze lagen. Beim ersten Mal hatte ihn das Weltwunder mit Staunen erfüllt. Jetzt gab es keine Wunder mehr in der Welt. Sein Bruder Hugo war gefallen. Vor ein paar Stunden, noch vor Tagesanbruch war Hugo im Niemandsland verblutet.

Simon hatte auf der Küstenstraße östlich von El Alamein einen Lastwagen angehalten, war als einziger Passagier auf der Ladefläche gelegen und hatte sich in den Schlaf geweint. Nun aber würde er den beiden Soldaten im Führerhaus gegenübertreten müssen, und er versuchte, die Spuren seiner Tränen wegzuwischen, was ihm aber nicht sehr gut gelang. Der Lastwagen hielt am Rand von Mena House. Der Fahrer stieg aus, ging um den LKW herum, sah Simon an und sagte dann: »Sie haben einen Sonnenbrand, Sir«, als ob sie während der langen Sommermonate nicht alle in der Sonne geschmort hätten.

»Wollen Sie zu einer bestimmten Adresse, Sir?«

»Zu einem billigen Hotel, wenn Sie eines wissen.«

Der Fahrer schlug das International vor, und Simon sagte: »Prima. Wenn Sie mich dort absetzen könnten.« Sie fuhren weiter, durch die Vorstädte in das Zentrum von Kairo, wo der LKW wieder anhielt. Sie waren auf einem modernen Midan, einem Platz, an dem drei kleine Straßen zusammentrafen und wo die alten Häuser gerade abgerissen und durch Betonblocks ersetzt wurden. Einer dieser Blocks war das International, und es vermittelte die schmucklose Ausstrahlung des Billigen.

Er warf sein Gepäck auf den Boden, dankte den beiden Soldaten und sprang dann selbst hinunter. Er stand in dem blendend hellen Licht auf dem Gehsteig, wie in Trance, so daß ihn der Fahrer fragte: »Alles in Ordnung, Sir?«

Simon nickte, und der LKW fuhr weiter. Mitten auf dem Midan alleingelassen, betrachtete er eine Palme, die aus einer aschenfarbenen, sandigen Einbettung herauswuchs. Während er sie so ansah, löste sie bei ihm einen außergewöhnlich heftigen Schmerz aus, so daß er sich einige Minuten lang nicht rühren konnte, Hugo vergaß und sein ganzes Elend auf diese einzelne Palme konzentrierte. Aus ihrer Höhe und der Länge ihrer Wedel konnte er schließen, daß es ein alter Baum war, der zu Zeiten seines Wachstums bessere Tage gesehen hatte. Da er ihn jetzt von Gebäuden umzingelt sah, eingesperrt wie einen Vogel in einem zu kleinen Käfig, verspürte Simon ein schmerzhaftes Mitgefühl für ihn, obwohl der Baum selbst keinerlei Anzeichen von Entbehrung offenbarte. Ein Mensch in einer vergleichbaren Situation würde beständig sein Unglück bejammern, doch der Baum schwankte im heißen Wind und spreizte seine Wedel, als ob er sich an der Luft und an dem Licht erfreuen würde, sofern diese ihn erreichten.

Da er fühlte, wie ihm wieder die Tränen kamen, sagte er laut: »Werde ich verrückt, oder was?« und nahm sein Gepäck auf.

Das Hotel hatte die Fensterläden gegen die Sonne geschlossen und sah leer aus, doch in der Halle gab es einen Angestellten, der gelangweilt die gläsernen Eingangstüren anstarrte. Simons Anblick belebte ihn: »Ja, bitte? Du wollen Zimmer? Du wollen baden?«

Simon, von der Sonne ausgedörrt, schweißdurchnäßt, unrasiert, Haare und Augen voller Sand, hatte ein Bad nötig, obwohl er bei der Tiefe seines Schmerzes keinerlei Bedürfnisse verspürte. Er wurde nach oben zu einem kleinen Zimmer geführt, dessen Bad so eng war, daß die Wanne hineinpaßte wie ein Fuß in einen Schuh. Er ließ die Wanne vollaufen und lag dann wie im Koma in dem lauwarmen Wasser, bis er hörte, daß das Hotel zum Leben erwachte.

Durch sein Schlafzimmerfenster konnte er sehen, daß sich das staubige Safrangelb des Nachmittags zum Ockerbraun des frühen Abends verdunkelt hatte. Zwar hatte er in seiner Verlassenheit das Gefühl, die Zeit habe sich gedehnt, doch war es immer noch der Tag, an dem Hugo gestorben war. Wie sollte er bei diesem Schneckentempo den Rest seines Lebens ertragen? Wie sollte er auch nur die vor ihm liegende Woche überstehen?

Er betrachtete sich in seinem Rasierspiegel und erwartete, sich gramzerfurcht zu sehen. Aber das Gesicht, das ihn anschaute, war immer noch ein sehr junges Gesicht, von der Sonne verbrannt, vom Wüstenwind leicht ausgetrocknet, aber unberührt vom Leid des Tages.

Er war zwanzig Jahre alt. Hugo war ein Jahr älter gewesen, und sie sahen einander ähnlich wie Zwillinge. Als er sich vorstellte, wie Hugos toter Körper sich im Sand zersetzte, verspürte er einen Anfall zorniger Auflehnung gegen diesen frühen Tod, und dann dachte er an die, die mit ihm zusammen leiden mußten: seine Eltern, seine Verwandten und das Mädchen Edwina, die in seiner Vorstellung Hugos Mädchen war. Er hatte Edwina getroffen, als er zum ersten Mal nach Kairo gekommen war, und seine Stimmung hellte sich ein wenig auf, als ihm einfiel, daß er ja jetzt einen guten Grund hatte, sie wiederzusehen.

Da er nun wußte, wohin er gehen und was er tun konnte, rasierte er sich, zog sich sorgfältig an und ging hinaus auf die Straßen, die wie ausgestorben in dem heißen, staubigen und zu Ende gehenden Sommer lagen.

Die Büroangestellten kehrten gerade nach ihrer Siesta an ihre Arbeitsplätze zurück. Sie verstopften die Straßenbahnen und hingen in Trauben an jeder Wagentür, während alle Taxis mit den höheren Beamten besetzt waren. Simon fand eine leere Gharry, eine Art Pferdedroschke, doch die kam in dem Verkehr so langsam voran, daß er zu Fuß schneller gewesen wäre.

Die Hitze hing wie ein Nebel in der Luft, wie ein vom Licht der untergehenden Sonne kupferrot gefärbter Nebel. Als sie zum Ufer hinunterkamen, war der Fluß, der sich in sanften Biegungen dahinwand und die Feluken zum Meer trug, wie glühendes Gold. Auf der Westseite waren die Pyramiden ins Blickfeld gekommen, schwarze Dreiecke, nicht größer als ein Daumennagel.

Zwischen den baufälligen Häusern von Garden City atmete Simon den abendlichen Duft von Jasmin und fühlte unwillkürlich eine Erregung, weil er angekommen war. Bevor er England verließ, hatte er einen Brief von Hugo erhalten, der ihm auftrug, in einem Geschäft im West End ein Parfum für Edwina zu kaufen. Das Parfum sollte mit der Diplomatenpost befördert werden, und der überängstliche Simon hatte es ins Auswärtige Amt gebracht, wo der junge Mann, der es in Empfang nahm, sagte: »Noch eine Liebesgabe für Miß Little?« Das Parfum trug den Namen *Gardenia,* aber Gardenien und Jasmin waren für Simon ein und dasselbe, und ganz Garden City war für ihn durchdrungen von der köstlichen Süße von Edwina Little.

Als die Gharry ihr Ziel erreicht hatte, schaute er zum Balkon der oberen Wohnung hinauf, halb in der Erwartung, Edwina immer noch dort stehen zu sehen, wo sie an jenem Tag gestanden hatte, an seinem zweiten Tag in Ägypten. Er dachte: »Arme Edwina, armes Mädchen!« Und irgendwie lag ein düsterer Trost in der Tatsache, daß auch sie unter dem gemeinsamen Verlust leiden würde.

In der Wohnung lebten mehrere Menschen. Eine von ihnen, eine junge Frau namens Harriet Pringle, war im Wohnzimmer, als er es betrat. Sie fuhr zusammen, sagte »Hugo?«, wußte aber, daß es nicht Hugo sein konnte.

»Nein, ich bin's, Simon...« Simons Stimme brach. Harriet gab ihm Zeit, sich wieder zu fangen, und sagte: »Ja, natürlich, Sie sind's, Simon. Erinnern Sie sich an mich? Wir sind zusammen die Große Pyramide hinaufgeklettert.«

Er konnte immer noch nicht sprechen, und Harriet, die die Ursache seines Kummers erahnte, nahm ihn am Arm und führte ihn zu einem Stuhl. Er setzte sich und zwinkerte mit den Augen, um die Tränen zurückzuhalten, die langsam, schmerzhaft und einzeln kamen, anders als bei dem heftigen Weinkrampf, der ihn auf der Ladefläche des Lastwagens überwältigt hatte. Er wischte sich mit dem Taschentuch über die Backen und entschuldigte sich für seine Schwäche.

»Ich wollte Edwina besuchen und ihr sagen... Hugo ist gefallen.«

Hassan, der Safragi, witterte dramatisches Geschehen und lugte hinter der Tür hervor. Harriet, die die Haushaltsführung übernommen hatte, befahl ihm, den Getränkewagen hereinzubringen. Während er ihn hereinschob, betrachtete er Simon mit verstohlener Neugier, und Harriet scheuchte ihn weg.

Sie gab Simon ein halbes Glas Whisky, und während er daran nippte, sprach er unbefangener: »Er war mit einer Patrouille draußen, um die Verwundeten aufzusammeln. Sie wurden alle getötet. Hugos Beine wurden abgerissen, und er verblutete. Sein Putzer fand ihn und blieb neben ihm sitzen, bis er starb. Wegen eines Sandsturms war es unmöglich, ihn zurückzubringen. Wäre sowieso zu spät gewesen. Er lag einfach da und verblutete.«

»Das tut mir leid.« Harriet tat es wirklich leid, aber sie war nicht schockiert. Als sie sich von Hugo bei seinem letzten Urlaub verabschiedet hatte, hatte ihr eine innere Stimme gesagt: »Er wird nicht wiederkommen. Er wird sterben.«

»Ich muß es Edwina sagen. Es ist schrecklich für sie.«

»Und für alle, die ihn kannten.«

»Aber für sie ganz besonders. Ich meine, sie war Hugos Freundin.«

Harriet entgegnete nichts, sondern schwieg eine Weile, stand dann auf und sagte: »Ich werde sie suchen.« Als sie durch die Vorhangtür ging, die zu den Schlafräumen führte, kam Edwina gerade aus dem Bad und hatte einen weißen Bademantel um die Schultern. Normalerweise arbeitete sie in der Britischen Botschaft, war aber mit einem Kater zu Hause geblieben, den sie Migräne nannte.

»Geht's dir besser?«

»Oh, viel besser.« Edwina lächelte Harriet an, mit einem belustigten, verschmitzten Lächeln. Wie schlimm auch immer ihr Kopfschmerz sein mochte, so war er doch nie so schlimm, daß sie am Abend nicht hätte ausgehen können. Während sie in ihr Zimmer eilte, sagte sie: »Komm mit und erzähl mir was, während ich mich anziehe. Peter muß gleich kommen.«

Sie stand nackt da, groß und wohlgeformt, die Haut glitzerte noch vom Bad, und sie tupfte sich trocken mit einer Quaste aus Schwanendaunen. Harriet schaute ihr zu, wie sie sich auf ihren Abend mit Peter vorbereitete, und sagte: »Edwina«, mit einem warnenden Unterton, der Edwina innehalten ließ. Sie sah Harriet verwundert an.

»Was ist los, Harriet?«

»Simon Boulderstone ist da.«

»Du meinst Hugo, oder?«

»Nein, es ist der Jüngere, Simon. Edwina, er bringt schlechte Nachrichten. Hugo ist gefallen.«

»O nein. Doch nicht Hugo! Was für ein Jammer. Wie mir das *leid* tut.« Edwina stand einen Augenblick lang nachdenklich und still da, schüttelte dann den Kopf mit Bedauern, ging hinüber zu ihrer Kommode, steckte die Hand in all die Satin-, Crêpe-de-Chine- und Spitzenunterwäsche und sagte dann erneut: »Das tut mir leid.« Doch ihre Aufmerksamkeit galt bereits anderen Dingen. Sie hatte Hugo gern gemocht, dennoch konnte sie ihn nicht beweinen.

»Edwina, hör zu! Simon lebt in der Vorstellung, daß du Hugos Freundin warst. Er erwartet, daß du vollkommen aus der Fassung geraten wirst.«

»Aber natürlich bin ich fassungslos. Hugo war einer der nettesten Jungs, die ich kannte – sanft, süß, großzügig. Wir sind prima miteinander ausgekommen und hatten uns bestens amüsiert, als er auf Urlaub da war. Ich mochte ihn wirklich gern.«

»Simon glaubt, du seist verliebt gewesen. Laß ihm den Glauben. Tu ihm nicht weh. Enttäusche ihn nicht.«

Edwina seufzte, zog einen Unterrock über den Kopf, ging zu Harriet hinüber, nahm Harriets Hände in ihre eigenen und sagte mit dünner, einschmeichelnder Stimme: »Darling, ich kann ihn jetzt nicht sehen, wo Peter jede Minute kommt. Sei ein Schatz. Sag ihm, ich bin im Büro. Bitte ihn, morgen wiederzukommen.«

»Er weiß, daß du da bist.«

Edwina seufzte wieder: »Was *soll* ich bloß machen?« Sie ließ Harriets Hände fallen und ging zum Schrank und nahm ein plissiertes Abendkleid heraus. Sie hängte es griffbereit an die Tür und schaute in den Spiegel: »O Gott – wie seh' ich bloß aus!«

Sie tönte Augen und Lippen, stieg in das Kleid, kehrte zur Kommode zurück, wählte dann aus einer langen Reihe von großen, dekorativen Parfumflaschen eine aus und sagte: »Ich glaube, das ist von ihm.« Sie hielt den Atem an und den Kopf zurück und versuchte, ihre Tränen zu unterdrücken. Während sie ihre Haut mit Parfum betupfte und damit den Gardenienduft im Zimmer verstärkte, murmelte sie: »Diese armen Jungs! Du triffst sie . . . du . . .« Es verschlug ihr den Atem und sie hielt inne.

»Du verliebst dich in sie?«

»Ja. Und dann geh'n sie wieder weg und werden umgebracht.«

Edwina legte ihre Zeigefinger unter die Wimpern, um die Feuchtigkeit zu entfernen, sagte: »Ach, Gott!«, schniefte, widmete Harriet ein klägliches Lächeln, das sowohl die Sinnlosigkeit von Kummer wie auch ihre eigene, unverbesserliche Oberflächlichkeit beinhaltete: »Was kann man da schon machen? Sich die Augen aus dem Kopf heulen? Was hätte das für einen Sinn?«

Möglicherweise hätte sie sich ihren Tränen hingegeben, hätte sie nicht Peter erwartet. Statt dessen sagte sie nervös: »So kann ich mich vor ihm nicht sehen lassen«, und fing an, ihr Make-up zu reparieren.

Harriet, die ihre Nervosität spürte, überlegte, wie wenig sicher sie sich doch Peter Lisdoonvarnas sein mußte, wenn sie es nicht wagte, Mitleid beim Tod eines jungen Mannes zu zeigen. Und schon gar nicht war Peter anfällig für Eifersucht. Sie wußte, daß er jede Andeutung von Zuneigung zu einem anderen Mann als Vorwand für seine eigenen Eskapaden nutzen würde.

»Wie seh' ich aus?«

Ein Luftstrom brachte den frischen Duft der Tamarisken in den parfumgeschwängerten Raum, streifte das weiße Kleid, das wie ein antikes Peplon von Edwinas breiten, braunen Schultern hing.

»Du siehst aus wie das Denkmal der Athene.«

»Oh, Harriet!« Edwina, die zwar eine Schönheit war, doch keine klassische Schönheit, lachte bei diesem Lob. Dann hörte sie Peters Schritte im Flur und legte erwartungsvoll die Hände zusammen. Er war ein breitgebauter, schwergewichtiger Mann, und der trockene Holzboden knackte unter seinem Gewicht. Ohne anzuklopfen riß er die Tür auf und fragte lautstark: »Was ist denn da draußen los? Da heult ein Kerl im Wohnzimmer rum!«

Harriet sagte: »Sein Bruder ist gerade gefallen.«

»Oh, verdammt!« Peter senkte zerknirscht seine Stimme: »Verdammtes Pech!« Sein großes Gesicht mit der Sattelnase und dem schwarzen Schnurrbart drückte soviel Betroffenheit aus, wie ein Soldat nach drei Jahren Wüstenkrieg nur empfinden konnte: »Der arme Teufel nimmt's schwer, was? Ich hätte ihm wenigstens ein paar Worte des Beileids sagen können.«

Peters Ton ließ seine Überzeugung erkennen, daß sein Beileid für einen normalen Sterblichen überdurchschnittlichen Trost bedeuten müsse, da er schließlich, wie jeder wußte oder nicht zu wissen vorgab, ein irischer Adeliger war. Bis Kriegsende waren Titel suspendiert, sehr zum Verdruß levantinischer Hauswirtinnen, die sie über alles liebten, und Peter nannte sich selbst Colonel Lisdoonvarna.

Nachdem er nun gebührenden Anteil an Simons Verfassung genommen hatte, sah er fröhlich auf: »Fertig, altes Mädchen? Ich habe auf dem Dachgarten des Continental einen Tisch reservieren lassen. Wie gefällt dir denn das?«

»Das weißt du doch ganz genau.«

Peter führte die zwei Frauen zum Wohnzimmer zurück, wo Simon untröstlich und einsam saß. Bei Edwinas Anblick sprang er auf und betrachtete sie mit einer Bewunderung, die für den Augenblick seinen Kummer übertraf.

Edwina ging zu ihm hinüber und sagte ruhig: »Oh, Simon, mir tut das so leid.« Simon hob die Hände voller Sehnsucht, sie zu berühren. Er schien sie in einer Umarmung gemeinsamen Leidens umfangen zu wollen, doch Peter trat nach vorne, schob sie auf die Seite, übernahm und dominierte die Situation mit Selbstverständlichkeit.

Brüsk sagte er zu Simon: »Tut mir leid zu hören, was da passiert ist, mein Junge. Ich weiß, wie Sie sich fühlen. Das haut einen eine Zeitlang um, aber mit solchen Sachen müssen wir alle fertig werden. So ist das nun mal im Krieg. Sie verbringen einen kleinen Urlaub bei uns?«

»Ich habe sieben Tage.«

»Wird Ihnen guttun. Prima. Ich habe einen Tisch zum Abendessen reservieren lassen, was bedeutet, daß wir jetzt los müssen, aber wir sehen uns hoffentlich bald wieder.«

Peter drehte sich schwungvoll um, legte eine besitzergreifende Hand auf Edwinas Schulter und sagte: »Auf geht's, altes Mädchen.«

Simon, dem klar wurde, welche Macht Peter über Edwina besaß, wandte sich ihr mit einem verwirrten und fragenden Gesichtsausdruck zu, der sie verunsicherte. Sie sagte: »Ich habe mein Taschentuch vergessen«, und rannte in ihr Zimmer zurück.

Peter wandte seine Aufmerksamkeit wieder Simon zu: »Wissen Sie, ich beneide Sie. Mich zieht's selbst an die Front zurück. Dieses Schreibstubendasein ist nichts für mich.«

Simon sah ihn einen Augenblick lang an und bemühte sich dann um eine Erwiderung: »Da, wo ich bin, würde es Ihnen kaum gefallen, Sir.« Er erklärte, daß seine Einheit zu ›Jocks Jägern‹ gehörte, einem Jagdverband, der im südlichen Frontabschnitt patrouillierte: »Die Kämpfe finden immer woanders statt.«

»Trotzdem, Sie sitzen wenigstens nicht in so einem verdammten, blöden Büro. Sie führen ein Leben wie ein Mann.«

Simon stimmte zu. Er sagte, daß ihm das Leben gefiel. Wenn die Patrouillen auch eintönig waren, so wurde er dafür durch die Kameradschaft der Männer entschädigt.

Harriet beobachtete sie, wie sie sich unterhielten, und bemerkte, daß es Peter vermied, Simon direkt anzublicken, dessen Augen zwar noch rot waren, der aber seine Vitalität zurückgewann. Der schlimmste, der unmittelbare Schmerz über den Verlust war vorüber, und nur zu bald würde Hugo für sie alle nicht mehr als eine traurige Erinnerung ganz hinten im Bewußtsein bilden.

Simon sagte, daß ihm eine Sache in der Wüste ganz besonders gefalle. Ihm gefiel es, sich zurechtzufinden. »Ich habe einen gefühlsmäßigen Bezug zur Wüste. Ich spüre, daß ich dort hingehöre.« Noch am Morgen, in seiner Verzweiflung, wäre er froh gewesen, wenn er die Wüste nie mehr hätte sehen müssen. Jetzt, beneidet von Peter und angesteckt von dessen Loblied auf das Wüstenleben, sagte er: »Um die Wahrheit sagen, ich freue mich darauf, wieder zurückzugehen. Ich möchte es den Scheißkerlen mal so richtig geben. Sie haben meinen Bruder umgebracht, als er mit den Sanitätern draußen war, um die Verwundeten reinzuholen. Sie haben sie zusammengeschossen. Sie wußten, was sie taten. Ich spüre, daß ich denen noch was schuldig bin.«

»Das ist die richtige Einstellung.« Peter nahm einen Taschenkalender aus einer Innentasche. »Wenn Sie sich versetzen lassen wollen, könnte ich da was machen. Ein Mann mit einem guten Orientierungssinn wird in der Wüste immer gebraucht. Sie könnten Verbindungsoffizier werden. Wäre das was für Sie?«

Simon hatte Schuldgefühle, weil sich dieser Tag des Unglücks gleichzeitig als ein Tag des Glücks herausstellen konnte. Er errötete und sagte: »Und ob, Sir.«

Edwina, die ins Zimmer zurückkam, als Peter Simons Namen und Stellung an der Front notierte, war erleichtert, daß sie die Männer entspannt plaudernd vorfand. Sie schenkte Simon ein versöhnliches Lächeln, schaute Peter beim Schreiben zu, stand da und wartete mit einer Art angespannter Geduld, bis Peter für sie bereit war.

Er steckte den Taschenkalender zurück in die Tasche und sagte: »In Ordnung. Ich werde das veranlassen.« Dann rief er Edwina zu: »Komm mit«, und sie folgte ihm gehorsam aus der Wohnung.

Simon sah ihnen nach, vergaß die vorgeschlagene Versetzung auf der Stelle und empfand lediglich Verwunderung darüber, daß Edwina, die doch Hugos Freundin gewesen war, jetzt diesem ungeschlachten Oberst zugetan sein sollte. Es war ihm so vorgekommen, daß Hugo so lange nicht vollständig tot war, solange Edwina seine Liebe zu ihm teilte. Er erinnerte sich an Hugos Aussehen, sein sanftes Wesen, seine unbedingte Freundlichkeit, und spürte, daß diese Qualitäten nicht genügend gewürdigt wurden. Doch – was würden sie ihr jetzt nützen?

Harriet verspürte Mitleid mit ihm wegen seines niedergeschlagenen Gesichtsausdrucks und sagte: »Sie bleiben doch zum Abendessen, nicht wahr?«

»Nein. Vielen Dank.« Simon spürte, daß er nichts wie weg wollte von diesem Zimmer, in dem noch der Duft von Edwinas Parfum schwebte, aber er wußte nicht, wohin er gehen wollte. Diese Wohnung hatte für ihn etwas Verklärtes, Verlockendes gehabt, weil es Edwinas Wohnung war, und in Kairo kannte er sonst nichts und niemand mehr. Er kannte keine einzige Straße, ausgenommen die aus dem Soldatenlied: die Berka. Dorthin gingen die Männer, um sich Weiber zu suchen.

»Na, dann trinken Sie wenigstens noch einen, bevor Sie gehen.«

Er wußte, daß er diese Nacht nicht in der Stimmung für Weiber war, ließ daher Harriet sein Glas wieder füllen und fragte: »Wer ist dieser Colonel Lisdoonvarna? Es ist ein ungewöhnlicher Name.«

»Es ist ein irischer Name. Eigentlich heißt er Lord Lisdoonvarna, aber Sie wissen ja, zur Zeit werden keine Titel benutzt.«

»Ich verstehe.« Simon verstand in der Tat. Die Tatsache, daß Peter Adeliger war, löste ein Rätsel, aber die Lösung war schmerzhafter als seine vorherige Verwirrtheit. Stumm saß er da, hielt das Glas in der Hand, trank nicht, hörte, wie der Safragi den Tisch für das Abendessen deckte. Falls er gehen wollte, hätte er jetzt gehen sollen. Statt dessen blieb er sitzen, zu deprimiert, um sich zu bewegen.

Die Wohnungstür ging auf, und ein neuer Bewohner betrat das Zimmer. Es war eine Frau, älter als Edwina oder Harriet, zierlich gebaut, mit dunklen Augen und einem schönen, regelmäßigen Gesicht.

Sie kam rasch herein, sagte Harriet »Hallo« und vermittelte einen Eindruck herzlicher Fröhlichkeit, ein Eindruck, der Simon überraschte, der sie sofort wiedererkannt hatte. Es war Lady Hooper. Er war einer der Teilnehmer an einem Picknick gewesen, die unangemeldet im Haus der Hoopers im Fayum eingefallen und geradewegs in einen tragischen Unglücksfall hineingestolpert waren.

Harriet sagte: »Angela, erinnerst du dich an Simon Boulderstone?«

»Ja, ich erinnere mich.« Ob die Erinnerung nun schmerzhaft war oder nicht, sie lächelte Simon fröhlich an, nahm seine Hand und sagte, während sie sie hielt: »Sie waren der junge Offizier, der mit im Zimmer war, als ich meinen kleinen Jungen hereintrug. Da wußten wir noch nicht, daß er tot war, wissen Sie, oder vielleicht konnten wir die Wahrheit noch nicht ertragen. Sie müssen ziemlich bestürzt gewesen sein. Das tut mir leid.« Angela sah Simon lange an, lächelte immer noch und wartete, als ob es einen Sinn hätte, sich nach so langer Zeit nach dem Vorfall zu entschuldigen.

Harriet sagte: »Simon hat leider noch einen Grund, um bestürzt zu sein. Sein Bruder ist gefallen.«

»Oh, Sie armer Junge!« Sie legte die andere Hand auf die seine und hielt ihn fest: »Jetzt sind wir also beide Hinterbliebene! Sie bleiben doch hier bei uns, nicht wahr?« Sie wandte sich an Harriet und fragte: »Wer ist denn heute abend da? Was ist mit Guy?« Guy war Harriets Mann. Harriet schüttelte den Kopf. »Guy ist selbstredend nicht da. Und Edwina ist mit Peter ausgegangen. Dobson hat Nachtdienst in der Botschaft, und damit sind nur wir und Percy Gibbon übrig.«

»Percy Gibbon! Wenn das kein Grund ist, um auszugehen. Zeigen wir diesem hübschen jungen Mann mal die Welt. Führen ihn aus.« Sie lachte Simon an und drückte seine Hand: »Wo würden Sie denn gerne hingehen?«

»Ich weiß nicht. Ich bin in Kairo noch nirgendwo gewesen. Ich war noch nicht mal in der Berka.«

»Oh, oh, oh!« Angela war derart amüsiert, daß sie sich zurück auf das Sofa fallen ließ und Simon mitzog: »Sie fürchterliches Geschöpf, die Berka wollen Sie besuchen!«

Simon wurde rot vor Verwirrung: »Ich meinte nicht, daß ich dorthin wollte... Es ist nur, weil die Soldaten dauernd darüber reden. Es ist der Name der einzigen Straße, die ich kenne.«

Daraufhin lachte Angela erneut, und Simon, der beobachtete, wie sie sich die Augen wischte, sagte: »Du lieber Himmel«, war wegen dieser Fröhlichkeit verstört und fragte sich, wie sie den Tod so schnell aus dem Bewußtsein verdrängen konnte. Doch lächelte er, und Harriet, von Angelas unbeschwertem Verhalten genauso verstört, war erleichtert, ihn lächeln zu sehen.

»Schicken wir Hassan nach einem Taxi.« Angela wandte sich an Harriet: »Wenn wir versumpfen wollen, brauchen wir noch mehr männlichen Schutz. Wo könnten wir den herkriegen? Wie steht's mit dem Union Club? Wer treibt sich denn dort immer herum?«

»Vermutlich Castlebar.«

Angela hatte nach dem Tod ihres Sohnes ihren Mann verlassen und war in Dobsons Apartment eingezogen, in der Hoffnung, sympathische Gesellschaft zu finden, wie sie sagte. Sie hatte Harriet vorgefunden und durch sie Castlebar getroffen. Die Erwähnung Castlebars war eine ständige scherzhafte Redewendung zwischen ihnen, und Harriet klärte Simon auf.

»Castlebar gehört dort zum Inventar. Wenn er nicht draußen auf dem Rasen sitzt, dann ist das so, als ob ein liebgewonnener Baum gefällt worden wäre.«

Beim Zuhören war Angela immer zappeliger geworden und unterbrach jetzt: »Los. Hauen wir ab.«

Hassan, dem befohlen wurde, ein Taxi zu holen, glotzte indigniert: »Nicht brauchen Taxi. Ganz Essen jetzt auf Tisch.« Gezwungen, etwas zu tun, das er als überflüssig ansah, kam er mit einer Gharry zurück und sagte: »Keine Taxis, nix nirgendwo.«

Angela setzte es als selbstverständlich voraus, daß Simon sie begleiten würde, führte ihn hinunter zu der Pferdedroschke und setzte sich neben ihn. Während die Gharry gemächlich durch Garden City zur Hauptstraße zockelte, hielt sie ihn fest bei der Hand und redete so ungestüm auf ihn ein, daß er keine Chance hatte, sich zu entziehen.

Betäubt von all dem, was um ihn herum geschah, dachte er daran, wie sie ihr totes Kind ins Fayum-Haus getragen hatte, und er spürte, daß sie für ihn unbegreiflich war. Er versuchte, langsam seine Hand zu entziehen, was sie jedoch nicht zuließ, und so fuhren sie händchenhaltend wie ein Liebespaar über das dunkle Wasser hinüber zur Uferbeleuchtung der Gesîra.

Der Mond war nicht zu sehen. Der Rasen des anglo-ägyptischen Union Clubs wurde von den Fenstern des Clubhauses und dem hellen, grünen Licht des Offiziersclubs erleuchtet. Am Rand des Rasens steckten alte Bäume, die zu einer beachtlichen Größe herangewachsen waren, dunkel ihre Wipfel über den Tischen zusammen, die für die Clubmitglieder hinausgestellt wurden.

Nachdem sie Simon in den Club begleitet hatte, entließ Angela ihn und ging voraus, wobei sie offensichtlich nach jemandem suchte, der nicht da war. Als sie sich an einen Tisch setzten, war ihre Stimmung gedämpft, als sei sie enttäuscht.

Im Gegensatz zu den anderen Mitgliedern, die Kaffee oder Stella Bier tranken, bestellte Angela eine Flasche Whisky und beauftragte den Safragi, ein Halbdutzend Gläser mitzubringen. Vor ein paar Wochen war ihr Erscheinen im Union Club eine Sensation gewesen. Jetzt war es das nicht mehr. Die Mitglieder des Clubs setzten sich aus Universitätsdozenten, Englischlehrern und anderen, ärmeren englischen Lehrern zusammen, wohingegen Angela als reiche Frau galt, die gut in die Kairoer Poker- und Polo-Society gepaßt hätte. Ihre allnächtliche Bestellung einer Flasche Whisky hatte die Safragis zunächst bestürzt; jetzt wurde sie kommentarlos ausgeführt.

Harriet, die keinen Whisky mochte, erhielt Wein; Simon akzeptierte zwar das für ihn eingeschenkte Glas, trank aber nicht davon. Als sie alle bedient waren, wurde die Flasche wie ein Leuchtturm in die Mitte des Tisches gestellt, und fast im gleichen Augenblick fühlte sich Castlebar von ihr an- und vom Billardtisch weggezogen.

Von ihrem Sitzplatz aus konnte Harriet sehen, wie seine Gestalt unschlüssig durch die dunklen Schatten schwankte, sich schlaff um den Tisch schob und sich mit behutsamer

Zielstrebigkeit der Flasche näherte, wie ein Tier, das sich gegen den Wind an seine Beute heranschleicht. Ein paar Meter vor dem Tisch blieb er stehen, und Angela, die wußte, daß er da war, lächelte in sich hinein.

Obwohl sich ihre Freundschaft voll entfaltet zu haben schien, schob er sich mit berechnender Schüchternheit nach vorn, immer noch unfähig, sein Glück zu fassen. Und, dachte Harriet, vielleicht war er tatsächlich schüchtern; jedenfalls begriff sie nicht, was Angela an ihm fand.

Harriet war nicht die einzige, die diesem Lehrer und Dichter mittleren Alters mit Vorbehalt begegnete. Er hatte die kaputte Ausstrahlung eines Mannes, für den Geld, das nicht in Drinks und Zigaretten investiert wurde, hinausgeworfenes Geld war. Die Menschen, die seine umständliche Annäherung verfolgten, steckten die Köpfe zusammen, die Gesichter vor Neugierde und Mißbilligung verzogen. Als er die letzten paar Schritte auf sie zuging, warf Angela ruckartig den Kopf herum und lachte, als ob ihr ein tolles Kunststück gelungen sei.

»H-h-hallo, miteinander!« stotterte er und versuchte herzlich zu klingen.

»Willkommen. Setz dich neben mich. Gieß dir einen ein.«

Castlebar tat, wie ihm geheißen, produzierte ein mißbilligendes Geräusch und stammelte: »Ich will mich dran beteiligen.«

»Nein. Geht auf meine Rechnung.«

Castlebar erhob keine Einwände. Er nahm einen Schluck Whisky in den Mund, behielt ihn dort, dirigierte ihn mit der nachdenklichen Würdigung des Kenners am Zahnfleisch entlang und ließ ihn dann langsam durch die Kehle gleiten. Danach praktizierte er sein übliches Zigarettenritual: Er plazierte eine Zigarettenpackung rechtwinklig vor sich hin und legte eine Zigarette griffbereit davor, so daß es keine Unterbrechung beim Rauchen zu geben brauchte. Während er sich darauf konzentrierte, die Zigarette senkrecht hinzustellen, lächelte Angela nachsichtig. Nachdem nun alles zurechtgelegt war, hob er seine dicken, bleichen

Augenlider, und sie tauschten einen langen, bedeutungsvollen Blick miteinander aus.

Angela flüsterte: »Gibt's was Neues?«

»Ich hab' ein Telegramm bekommen. Sie schreibt, sie kommt auf jeden Fall zurück.«

Sie sprachen über Castlebars Frau, die für einen Urlaub nach England gegangen und dort durch den Ausbruch des Krieges von ihrem Mann getrennt worden war. Die Drohung ihrer Rückkehr hing beständig über Angela, und sie sagte: »Aber das schafft sie doch nie, oder?«

Castlebar kicherte: »S-s-sie ist ein ziemlich rücksichtsloses Luder. Wenn es jemand schafft, dann sie.« Er erweckte den Eindruck, als sei er stolz darauf, eine solche Frau zu haben, und Angela wandte sich stirnrunzelnd von ihm ab, bis er Wiedergutmachung leistete.

»Keine Sorge. Sie wird zwar Himmel und Hölle in Bewegung setzen, um ihren Willen zu kriegen, aber dieses Mal funktioniert's nicht. Warum sollten sie sie rausschicken?« Castlebar schob ihr seine Hand über den Tisch entgegen, und sie beugte sich darüber und küßte sie schnell.

Ihre selbstvergessene Vertraulichkeit war Simon peinlich, weshalb er wegschaute, während Harriet, die sich ausgeschlossen vorkam, neidisch und deprimiert war. Guy konnte liebevoll sein, doch nie verlor er seinen Bezug zur Umwelt. Für ihn war sie dauernd präsent, und der Anspruch der Außenwelt an ihn hatte Zwietracht zwischen ihnen verursacht.

Sie überließ Angela und Castlebar ihrer Zweisamkeit und fragte Simon über sein Leben bei der Armee aus. Als sie damals zusammen die Pyramide erklettert hatten, hatten sie sich oben hingesetzt und über den Krieg in der Wüste geredet. Er hatte gesagt: »Ich weiß nicht, wie es da draußen zugeht.« Doch jetzt wußte er es, und sie fragte ihn, wie er seine Tage verbrachte.

»Viel gibt es nicht zu tun. Wir sind so weit von der Hauptkampflinie entfernt, daß in unserer Anwesenheit gar kein Sinn zu liegen scheint.«

»Aber natürlich liegt ein Sinn darin?«

»O ja. Einmal habe ich unseren Sergeant gefragt. Ich sagte:

›Worin liegt der Sinn, daß wir hier sind, nichts tun und uns zu Tode langweilen?‹ Und er sagte: ›Was würde wohl passieren, wenn wir nicht da wären?‹ Jetzt verstehe ich, was er meinte.«

Ein Taxi fuhr durch das Tor, ein Mann sprang heraus, zahlte eilig den Fahrer aus und war schon beim Whisky angelangt, als ob ihn dessen Rufen erreicht hätte. Der Neuankömmling war Castlebars Freund Jake Jackman, der sich selbst als freischaffenden Journalisten bezeichnete, aber nicht einmal Castlebar konnte sagen, was er wirklich tat. Sein Adlergesicht war zwar nicht unhübsch, war jedoch von einem kummervollen Gesichtsausdruck überzogen, der noch kummervoller wurde, als er Angela und Castlebar händchenhaltend sah. Aber Angela war die Eigentümerin der Flasche, und er mußte die Dinge akzeptieren, wie sie waren. Gezwungen, ihr eine Artigkeit zu erweisen, dehnte er seine Lippen zum Lächeln eines Augenblicks und sagte: »Darf ich mich dazu setzen?« Er setzte sich, noch bevor sie antworten konnte. Sie lachte und schob ihm die Flasche zu. Nachdem er sich bedient hatte, beugte er sich vor, zog an dem langen Schnabel, der seine Nase war, und sah Simon verärgert an: »Ich kann mir vorstellen, daß *Sie* sich fragen, warum *ich nicht* in Uniform bin.«

Simon wollte jegliches Interesse dieser Art abstreiten, aber Jackman hörte nicht zu. Er störte Angela und Castlebar aus ihrer Intimität auf und erzählte ihnen: »Ihr kennt doch diese alte Schachtel von Rutter? Die mehr Geld hat, als ihr guttut. Habe sie heute nachmittag bei Groppi gesehen, und was glaubt ihr, was sie sagte? Sie sagte: ›Junger Mann, warum sind Sie nicht in Uniform?‹ Diese unverschämte blöde Kuh!«

Castlebar kicherte: »Was hast du gesagt?«

»Ich sagte: ›Madam, wenn Sie glauben, ich werde mein Leben opfern, um Sie und Ihr Bankkonto zu retten, dann glauben Sie was Falsches.‹ Daraufhin hat sich die alte Henne aufgeplustert. Sie sagte: ›Sie sind aber ein ungehobelter junger Mann!‹ ›Da haben Sie vollkommen recht, Missus‹, sagte ich.« Nachdem er seine Geschichte erzählt hatte, setzte sich Jackman aufrecht hin, bereit, an andere Dinge zu denken: »Geht ihr irgendwohin zum Essen?«

Angela sah Castlebar zärtlich an: »Was möchtest du machen, Bill?«

Castlebar schlug die Augenlider nieder, lächelte, als er an seine Pläne für die unmittelbare Zukunft dachte, war im Augenblick jedoch damit zufrieden, zum Essen zu gehen: »Wir könnten schon irgendwo einen Bissen essen.«

»Also dann ins Extase«, sagte Angela, und Jackman sprang aufbruchsbereit hoch.

Sie hätten zu Fuß zum Extase gehen können, das am Flußufer bei Buklak lag, doch Angela winkte ein Taxi herbei, das am Tor stand und sie über die Brücke fuhr. Der Fahrpreis betrug nur ein paar Piaster, und Angela erlaubte Castlebar, ihn zu begleichen, während sie selbst ins Ekstase ging, um die Eintrittsgelder zu bezahlen. Simon, der ihre Freigebigkeit nicht kannte, eilte ihr nach und bot seine Beteiligung an, doch sie schloß ihm seine Hand über den Geldscheinen und führte ihn hinein wie einen gefangenen Gast.

Harriet hatte ihre eigenen Wege, um Angela ihre Großzügigkeit zu vergelten, und Castlebar zweifellos ebenfalls, aber Jackman nahm sie kommentarlos entgegen. Einmal hatte er zu Harriet gesagt: »Wenn Angela darauf besteht, uns in Lokale zu führen, die wir uns nicht leisten können, dann ist das ihre Sache. Sie weiß jedenfalls, daß ich für diese Partys keine Kohle habe.« Das könnte stimmen, aber, bemerkte Harriet, meistens lud er sich selbst ein.

Im Inneren des Open-air-Nachtclubs sah man die übliche Menge Offiziere und entsprechende Mädchen. Die Offiziere, meist auf Urlaub, waren betrunken oder beinahe betrunken, und die Stimmung war tumultartig.

Während sie für einen Tisch anstanden, sagte Harriet zu Angela: »Bringt dich denn dieser Lärm nicht um?«

Angelas Lachen übertönte den Lärm: »Kann gar nicht genug davon kriegen.«

Das Extase lag nahe beim Fluß und galt als kühler als andere Lokale. Doch die Bogenlampen verströmten Hitze, und die liebesbedürftigen und schwitzenden Gäste erzeugten noch mehr Hitze. Es gehörte nicht zu den Lokalen, die Harriet mochte. Bei einem früheren Besuch hatte sie Guy mit Edwina gesehen, und der Schock dieses Anblicks saß ihr immer noch in den Knochen, obwohl Guy geschworen hatte, er habe Edwina lediglich getröstet, weil sie deprimiert war, da Peter eine Verabredung nicht eingehalten hatte. Sie sah zu dem Tisch hin, an dem sie gesessen hatten, und verspürte einen Impuls, aus dem Lokal zu rennen. Aber es gab keinen Ort, wo sie hätte hingehen können, und niemanden, der mitgegangen wäre.

Als die Reihe an ihnen war und sie zu einem Tisch geführt wurden, stieß Angela einen aufgeregten Schrei aus und zeigte auf die Leute am Nachbartisch. Eine Freundin war darunter, und Angela verlangte, daß die Tische zusammengeschoben wurden und beide Gruppen sich zusammensetzen konnten. Sie stellte die Freundin als ›Mortimer‹ vor. Mortimer, ein unscheinbares Mädchen mit angenehmen Gesichtsausdruck und sonnengeröteter Haut, hatte so etwas wie eine Uniform an und war in Begleitung von zwei jungen Captains aus einem Regiment, das den Spitznamen ›die Kirschenpflücker‹ hatte.

Angela blickte in die Runde des Doppeltisches und sagte: »Ist das nicht toll?« Und Mortimer, vom Alkohol mild gestimmt, bestätigte: »Ganz toll«, doch von den anderen kam keine Reaktion.

Obwohl die Tische jetzt zusammen waren, gab es zwischen den Gruppen eine Trennung. Die beiden Hauptleute, Terry und Tony, hatten die ganze Zeit Sekt getrunken und waren gehobener Stimmung. Von Simon nahmen sie keine Notiz, aber die anderen Männer, Castlebar und Jackman, erregten in ihnen eine aggressive Lustigkeit. Sie starrten die beiden ungläubig an, wandten sich dann wieder einander zu und brachen in ein Gelächter aus, das ihnen die Tränen in die Augen trieb.

Mortimer tadelte sie: »Also kommt, Jungs!«, aber sie befanden sich jenseits ihrer Einflußmöglichkeit.

Um alles noch schlimmer zu machen, näherte sich ein weiterer Zivilist, der in der Vergangenheit Angelas Großzügigkeit erfahren hatte, der Gesellschaft und stand da wie ein Bettelmönch, der um Einlaß bat. Es handelte sich um Major Cookson, der, nachdem er seinen gesamten Besitz in Griechenland verloren und immer nur das Leben von seiner vergnüglichsten Seite kennengelernt hatte, jetzt an Plätzen wie dem Extase herumhing und einsame Offiziere mit Telefonnummern versorgte. Harriet, die seinem unterwürfigen, flehenden Blick begegnete, fühlte sich unbehaglich, aber es war nicht an ihr, ihn an den Tisch zu bitten. Angela war zu sehr in ihr Gespräch vertieft, um ihn zu bemerken, und so blieb er da stehen, eine sehr dünne, androgyne Gestalt, beträchtlich gealtert durch die veränderten Lebensumstände, mit seinem Seidenanzug, dessen rauhe Oberfläche schmutzig war, und seinen Leinenschuhen, die mehr grau als weiß waren und an den Seiten eingerissen.

Harriet dachte: Der Krieg hat uns alle kaputtgemacht, obwohl sie und Guy eigentlich erheblich besser dran waren als viele andere. Weil sie Dobson von Bukarest her gekannt hatten, hatte man sie aus dem Durcheinander der Flüchtlinge herausgeholt und ihnen ein Zimmer in seinem Botschaftsapartment gegeben. Sie sah hinab auf ihre eigenen Sandalen, die allmorgendlich von Dienern geweißt wurden, und was sie sah, gefiel ihr sehr. Wie merkwürdig war es doch, daß Sandalen ihre Selbstachtung heben konnten.

Cooksons Verhalten während der Evakuierung aus Griechenland hatte ihr keinen Anlaß gegeben, ihn zu achten. Als sie ihn jetzt aber alt, vertrocknet, heruntergekommen sah, wie ein Stück Seetang, das durch die Umstände über die Gezeitengrenze hinausgeworfen worden war, tat er ihr leid. Sie berührte Angela am Arm und flüsterte ihr etwas zu. Angela drehte sich sofort um und rief: »Major Cookson, Sie wollen sich uns anschließen?«

Ein Stuhl wurde geholt und Major Cookson zwischen Harriet und Castlebar gezwängt. Als er eine magere Hand nach Castlebars Zigarettenschachtel ausstreckte, knurrte Castlebar, blickte wie ein hungriger Hund drein, der einen Rivalen erspäht hat, und schob die Zigaretten außer Reichweite.

Die Kirschenpflücker fanden jetzt ein neues Ziel für ihre

spöttischen Bemerkungen. Sie starrten ihn an, und Cookson, wahrscheinlich von ihrem männlichen, jugendlich guten Aussehen angezogen, wurde rot und schlug die Augen nieder. Terry beugte sich zu ihm hin und wollte wissen: »Hat Lady Hooper *Major* Cookson gesagt?«

Cookson nickte kurz und unglücklich mit dem Kopf. Er hatte seinen Dienstgrad während des Ersten Weltkrieges erworben, und seine Feinde behaupteten, sein Rang sei ihm nur zeitweilig und ohne Sold verliehen worden. Terry fragte nun mit ausgesuchter Höflichkeit: »Sie waren in der Brigade der Guards, nicht wahr?« Dieses Mal schüttelte er den Kopf kurz und unglücklich.

Terry sah Tony an: »Da war doch ein Cookson bei den Guards, oder? Du mußt ihn doch gekannt haben?«

Tony bestätigte freudig: »Sakra, ja. Der liebe alte Cookson. Wir nannten ihn immer Tante Rosa. Der saß immer auf so eine besonders warme Art da, der Cookson. Die Jungs haben immer gefragt: ›Was ist der Unterschied zwischen Tante Rosa und einer Lokomotive?‹«

Terry kannte den Witz, legte die Hand über die Augen und brüllte vor Lachen.

Simon kannte den Witz ebenfalls, und er verstärkte noch seinen nervlich bedingten Ekel vor den Menschen um ihn herum. Meist wurde er wegen seiner Jugend und seines Schweigens ignoriert, was ihn jedoch nicht störte. Was ihn störte, waren ihre Fremdartigkeit und ihre Ausgelassenheit. Sie waren insgesamt zwar nur zu acht, aber gemessen an dem Unsinn, den sie von sich gaben, hätten es auch zwei Dutzend sein können. Sogar die Kirschenpflücker, die so wie er auf Urlaub waren, kamen ihm mit ihrer ordinären Unverschämtheit unwirklich vor. Noch nie hatte er Männer getroffen, die sich in Gesellschaft so schlecht benahmen. Er war schockiert. Und es war, erinnerte er sich, noch immer der Tag, an dem Hugo gestorben war.

Es entstand eine Pause, während ein kleiner Junge Gläser auf den Tisch stellte und ein nubischer Safragi, dessen Schweiß auf die Gäste tropfte, in einem Eiskübel Sekt brachte. Er brach den Draht mit der Hand durch und ließ den

Korken davonfliegen. Das Eis war geschmolzen, und der Sekt, eine sandige, süßliche deutsche Marke, war warm. Das Essen kam mit dem gleichen Mangel an Förmlichkeit. Für jeden gab es einen Teller mit Steak.

»Wir haben kein Steak bestellt«, sagte Angela.

»Nur dies Fleisch«, sagte der Safragi. »Alle Personen gleiches. Busy busy, dieses Lokal, dieses Mal.«

Simon wußte, daß es ein Fehler gewesen war, nach Kairo zu kommen. Die Soldaten sprachen davon, als ob das Leben hier ein immerwährendes Gelage sei, aber ihm kam es wie ein Irrenhaus vor. Sogar die Kellner waren verrückt. Als er erfuhr, daß sein Bruder tot war, hätte er auf seinen Urlaub verzichten und zu seiner Einheit zurückkehren sollen. Dort hatte er immerhin die tröstliche Sicherheit vertrauter Routine. Die Soldaten hätten verstanden, wie er sich fühlte, aber hier verstand ihn niemand, niemand zeigte Anteilnahme. Andererseits aber wußten auch nur zwei – Harriet Pringle und jene seltsame, lebhafte Frau namens Lady Hooper – von Hugos Tod. Er sah zu Harriet hin, die seine Niedergeschlagenheit spürte und ihn anlächelte, und er lächelte zurück, dankbar, weil sie einmal mit Hugo zu Abend gegessen hatte und ein bißchen was von ihm wußte.

Nachdem serviert worden war, begannen die Kirschenpflücker von neuem. Sie diskutierten Tante Rosas Lieblingsblume und entschieden, daß es Flieder war. Aber war es nun rosa oder violetter Flieder?

Harriet war von den Kirchenpflückern angeödet, wußte aber kaum, mit wem sie sich verbünden konnte. Diese Männer gehörten zur kämpfenden Truppe und waren, im Gegensatz zu Jackman, bereit, für andere ihr Leben zu riskieren. Die Farbe ihrer Hosen war purpurrot, da sie – so wollte es die Legende – in einem früheren Gefecht so lange gekämpft hatten, bis das Blut aus ihren Wunden hinunter auf die Füße geflossen war. Sie hatten einen Anspruch auf wohlverdiente Unterhaltung, aber Cookson war ein unergiebiges Opfer.

Sie fühlte sich veranlaßt, ihn zu verteidigen und sagte: »Eure Witze sind so was von fad. Können wir nicht über etwas anderes reden?«

Sie gafften sie offenen Mundes an, verstummten vor Erstaunen, und Mortimer schaute Harriet an und nickte zustimmend. Die beiden Frauen spürten, daß sie etwas gemeinsam hatten und begannen, sich zu unterhalten. Harriet fand heraus, daß Mortimer nicht vom Alkohol sondern aus Mangel an Schlaf müde war. Sie und eine Mitfahrerin waren in den Irak und wieder zurück gefahren und hatten sich mit Fahren und Schlafen abgelöst, um die Nacht hindurchfahren zu können. Das, erklärte sie, war gegen die Vorschriften, gab ihnen aber nach der Rückkehr vierundzwanzig Stunden Freiheit. Ihre Mitfahrerin hatte sich ins Bett gelegt, aber Mortimer war auf einen Drink in die Semiris Bar gegangen.

»Wo ich diese beiden Kerle getroffen habe«, sagte sie gähnend und triefäugig vor Müdigkeit, hielt sich jedoch aus reiner Gutmütigkeit wach.

»Ich beneide Sie«, sagte Harriet. »Ich war gerade dabei, mich zu den Marinehelferinnen zu melden, habe aber statt dessen geheiratet.«

Sie sprachen über die Tage unmittelbar vor Kriegsausbruch, als es endgültig und allgemein klar geworden war, daß eine Kraftprobe bevorstand. Als die Engländer begriffen hatten, daß ein Krieg unausweichlich war, ging eine Welle solidarischer Begeisterung durch die Nation.

»Wir waren alle zum Untergang verurteilt, oder dachten jedenfalls, daß wir es seien«, sagte Harriet.

Mortimer fragte: »Wie sind Sie hierher gekommen?« Harriet erklärte, daß ihr Mann aus dem Urlaub zurück zu seiner Lektorenstelle nach Bukarest beordert worden war. Er und Harriet hatten in aller Eile geheiratet und waren ostwärts durch Länder gereist, die gerade ihre Truppen mobilmachten. Sie hatten Bukarest an dem Tag erreicht, an dem England in den Krieg eintrat.

Zur gleichen Zeit hatte sich Mortimer auf einem Truppentransporter zum Nahen Osten eingeschifft. ›Und da hätte ich auch mit dabei sein können‹, dachte Harriet, bevor sie weiter erklärte, wie sie und Guy zuerst nach Griechenland und dann nach Ägypten evakuiert wurden.

Sie fragte: »Wie heißt du denn mit Vornamen?«

Mortimer lachte und gähnte gleichzeitig und sagte: »Zur Zeit habe ich nur einen Namen. Ich heiße Mortimer.«

Das kräftige Rotbraun in Mortimers rundem Gesicht hob sich vom Vincablütenblau ihres Halstuchs ab, dem privilegierten Kleidungsstück einer Einheit, die früher einmal nur aus Freiwilligen bestanden und deren Angehörige jetzt noch das Image von Taugenichtsen hatten.

»Ich könnte mich hier wahrscheinlich nicht freiwillig melden?« fragte Harriet.

»Nein, hier gibt es keine Ausbildungsstätten.«

Angela sagte: »Du würdest dich dafür nicht eignen, Darling. Um in Mortimers Haufen zu kommen, muß man entweder ein altes Auto oder Alkoholikerin oder Irin sein.«

Harriet betrachtete Mortimer mit ihrem kurzen Haarschnitt, dem zerknitterten Hemd, den schmutzigen Baumwollhosen und fragte: »Was von all dem bist du?«

»Ich? Ich saufe.«

Ein kleiner Mann im Frack und mit weißer Krawatte war auf die Bühne gekommen. Er faltete die Hände vor dem Körper wie ein Opernsänger und öffnete den Mund; doch noch bevor er einen Ton von sich geben konnte, grölte ein Mann aus dem Publikum: »Russisch, russisch, russisch. Wir wollen's russisch.« Mit einer verzweifelten Geste warf der Künstler die Arme in die Luft, und Tony fragte: »Was soll das Ganze?«

Angela erklärte ihm, daß der Künstler ein Kauderwelsch sang, mit dem er jede beliebige Sprache imitierte, die sich das Publikum wünschte, nur auf russisch konnte er es nicht. Die Kirchenpflücker sahen einander mit dem Ausdruck der Betroffenheit an, und Terry sagte: »Er kann es nicht auf russisch? Ach Gottchen, wie komisch!«

Jackman hatte die ganze Zeit geschwiegen, da er sich nur für seine eigene Konversation interessierte; jetzt aber verlor er die Geduld und sagte zu Castlebar: »Was ist doch unsere holzköpfige Soldateska für ein ermüdender Haufen!«

Terry bezog diese Bemerkung offensichtlich überhaupt nicht auf sich und fragte ihn: »Und was machen Sie eigentlich hier?«

»Kriegskorrespondent.«

Die Kirschenpflücker sahen ihn von oben bis unten an, bemerkten einen Ausdruck unheilverkündender Streitlust, und da ihnen klar wurde, daß auf ihm herumzuhacken vermutlich ebenso lustig war wie das Herumhacken auf einem Igel, wandten sie sich Castlebar zu, der ihnen weniger furchterregend erschien.

»Und was machen Sie?«

»I-i-i-ich bin Dichter.«

Die Kirschenpflücker brachen simultan zusammen und umklammerten einander in einer Agonie der Heiterkeit, während sich Castlebars Eckzahn drohend auf seiner Unterlippe zeigte und er selbst sie hinter halb gesenkten Lidern beobachtete. Er setzte zu einer Rede an, aber Jackman kam ihm zuvor.

»Es überrascht mich, daß zwei so unbezahlbare Musterexemplare wie ihr nicht unter den Schutz des AREE gestellt worden sind.« Er stieß die Buchstaben mit einem explosiven Fauchen aus, das die Kirschenpflücker mitten im Gelächter innehalten ließ.

»Was ist?« sagte Terry.

»A-R-E-E: Amt für die Rettung und Erhaltung des Erbadels. Alle Grafen, Lords und sonstige Adeligen werden gerade um ihrer eigenen Sicherheit willen in die Etappe verfrachtet. Im Ersten Weltkrieg sind gar zu viele von ihnen draufgegangen. Das darf doch nicht noch mal passieren, stimmt's?«

Terry war perplex: »Ist das wahr?«

»Natürlich ist das wahr.« Jackman sah Harriet an: »Dein Freund Lisdoonvarna ist einer von ihnen.«

»Peter? Der setzt gerade Himmel und Hölle in Bewegung, um wieder an die Front zu kommen.«

»Jedenfalls wird er nicht zurückkommen. Der wird konserviert, ob es ihm paßt oder nicht.«

Nachdem er alle am Tisch beeindruckt hatte, ließ Jackman seine Hand klatschend aufs Knie fallen und sang so laut er konnte:

Queen Faraida, Queen Faraida,
Wie gern wär ich dein Reiter...

Die traditionelle Version des Liedes hatte nur drei Strophen, aber Jackman und Castlebar hatten einige hinzugefügt, und da sie zusehends ordinärer wurden, verrückten die Gäste an den Nachbartischen ihre Stühle, um den Sänger und seine Begleiter anzustarren. Dann kam der levantinische Manager quer durch den Club geeilt und legte eine Rechnung vor Jackman hin, der indigniert abbrach.

Der Manager sagte: »Sie zahlen. Sie gehen.«

»Gehen? Wohin gehen?«

»Sie gehen raus. *Iggri.*«

»Den Teufel werde ich tun.«

Angela hob die Rechnung auf und sagte: »Ja, ich glaube, wir gehen.« Als sie ihr Portemonnaie herausnahm, tobte Jackman: »Gib ihnen keinen Pfennig. Wir verpassen den Bauchtanz. Wenn sie uns rausschmeißen, können sie uns nicht zwingen zu bezahlen.«

Angela sagte mit ungewöhnlicher Ruhe: »Halt den Mund. Das ist nicht das erste Mal, daß wir wegen dir rausfliegen. Langsam habe ich dein Benehmen satt.«

Jackman war von der Schärfe ihres Tons wie vom Donner gerührt und sagte nichts, während sie Geldscheine abzählte und in einem Haufen auf die Rechnung legte. Sie ließ die Kirschenpflücker ihren Anteil zahlen, aber als Simon sich beteiligen wollte, legte sie ihre Hand über die seine und schob das Geld sanft weg.

»Und wohin jetzt?« fragte Castlebar.

Angela flüsterte ihm etwas ins Ohr. Er grinste. »Überraschungsfahrt ins Blaue«, sagte sie. »Kommt mit.« Und alle folgten ihr auf die Straße hinaus. Am Eingang zum Nachtclub wartete eine Reihe Taxis, und Angela gab den ersten beiden ein Zeichen. Als alle Platz genommen hatten, sahen die anderen, daß man Major Cookson auf dem Gehsteig zurückgelassen hatte. Angela winkte ihn her, doch er schüttelte den Kopf und schlenderte traurig davon. Sie sagte: »Er hat erraten, wo wir hingehen. Das ist nicht nach seinem Geschmack.«

»Wohin fahren wir denn?«

»Wart's nur ab.«

Harriet hatte ebenfalls erraten, wo die Fahrt hinging, und wenn Simon signalisiert hätte, daß er nicht mitgehen wollte, hätte sie ihn gebeten, sie nach Hause zu bringen. Er schien jedoch ganz betäubt von all dem um ihn herum, und sie wollte ihn nicht alleine in einer Masse gefühlloser Fremder lassen.

Sie nahmen im ersten Taxi Platz. Jackman zwängte sich neben Mortimer und beäugte sie mit lüsterner Amüsiertheit: »So, Sie fahren also mit einem kleinen Laster durch die Gegend? Und was machen Sie in Ihrer Freizeit?«

»Wir schrubben die Sanitätsautos aus, die die Toten und Verwundeten bringen.«

»Schöne Arbeit, was?«

»Nicht besonders schön. Neulich hat eine mit einer Schnittwunde an der Hand Gasbrand gekriegt.«

Jackman witterte eine Story und setzte sich gerade: »Was ist mit ihr passiert?«

»Sie ist gestorben.«

Jackman schniefte und zog an seiner Nase, während Harriet voller Neid dachte: Sie gehören zu einer Welt, die sich im Krieg befindet. In ihr haben sie eine Funktion; sie sterben sogar. Harriet jedoch hatte nirgendwo eine Funktion. Sie fragte Mortimer, auf welcher Route sie gewöhnlich in den Irak fuhren.

Sie versuchten zu variieren, sagte Mortimer, aber in jedem Fall mußten sie die syrische Wüste durchqueren. Manchmal fuhren sie geradewegs Richtung Damaskus und wandten sich dann nach Osten. Einmal fuhren sie nach Homs, so daß sie Palmyra besuchen konnten, aber der Ausflug war strapaziös gewesen, und ihnen war eine Wagenfeder gebrochen. Ein anderes Mal überquerten sie den Jordan über die Allenby Brücke, um Krak de Chevalier zu sehen.

»Ich würde wahnsinnig gerne einmal nach Damaskus gehen.«

»Wir könnten dich mitnehmen. Offiziell dürfen wir das zwar nicht, aber unterwegs nehmen wir oft Leute mit. Die Chefin sagt, es sei gefährlich, aber Frauen ohne männliche

Begleitung sind hier sicherer als in England. Das haben wir Lady Hester Stanhope zu verdanken. Sie hat die arabische Welt so beeindruckt, daß jede Engländerin dort einen Sonderstatus hat.«

»Ich wollte, ich könnte mit euch kommen.«

Mortimer lächelte über ihre Begeisterung. »Jederzeit.«

Das Taxi hatte sie an den Esbekiya-Gärten vorbei nach Clot Bey gebracht, wo unter den pseudoitalienischen Torbogen Frauen im Dunklen standen. Von da aus ging es weiter in so enge Straßen, daß sich die Fußgänger an die Mauern drückten, damit die Taxis passieren konnten. Es hatte den Anschein, als ob in diesem Teil der Stadt kein Mensch ein Schlafbedürfnis hatte. Aus jedem Eingang sahen Frauen heraus. Hier kamen die Soldaten auf der Suche nach Unterhaltung her, und jedes Café war hell erleuchtet, um sie anzulocken. Über den Eingängen hingen Lautsprecher, die vom ägyptischen Rundfunk übertragene, endlose Geschichten wiedergaben, während aus dem Inneren Musikautomaten plärrten oder elektrische Klaviere Schlager hämmerten.

Als die Taxis in den verstopften Gassen die Fahrt verlangsamten, streckten Bettler ihre Hände in die Fenster, und kleine Jungen sprangen auf, klammerten sich am Rahmen fest und riefen: »Du wollen mein Schwester? Mein Schwester sehr gut, sehr billig.«

Jake schob sein Gesicht nahe an sie heran, äffte ihre kindlichen Stimmen nach und rief zurück: »Mein Schwester ganz rosa innen, wie weiße Frau.« Und die Jungen kreischten vor Lachen.

Die Taxis kamen zu einer breiteren Straße, wo die Frauen ihre Köpfe aus den oberen Fenstern streckten, um die Neuankömmlinge aufs Korn zu nehmen. Einige lehnten sich so weit hinaus, daß sie die Tatsache enthüllten, daß sie zwar von der Hüfte aufwärts farbenprächtig angezogen und mit Schmuck behängt waren, abwärts jedoch nackt. Jake fing an zu singen:

»Es singen die griechischen und ägyptischen Frauen, die so herrlich anzuschauen:

›Junger Artillerieoffizier,
komm zu mir und bleib bei mir.‹«

Er schlug Simon heftig aufs Knie: »Sind Sie ein junger Artillerieoffizier?«

Simon schüttelte verwirrt den Kopf.

Angela fragte ihn: »Wissen Sie, wo Sie sind?«

Simon, der von dem Schlag aufgeschreckt worden war, sah hinaus und fragte: »Ist das die Berka?«

Sie lachte. »Genau die!« Die Taxis hielten vor einem Haus, das wie ein kleines, altmodisches Kino aussah. »Wenn es überhaupt etwas zu sehen gibt, dann hier.«

Die Vorderfront war von rotem und gelbem Neonlicht erleuchtet, und drinnen und draußen war das übliche Getöse orientalischer und westlicher Musik zu hören. Die Musik verhieß Amüsement, aber die wartende Schlange der Amüsierwilligen war ein elender und heruntergekommener Haufen. Ein Türsteher kontrollierte, und Angela zitierte Castlebar aus dem zweiten Taxi herbei, damit er mit ihm verhandelte.

Die englischen Besucher sahen zu, wie Castlebar und der Türsteher die Warteschlange entlang gingen und abwechselnd jeden Mann ansprachen. Was auch immer er zu arrangieren versuchte, es stieß nicht auf viel Gegenliebe. Ein junger Mann in Hosen und zerknitterter Baumwolljacke, abgerissen, den Blick zum Boden gesenkt, bot sich schließlich an und wurde, wie zu seiner Hinrichtung, abgeführt. Castlebar kam zurück, öffnete die Tür von Angelas Taxi und sagte mit Befriedigung: »Alles geregelt.«

»Was machen die da mit ihm?« fragte Mortimer.

»Er ist der Hauptdarsteller. Dafür kriegt er es umsonst.«

Angela hielt sich dicht an Simon, als ob sie fürchtete, er würde davonlaufen, und schob ihn zur Tür: »Jetzt raus mit dir, Süßer. Was meinst du, was du dann den Jungs in der Wüste alles erzählen kannst.« Sie ging voran in das Haus, und der Rest der Gruppe folgte, zu benebelt, um zu fragen, was als Nächstes passierte. Harriet erkannte, daß sie drinnen sicherer sein würde als alleine draußen auf der Straße bei den Zuhältern, Prostituierten und Bettlern, und ging mit. Sie wurden von einem Safragi in einen Kellerraum geführt, wo sie dicht beieinander standen, sprachlos und wie gelähmt vor nervöser Neugierde. Der Raum war heiß, und die üblichen Gerüche von Knoblauch und abgestandenem Schweiß wurden von einem Karbolgeruch überlagert.

Durch eine Seitentür erschien eine negroide Frau in einem schmutzigen, rosafarbenen Umhang. Sie war dick, schon älter, gelangweilt und dem Publikum gegenüber gleichgültig. Sie warf den Umhang ab, legte sich auf die Pritsche und spreizte die Beine auseinander.

Einer der Kirschenpflücker flüsterte heiser: »O Gott, nichts wie raus hier«, aber er rührte sich nicht vom Fleck.

Der junge Mann aus der Warteschlange trat ein, nur im Hemd. Seine Hose hielt er in der Hand, sah das Publikum mit einem Schafsblick an und stand da, als wüßte er nicht, was er tun sollte. Die Frau, die keine Zeit zu vergeuden hatte, knurrte: »Tala hinna«, und streckte ihre Arme aus in einer Parodie von einer amourösen Aufforderung. Der junge Mann sah zu ihr hin und fiel dann auf sie drauf. Die Vereinigung war kurz. Als er erschöpft herabsank, schob sie ihn zur Seite, warf den Umhang um die Schultern und ging auf platten, schmutzigen Fußsohlen davon.

»Ist das alles?« fragte Angela. Sie klang, als sei sie betrogen worden, aber Simon spürte, daß sie alle mehr Grund hätten, sich zu schämen.

Der allein zurückgelassene junge Mann beeilte sich, wieder in seine Hosen zu kommen. Als er es geschafft hatte, ging er zu Castlebar hinüber und lächelte vor Erleichterung, daß die Vorführung vorbei war. Er sagte: »Professor, Sir, Sie kennen mich nicht, aber ich kenne Sie. Manchmal besuche ich Ihre Vorlesungen.«

Castlebar begann vor Bestürzung zu stammeln, war aber unfähig, ein Wort herauszubringen und bot dem jungen Mann eine Zigarette an.

Aus einem Gefühl der Ritterlichkeit heraus warteten alle, während die Zigaretten geraucht wurden, und nachdem Angela die Darbietung des jungen Mannes über Gebühr gelobt hatte, bot sie ihm einen Tausendpiasterschein an.

»Oh, nein, nein.« Er trat einen Schritt zurück: »Das will ich nicht. Wenn es Ihnen gefallen hat, genügt das.«

Castlebar war schließlich wieder in der Lage zu sprechen und fragte ihn: »Wirken Sie oft bei solchen Darbietungen mit?«

»Nein.« Der junge Mann war über die Frage entsetzt, fürchtete dann aber, unhöflich zu erscheinen und entschuldigte sich: »Sehen Sie, wir Ägypter sind nicht wie Sie Europäer. Wir ziehen es vor, so etwas nicht in der Öffentlichkeit zu machen.«

»Ich denke, es ist Zeit zu gehen«, sagte Angela. Als sie hintereinander hinausgingen, nahm jeder von ihnen den jungen Mann bei der Hand und murmelte eine Gratulation in dem Versuch, ihn für die Demütigung, die sie ihm auferlegt hatten, zu entschädigen.

2

Die Taxis, die sie zurückbrachten, hielten zunächst vor dem Shepeard's, wo die Kirschenpflücker ausstiegen, und Simon sagte: »Ich steige auch gleich mit aus.« Als er sich bei Angela bedankt und den anderen eine gute Nacht wünschte, fragte Harriet, ob er noch einmal zum Abendessen kommen würde, bevor sein Urlaub um war. Er versprach ihr, sie anzurufen, aber sie hörte erst nach langer Zeit wieder etwas von ihm.

Die Kirschenpflücker standen noch vor dem Hotel. Da er glaubte, daß sie ihn loshaben wollten, drehte er sich um und wollte die Straße überqueren, als Terry sagte: »Kommen Sie mit, trinken wir noch einen zum Abschluß.«

Er war überrascht, faßte es mehr als einen Befehl als eine Einladung auf und ging mit ihnen zu den Stufen des Hotels. Sogar zu dieser Stunde ging das Leben im Esbekiya-Viertel weiter. Dragomane in wichtigen, dunklen Gewändern und mit schweren Stöcken verfolgten die drei Offiziere und verhießen ihnen: »Speziell für Sie, viele Vergnügungen.«

»Danke, haben wir gerade gehabt«, sagte Terry und erzeugte damit ein Gelächter bei den Gästen, die immer noch an den Tischen auf der Terrasse saßen.

Auf der Hoteluhr im Inneren sah Simon, daß es schon nach Mitternacht war, und er fühlte sich vom vergangenen Tag erlöst. Kein anderer Tag, niemals, zu keinem Zeitpunkt, konnte so schwarz werden, wie dieser Tag es gewesen war. Sogar sein anfänglicher Groll gegenüber den Kirschenpflückern war vergangen, und er bemerkte, daß sie nicht, wie zuerst vermutet, unerträglich arrogant waren. Trotz ihres ruhmreichen Regiments und der Überlegenheit, die es ihnen vermittelte, waren sie, genaugenommen, von den Zivilisten provoziert worden, und jetzt, wo sie mit ihm allein waren, wurden sie unkompliziert und freundlich.

Er sagte zu Terry: »Was haben Sie von der Show gehalten, Sir?«

»Sie meinen den armen Teufel mit der Nutte? Ich fand das ziemlich jämmerlich.«

Tony und Simon pflichteten ihm bei, und die drei waren sich in ihrer Ablehnung der Darbietung einig. Die Inneneinrichtung des Hotels vermittelte Simon zusätzlich ein Gefühl der Sicherheit, das sie ihn an das Putney Odeon erinnerte. Es überstieg zwar zweifellos seine Möglichkeiten, entsprach aber durchaus seinen Idealvorstellungen. Die Atmosphäre war jedoch gestört, als habe sich eine Katastrophe ereignet. Höhere Offiziere standen in der Halle inmitten angehäuften militärischen Gepäcks, tranken, doch mit einer Haltung erwartungsvoller Gespanntheit.

Terry flüsterte Tony zu: »Glaubst du, es geht los? Ich geh' mal hin. Mal hören, was sich da zusammenbraut.«

Simon beobachtete voller Respekt, wie sich Terry zwischen den Offizieren bewegte und nach einem Gleichrangigen Ausschau hielt. Er selbst hätte es niemals gewagt, einen von ihnen anzusprechen. Terry kam zurück und sagte ruhig und mit ausdruckslosem Gesicht: »Irgend etwas ist im Gange, ganz bestimmt, aber sie wissen nicht, was. Aufklärungsflugzeuge haben Bereitstellungen im Südabschnitt ausgemacht. Das allgemeine Gefühl ist, daß die Deutschen alles für den großen Durchbruch vorbereiten.«

Tony gestattete sich ein klein wenig Aufgeregtheit: »Dann sind wir ja beim großen Schlachtfest dabei?«

Simon, der eine Woche lang in Kairo festsitzen würde, fragte sich, ob er wohl jemals irgendwo dabei sein würde. Er war während eines Alarms in Suez angekommen und mitten durch das Durcheinander einer geschlagenen oder beinahe geschlagenen Armee hindurch direkt an die Front geschickt worden. Eine Armee von Übriggebliebenen, hatte sie jemand genannt.

Er sagte: »Ich nehme an, sie mußten früher oder später durchbrechen. Ich konnte selbst sehen, wie dünn unsere Front war. Ich fragte meinen Kommandeur, warum sie denn nicht weiter vorrückten, aber er meinte, daß sie einfach eine Ruhepause brauchten.«

»Eine Ruhepause brauchten? Den Teufel brauchten die eine Ruhepause«, sagte Terry. »Ich weiß nicht, wie viele Kämpfe Sie schon gesehen haben, junger Freund, aber in unserem Abschnitt haben wir die Kerle zurückgeworfen und festgenagelt. Das ist der Grund, warum sie nicht weiter vorgerückt sind. Weil wir sie keinen Zentimeter weiter vorgelassen haben.«

»Ich verstehe«, sagte Simon bescheiden, weil ihm bewußt war, daß er zuwenig vom Kampf gesehen hatte, um sich ein Urteil über die Ereignisse zu erlauben. In seinem Abschnitt, der großen, offenen Fläche, südlich des Ruweisat-Buckels, patrouillierten Jagdverbände, mobile Einheiten, die den Auftrag hatten, ›die Deutschen zu piesacken, wann und wo immer sich die Möglichkeit dazu ergab‹. Simon war als junger Leutnant im langweiligsten Teil der Kampflinie und hatte erst ein einziges Mal die Möglichkeit gehabt, jemanden zu piesacken.

Er sagte: »Als ich Urlaub bekam, schien alles zum Stillstand gekommen zu sein.« In seiner Einbildung war die ganze Front durch die klebrige Hitze des Sommers für immer befriedet worden, und nun sah es so aus, als habe er nur die Wüste zu verlassen brauchen, damit der Krieg wieder zu Leben erwacht. Verzagt sagte er: »Mein Abschnitt ist im Süden. Ich wünschte, ich könnte mit Ihnen mitgehen.«

Aber warum sollte er mit ihnen mitgehen?

Sein Aufenthalt in Kairo, so kurz er auch war, war ein Desaster gewesen. Er hatte genug davon. Bei dem Gedanken an eine Rückkehr an die Front kam er zum ersten Mal seit Hugos Tod aus seiner Trostlosigkeit heraus. Beim großen Schlachtfest dabei zu sein! Dabei zu sein, wenn die Killer selbst gekillt werden! Alles andere – Edwinas Falschheit, die grauenvolle Party im Nachtclub, die Vorführung im Bordell – verschwand aus seinem Kopf, und er fragte voller Eifer: »Kann ich mit Ihnen mitkommen? Sie haben doch sicher ein Fahrzeug?«

»Yep, wir haben einen Pick-up organisiert. Wir könnten Sie mit reinstopfen. Aber mal angenommen, die Deutschen lassen nur ein bißchen die Muskeln spielen? Dann hätten Sie Ihren Urlaub umsonst abgebrochen.« Terry sah Tony an und lachte: »Wenn ich noch eine Woche hätte, würde ich sie nehmen.«

Tony lachte ebenfalls: »So oft haben wir nun auch wieder nicht Urlaub!«

Simon erklärte seinen dringenden Wunsch, in die Wüste zurückzukehren, nicht, sondern sagte: »Ich wäre Ihnen dankbar, wenn Sie mich mitnehmen würden.«

»O. K. Wir brechen früh auf. Trinken wir also aus, und damit Schluß für heute.«

Die Kirschenpflücker holten Simon um 06.30 Uhr ab. Gewohnt, bei Sonnenaufgang aufzustehen, wartete er abfahrtbereit auf den Hoteltreppen. Der Pick-up, ein Halbtonner, war geräumig genug. Die drei konnten bequem sitzen.

An diesem Morgen hatten die Kirschenpflücker nichts zu sagen. Terry saß hinterm Steuer und Tony neben ihm. Keiner von beiden sagte ein Wort zu Simon, als dieser sich hinten beim Gepäck niederließ. Er für seinen Teil wußte, daß er nur zu reden hatte, wenn er angesprochen wurde, und so fuhren sie schweigend durch die leeren Straßen im fahlen Licht der Morgensonne.

Die Straße aus Kairo hinaus war für Simon längst etwas Altvertrautes geworden: die Häuser aus Lehmziegeln, die Straßenbäume, die Dolden mit rotorangenen Blüten ausstreckten, die duftenden Bohnenfelder, dann die Pyramiden und das starre, konturlose Antlitz des Sphinx. Nichts von all dem berührte ihn jetzt. Er nickte ein, doch als sie außerhalb von Mena in die offene Wüste hinausfuhren, wurde er aus dem Schlummer gerissen, als Terry ruckartig bremste. Ein Mann war auf der Straße getötet worden. Die Leiche lag am Rand, in ein weißes Tuch gehüllt, und andere Männer, Arbeiter in Galabiyas, die den Lastwagen herankommen sahen, waren auf die Straße gerannt und hatten die Hände hochgehalten.

Terry rief zu ihnen hinunter: »Wie ist's passiert?«

Die Männer, die den Lastwagen umringten, sahen nicht sehr gefährlich aus. Da sie die Frage nicht verstehen konnten, schauten sie sich gegenseitig an, bis schließlich einer sagte: »Armer toter Mann.« Und aus anerzogener Höflichkeit grinste er und legte eine Hand über den Mund.

Terry sagte: »O Gott«, steckte die Finger in seine Hemdtasche und zog ein paar zusammengefaltete Scheine heraus. Er gab dem Mann ein Pfund und sagte: »Für die Frau und die Kinder.« Der Sprecher akzeptierte das Geld, berührte Stirn und Brust in Dankbarkeit und winkte den anderen, den Lastwagen durchzulassen.

Beim Weiterfahren fragte Terry: »Was sollte das Ganze?«

Tony lachte. »Sie probieren aus, wie weit sie gehen können, aber man kann sich leicht loskaufen.«

»Der Bursche wurde vermutlich von einem Armeelaster getötet.«

Simon sank wieder in Schlaf. Außerhalb von Alexandria, auf der Küstenstraße nahe den Salzseen, rüttelte Tony ihn wach und sagte: »Wie wär's mit Frühstück?«

Die Kirschenpflücker hatten einen Picknickkorb dabei, der ihnen vom Hotel zurechtgemacht worden war. Die drei Männer setzten sich in der warmen Seeluft auf die Felsen am Strand. Das Essen – Portionen von kaltem Entenbraten, frische Brötchen, Butter, Kaffee in einer Thermosflasche – war weitaus besser als die Armeeverpflegung, die Simon gewohnt war, aber er war zu befangen, um eine Meinung zu äußern.

Terry fragte eher gereizt: »Ist's denn so recht?«

»Ich bitte Sie. Es ist super.«

»Gut. Dachte, Sie könnten Entenbraten vielleicht nicht mehr sehen.«

»Hab' ich vorher noch nie probiert.«

Sie ließen Simon sich satt essen und diskutierten über die Entenjagd, ein Sport, der ihrer Meinung nach in diplomatischen Kreisen bis zum Exzeß betrieben wurde.

»Da wird bald nicht eine einzige verdammte Ente mehr übrig sein«, brummelte Terry, während er einen Unterschenkel abnagte, um sich dann über einen Flügel herzumachen.

Tony warf ihm einen verschmitzten, schrägen Blick zu: »Obwohl es ja immer wieder schön ist, im Kühlschrank ein Vögelchen zu haben, an dem man rumknabbern kann, wenn man abends spät nach Hause kommt.«

Nach dem Mahl lagen die Kirschenpflücker mit geschlossenen Augen in der Sonne, während Simon Steine in das leicht bewegte Meer warf und auf den Befehl zum Aufbruch wartete. Am östlichen Ende der Küstenstraße gab es kaum Verkehr, und die drei Männer hatte eine Ruhe um sich, die man beinahe friedlich hätte nennen können. Aber die Hitze nahm zu, und Terry stand auf und sagte: »Wir brechen besser auf.« Ungefähr zwanzig Meilen lang konnte er beständig hundert Stundenkilometer fahren, aber als sie sich den vorderen Stellungen näherten, wurden sie nicht nur von Last- und Personenwagen gezwungen, langsamer zu fahren, sondern auch von Infanterie, die nach Westen zog.

Tony sagte: »Sieht ganz so aus, als ob sich da was tut.«

Als man aus der Ferne Geschützfeuer hören konnte, verspürte Simon eine altbekannte Angst, doch beim Anblick des Kriegsgeräts um ihn herum kam es ihm so vor, als ob er sich jetzt auf vertrautem Gebiet befand.

Die Benzinkanister, die in Abständen neben der Straße aufgestellt waren, wiesen den Weg zu den einzelnen Divisionen und Korps. Für die drei Männer waren sie jedoch bedeutungslos, da ihre Einheiten ein gutes Stück weiter unten im Süden lagen. Terry beobachtete Panzer in der Ferne und runzelte die Stirn: »Was die dort wohl wollen? Sieht fast wie Gefechtsausbildung aus.« Nach einer Weile hielt er bei einem Nachschublager an und befahl Simon ohne weitere Förmlichkeiten: »Würden Sie mal reingehen und fragen, ob sie uns auftanken? Bei der Gelegenheit könnten Sie vielleicht ein paar Informationen einholen.«

Simon sprang hinten vom Lastwagen herunter und ging hinüber zu der Drahtumzäunung. Es war genau Mittag, die Zeit glühender Hitze, und der Geruch des Depots überfiel ihn, als er ein paar Meter davon entfernt war. Der Fernmelder seines Jagdverbands, Ridley, Lieferant von Klatsch und Gerüchten, hatte ihm erzählt, daß die für britische Zivilisten in Palästina bestimmten Lebensmittel meist von den Nachschuboffizieren in Kantara abgefangen wurden: »Die nehmen sich ihren Anteil, und der Rest verschwindet irgendwo und verfault. Die reinste Verschwendung, meiner Meinung nach.« Ridley hatte für britische Beamte keine Sympathien, aber gegenüber Nachschuboffizieren hegte er einen akuten Widerwillen, weil sie, wie er sagte, »von dem dick und rund werden, was wir nicht kriegen – und das ist anständiges Futter«.

Simon wurde in das Lager eingelassen und zum Kommandeurs-LKW geschickt, wo er den diensthabenden Offizier an einem Tisch unter einem Vorzelt fand. Der Gestank, der sich unter der Zeltbahn angesammelt hatte, erregte Übelkeit, doch der erhitzte und aufgeregte Offizier hatte andere Sorgen. Er hörte Simon auf sich zukommen und sagte über die Schulter: »Was zum Teufel wollen Sie?«

»Benzin, Sir.«

»Ah!« Simons harmlose Bitte ließ den Offizier sich einen Moment entspannen. Er schob sich vom Tisch weg, wischte sein Gesicht ab und zog eine Zigarette heraus: »Die erste heute. Wir haben hier vielleicht einen Scheißzirkus, seit dieser neue Bursche das Kommando übernommen hat.«

»Wir haben Panzer bei der Gefechtsausbildung sehen können. Haben uns gefragt, was los sein könnte.«

»An allem ist dieser neue Bursche schuld, den sie Monty nennen. Er will alle in Gefechtsbereitschaft sehen. Sagt,

47

daß er die 8. Armee auf Trab bringen will. Das heißt, es sieht ganz so aus, als ob es langsam brenzlig würde.«

»In Kairo war man der Meinung, daß die Schau schon angefangen habe.«

»Hier oben jedenfalls nicht.«

»Im südlichen Abschnitt vielleicht?«

»Schon möglich. Mich informiert ja keiner.« Der Offizier, der selbst auch keinen informierte, nahm noch einen Zug aus seiner Zigarette und drückte sie dann in einer Büchse aus, in der halb gerauchte Zigaretten zusammengedreht waren, wie ein Nest voller Raupen. Er sah sich um, befürchtete, man könnte noch etwas von ihm wollen, und als er lediglich Simon sah, zündete er sich eine neue Zigarette an.

»In Ordnung. Ich gebe Ihnen einen Berechtigungsschein, dann fahren Sie mit Ihrem Fahrzeug rein und tanken auf. Der Kantinenwagen kommt auch bald, für den Fall, daß Sie eine Pause machen wollen.«

Gegen drei Uhr nachmittags tauchte der Ruweisat Buckel wie ein Schatten aus dem Hitzedunst auf, und dahinter erhoben sich riesige Staubwolken in den Himmel. Tony sagte: »Da drüben ist was los.«

Formationen von Wellingtons flogen nach Süden, und Terry sagte voller Freude: »Wir fahren direkt hinein.« Aber als sie nach einer Meile die Erschütterungen schwerer Artillerie zu spüren begannen, sperrte ein Wagen der Militärpolizei die Straße, und ein Feldjäger wies sie an, eine mit Fässern gekennzeichnete Piste zu nehmen, die nach Osten und weg vom Kampfgeschehen führte.

Terry protestierte ärgerlich: »So was Blödes. Da fahren wir ja ganz verkehrt. Die 11. Husaren sind unten in Himeimat, und da müssen wir hin.«

»Nein, Sir, Sie fahren diese Rollbahn entlang und bleiben auf ihr. Himeimat ist unter schwerem Beschuß. Ich bezweifle, ob da noch jemand von ihren Kameraden übrig ist. Sie folgen der Piste und gelangen dann nach Samaket – falls es Samaket überhaupt noch gibt.«

»Da wo es Rabbatz gibt, müssen wir hin. Wenn die Husaren nicht bei Himeimat sind, wo sind sie dann?«

»Ich weiß genausoviel wie Sie, Sir.«

Da sie nun gezwungen waren, nach Osten zu fahren, knurrten sich die Männer gegenseitig an, enttäuscht, aber auch aufgeregt. Terry sagte: »Wir waren schon fast drin – und wo fahren wir jetzt hin? Das ist genauso, wie wenn sie einen mitten in der Vorstellung aus dem Theater werfen.«

Am späten Nachmittag führte sie die Piste, die einen Knick nach Süden gemacht hatte, zu einer ebenen Sandfläche, die durch Faßmarkierungen in Parzellen für Panzerinstandsetzung, Nachschub- und Ersatzteillager, Kfz-Werkstätten, Verbandsplätze und Hütten für die Leichen aufgeteilt war. Simon hatte in seinen ersten Tagen in der Wüste schon einmal etwas Ähnliches gesehen und wußte, daß es ein Depot unter gefechtsmäßigen Bedingungen war. Sie hielten beim Kommandeurswagen an, wo ein Hauptmann auf sie zueilte mit der aufgeregten Miene eines Mannes, der gute Nachrichten überbringt. Der Feind, sagte er, habe genau nördlich von Himeimat einen Durchbruch versucht.

Terry schlug voller Wut aufs Steuerrad. »Wir haben's verpaßt. Wir haben es gottverdammtnochmal verpaßt.«

Der Captain lachte. »Gar nichts haben Sie verpaßt.«

»Wo sind die Deutschen jetzt?«

»Liegen in den Minenfeldern fest.«

Terry drehte sich heftig zu Tony um und sah ihn an: »Dann müssen wir wenigstens dorthin«, und fragte dann den Captain: »Glauben Sie, die rücken noch ein Stück vor?«

»Das weiß niemand. Sind ziemlich viele Panzer hingeschickt worden. Unsere Aufklärung meldet über hundert Mark III in der Gasse, aber es kommt gerade ein Sturm auf. Der Dreck ist so dick, daß man Sand und Scheiße nicht auseinanderhalten kann.«

In dieser Stimmung allgemeiner Kumpelhaftigkeit fand Simon den Mut, sich nach seinem Jagdverband zu erkundigen, den er östlich von Ragil verlassen hatte.

»Was? Hardys Haufen?« Der Captain ließ ein Gelächter

hören, das schon sehr wie reiner Hohn klang: »Die sind zuletzt auf der Piste nach Kairo gesichtet worden.«

»Also nicht im Gefecht?«

»Eigentlich nicht. Es sah eher so aus, als suchten sie Kaninchen.«

Simon sprang vom Pick-up herunter. Am Gefecht konnte er sich nicht beteiligen, und es gab keinen Grund mehr, um bei den Kirschenpflückern zu bleiben. Er mußte auf ein Fahrzeug warten, das ihn zu seinem Verband brachte, wo auch immer der gerade steckte.

Als die Hussaren wieder weiterfuhren, rief ihnen der Hauptmann nach: »Paßt auf, daß ihr nicht genau ins Messer lauft.« Er warf Simon einen Blick zu und sagte: »Ich habe das schon mal erlebt.« Und da er einem unerfahrenen Leutnant nichts mehr zu sagen hatte, ging er zurück zum Kommandeurswagen.

Simon trug sein Gepäck in den Schatten einer Hütte und setzte sich daneben. Er sah, wie der Transporter in einer Staubwolke auf der Piste verschwand. Er beneidete die Kirschenpflücker, fühlte aber kein Bedauern wegen der Trennung von ihnen. Während der Monate in der Wüste hatte er gelernt, unabhängig zu bleiben. Anfangs hatte er sich an jeden gehängt, der auf irgendeine Weise die verlorenen Beziehungen aus der Heimat ersetzen konnte, aber das Bedürfnis nach solchen Beziehungen war in dem Maße geschwunden, wie seine Freunde gestorben waren. Er war mißtrauisch geworden gegenüber Gefühlen der Zuneigung, die immer in einer Tragödie zu enden schienen. Er spürte, daß dieser letzte Todesfall, Hugos Tod, sein Gefühlsleben ausgelöscht hatte. Er wollte keine Vertrauten oder Kumpel mehr. Er sagte sich, daß er sehr gut auch allein zurechtkommen konnte.

3

Unzufriedenheit – hauptsächlich von seiten Harriets – höhlte die Ehe der Pringles aus. Harriet war nicht genügend beschäftigt, und Guy zu sehr. Er verspürte den Drang, seinen Status als Zivilist zu rechtfertigen, und arbeitete daher über seine normale Arbeitszeit im Institut hinaus, organisierte Vorträge, Programme für die Truppenbetreuung und stürzte sich in jede Tätigkeit, die ihm das Gefühl, etwas Sinnvolles zu tun, vermittelte. Harriet sah in seiner unermüdlichen Betriebsamkeit den Versuch, einer Situation zu entkommen, die nicht existierte. Selbst wenn er die Möglichkeit gehabt hätte, zur Armee zu gehen, wäre er wegen seiner Kurzsichtigkeit nicht genommen worden. Er erzeugte in sich selbst ein Schuldbewußtsein, um seine Anstrengungen zu rechtfertigen, und seine Anstrengungen bewahrten ihn davor, sich der unangenehmen Wirklichkeit zu stellen.

Dachte sie jedenfalls. Und weil sie so dachte, empfand sie nicht so sehr Groll als vielmehr eine tiefe Enttäuschung. Vielleicht hatte sie von der Ehe zuviel erwartet. Aber waren ihre Erwartungen unvernünftig? Verbrachten alle Ehepaare ihre Abende getrennt? Sie spürte, daß ihre Beziehung in eine Sackgasse geraten war, doch Guy fühlte sich wohl. Alles war in etwa so, wie er es haben wollte, und falls er ihre Unzufriedenheit überhaupt bemerkte, dann nur, um sich darüber zu wundern. Er war betroffen, wenn er ihre fast krankhafte Magerkeit sah, aber er machte nicht sich dafür verantwortlich. Er machte das ägyptische Klima dafür verantwortlich und schlug vor, sie solle mit einem Schiff, das bald abfahren würde, ums Kap herum nach England reisen.

Bei diesem Vorschlag war sie sprachlos gewesen. Sie wollte ihn nicht einen Augenblick lang in Erwägung ziehen, sondern sagte: »Wir sind zusammen gekommen, und wenn wir wieder gehen, dann gehen wir auch zusammen.« Und damit, so dachte sie, sei die Sache erledigt.

Guy kam selten zum Essen nach Hause, und als er einmal zur Mittagszeit die Wohnung betrat, fragte sie in freudiger Überraschung: »Bleibst du für heute ganz zu Hause?«

Er lachte über diese Vorstellung. Er war selbstverständlich nicht nach Hause gekommen, um für den Rest des Tages zu Hause zu bleiben. Er war gekommen, um sich umzuziehen. Er sollte einer Zeremonie auf dem moslemischen Friedhof beiwohnen und mußte sich beeilen. Harriet folgte ihm in ihr gemeinsames Zimmer und sagte: »Aber du bleibst doch zum Mittagessen da?«

»Nein. Bevor ich zum Friedhof gehe, habe ich noch Vorstellungsgespräche mit zwei Männern, die als Lehrer beim Institut arbeiten wollen.«

»Das heißt, du gehst in die Stadt der Toten?« Harriet war verblüfft. Während ihrer ersten Zeit in Kairo hatte er noch Zeit für die Sehenswürdigkeiten gehabt und hatte dabei die Stadt der Toten als ›morbide Show‹ abgelehnt. Was war da jetzt bloß über ihn gekommen? Er ging aus Pflichtgefühl hin. Einer seiner Schüler war bei einem Autounfall getötet worden, und er ging nicht zur Beerdigung sondern zum *arba'in*, dem Besuch bei den Toten, der die vierzig Tage öffentlicher Trauer beendete.

»Kann ich mit dir mitkommen?«

Guy war bereits genervt, weil er sich an diesem Tag vollständig umziehen mußte, und sagte: »Nein. Das ist wahrscheinlich nur für Männer. Warum auch nicht? Es wird sie nicht verletzen, wenn sie daran erinnert werden, daß es auch Frauen gibt. Ja, komm mit, wenn du möchtest.«

Er war ein kräftiger, bebrillter, unordentlicher Mann, der jetzt in seinem gutgeschnittenen, dunkelblauen Anzug ganz passabel aussah. Aber so konnte er sein Erscheinungsbild natürlich nicht lassen. Indem er seine Taschen mit Büchern und Papieren vollstopfte, gelang es ihm, seine alte nachlässige Erscheinung wiederherzustellen, und mit gleichzeitig zunehmender Fröhlichkeit sagte er: »Hol mich um drei im Groppi ab.«

»Und du wirst um drei *bestimmt* dort sein?«

»Selbstverständlich. Also, komm nicht zu spät. Ich hab' den ganzen Abend viel zu tun. Das heißt, wir gehen früh hin und früh wieder weg.«

Als er das Zimmer verließ, sah sie, wie seine Brieftasche

halb zur Gesäßtasche heraushing und rief: »Steck deine Brieftasche rein, bevor sie geklaut wird.«

»Danke. Muß mich beeilen. Das Taxi wartet unten. Denk
dran: Komm nicht zu spät. Wenn du zu spät kommst, muß
ich ohne dich hin.«

Den ganzen September hindurch hatte sich die Sommerhitze
schichtenweise überlagert und in den Straßen festgesetzt, so
daß sie schier unter dem Eigengewicht der Hitze zusammen-
gedrückt wurden, die jetzt die Stadt wie mit einem gelben Nebelschleier einhüllte. Groppis Garten, ein Lokal mit einer offenen Kiesfläche, die von Mauern eingegrenzt war, duftete nach
Kaffee und Kuchen und war wie ein großer Würfel türkischer
Honig. Harriet schlenderte in der stickigen, glühenden Hitze
des Nachmittags hinein und sah, daß Guy nicht da war. Sie
fragte sich, was sie wohl veranlaßt hatte anzunehmen, er
würde dasein. Er kam immer zu spät, doch seine Beteuerun-
gen waren so überzeugend, daß sie ihm immer wieder
glaubte, er würde auch tatsächlich kommen, wenn er es sagte.

Die Soldaten sahen das Groppi als einen guten Platz an,
um Mädchen aufzugabeln, und Harriet haßte es, alleine dort
zu sein. Sie hatte sich einen Tisch an der Mauer ausgesucht
und spürte, daß sie Gegenstand von allzu viel Interesse war.
Hätte sie es gekonnt, hätte sie sich versteckt.

Die Sonne stand direkt über ihr und verströmte geschmol-
zenes Messing durch den Stoff der Schirme. Kletterpflanzen,
die durch Wasser aus einem perforierten Schlauch am Leben
erhalten wurden, raschelten in einem Gewirr papierner Blätter. Mit nichts als Kletterpflanzen zu ihrer Gesellschaft saß sie
gesenkten Blickes da und wünschte sich, Guy umzubringen.

Jemand sagte: »Hallo«, und als sie aufschaute, sah sie Dobson, der sich zu ihr setzen wollte. Sie trafen sich zwar fast zu
jeder Mahlzeit in der Wohnung, doch sie begrüßte ihn wie einen lieben Freund, den sie seit Monaten nicht mehr gesehen
hatte, und ihre Stimmung hob sich.

Wie immer hatte Dobson eine amüsante Geschichte parat:
»Es wird erzählt, daß die Lage in Rußland so schlimm ist, daß
sie jetzt wieder die Kirchen aufmachen. Folgendes habe ich

gehört: Eines Nachts, als Stalin gerade aus dem Kreml fuhr, streiften die Scheinwerfer seines Autos ein Plakat, auf dem Stand: ›Religion – das Opium der Massen!‹ – ›O Gott‹, sagte Stalin, ›das ist ja genau, was wir zur Zeit brauchen: Opium!‹ Und er befahl, die Kirchen wieder zu öffnen.«

»Hat er tatsächlich ›O Gott‹ gesagt?«

Dobsons sanft herabhängende Schultern schüttelten sich vor Lachen: »O Harriet, wie scharf du doch aufpaßt!« Er strich sich mit der Hand über eine Haartolle und fragte: »Was hätte er wohl sonst sagen können? Vielleicht: ›O russischer Winter‹!«

»Also wirklich, Dobbie, jetzt wirst du komisch.«

Als Guy endlich mit vielen Ausreden und Entschuldigungen eintraf, hatte Harriet ihren Ärger vergessen. Er fragte sie, ob sie schon lange wartete, und sie antwortete ausdruckslos: »Seit drei Uhr.«

Er nahm es leicht: »Na gut, Dobbie war ja da.«

Obschon er zuvor die Notwendigkeit betont hatte, ›früh hinzugehen und früh wieder weg‹, setzte er sich, bestellte Tee und sagte: »Ich habe gerade ein Riesenglück gehabt. Letzte Woche riefen zwei Burschen im Institut an und sagten, sie suchten Arbeit als Lehrer für Englisch. Heute habe ich sie kennengelernt, und – es ist fast zu schön, um wahr zu sein – sie sind genau das, wonach ich schon die ganze Zeit suche. Sie sprechen ein ausgezeichnetes Englisch. Sie sind belesen, sehen gut aus und sind bereit, beliebig viele Klassen zu übernehmen. Das heißt, sie sind ein Geschenk. Nach meiner Meinung könnten sie wesentlich besser bezahlte Jobs kriegen, aber sie wollen unterrichten.«

»Erstaunlich!« sagte Dobson. »Was sind sie? Ägypter?«

»Nein, europäische Juden.«

»Und heißen?«

»Hertz und Allain.«

Dobson glaubte, alle europäischen Flüchtlinge unter britischem Schutz zu kennen, und sagte: »Nie von ihnen gehört. Wo war ihr letzter Aufenthaltsort?«

Guy hatte sie gar nicht danach gefragt. »Spielt das eine Rolle? Vielleicht sind sie aus Palästina gekommen.«

»Hast du gefragt, was sie hier machen?«

»Nein, aber sie werden doch wohl hierher kommen dürfen, wenn sie das wollen.«

»Warum sollten sie das wollen? Die Juden, die das Glück haben, nach Palästina reinzukommen, sind heilfroh, wenn sie dortbleiben können.«

Da ihm diese Fragerei nicht gefiel, wurde Guy nervös und sah auf die Uhr. Er sammelte seine Bücher ein, sagte: »Es ist vier Uhr vorbei«, fügte hinzu: »Mir leuchtet nicht ein, warum man mißtrauisch gegenüber zwei zivilisierten, intelligenten und harmlosen Männern sein soll, die unterrichten wollen. Ich kann jetzt den Sprachunterricht delegieren und mich ganz auf Literatur konzentrieren.«

Dobson war nie lange eingeschnappt, und so lächelte er und sagte: »Na schön! Aber behalt sie im Auge, für den Fall...«

»Für welchen Fall?«

»Ich weiß es nicht. Ich habe nur so ein Gefühl, daß sie zu gut sind, um echt zu sein.«

Guy sah Harriet an und sagte: »Darling, beeil dich doch bitte«, ganz so, als sei sie daran schuld, daß es schon so spät war. Er hatte vor dem Café eine Gharry warten lassen. Nachdem sie Platz genommen hatten, sagte er zum Fahrer ›Qarafa‹, und damit hörte Harriet zum ersten Mal den eigentlichen Namen der Stadt der Toten. Er hatte mehr Arabisch als sie gelernt und konnte dem Fahrer begreiflich machen, daß sie in höchster Eile waren. Der Mann war daraufhin so elektrisiert, daß er auf sein Pferd eindrosch, worauf die arme Kreatur fast hundert Meter lang trabte, bevor sie wieder in ihre normale Lethargie verfiel.

Ihr Weg führte sie durch die alten Viertel von Kairo, durch verstopfte Straßen und an Minaretten vorbei, die gelb vor Sand waren und gegen das Tiefblau des Himmels zu zerbröckeln schienen. Die Roten Milane, die in den Hauptstraßen wenig fanden, was für sie von Interesse war, schwebten hier langsam aber scharfäugig über den flachen Hausdächern, wo die Armen ihre Abfälle stapelten. Je enger die Gäßchen wurden, desto dichtgedrängter wurden die Menschenmassen, und die Luft ringsum war voll vom Geruch der Gewürzläden. Guy war wegen ihres späten Eintreffens beunruhigt und sagte nichts.

Für Harriet war die Fahrt durch sein stummes Desinteresse an der Umgebung verdorben, und so fragte sie: »Warum bist du nicht, wie ausgemacht, um drei gekommen?«

»Weil ich Wichtigeres zu tun hatte. Du kannst dir nicht vorstellen, was ich alles am Hals habe.«

Sein Ton kontrollierter Gereiztheit erboste sie. »Und das meiste davon sinnlos. Wahrscheinlich hast du mit den zwei Lehrern einfach die Zeit verplaudert.«

Wahrheiten dieser Art verärgerten ihn, und er gab keine Antwort, sondern starrte mit verkniffener Leidensmiene geradeaus. So, dachte sie, ist die Ehe: Man kennt sich eben zu gut.

Sie kamen zur Mauer der Zitadelle hinauf und bogen dann in Richtung der Wüstenregion unterhalb des Mokattam-Hügel ab. Einst waren die Toten vor ihren Häusern begraben worden, doch Napoleon hatte damit Schluß gemacht. Jetzt wurden sie in ihre eigene Stadt hinaufgebracht, wo es Straßen gab und Mausoleen, die wie Häuser gebaut waren. Die Angehörigen, die sie begleiteten, nahmen Essen und Bettzeug mit und richteten sich dort ein, bis der Geist des Toten sich an die Fremdheit des Jenseits gewöhnt hatte.

Harriet hatte dies für eine angenehme Vorstellung gehalten, bis sie erfuhr, daß die Toten nicht begraben, sondern lediglich unter die Fußbodenbretter gelegt wurden, auf die sich die Familie setzen mußte. Einmal hatte sie mit Freunden eine Exkursion im Mondschein hier herauf gemacht, und von dem Ort war eine derartig makabre Ausstrahlung ausgegangen, daß sie ein- oder zweimal den Geruch des Todes und der Sterblichkeit wahrgenommen hatte, was ihr fast den Verstand geraubt hätte.

Jetzt, in der bedrückenden, fliegenverseuchten Hitze des Spätnachmittags, sah die Stadt so trostlos aus wie der Tod selbst. Die von den nackten, schlackeartigen Mokattam-Höhen zurückgeworfene Luft war erstickend, und Harriet sagte: »Wir bleiben doch nicht lange?«

»Nein, es ist nur ein Höflichkeitsbesuch.«

Die Räder des Pferdekarrens sanken in den weichen Boden, und das einzige Geräusch in den toten Straßen war das Schnauben des Pferdes. Der Fahrer fragte sie, wo sie hin wollten. Guy sagte, daß das Grabmal einer Familie namens Sarwar gehörte; der Name des getöteten Jungen war Gamal. Dies alles sagte dem Mann nichts, der ziellos zwischen den Reihen der Häuserattrappen umherfuhr, von denen einige zu Lehmziegelhaufen verfallen waren. Die Stadt schien verlassen zu sein. Als sie aber in eine Hauptstraße einbogen, stießen sie auf einen kleinen Jungen, der alleine dastand. Beim Anblick der Gharry erwachte er zu munterer Lebhaftigkeit und rannte auf sie zu.

»Ah, Professor, Sir, wir wußten, Sie würden kommen.« Es war Gamals Bruder, den man postiert hatte, um Guy abzupassen, und der seit über einer Stunde gewartet hatte. Er sprang aufs Trittbrett der Gharry und erzählte aufgeregt, daß das *arba'in* den ganzen Tag dauern würde, so daß Guy nicht glauben müsse, er sei zu spät dran. Natürlich sei es eine Familienfeier, doch die Pringles müßten sich als Teil der Familie betrachten. Und wie willkommen sie doch seien! Gamal, der sozusagen einen Empfang gab, um seine Aufnahme in die andere Welt zu feiern, würde sich sehr freuen.

Obwohl Guy nicht an eine andere Welt glaubte, schien er gleichermaßen erfreut zu sein, daß sein ehemaliger Schüler nunmehr ein etablierter Geist war.

Ein paar Straßen weiter kamen sie zu den Sarwas, die vor der Familiengrabstätte versammelt waren. Es schien, wie die meisten gesellschaftlichen Ereignisse in Ägypten, eine reine Männerangelegenheit zu sein, und Harriet sagte, sie würde in der Gharry bleiben. Gamals Bruder wollte davon nichts hören. Mrs. Pringle müsse sich der Gesellschaft anschließen.

Die Männer der Sarwas waren europäisch gekleidet, trugen aber alle den Fes, standen in einer Gruppe dicht beieinander, schüttelten gelegentlich Hände oder faßten sich an die Brust in Gesten des Kummers und der Trauer. Das alles hatten sie sicher schon längst zuvor getan, es wurde jetzt aber für die Besucher erneut inszeniert, so, als ob die Sarwas genau wie die Pringles eben erst angekommen wären.

Harriet wurde von den Männern herzlich begrüßt, die zwar ihre eigenen Frauen im Hintergrund hielten, die aber nur zu bereit waren, sich fortschrittlich und respektvoll gegenüber einer gebildeten Engländerin zu zeigen.

»Wo ist Madame Sarwar?« fragte Harriet einen der Männer.

»Madame Sarwar?« Einen Augenblick lang schien er im Zweifel, ob es eine solche Person überhaupt gab, dann lächelte er und nickte. »Madame Sarwar Bey? Sie ist natürlich bei den anderen Damen.«

»Und wo sind die anderen Damen?«

»Sie sind bei Gamal im Haus.«

Harriet warf einen Blick in das Innere des Grabmals, sah schwarze Umrisse in der Dunkelheit, und als sie sich den heißen, überfüllten Raum mit der Leiche unter den Fußbodenbrettern vorstellte, war sie dankbar, daß ihr niemand vorschlug, sie möge sich den Frauen anschließen.

Aber von Guy wurde etwas erwartet. Nachdem sie Beileidsbezeugungen und Höflichkeiten ausgetauscht hatten, nahm Sarway Bey, ein kräftiger Mann in den frühen Dreißigern, Guy am Arm und führte ihn nahe an die Grabstätte heran. Er winkte Harriet, ihnen zu folgen. Die anderen Männer kamen nach, und sie alle blieben in respektvoller Entfernung vor der Tür stehen, von der sich die schwarzgekleideten Frauen zurückzogen.

Sarwar Bey trat mit Guy einen Schritt vor und rief seinen Sohn: »Gamal, Gamal! Tritt hervor und sieh, wer hier unter uns ist.« Er machte eine Pause, nahm dann befriedigt zur Kenntnis, daß Gamals seinen Befehl befolgt hatte und rief mit kräftiger Stimme: »Mein Junge, wen siehst du hier? Dein Lehrer, Professor Pringle, ist gekommen, dir zu deinem *arba'in* einen Besuch abzustatten. Dies ist eine große Ehre, und in deinem Namen werde ich ihm sagen, daß du dich sehr darüber freust.« Diese Mahnrede ging noch einige Zeit so weiter, dann wandte sich Sarwar Bey direkt an Guy.

»Und Sie, Professor Pringle, werden unseren Gamal noch

lange Zeit in Erinnerung behalten, auch nachdem Sie zurück nach England gegangen sind. Ist es nicht so, Professor Pringle?«

Sarwar Bey sprach eindrucksvoll, und Guy war beeindruckt. Tränen standen in seinen Augen, und bei den letzten Worten schluckte er und legte sein Gesicht in die Hände. Die Ägypter, gefühlvolle Menschen, die sich für jede Gefühlsäußerung erwärmen können, drängten sich um ihn und trösteten ihn, indem sie seinen Arm drückten oder ihm auf die Schulter klopften und Dank und Verständnis murmelten. Sarwar Bey faßte ihn um die Schulter, führte ihn vom Haus weg und weinte vor Mitgefühl.

Eine Dienerin kam aus dem Inneren und brachte ein schweres Messingtablett mit Tassen türkischen Kaffees. Man drängte Guy dieses starke Wiederbelebungsmittel auf, der sich auch prompt erholte und der lebhafte Mittelpunkt der Männergruppe wurde.

Harriet blieb abseits und beobachtete die Männer, die viel Aufhebens um Guy machten, der strahlte, die Aufmerksamkeit genoß und erzählte, was Gamal alles gesagt und getan hatte. Gamal, berichtete er, hatte in einem Aufsatz geschrieben: »Mein Professor, Professor Pringle, ist ein Orientale. Aber falls er keiner ist, sollte er einer sein, weil er einer von uns ist!«

Gamal mochte dies tatsächlich gesagt oder geschrieben haben. Irgend jemand hatte es bestimmt gesagt, und in Rumänien und Griechenland gab es Menschen, die das gleiche gesagt hatten. Alle hatten sie ihn für sich vereinnahmt, und er war darauf eingegangen. Harriet fühlte, daß er unter so vielen Menschen aufgeteilt war, daß für sie nur wenig übrigblieb.

Der Abend brach herein. Die Farbe des Hitzedunstes veränderte sich zu Dunkelbraun, und durch ihn hindurch hing die untergehende, rotgoldene Sonnenscheibe über dem westlichen Flußufer, das der Begräbnisort für die antiken Toten gewesen war.

Der Droschkengaul scharrte mit den Hufen, und Harriet teilte seine Langeweile und Abgespanntheit. Die verdorrte

Leblosigkeit des Friedhofs deprimierte sie, und sie wünschte sich weit weg. Als sich dann aber das Licht veränderte, veränderte sich die Landschaft, und sie war ganz gebannt davon. Die weiße Mohammed-Ali-Moschee, die wie eine Katze mit gespitzten Ohren auf der Zitadelle kauerte, nahm das rosarote Gold des Himmels an, und alles außen herum – die Mokattam-Hügel, die hohen Mauern der Zitadelle, die kleinen Häuser der Grabstätten – glühten im Abendlicht. Als sich der Hitzedunst auflöste, konnte sie in der Ferne die kunstvollen Grabmäler der Kalifen und Mamelucken sehen, und sie dachte, sie könnten, da sie jetzt schon so weit gefahren waren, noch ein Stück weiter fahren, um die Kalifengräber aus der Nähe zu betrachten.

Die Farben verblaßten, und die Dämmerung senkte sich herab. Im Inneren des Sarwar-Hauses hatten die Frauen Petroleumlampen angezündet, und die Flammen flackerten in den unverglasten Fenstern. Die Kalifengräber waren nicht länger sichtbar, doch als der Mond aufging, erschienen sie wieder, eingerahmt von silbernem Licht.

Guy, der nur gar zu gerne bei seinen Bewunderern geblieben wäre, mußte erkennen, daß kostbare Zeit verstrichen war. Es war schon fast dunkel. Der letzte Tag der öffentlichen Trauer näherte sich dem Ende. Die Sarwars würden selbst bald nach Hause zurückkehren, und Gamal würde allein zurückbleiben. Einer nach dem anderen ergriffen sie Guys Hand und hielten sie etwas länger als nötig, ganz so, als ob er sie wenigstens zeitweise von den verwirrenden Unzulänglichkeiten des Lebens befreien könnte.

Dann mußten sie ihn doch gehen lassen. Während er Harriet zur Gharry folgte, zeigte sie zu den vom Mondlicht gesäumten Kalifendenkmälern: »Fahren wir doch mal hin und schauen sie uns an.«

»Gott im Himmel, nein. Wer schaut sich denn schon so was an?«

»Sie sind großartig. Und sie sind gar nicht weit weg.«

»Tut mir leid, aber ich bin sowieso schon zu spät dran. Ich muß ins Institut. Du kannst jederzeit hin, um sie anzusehen. Bitte Angela mitzufahren.«

»Aber ich will mit dir da hin.«

»Darling, jetzt sei nicht unvernünftig. Du weißt, wie ich solche Sachen hasse. Nutzloser Nippes, Todessymbolik, *memento mori*! Warum soll man sich davon deprimieren lassen?« Er kletterte in die Gharry.

Harriet blieb stehen, wo sie war, und beobachtete den Mond, der sich in der feuchten Luft über dem Horizont hob und senkte und sich wie flüssiges Silber kräuselte. Als er dann weiter stieg, wurden seine Umrisse klar, und er vergoß ein Licht von diamantener Reinheit, das die Maßwerke der großen Grabmäler hervortreten ließ und die kleinen Häuser der gemeinen Toten beleuchtete, so daß die Friedhöfe, die tagsüber leblos und öde waren, geheimnisvoll und schön wurden.

Guy verlor die Geduld, rief sie, und sie fuhren hinunter in die alten Straßen, wo sich die Moscheen aus dem Schatten ins reine Indigoblau des Himmels erhoben. Der Abendstern stand allein am Himmel, aber noch ehe sie die Hauptstraße erreichten, war der Himmel so mit funkelnden Sternen übersät, daß sich der Abendstern dazwischen verlor. Harriet empfand diese Abendstunde als Entschädigung für die grelle Hitze, die Fliegen und Magenverstimmungen des ägyptischen Sommers. Ihre Energie kehrte zurück, und da sie mit Guy keinen Streit wollte, legte sie ihre Hand auf die seine und sagte: »Schatz, sei nicht böse.«

Er sagte: »Hast du noch mal über das Schiff nach England nachgedacht?«

Sie zog ihre Hand zurück: »Nein, ich habe nicht noch mal darüber nachgedacht, weil ich nicht fahre. Ich will nichts mehr davon hören.«

Sie hatte ihm klargemacht, daß das Thema erledigt war, und die Tatsache, daß er es zu einem Zeitpunkt wieder anschnitt, wo sie ihm gegenüber liebevoll und, wie er wohl annahm, nachgiebig war, bewies seine Dickköpfigkeit und Hinterlist. Diese seine Eigenschaften waren nur ihr bekannt und traten selten offen zutage, aber wenn sie es taten, reizten sie sie aufs unerträglichste.

Keiner von beiden sprach, bis sie in die breiten, verkehrsreichen Straßen mit den großen Gebäuden im pseudofranzösischen Stil kamen, die tagsüber heruntergekommen und verstaubt waren, nachts aber, wenn in den Fenstern die Lichter angingen, zu Leben erwachten. Sie erhaschten flüchtige Einblicke in Räumlichkeiten, in denen alles Mögliche geschehen konnte. Harriet deutete auf einige Gestalten, die sich hinter Spitzenvorhängen bewegten, und sagte: »Was meinst du wohl, geht da vor sich?«

Guy schüttelte den Kopf. Er wußte es nicht, und es interessierte ihn auch nicht. Er schien abwesend und verdrossen, und sie spürte, daß der Grund ihre Weigerung war, mit dem Schiff nach England zu fahren. Ihr schoß der Gedanke durch den Kopf: ›Er will, daß ich fahre, um mich aus dem Weg zu haben.‹ Aber warum sollte er sie aus dem Weg haben wollen?

Als sie zum Institut kamen, stieg er aus und überließ ihr die Gharry, um nach Garden City zu fahren. »Es wird nicht spät werden«, sagte er; und Harriet sagte: »Ist mir gleich. Ich bin wahrscheinlich schon im Bett, wenn du kommst.«

Sie dachte: ›Wenn ich fahre, dann fahre ich, weil ich fahren will. Und wenn ich nicht fahren will, dann fahre ich nicht. Und wenn er aus irgendeinem Grund will, daß ich fahre, dann ist mir das egal und egal und egal.‹

Sie sah trotzig auf die dichtbevölkerte, hell erleuchtete Straße, wo alle geradezu erpicht schienen, sich zu amüsieren. Und sie fragte sich unglücklich, welchen Grund sie denn eigentlich noch hatte, bei einem Ehemann zu bleiben, den sie selten sah, und in einem Land, wo sie kein wirkliches Zuhause und so gut wie nichts zu tun hatte.

4

Da er fünf Tage früher als erwartet zu seiner Einheit zurückkehrte, wußte Simon, daß er eher mit Hohn und Spott als mit Beifall zu rechnen hatte. Als er sich bei Major Hardy zurückmeldete, sagte dieser ärgerlich: »Wieso sind Sie denn schon wieder da, Boulderstone?«

»Ich dachte, Sie bräuchten mich vielleicht, Sir. In Kairo sagen alle, daß es jetzt losgeht.«

Hardys dunkles, zerfurchtes Gesicht zog sich zusammen, als ob er starke Schmerzen hätte, und er schien nicht zu wissen, was er sagen sollte. Er war Leiter einer kleinen Schule und zweifellos glücklich in seinem Amt gewesen, doch der Krieg hatte sein Leben durcheinandergebracht. Aus Eitelkeit hatte er sich selbst in eine Position manövriert, die seine Fähigkeiten überstieg. Simon, der dies teilweise von Ridley erfahren und teilweise aus eigener Beobachtung geschlossen hatte, erkannte jetzt, daß seine sinnlose Rückkehr Hardy aus der Fassung gebracht hatte, weil sie eine Abweichung vom natürlichen Gang der Dinge darstellte.

»Es tut mir leid, Sir.«

»In Ordnung, Boulderstone.« Durch die Entschuldigung wieder ins Gleichgewicht gebracht, sprach Hardy jetzt freundlicher: »Da Sie nun mal hier sind, ist es auch recht. Keiner weiß, was passieren wird. Es könnte etwas in der Luft liegen, obwohl ich noch nichts gehört habe.«

Als Ridley Simon zurück im Lager vorfand, konnte er kaum seinen Spott verbergen. »Sie hatten fünf Tage eingereicht, Sir? Und schon wieder zurück in der alten Tretmühle zu fröhlichem Stumpfsinn? Na, hoffentlich ham Se keine Zeit nich vergeudet, die eine Nacht, wo Se dort waren.«

Simon konnte mit Fug und Recht sagen: »Ich ging in die Berka.«

»Was Sie nicht sagen!« Ridleys Gesicht, das zur Farbe eines echten schottischen Räucherherings aus Arbroath verbrannt war, durchzog ein laszives Grinsen: »Wie schön für Sie, Sir!« Er pfiff anerkennend und erwähnte die vergeudeten fünf Tage nicht mehr. Als sie am gleichen Abend eine Teepause beaufsichtigten, fragte er Simon: »Haben Sie den Hauptmann gleich gefunden, Sir?«

»Den Hauptmann?«

»Den Hauptmann, den Sie aufsuchen wollten. Der, von dem Sie annahmen, es könnte Ihr Bruder sein.«

Da Simon den Kopf schüttelte und davonging, rief ihm Ridley nach: »War dann wohl nicht der richtige Bursche, Sir?« Aber Simon tat so, als habe er es nicht gehört.

Die Schlacht bei Himeimat dauerte nun schon den dritten Tag, ehe der Jagdverband auch nur den Geschützdonner hörte. Ridley war wie immer mit Nachrichten und Gerüchten von der Front auf dem laufenden und gab alles, was er hörte, an Simon weiter.

Er sagte: »Die Jerries haben den Arsch vollgekriegt. Sie steckten den ganzen Tag in den Minenfeldern fest, während unsere Bomber sie durchgeprügelt haben und unsere Panzer warteten, um sie zum Teufel zu jagen, sobald sie rauskamen.«

»Und sind sie rausgekommen?«

»Weiß nicht. Fragen Sie besser Seine Hoheit.« Ridley machte eine Kopfbewegung zum Kommandeurs-LKW hin, wo Hardy auf einem Sitz stand, den Kopf durch ein Loch im Dach streckte und mit seinem übergroßen Fernglas die Szenerie im Westen beobachtete.

Simon ging zu ihm hin: »Sehen Sie etwas, Sir?«

Er riskierte eine Abfuhr mit dieser Frage, da Hardy zu Wichtigtuerei neigte und es vorzog, seine Informationen für sich zu behalten. Überraschenderweise erwiderte er dieses Mal mit ungewöhnlicher Freundlichkeit: »Nicht viel. Jede Menge Rauch von brennenden Fahrzeugen, aber von den Hunnen keine Spur.« Er setzte das Fernglas ab, drehte sich um und lächelte Simon an, der errötete, weil er eine Zuneigung zu diesem Mann empfand.

Der Sonntag nach seiner Rückkehr zur Einheit war zum nationalen Tag des Gebets erklärt worden: Montys Idee. Ridley sagte: »Es heißt, er sei ein komischer Heiliger. Er glaubt, er hätte einen direkten Draht zum lieben Gott.«

Der Geistliche kam mit einem Stabswagen an, und ein Soldat baute auf dem Sand einen kleinen, tragbaren Altar auf. Als er in den Kommandeurs-LKW hineinging, war der Geistliche leutselig und lächelte. Als er wieder herauskam und seine Soutane anhatte, zeigte seine Miene feierlichen Ernst, und er machte eine gebieterische Geste zu der Versammlung von Soldaten hin, die mit überkreuzten Beinen dasaßen und auf ihn warteten. Sie standen auf für die Hymne ›Nun lobet alle Gott‹. Der Gesang begann, aber die Schlacht ging weiter. In der Nacht hatten die Mündungsfeuer und Leuchtkugeln am Horizont und das nahe Geschützfeuer das Lager in einem Zustand des Halbschlafs gehalten. Jetzt, als der laute, aber unmelodische Lobgesang weiterging, wurde er vom Lärm der Wellingtons über ihren Köpfen erstickt.

Ridley flüsterte hinter Simon: »Die geben den Hurenbökken Saures.«

Eine weitere Störung trat während der Andacht ein. Ein Kradmelder hielt neben der Gruppe der Offiziere und wartete, bis Hardy gesenkten Kopfes eine Hand nach der Meldung ausstreckte. Während er seine Gebete weitermurmelte, öffnete er sie und schien von dem, was er las, wie vom Donner gerührt zu sein. Seine Gebete verstummten, und er sah auf und schaute Simon mit wütendem Staunen an. Simon hatte zwar ein ruhiges Gewissen, sah sich aber unbehaglich nach Ridley um, der mit einem Achselzucken kundtat, daß ihn das Ganze nichts anging. Sobald der Geistliche zum nächsten Lager weitergefahren war, wurde Simon durch Hardys Putzer zum Kommandeurswagen befohlen.

»Haben Sie eine Ahnung, was los ist?«

»Nicht die geringste, Sir.«

Als Simon auf den Lastwagenzu ging, saß Hardy an einem Tisch davor, beobachtete ihn mit finsteren, empörten Blicken und sagte, sobald er in Hörweite war: »So, so, Boulderstone, Sie haben also Freunde höheren Orts?«

»Ich, Sir? Ich kenne niemanden.«

»Tja, aber jemand scheint Sie zu kennen. Oder etwas über Sie zu wissen. Ihr Ruhm hat sich über den Jagdverband hinaus verbreitet – ohne daß ich weiß, warum. Ich selbst habe jedenfalls Ihre überragenden Fähigkeiten nicht erkennen können, was jedoch zweifellos mein Fehler war.«

Hardy machte ausführlich weiter, bis Simon verwirrt und kläglich unterbrach: »Verzeihung, Sir, aber ich verstehe nichts von alldem.«

»Nein? Tja, Sie werden uns verlassen, Boulderstone. Der Jagdverband wird Ihrer Intelligenz und Tatkraft beraubt. Wir müssen jetzt irgendwie ohne Sie zurechtkommen. Unser Aufgabenbereich ist offensichtlich zu beschränkt für einen Mann Ihres Talents und Ihrer Weitsicht.«

Dadurch, daß er schwieg, brachte Simon Hardy schließlich auf den Punkt. »Gott weiß wie, aber Sie haben einen der begehrtesten Jobs der britischen Armee an Land gezogen. Aus einem mir unerfindlichen Grund hat es irgend jemand für angebracht gehalten, Sie zum Verbindungsoffizier zu ernennen.«

Während Hardy sprach, erinnerte sich Simon an Peter Lisdoonvarna, und er murmelte: »Lieber Himmel!« Er hatte nie daran gedacht, daß das höfliche Geplauder in der Wohnung in Garden City irgendeine Bedeutung haben könnte.

Simon begann: »Ich habe in Kairo jemanden getroffen...« Dann entstand eine peinliche Pause. Es mußte den Anschein haben, als hätte er sich, undankbarerweise, hinter dem Rücken seines Vorgesetzten um eine Versetzung bemüht. Er versuchte zu erklären.

Hardy weigerte sich zuzuhören: »Ich weiß nicht, wie Sie das zustande gebracht haben, und ich will es auch nicht wissen. Sie haben jetzt die Stelle. Ob Sie dafür geeignet sind oder nicht, ist eine andere Frage. Das geht mich nichts an. Es wird an Ihnen liegen, Boulderstone, sich zu bewähren.«

»Jawohl! Wo werde ich hinversetzt, Sir?«

»Das werden Sie früh genug erfahren. Sie schicken Ihnen einen Pick-up, der Sie ins Hauptquartier des Korps bringen wird. Der Fahrer bringt Ihre Befehle mit. Lassen Sie Ihr Hemd und Ihre Shorts ordentlich waschen. Beim Korps HQ sind Sie unter den feinen Pinkeln.«

Die anderen Offiziere ließen es sich anmerken, daß sie Hardy Mißbilligung von Simons Beförderung teilten. Auch Ridley teilte sie. Ridley, der anfangs Simons Führer und ihm eine Stütze gewesen war, ging ihm jetzt aus dem Weg und gab ausweichende Antworten, wenn Simon ihn stellte, um ihn auszufragen. Was, wollte Simon wissen, waren die Aufgaben eines Verbindungsoffiziers?

»Zerbrechen Sie sich nicht den Kopf, Sir. Das werden Sie schon selbst herausfinden. Sie werden bald damit zurechtkommen.«

»Sie glauben nicht, daß ich dafür geeignet bin, stimmt's?«

»Es steht mir nicht zu, dazu etwas zu sagen, Sir. Wenn Sie erlauben, möchte ich lieber nicht darüber reden. Ich muß weiter.«

Simon war mutlos, weil er die Geborgenheit des Jagdverbandes verließ, und er verspürte einen Impuls zu bleiben, wo er war, doch er wußte, daß die Ernennung zu dem Zeitpunkt kam, wo er sie am meisten brauchte. Er hatte die Nase voll von der Langeweile ereignisloser Patrouillen. Hier wurde ihm eine günstige Gelegenheit geboten, dem zu entkommen, und er würde sich nicht von der Mißbilligung anderer abhalten lassen.

Dennoch war er beunruhigt. Hardys Verärgerung entsprang Hardys Eitelkeit, doch bei Ridley war das anders. Ridley war von seinem Weggang verletzt, und diese Verletztheit rührte von Zuneigung her, sogar von Liebe. In der Wüste, wo es keine Frauen oder Tiere gab, brauchte Ridley ein Objekt für seine Liebe, und er hatte sich Simon ausgesucht. Simon war gerührt, aber nicht so tief, wie er es früher einmal gewesen wäre. Seine eigenen gefühlsmäßigen Beziehungen – zu Trench auf dem Truppentransporter, der sie nach Ägypten brachte, zu Arnold, seinem Putzer und Fahrer, und zu Hugo – sie waren tot, und ihr Tod hatte ihn von seinem Übermaß an gefühlsmäßiger Anteilnahme befreit. Es tat ihm leid, Ridley zu verlassen, aber mehr auch nicht.

Das Fahrzeug, das zwei Tage später eintraf, war kein Pick-up, sondern ein Jeep. Der Jeep war Simon zugeteilt worden, er war sein eigenes Fahrzeug, und als Hardy und die anderen davon hörten, fühlten sie sich in ihrem Glauben bestärkt, daß Simons Ernennung wohl mehr auf Protektion als auf seinem Rang beruhte. Sie verabschiedeten sich knapp, wohingegen ihn die Mannschaften umringten, als er seine Abreise vorbereitete, und seinen Weggang aufrichtig bedauerten. Sie mochten ihn. Nur Ridley schloß sich ihren guten Wünschen nicht an, sondern stand abseits. Als Simon ihm zurief: »Auf Wiedersehen, Ridley, und vielen Dank für alles«, senkte er kurz den Kopf und ging davon. Als er sich bei der Abfahrt umsah und winkte, winkten die Soldaten zurück, aber Ridley war nicht zu sehen.

Etwa eine Meile lang war Simon in Trübsinn versunken, doch dann verschwanden der Jagdverband und alle, die ihm angehörten, hinter ihm, und er verspürte die leichte Euphorie eines Neuanfangs. Er besah sich den Fahrer und fragte nach seinem Namen.

»Crosbie, Sir.«

»Sind Sie mir auf Dauer zugeteilt?«

»Jawohl, Sir.«

Crosbie, untersetzt, stupsnasig, ewig in sich hineinlächelnd, zeigte keine Neigung, sich zu unterhalten, sondern fuhr mit der gleichmütigen Effizienz eines Menschen, der eine Sache, aber auch nur eine Sache, gut konnte. Er konnte fahren.

Sie passierten den Buckel, der im Dunst kaum mehr zu sehen war, und bogen auf die mit Fässern gekennzeichnete Piste ein. Die Piste führte sie nach Osten, außer Hörweite der Geschütze, hinein in die weite, leere Wüste, wo die einzige Gefahr aus der Luft kam. Simon entspannte sich von seiner üblichen wachsamen Furcht und richtete seine Gedanken auf die Herausforderung der vor ihm liegenden Tätigkeit. Er hätte gerne Crosbie über das Korps ausgefragt, aber sein Instinkt riet ihm, seine Neugierde für sich zu behalten.

Er hatte sein Leben in der Wüste unter Hardy begonnen und hatte sich auf Arnold und Ridley verlassen. Diese beiden Unteroffizierdienstgrade hatten ihn aus Mitleid mit seiner Unerfahrenheit gehätschelt, als ob er ein junger Bursche sei. Aber er hatte Hardys Geduld strapaziert, und Hardy betrachtete ihn als einen Dummkopf. Jedenfalls war diese Episode nun vorüber. Simon hatte jetzt Erfahrung mit der Wüste, und in Zukunft würde ihn niemand mehr als jungen Burschen oder als Dummkopf behandeln.

Der Horizont hellte sich auf, als sie sich der Küste näherten. Es waren Flugzeuge in der Luft, und als Simon sah, wie eines hochstieg und dabei in der Ferne eine lange Spur ingwerbraunen Staubs hinterließ, fragte er aus gewohnheitsmäßiger Neugier: »Von wo aus startet die Maschine?«

Crosbie machte keine Anstalten hinzusehen und brummte: »Weiß nicht, Sir.« Crosbie wußte weder etwas noch interessierte ihn etwas, und da er keine Fragen beantworten wollte, beschloß Simon, ihm auch keine mehr zu stellen.

Sie erreichten den äußeren Rand des Hauptquartiers des Korps am frühen Nachmittag. Sie fuhren an LKW-Ansammlungen, Unmengen von Material und all den Gerätschaften von Einsatz- und Verwaltungsstäben vorbei, und Simon bestaunte ehrfürchtig die Ausmaße des Lagers. Hier gehörte er jetzt dazu. Die Größe des Lagers bestimmte seinen Status in der Welt. Als der Jeep ruckartig anhielt, hatten sie das tote Ende einer Lagerstraße erreicht, und Crosbie sagte: »Sieht nicht so aus, als wären wir hier richtig, Sir.«

Simon erwiderte barsch: »Jetzt reißen Sie sich aber mal zusammen, Crosbie. Sie haben zu wissen, wo Sie hin müssen. Der Kommandowagen ist beschildert. Also machen Sie die Augen auf.«

Crosbie hätte durchaus darauf hinweisen können, daß auch Simon Augen hatte und sie benutzen konnte. Statt dessen erkannte er mit einem schroffen »Jawohl!« Simons Autorität an, fuhr den Jeep rückwärts aus der Gasse und brachte ihn schließlich in das geschäftige Treiben in der Mitte des Lagers.

Simon war nicht der einzige Neuankömmling. Der Kommandowagen, ein zum Büro umgerüsteter Dreitonner, hatte ein Vordach aus Segeltuch und war an beiden Seiten mit Tarnnetzen versehen. Eine Anzahl Offiziere, alle dienstgradhöher als Simon, standen gruppenweise unter dem Vordach und warteten auf den diensthabenden Offizier. Sie unterhielten sich mit der lässigen Sorglosigkeit, die er bei den Kirschenpflückern bewundert hatte. Für ihn waren sie alte Kämpen, die die Wüste als ihre zweite Heimat betrachteten.

Simon, auf den Hardys Zweifel und Unsicherheiten eine deprimierende Wirkung ausgeübt hatten, spürte jetzt, wie sich seine Stimmung hob, als er diesen Männern zuhörte, die nicht den geringsten Zweifel daran hatten, daß – was immer auch geschehen mochte – die Alliierten letztendlich Sieger bleiben würden.

Der diensthabende Offizier war ein Major mittleren Alters mit einem schmalen, ernsten Gesicht, der die Witzeleien der anderen tolerierte, aber nicht darauf einging. Als die Reihe an Simon war, erwartete er nicht mehr als die Zurkenntnisnahme seiner Ankunft, aber der Major sagte: »Mein Name ist Fitzwilliams. Sie erhalten Ihre Befehle von mir.« Er besah ihn sich mit Interesse und widmete ihm einige Minuten seiner Zeit.

»Ich fürchte, Boulderstone, Sie sind gerade zu einem ungünstigen Zeitpunkt zu uns gekommen. Die Burschen von den Übungsplätzen werden gerade verlegt. Wir werden eine Menge Panzer hereinbekommen, und anfangs werden Sie das alles ein wenig verwirrend finden, aber Sie werden sich bald auskennen. Scheuen Sie sich nicht zu fragen. Sie sind in der B-Messe. Da können Sie jetzt hingehen und sich etwas zu essen geben lassen. Melden Sie sich um 23.00 Uhr bei mir zurück. Wahrscheinlich habe ich einen Auftrag für Sie.«

Simon saß unter dem Segeltuchvordach, das die B-Messe darstellte, und fragte sich, ob er wohl richtig gehört hatte. Für die Soldaten im Jagdverband war 23.00 Uhr mitten in der Nacht. Sollte er zu einem Zeitpunkt mit der Arbeit beginnen, wo andere tief schliefen? Das einzige, was er tun konnte, war, sich zum befohlenen Zeitpunkt zu melden und zu hoffen, daß er sich nicht zum Narren machte.

Es stellte sich heraus, daß dreiundzwanzig Uhr die erwartete Ankunftszeit einer Panzerdivision war, und Simons Auftrag war, den Kommandeur zum richtigen Sammelpunkt zu führen. Wo dieser Punkt war, hatte Simon selbst herauszufinden, und als er zum Jeep zurückkehrte, sagte er nebenbei zu Crosbie: »Ich nehme an, Sie kennen den Sammelpunkt für die Panzer?«

Crosbie kannte ihn offensichtlich nicht, brummte »Jawohl!«, setzte sich in Bewegung, hielt bei jedem Biwak und bei jeder Hütte, die Licht hatte, um nachzufragen. Der Kommandeur hatte den Sammelpunkt schon längst gefunden, bevor der Jeep ihn erreichte, aber Simon gab sich keine Blöße.

»Bin gerade rübergeschickt worden, um nachzusehen, ob Sie Ihre Quartiere schon bezogen haben, Sir.«

»Yep. Alles schon bezogen. Alles picobello.«

Froh, diese Klippe umschifft zu haben, wurde Simon gegenüber Crosbie milder gestimmt und sagte: »Das war schon nicht schlecht. Hoffen wir, daß wir uns jetzt kurz aufs Ohr hauen können.« Aber ihre nächtliche Arbeit war noch nicht vorbei. Als er sich am Kommandowagen zurückmeldete, fand Simon einen neuen diensthabenden Offizier vor. Dieser sagte: »Sie sind der neue Verbindungsoffizier, richtig? Dann habe ich da etwas für Sie. Kennen Sie das Lager mit den LKW-Attrappen? Nein? Na, das werden Sie wohl finden. Suchen Sie sich den Feldzeugoffizier und übermitteln Sie ihm den Befehl: Er soll die Attrappen über die gerade eingetroffenen Panzer montieren lassen.«

»Wann, Sir? Morgen?«

»Nein, nicht morgen. Hier passiert alles nachts. Der Befehl muß vor dem ersten Tageslicht ausgeführt sein. Und jetzt drücken Sie auf die Tube.«

Eine Stunde später hatte Simon den Feldzeugoffizier aufgespürt und übermittelte ihm schüchtern den Befehl: »Es tut mir leid, Sir, aber Sie sollen noch vor Tagesanbruch damit fertig sein.«

Amüsiert wegen seines Tons sah der Offizier Simon an, lächelte und nickte: »Befehl erhalten und verstanden.«

Da sie jetzt schlafen durften, befahl Simon Crosbie, beim Kommandowagen zu parken, so daß sie abrufbereit waren. Dann sanken sie um und schliefen, jeder auf einer Seite des Jeeps, Simon in seinem Schlafsack, Crosbie auf seiner Zeltplane.

Die Belegung des Lagers nahm zu, und von den Ausmaßen her wurde Simon klar, daß der zugrunde liegende Sinn und Zweck keineswegs rein defensiv war. Und alles geschah nachts. Die Konvois und Einheiten marschierten in die Nacht hinaus, und in der Nacht bezogen sie ihre Positionen im Lager. Er wußte, daß so etwas nicht bei Übungsmärschen geschah.

Tarnungs- und Täuschungsmaterial wurde in den Nachschublagern gesammelt und geheimnisvoll durch die Gegend bewegt. Beim Übermitteln von Befehlen fand er heraus, daß die Geschütz- und Fahrzeugattrappen des Vortags durch echte Geschütze und Fahrzeuge ersetzt worden waren. Der Sinn war Täuschung, und der Getäuschte konnte nur der Feind sein. Simon wäre froh gewesen, wenn er Ridley bei sich gehabt hätte, um sich von ihm all dieses Verschieben und Austauschen erklären zu lassen. Ein paarmal hätte er beinahe Crosbie gefragt: »Was geht da vor?«, hatte aber geschwiegen, weil er keinen Sinn darin sah, Worte zu verschwenden.

Wie Fitzwilliams vorausgesagt hatte, kannte er bald die Örtlichkeiten, aber er litt darunter, daß er keine Kollegen hatte. Zwei weitere Verbindungsoffiziere waren angekündigt, und während er alleine in der B-Messe saß, sehnte er ihre Ankunft herbei.

Die Hitze hatte sich bis in die Septembermitte hinein erhalten, und den erschöpften Sinnesorganen erschien sie noch strapaziöser als der Sommer. Unter dem Zeltdach war die Luft überladen von Essensdüften und roch versengt von den Herden der Köche. Untätigkeit und die ganze Atmosphäre hatten Simon träge gemacht, als ein weiterer Verbindungsoffizier kam und sich zu ihm setzte. Es war Blair, ein Hauptmann, und Simon stand auf und sagte: »Ich bin froh, daß Sie da sind, Sir.«

Blair lachte mit der Unsicherheit eines Mannes, der seinen Platz in der Welt verloren hat: »Nennen Sie mich Blair.«

Er hatte einen weichen, leicht korpulenten Körper, war an Wangen und Augen aufgedunsen, und sein Haar wurde bereits dünn. Simon hielt ihn für einen reichlich alten Knaben, um inmitten der Entbehrungen der Wüste zu leben. Er war nicht gerade die Gesellschaft, die sich Simon erhofft hatte, aber diese Gesellschaft war besser als gar keine.

Blair saß mit Simon bei den Mahlzeiten zusammen, sprach aber selbst wenig. Wenn er nicht aß, saß er mit gesenktem

Kopf da und ließ die Hände locker zwischen den Knien hängen. Er war bei den Panzern gewesen und trug das schwarze Barett, aber nicht mit Stolz. Wann immer er konnte, nahm er es ab, faltete es zusammen und steckte es in die Tasche.

Als der dritte Verbindungsoffizier eintraf, hatte dieser auch nicht mehr zu bieten als Blair. Er hieß Donaldson, und obwohl er genauso alt wie Simon war, hatte er sein Jahr als Oberleutnant beendet. Da er zwei Sterne trug, durfte er Simon als Untergebenen behandeln. Er versuchte zunächst, sich mit Blair anzufreunden, aber als er herausfand, daß mit ihm nicht viel anzufangen war, ignorierte er seine beiden Kollegen und hielt sich abseits.

Nach ein paar Tagen begann Blair zu erzählen. Zögernd und nervös sagte er, daß er schon seit den ersten Kriegstagen in der Wüste diente. In jenen Tagen, als man nur gegen die Italiener kämpfte, sei es ein ›Gentleman's Krieg‹ gewesen. Sein Kommandeur hatte gesagt, daß sie hier in der Wüste einen ›ruhigen Job‹ hätten, aber dann war das Afrika Korps gekommen und hatte alles verdorben. Durch Andeutungen, Pausen und Kopfschütteln machte er klar, daß ihn irgendeine schreckliche Katastrophe bei einem Ort namens Bir Gubo erteilt hatte. »Östlich von Retma«, sagte er, als ob Simon damit Bescheid wüßte. Blair erwähnte weitere Namen: Acroma, Knightsbridge, Adem, Sidi Rezegh, die für Simon prähistorische Begriffe waren, aus einer Zeit, als die Briten noch auf der anderen Seite des Zauns operierten, der die ägyptische Grenze darstellte.

»Mit der ganzen Panzerung um sich herum muß man sich doch ziemlich sicher fühlen?«

Blairs Augen richteten sich starr auf Simon: »Sicher? Haben Sie schon mal in so einen Ronson hineingesehen, nachdem er ausgebrannt ist?«

»Hineingesehen, nein.«

»Dann stellen Sie sich mal vor, Sie sind mit anderen zusammen in einer Blechbüchse verpackt, und das Ganze wird dann schön gebrutzelt. Was meinen Sie wohl, wie Sie dann aussehen?« Blair ließ ein freudloses Lachen hören, und Simon sprach nicht mehr über Panzer.

Statt dessen wischte er sich den Schweiß aus dem Gesicht und fragte Blair: »Läßt das jemals nach?«

»Ich habe schon schlimmere Sommer erlebt, aber noch keinen, der bis zum Oktober dauerte.«

Der Oktober kam. Als ob ein neuer Monat automatisch auch ein neues Wetter bedeutete, hörte der rauhe, heiße Wind abrupt auf; ein sanfter Wind kam aus dem Osten und verjagte die Fliegen in der Kantine. Die Nächte wurden kühler, und Pullover wurden zur Dienstkleidung. Die Offiziere, die Schaffellmäntel hatten, trugen sie aufgeknöpft und ließen sie hinter sich herschwingen, so daß das lange, innere Fell wie ein Saum heraushing.

Als Hardy Simon befohlen hatte, sich um eine saubere Erscheinung zu bemühen, hatte er gesagt: »Dort sind Sie unter den feinen Pinkeln«, aber ›die feinen Pinkel‹ waren in ihrer Kleidung weitaus weniger förmlich als Hardy und seine Offiziere. Hardy selbst trug eine sorgfältig geknotete Krawatte, doch die Offiziere im Korps HQ trugen farbenprächtige Seidenschals, und ihre Winterhosen aus Kordsamt – Khaki und Serge waren offensichtlich für die anderen Dienstgrade – hatten jede beliebige Farbe, von beinahe Weiß bis Honigbraun. Für Simon strahlte dies eine Art arroganter Eleganz aus, und er beneidete sie außerordentlich. Er sagte Blair, daß er sich ein paar Cordhosen und einen Schaffellmantel kaufen würde, wenn er das nächste Mal nach Kairo käme.

»Seien Sie vorsichtig mit dem Mantel«, sagte Blair. »Diese Felle können wie die Pest stinken, wenn sie nicht richtig ausgegerbt werden. Bei den ganzen Gerüchen in der Muski bemerkt man es oft erst zu Hause. Und wenn man dann versucht, ihn zurückzugeben, ist der Verkäufer nicht mehr aufzufinden. Ich hatte einmal einen schönen Persermantel, bestes Fell und mit Verzierungen überall. War richtig traurig, als ich ihn verlor.«

»Heißt das, daß ihn jemand geklaut hat?«

»Nein, hab' ihn bei Bir Gubo verloren. Hab' dort eine Menge verloren.«

»Was ist eigentlich bei Bir Gubo passiert?«

Blair biß in ein Sandwich mit gepökeltem Rindfleisch und

versuchte, mit vollem Mund zu lächeln. Er kaute und hustete und stieß hervor: »Sie meinen mit dem Mantel? Ist verbrannt.«

»Nein, nicht nur mit dem Mantel. Mit Ihnen und dem Rest der Besatzung. Was ist passiert?«

Blair spülte sich den Mund mit einem Schluck Tee. »Sind alle draufgegangen – alle außer mir. Ich war gerade mal austreten gegangen... Sie wissen schon, mit dem Spaten. Hörte, wie ein Flugzeug oben drüberflog. Hab's nicht gesehen. Hab' nicht mal erkannt, ob von uns oder von den anderen. Als ich zurückkam, stand der Ronson in Flammen. Konnte nicht mal rangehen. Wir hatten die ganze Zeit nur rumgegammelt, keine Seele weit und breit. Muß einen Volltreffer abgekriegt haben. Ich weiß es nicht. Ich weiß es einfach nicht. Ich hab' nur dagestanden und zugeschaut, wie er ausbrannte... Und als ich dann hineinsah, konnte man keinen mehr erkennen.«

»Und wie ging's mit Ihnen weiter?«

»Weiß nicht. Bin herumgeirrt... wahrscheinlich im Schock. Die Totengräber haben mich gefunden und hielten mich für tot. Die waren schon dabei, mich einzuscharren, als einer sah, wie sich meine Augenlider bewegten. Bloß ein Zucker, sagten sie. Hat mir das Leben gerettet.« Blair lachte, daß die Teetasse in seiner Hand wackelte, und Simon spürte, daß er nun alles Nötige über Blairs Abstieg vom Panzeroffizier zum Melder, der anderen Befehle überbrachte, wußte.

Simon fragte ihn: »Haben Sie eine Ahnung, was hier bei uns los ist? Zur Zeit kommt jede Menge Zeug herein. Glauben Sie, daß das der Angriff ist?«

»Könnte sein. Jedenfalls sieht's ganz danach aus.«

»Was meinen Sie: Wann wird's soweit sein?«

»Es wird bald passieren müssen. Der Mond ist das Problem, wissen Sie. Und eine Show wie die unsrige kann man nicht dauernd auf dem Präsentierteller abziehen. Die Jerries könnten sie entdecken und als erste zuschlagen. Jedenfalls wird's einen prima Showdown geben.«

»Sie freuen sich darauf?«

»Weiß nicht. Vielleicht. Besser, als hier herumzuhängen.«

Der Mond nahm zu, und mit ihm die Erwartungen. In der Monatsmitte, zu einem Zeitpunkt, zu dem alles möglich war, wurde Simon nach Süden zu der Stelle geschickt, wo er sich von den Kirschenpflückern getrennt hatte. Von der großen Nachschubbasis war nicht ein einziges Faß übriggeblieben, nur ein Zug getarnter Panzer, teilweise mit demontierter Verkleidung, stand in dem Wadi, wo der Kommando-LKW gestanden hatte. Der Offizier vom Dienst lag auf einer Erhebung und schaute durch einen Feldstecher nach Westen. Als Simon zu ihm hinkam, um ihm einen Verlegungsbefehl zu bringen, sagte er leise: »Runter!« Simon kroch neben ihn, und er deutete auf eine von der Mittagshitze verzerrte, schroffe Felsansammlung. »Sehen Sie, dort drüben; das ist die Frontausbuchtung. Seit Alam Halfa sind die dort. Wenn Sie genau hinhören, hören Sie sie singen.«

Simon legte sich auf den Boden, neigte den Kopf, um besser hören zu können, und schwach und klar, wie eine Stimme über dem Wasser eines Sees, erreichte ihn ein Lied, das er irgendwo schon einmal gehört hatte: »Aber das ist doch ein englisches Lied!«

»Nein, das ist eines von ihnen: ›Lili Marleen‹. Wir haben es vom deutschen Rundfunk übernommen.«

Die beiden Männer blieben schweigend nebeneinander liegen, solange das Lied andauerte. Simon wurde von der nostalgischen Traurigkeit des Liedes bewegt und dachte daran, wie er Edwina das erste Mal gesehen hatte. Sie hatte sich über den Balkon zu ihm hinuntergebeugt, ihr Gesicht war vom herabfallenden, sonnengebleichten Haar halb verdeckt, ihr brauner Arm lag auf der Balkonbrüstung, und ihr weißer Umhang war so weit offen, daß er die Rundungen ihrer Brüste sehen konnte. Sie stand ihm so lebhaft vor Augen, daß er meinte, er könne ihr Gardenia Parfum riechen. Die Vision irritierte ihn, und er war erleichtert, als der Gesang aufhörte, der Offizier lachend aufsprang und sagte: »Wir fahren die Panzer also nach Norden? Werden wohl alle zusammengezogen, was? Scheint sich langsam was zu tun.«

»Hoffentlich, Sir. Der Befehl lautet: ›Abmarsch erst nach Einbruch der Dunkelheit.‹«

»Wird gemacht. Befehl erhalten und verstanden.«

Als Simon zurückfuhr, hatte er Edwina immer noch im Sinn. Er versuchte, sie zu verbannen, aber sie blieb, wo sie war, und lächelte vom Balkon auf ihn herab. Die Wüstenluft war zwar eher ein Anaphrodisiakum, und er und die anderen Soldaten waren vom Sex irgendwie abgeschnitten; doch konnte er diese romantische Überhöhung der Liebe nicht von sich abschütteln. Um sich abzulenken, nahm er seine Brieftasche heraus, öffnete sie und suchte das Foto seiner Frau. Er konnte es nicht finden. Er konnte sich nicht einmal erinnern, wann er es zuletzt gesehen hatte. Irgendwann in den vergangenen Wochen oder sogar in den vergangenen Monaten war es herausgefallen, und jetzt war es weg. Er versuchte, sie vor seinem geistigen Auge wiedererstehen zu lassen, aber alles, was er sah, war eine dünne, kleine Gestalt, die weinend auf dem Bahnsteig stand. Sie hatte kein Gesicht. Er strengte sein Erinnerungsvermögen an, aber es erschien kein Gesicht, und er fragte sich, ob er sie erkennen würde, wenn er ihr unerwartet begegnete.

5

Im Oktober wurden die Abende kühl, und Dobson wies die Diener an, die Decken hervorzuholen. Ein Geruch von Mottenkugeln zog durch die Wohnung, als er sie verteilte, und er sagte dabei immer wieder: »Wie herrlich, wenn man nachts ein bißchen was auf sich draufliegen hat.«

Vom Blattwerk in Garden City konnte man den Wechsel der Jahreszeit kaum ablesen. Ein paar wenige Laubbäume, die hinter Immergrün und Palmen verborgen waren, warfen ihre Blätter ab. Das geschah unbemerkt. Ein Baum jedoch – von den Studenten der Baum der Prüfung genannt – lieferte unvermittelt ein dramatisches Schauspiel: Er schmückte seine kahlen Äste mit malvenfarbenen Blüten, da er den Herbst mit dem Frühjahr verwechselte.

Die morgendliche Luft wurde sanft wie Seide, und ein zarter Dunst hing über den alten indischen Feigenbäumen entlang der Uferpromenade. Die Hitze, die alle Sinne hatte taub werden lassen, als seien sie mechanischem Druck ausgesetzt gewesen, hob sich jetzt, und Körper und Seele fühlten sich wie neugeboren. Liebespaare, die nicht länger unter den feuchten und klebrigen Tüchern zu leiden hatten, die während des Sommers als Zudecken genügten, spürten neue Kräfte; und der sie am meisten verspürte, war – so schien es – Castlebar.

Die Bewohner des Apartments waren erstaunt gewesen, als ihn Angela zum ersten Mal durch das Wohnzimmer in ihr Schlafzimmer führte, wo sie sich den ganzen Nachmittag über einschlossen. Beim Verlassen ging Castlebar mit einem selbstgefälligen Lachen an Harriet und Edwina vorbei. Angela, die später auftauchte, um ihren Abenddrink zu nehmen, war so wie immer und gab zu Castlebars Besuch keinen Kommentar ab. Am nächsten Tag kam er wieder.

Edwina, die Castlebar zuvor noch nicht getroffen hatte, sagte zu Harriet: »Wo hat denn Angela bloß dieses heruntergekommene Wrack aufgegabelt?«

Harriet wollte nicht glauben, daß die Verliebtheit von Dauer sein würde, aber sie war von Dauer und wurde immer heftiger. Castlebar war jeden Nachmittag bei Angela. Sie vertraute Harriet an, daß die Verwalterin der billigen Pension, in der Castlebar wohnte, etwas gegen ihre Anwesenheit in Castlebars Zimmer hatte. Die Frau hatte doppelte Bezahlung für das verlangt, was sie ›Unterkunft für zwei Personen‹ nannte. Angela hätte die geforderte Summe bezahlt, aber Castlebar argumentierte, daß er das Recht hätte, Besuch mitzubringen. Er sagte, er würde sich nicht von einer raffgierigen levantinischen Hexe ausnehmen lassen, und sie regelten die Angelegenheit dadurch, daß sie den Schauplatz wechselten.

Harriet und Angela waren Nachbarinnen in dem Flur, in dem die Schlafzimmer lagen, und Harriet hörte vom Treiben nebenan mehr, als ihr lieb war. Eine Siesta kam für sie nicht mehr in Betracht, und so ging sie ins Wohnzimmer, um in Frieden zu lesen. Dobson, dessen Zimmer im Haupttrakt der

Wohnung lag, spazierte ein- oder zweimal heraus, ein Handtuch wie einen Sarong um die Hüften gebunden, und als ihm aufging, warum sich Harriet hierher zurückgezogen hatte, schüttelte er den Kopf über Angelas moralischen Niedergang.

»Die treiben's aber!« brummte er, nachdem das Treiben schon eine Woche lang angedauert hatte. »Wenn man sich das vorstellt, daß sie sich ausgerechnet so eine Horrorgestalt wie Castlebar aussucht. Und wie ich höre, hat er auch noch irgendwo eine Frau. Was findet sie bloß an dem?«

Harriet versuchte sich vorzustellen, was Angela an ihm fand. In dem Bild, das vor ihr aufstieg, war Castlebar kaputt wegen seiner Hemmungslosigkeit, wegen des ägyptischen Klimas und seiner fast vierzig Jahre, hatte eine gelbe Haut mit vielen Falten und einen Mund, der wenig appetitanregend aussah, weil er so weich war wie verdorbenes Obst.

Sie schüttelte den Kopf: »Ich weiß es nicht. Aber was findet jemand schon an jemand anderem? Vielleicht ist es das, was Yeats mit dem ›bitteren Mysterium der Liebe‹ meint!«

Obgleich Dobson nie etwas gegen Peter Lisdoonvarnas Anwesenheit in Edwinas Zimmer eingewendet hatte, sagte er, daß er bei Angela hart bleiben wolle. »Das geht zu weit. Du kannst ihr vielleicht mal eine Andeutung machen. Sag ihr, daß es mir nicht gefällt.«

Als Harriet den Versuch unternahm, eine Andeutung zu machen, unterbrach Angela sie und fragte: »Was geht das ihn an? Will er vielleicht, daß ich bei unseren Nebenkosten für zwei bezahle?«

»Angela, jetzt wirst du unfair. Er hat den Eindruck, daß Castlebar nicht der Richtige für dich ist; er macht dich gesellschaftlich unmöglich.«

Die beiden Frauen lachten, und Harriet hielt es für das beste, Dobson und seinen Klagen aus dem Weg zu gehen. Als sie ein paar Nachmittage später allein in ihrem Zimmer war, wurde sie von einem lauten Krach aufgeweckt, auf den Castlebars halb unterdrücktes, näselndes Gekicher folgte. Als er weg war, ging Harriet an Angelas geöffneter Tür vorbei und sah, wie sie auf Knien Wasser vom Boden aufwischte.

»Tut mir leid, wenn wir dich gestört haben.«

»Ich habe nichts gehört.«

»Bill hat eine Schüssel mit Wasser umgeworfen. Er stellt sie immer neben das Bett, weil er oft zu früh kommt, und wenn er übererregt ist, dann hält er das Handgelenk ins Wasser und kühlt sich ab.«

Diese Erklärung wurde ohne jedes Erröten und mit nüchterner Sachlichkeit vorgetragen; sie setzte als selbstverständlich voraus, daß Harriet die Situation verstand, und so konnte sie nur noch sagen: »Ich verstehe.«

»Und dem blöden Dobson kannst du sagen, daß Bill nicht mehr oft hier sein wird. Er hat sich jetzt nämlich eine eigene Wohnung gesucht.«

»Da war er aber clever. Als wir eine suchten, haben wir nichts gefunden.«

»Die Lage auf dem Wohnungsmarkt hat sich etwas entspannt, da einige Offiziere gehen. Und die Universität hat ein paar Wohnungen für ihre Leute. Bill hat sich sofort für eine beworben, als er hörte, daß seine Frau unbedingt zurückkehren wollte. Er mußte es tun. Er sagte, wenn er sich ihretwegen nicht anstrengen würde, würde sie ihm einen Mordskrach machen.«

»Soll das heißen, er hat Angst vor ihr?«

»Und wie. Armer Bill!«

Angela lächelte belustigt und geringschätzig, und doch wirkte der Liebeszauber weiter. Ihre gemeinsamen Nachmittage genügten ihr nicht, sie mußte ihn am Abend wiedersehen. Hatten sie einmal versehentlich keine Verabredung für später getroffen, ging sie in den Union Club, um ihn zu suchen, wobei sie Harriet immer mitnahm. Sie war großzügig ihren Freunden gegenüber, erwartete aber als Gegenleistung, daß diese ihre Launen mitmachten.

Da jetzt die Nächte kühler wurden, zogen sich die Clubmitglieder vom Rasen ins Clubhaus zurück, wo sich Angela einen Ecktisch aussuchte, den sie als ihren eigenen mit Beschlag belegte. Der Chief-Safragi erhielt ein derartiges Trinkgeld, daß er stets ein ›Reserviert‹-Kärtchen auf dem Tisch plazierte, und dort saß sie dann und wartete so lange, bis Castlebar kam.

Ihre Freunde waren nicht die einzigen, die sich über ihre enge Freundschaft mit ihm wunderten. Wenn er auftauchte, und das tat er früher oder später immer, pflegten die Umsitzenden zunächst die beiden scheel anzusehen und sich dann gegenseitig Blicke zuzuwerfen.

Nichts von alldem bekümmerte Angela und Castlebar, die ganz offen Händchen hielten, wobei Castlebar geschickt seine Zigarette und seinen Drink mit der rechten Hand managte, während seine linke Angela hielt. Sie steckten die Köpfe zusammen und flüsterten. Sie kicherten über Witze, die nur ihnen bekannt waren.

Da Harriet sich als Störenfried vorkam, wimdete sie ihre Aufmerksamkeit Jackman, den sie mangels besserer Gesellschaft erduldete. Jackman selbst ärgerte sich darüber, daß Castlebar von Angela Besitz ergriff; er kam wegen der Drinks und tat so, als hätte er ein Publikum von drei Personen. Zu jener Zeit redete er dauernd über Truppenbewegungen in der Wüste. Es gab Gerüchte über riesige Materialmengen, die in Suez ankamen und an die Front geschickt wurden. Immer in der Nacht, sagte er. Ein Mann mit einem berühmten Namen aus einer Familie von Taschenspielern war nach Kairo eingeflogen worden, und man traf ihn auf Partys. Er war ruhig und freundlich, verriet aber nichts. Wenn auch sonst niemand wußte, warum er hier war, Jackman wußte es.

»Wenn ihr hört, daß der Hunne bis nach Libyen davonrennt, und zwar so schnell ihn seine Füße tragen, dann deswegen, weil dieser Bursche eine magische Show inszeniert hat.«

»Was für eine magische Show?«

»Ah, das hieße, etwas zu verraten. Aber er erzeugt Illusionen. Diesmal werden es Millionen sein.«

»Und wann soll das alles passieren?«

»Alles zur rechten Zeit, mein liebes Kind.«

Indessen waren die Deutschen fünfzig Meilen vor Alexandria, und zwar genau da, wo sie schon seit vier Monaten waren. Wie glücklose Pioniere bei einer sich ewig hinziehenden Belagerung, schienen sie dort bleiben zu wollen, bis sie entweder die Langeweile oder der Hunger nach Hause trieb.

Auf der Suche nach Drinks und Gesellschaft verfolgte Cookson Angelas Spur bis zu ihrem Tisch im Union Club und durfte sich anschließen. Anfänglich kam er in unregelmäßigen Abständen. Als er aber dann meinte, seine Stellung genügend gefestigt zu haben, fing er an, allnächtlich zu erscheinen, sehr zu Castlebars Verärgerung, der sich darüber flüsternd mit Angela unterhielt. Angela murmelte: »Der arme Teufel, ich kann ihm doch nicht sagen, daß er unerwünscht ist.«

»Dann mache ich das.«

»Na gut, wenn du es tun mußt – aber sei taktvoll.«

»Selbstverständlich bin ich das.«

Am nächsten Abend war Cookson der Meinung, er könne einen Schritt weiter gehen: Er brachte einen Freund mit. Er kannte mehrere Leute in Kairo, die niemand sonst kennen wollte, und einer von ihnen war ein junger Bursche, der nur Tootsie hieß. Vor dem Krieg war Tootsie mit seiner verwitweten Mutter auf Urlaub nach Ägypten gekommen. Die Mutter war verschieden, ihre Pension mit ihr, und Tootsie, durch den Krieg vom Rest der Welt abgeschnitten, spazierte umher und hielt nach jemandem Ausschau, der ihn aufnahm.

Der Anblick Tootsies, der sich hinter Cookson versteckte, veranlaßte Castlebar, seinen Eckzahn sehen zu lassen. Er produzierte ein Geräusch in der Kehle, das dem warnenden Knurren eines Wachhundes glich, der kurz vorm Zubeißen war.

Cookson witterte die Gefahr, blieb ängstlich stehen, machte dann pfeilschnell einen Ausfall Richtung Tisch und sagte mit hoher, exaltierter Stimme: »Hallo, Lady H! Hallo, Bill! Ich wußte, Sie würden nichts gegen den armen Tootsie...«

Castlebar sagte: »Lassen Sie uns in Ruhe, Cookson. Für Sie gibt's hier nichts.«

»Lassen Sie uns in Ruhe?« Cookson sah verblüfft aus: »Oh, Bill, wie können Sie so ein Fiesling sein! Tootsie und ich haben einen derart ermüdenden Tag in den Bars gehabt.«

»Lassen Sie uns in Ruhe, Cookson.«

»Bitte, Bill, seien Sie nicht so abscheulich!« Cookson war den Tränen nahe, nahm sein Taschentuch heraus und rollte es in den Händen, während sich Tootsie, der von dem Streit nichts mitbekam, bei Harriet einschmeichelte. Sein bevorzugtes und einziges Interesse im Leben galt der Befindlichkeit seines Darms.

Er beugte sich zu Harriet hinunter, um ihr mitzuteilen: »Das war vielleicht eine Woche! Jeden Abend Sennaschoten, und am Morgen dann nichts. Rein gar nichts! Und dann, vor gerade einer Stunde, welche Überraschung! Der gesamte Darm hat sich entleert, und das war allerhöchste Zeit, kann ich Ihnen sagen...«

Harriet, die schon zuvor von Tootsies Darm gehört hatte, streckte eine Hand aus, um ihn in Schach zu halten, während sie gleichzeitig Cookson beobachtete, der sein Taschentuch an die Wange preßte und vor Scham von einem Fuß auf den anderen trippelte. Tootsie registrierte Harriets Abwehrgeste überhaupt nicht, fuhr mit einer dünnen, asthmatischen Stimme fort und fragte sie, ob sie die jüngste Entleerung für ein nunmehr täglich zu erwartendes Ereignis hielt.

Sie schüttelte den Kopf, und Cookson, dessen Leidensschwelle überschritten war, rief zu Angela hin: »Liebe Lady Hooper, bitte...«

Angela, die mit niedergeschlagenen Augen dagesessen hatte, war nun gezwungen aufzusehen. Sie sagte: »Es tut mir leid, Major Cookson. Sie haben gehört, was Bill gesagt hat.«

»*Aber wollen Sie* es denn, daß ich gehe, Lady Hooper?«

»Ich will, was Bill will.«

Cookson war zerschmettert, zupfte Tootsie und sagte: »Ich verstehe. Komm mit, Tootsie. Wir müssen gehen.«

Sie gingen verwirrt davon, und Angela sagte mit gespielter Strenge zu Castlebar: »Du warst nicht sehr taktvoll, nicht wahr? Du schreckliches, geliebtes Scheusal!« Und sie gab ihm einen bewundernden Kuß auf den Mundwinkel.

Der Vorfall war von etwa dreißig Clubmitgliedern beobachtet worden, darunter ein Ölagent namens Clifford, der einer jener ungebetenen Gäste gewesen war, als Angela gerade ihr totes Kind nach Hause gebracht hatte. Als Harriet sah, wie Clifford Cooksons Rausschmiß mitverfolgte, erinnerte sie sich daran, wie er den erstbesten Leuten, die er traf, die Geschichte vom Tod des Jungen erzählt hatte.

Sie war nicht überrascht, als sich Dobson ein oder zwei Tage später bei ihr beschwerte: »Angela benimmt sich skandalös. Ganz Kairo spricht über diese greuliche Liaison. Unsere ganze Wohnung kommt in Verruf. Wo nur soll das alles enden?«

6

In der dritten Oktoberwoche fand für die niederen Offiziersdienstgrade, für die Unteroffiziere und Mannschaften eine Besprechung für den bevorstehenden Gefechtseinsatz statt. Major Fitzwilliams rief seine drei Verbindungsoffiziere zusammen und wandte sich mit seiner tiefen, angenehmen Stimme an sie: »Wir alle wußten schon die ganze Zeit, daß die Sache steigen soll. Die Frage war nur, wie bald; und da der Mond bereits wieder abnimmt, muß es sogar verdammt bald sein. Nun denn, ich brauche Ihnen nicht zu sagen, daß es jetzt jeden Tag losgehen kann. Morgen noch nicht. Ich würde sagen, übermorgen. Sie werden vielleicht der Meinung sein, daß das Timing zu knapp ist, aber Monty will es so. Also halten Sie die Klappe, auch untereinander. Wenn es dann soweit ist, wird es für Sie jede Menge Arbeit geben. Bis dahin, meine Herren, weitermachen.«

Blair blieb während der nächsten zwei Tage weiter in seinem Schweigen versunken, und Donaldson fuhrwerkte umher, als ob er sich auf den Einsatz vorbereitete. Wenn Simon mit Blair zusammensaß, unternahm er keinen Versuch, in dessen Insichgekehrtheit einzudringen. Sie durchlitten die Spannung der Wartezeit jeder auf seine, unterschiedliche Art. Simon hatte einmal einen Zug ins Gefecht geführt und verspürte jetzt wieder die sich verstärkende Nervosität vor dem kommenden Ereignis. Aber dieses Mal erwartete er nicht, mit gefährlichen Situationen konfrontiert zu werden, und so konnte er es sich gestatten, ungehemmt der Aufregung nachzugeben.

Am zweiten Tag sahen sie, wie die Spähtrupps bei Dämmerung hinausgingen, und Blair flüsterte Simon zu: »Jetzt geht's los. Sie haben den Auftrag, die Ablauflinie mit Trassierband zu markieren. Dann kommt das Sperrfeuer als nächstes. Dann geht die Infanterie ab – arme Hunde!«

»Sind nicht die Pioniere als erste dran?«

»Nein. Die Pioniere räumen Gassen für die Panzer, aber die Infanterie hat das volle Risiko.«

Die verschiedenen Einheiten marschierten ab, und das Lager leerte sich. Für die Verbindungsoffiziere gab es zu diesem Zeitpunkt nichts zu tun, und sie standen beim Kommandowagen wie Bühnenarbeiter, die darauf warteten, daß die Vorführung begann. Donaldson, der keine Gelegenheit fand, seinen höheren Dienstgrad auszuspielen, ging hin und her und blieb gelegentlich stehen, um mit dem einen Absatz in den Sand zu stampfen.

Fitzwilliams hatte jedem von ihnen eine Kopie von Montgomerys Tagesbefehl an die Truppe gegeben. Simon las ihn im Licht einer Taschenlampe und war bewegt, wie der Oberbefehlshaber ›den Herr und seine Stärke in der Schlacht‹ anrief. Er sagte voll Inbrunst: »Ich wollte, ich wäre mit ihnen da draußen.«

Donaldson lachte schallend und höhnisch: »Sie wissen wohl nicht, daß die Infanterie bei Tagesanbruch ausgerückt ist? Und den ganzen Tag in ihren Schützengräben feststeckt? Die Jungs mußten dauernd die Köpfe einziehen und konnten nicht mal zum Pinkeln raus. Wie hätte Ihnen das wohl gefallen? Ich wette, da wäre Ihnen ziemlich schnell übel geworden. Was meinen Sie, Blair?«

Blair erwiderte nichts auf Donaldsons forsche Vorführung von Sachkenntnis, sondern starrte mit gequältem Gesichtsausdruck vor sich hin, als ob er vom Ausbruch der Kämpfe betäubt worden sei.

Um 19.00 Uhr war für Offiziere und Mannschaften eine Sonderration ausgeteilt worden, eine warme Mahlzeit aus Rindfleisch mit Karotten. Blair hatte nichts angerührt, und als ihn Simon drängte aufzuessen, schüttelte er den Kopf: »Mag nichts, weiß auch nicht, warum.«

Der Mond, der große, weiße ägyptische Mond erhob sich

über dem Horizont und zerteilte alles in silberne und schwarze Formen. Gerüchten zufolge sollte der Angriff um 21.00 Uhr beginnen, aber es wurde 21.00 Uhr und später, und da war nichts als erwartungsvolle Stille. Die Männer, die im Lager geblieben waren, hatten sich um den Kommando-LKW versammelt und schauten alle nach Westen, wie Zuschauer, die auf das Feuerwerk warteten.

Als sich das Glänzen des Mondlichts verstärkte, verspürte Simon eine ängstliche Ungeduld und nahm als sicher an, daß der Mond dem Feind die große Ansammlung von Geschützen und Panzern enthüllen würde, die sich auf die Trassierbänder zubewegten. Aber die Nacht, windstill und ruhig, blieb ruhig, und da er die Deutschen im Schlaf vermutete, bemitleidete er sie in ihrer ahnungslosen Ruhe.

Donaldson schwarwenzelte um seine Vorgesetzten herum, sah dauernd auf die Uhr und sagte fachmännisch: »Um 22.00 Uhr geht's los, Sie werden sehen.« Aber er irrte sich. Das Sperrfeuer begann zwanzig Minuten vorher.

Es begann mit einem solch ohrenbetäubenden Brüllen, daß einige der Männer vom Lastwagen vor Angst einen Schritt zurücktraten, obwohl sie eine Meile oder mehr von den Geschützen entfernt waren. Das Timing war perfekt gewesen. Alle Geschütze hatten zum gleichen Zeitpunkt gefeuert.

Donaldson kicherte: »Das reicht, um sie in die Hosen machen zu lassen. Was haben die da draußen um Himmels willen bloß für Kracher?«

Kein anderer sprach. Der Lärm, Getöse von einer nicht mehr zu überbietenden Schrecklichkeit, dauerte an. Die Lautstärke schwoll nicht an, weil sie nicht mehr anschwellen konnte; sie war von Anfang an maximal. Sie schockte die Nerven, und ihre Wirkung wurde noch dadurch verschlimmert, daß die Mündungsfeuer orange und rot, wie eine Ekstase von Licht, am Horizont entlangzuckten.

Simon drehte sich nach Blair um und bemerkte, daß er nicht mehr neben ihm war. Er lehnte an der Seite des Lastwagens, hielt sich die Ohren zu und zog die Schultern hoch, als ob er Prügel auf den Kopf bekäme. Simon ging zu ihm hin: »Alles in Ordnung, Blair?«

Blair antwortete nicht. Simon legte ihm eine Hand auf die Schulter und spürte, wie der Körper des Mannes zitterte. Er ging wieder weg, weil er nicht Zeuge solcher Angst sein wollte.

Das Toben hielt fünfzehn Minuten ohne Unterbrechung an und endete dann genauso abrupt, wie es begonnen hatte. Die plötzliche Stille war ebenso zermürbend wie der Lärm, dann kam ein Gefühl der Erleichterung. Die Männer fingen aufgeregt an, darüber zu diskutieren, was als nächstes passieren könnte, aber einen Augenblick später feuerten die Geschütze erneut.

Simon schaute zu Blair hin und sah, daß er unter diesem erneuten Ansturm niedergesunken war und jetzt am Boden kniete, den Kopf gegen ein Rad gepreßt, und offensichtlich im Begriff war, völlig zusammenzubrechen. Einer von Fitzwilliams Meldern beugte sich über ihn und ging zum Gefechtsstand zurück, als er seinen Zustand erkannte. Ein oder zwei Minuten später erschien der Soldat wieder und holte Simon.

Fitzwilliams sagte: »Ich habe was für Sie, Boulderstone. Ich wollte Blair schicken, aber er scheint nicht in Form zu sein. Um 02.00 Uhr sollen die Panzer vorrücken, sobald die Pioniere die Gassen freigeräumt haben. Sie werden dem Kommandeur der Pioniere eine Meldung bringen. Sie müssen das Minenfeld überwinden, aber zwischenzeitlich werden sie den nächstgelegenen Sektor geräumt haben. Nicht sehr gefährlich.« Er sah Simon an, und als ob ihm urplötzlich dessen Jugend und Unerfahrenheit aufgefallen sei, fügte er hinzu: »Tut mir leid, daß Sie das jetzt machen müssen. Riskieren Sie nichts Unnötiges. Ich hätte Sie gerne wieder in einem Stück zurück, mein Lieber.«

Das ›mein Lieber‹ erzeugt in Simon ein würgendes Gefühl der Dankbarkeit. Die Chance, nach vorne an die Front zu gehen, war schon genug. Er brauchte dafür keine Rechtfertigung. Er sagte: »Machen Sie sich um mich keine Sorgen, Sir«, machte kehrt und rannte zum Jeep.

Crosbie am Lenkrad war schon aus dem Grunde wach, weil kein lebendes Wesen bei dem Lärm schlafen konnte. Gähnend fragte er: »Wo fahren wir hin, Sir?«

Simon wußte es selbst kaum, sagte aber: »Wir nehmen die ›Boot‹-Piste und hoffen das Beste.«

Die einzelnen Pisten führten zu verschiedenen Frontabschnitten und waren mit Symbolen gekennzeichnet, die man in Benzinkanister geschnitten hatte und die von innen beleuchtet wurden. In dieser Nacht gab es sechs Pisten: Boot, Flasche, Stiefel sowie Sonne, Mond, Stern. Als sie an den ersten undeutlichen Umriß eines Bootes kamen, rief Simon: »Drücken Sie auf die Tube, Crosbie. Das wird ein Kinderspiel.«

Crosbie war nicht beeindruckt, knurrte und drückte das Gaspedal durch. Der Lärm des Sperrfeuers, zusammen mit dem pausenlosen Dröhnen der Flugzeuge, die den Angriff unterstützten, erzeugte eine Art Glocke um den Jeep, so daß sich Simon mit seinen tauben Sinnen einbildete, sie seien von einem Schutzmantel umgeben, den keine Feindgranate durchdringen konnte.

Die erste halbe Meile kamen sie leicht voran; dann wurden sie von einer Staubwolke eingeholt, die sie erstickte und die ›Boot‹-Symbole verhüllte. Da er nicht wußte, ob er sich auf der Piste befand oder von ihr abgekommen war, fuhr Crosbie Schrittempo und lugte angestrengt nach vorne durch Staub und Rauch, bis er die Rückansicht eines festsitzenden Fahrzeugs erhaschte. Er bremste, wobei beide ruckartig nach vorne fielen; Simon stand auf und rief: »Hi! Wo sind wir? Eigentlich sollten wir auf der ›Boot‹-Spur sein.«

Eine Stimme brüllte zurück: »Dann such sie nur, Kumpel.«

Simon befahl Crosbie, sich nicht vom Fleck zu rühren, sprang hinunter und ging vorsichtig beim Schein seiner Taschenlampe voran. Das Licht fiel auf die vom Sand verwischten Konturen von zwei Lastwagen, die von der Fahrbahn abgekommen waren und sich ineinander verkeilt hatten. Andere Fahrzeuge, die versuchten, einen Bogen um sie herum zu fahren, versackten im Flugsand. Während er voranschritt, konnte Simon den ätzenden Rauch detonierender Granaten riechen. Die Granaten warfen riesige Sandfontänen auf, die auf die Soldaten und Lastwagen herabregneten. Ihm wurde klar, daß er letztlich doch nicht immun gegenüber der Gefahr war, und so ging Simon zurück und holte seinen Blechhut. Als er wieder losmarschierte, sah er vor sich einen Lichtpunkt, der zu einem lodernden Feuer anwuchs. Er war schon fast dort, ehe er sehen konnte, daß einer der Lastwagen Feuer gefangen hatte. Feindliche Mörsergranaten detonierten über den Köpfen der Männer, während sie versuchten, das Feuer mit Wasser von einem Nachschubfahrzeug zu löschen. Als er anhielt, fasziniert von dem infernalischen Durcheinander der Szene, schrie ihn ein Offizier an: »Gehn Sie aus dem Weg, Sie Esel. Der hat Munition geladen.«

»Ich muß hier vorbei. Ich habe eine Meldung für den Kommandanten der Pioniere auf der ›Boot‹-Piste.«

»Dann gehn Sie vorbei, so schnell Sie Ihre Füße tragen. Halten Sie den Kopf unten. Wenn Sie einen Stolperdraht sehen, dann machen Sie einen weiten Bogen drum herum, oder er reißt Ihnen die Eier ab.«

Simon faßte dies als Witz auf und fragte: »Wie breit sind die Minenfelder?«

»Wie zum Teufel soll ich das wissen? Zwanzig Meilen vielleicht.«

Mit tränenden Augen und vor Rauch heiserer Kehle rannte Simon um den Munitions-LKW herum in Richtung des Geschützdonners. Als die Umrisse der Geschütze durch den Nebel erschienen, stolperte er vorwärts wie auf einem steinigen Strand. Er leuchtete mit der Taschenlampe auf den Boden und sah, daß die Erde dicht mit Schrapnellsplittern bedeckt war, schartig, blaugrau und kristallin von der gigantischen Hitze der Detonation. Dieser Schrapnellteppich erstreckte sich zwischen den Geschützen und noch viele Meter von ihnen weg. Er mußte in jedem Fall darüber hinweg, und er rannte, so gut er konnte, hindurch, bis er draußen im offenen Niemandsland war. Der Nebel hing immer noch in der Luft, und sogar der Mond war nicht mehr zu sehen. Hier waren die Minenfelder. Er wartete, irgendwo da vorn die Pioniere zu finden, aber an Stelle der Pioniere traf er ein Rudel Panzer, die kaum zu sehen waren und durch den Rauch und Staub hindurch monströs aussahen. Rumpelnd und mahlend kämpfen sie sich so langsam voran, daß er sie im Schritttempo passieren konnte. Die Hitze der Panzerung erreichte ihn, und durch den Rauch der Granaten hindurch roch er den Gestank der Auspuffgase.

Er stolperte im Dunkeln und fiel beinahe einem vor die Kette, so daß eine Stimme von oben rief: »Was soll das werden, was Sie da machen?«

Der Panzerkommandant war nicht viel älter als Simon, und als er sich herunterbeugte, hellte sich sein zerquältes, junges Gesicht auf, als Simon ihm ins Gesicht schaute. Simon sah, daß hier ein Gleichaltriger in die Schlacht zog, und er hätte vor Neid heulen können, aber alles, was er sagte, war: »Entschuldigung. Ich bin Verbindungsoffizier. Mußte meinen Jeep da hinten lassen und zu Fuß weitergehen. Ich suche den Pionierkommandeur.«

»Der ist wahrscheinlich da vorne, wo er hingehört. Und wenn Sie's überleben wollen, dann halten Sie sich von unserer Spur fern. Bei unserem momentanen Tempo wäre das ein langsames und ekliges Ende.«

Die Reihen der mit großem Abstand fahrenden Panzer schienen endlos zu sein. Simon tauchte zwischen ihnen hindurch, war von dem Sand, den sie aufwarfen, fast blind, befand sich aber plötzlich in klarer Luft und sah den Mond ruhig und teilnahmslos hoch über sich. In der Ferne bewegten sich zwei Suchscheinwerfer am Himmel, kreuzten sich und blieben an einem Punkt gekreuzt, der ein paar Meilen weiter vorn lag. Jemand hatte ihm erzählt, daß ihr Schnittpunkt den Zielpunkt des Vormarsches markieren würde, und er verhielt einen Moment, um den Anblick zu bewundern. Dann begann er, mit langen Schritten zu laufen, freute sich, daß es keine Fahrzeuge und keinen Rauch gab, und vermutete die Pioniere ganz in der Nähe. Eine kurze Zeit lang konnte er sehen, wie der westliche Horizont von den Blitzen der Panzerabwehrgeschütze durchzuckt wurde, aber dann verdunkelte der Staub wieder die Sicht, und er bemerkte, daß vor ihm Soldaten waren, Schatten, geräuschlos, weil die von ihnen verursachten Geräusche sich in dem Lärm der detonierenden Granaten verloren. Ein Geisterfeld. Er war zu weit gegangen. Er hatte die hintere Linie der vorrückenden Infanterie erreicht.

Die Männer gingen im Abstand von zwei bis drei Metern voneinander, hielten ihre Gewehre in Vorhalte, hatten die Bajonette aufgepflanzt und bewegten sich wie im Zeitlupentempo unter dem Hagel der Granaten. Sie befanden sich auf dem Minenfeld und hielten nach Stolperdrähten Ausschau. Jeder hatte einen Tornister auf dem Rücken, und jeder Tornister war mit einem weißen Kreuz bemalt, als Markierung für den Hintermann.

Simon blieb stehen, da er nicht wußte, was er als nächstes tun sollte. Neben ihm fiel ein Mann um, und er ging hin in der Absicht, ihm zu helfen. Der Soldat war ein dünner, sehr kleiner, junger Bursche, lag auf dem Rücken, und als seine Augen ihn ausdruckslos anstarrten, wurde Simon an Arnolds Tod erinnerte, und er wollte den Körper aus dem Gefahrenbereich bringen. Dann erkannte er, daß er sich wie ein Idiot benahm. Sein Auftrag war, eine Meldung zu überbringen, und nicht, selbst zu sterben. Er hatte jetzt den Nahsektor des Minenfeldes durchquert, ohne etwas von den Pionieren zu sehen. Jetzt wußte er nicht mehr weiter: wohin sollte er sich wenden, nach links oder nach rechts? Er rannte auf einen der langsam voranschreitenden Soldaten zu und ergriff ihn am Arm. Der Mann, eingekapselt in seine eigene Angst, stieß einen Schrei aus und starrte dann Simon verwundert an. Simon beugte sich nahe zu ihm hin und rief: »Ich habe eine Meldung für den Pionierkommandeur. Wo finde ich den?«

Der Mann wand sich los, als ob er es mit einem Wahnsinnigen zu tun hätte, und Simon ließ ihn gehen, rannte dann quer zu den Wellen des Vormarsches und kam ins Mondlicht, das weite Strecken leeren Sandes bleichte. Das Sperrfeuer war wieder abgebrochen, und trotz des fernen Wummerns der Geschütze trat so etwas wie eine Stille ein, durch die er von irgendwoher das hohe Jaulen eines Dudelsacks hörte. Die Musik, bruchstückhaft wie der Gesang von ›Lili Marleen‹, verwehte allmählich, und er erinnerte sich, daß es in seinem Korps kein schottisches Regiment gab. Er wußte, daß er sich verirrt hatte. Während er voller Eifer ins Gefecht gezogen war, wollte er jetzt nur noch zurück ins Hauptlager.

Er wartete bis das Sperrfeuer von neuem begann, rannte

dann, geleitet von den Mündungsblitzen, auf die Geschützstellung zu und stieß auf eine Gruppe von Männern, die konzentriert zusammenarbeiteten und von den Detonationssternen der Feindgranaten beleuchtet wurden. Es waren drei Soldaten, von denen einer eine lange Röhre hielt, an der ein Teller wie eine Wärmepfanne befestigt war und mit der er über die Oberfläche des Sandes strich. Seine Gefährten beobachteten ihn mit der angespannten Aufmerksamkeit von Männern, die jederzeit mit dem Tod zu rechnen hatten. Simon blieb stehen, starrte den Minensuchteller an und hatte Angst, die Suche zu stören. Der Soldat stand still. Er hatte etwas gefunden. Der zweite Soldate markierte die Stelle mit Band, und der dritte befestigte das Band am Boden. Dann knieten sich die drei hin und erfühlten mit tastenden Fingern die Form im Sand, sensibel wie Chirurgen, die einen Unterleib abtasten. Simon blieb reglos und abseits, wo er war, bis die Mine geborgen war, und sagte dann: »Sir!« Sie sahen auf und wurden seiner Gegenwart zum ersten Mal gewahr.

»Ich bin Verbindungsoffizier. Ich habe eine Meldung für den CO Pioniere.«

Ohne zu sprechen, deutete einer der drei zu einer anderen Gruppe von Soldaten, schwarze Figuren, die weiter weg standen, und widmete sich dann wieder seiner Suche.

Der Kommandeur nahm die Meldung entgegen und sagte: »Hatten Sie Schwierigkeiten, uns zu finden?«

»Nein, Sir.«

»Sind ein cleverer Bursche. Melden Sie zurück: ›Suchgeräte arbeiten einwandfrei.‹«

Triumphierend senkte Simon den Kopf und rannte auf das Sperrfeuer zu. Er stolperte über die Schrapnellsplitter, lief durch die Feuerstellungen hindurch und fand einen Versorgungs-LKW, der zurück zum Depot fuhr. Er schrie und hielt ihn an, wurde zu seinem Jeep gebracht, der dort stand, wo er ihn verlassen hatte, und Crosbie schlief über dem Lenkrad.

Crosbie erwachte, erschrak über Simons rauchgeschwärztes Gesicht und sagte: »Wo sind Sie gewesen, Sir?«

»Wo meinen Sie wohl? Ich habe die Meldung überbracht, was sonst.«

»Wie sieht's da draußen aus?«

»Nicht allzu gut. Auf geht's, Crosbie, fahren wir zurück.«

Da er eigentlich Glückwünsche erwartet hatte, war Simon enttäuscht, als seine sichere Rückkehr von Fitzwilliams kaum registriert wurde, der sagte: »In Ordnung, Boulderstone, schlafen Sie etwas, wenn Sie können. Ich mußte Blair zum Stabsarzt schicken, so daß Sie und Donaldson ein bißchen mehr zu tun haben werden.«

»Tut mir leid wegen Blair, Sir. Es ist hoffentlich nichts Ernstes?«

»Weiß ich nicht. Es könnte diese ansteckende Gelbsucht sein. Die grassiert zur Zeit.« Nachdem er gesprochen hatte, streckte Fitzwilliams die Unterlippe vor und zeigte damit deutlich, daß er genau wußte, was mit Blair los war.

Simon kroch in seinen Schlafsack, zu müde, um das Getöse des Sperrfeuers zu bemerken, schaute auf die Uhr und sah, daß es vier Uhr früh war. Länger war er noch nie in seinem Leben aufgeblieben. Er dachte an die geisterhaften Männer, die jeder ein weißes Kreuz auf dem Rücken hatten, und sah sie sich weiter durch die Nacht bewegen. Fast beneidete er sie, aber größer als sein Neid war sein Verlangen nach Schlaf.

Er wurde zwei Stunden später von Crosbie geweckt, der ihm eine Tasse Tee brachte. Crosbie, der von der Lagerwache geweckt worden war, sagte: »Wir müssen wieder raus, Sir. Sie werden im Kommandowagen erwartet.«

Simon zog seinen Pullover an, schluckte den Tee hinunter und ging zum Lastwagen, wo ein junger Hauptmann namens Dawson Fitzwilliams abgelöst hatte. Simon war noch kaum wach und leicht wacklig, und Dawson beäugte ihn scharf: »Ist irgendwas?«

»Nein, Sir. Hab' nicht genug Schlaf gehabt, Sir, das ist alles.«

»Die meisten unserer Männer werden heute nacht überhaupt keinen Schlaf haben. Also, wir haben eine Meldung vom Korps Kommandeur gekriegt. Eine unserer Panzerdivisionen hat ihr Ziel nicht erreicht, und die Funkverbindungen sind gestört. Über Draht läuft auch nichts. Das heißt, es geht gar nichts. Sie werden rausmüssen und herausfinden, was sie aufhält.«

»Jawohl, Sir! Irgendwelche Hinweise, wo sie sind, Sir?«

»Hm!« Dawson sagte grübelnd: »Habe mir gedacht, daß Sie das fragen werden.« Er glättete eine handgezeichnete Karte mit den Positionen beziehungsweise den angenommenen Positionen der verschiedenen Einheiten und studierte sie mit aufgestütztem Kopf: »Hm, hm, hm! Sie sollten im nördlichen Korridor auf dem Weg zu ihrem Zielpunkt sein. Das sagt Ihnen nicht viel, oder?«

»Was *ist* ihr Zielpunkt, Sir?«

»Hier oben ist Kidney Ridge, und da unten ist der Miteiriya. Schon mal was vom Miteiriya gehört?«

»Ja, Sir.« Es war Feuer vom Miteiriya Ridge gewesen, das Hugo und alle Soldaten seiner Patrouille getötet hatte. Aber Hugos Tod schien jetzt weit zurück in der Vergangenheit zu liegen. Nachdem er gesehen hatte, was er gesehen hatte, wußte Simon, daß sein Bruder, wäre er damals nicht gestorben, höchstwahrscheinlich in der heutigen Schlacht gestorben wäre.

Er betrachtete Dawsons Karte und sah, wohin die beiden breiten Pfeile zielten, der eine zum Kidney Ridge, der andere zum Miteiriya, und ihm fiel ein, wie einfach und geordnet doch der Vormarsch auf dem Papier aussah, und welch elendes Durcheinander er in Wirklichkeit war.

»Welche Route soll ich nehmen, Sir?«

»Suchen Sie sich eine, die zum nördlichen Korridor führt. Der Korridor hätte tagsüber frei und die Division darin auf dem Durchmarsch sein sollen. Im Idealfall sollten sie schon durch und im offenen Gelände sein, aber das sind sie nicht. Entweder sind sie von der Route abgekommen und liegen irgendwo rum und gammeln, oder sie sind durch das Feuer aus Tel el Eisa zusammengeschossen worden. In jedem Fall sitzen sie fest. Sie haben den Auftrag, den Kommandeur aufzuspüren und ihn zu fragen, was zum Teufel er treibt. Oder dienstlich ausgedrückt: ›Hat seine Division die befohlenen Angriffspositionen eingenommen?‹ Kapiert? Noch Fragen?«

»Nein, Sir, keine Fragen.«

Die Sonne war nun über dem Horizont. Das Sperrfeuer hatte bei Tagesanbruch aufgehört, und da nun die schweren Kaliber schwiegen, verschmolzen die mittleren und kleineren – Panzer, MG, Flak – zu einem so beständigen Lärmpegel, daß ihn das Ohr gar nicht mehr wahrnahm. Simon sah, wie der Staub der Schlacht den westlichen Horizont verdunkelte, und verspürte kein Bedürfnis mehr, in den Kampf zu ziehen. Er wußte, was da draußen vor sich ging, und wollte nur widerwillig dorthin zurückkehren. Und doch war er besser dran als die meisten: Er hatte zwei Stunden Schlaf gehabt, während andere, wie Dawson ihn erinnert hatte, die Nacht in Todesgefahr und Schlaflosigkeit verbracht hatten.

Sie stießen dort auf die Staubwolke, wo sie schon in der Nacht zuvor gewesen war. Sanitätsfahrzeuge tauchten aus ihr auf und brachten die Schwerverwundeten ins Feldlazarett hinter dem Lager. Nach einer Weile fuhr der Jeep an einem Verbandsplatz vorbei, wo Soldaten, die auf ihren Abtransport warteten, auf Tragbahren oder auf dem Boden lagen, teilweise saßen, einige hellwach, andere mit dem Kopf auf den Knien, verstümmelt, blutverschmiert und erschöpft.

Alle Fliegen der Wüste schienen vom Geruch eiternden Fleisches hierhergelockt worden zu sein. Simon forderte Crosbie auf, Tempo zu machen, aber es sollte noch schlimmer kommen. Knapp hundert Meter weiter war ein Massengrab ausgehoben worden, um die Toten aufzunehmen. Es war noch nicht voll. Es hatte eine übelkeiterregende Ausdünstung, und die Fliegen hingen wie ein schwarzer Schleier darüber. Beim Versuch, seitlich auszuweichen, um dem Gestank zu entrinnen, kam Crosbie von der Piste ab. Der Jeep pflügte in den Flugsand. Er blieb stecken, und augenblicklich ließ sich ein Fliegenschwarm auf ihnen nieder, von denen einige nicht größer als Stechmücken waren; sie attackierten die Augen und Lippen der beiden Männer, die keine Chanc zum Entkommen hatten und sich daran machten, den Jeep auszugraben und Matten unter die Räder zu legen.

Schließlich ruckelte der Jeep zurück auf die Piste, und sie fuhren weiter, bis sie auf eine leere Piste stießen. Simon befürchtete, sie könnten vielleicht schon das Kampfgebiet verlassen haben. Dann tauchten zwei Fahrzeuge vor ihnen auf. Sie waren zunächst durch die flirrenden Luftspiegelungen verzerrt und von daher schwer zu identifizieren, aber als Simon sah, daß es liegengebliebene Fahrzeuge waren, befahl er Crosbie anzuhalten. Er ging hin und wurde verlegen, als er sah, daß es Stabsfahrzeuge waren, vor denen sich vier verärgerte höhere Offiziere stritten. Als er näher kam, schrie einer von ihnen gerade: »Ich behaupte immer noch, daß man Panzer so nicht einsetzen darf.« Simon hoffte, daß es sich bei den fraglichen Panzern um die handelte, die er suchte. Die vier Offiziere machten den Eindruck von furchteinflößender Wichtigkeit, doch da einer von ihnen Simon schon bemerkt hatte, spürte er, daß ein Rückzug Feigheit bedeuten würde. Er sagte: »Bitte um Entschuldigung, Sir.« Als er sie ansprach, drehten sich alle Männer in erboster Verwunderung nach ihm um. Er erklärte seinen Auftrag, und der Offizier, der ihn als erster bemerkt hatte, winkte ihn weiter: »Sie sind etwa eine Meile weiter die Piste rauf.«

»Sind Sie aus dem Minenfeld draußen, Sir?«

»Nein, sie sind nicht aus dem Minenfeld draußen. Und wenn Sie wissen wollen, warum, dann schlage ich vor, daß Sie mal dorthin watscheln und sie fragen.«

Als Simon in den Jeep zurückkletterte, brummte Crosbie: »Dummes Schwein.« Simon sah keinen Grund, ihm deswegen einen Anschiß zu verpassen.

Dem aufgewirbelten Sand, den umgekippten Markierungen, dem Geruch von verbranntem Öl und dem sich verdichtenden Staub nach zu schließen, war es bald klar, daß sie sich im Kielwasser einer gepanzerten Division befanden. Zusätzlich waren sie im Bereich des feindlichen Feuers. Sie atmeten Sandpartikel und den beißenden Geruch der Mörsergranaten ein, holperten voran, schaukelten in ausgefahrenen Rinnen und fuhren schräg über Sandhügel, vorbei an Fahrzeugen, die zusammengebrochen und verlassen worden waren. Ein Kradmelder kam aus dem Staub; Simon schrie: »Wie weit vorne sind sie?«

Der Kradmelder hielt an, lehnte sich über seine Meldebox zurück und deutete auf eine schwarze Wolke am Horizont:

»Das sind sie. Sie sind im Nu dort. Die fahren Kriechtempo.«

Aber es verstrich fast eine Stunde, ehe Simon in Sichtweite der hinteren Panzer kam, die in einer so weit auseinandergezogenen Kette fuhren, daß die Flankenfahrzeuge schon fast nicht mehr zu sehen waren. Der Rauchvorhang um sie herum war wie der Vorhang der Nacht. Die Panzer schienen reglos, aber als er dicht hinter ihnen war, sah Simon, daß sie sich ganz langsam nach vorne in einen Nebel arbeiteten, in dem die sternenförmigen Detonationsblitze der Granaten unaufhörlich zuckten.

Crosbie bremste und wandte sich unsicher an Simon. Er unternahm keinen Versuch zu sprechen, aber seine Miene fragte: »Müssen wir da hinein?«

Simon stand auf und konnte sehen, daß einer der nächsten Panzer stehengeblieben war. Die Besatzung war ausgestiegen und begann, sich einzugraben. Er bedeutete Crosbie hinzufahren, aber als der Jeep wendete, schlugen Granaten um sie herum ein, und Crosbie hielt wieder an. Simon versuchte, sich selbst Mut zu machen, indem er ihn anbrüllte: »Drücken Sie drauf, Crosbie!« Und sie fuhren weiter, während Flakfeuer ihre Blechhüte und die Seiten des Jeeps traf. Bei ihrem Anblick winkte sie der Panzerkommandant wütend weiter: »Was zum Teufel macht ihr da? Fahrt zurück. Ihr zieht Feindfeuer an.«

Crosbie benötigte keine weitere Aufforderung, wendete augenblicklich und wollte davonjagen, doch Simon griff ins Steuer und zwang ihn anzuhalten.

Simon erkannte, daß er wieder zu Fuß nach vorne mußte. Er befahl Crosbie, zurück auf die Piste zu fahren und dort zu warten, rannte zur Panzerbesatzung hinüber und fragte, wo er den Kommandeur finden konnte. Der Panzerkommandant antwortete mit ungehaltener Kürze: »Da vorne. 'ne Meile etwa.« Und als sich Simon auf den Weg machte, rief er ihm nach: »Und lassen Sie den verdammten Jeep stehen. Alles, was sich bewegt, zieht Feindfeuer an.«

Simon machte sich ganz klein, nutzte die Deckung jedes Panzers aus, an dem er vorbeikam, kam auf diese Weise ganz gut voran, verlangsamte jedoch alle paar Minuten sein

Tempo, um die Panzerkommandanten nach dem Weg zu fragen. Die Kommandanten, angeödet und gereizt wegen der Verzögerungen, schweißüberströmt wegen der Hitze, die durch das Kriechtempo erzeugt wurde, waren ebenso desinteressiert wie der erste. Keiner wußte mit Bestimmtheit, wo der Kommandeur zu finden war. Sie konnten ihn lediglich immer weiter zum vorderen Abschnitt winken, wo die Panzerspitze zum Stillstand gekommen war. Der Weg nach vorn wurde durch brennende Panzer gewiesen, und Besatzungen stapften nach hinten, um sich an einem geeigneten Platz einzugraben. Sankas tauchten aus dem Staub auf, suchten nach Verwundeten, schwankten bedrohlich, bis sie genügend Fahrt machten und sich stabilisierten.

An der Spitze des Vormarsches, der weniger ein Vormarsch als ein Stillstand war, war das feindliche Granatfeuer heftig. Simon hielt sich geduckt hinter den Panzern und nutzte kurze Atempausen, um vorwärts zu rennen, kam auf diese Weise aber nur langsam voran. Als er gerade hinter einem Panzer Deckung suchte, detonierte eine Granate über ihm; sie durchdrang zwar nicht die Außenhaut des Fahrzeuges, verspritzte aber brennendes Öl, von dem auch seine Schultern etwas abbekamen. Kleine Flammen entzündeten sich an seinem Pullover, und als er Sand aufhob, um sie zu löschen, war der ganze Panzer vom Feuer eingehüllt. Simon warf sich auf die Erde und rollte sich vom Brandherd weg.

Er fand den Kommandeur in einer Stimmung mutloser Gereiztheit auf der Leeseite seines Panzers sitzen. Nachdem er die Meldung gelesen hatte, sagte der Kommandeur mit unnatürlich angestrengter Stimme: »Die Scorpions sind kaputtgegangen. Schuld daran ist, daß die Minenräumpanzer so viel Staub aufwirbelten, daß sich die verdammten Dinger überhitzten und von den Pionieren ausrangiert werden mußten. Die Hälfte unserer Minensuchgeräte war defekt, und jetzt müssen die Männer die Minen mit dem Bajonett erstochern. Und das dauert. Und deswegen sitzen wir hier fest. Schön auf dem Präsentierteller.«

»Sie wissen, daß Ihr Funk tot ist, Sir?«

»Yep. Wir sind beschossen worden, und der Funk hat ein

paar Schrapnells abgekriegt. Wir haben dran rumgebastelt, aber das Scheißding ist hinüber . . .« Er brach plötzlich wie elektrisiert ab und schrie mit höchster Lautstärke: »Wir brechen durch.« Die Panzer begannen vorwärts zu rollen, und urplötzlich, als sei das Anrollen ein Signal zum Himmel gewesen, durchschnitt die sinkende Sonne den Nebel mit einem Strahl orangefarbenen Lichts, und das feindliche Feuer wurde wütend. Der Kommandeur befahl Simon zu verschwinden: »Scheiß Gegenangriff, gerade jetzt, wo wir genau gegen die Sonne stehen. Graben uns besser ein, bis die Show vorbei ist. Wiedersehen. Viel Glück.«

Auf seinem Rückweg zwischen den nach vorne rollenden Panzern hindurch kam Simon zu einem Schützengraben und warf sich hinein. Die Soldaten machten Platz für ihn, und sie saßen alle zusammen, sprachlos in dem Getöse der Schlacht. Simon war jetzt zu müde, um noch an dem Geschehen Anteil zu nehmen. Er versank in Schläfrigkeit, bildete sich ein, zurück in Garden City bei Edwina zu sein, die ihr langes, weißes Kleid anhatte und ihr besänftigendes Lächeln lächelte. Er verspürte jetzt keinen Groll mehr, sondern empfand ein verschwommenes Mitleid ihr und allen Frauen der Welt gegenüber. In einer Welt, wo die Männer jung starben – was sollte ein Mädchen da machen? Angesichts der Aussicht, ein Leben lang allein zu bleiben, mußten sie sich selbst zurechtfinden. Er murmelte: »Armes, kleines Ding! Armes, kleines Ding!« Dann überfiel ihn der Schlaf.

Er erwachte bei Tagesanbruch und fand sich allein im Schützengraben wieder. Der Lärm der Nacht hatte aufgehört, und beim Herausklettern sah er, daß die Panzer außer Sichtweite vorgerückt waren. Er hatte das Feld für sich, das hieß, nicht ganz für sich. Ausgebrannte Panzer standen wie invalide Krähen umher, und schwerer Brandgeruch lag in der Luft. Da lagen tote Soldaten und noch nicht ganz tote, und die Sankas kamen zurück, um sie einzusammeln.

Als die Sonne über dem Horizont stand, brandete das erste, feine Licht des Tages wie eine Welle über die Wüste und um ihn herum und brandete weiter und erhellte einen Wüstenstrich nach dem anderen, Meilen von Wüstensand, die einmal Niemandsland gewesen waren. Er war sich nun nicht mehr sicher, ob das Endziel der Division Kidney Ridge oder Miteiriya gewesen war, aber es war im Niemandsland gewesen, wo Hugo starb. Er war verblutet wie die Toten, die von der Schlacht zurückgelassen wurden, und vielleicht hatte Hugo hier gelegen, auf dieser toten Erde, die jetzt das Feld des Sieges war.

Er ging zurück zwischen Panzern, die so nutzlos waren wie der Sand, auf dem sie standen, schritt über die Leichen toter junger Männer und fragte: »Dafür ist Hugo gestorben? Und dafür soll auch ich sterben?« Es war niemand da, der ihm antwortete. Als er bemerkte, daß er hungrig war, vergaß er seine Fragen und fing an zu rennen.

7

Castlebar, der wöchentlich einmal einem griechischen Jungen in Alexandria Nachhilfe erteilte, kam mit der Nachricht von einem schweren Kampf in der Wüste zurück. Die Erschütterungen ließen Straßen und Gehsteige vibrieren, und bei ruhiger Luft konnten die Menschen das Wummern der Kanonen hören. Es gab keine offiziellen Nachrichten. Niemand wußte, was geschah, aber Castlebar war sicher, daß es sich um eine größere Schlacht handelte.

Jackman gefiel es überhaupt nicht, daß Castlebar der Überbringer solcher Botschaft war, und sagte: »Natürlich ist es etwas Größeres. Habe ich euch nicht gesagt, daß etwas in der Luft liegt? Was glaubt ihr denn, welchen Sinn die Vorbereitungen gehabt haben. Jetzt ist es soweit.«

Dennoch gab es keine Gewißheit. Alexandria war, genau wie Kairo, eine Stadt der Gerüchte. Das Geschützfeuer konnte eine deutsche Offensive bedeuten oder bloß ein kleines Scharmützel oder den tödlichen Abschiedsgruß des Afrika Korps, bevor sie einpackten und ihre langgehaltenen Stellungen verließen. Zehn Tage verstrichen, und erst dann durften die Zivilisten erfahren, daß es eine zweite Schlacht

bei El Alamein gegeben hatte, die größte Schlacht im Wüstenkrieg. Die alliierten Streitkräfte waren dabei, Rommel zurück
an die Grenze zu treiben, vielleicht sogar darüber hinaus.

Da geschah etwas Außergewöhnliches. Die Sonne, die
große Göttin Ägyptens, verschwand, und der Mittagshim-
mel mit seinem ewigen strahlenden Glanz war hinter Wolken
verborgen. Eine biblische Dunkelheit hing über der Stadt,
und die durch die Straßen hastenden Menschen fürchteten
eine Sintflut, das Jüngste Gericht oder doch zumindest ein
Erdbeben und suchten Schutz, wo sie konnten.

Angela und Harriet waren zu dem Zeitpunkt unterwegs.
Harriet hatte herausgefunden, daß Angela kaum wußte, wo
der Muski war, und bestand darauf, dorthin zu gehen. Sie
sagte: »Du solltest mal sehen, wie die andere Hälfte lebt«,
und führte sie durch die engen, düsteren Gäßchen zu ihrem
Lieblingsgeschäft: einem dämmerigen Ort wie ein großes
Zelt, wo alter Glas- und Porzellanschmuck in Regalen und
auf dem Boden angehäuft war. Im Mittelpunkt dieser unge-
ordneten Schatzkammer stand ein Glaskasten, der von Kar-
bidlampen beleuchtet wurde und voll funkelnder Juwelen
war. Harriet rief Angela herbei: »Komm her und schau dir die
Rosendiamanten an.«

Die Rosendiamanten waren in rötlichem Gold gefaßt und
zu Broschen, Ohrringen, Armbändern und Halsketten verar-
beitet. Harriet, die es sich nicht leisten konnte, sie zu kaufen,
war von ihrer kunstvollen Reichhaltigkeit beeindruckt. Angela hob die Stücke auf, studierte sie und fragte: »Was sind
Rosendiamanten? Sie sehen wie Zuckerkristalle aus.«

Harriet stellte die gleiche Frage einem Mann in einer
schmutzigen Galabiya, der den Kasten bewachte. Er erwiderte mit der Zurückhaltung dessen, der im Besitz eines höheren Wissens ist: »Rosy Di'mints? – Das sein Di'mints.«

Angela lachte: »Jetzt wissen wir es. Soll ich einen für Bill
kaufen?« Sie betrachtete sich wählerisch die einzelnen Designs, verwarf die Blumen und stieß auf eine Brosche in der
Form eines Herzens: »Wie wär's damit? Ich schenk' es ihm
aus Jux.« Sie feilschte nicht um den Preis, sondern bezahlte,
was der Inhaber verlangte, und lachte ganz aufgeregt bei der

Vorstellung, Castlebar das große, diamantbesetzte Herz zu schenken.

Beim Verlassen des Geschäfts bemerkten sie, daß es draußen fast so dunkel wie drinnen war. Leicht verängstigt von der ungewöhnlichen Düsternis, eilten sie duch die Gassen und hielten instinktiv auf das europäische Viertel zu, als ob sie dort dem unheilverkündenden Himmel entkommen könnten. Aber im Esbekiya-Vierte wurde der Himmel noch unheilverkündender. Die Büroangestellten kamen gerade zur Siesta auf die Straße, und die Geschäftsleute, die es sich leisten konnten, stritten sich um die Taxis. Als der erste Regentropfen fiel, bedeckte ein Mann seinen Fes mit dem Taschentuch, und noch ehe der Gehsteig naß war, war jeder Fes mit irgend etwas bedeckt. Regentropfen, schwer und riesig, klatschten herunter und flossen ineinander, und die Ägypter gerieten bei diesem Anblick in Panik. Die beiden Frauen hatten das westliche Ende des Esbekiya-Viertels erreicht, rannten ins Shepeard Hotel, stellten sich dort unter den Baldachin und beobachteten, wie die Abwässer flossen und überflossen und die Straßen bedeckten. Kairo hatte keine durchgängige Kanalisation, und das Wasser, das wie ein Fluß am Hotel vorbeischoß, konnte nur den Kasr el Nil hinunterfließen, bis es sich im Nil verlor.

Gegenüber dem Hotel wateten die Ladenbesitzer bis zu den Knien im Wasser und ließen Rollos herunter, als ob sie Unruhen befürchteten. Autos, die gezwungenermaßen anhielten, standen in dem Strom, und die Insassen winkten und bettelten um Rettung, obgleich niemand zu ihrer Rettung da war.

Einer der Männer, die sich unter dem Baldachin versammelt hatten, sagte: »Die werden er*säuft*,« und diese Möglichkeit wurde rings um Harriet und Angela mit düsterer Befriedigung diskutiert. Angela sagte: »Das regnet viel zu stark, um lange anzudauern.« Aber der Regen dauerte an, und da es ihr schließlich zu langweilig wurde, schlug sie vor, hineinzugehen und etwas zu trinken.

Stabsoffiziere, die das Lokal als ihre Domäne betrachteten, hielten in den Haupträumen alle Tische und Stühle besetzt.

Da niemand Anstalten machte, sich zu erheben, sagte Angela laut und mit fröhlicher Herablassung: »Während des Ersten Weltkriegs, als ich noch ein kleines Mädchen war, hörte ich den Ausdruck ›zeitweiliger Gentleman‹. Damals konnte ich mir nichts darunter vorstellen, aber jetzt weiß ich es.« Daraufhin erhoben sich zwei Offiziere, und Angela sagte: »Oh, wie freundlich!«, lächelte sie an und setzte sich.

Höchst erfreut über diesen Erfolg, lachte sie und zwinkerte Harriet zu, aber diese Stimmung hielt nicht lang an. Das jüngste Kommuniqué von der Front besagte: ›Streitkräfte der Achse vollständig auf dem Rückzug.‹ Diese Nachricht, die die Briten in Kairo frohlocken ließ, hatte Angela nur beunruhigt.

Sie sagte zu Harriet: »Mir gefällt das gar nicht. Wenn die Armee hier weggeht, dann hat das Miststück eine viel größere Chance, hierher zurückzukehren.«

»Was glaubst du, würde geschehen, wenn sie zurückkäme?«

»Bill sagt, er hat vor, ihr zu sagen, daß Schluß ist.«

Harriet grübelte über die Tatsache nach, daß ihre beiden Freundinnen in Männer verliebt waren, die ihnen wahrscheinlich nie ganz gehören würden, und begriff, daß Ungewißheit ein starkes Gift war. Sie sagte: »Angela, würdest du Castlebar auch dann so sehr haben wollen, wenn er nicht jemand anderem gehören würde?«

Angela wischte die Frage mit einer Handbewegung zur Seite: »Hören wir auf, darüber nachzudenken.« Sie sah in ihre Tasche hinein und holte die Brosche mit den Rosendiamanten heraus, um sich abzulenken: »›Rosy Di'mints? Das sein Di'mints.‹ War das nicht herrlich? Komm, gehen wir ins Restaurant zum Essen.«

Zwar hatte das Geräusch des Regens während ihres Essens aufgehört, aber als sie auf die Terrasse zurückkehrten, sahen sie, daß sie wegen des Stroms, der immer noch die Straßen überschwemmte und die Insassen der Autos gefangenhielt, in der Falle saßen. Eine weitere Stunde verging, ehe der letzte Rest des Wassers, ein langgezogenes, seichtes Rinnsal, den Kasr el Nil hinunterfloß und verschwand. Die Sonne brach durch die Wolken, die Straßen begannen zu dampfen, trokkene, kreisförmige Flecken erschienen auf den Pflastersteinen, Autofahrer versuchten, die Motoren anzulassen, und Harriet und Angela waren erlöst.

Doch war dies nicht alles. Der Regen hatte nicht nur die Stadt begossen, sondern auch die umliegende Wüste, und das mit bemerkenswerten Folgen. Die Zeitungen berichteten von einem Wunder: Samen, die jahrelang schlummernd im Sand gelegen hatten, gingen auf und blühten, aber das hohe Alter der Samen verhinderte normales Wachstum. Die Blumen waren Miniaturausgaben ihrer Spezies. Dobson, der dies beim Frühstück las, sagte, er habe gehört, daß die Wüste bei Sakkåra blumenübersät sei.

»Ein Garten«, sagte er, »ein veritabler Garten!« Worauf sich Harriet aufgeregt an Guy wandte und ihre Hand auf seinen Arm legte: »Heute ist dein freier Tag. Bitte fahren wir hin und schauen es uns an.«

»Wie sollen wir da hinkommen?« Die Straßenbahnlinie endete in Mena House.

»Aber warum können wir denn kein Taxi nehmen?«

Guy lachte über die Idee, mit dem Taxi in die Wüste zu fahren: »Da habe ich was Besseres zu tun«, sagte er, und Harriet wußte, daß er von Anfang an nicht gewollt hatte.

»Aber heute ist dein freier Tag.«

»Und das ist der einzige Tag, an dem ich wirklich arbeite. Ich bereite gerade mein Unterhaltungsprogramm für die Soldaten vor. Ich habe tausend Dinge zu tun.«

Guy hatte mit der Planung für das Unterhaltungsprogramm schon vor einiger Zeit begonnen, und Harriet hatte gehofft, es sei zwischenzeitlich in Vergessenheit geraten. Aber das war nicht der Fall. »Haben die Soldaten nicht schon genug Unterhaltung?«

»Das wird keine der üblichen Shows.« Um weiteren Argumenten vorzubeugen, sprang er auf, obwohl er sein Frühstück noch nicht beendet hatte. Als Hassan mit einer Schale Obst hereinkam, nahm er sich ein paar Guajaven, bespritzte das Tischtusch mit der purpurfarbenen Flüssigkeit und rief, während er ging: »Entschuldigung.«

Dobson sah ihm nach: »Welche Energie! Was für ein Mann! Er hat nie Ruhe, oder?«

»Nein, niemals. Wie würde dir das gefallen, mit ihm verheiratet zu sein?«

»Jetzt komm aber, Harriet. Du willst ihn doch so, wie er ist, oder?«

»Will ich das? Diese Unterhaltungsprogramme bringen mich noch um den Verstand. Mal angenommen, dieses geht schief?«

»Unwahrscheinlich. Er hat die Unterstützung der ENSA, der offiziellen Truppenbetreuung.«

Harriet sagte: »Woher weißt du das?« Sie erkannte zu spät, daß sie damit ihre eigene Unwissenheit zugab, und stellte eine zweite Frage, um die erste ungeschehen zu machen: »Warum sollte die ENSA Guys Show unterstützen?«

»Du weißt doch, wie er ist! Mit seinem Charme könnte er die Affen von den Bäumen locken.«

»Ja.« Harriet saß einige Minuten still da und sagte dann: »Ich wünschte, ich wäre Soldat bei den Kampftruppen in der Wüste.«

»Du würdest es stinklangweilig finden.«

»Schlimmer als hier könnte es auch nicht sein.«

»*Hier?* Die meisten Engländerinnen sind der Meinung, daß sie verdammtes Glück haben, hier zu sein.«

»Tja, ich bin nicht die meisten Engländerinnen.«

Edwina hätte eigentlich in der Botschaft Dienst tun sollen, aber sie kam langsam an den Tisch, die Hand an der Stirn, die Haare zerzaust, und sagte mit dünner Stimme: »Oh, Dobbie, ich habe eine derartigen Kopf. Ich glaube nicht, daß ich heute früh reingehen kann.«

Dobson sagte in einem Ton scherzhaften Bedauerns: »Armes Ding! Dann werden wir vermutlich halt ohne dich auskommen müssen. Wie steht's mit dem Spätdienst?«

»Ich werde mich bemühen, Dobbie dear.«

Dobson machte sich auf den Weg zur Botschaft, und Edwina sank auf den Tisch und stöhnte, bis das Telefon läutete. Sie wurde augenblicklich wieder lebendig und war am Apparat, noch bevor Hassan im Flur war. Harriet bekam den einen

Teil einer lebhaften Unterhaltung mit und folgerte, daß Peter Lisdoonvarna den Morgen frei hatte und Edwina ausführen würde. Sie kam zurück und sagte: »O Harriet, stell dir vor, ich wäre jetzt im Büro. Was für ein Glück! Was für ein Glück! Was für ein Glück!«

Harriet hörte sie singen, während sie unter der Dusche umherplanschte, und beneidete sie um ihre Aufgeregtheit. Das war es, dachte Harriet, was sich Frauen am meisten wünschten und wofür sie auch etwas riskierten. Sie hingegen hatte geheiratet und war mit jemandem ans Ende Europas gereist, den sie kaum kannte. Sie hätte dort verlassen werden können. Sie hätte ermordet werden können. In der Tat hatte sie nichts als Enttäuschungen durchlitten und herausgefunden, daß die Hingabe ihres Mannes an alles und jeden nur wenig Platz für sie ließ. Sie saß noch immer bei ihrem Kaffee, als Peter Lisdoonvarna eintraf und Vitalität ausstrahlte wie eine magnetische Kraft. Die Fensterläden waren geschlossen worden, aber das Halbdunkel schien sich aufzulösen, als er Harriet einen herzhaften Kuß auf die Lippen gab. Alle gutaussehenden Mädchen waren Peters Mädchen, und er ging mit einem derartig stürmischen Selbstvertrauen auf sie zu, daß nur wenige widerstehen konnten. Edwina rief ihn von ihrem Zimmer aus, aber ihm gefiel es bei Harriet, der er gerade erzählte, daß er soeben König Faruks zweitbesten Bentley gekauft hatte.

»Ein herrliches Gerät! Ich bin wochenlang hinter ihm her gewesen. Hat eine Park Ward Karosserie. Acht Liter Chassis. Eine Motorhaube, so lang wie die Kanone eines Mark III-Panzers. Ich weiß, daß manche denken, es lohnt nicht, sich hier ein Auto zu kaufen, aber ich bin nun mal der Typ, der ein Auto besitzen muß. Ich will wissen, daß es da ist. Daß ich einsteigen und abzischen kann und nicht eine Ewigkeit auf Taxis warten muß. Man braucht einfach einen Ausgleich für den blöden Scheißkram im Hauptquartier. Haben Sie Lust, eine Runde zu drehen? 'ne kleine Probefahrt zu machen?«

Harriet spürte, daß sie nichts lieber wollte, aber was war mit Edwina? Zögernd fragte sie: »Wo fahren Sie hin?«

»Weiß nicht. Hab' ich mir noch nicht überlegt. Überall hin, wo Sie wollen.«

»Würden Sie auch nach Sakkara fahren?«

»Warum nicht? Also dann, auf nach Sakkara!« Als Edwina ins Zimmer kam, rief er: »Los geht's, Mädels.«

Edwina zögerte nur einen Augenblick lang, bevor sie lächelte und sagte: »Harriet kommt mit? Wunderbar!«

Der Wagen, der vor dem Haus stand, war in der Tat herrlich. Harriet wurde in den geräumigen Fond gesetzt und war bald nach der Abfahrt vergessen. Nachdem sich Edwinas Begeisterung über den Wagen verausgabt hatte, legte sie Peter einen Arm um die Schultern und ihren Kopf gegen den seinen, aber Peters ganze Aufmerksamkeit galt immer noch der Pracht des Bentley. »Durch und durch Lederpolsterung«, sagte er.

»Leder, wirklich?« Edwina sprach, als sei Leder ein unerhörter Luxus.

Peter demonstrierte die elektrischen Fensterheber und zeigte, wie man auf Knopfdruck das Stoffverdeck hinter den Rücksitzen verschwinden lassen konnte. Harriet versuchte, Bewunderung zu murmeln, aber alles, was sie sagte, ging unter Edwinas atemlosem Quietschen der Entzückung verloren.

Harriet konnte nicht mithalten und besah sich deshalb durch ihr Fenster die Gegend. Und sie sah einen Bauern, der den Kopf mit einem Schal eingebunden hatte und verträumt den Gehsteig entlangschlenderte. Der Schal deutete an, daß er Zahnschmerzen oder eine Erkältung hatte, aber sie wußte, daß er nicht an seine Beschwerden dachte. Statt dessen versenkte er sich in eine der Fantasien, die die Armen für ihre Armut entschädigten. Ein Ladenbesitzer hatte ihr einst erzählt, daß eine reiche amerikanische Dame sich in einen Fremdenführer bei den Pyramiden verliebt hatte und dann zu ihm in seine Ein-Zimmer-Dorfhütte gezogen war. Harriet hatte über die Geschichte gelacht, aber der Ladenbesitzer glaubte sie, weil dieser Glaube das Leben erträglich machte. Sie wußte, daß der Bauer mit seinem Schal und seinem Grinsen und seinem wackelnden Kopf sich just in diesem Augenblick eine Romanze ausdachte, in der auch er seinen Platz hatte.

Als sie auf der Straße nach Sakkara waren, sagte Peter: »Jetzt kann ich ihn mal laufenlassen.« Er drückte aufs Gas, daß der Wagen durch die Dörfer fegte, Kinder und Hühner auseinanderjagte und die Dorfbewohner dazu brachte, wütend hinter ihm herzuschreien. Jemand mußte die Zuckerfabrik in Al-Hawandiyen angerufen haben, denn die Fabrikarbeiter hatten sich mit Steinen in den Händen vor dem Gebäude versammelt. Da das Wagendach versenkt war, sahen sie, daß in dem Auto zwei Frauen saßen, und die meiste ließen gutmütig ihre Steine fallen, aber zwei warfen sie und trafen die Wagenseite. Edwina schrie auf und barg ihren Kopf an Peters Schulter, der das Dach wieder ausfuhr und verriegelte. Er tat dies, ohne die Geschwindigkeit zu verlangsamen, und knurrte dabei: »Das ist doch ein verdammtes Land voller verdammter Idioten, ist das doch! Kaum drückst du mal ein bißchen auf die Tube, schon schmeißen sie Steine. Ich wollte, ich wäre zurück an der Front. Da kannst du machen, was du willst.«

Edwina, gegen Peter gekauert, sagte leise: »O Peter, du weißt doch, daß du mich nicht verlassen willst!«

»Vielleicht nicht, aber ich bin Soldat und kein verdammter Bürohengst.«

Sie kamen zu dem leicht hügeligen Gelände, das einst die großartige Stadt Memphis gewesen war. Kolossale Statuen lagen zwischen den Palmenhainen, aber sie waren für Peter ohne Interesse, der schnell weiterfuhr und erst dann das Bedürfnis hatte anzuhalten, als die Straße bei Mariettas Haus endete.

Es war Mittag, und auch im Winter war es sehr warm. Peter wischte sich den Schweiß von seiner breiten Nase und sagte: »Gehen wir in den Schatten.« Er zog Edwina mit sich und ging zum Serapeum, der Grabstätte der Heiligen Stiere.

Harriet spazierte umher und suchte die Miniaturblumen, aber diese hatten kaum Zeit gehabt, sich zu entfalten, als auch schon die Sonne ihre Feuchtigkeit wieder aufgesaugt hatte. Jetzt waren lediglich trockene Stengel übriggeblieben, die wie Streichhölzer im Sand steckten. Aber es gab noch andere Beweise dafür, daß es geregnet hatte. Fragmente eingestürzter Tempel waren freigewaschen worden, und sie kam zu einer steinernen Lotussäule, deren eine Hälfte bislang unter dem Sand begraben war. Die seit Jahrtausenden freiliegende Hälfte war von der Zeit zerfressen, aber die andere, jetzt erst freigelegte, war glatt wie Haut. Der feuchte Wind hatte die Oberfläche zu langen Falten gefurcht und ein salziges Weiß herausgewaschen, und Harriet fühlte, daß sich ihre Fahrt auf dem Rücksitz gelohnt hatte.

Als sie in das Serapeum hineinging, konnte sie zuerst keine Anzeichen von Peter und Edwina entdecken, dann aber sah sie die beiden undeutlich im Dunkel, wie sie ihre Körper zusammenpreßten, als ob jeder versuchte, mit dem anderen zu verschmelzen. Sie hörten sie, gingen für eine Sekunde auseinander und dann sofort wieder zusammen, und Harriet ging weiter und verspürte die Einsamkeit derjenigen, die außerhalb des Banns der Ekstase waren. Sie schlenderte zum entgegengesetzten Ende der Säulenhalle und wartete, bis die anderen ihres Geturtels müde wurden. Edwina quietschte, riß sich von Peter los, und er verfolgte sie um die riesigen Sarkophage herum, erwischte sie, drückte sie auf eine schwarze Granitplatte und warf sich auf sie drauf. Sie wurde von seinem Gewicht beinahe plattgedrückt und schrie auf: »Peter, o Peter, du bringst mich ja um.« Er ließ sie los, und sie sprang auf, lachte neckisch, und die Verfolgungsjagd begann von neuem.

Harriet wandte ihnen den Rücken zu, als sie sich umarmten, und überlegte, daß diese Grabstätte für Stiere, die zu Herren des Abendlands geworden waren, Peter sehr wohl inspirieren konnte, da er selber ein Stier und ein Herr war, wenn auch von anderer Sorte. Sie wußte nicht, ob sich der Ausbruch von Liebesleidenschaft in einem Höhepunkt erschöpft hatte, aber sie hörte Peter mit Entschlossenheit in der Stimme sagen: »Jetzt reicht's, wir fahren. Rollen wir nach Mena zurück zum Essen.«

Viel hatten sie nicht gesehen, aber Peter war es gar nicht aufgegangen, daß es irgend etwas zu sehen gegeben hatte. Was das Essen anging, so setzte er ohne weiteres voraus, daß Mena den Frauen genehm sei, und er hatte recht. Edwina lächelte Harriet an, als ob sie ihr ein Geschenk überreichen würde, und Harriet lächelte zurück und erkannte damit die wohltätige Gabe an.

Im Hotel sagte ihnen jedoch der Portier, daß Bar und Restaurant voll seien und daß sie warten müßten. Harriet schlug vor, die Matrix des Sonnenschiffs zu betrachten, des Schiffes, das tagsüber den Himmel überquerte und des Nachts hinabsank in die Unterwelt.

Peter lachte: »Ich habe jetzt genug von der verdammten Sonne. Ich geh' mir das Näschen pudern.« Er ließ die beiden Frauen allein hinunter auf den gewölbten Stapelschlitten blicken, der einst das heilige Schiff gehalten hatte.

Als sie das Hotel betraten, sahen sie Peter mit drei anderen Offizieren zusammenstehen, und er hatte die Brauen finster zusammengezogen. Edwina flüsterte: »Was meinst du, erzählen sie ihm?« Aber beide Frauen wußten, daß sich das Gespräch nur um den Krieg in der Wüste drehen konnte.

Er hatte immer noch die Stirn in Falten, als er zu ihnen kam, und Edwina versuchte, seine Hand zu fassen und fragte ihn: »Was ist, Darling?«

Er wich ihrem Zugriff aus und sagte: »Ich verpasse das ganze verdammte Schützenfest. Mehr ist nicht. Gehen wir essen.«

Das Mittagessen, das ein Vergnügen hätte sein sollen, war überhaupt kein Vergnügen. Peter schwieg unzufrieden und ignorierte Edwina, die ihn hilflos ansah und sich dann mit einem Gesichtsausdruck an Harriet wandte, der besagte: »Sieh dir an, womit ich alles fertig werden muß!« Harriet, die nun nicht länger des Liebesgetändels wegen ausgeschlossen war, kam sich jetzt als Eindringling in einer Situation vor, zu der sie nichts Hilfreiches beitragen konnte.

Sie fuhren durch die Bohnenfelder zurück und durch die Vorstädte von Kairo, und Edwina flüsterte: »Mal ehrlich, Teddybär, willst du wirklich zurück in die Wüste?«

»Yep.«

»Aber was macht dann die arme Edwina ohne ihren Teddybär?«

»Die sucht sich einen neuen Teddybär.«

»Ich will aber nur dich.«

Der süße Duft der Bohnenfelder erfüllte die Luft, aber Edwina machte sich nichts daraus, sondern erfand in ihrer Qual immer neue und immer verzweifeltere Manöver. Mit einem schmeichelnden Flüstern sagte sie: »Wenn wir verheiratet wären oder auch verlobt, wäre es nicht so schlimm.«

»Warum? Welchen Unterschied würde das machen?«

»Den größten der Welt. Wir würden zusammengehören. Ich würde benachrichtigt werden, wenn dir etwas zustoßen sollte.«

»Sozusagen als nächste Angehörige, eh?« Peter gluckste ironisch.

»Darling, mir ist es ernst.«

»Nimm's doch nicht so ernst, altes Mädchen. Das bin ich gar nicht wert. Ich bin nicht gut genug für dich...«

Konnte es, überlegte Harriet, eine entmutigendere Zurückweisung geben als diese? Doch Edwina weigerte sich, entmutigt zu sein. Sie protestierte und sagte, Peter sei alles, was sie wolle. Sie weinte halb und beschwor ihre Liebe zu ihm, während er auf die Straße starrte, als ob er nichts hörte. Als sich ihre Stimme in Tränen auflöste, sagte er schließlich: »Schau her, altes Haus. Die Wahrheit ist, daß ich fest gebunden bin.«

»Du... du meinst, du bist verlobt?«

»So was Ähnliches.« Er lachte, und Edwina dachte, er würde sie veralbern.

»Wer schert sich heutzutage schon groß um Verlobungen? Der Krieg kann noch Jahre dauern. Ich wette, bis du zurückkommst, hat sie schon einen anderen geheiratet.« Als Peter wieder lachte, insistierte Edwina: »Vielleicht *hat* sie schon jemand anderen geheiratet.«

»Sehr unwahrscheinlich.«

»Du nimmst mich auf den Arm, stimmt's?«

»Wer könnte dem widerstehen?« Er tätschelte ihren Arm: »Ein so schöner Arm!«

Sie überquerten gerade den Fluß, und im Getöse des Bulak-Verkehrs ließ Edwina die Sache für den Augenblick auf sich beruhen, aber einen letzten, triumphierenden Stich konnte sie sich nicht verkneifen: »Aber du kannst ja gar nicht zurück in die Wüste, stimmt's?«

Peter bestätigte mürrisch: »Sieht ganz so aus.«

Edwina lächelte in sich hinein, nahm ihre Puderdose heraus und betrachtete ihr hübsches Gesicht. Der Krieg war auf ihrer Seite. Er hielt Peter in Ägypten fest, und die Behörden hielten ihn in Kairo fest. Er war bei ihr, und solange er bei ihr war, hatte sie Grund zur Hoffnung. Die Unterhaltung, die Harriet verstört hatte, schien auf Edwina wenig Auswirkungen gehabt zu haben. Sie puderte sich das Gesicht und rückte erneut dicht zu Peter hin. Sie waren wieder versöhnt, und als die Frauen das Auto in Garden City verließen, sagte er: »Was hast du denn heute abend vor, altes Mädchen?«

»Nichts Besonderes.«

»Dann hol' ich dich um acht ab?«

»Oh, super Darling. Bis dann also.«

Sie ging fröhlich die Stufen hinauf, völlig davon überzeugt, wie es schien, daß sie ihn schließlich doch kriegen würde.

8

Am vierten Tag der Schlacht kamen Gruppen erschöpfter Männer ins Lager, um von den Ersatztruppen abgelöst zu werden. Sie stammten meist von der Panzertruppe und hatten bestenfalls drei Stunden Schlaf pro Nacht gehabt. Als Simon dies hörte, schämte er sich seiner eigenen nervösen Erschöpfung. Er konnte für sich keine Entschuldigungsgründe finden und redete sich ein, daß es für ihn besser gewesen wäre, im Feuer zu bleiben und sich daran zu gewöhnen. Die Ruheperioden zwischen seinen Kampfeinsätzen und die Tatsache andererseits, daß man ihn nachts zu jeder beliebigen Zeit wecken konnte, hatten ihn demoralisiert.

Er hatte fast keine oder überhaupt keine Vorstellung von dem, was durch die Kämpfe gewonnen worden war, und obwohl Fitzwilliams die zurückkehrenden Soldaten befragte, konnte er ihm auch nicht viel sagen. Es wurde allgemein angenommen, daß die britischen Panzer im Nordabschnitt einen Keil in die deutschen Verteidigungslinien getrieben hatten, aber kaum hatte sich diese Nachricht herumgesprochen, als der Kommandeur des Abschnitts zurückfunkte, seine ganze Brigade sei von feindlichen Panzerabwehrkanonen umzingelt.

Fitzwilliams war, wie die Offiziere, die Simon auf der Straße angesprochen hatte, skeptisch gegenüber der Gefechtstaktik: »Gar nicht gut gemacht, würde ich meinen. Ich nehme zwar an, daß die hohen Tiere wissen, was sie tun, aber ich habe noch nie gehört, daß man Panzer in eine Bresche schickt. Die können da alle draufgehen.«

Eine Zeitlang schien es, daß die Schlacht, wenn sie nicht schon verloren war, sich doch totlief. Für Simon, der sich daran gewöhnt hatte, beschäftigt zu sein, gab es ein paar unausgefüllte Tage, und er verspürte ein Bedürfnis nach Aufregung. Er lungerte in einem Stadium nervöser Langeweile am Kommandowagen herum; dann begann eine neue Offensive. Er erhielt den Befehl, eine Meldung zu überbringen, und rannte munter zum Jeep und rief: »Auf geht's, Crosbie, aufwachen. Das Leben ruft.« Crosbie war wie üblich von Simons Launen verwirrt, brummte und murmelte: »Jawohl, Sir!«

Ende Oktober wurde die Division, zu der Simon gehörte, von der Front abgezogen. Die vom ständigen Einsatz dezimierten Panzerbesatzungen wurden nach hinten in die Auffangstellungen befohlen, und Simon wurde einem neuen Abschnitt zugeteilt. Er mußte sich an der Küste melden, wo eine ausgeruhte Division für einen Angriff vorbereitet wurde.

Als er sich auf den Weg machte, begann der November mit einem grandiosen Schauspiel. Der Himmel, der mit seiner grellen Leere die Augen geblendet hatte, füllte sich mit riesigen Cumuluswolken. Sie stiegen aus dem Meer auf und dehnten sich aus, als ob eine die andere übertreffen wollte, bis sie gegen Mittag den Zenit erreicht hatten. Sie hatten verschiedene Farben: eine war tiefrot, die sich dahinter auftürmende azurblau, während beiderseitig Gebilde wie aus weißer Wolle anschwollen, an den äußeren Rändern die Sonne einfingen und deshalb wie Perlmutt glänzten.

Simon, der von dieser Prachtentfaltung verblüfft war, sagte zu Crosbie: »Was halten Sie davon?«

Ohne den Kopf zu heben, sah Crosbie nach oben und brummte: »Sieht nach Trouble aus.«

Die dunkle Wolke wurde immer größer, bis sie den ganzen Himmel beherrschte. Der Wind wurde in der ungewöhnlichen Düsternis stärker und wirbelte Sand auf, aber der Sturm brach erst los, als die Männer schon in Sichtweite des Lagers waren. Dann kam der Regen auf sie zu, wie ein schräg hängender Vorhang, hart und rauh wie Schmirgelpapier, und trommelte gegen den Jeep. Die Straße war kaum mehr zu erkennen. Crosbie bremste und warf sich herum, um im Heck des Jeeps nach Zeltbahnen zu suchen. Sie packten sich ein und warteten, bis die Sintflut nachließ. Der Regen hörte innerhalb von Minuten auf, aber als sie im Lager ankamen, stand es unter Wasser.

Dawson im Kommandowagen sagte Simon, man bereite sich darauf vor auszurücken. Sie sollten zusehen, daß sie sich noch mit Dosenfleisch und Tee versorgten.

Die Soldaten platschten durch die Pfützen und verluden Material. Obwohl das Wasser schnell versickerte, blieb die Erde schlammig, und Feuchtigkeit hing in der Luft. Dawson hatte mit der Verpflegung recht gehabt. Crosbie, der zum Essenholen geschickt worden war, kam mit Tee und zwei Sandwiches mit Dosenrindfleisch zurück. Sie würden die Nacht im Jeep verbringen müssen. Crosbie nahm seine Lieblingsposition ein, nämlich über das Lenkrad gebreitet, und Simon kletterte auf den Rücksitz. Er wachte verkrampft und fröstelnd um Mitternacht auf, als die Tanklaster abfuhren. Dann begann wieder das Sperrfeuer, und während er sich auf den Rücken drehte und den sternenlosen Himmel betrachtete, hatte er das Gefühl, daß der Krieg nie enden würde. Dies, sagte er sich, könnte sein ganzes Leben sein, und es könnte ein kurzes Leben sein. Es könnte ihm genau wie jedem anderen passieren, vom Feind getötet zu werden. Er drehte sich zum Heck des Jeeps und versuchte, seine alte, beständige

Furcht im Schlaf zu verlieren, aber gerade als er hinüberdämmerte, schüttelte ihn ein Kurier wach und befahl ihn zum Kommandowagen.

Dawson hatte dienstfrei, und ein Unbekannter tat im Kommandowagen Dienst. Er klang genau so freudlos, wie sich Simon fühlte. »Muß Sie leider an die Front schicken. Die Kiwis sollen nach Fuka vorrücken, aber sie sind auf Schwierigkeiten gestoßen. Sie sagen, in ihrem Weg liegt ein nicht vermessenes Minenfeld. Also, hier...«, er breitete eine handgezeichnete Skizze des Feldes aus, »hier ist es als Attrappe gekennzeichnet, von unseren Jungs im letzten Juni verlegt. Der Commander will mir das nicht glauben. Er sagt, es sei ihm zu riskant. Sagt, er will sich eingraben und auf weitere Befehle warten. Sie werden das hier mitnehmen und ihm zeigen. Er soll sich's selbst ansehen. Klar?«

»Jawohl, Sir! Welche Route, Sir?«

»Weiß der Herr. Alle Routen zwischen hier und Tel el Eisa sind ein einziges, verdammtes Schlamassel. Probieren Sie's mit der Stern-Route, die ist auch nicht schlechter als die anderen. Wenn Sie sie nicht finden, müssen Sie sich unterwegs durchfragen.«

Bei der Abfahrt hatte Simon nicht mehr Diensteifer als Crosbie. Die Schlacht dauerte nun zu lange, und alles, was er verspürte, war quälender Überdruß.

Die von den Fahrzeugen aufgewühlte Piste war getrocknet und hart wie Beton geworden. Der Jeep schaukelte über die Kanten und schlitterte durch den Matsch, den die Pfützen verursacht hatten. Der Himmel war klar geworden, und der abnehmende Mond warf ein fahles, entmutigendes Licht.

Bald hatten sie die Piste verloren, und sie orientierten sich an dem Stakkato der Blitze am westlichen Horizont. Sie hatten nur wenig mehr als eine Meile zurückgelegt, als Simon bemerkte, daß die Division geradewegs durch eine feindliche Stellung gefahren war. Die Panzer, die untätig um sie herum standen, waren deutsche Panzer; die Leichen, die gegen die Wände der Schützengräben gelehnt waren, trugen deutsche Kopfbedeckungen, und die schwarz gekleideten Gestalten, die sich am Jeep vorbeischleppten, waren entwaffnete Deutsche, die sich selbst schon aufgegeben hatten. Die Panzerkommandanten, die weder Zeit noch Platz für Gefangene hatten, hatten sie nach hinten geschickt, und jetzt suchten sie sich selbst ihren Weg in die Gefangenschaft; dankbar, wie Simon sich vorstellte. Sobald sie das Lager erreicht hatten, würden sie sich zum Schlafen auf den Boden werfen, und Simon wünschte, er könnte das gleiche tun.

Crosbies Gedanken waren anderer Art. Er schaute schräg zu den ausgebrannten Panzern hin und rang sich schließlich dazu durch, etwas zu sagen: »Haben Sie schon mal in die verdammten Marks reingeschaut? Mein Gott, ist das ein Anblick!«

»Dann schaun Sie halt nicht rein. Halten Sie die Augen auf der Straße.«

Jenseits der deutschen Stellungen warteten die ersten Panzerreserven, versteckt in Sandbunkern. Vor ihnen lag das Durcheinander, das Simon schon kannte und das er erwartet hatte. Die vordersten Panzer hatten einen Staubvorhang aufgeworfen und damit den Fahrern der nachrückenden Fahrzeuge die Sicht genommen. Lastwagen hatten sich im lockeren Sand festgefahren, und die Kommandanten versuchten, ihre Panzer um die Hindernisse, auf die sie stießen, herumzudirigieren. Brennende Fahrzeuge glühten theatralisch durch den Staub und beleuchteten die Szenerie. Nichts von alldem war für Simon neu. Als er sah, daß von einem brennenden LKW Treibstoff auslief, schrie er Crosbie an: »Drükken Sie drauf, bevor die ganze Chose hochgeht und uns mitnimmt.«

Nachdem sie durch den Staubvorhang hindurchgefahren waren, sahen sie, daß der Mond untergegangen war; die überhängende Seite der Fuka-Abdachung war gerade noch sichtbar, weil sie noch dunkler als die herrschende Dunkelheit war. Darunter gab es eine Ansammlung von Taschenlampen, wo sich die Panzerkommandanten besprachen. Simon ging zu Fuß nach vorn und erreichte den Kommandeurspanzer, als der Himmel im ersten Licht bleich wurde.

Der CO begrüßte ihn ungnädig und sagte, als Simon ihm die Karte übergab: »Was bringen Sie denn da? Hoffentlich taugt das wenigstens was, wo schon alles andere nichts taugt. Man nennt uns *corps de chasse*, aber wie zum Teufel sollen wir irgend etwas jagen, wenn dauernd Nachschub-LKWs als Schrott in der Landschaft liegen und uns jetzt auch noch ein Scheißminenfeld in die Quere kommt.«

»Es ist eine Attrappe, Sir.«

»Das glauben die, aber ich will mehr darüber wissen. Wir haben schon siebzehn Panzer verloren, die meisten durch Minen.«

»Sie können es hier sehen, Sir. Unsere Jungs haben es im Juni angelegt, als sie auf dem Rückzug waren.«

»Was Dümmeres hätten die auch nicht machen können.« Voller Wut drehte der Kommandeur Simon den Rücken zu, und Simon ging in der gleichen Laune zum Jeep und sagte sich: »Die hätten mich auch schlafen lassen können.«

Er war kaum zehn Minuten weg gewesen, aber Crosbie lag bewußtlos über dem Lenkrad. Simon hatte kaum das Herz, ihn zu wecken, und dachte: »Man kann ihm auch keinen Vorwurf machen.« Dann rief er: »Los, Crosbie, fauler Hund. Sehn wir um Himmels willen zu, daß wir zum Lager zurückkommen.«

9

Der Winter belebte nicht nur die menschlichen Bewohner von Garden City, sondern auch die Küchenschaben, die, groß wie Ratten, die Fußbodenleisten entlangflitzten. Man fand eine zehn Zentimeter große grüne Gottesanbeterin, die an einem Vorhang hing. Fledermäuse erfreuten sich ihrer neuen Vitalität und begannen, die Wohnung zu besuchen. Eines Nachts flogen drei von ihnen zusammen durch die offene Balkontür herein und durch das Fenster am anderen Ende des Zimmers wieder hinaus. Bevor sich noch jemand von dieser Überraschung erholt hatte, kamen sie durchs Fenster zurück und schossen zur Balkontür wieder hinaus, wobei sie mitten im Flug einen übermütigen Hopser vorführten, als ob sie ein Spiel spielten.

Dobson war der Meinung, sie müßten vom Licht angezogen werden, doch Angela und Harriet sagten, daß Fledermäuse das Licht mieden. Keiner erwartete, sie wiederzusehen, doch am nächsten Abend, als der Himmel noch im Abendrot glühte, kamen die Fledermäuse zurück. Dieses Mal kamen fünf dicht hintereinander, und an einem bestimmten Punkt machte jede eine kleine Schwenkung, mit der sie die Menschen im Zimmer zu begrüßen schienen.

Die nächsten zwei Nächte erschienen keine Fledermäuse, aber dann fegten drei – vielleicht die ersten drei – wieder herein und hinaus. Fledermäuse kamen in Abständen fast zwei Wochen lang. Harriet, die sich früher vor ihnen gefürchtet hatte, begann sie als Schutzgeister zu sehen und spürte eine Zuneigung ihnen gegenüber. Dann, gerade als es so aussah, als hätten sie die Wohnung akzeptiert, hörten die Besuche auf. Harriet konnte nicht glauben, daß sie nie mehr zurückkommen würden, blieb zu Hause und wartete auf sie. Als sie nicht auftauchten, sagte sie zu Angela: »Sie sind von uns gegangen.«

»Wir könnten in den Union Club gehen und dort die Fledermäuse beobachten.«

Das bedeutete, daß sie am frühen Abend hingehen mußten, wenn die Fledermäuse am aktivsten waren und man noch ein wenig draußen in der feuchten, milden Luft unter den hohen Bäumen sitzen konnte. Im Offiziersclub gegenüber saßen die ägyptischen Offiziere, jetzt bereits in Winteruniform, ebenfalls bei Sonnenuntergang draußen, aber sobald sich der Abendstern in dem kupfergrünen Nachglühen des Sonnenuntergangs zeigte, standen sie alle zusammen auf und gingen hinein. Als es kühl wurde, sagte Angela: »Wir sollten auch hineingehen.«

Harriet, die dem kurzen, pfeilschnellen Flug der Fledermäuse zwischen den Bäumen zugesehen hatte, stimmte betrübt zu: »Dann gehn wir halt. Es sind nicht unsere Fledermäuse. Sie kennen uns nicht.«

Angela lachte darüber und stand voller Ungeduld auf, um sich auf die Suche nach Castlebar zu begeben.

Obwohl mit den beiden Frauen zu dieser Uhrzeit üblicherweise nicht zu rechnen war, trafen Castlebar und Jackman fast gleichzeitig mit der Whiskyflasche am Tisch ein. Angela lachte, schob sie ihnen zu und tat so, als sei dies die einzige Attraktion.

Castlebar legte seine Packung Zigaretten zurecht, zündete sich eine an, fuhr mit der Hand in die Tasche und zog das Herz aus Rosendiamanten heraus. Er lächelte Angela an und sagte: »Steck' es mir an.«

Angela stieß einen kleinen Schrei schockierten Entzückens aus: »Das traust du dich nicht!«

»Was, ich trau' mich nicht?« Castlebar enthüllte herausfordernd seinen Eckzahn, sah in die Runde, um sich zu vergewissern, wer alles zuschaute, steckte das Herz an sein Revers, ließ dann seine Hand unter den Tisch gleiten und suchte Angelas Hand, und so saßen sie da, mit dem Herzen zwischen sich. Mehrere Gäste beobachteten sie, nur Jackman sah in die andere Richtung. Harriet dachte, er würde damit seine Mißbilligung ausdrücken, aber als sie seinem Blick folgte, sah sie eine kleine, kräftige, vierschrötige Frau, die jemanden unter den Gästen suchte. Ihre leichte Kleidung kennzeichnete sie als Neuankömmling, dessen Körper noch keinen ägyptischen Sommer mitgemacht hatte. Jackman zeigte keine Regung, aber sein leicht maliziöser Gesichtsausdruck signalisierte Harriet, daß er wußte, wer sie war.

Als sie Castlebar erblickte, kam sie geradewegs auf ihn zu und betrachtete ihn mit einem entschlossenen und sardonischen Lächeln.

Sie rief: »Hallo, Wölfchen!«

Beim Klang ihrer starken, tragenden Stimme wurden Castlebars Augen groß. Als er entdeckte, wer da gesprochen hatte, verwandelte sich sein überraschter Blick in Bestürzung. Er wurde blaß. Er ließ Angelas Hand los, als wüßte er nicht, was er damit anfangen sollte, erhob sich halb vom Stuhl und versuchte zu sprechen. Er stotterte immer mehr, so daß er kaum noch verständlich war: »M-m-m-Mona... L-L-L-Lämmchen«, war dann aber zu geschockt, um sich aufrecht zu halten, fiel zurück und versuchte es von neuem: »W-w-w-wie...«

»Wie ich hierhergekommen bin?« Mona Castlebars Augenbrauen hoben sich vor Triumph. Entschlossen rückte sie einen Stuhl an den Tisch und setzte sich darauf: »Mit dem Flugzeug, selbstverständlich. Hast du mein Telegramm nicht bekommen?«

»N-n-n-nein.«

Die Gruppe am Tisch war still und betrachtete diese gewichtige Frau, die einst Castlebars Lämmchen gewesen war; dann sahen sie das Entsetzen, das ihre Ankunft bei ihm ausgelöst hatte. Ein Telegramm hatte es natürlich nicht gegeben. Sie war ohne Vorwarnung gekommen mit der Absicht, ihn bei irgendeiner Untat zu erwischen, und sie hatte ihn erwischt. Mit ihrem gefrorenen, sardonischen Lächeln betrachtete sie sich zuerst Harriet und dann Angela, und sie war sich nicht sicher, welche von beiden die sündhafte Eva gewesen war. Sie wandte sich wieder Castlebar zu und sagte: »Was für ein herrlicher Schmuck. Ist er für mich gedacht?«

Als sie die Hand nach der Brosche ausstreckte, erholte sich Angela von ihrem ersten Schrecken und sagte energisch: »Nein, das ist nicht für Sie gedacht. Es war ein Geschenk für meine Freundin Harriet hier. Bill hat es sich aus Jux angesteckt.«

»J-j-j-ja... aus J-J-J-Jux.« Castlebars Finger zitterten, als er die Brosche abnahm und sie Angela überreichte. Angela gab sie an Harriet weiter, die sie in ihre Handtasche steckte. Dann sahen sie alle wieder Mona Castlebar an.

»Na ja!« sagte sie, und der Rest schwieg. Sie studierte jeden und jede abwechselnd, als ob sie sie ein- und abschätzte. Sie mochte sie nicht, und sie wußte, daß keiner sie mochte. Sie begegnete ihrer aller Feindschaft mit einem aggressiven Lächeln.

Harriet überlegte, wie eine Frau, die nach einer langen Reise gerade erst angekommen war, so voller Selbstvertrauen eine Situation zu beherrschen schien. Verbarg sich vielleicht Schüchternheit hinter ihrer Erscheinung? Harriet glaubte es nicht. Andererseits war ihr der Ort nicht fremd. Sie hatte schon vor dem Krieg in Kairo gelebt und hatte genau gewußt, wo sie hingehen mußte, um ihren Mann zu finden.

Ihr Kleid war so geschnitten, daß es ihre einzigen Reize entfaltete: schöne Schultern und den Busen. Sie war älter als die anderen am Tisch, sogar älter noch als Castlebar. Ihr quadratisches Gesicht mit der kurzen Nase, den kleinen Augen und dem schweren Kinn zeigte bereits Falten. Da sie gerade erst aus einem gemäßigten Klima gekommen war, kam ihre Blässe den anderen gespenstisch vor; zudem wurde sie noch von dem unnatürlichen Rot ihrer Haare unterstrichen.

Castlebar streckte die Hand nach einer neuen Zigarette aus und konnte sie kaum von der Packung hochheben. Er goß sich den letzten Rest Whisky ein, und seine Frau sagte: »Du scheinst ja schon genug getankt zu haben«, und fügte dann hinzu, wie jemand, der verlangt, was ihm zusteht: »Falls jemand noch eine Runde spendiert, ich hätte gern ein dunkles Bier.«

»Also, Lämmchen, hier wirst du kein dunkles Bier kriegen – das weißt du doch. Trink davon.« Castlebar schob ihr sein Glas hinüber. »Los erzähl uns mal, wie du hierhergekommen bist.« Sein einschmeichelnder Ton suggerierte die Hoffnung, daß die Erklärung ihres Erscheinens sie irgendwie auch wieder dahin zurückschicken würde, wo sie herkam.

»Das möchtest du wohl gerne wissen, nicht wahr, Wölfchen?«

Er nickte, und Harriet begriff, daß sich das ›Wölfchen‹ auf den Eckzahn bezog, der sich über seine Lippe schob, wenn er verärgert war oder, so wie jetzt, hoffnungslos in der Tinte saß.

Provozierend machte sie »Hmmmm«, als ob sie mit dem Erzählen beginnen wollte, sich aber Zeit ließ, enthüllte dann aber etwas, das zu kostbar war, um es leichtfertig weiterzugeben, und sagte: »ENSA. Staatliche Truppenbetreuung. Sie haben mich mit einer Gruppe losgeschickt.«

Weder Angela noch Castlebar hatten jemals an die ENSA gedacht. Angela sah ihn an, doch er hütete sich zurückzusehen.

Harriet sagte: »Sie singen, nicht wahr?«

»Selbstverständlich. Ich bin berufsmäßige Künstlerin. Hat Ihnen Bill nicht von mir erzählt?«

Harriet wich der Frage aus und wandte sich an Angela: »Mrs. Castlebar sollte Edwina kennenlernen, da sie ja beide Sängerinnen sind. Vielleicht könnten wir einmal einen Abend arrangieren?«

Angela erwiderte nichts. Castlebar fragte nervös: »Wo wohnst du, Lämmchen?«

»Bei dir, hoffe ich.«

»Ja. Oh, ja. Ich dachte nur, die ENSA hätte dich vielleicht etwas vornehmer untergebracht.«

»Das würden die wahrscheinlich machen, wenn ich das wollte, aber ich will mit denen nicht viel zu tun haben.«

»Ja, aber wenn sie dich schon hierhergeflogen haben...«

»Sei kein Trottel, Wölfchen. Jetzt, wo ich da bin, können die gar nichts machen. Zurückschicken können die mich nicht. Die lache ich doch aus. Wie dem auch sei: Ich habe einen sensiblen Kehlkopf, wie du weißt. Der kann durch alles Mögliche entzündet werden, das heißt, wenn ich nicht singen kann, dann kann ich eben nicht singen.« Mona leerte das Glas, als ob sie sagen wollte: »Und damit basta«, richtete dann ihre gelbbraunen Augen fest auf ihn und befahl: »Komm und beweg dich mal, Wölfchen. Ich habe mein Gepäck im ENSA Büro zurückgelassen. Wir müssen es abholen, und ich will noch ein paar Sachen einkaufen. Also komm schon.«

Castlebar erhob sich prompt, aber wacklig, und hielt sich an der Tischkante fest. Instinktiv erhob sich Angela mit ihm und wollte ihn stützen, zog dann aber ihre Hand zurück, da ihr klar wurde, daß sie abserviert worden war. Mona hatte diese Handbewegung beobachtet und betrachtete Angela nun mit verkniffenen Augen. Angela hatte sich verraten.

Die Castlebars gingen voran, und die anderen folgten, da sie nichts weiter zu tun hatten. Jackman, der seit Monas Auftauchen kein Wort gesprochen hatte, starrte ihren Rücken an und kicherte spöttisch. Ihr kurzes Kleid wurde noch dadurch kürzer, daß es sich über ihren massiven Hintern streckte.

»Seht euch die Beine dieser Frau an«, sagte er. »Das ist massives Holz. Da paßt nichts mehr dazwischen.«

Angela versuchte ein Lächeln, aber ihr Elend war offenkundig. Sie ging hängenden Kopfes, und Harriet nahm sie bei der Hand. Sie verließen den Union Club und gingen über die Brücke zur Reihe der Taxis vor dem Extase. Mona hatte bereits in einem Taxi Platz genommen, als die anderen ankamen, und Castlebar sagte entschieden vor Aufgeregtheit und Schuldbewußtsein zu Angela: »Muß für heute Schluß machen. Muß noch das Gepäck holen... und s-s-s-sie in die Wohnung bringen. Sie sieht ganz erledigt aus.«

»Tatsächlich?« Angela klang verdrossen, aber sie legte unwillkürlich eine Hand auf Castlebars Arm und sah ihn flehentlich an.

Aus dem Inneren des Taxis erscholl ein Warnruf: »Wölfchen!«

»M-m-m-muß jetzt gehen.« Castlebar rannte davon, aus Angst, zurückgehalten zu werden, und quälte sich in das Taxi. Angela sah hinterher, als es davonfuhr.

Jackman sagte kichernd zu ihr: »Stell dir das mal vor! In seinem Zimmer gibt es nur ein Bett. Er wird mit ihr schlafen müssen.« Als Angela nichts erwiderte, fragte er: »Und wo gehen wir jetzt hin?«

Sie wandte sich abrupt von ihm ab und streckte ihre Hand nach Harriet aus: »Nirgendwohin. Ich bin müde. Ich will früh ins Bett.«

Sie ließen Jackman stehen, und die beiden Frauen spazierten langsam unter den Bäumen der Uferpromenade Richtung Garden City.

»Er wird nicht lange bei ihr bleiben«, sagte Harriet.

»Möglicherweise nicht, aber sie sind seit zwanzig Jahren verheiratet. Wenn er, wie er sagt, sie nicht ausstehen kann, warum hat er sie dann nicht schon längst verlassen?«

»Dazu hatte er keinen Anlaß. Jetzt ist es was anderes.« Harriet holte das Herz aus Rosendiamanten aus ihrer Tasche. »Wenigstens hat sie das nicht gekriegt.«

»Ich habe es dir gegeben.«

»Aber damit hast du doch nicht gemeint, daß ich es behalten soll?«

»Doch. Warum nicht? Dir gefallen diese Steine. Welchen Wert haben sie für mich?«

»Danke.« Harriet blieb stehen, hielt die Brosche in der hohlen Hand und betrachtete die Diamanten, die das Licht der Promenade einfingen: »Vielen Dank, Angela. Ich finde es wahnsinnig schön.«

Eine Woche verging ohne Nachrichten von Castlebar. Vielleicht war er in den Union Club gegangen, aber Angela wollte sich nicht auf die Suche nach ihm begeben. Sie sagte zu Harriet: »Er weiß, wo ich bin. Wenn er mich sehen will, braucht er nur anzurufen.« Aber er rief nicht an.

Harriet bekam Angelas Unruhe mit und schlug vor, die Castlebars einzuladen: »Wir sagten doch, sie sollte Edwina kennenlernen. Also verabreden wir uns doch für einen Abend!«

Angela hatte sich auf dem Sofa ausgebreitet, zuckte in gespielter Gleichgültigkeit die Achseln, sah auf, strahlte und gab Harriet sofort Castlebars Telefonnummer. »Wenn du sie einladen willst, ist mir das recht.«

Harriet rief Castlebars Wohnung an, aber niemand hob ab. Sie entschloß sich, die Sache in Angriff zu nehmen, indem sie zum Union Club ging.

»Warum kommst du nicht mit? Es gibt keinen Grund, warum du da nicht hingehen solltest.«

»Nein. Ich könnte es nicht ertragen, ihn dort mit ihr zu sehen.«

Harriet haßte es, alleine in öffentliche Lokale zu gehen, aber da sie das Gefühl hatte, irgend etwas zu tun sei immer noch besser als der Trübsinn, der Angela lähmte, schickte sie Hassan nach einer Gharry. Es war noch früh am Abend, und sie erwartete, Castlebar mit Jackman am Billardtisch zu finden, aber Jackman war nirgends zu sehen. Castlebar saß an einem Tisch, Mona neben ihm.

Da waren sie also: Wölfchen und Lämmchen, das Lamm und der Wolf! Harriet ging direkt zu ihnen hin.

Bei ihrem Anblick grinste Castlebar, und sein Grinsen war schwach und gleichzeitig trotzig. Er wußte, daß sie ihn verurteilte, weil er Angela im Stich ließ, aber was konnte er schon tun? Seine Frau hatte ihn zurückgepfiffen und hielt ihn jetzt in ihrer alten Beziehung gefangen. Er sah ertappt und beschämt aus, aber durchaus bereit, sich wortreich zu rechtfertigen. Mona war sich besitzergreifend und selbstgefällig der Rechtmäßigkeit ihrer Stellung bewußt.

Sie schienen auf Vorwürfe von seiten Harriets vorbereitet zu sein, aber Harriet war nicht gekommen, um Vorwürfe zu machen. Unbeteiligt und offenkundig freundlich überbrachte sie ihnen die Einladung.

Mona war darauf nicht gefaßt gewesen, warf stolz den Kopf zurück, als wüßte sie nicht, was sie mit einer solchen Einladung anfangen sollte, und antwortete dann hochmütig: »Da bin ich mir nicht sicher. Was machen wir an dem Abend, Wölfchen? Ich glaube, wir haben schon etwas vor.«

»Aber nein, Lämmchen, nichts haben wir vor. Warum sollten wir nicht hin?«

»Na gut, wenn du so scharf darauf bist.«

Harriet sagte: »Sie nehmen also an?«

Mona nickte ungnädig: »In Ordnung.«

Da Harriet nur um Angelas willen gekommen war, lehnte sie den angebotenen Drink ab und ging sofort wieder. Obgleich sie wußte, wie gespannt Angela auf das Ergebnis ihres Vorstosses bei den Castlebars wartete, ging sie zu Fuß nach Garden City. Nachdem sie ihn so im festen Griff seiner Frau gesehen hatte, spürte sie, daß es unklug gewesen war, Angelas aussichtslose Verliebtheit noch zu begünstigen.

Angela lag immer noch auf dem Sofa und hatte den Kopf in den Armen vergraben. Sie fuhr auf, als Harriet eintrat, und fragte drängend: »Na und?«

»Alles in Ordnung. Sie haben akzeptiert.«

»Sie waren also dort? Was haben sie gemacht?«

»Nichts Besonderes. Nur dagesessen und Bier getrunken.«

»Wie sah er aus?«

»Nicht sehr glücklich. Ich würde sagen, er sitzt in der Tinte.«

»In der Tinte? Ah!« Angela ließ einen langen, schmerzhaften Seufzer der Erleichterung hören, warf dann die Arme in die Luft und stieß ein schrilles Gelächter aus, das schon fast hysterisch war.

Als Guy vernahm, daß Mona Castlebar Sängerin war, interessierte er sich für die Abendparty und sagte: »Ich würde gerne Hertz und Allain einladen.«

»Oh, Darling, die würden nicht dazu passen.«

»Natürlich passen sie dazu. Sie haben gute Manieren, sind nette Leute und immer da, wenn man sie braucht. Jeder mag sie. Du könntest kaum zwei nettere Gäste finden.«

Dobson sagte: »Wäre es nicht vielleicht besser, sie selbst zu fragen?«

»Nein, die werden sich gut mit Castlebar verstehen. Die haben bestimmt viele Gemeinsamkeiten.«

»Na schön, wenn sie so charmant sind, wie du sagst, dann freue ich mich darauf, ihre Bekanntschaft zu machen.«

Edwina sagte zu, zu Hause zu bleiben, um Mona kennenzulernen, aber als der Abend kam, sagte sie, es täte ihr leid, »schrecklich, schrecklich leid«, aber Peter wolle sie zum Abendessen ins Kit-Kat ausführen. Als Ergebnis dieser Abtrünnigkeit verspürte Harriet größere Lust, Hertz und Allain begrüßen zu können.

Sie und Guy hatten Abendkurse und wurden dementsprechend spät erwartet. Die Castlebars, die ohne Verpflichtungen waren, würden wahrscheinlich als erste eintreffen. Angela wartete auf sie, indem sie ruhelos zwischen dem Wohnzimmer und ihrem Schlafzimmer hin und her ging, und sah aus, als ob sie sich beim Klang der Türklingel in Nichts auflösen würde. Harriet sagte: »Setz dich doch endlich hin, Angela. Bleib ganz ruhig. Wenn sie kommen, dann laß sie nicht bemerken, wie unruhig du bist.«

Guy brachte die beiden Männer mit, beide jung und gutaussehend, mit einer muskulösen Grazie wie Athleten im Training ausgestattet, und Harriet hoffte, sie würden Angela ablenken, aber Angela schien sie kaum zu bemerken. Als die Zeit verstrich und niemand sonst eintraf, wurde ihr leerer Blick noch leerer. Sie hatte nichts zu sagen.

Die jungen Männer lehnten Alkohol ab und tranken Limonensaft mit Eis. Dobson unterhielt sie mit diplomatischer Routiniertheit und gratulierte Guy, daß er in der jetzigen Zeit zwei solche Angestellte gefunden hatte.

»Sie müssen begeisterte Lehrer sein«, sagte er zu ihnen.

Hertz und Allain nahmen Dobsons Aufmerksamkeit befriedigt zur Kenntnis. Allain artikulierte jedes Wort überdeutlich und sagte: »Ja, wir sind begeisterte Lehrer.«

»Sie sehen es zweifellos als eine Berufung an?«

»Eine Berufung, gewiß. Wir betrachten es als eine Berufung.« Allain schaute zu Hertz hin, um sich seine Aussage bestätigen zu lassen, und Hertz schien begierig, ihm einen Gefallen zu erweisen, lächelte und nickte lebhaft mit dem Kopf.

Guy war auf die beiden stolz und wäre damit zufrieden gewesen, den Rest des Abends sitzen bleiben, trinken und plaudern zu können, aber es war schon fast neun Uhr. Das Essen war fertig, und Hassan schlich grämlich im Flur umher.

Harriet sagte: »Jetzt werden wir wohl essen müssen.«

Als sie sich zu Tisch begaben, läutete die Türglocke, und Angela blieb stehen, ganz gelähmt vor erwartungsvoller Spannung. Hassan war zur Tür gegangen und kehrte mit einem Telegramm zurück, das an Harriet adressiert war.

Sie las: »Bitte entschuldigt. Mona unwohl, Bill«, und reichte es an Angela weiter, die einen Blick darauf warf, es auf den Boden fallen ließ und durch die Vorhangtür in ihr Schlafzimmer ging. Harriet rief ihr nach: »Willst du nichts zu Abend essen?«

»Nein, ich habe keinen Hunger.«

Guy unterhielt sich währenddessen am Tisch und drückte gerade seine Begeisterung aus über den Plan, für das jüdische Volk in Palästina eine Heimat zu schaffen. Er war besonders von der Idee der Kibbuzim beeindruckt, die seiner Meinung nach aus den russischen Sowjets hervorgingen, und von der Möglichkeit, die Negev-Wüste in Ackerland umzuwandeln. Die Lehrer, obschon selbst Juden, lächelten höflich, hatten aber, wie es schien, kein großes Interesse an diesen ehrgeizigen Plänen.

Dobson wußte darüber mehr als Guy und diskutierte sie von einem praktischen Blickwinkel aus: »Das klingt alles ganz schön«, sagte er. »Aber so etwas kann man nur mit Geld verwirklichen, mit einem großen Haufen Geld. Gut, die Juden haben Geld – vieles davon kommt aus den Staaten – und sie können Traktoren und Düngemittel und Mähdrescher kaufen, während die armen Teufel von Araber immer noch mit den gleichen Pflügen in der Erde herumkratzen, wie zu biblischen Zeiten. Und das würden sie ganz glücklich und zufrieden auch weiterhin tun, wenn sie nicht auf die Geräte neidisch werden würden, die die Juden haben. Das heißt, da stauen sich Ressentiments auf, die irgendwann ernsthafte Probleme verursachen werden, und um sie zu besänftigen, muß Ihrer Majestät Regierung blechen, um ihnen Traktoren und Zuchtbullen und andere reiche Geschenke zu geben...«

»Aber das ist ja großartig«, unterbrach Guy. »Dank der Juden, wird den Arabern geholfen werden.«

»Mein lieber Junge, das alles muß bezahlt werden. Und wer bezahlt es? Der arme, alte britische Steuerzahler. Wie üblich.«

»Na, komm, Dobbie! Du hast doch sicherlich nichts dagegen, daß ein reiches Land wie Großbritannien den armen Palästinensern hilft?«

Dobson lachte: »Ich habe nichts dagegen, aber deine jüdischen Freunde.«

An seine Gäste erinnert, eilte Guy schnell zu deren Verteidigung: »Das glaube ich nicht. Ich bin sicher, sie haben nichts dagegen. Es ist doch die Aufgabe von uns allen, das gesamte menschliche Wissen weiterzugeben und so die unterentwickelten Völker der Welt voranzubringen.« Seine Augen glühten vor Vertrauen in die alles durchdringende menschliche Güte, und um Unterstützung heischend sah er zu Hertz und Allain hin, die beide feierlich ihre Zustimmung zu seinen Gedankengängen nickten. Es sah wie eine leidenschaftslose Zustimmung aus, aber Harriet, die sie beobachtet hatte, während sie Guy zuhörten, hatte in ihren Gesichtern einen angespannten Ausdruck wahrgenommen, der nicht mit ihrer zur Schau getragenen Distanziertheit gegenüber dem gerade diskutierten Thema übereinstimmte.

Guy verfolgte das Thema weiter und stellte mit Engagement moralische Postulate auf, die Dobson gutgelaunt berichtigte, während Harriet, die nicht sehr an Polemik interessiert war, auf eine Gelegenheit wartete, um nach Angela zu sehen. Als sie in ihr Zimmer ging, fand sie Angela im Dunkeln liegend, das durch den großen Mangobaum, der den größten Teil des Himmels verdeckte, noch verstärkt wurde.

Harriet sagte: »Soll ich Licht machen?«

»Nein.«

Harriet setzte sich auf die Bettkante: »Da steckt natürlich Mona dahinter.«

»Ja, aber er hat es zugelassen.« Angela stützte sich auf den Ellenbogen. »Er hat vor ihr Angst, und sie verachtet ihn. Sie verachtet ihn, aber sie wird ihn nie freigeben, ganz einfach, damit niemand anders ihn bekommt. Ihr ›Wölfchen‹! – Gott helfe uns! Harriet, wie kuriert man bloß die Liebe?«

»Durch eine neue Liebe.«

»So einfach ist das nicht. Man will ja eine ganz bestimmte Person und keine andere. Ich muß eine Zeitlang hier weg. Ich will nicht mehr in den Union Club gehen – was ich aber früher oder später tun werde, wenn ich hier bleibe. Also muß ich irgendwohin, wo er nicht ist. Ich will aus dem Blickfeld sein. Ich will weg von ihm. In Wahrheit ist er nämlich ein totaler Ausfall.«

»Wo kannst du hin?«

»Darüber denke ich schon die ganze Zeit nach. Als ich noch mit Desmond zusammen war, sind wir jeden Winter nach Luxor gegangen. Dort könnte ich wieder hin. Würdest du mitkommen?«

»Ich weiß nicht, ich werde erst einmal nachsehen müssen, wieviel wir auf der Bank haben.«

»Sei nicht albern, das geht auf meine Kosten.«

»Nein. Es kann nicht dauernd auf deine Kosten gehen.«

»Dann geht es eben dieses Mal. Und was zum Teufel spielt es für eine Rolle? Ich kann es mir leisten. Wenn du mitkommst und mir damit einen Gefallen tust, warum soll es dann nicht auf meine Kosten gehen?«

Sie diskutierten es aus und kamen überein, daß Angela die Zugfahrt bezahlen, Harriet aber für ihre Hotelrechnung selbst aufkommen würde. Damit war es so gut wie beschlossen, daß sie nach Luxor fahren würden, und Angela, die jetzt einen Weg sah, sich von einer Obsession zu befreien, wurde ganz aufgeregt, schlang die Arme um Harriet und versprach: »Wir werden uns dort toll amüsieren. Wir werden uns alles ansehen, was es zu sehen gibt. Wir gehen in ein Hotel mit dem besten Essen in ganz Ägypten. Wir werden auf den Putz hauen. Zum Teufel mit dem blöden Bill Castlebar und seinem noch blöderen Weib!«

Angelas Euphorie dauerte die Zugfahrt nach Luxor über an. Als sie im Speisewagen saßen, bestellte sie eine Flasche Whisky, obwohl sie sie alleine würde trinken müssen. Auf der Flucht vor Castlebar konnte sie von nichts anderem sprechen als von Castlebar – und Castlebars Frau. Sie hatte bei Groppi gehört, wo sie manchmal mit Freunden aus der Zeit ihrer Ehe Tee trank, daß Mona Castlebar bereits das Thema von allerlei Klatschgeschichten war. Sie war zu einem musikalischen Abend eingeladen worden, der von der Amerikanischen Universität zugunsten des Roten Kreuzes organisiert worden war. Edwina war auch eingeladen, und beide Frauen hätten bei diesem Anlaß singen sollen. Edwina machte bereitwillig mit und sang ein Lied nach dem anderen, bis sie sich Monas kritischen Blicks bewußt wurde, woraufhin sie abbrach, sich an Mona wandte und sagte: »Ich bin egoistisch. Ich werde jetzt aufhören. Sie sind an der Reihe.«

»Und was meinst du wohl?« Angela quietschte vor Entzücken: »Mona weigerte sich zu singen. Sie schien zu glauben, man wolle sie reinlegen, und sagte: ›Ich mache es nur für Geld‹.«

»Hat sie das wirklich gesagt?«

»Na gut, nein.« Angesichts von Harriets Ungläubigkeit milderte Angela ihre Geschichte etwas ab: »Was sie tatsächlich sagte, war: ›Meine Dienstleistungen gibt es nicht umsonst.‹ *Ihre Dienstleistungen!* Der Himmel helfe uns!«

Als Angela ihr Gelächter unterbrach, um sich die Augen zu wischen, fragte Harriet: »War Bill dort?«

»Ja. Und sie erzählen, er sei fürchterlich verlegen gewesen und habe sie gebeten, nur ›ein kleines *Kunstlied*‹ zu singen –

Kunstlieder sind ihre Spezialität –, aber sie wollte nicht und blieb auf ihrem dicken Hintern sitzen, in einem langen grünen Kleid, und streckte ihren Balkon von einem Busen vor, machte ein grimmiges Gesicht und war widerborstig wie ein Esel. Niemand konnte ihr auch nur einen Ton entlocken.«

»Wie ist Bill überhaupt dazu gekommen, eine solche Frau zu heiraten?«

»Oh, er ist eine naive Seele. Sie hat halt einfach den Busen vorgestreckt und die Beine versteckt. Er erzählte mir, er habe sie für die ›Große Erdenmutter‹ gehalten; jetzt sagt er, sie sei ein Trampel. Aber sie braucht nur aufzukreuzen, und schon folgt er ihr auf dem Fuß. Es ist zum Kotzen.«

»Früher oder später wird er sich wehren.«

»Zu spät für mich. Ich bin mit ihm fertig.« Angela trank ihr Glas aus und verschraubte die Flasche wieder. »Das hebe ich für morgen auf.« Ihre Fröhlichkeit begann zu schwinden. Es war eine verzweifelte Fröhlichkeit gewesen, wie Harriet dachte. Sie sah verhärmt und müde aus und sagte: »Gehn wir schlafen.«

Sie hatten Kojen im Erste-Klasse-Schlafabteil und schliefen gut, doch am nächsten Morgen stellte sich ihr Ausflug in einem neuen Licht dar. Beim Frühstück im Speisewagen wollte Angela nichts außer Kaffee und sagte fast nichts. Sie sahen zum Fenster hinaus auf den verwirrenden Anblick von Gräbern neben dem Gleis, Dutzende davon, jedes ein Sandhügel mit einem Palmblatt am Kopfende. Der Zug fuhr durch einen Friedhof, und auf den Bahnstationen, wo sich normalerweise eine lebhafte Menschenmenge versammelte, um die Touristen zu begaffen, waren die Bahnsteige leer, ausgenommen ein paar verlorene Dorfbewohner, die teilnahmslos und mit gesenktem Blick umherstanden.

Angela, die sich in Oberägypten gut auskannte, konnte sich dieses Elend auch nicht erklären. Und die Gräber hörten nicht auf. Immer neue Gräber zogen vorbei, nicht nur Dutzende, sondern Hunderte. Sie rief einen Kellner, sprach Arabisch mit ihm und übersetzte dann seine Antwort: »Er sagt, es habe eine Epidemie gegeben und viele Menschen seien gestorben.«

»Aber woran?«

»Das weiß er nicht. Er sagt nur, ›eine böse Krankheit‹.«

»Warum hat man uns nichts davon gesagt? In den Zeitungen stand nichts. Frag ihn mal, warum es geheimgehalten wurde.«

Der Kellner, ein kleiner, hellhäutiger Mann mit sanftem Gesicht, war nicht in der Lage, die Frage zu beantworten. Er wußte nichts von Zeitungen und den Lügen der Regierungen, aber als er zum Fenster hinaussah, war sein Gesichtsausdruck unbehaglich, und als Harriet sah, wie die anderen Kellner am Ende des Wagens beieinanderstanden, sagte sie: »Sie haben alle Angst.« Die Touristen kamen aus Unwissenheit hierher, aber die Kellner waren da, weil sie es sich nicht leisten konnten, die Arbeit zu verweigern.

Die wenigen Offiziere und Krankenschwestern an den anderen Tischen schienen von den Zuständen außerhalb des Zuges nicht berührt. Angela sah, daß einer der Soldaten die Rangabzeichen eines Arztes trug, und rief ihm zu: »Doktor, was ist hier los? Die Gegend ist ja ein einziger Friedhof.«

Der Arzt sah hinaus und schien die Gräber zum ersten Mal zu bemerken. »Dumme Geschichte«, sagte er und rief nach dem Oberkellner. Warum, wollte er wissen, war die Epidemie nicht der Armee gemeldet worden?

»Die Hotels wollen, daß Gäste kommen«, erklärte der Oberkellner ernst.

»Na so was! Und was ist das da draußen? Die Pest, Pocken, Fleckfieber – etwas Nettes dieser Art?«

Der Oberkellner grinste. Er hielt den grimmigen Humor des Arztes für witziges Geplänkel und wollte die Sache mit einem Achselzucken abtun: »Es ist nichts. Es ist etwas, was hier vorkommt.«

Der Ton des Arztes änderte sich: »Raus damit, was ist es?«

Von diesem wichtig klingenden Offizier in die Ecke getrieben, ging der Oberkellner zu seinen Untergebenen zurück, und sie besprachen sich. Er kehrte zurück und sagte: »Malaria, Effendi. Nicht allzu schlimm. Sie nehmen Chinin, und Sie alle geht gut.«

Der Arzt wies Malaria zurück und traf eine eigene Entscheidung. Er sagte seinen mitreisenden Speisegästen: »Es ist wahrscheinlich die Cholera. Sie brauchen sich nicht weiter aufzuregen, wenn Sie vorsichtig sind. Essen Sie nur gekochte Speisen, und essen Sie sie heiß. Vermeiden Sie Wasser aus der Leitung, Salate, frisches Obst. Trinken Sie Mineralwasser aus Flaschen. Am besten französisches, wenn Sie es bekommen.«

Wieder beruhigt, begannen Harriet und Angela die Gefährlichkeit des Lebens im Nahen Osten zu diskutieren. Harriet erzählte, wie sie im Turf Club mit einem Offizier getanzt hatte, der mit Pocken infiziert gewesen war. Angela, die wieder lebhafter wurde, sagte, sie sei bei einer Dinnerparty gewesen, zu der ein gewisser Major Beamish erwartet worden war, der aber nicht kam: »Dann sagte ein anderer Gast, ein Militärarzt: ›Heute morgen habe ich bei einem Burschen namens Beamish eine Leichenschau abgehalten.‹ Und der Gastgeber sagte: ›Das kann aber nicht unser Beamish gewesen sein. Der war gesund und munter, als wir ihn gestern abend sahen.‹ Aber es war ihr Beamish. Während wir noch auf ihn warteten, lag er schon in seinem Grab, in der Nacht an Poliomyelitis gestorben.«

Harriet hatte noch nie von Polio gehört. Angela sagte: »Wenn du es hier kriegst, dann erwischt es dich schwer. Da bist du im Nu hinüber.« Obwohl diese Information ja von ihr selbst stammte, hatte sie eine schlimme Wirkung auf sie. Sie saß schweigsam da, starrte auf die Gräber hinaus und auf die Palmwedel, die vertrockneten und gelb wurden. Bald würden sie weggeweht sein, und die Gräber mit ihnen. Der Wind würde sie durchsieben, eines nach dem anderen, bis der Boden wieder eingeebnet und die Toten vergessen waren. Sie flüsterte: »Die Menschen können so plötzlich sterben.« Sie war ganz durcheinander von den Bildern, die sie selbst heraufbeschworen hatte.

Sie fuhren nach Luxor hinein. Vor dem Bahnhof zog ein Leichenzug vorbei: ein armseliger, offener Sarg, von vier Männern emporgehoben, gefolgt von der Familie und von berufsmäßigen Klageweibern, die Schmerz inszenierten, indem sie heulten und sich Staub über die Köpfe warfen.

Angela, die gerade eine Gharry rufen wollte, blieb stehen und sagte: »Harriet, ich kann hier nicht bleiben. Ich muß zurück.«

»O Angela, du hast doch nicht etwa Angst?«

»Nicht um mich – natürlich nicht. Ich ertrage es einfach nicht, so weit von Bill weg zu sein. Ihm könnte alles passieren. Angenommen er starb in der Nacht, in der Beamish starb?«

»Das ist nicht sehr wahrscheinlich. Und selbst wenn du zurückfahren würdest: Was könntest du schon machen? Welchen Unterschied würde das machen?«

»Ich wäre wenigstens da. Ich wäre in seiner Nähe und nicht vierhundert Meilen weg.«

Harriet versuchte es mit Logik: »Sei vernünftig, Angela. Beamish war ein Einzelfall. Denk doch mal an all die Engländer, die hier nicht gestorben sind. Warum also sollte Bill in besonderer Gefahr schweben?«

»In diesem Land schweben wir alle in besonderer Gefahr. Jeder von uns kann jeden Augenblick sterben.« Angelas Gesicht, mit seiner zarten, trockenen Haut, war ganz angespannt vor Angst, und Harriet sah ein, daß Argumentieren zwecklos war. Selbst wenn man sie überreden konnte hierzubleiben, würde sie sich elend fühlen. Und sie gegen ihren Willen zu etwas zu überreden wäre eine Grausamkeit.

Harriet fand sich mit ihrer Heimreise ab und sagte: »Na gut. Wenn wir zurück müssen, dann müssen wir eben zurück. Also erkundigen wir uns, wann der Zug fährt.«

»Nein, du nicht. Du bleibst. Ich fahre allein. Mir macht das nichts aus, denn ich habe alle Sehenswürdigkeiten schon gesehen. Ich kenne die Gegend in- und auswendig. Aber für dich ist alles neu. Du bleibst hier und amüsierst dich.«

Harriet hatte keine Lust, sich allein zu amüsieren, und versuchte zu argumentieren, aber Angela bestand darauf, daß Harriet in Luxor blieb, während sie zurück nach Kairo fuhr. Da der Zug erst am späten Abend fuhr, entschloß sie sich, mit Harriet ins Hotel zu gehen. Sie mußte warten, bis die Zeit verstrich.

Angela hatte für sie im alten Winter Palace reservieren lassen, einem vertrauenerweckenden Gebäude am Nil, dessen Säuleneingang laubenförmig und dicht mit frischem Grün bewachsen war und dessen Terrasse von Palmen überschattet wurde.

Es war noch früh am Tag, das Licht fahl, und die sanfte, kühle Luft trug den Duft eines blühenden Baumes herbei. Harriet sagte: »Was für ein reizender Ort.« Und als sie so in der Gharry dahinfuhren, schweigend auf sandigen Straßen, wünschte sie sich sehnlichst, Angela würde bei ihr bleiben. Aber die Leichenzüge, die einer nach dem anderen vorbeizogen, verschlimmerten den Zustand von Angelas angespannten Nerven. Sie erklärte Harriet, daß nur die Leichname begraben wurden und daß die Särge aufbewahrt wurden, um wiederverwendet zu werden. Einige Särge waren ausgepolstert, geschmückt und mit Fransen verziert und deuteten darauf hin, daß die Toten aus reichen Familien stammten, aber andere waren zu arm gewesen, um sich einen Sarg auch nur zu leihen. Die Leichen, fest in Tuch eingehüllt, wurden dann auf einem Brett getragen, und ein Symbol wies auf das Geschlecht hin: ein Fes für die Männer, eine Haarsträhne für die Frauen. Aber jeder Tote, gleich ob reich oder arm, hatte seine staubige Gruppe von Klageweibern, und das Wehgeschrei des einen Zuges war kaum verebbt, als man auch schon das des nächsten hören konnte.

Das durchdringende Geheul verfolgte Harriet und Angela sogar bis in das Hotel. Sie saßen unter den Palmen und beobachteten den Verkehr auf dem engen Wasserweg zwischen dem Kai und der gegenüberliegenden Insel, aber Angela war so aufgewühlt, daß sie sich nicht einmal einen Drink bestellte. Harriet sah, daß ihr Gesicht zu einer Leidensmaske geworden war, und wußte, daß sie an ihren Sohn dachte, einen hübschen Jungen, für dessen Tod sie auf gewisse Weise verantwortlich war. Zu jener Zeit hatte sie Bilder gemalt, und sie war so konzentriert bei der Arbeit gewesen, daß sie nicht bemerkte, daß ihr Sohn eine scharfe Granate aufhob, die ihm in der Hand explodierte.

Bei der Erinnerung an diesen Vorfall konnte sich Harriet vorstellen, in welcher seelischen Verfassung sich Angela jetzt befand. Wie konnte sie nach solch einer Tragödie darauf vertrauen, daß irgend jemand noch am Leben war? Am allerwenigsten Castlebar, den sie liebte und nach dem sie sich sehnte.

Sie gingen hinein, um zu Mittag zu essen, und eine Zeitlang erörterte sie die Frage, was sie essen sollten und was nicht, aber das dauerte auch nicht lange. Sie warf die Speisekarte zur Seite und sagte: »Was macht es schon? Wenn ich sterben könnte, wäre es das Allereinfachste.«

Irgendwie kamen sie über den Tag. Nach dem Abendessen traf die Gharry wie bestellt ein. Harriet war froh, daß sie etwas zu tun hatte, und ging mit Angela zum Bahnhof. Am Bahnhof versuchte sie einen letzten Appell: »Glaubst du nicht, du könntest für ein, zwei Tage hierbleiben?«

»Nein, Harriet, tut mir leid. Ich weiß, es ist gemein, dich allein hier zurückzulassen. Aber ich muß zurück.«

Im Erste-Klasse-Wagen war sonst niemand. Angela erhielt ein Abteil in einer langen Reihe leerer Abteile und sagte, als sie im Gang standen: »Warte nicht, Harriet. Auf Wiedersehen«, und schloß sich dann ein, um sich durch die Nacht zu quälen.

Als sie mit der Gharry zum Hotel zurückkehrte, überfiel Harriet ein intensives Gefühl von Einsamkeit. Um diese Nachtstunde waren die Straßen leer, und auch auf dem Fluß waren keine Boote. Der Droschkenkutscher und das ruhig durch die Stille trottende Pferd schienen die einzigen noch übriggebliebenen Wesen in einer verlassenen Welt zu sein.

Über den niedrigen Häusern erschien der Himmel riesig, und die ungeheure Anzahl funkelnder Sterne in der Ausdehnung des weiten, aber teilnahmslosen Raums vergrößerte ihre Einsamkeit nur noch. Als sie in ihr Schlafzimmer kam, erschien ihr das so leer wie die Stadt zu sein. Es war sehr groß, und ihr Bett, das von einem Moskitonetz wie mit einem Leichentuch eingehüllt war, stand wie eine Insel in der Mitte des Zimmers. Sie stieg hinein, deckte sich mit einem Laken und der einzigen Decke zu und schloß das Netz gegen die Gefahren der Nacht. Angelas Flucht hatte in ihr ein Gefühl erweckt, ohne Freunde zu sein, aber als sie sich zum Schlafen hinlegte, sagte auch sie: »Was macht es schon?« – obwohl sie nicht vorhatte zu sterben. Statt dessen sagte sie: »Ich habe schon ganz andere Dinge überlebt. Ich werde das auch überleben«, und schlief ein.

Der Angestellte an der Rezeption bot ihr eine Reihe von Ausflügen zu den Sehenswürdigkeiten an, und sie akzeptierte sie alle. Der erste begann sofort nach dem Frühstück. Die Touristen versammelten sich unter den Palmen am Flußufer, wo die Luft so kühl war, als würde sie vom Meer kommen. Harriet dachte: »So muß das Paradies sein.« Dann zogen schon wieder die ersten Leichenzüge vorbei. Diejenigen, die während der Nacht gestorben waren, mußten vor der Mittagshitze bestattet werden.

Eine Reihe von Gharries stand vor dem Hotel. Harriet nahm allein in der ersten Platz, und die Leichenzüge kamen genau bei ihr vorüber. Sie konnte in die offenen Särge schauen und die dunklen, spitzen Gesichter von Menschen sehen, die verhungert zu sein schienen. Dies ging so lange weiter, bis der Dragoman, der sich um die Touristen kümmern sollte, die Trauernden auf die andere Straßenseite hinüber beorderte. Sie wichen ohne Protest und ohne ihre Klagegesänge zu unterbrechen.

Der Dragoman sonnte sich in seiner Autorität; er war ein großer Nubier, dessen Körpergröße durch einen weiten, dunkelblauen verschwenderisch mit Gold verzierten Kaftan noch betont wurde. Sein Stock war länger und schwerer als die üblichen, und er hatte einen Elfenbeinknauf, groß wie ein menschlicher Schädel. Er beliebte, in Harriets Gharry mitzufahren, und obwohl er sich neben den Fahrer setzte, war es offensichtlich, daß er sich als Vorgesetzter der Reisegesellschaft betrachtete.

Die Gharries fuhren von einem Hotel zum anderen und nahmen Krankenschwestern und Offiziere auf. Beim letzten Hotel wartete nur eine Person, ein Offizier, und da er auch ohne Begleitung war, wurde er vom Dragoman in die Gharry an der Spitze dirigiert. Mit dem Fuß auf dem Trittbrett hielt er inne, starrte Harriet an und fragte: »Sind Sie es wirklich – oder sind Sie der Geist aus einem Traum?«

Es war eine rhetorische Frage, affektiert ausgesprochen, und Harriet lachte darüber: »Steigen Sie ein, Aidan. Auch wenn ich Sie nie zuvor gesehen hätte, wüßte ich, daß Sie Schauspieler sind.«

»Schauspieler *waren*«, verbesserte sie der Offizier, als er sich neben sie setzte. In der Londoner Theaterwelt hatte er den Namen Aidan Sheridan angenommen, war aber in der Armee zu seinem eigentlichen Namen zurückgekehrt, der Pratt war. Er war Hauptmann, Divisions-Rechnungsführer und in Syrien stationiert, kam aber dienstlich und privat so oft nach Ägypten, wie er konnte. In der Vergangenheit hatte Harriet ihn bitter über seine gescheiterte Karriere sprechen hören, aber an diesem Morgen war sein Ton der einer humorvollen Resignation seiner augenblicklichen Stellung gegenüber.

Sobald er es konnte, ohne überhastet zu erscheinen, fragte er: »Guy ist wohl nicht mit dabei?«

Es war genau die Frage, die Harriet erwartet hatte. Wenn er nach Kairo kam, dann immer in der Hoffnung, Guy zu treffen, und obwohl sie Mitleid mit ihm hatte, konnte sie nur sagen: »Leider nein.«

»Sie sind also allein hier?«

»Ich bin nicht alleine hergekommen, bin aber jetzt allein. Man hat mich im Stich gelassen.«

Er warf ihr einen bestürzten Blick zu, da er eine zerbrochene Beziehung vermutete, und sie lachte erneut: »Eine Freundin war mit mir gekommen, aber beim Anblick der Leichenzüge fuhr sie schnurstracks zurück nach Kairo.«

»Da kann ich ihr keinen Vorwurf machen. Ich bekam es ebenfalls mit der Angst zu tun, als mir klar wurde, was hier geschieht.«

»Oh, Angela hatte es nicht mit der Angst zu tun bekommen, wenigstens nicht, soweit es sie selbst betraf. Sie fing an, über den Tod nachzudenken – über den Tod von jemand anderem – und sie hatte es hier nicht mehr ausgehalten.«

Aidan war sich dessen bewußt, daß der einzige Tod, über den er je nachgedacht hatte, sein eigener war, und da er ihre Worte als Vorwurf interpretierte, wurde er rot und wandte sich ab. Sie hatte vergessen, wie leicht er eingeschnappt war, und bedauerte, was sie gesagt hatte. Er war krankhaft sensibel, aber darüber hinaus war er von einem Erlebnis geprägt worden, das er versprochen hatte, ihr eines Tages zu erzählen. Er war ein junger Mann, noch Mitte Zwanzig, aber seine großen, dunklen Augen lagen in Höhlen dunkler Haut, und ihr Ausdruck vermittelte tiefverwurzeltes Unglück. Sie hatten sich selten getroffen, aber sie waren Freunde geworden. Sie hatte ihn einmal zum Muski mitgenommen, wo er eine kleine Votivkatze aus Eisen, die auf einem Karneolblock befestigt war, gekauft hatte. Es war ein Geschenk für seine Mutter, aber er hatte Harriet gebeten, sie für ihn aufzubewahren. Er sagte, daß er dauernd Sachen verlor, weil er nicht mehr das Gefühl hatte, daß es sich lohnte, irgend etwas aufzubewahren. Als er von dem Erlebnis sprach, das ihm so schrecklich zugesetzt hatte, hatte er gesagt: »Es gibt Erinnerungen, die über das erträgliche Maß hinausgehen, bloß müssen wir sie ertragen.«

Auch jetzt, da sie ihn an diesem ergötzlichen Platz getroffen hatte, sah sie, daß er eine Bürde mit sich umhertrug, ›die über das erträgliche Maß hinausging‹.

Eine lange Uferstraße führte sie zur Tempelstadt von Karnak hinaus. Die Gharries hielten außerhalb der Mauern, und der Dragoman führte seine Gesellschaft mit gewichtigen Schritten in eine Abgrenzung, machte mit seinem Stock eine kreisförmige Bewegung, die seinem Publikum bedeutete, sich in respektvoller Entfernung um ihn herum zu gruppieren. Er deutete auf den Tempel des Amun.

»Dies sein sehr groß Platz. Größtes Bauwerk in der Welt. diese Allee ist Sphingen, aber nicht nur Sphingen. Sie sind Schafe.«

»Wohl eher Widder?« murmelte Aidan.

Der Dragoman ignorierte ihn, wirbelte wie ein Derwisch herum und schritt auf den Hauptkomplex der Bauwerke zu: »Ihr all mir folgen.«

Im Großen Säulensaal mußten sich die andern ein Gefasel über Ramses XII. anhören, während Harriet hinter der Gruppe vorbeischlüpfte und sich ihren eigenen Weg durch die dichtgedrängten Säulen suchte, die ruhig, aber wachsam, wie Bäume in einem Wald dastanden. Sie fühlte, daß der Sinn der großen Anzahl und ihrer dichten Aneinanderreihung darin lag, etwas zu verrätseln, aber abgesehen von der Verrätselung konnte sie wenig Sinn in einer Anhäufung um der Anhäufung willen erkennen. Und was das Rätsel anging, so hatte sie die merkwürdige Illusion, daß sie es bei einer bestimmten Gelegenheit schon gelöst, die Lösung aber wieder vergessen hatte. Sie sah zu den Kapitellen hinauf und erkannte, daß nur einige von ihnen Knospenkapitelle waren; die anderen waren mit Papyruskelchen verziert, und sie bildete sich ein, daß in der unregelmäßigen Plazierung dieser Designs ein Schlüssel zu dem Geheimnis lag. Aber die Hitze stieg an, und während sie umherwanderte, war alles, was sie fühlen konnte, Staunen, ohne die Hoffnung, etwas zu verstehen.

Aidan kam, um sie zu suchen, und sagte: »Unser Dragoman ist eine Quelle der Falschinformation. Ich war nicht überrascht, daß sie weggegangen sind. Kommen Sie mit mir. Die Sonne steht fast genau über uns. Es gibt etwas, das ich Ihnen zeigen möchte.«

Sie folgte ihm hinaus in den Hof und hinüber zu einem kleinen Bauwerk, das durch ein Hagioskop in der Frontmauer erhellt wurde. Aidan schaute durch das Loch, lächelte befriedigt und winkte sie herbei, damit sie sich das ansah. Sie sah ebenfalls durch das Loch und erblickte innen, von einem Sonnenstrahl durch das Dach beleuchtet, den Kopf einer Katze. Es war die gleiche Katze, deren Ebenbild Aidan im Muski gekauft hatte, aber diese hier war überlebensgroß, ein schwarzer Basaltkopf oben auf einer Säule, der mit einem abwesenden, sanften Blick in seine eigene, ewige Abgeschiedenheit blickte.

»Der Gott in seinem Schrein.«

»Ja.« Aidan sah erfreut drein: »Ich dachte mir schon, Sie würden sie wiedererkennen.«

Die Nachmittagsexkursion führte zu den Gräbern auf der anderen Seite des Flusses. Während der Überfahrt mit dem Boot verspürte Harriet einen Druck auf ihrem ungeschützten

Kopf, der schon fast schmerzhaft war, und sie erkannte, wie bald die winterliche Erholungspause vorbei sein und diese paradiesische kleine Stadt zum Inferno für die werden würde, die nicht dafür geboren waren.

In einem Feld auf dem gegenüberliegenden Ufer, das einstmals vom Nil überschwemmt gewesen war, saßen zwei zerfallene Figuren auf Thronen zwischen den Zuckerrüben. Ihre dunkle Farbe, ihre immense Größe, ihre verwitterten und konturlosen Gesichter, die nach Karnak sahen, übertrugen einen solchen Ausdruck von königlicher Würde, daß Harriet sie gerne in Ruhe betrachtet hätte. Doch der Dragoman erlaubte es nicht.

»Dies, alle zwei, ist Memnon, singt jetzt nicht mehr. Memnon sehr tapferer griechisch Mann, in Kampf getötet. Er hier begraben.«

Aidan sagte: »Unsinn.«

Eine Krankenschwester mit einem Reiseführer stimmte ihm zu. »Hier steht, das sind Statuen von Amenophis III.«

Der Dragoman stellte sich vor die Krankenschwester mit ihrem Buch hin, als ob er sie vom Erdboden vertilgen wollte, und starrte dann Aidan ins Gesicht. Seine Augen, braun in glänzend weißen Augäpfeln, traten vor Zorn aus ihren Höhlen. Er schrie: »Dann Sie sind Führer, Mister Offizier? O. K. Sie sich dann selbst führen. Ich fertig. Ich gehen.«

Er schoß davon und ging wütenden Schrittes zurück zum Uferrand, wo er jedoch warten mußte. Die Fähre war nach Luxor zurückgefahren.

Die Krankenschwester war von seinem Abgang entsetzt und sagte zu den anderen: »O Gott! Ich wollte ihn ja nicht verletzen. Soll ich hin und mich entschuldigen? Vielleicht kann ich ihn überreden, daß er zurückkommt.«

Ehe noch ein anderer etwas sagen konnte, sagte Aidan mit einer parodistischen Attitüde von amtlicher Wichtigkeit: »Das werden Sie sicher nicht tun. Der kann ja nicht einmal seinen Arsch von seinem Ellenbogen unterscheiden. Wir machen das viel besser ohne ihn.« Und die anderen, von der Vorführung beeindruckt, ließen sich dorthin dirigieren, wo einige Esel und alte Taxis standen, um sie ins Tal der Könige

zu bringen. Die Fahrer hatten mitbekommen, daß der Dragoman entlassen war, und jubilierten, während der Dragoman
selbst begriff, was da geschah, zurückgerannt kam und mit
voller Lautstärke brüllte: »Sie nicht gehen ohne Führer. Ge-
setz sagt, niemand gehen ohne Führer.« Aber die Touristen
saßen schon in den Taxis, und die Fahrer fuhren fröhlich los
und waren auf und davon, bevor er sie erreichte. Während er
hinter ihnen hertobte, fuhren sie rumpelnd und schwankend
den felsigen Pfad zu dem Tal, wo die Könige und Königinnen
von Ober- und Unterägypten ihre sterblichen Überreste hinterlassen hatten.

Nach ihrer Rückkehr fragte Aidan Harriet auf dem Kai, ob
sie mit ihm zu Abend essen würde. Sie machten aus, daß sie
mit einer Gharry zu seinem Hotel fahren sollte, aber der
Abend war so schön, daß sie sich entschloß, zu Fuß zu gehen.
Die Sonne ging gerade mit karmesinrotem und goldenem
Glänzen unter, und der Nil, der hier noch klein war, vergli-
chen mit dem großen Strom in Kairo, floß in Schleifen farbigen Lichts unter dem strahlenden Himmel dahin. Sie blieb
stehen und sah in die ummauerte Mulde hinunter, in der der
Tempel von Luxor stand. In dem Durcheinander der Überreste gab es auch eine Moschee, und ein Mann, wahrscheinlich
der Wärter, sah auf, grinste und sagte: »Geist, Geist.« Er
schien zu erwarten, daß sie davonrannte, und war fassungslos, als sie sich über die Mauer lehnte und fragte: »Gibt es hier
wirklich einen Geist?« Aber er konnte nur wieder sagen:
»Geist, Geist«, und sie lachte und ging hinunter an die Uferpromenade, um unter den Palmen weiterzugehen.

Die Terrasse von Aidans Hotel war über das Wasser hin-
ausgebaut und diente als Speisesaal. Sie war von einem
Laubdach überdeckt, aber mit einem dichten Netz gegen flie-
gende Tiere und Insekten geschützt. Auf der einen Seite war
sie offen und gab den Blick auf die abendlichen Farben des
Flusses frei. Aber die innere Fläche lag im Schatten, und auf
den Tischen gab es Kerzen, deren Flammen reglos in tulpen-
förmigen Schirmen aus graviertem Glas brannten. Es waren
weniger als ein Dutzend Speisegäste anwesend, höhere Offiziere mit ihren Frauen, doch die Speisekarte, die Aidan vor

dem Gesicht hielt, hätte für hundert ausgereicht. Er hörte Harriet neben sich und sah mißtrauisch an der Speisekarte vorbei; dann, von ihrem Anblick beruhigt, legte er sie nieder. Er hatte eine Lilie neben ihren Teller gelegt, mit einer weißen Blüte, die größer als der Abendstern war, und ihre mittleren Blätter waren mit einem Faden kegelförmig zusammengebunden. Sie erkannte, daß er sich als Kavalier versuchte und daß es ihm nicht leichtfiel. Doch sie beide verband eine merkwürdige Sympathie; beide verlangten sie nach der gleichen Person und wünschten, sie wäre hier.

Aidan sagte: »Wie wäre es mit Hummer? Der Kellner sagt, sie seien heute morgen aus Akaba eingeflogen worden.«

Als der Hummer kam, war er kalt unter einer Mayonnaise, und Harriet kam er köstlich vor, bis ihr einfiel, wie gefährlich es sein könnte, ihn zu essen. Ihr Appetit war vergangen, und sie legte die Gabel nieder. Aidan fragte betroffen: »Sind Sie in Ordnung? Sie sehen recht abgespannt aus, und Sie haben abgenommen, stimmt's? Wie fühlen Sie sich?«

»Nicht besonders. Eigentlich fühle ich mich unwohl, seit ich in dieses Land kam. Guy ißt, was er will, und er ist nie krank. Ich passe beim Essen auf, und bei mir ist immer alles durcheinander.«

»Ägypten ist unberechenbar. Man weiß nie im voraus, was es als nächstes mit einem anstellt. Zuerst haßte ich es, doch dann ist es mir ans Herz gewachsen. Es ist wie eine Mutter, die man verabscheut, zu der man sich aber unwillkürlich hingezogen fühlt. Ich glaube, in diesem Land liegt unser aller Ursprung. Hier wurden wir zuerst geboren und durchlebten die Kindheit der Seele.«

Harriet war überrascht, nicht von dem, was er sagte, sondern von der Tatsache, daß er es gesagt hatte; dann lachte sie: »Sie glauben also an Wiedergeburt? Welcher Pharao waren Sie?«

Aidan lachte nicht. Einen Augenblick lang sah er beleidigt aus, erinnert sich dann aber, daß sie Guys Frau war und tat sein Bestes, um zu lächeln. Aus dem Grund, weil sie Guys Frau war, hatte er sich gefreut, sie in Luxor zu treffen, und

sie zum Essen eingeladen; und er gestattete ihr jetzt, ihn aus-
zulachen.

Sie reagierte mit einer ernsthaften Frage: »Fühlen Sie sich
deswegen so von Ägypten angezogen? Würden Sie hier auch
nach dem Krieg leben wollen?«

»O nein, es ist zu weit weg von den wichtigen Orten und
Ereignissen. Als Schauspieler muß man mitten in der Welt leben.«

»Und das hier ist nicht die Welt?«

»Nicht meine Welt, obwohl ich mich, wie Sie sagen, von
ihr angezogen fühle. Ich habe vor mir so viel wie möglich anzusehen, solange ich hier bin. Morgen fahre ich nach Assuan
und besuche die Gärten der Elephantine. Sie sind uralt; es
gab sie schon, als Alexander dreihundert Jahre vor Christus
nach Ägypten kam.«

»Was ist die Elephantine? Eine Oase?«

»Nein, eine Insel im Fluß. Sie wird Elephantine genannt,
weil hier einmal irgendein König einen Elephanten geopfert
hat.«

»Einen Elephanten geopfert? Wie scheußlich.«

»Er wäre zwischenzeitlich auch so schon gestorben. Es geschah vor langer Zeit.« Er lachte, um ihr zu zeigen, daß er einen Witz machte, und als sie lächelte, sagte er: »Warum kommen Sie morgen nicht mit nach Assuan?«

»Ich kann nicht«, Harriets Finanzen erlaubten keinen Besuch in Assuan. Angela hatte, getreu ihrer Meinung, daß das
Teuerste letztendlich das Billigste war, eines der teuersten
Hotels in Luxor ausgesucht. Harriet sagte: »Ich kann nicht
lange bleiben.«

Aidan seufzte neidisch: »Vermutlich möchte Guy Sie zurückhaben.«

Sie war sich nicht sicher, was sie darauf sagen sollte, und
so lächelte sie, und Aidan, der mit ihrer Unsicherheit mit-
fühlte, sagte, er würde mit ihr zu Fuß zum Hotel zurückgehen. Bei einer Kette kleiner Läden am Ufer, die ägyptische
Antiquitäten und afrikanische Raritäten verkauften, hielten
sie an. Obwohl es schon beinahe Mitternacht war und es in
jener Zeit wenige Kunden gab, waren die Fenster erleuchtet,

und die Eigentümer hielten sich noch im Innern auf. Aidan beugte sich nieder und studierte interessiert Gegenstände, die aus Ebenholz oder Elfenbein angefertigt und mit Gold verziert waren. Harriet fragte sich, ob er an ein Geschenk für seine Mutter dachte, und erinnerte ihn: »Sie wissen, daß ich noch die kleine Katze habe, die Sie im Muski kauften?«

»Eine Katze? Ja, ich habe eine Katze gekauft, aber was habe ich damit gemacht?«

»Sie haben sie mir gegeben, damit ich sie aufbewahre, bis Sie mich wieder darum bitten.«

»In der Tat. Ja, in der Tat.«

Sie verließen die Läden und kamen zum Tempel von Luxor. Harriet sagte: »Ein Mann erzählte mir, daß es hier einen Geist gibt.« Sie lehnten sich über die Mauer und sahen in die Dunkelheit hinunter, aber kein Geist zeigte sich. Sie sagte: »Sie sagten, Sie hätten das Gefühl verloren, daß es irgend etwas gibt, das es wert ist, aufbewahrt zu werden. Sie sagten, eines Tages würden Sie mir den Grund dafür erzählen. Angenommen, Sie würden es mir jetzt erzählen, wo es dunkel ist und ich Ihr Gesicht nicht sehen kann?«

»Ich weiß nicht ... Ich glaube nicht, daß ich es Ihnen erzählen kann.« Er ließ den Kopf hängen und sah auf den Tempelbezirk hinunter, der wie ein dunkles Loch aussah, in dem man nichts erkennen konnte außer einem schwachen Sternenschimmer auf einem der Riesenstandbilder von Ramses II. Da es so schien, als ob er nichts mehr sagen würde, drängte sie ihn:

»Was immer es auch war: Wenn Sie es für sich behalten, werden Sie nie darüber hinwegkommen.«

»Das werde ich wahrscheinlich auch nicht. Aber was geschehen ist, hat keinen Bezug zum Leben, wie wir es kennen. Die Toten sind tot. Da kann man nichts mehr machen.«

»Heißt das, Sie wollen es mir nicht erzählen?«

»Es gibt keinen Grund, warum ich es Ihnen nicht erzählen sollte. Es ist kein Geheimnis. Ich finde nur ... ich finde, es ist ungerecht, jemand anders mit der Geschichte zu belasten.«

»Ich habe schon genügend mitgemacht. Ich muß nicht geschont werden. Und Sie haben es versprochen.«

»Ja, das stimmt. Ich habe es versprochen.« Er dachte einige Minuten lang darüber nach, bevor er sagte: »Es dreht sich nicht um das, was mit mir geschah; das war nicht weiter wichtig. Es dreht sich um das, was mit den anderen geschah; die meisten waren Kinder.«

»Das macht es natürlich viel schrecklicher.«

»Viel schrecklicher, ja. Und doch weiß ich nicht so recht: Da wir ja alle früher oder später sterben müssen, spielt es da eine Rolle, wann wir sterben?«

Harriet ließ die Frage sich selbst beantworten und wartete, bis er schließlich fortfuhr: »Es war ganz zu Beginn des Krieges, und ich hatte den Kriegsdienst verweigert. Ich glaubte, daß sie mich, da ich ja Schauspieler war, einfach weiterarbeiten lassen würden, aber statt dessen wurde ich auf ein Schiff befohlen, das nach Kanada fuhr. Ich mußte als Steward und Kellner arbeiten. Vermutlich wollten sie mich demütigen. Die anderen Stewards waren Malaien und Filipinos, aber wir sind ganz gut miteinander ausgekommen. Eigentlich hat mir die Reise sogar Spaß gemacht. Eine Menge Kinder waren an Bord, die nach Kanada evakuiert wurden ...«

»Ich glaube, ich errate, welches Schiff es war. Sie sind torpediert worden?«

»Ja, gerade als wir dachten, wir seien außerhalb der Reichweite der U-Boote. Unser Geleitschutz hatte umgedreht. Daraus schlossen wir, daß wir in Sicherheit waren, aber in Wirklichkeit hatten sie deshalb abgedreht, weil sie ihren Treibstoff verbraucht hatten. Sobald wir getroffen waren, verteilte sich der Konvoi. Das entsprach genau den Befehlen. Was auch immer geschah, die anderen Schiffe mußten sich selbst in Sicherheit bringen, und uns blieb nur übrig, unterzugehen oder zu schwimmen. Wir hatten ein Loch in der Seite, und für das Schiff selbst gab es keine Hoffnung. Wir mußten die Kinder in die Boote bringen, und zwar schleunigst. Wir sanken schnell. Wir versuchten, fröhlich zu sein, und sagten den Kindern, es handle sich um ein Abenteuer, und man würde uns im Nu wieder einsammeln. Aber es gab niemanden, der uns hätte einsammeln können. Es war eine schlimme Nacht, kalt, stürmisch, und es regnete in Strömen.

Bei Tagesanbruch war der Konvoi verschwunden, und von den anderen Booten war nichts zu sehen. Wir waren allein auf dem Atlantik. Nichts zu sehen, als das graue, weite Meer. Wir waren absolut allein.« Aidan machte eine Pause, um etwas hinunterzuschlucken, und fragte dann: »Wollen Sie noch mehr hören?«

»Natürlich.«

»Die Kinder hatten ihre Schlafanzüge an. Wir hatten sie in Schwimmwesten gesteckt, aber als uns klar wurde, wie schlimm die Lage war, hatten wir keine Zeit mehr, um hinunterzugehen und Decken zu holen. Der Sturm dauerte an, und die Wellen schlugen dauernd ins Boot, so daß wir einen Fuß hoch Wasser in der Bilge hatten. Die Kinder waren seekrank, aber wir waren alle so dicht beieinander, daß sie nicht zur Seite gehen konnten. Keiner konnte sich vom Fleck rühren. Wir hatten neunzehn Kinder im Boot und zwei Helferinnen, Freiwillige. Und dann noch die Malaien, vierzehn... Und da war dann noch ein älterer Mann, der zu seiner Frau nach Kanada wollte. Einer der Offiziere war bei uns, ein pensionierter Angehöriger der Kriegsmarine, den man reaktiviert hatte. Kirkbride. Er war ausgezeichnet. Ohne ihn wären wir alle gestorben. Er wußte, wie man mit dem Boot Vorwärtsfahrt machen konnte, was kein anderer wußte. Es gab keine Ruder. Statt dessen gab es Griffe, wie Pumpenhebel zum Bierzapfen am Tresen; die mußten vor und zurück bewegt werden. Wir versuchten, den Malaien diese Aufgabe zu übertragen, aber alles, was die taten, war, zu beten und Allah anzuflehen, er möge sie erretten. Letztlich spielte es keine Rolle. Es gab nichts, worauf wir hätten zuhalten können. Wir hatten keine Ahnung, wo wir waren. Kirkbride sagte, er könne nach den Sternen navigieren, aber es gab keine Sterne. Nur den dunklen Himmel und das Meer und den Wind, der um uns herum tobte. Gott, was für eine Kälte! Ich werde es nie vergessen.«

»Hatten Sie eine besondere Funktion?«

»Ich hatte die paar Lebensmittel, die wir hatten, zu rationieren und sparsam zu verteilen. Es gab eiserne Rationen an Bord: etwas Büchsenzeug und Wasser. Nicht genug Wasser. Am vierten Tag bestand die Ration aus einem Mundvoll Wasser und einer Sardine oder einem Bissen Cornedbeef auf Schiffszwieback. Die Frauen taten, was sie konnten, um die Kinder bei Laune zu halten; sie spielten Spiele: ›Stadt, Land, Fluß‹ und solche Sachen und ließen sie singen, ›Fuchs du hast die Gans gestohlen‹ und ›Zehn kleine Negerlein‹. Der alte Mann erzählte ihnen Geschichten. Eines Nachts war dann eine der Frauen verschwunden; keiner wußte, was mit ihr geschehen war. Wir hatten kein Wasser mehr, und die Kinder konnten den Zwieback nicht mehr hinunterschlukken, weil ihre Kehlen trocken waren. Ich hatte etwas Kondensmilch zurückgehalten, aber die brachten sie auch nicht hinunter: sie war zu dick. Nach einer Woche gaben die Malaien auf und begannen zu sterben...«

Aidan unterbrach sich wieder und erschreckte Harriet dadurch, daß er lachte. Sie sagte: »Ja?«

»Der Sturm wurde schlimmer. Wir warfen die toten Malaien über Bord, und die Wellen warfen sie wieder zurück. Wir taten so, als sei dies ein Spaß, aber die Kinder hatten das Interesse verloren. Sie begannen ebenfalls zu sterben. Wir wußten es immer, wenn ein Junge oder ein Mädchen sterben würde. Die Kinder fingen dann an, Visionen zu haben. Eines beschrieb eine mit Bäumen bewachsene Insel und zeigte dauernd in die Richtung und sagte: ›Schaut doch, da drüben ist sie. Warum fahren wir nicht dorthin?‹ Mehrmals hatte sich eines eingebildet, ein Schiff zu sehen, das zu unserer Rettung kam, und die anderen sagten dann, daß sie es auch sahen.«

»Sie sind vermutlich verdurstet?«

»Verdurstet und an Erschöpfung gestorben. Ihre Füße wurden taub, und dann fielen sie ins Koma, und das war das Ende. Jeden Morgen fanden wir zwei oder drei von ihnen tot. Wir haben die Büchsen genommen, um Regenwasser zu sammeln, aber es war nicht genug. Nach ungefähr zehn Tagen – zu dem Zeitpunkt hatte ich schon die Übersicht verloren – starb die zweite Frau. Sie hatte ihren Mantel um eines der sterbenden Mädchen gewickelt und starb dann selbst. Unterkühlung. Am Tag darauf starben die letzten beiden Kinder. Und dann waren nur noch Kirkbride, der alte Mann, drei Malaien und ich übrig. Wir hatten seit einer Woche nichts mehr gegessen. Der Regen hörte auf, so daß wir nicht einmal mehr Regenwasser hatten. Wir entschieden, daß es mit uns aus war, und Kirkbride begann darüber nachzudenken, wo das Boot zerschellen würde. Er dachte, bei Island oder den Faröer Inseln, aber wir wußten, daß es wahrscheinlich lediglich auseinanderbrechen würde, und niemand würde dann wissen, was aus uns allen geworden war. Wir hatten für die kleinsten Kinder ein Schutzdach zusammengebastelt, und als keine Kinder mehr da waren, benutzten wir es abwechselnd, um darunter zu schlafen. Als ich das letzte Mal hineinkroch, sagte ich zu mir selbst: ›Gott sei Dank, brauche ich nicht mehr aufzuwachen!‹«

Aidans Stimme brach, und als Harriet die Umrisse der Ramsesstatue sah, fragte sie sich, was sie da draußen auf dem dunklen Atlantik zu suchen hatte. Nach langer Pause sagte sie: »Aber das war nicht das Ende der Geschichte?«

»Nein, noch nicht. Kirkbride legte sich nicht zum Schlafen hin. Er hielt Wache und bemerkte, wie uns eine Sunderland überflog und herabstieß, um herauszufinden, was wir waren. Er stand auf und schwenkte sein Hemd, und sie warfen eine Dose Pfirsiche für uns ab. Er weckte mich auf... er zwang mich, aus einer anderen Welt zurückzukehren, indem er mir Pfirsichsaft einflößte. Die Sunderland verständigte über Funk alle Schiffe, die in der Nähe lagen – ich glaube, das nächstgelegene war zweihundert Meilen weg – und das erste, das uns erreichte, nahm uns auf.«

»Und sie lebten alle noch: Kirkbride, der alte Mann und die Malaien?«

»Ja, ich war der einzige, der starb. Und ich hätte tot bleiben sollen wie die armen, kleinen Bälger, die wir über Bord warfen. Einige waren zu leicht, um zu versinken. Es war gespenstisch, wie sie hinter uns hertrieben. Ich hätte sterben sollen. Statt dessen wachte ich auf, in Sicherheit und warm, in der Koje eines amerikanischen Zerstörers. Beim Geruch von Pfirsichsaft wird mir übel...« Aidan stieß sich von der Mauer ab und sagte: »Jetzt haben Sie die Geschichte gehört.« Er hatte sie mit tiefer Stimme erzählt, ohne die dramatische Intonation seines Berufes. Die Geschichte als solche war ausreichend.

Harriet sagte: »Und seitdem sind Sie kein Kriegsdienstverweigerer mehr?«

»Gott, nein. Nach einem solchen Erlebnis wurde mir klar, daß ich in der Zahlmeisterei sicherer bin.«

Seine Bitterkeit ließ sie schweigen, und sie sagte sich, daß sie nie wieder über ihn lachen würde.

Als sie weiter zu Harriets Hotel gingen, gewann er seine Fassung wieder, und beim Gutenachtgruß nahm er ihre Hand und fragte drängend: »Warum kommen Sie morgen nicht mit nach Assuan?«

»Das geht leider nicht.«

»Wie steht's dann mit Damaskus? Sie sagten, Sie würden mich dort einmal besuchen.«

»Das würde ich machen, wenn ich Guy dazu überreden könnte, mitzukommen.«

»Ja, überreden Sie ihn doch!« In seinem Verlangen nach Guys Gesellschaft ging er einen Schritt auf sie zu: »Und vergessen Sie nicht, ihm schöne Grüße von mir auszurichten.«

»Das mache ich«, sagte Harriet, als sie ins Hotel ging, und sie bemerkte, daß sie schon wieder über ihn lachte.

Harriets Geld wurde knapp. In Luxor gab es für sie nichts mehr zu sehen, und so kehrte sie einen Tag früher als geplant nach Kairo zurück. Als sie in der Wohnung eintraf, herrschte überall eine leere Stille, und sie ging in Angelas Zimmer, in der Hoffnung, sie dort zu finden. Angela war ebenfalls ausgegangen, aber ihre Koffer waren da und so hoch vor dem Fenster aufgestapelt, daß sie teilweise den Mangobaum verdeckten, der ins Zimmer schaute.

Harriet ging in ihr Zimmer, legte sich aufs Bett und lauschte, ob jemand die Wohnung betrat. Guy erwartete sie nicht, da er selten zu Mittag aß, aber Angela, Edwina und Dobson hätten bald kommen müssen. Sie konnte sich Angela vorstellen, wie sie über die Dummheit ihrer Rückkehr nach Kairo lachte oder vielleicht frohlockte, weil Castlebar entdeckt hatte, daß er sie brauchte. Was Harriet anbetraf: Alles, was sie brauchte, war das Gefühl, willkommen zu sein, und die Beruhigung, daß sie nicht so krank war, wie sie sich fühlte.

Die Schlafzimmer, die im Sommer kaum erträglich waren, waren jetzt kühl, aber das Holz, das in dem heißen Klima wieder und wieder getrocknet worden war, verbreitete immer noch einen Geruch wie ein uralter Knochen. Vom Garten vor dem Fenster kamen der würzige Duft getrockneten Laubes und das Zischen der Wasserschläuche herein. Während der Nacht war sie wiederholt vom Eisenbahnpersonal geweckt worden, das den Auftrag hatte, die Kojen mit Desinfektionsmittel auszusprühen. Sie hatte argumentiert, daß man auf diese Weise die Ausbreitung der Cholera nicht verhindern könne, aber das hielt die Bediensteten nicht davon ab, solange an ihrer Türe zu rütteln, bis sie öffnete.

Im Halbschlaf auf ihrem Bett hörte sie das Geräusch von Schluchzen, und sie wußte, daß es aus dem Zimmer der zweiten unglücklich Verliebten kam: von Edwina. Sie setzte sich auf in der Absicht, zu ihr hinüberzugehen, bemerkte jedoch, daß Edwina nicht allein war. Peter Lisdoonvarna sagte ihr gerade mit scherzhafter Grobheit, sie solle ›mit dem Gejaule aufhören‹. Das Schluchzen wurde lauter und gipfelte in einem Schlag und einer Balgerei, und Peters Stimme, gepreßt vor sexuellem Verlangen, ertönte heiser: »Komm her, du kleines Luder. Dreh dich um.«

Harriet stieß den Stuhl neben ihrem Bett mit einem Krach gegen die Tür, aber der Lärm störte die Liebenden nicht, die quiekend, ächzend und auf einer rhythmisch klickenden Bettstatt ineinander verschlungen waren, bis Peter ein letztes Stöhnen hervorbrachte, woraufhin eine Ruhepause eintrat, bevor Edwina honigsüß schmeichelte: »Teddybär, *Darling*, du hast doch nicht wirklich vor, zurück in die Wüste zu gehen?«

»Ich fürchte schon, altes Mädchen. Habe verdammtes Glück, daß ich zurück kann. Ich dachte schon, ich würde für den Rest des Krieges in dem Scheißbüro hocken.«

»Oh, Peter!« Edwinas Gejammer klang gequält, aber auch resigniert. Sie wußte, daß sie Peter nicht davon abhalten konnte, zurück in die Wüste zu gehen, aber hinter ihren

Quengeleien verbarg sich eine versteckte Absicht. Sie änderte ihren Ton und sagte: »Als ich gestern an der Kathedrale vorbeikam, gab es dort eine militärische Hochzeit, und ich wartete, um sie herauskommen zu sehen. Der Bräutigam war Major, und die Braut sah toll aus. Ihr Kleid muß von Cicurel gewesen sein. Ich habe sie *wirklich* beneidet. Ich würde so gerne in der Kathedrale heiraten.«

»In dem gelben Bau neben der Bulak Brücke? Du bist doch nicht mehr ganz dicht.«

»Ja, wo denn dann?«

»Das weiß ich nicht. Ich habe noch nie darüber nachgedacht.«

Peters Desinteresse an diesem Thema war offenkundig, und Harriet wünschte, sie könnte Edwina ebenfalls bitten, ›mit dem Gejaule‹ aufzuhören. Aber die Zeit war knapp, und Edwina verzweifelt. Wie unklug es auch immer sein mochte, sie mußte die Gangart forcieren: »Teddybär, Liebling, bevor du gehst...« Sie hielt inne, um dann schnell ihren Heiratsantrag anzubringen: »Laß uns doch heiraten!«

Es gab ein quietschendes Geräusch, als Peter aus dem Bett stieg. Barsch vor Verlegenheit sagte er: »Geht leider nicht. Sorry. Mache mir selbst Vorwürfe. Ich weiß, ich hätte es dir eher sagen sollen, aber ich wollte nichts verderben. Habe mich wie ein Scheusal benommen. War dir gegenüber nicht fair. Mir war nicht klar, daß du dich derartig engagieren würdest.«

»*Peter!* Du bist doch nicht schon verheiratet?«

»Leider ja, altes Mädchen. Heiratete meine Cousine Pamela. Tolles Mädchen. Wir waren schon als Kinder verliebt.«

»Aber wie kannst du verheiratet sein? Das wüßte doch jemand. Dobson hätte mir es gesagt.«

»Ah ja. Du meinst, es war eine große Sache: in St. Margaret, großer Chor, ein Dutzend Brautjungfern, und Fotos im *Tatler*? Es war nichts dergleichen. Habe es nie jemandem gesagt. Wir sind bloß ins Standesamt von Bloomsbury gehuscht und dann auf ein Wochenende ins Brown. Nur die Familie wußte Bescheid. Während des Krieges kümmert sich da sowieso keiner drum.«

»Aber Peter, es gibt Dutzende solcher Ehen und dauernd gehen welche kaputt.«

»Vielleicht, aber meine geht nicht kaputt. Pamela und ich haben schon immer gewußt, daß wir heiraten würden. Es ist das einzig Richtige gewesen und ist es noch. Also, sei vernünftig. Es gibt keinen Grund, warum wir nicht Freunde bleiben sollten.«

Edwina fing wieder an zu schluchzen und dachte zweifellos daran, daß es mit einer solchen Freundschaft nicht weit her sein würde, wenn Peter erst einmal an der Front war und die Briten nach Libyen vorrückten. Peter war von ihren Tränen betroffen und wurde ungeduldig.

»Na komm jetzt, altes Mädchen! Wir haben uns prächtig amüsiert, oder? Stell dich nicht so an, jetzt, wo es vorbei ist.«

Bei den Worten ›wo es vorbei ist‹ brach Edwina vollständig zusammen. Peter war nicht in der Lage, ihr heftiges Weinen zu ertragen, öffnete die Schlafzimmertür, und Harriet hörte ihn murmeln, als er ging: »Muß jetzt weiter, altes Mädchen. Sorry und so. Bis irgendwann einmal. Bye bye.« Er ging mit schweren Schritten durch den Flur davon und knallte die Wohnungstür hinter sich zu. Die Trennung war endgültig, und Edwina blieb zurück, um sich die Augen auszuweinen.

Da ihr nichts einfiel, wie sie Edwina trösten konnte, begab sich Harriet außer Hörweite. Als Dobson nach Hause kam, fand er sie auf dem Sofa im Wohnzimmer liegend vor und sagte: »Hallo, wieder sicher zurück?«

»Nicht ganz. Ich fühle mich schlechter als sonst. Es kann doch nicht die Cholera sein, Dobbie, oder?«

Er hatte natürlich von Angela von der Cholera gehört. Harriet spürte es mehr, als daß sie es sah, wie er sich von ihr wegbewegte, aus Angst, sie könne die Seuche in die Wohnung eingeschleppt haben. Dennoch tat er sein Bestes, um sie zu beruhigen.

»Als ich hörte, daß es dort unten eine Epidemie gab, habe ich Nachforschungen angestellt, und mir wurde gesagt, daß es nirgendwo in Ägypten Cholera gibt. Der Minister sagte, es habe eine größere Welle von Lebensmittelvergiftungen im Süden gegeben.«

»Das ist doch absurd. Es gab meilenweit Gräber, und die Leichenzüge sind den ganzen Tag am Hotel vorbeigezogen.«

»Du bist doch hoffentlich nicht zu nahe herangegangen?«

Sie war alarmiert, als sie an den Leichnam dachte, den sie von der Gharry aus gesehen hatte: »Sind die Leichen wohl ansteckend?«

»Ich glaube es nicht, aber ich weiß nicht viel darüber. Am besten trinkst du erst einmal was.«

Mit routinemäßiger Freundlichkeit gab er ihr ein halbes Glas Brandy, das sie hinunterschluckte. Sie wurde heiterer und sagte: »Wenn ich schon sterben muß, dann kann ich genausogut betrunken sterben.«

Dobson ging hinaus ans Telefon. Als er zurückkam, sagte er, ein Taxi würde vor der Tür auf sie warten. Er schickte sie zu einer Kontrolluntersuchung ins Amerikanische Krankenhaus. Er wollte, daß sie sofort ging, und sie machte ihm keinen Vorwurf. Die Wohnung gehörte der Botschaft, und was er sich als Allerletztes wünschte, war, für die Verbreitung der Epidemie in Kairo verantwortlich zu sein.

Es war Mittag, und die Menschenmengen schoben sich durch die Straßen. Auf der Brücke nach Zamalek sah sie, daß Soldaten abkommandiert worden waren, um die Menschen, die ostwärts gingen, auf den einen Gehsteig zu beordern, und die nach Westen auf den anderen. Der Taxifahrer sagte ihr, daß dies des Königs ureigenste Idee gewesen sei und jetzt auf seinen Befehl hin in die Tat umgesetzt werde.

Sie dachte: »Blöder, fetter König.«

Sie kamen in Sichtweite des langen, weißen Krankenhausbaus, und sie fühlte, daß sie sich dankbar jedem anvertrauen würde, der die Verantwortung für ihren matten und dauernd schmerzenden Körper übernahm.

10

Das Lager wurde wieder verlegt. Alliierte Streitkräfte hatten die Front durchbrochen, und Rommel war auf dem Rückzug.

Dawson sagte zu Simon: »Wenn wir den alten Fuchs einholen, werden wir ihn ein für allemal fertigmachen.«

»Das war eine ganz schöne Schlacht gewesen.«

»Und eine ganz schön verlustreiche. Die Schotten und die Aussies haben das meiste abgekriegt.«

Simon erzählte Dawson, wie er eines Nachts, als er zwischen den vorderen Truppen umhergeirrt war, den Klang eines Dudelsacks gehört hatte, als ein schottisches Regiment vorrückte. Er spürte ein Kratzen in der Kehle, als er sich an das dünne Klagen der Melodie erinnerte, aber Dawson zeigte sich nicht beeindruckt.

»Das sind die letzten Draufgänger! Der Bläser, den Sie hörten, war ein Junge, der von moderner Kriegführung nicht mehr Ahnung hatte als seine Vorfahren bei Culloden. Er marschierte an der Spitze der Vorhut, unbewaffnet, und spielte um sein nacktes Leben.«

»Ist er durchgekommen?«

»Durchgekommen? Natürlich ist er nicht durchgekommen. Er lag innerhalb der ersten zehn Minuten da, auf seinem Dudelsack, und hat mit seinem sterbenden Körper noch die letzten Töne rausgedrückt. Ein Kind, ein kleiner Junge! Sein Kommandeur hätte gescheiter sein müssen. Hoffnungslose Burschen, mit ihrem Heldenpathos!«

»Aber insgesamt war es doch eine tolle Leistung!«

»Ziemlich gut, aber wer hat den Preis bezahlt? Wußten Sie, daß eine Division unter der Führung eines Stabsunteroffiziers bei Kidney Ridge ankam? Alle Offiziere und Unteroffiziere gefallen, und keiner mehr übrig, der den Haufen führte, bis auf einen armseligen Stabsunteroffizier! Aber sie sind hingekommen.«

»Die Schotten nicht?«

»Die sind ganz gut durchgekommen, aber nicht, weil sie ein Kind in der vordersten Linie Dudelsack blasen ließen.«

Die vordersten Truppen rückten nach Matruh vor, und das

Lager folgte ihnen. Jetzt flogen nur noch alliierte Flugzeuge über sie hinweg, alle Richtung Westen, um den zurückweichenden Feind zu bombardieren, und die Küstenstraße war mit italienischen Fahrzeugen verstopft. Riesige Staubwolken am Horizont markierten die täglichen Scharmützel, aber es gab keine größere Schlacht, um Rommel ›ein für allemal fertigzumachen‹.

Simon fragte: »Was glauben Sie, wo die Deutschen jetzt sind?«

Dawson konnte es nicht mit Sicherheit sagen, aber seiner Meinung nach beabsichtigte die 8. Armee, dem Afrika Korps den Weg abzuschneiden. »Und dann haben wir sie alle im Sack.«

Simon staunte über Dawsons Prophezeiung, aber nichts davon wurde wahr. Die Deutschen zogen sich viel zu schnell zurück, um überholt und eingeschlossen zu werden.

Wolkenbrüche ließen die Konturen der Ruinen von Marsa Matruh verschwimmen, und der gelbe Matruhsand hatte sich wie ein Schwamm mit gelbem Wasser vollgesogen. Um die Lage noch zu verschlimmern, ging der britischen Panzerspitze der Treibstoff aus, und die Aufklärungsflugzeuge meldeten: »Im Umkreis von achtzig Meilen von Rommel nichts zu sehen.«

Simon fragte Dawson: »Wo ist er Ihrer Meinung nach hin?«
»Sieht so aus, als ob der Wüstenfuchs abgehauen ist.«

Der Regen hörte wieder auf, und die asphaltierte Küstenstraße glänzte und dampfte in der Nachmittagssonne. Das bleifarbene Meer gewann seine Farbe und Leuchtkraft wieder zurück, und als er die Küste entlangfuhr, verspürte Simon das Fieber der Jagd. Während seiner ganzen Zeit in Ägypten war das Gebiet jenseits der Grenze Feindesland gewesen. Nun hatte er das Gefühl, als würde sich ganz Nordafrika für ihn auftun.

Der in großen Rollen von den Italienern verlegte Stacheldrahtzaun sollte ursprünglich die Senussis von Libyen fernhalten. Jetzt hatte man Löcher hineingesprengt, durch die die alliierten Panzer und Fahrzeuge dem geschlagenen Feind über die Grenzen Ägyptens hinaus folgten. Simon verfolgte die Verfolger und kam nach Sollum, und Crosbie fuhr sie mitten durch einen Stau von Militärfahrzeugen den Hang hinauf zum Halfaya-Paß. Das war der berühmte Paß, den die Soldaten Hellfire-Paß nannten. Der Legende nach soll ein abgeschossener Flieger dort von den Bedu aufgegriffen und gefangengehalten worden sein, um Lösegeld zu erpressen. Angeblich hatten sie ihm die Hoden abgeschnitten und ins Armeehauptquartier geschickt, um seine Hautfarbe und sein Geschlecht zu beweisen. Jetzt schien es so, als ob der Spitzname Höllenfeuer eher durch die Auspuffschwaden gerechtfertigt war als durch Kastrationen. Oben stießen sie auf die Festung Capuzzo, ein weißes Bauwerk mit Schießscharten und Zinnen, das heftig umkämpft war und dessen verziertes Eingangstor behauptete, ›das Eingangstor der Italienischen Armee‹ zu sein.

Das Lager richtete sich hinter den Schuttüberresten von Ober-Sollum ein, und da Simon nichts anderes zu tun hatte, spazierte er die Böschung der Festung hinab ins untere Dorf. Von ferne war es ein hübscher Ort. Auf rosarotem Fels neben dem rosaroten Sand einer geschwungenen Bucht war eine Ansammlung von Häusern errichtet worden. Es war früher Abend, und ein Nebel wie feiner Puderstaub hing über dem durchsichtigen Grün des Meeres.

Als er hinunterkam, sah er, daß der Ort verlassen war und nur noch aus Ruinen bestand. Die Häuser stürzten ein und wurden zu Lehmhaufen, aber nach dem Regen sproß pflanzliches Leben. Bougainvillea überzogen die zerstörten Mauern, und die Gartenflächen waren mit frischem Grün überwachsen. Während der Pause von fünf Monaten, in der sich die Gegner bei El Alamein gegenüberstanden, hatten sich die gesplitterten Bäume erholt und die Bougainvillea geblüht. In einer Grube, in der einmal ein Haus gestanden hatte, bedeckten Euphorbien den Boden so dicht, daß sie eine scharlachrote Spitzendecke bildeten.

Die Stadt war eine kleine Küstenstadt, und das ließ Simon an Crosbie denken. Er fing langsam an, Crosbie zu mögen, und hatte sogar einiges über ihn erfahren. Crosbies Eltern hatten einen Laden in einer kleinen Küstenstadt an der Küste in Lincolnshire. Es hatte einige Zeit gedauert, bis Crosbie dazu gebracht werden konnte, zu enthüllen, daß der Laden ein Fischgeschäft war, und als der Krieg ausbrach, hatte er gerade begonnen, den Beruf zu erlernen.

»Waren Sie gerne Fischhändler?« fragte Simon.

»Na ja, es ist halt ein Job, oder?«

»Sie würden nicht lieber was anderes machen?«

»Ich habe was anderes gemacht. Manchmal habe ich den Lieferwagen gefahren.«

Das war soweit alles, was Simon über Crosbie erfahren hatte, aber seine Neugier war geweckt. Irgendwo hinter diesem derben, ausdruckslosen Gesicht versteckte Crosbie Erinnerungen an ein anderes Leben, das er gelebt hatte, bevor ihn der Krieg hierherbrachte. Trotz seiner Entschlossenheit, sich nicht mehr gefühlsmäßig zu engagieren, fühlte Simon eine Zuneigung zu Crosbie, weil er, wie Ridley, das Bedürfnis nach Zuneigung irgendeiner Art verspürte.

Er spazierte hinunter zu einem kleinen Platz in der Ortsmitte, wo sich ein Jakarandabaum, der früheste der blütentragenden Bäume, ganz mit blauen Rosetten überzogen hatte, als ob er darunter die ihm angetane Schmach verbergen wollte.

Er kam zu einem Café, wo noch ein einsamer Stuhl auf dem Mosaikboden übriggeblieben war. Das Mosaik überraschte ihn, doch dann wurde ihm klar, daß dies eine italienische Stadt gewesen sein mußte, eine italienische Küstenstadt.

Er versuchte, sich Crosbies kleine Stadt so zerstört wie diesen Ort vorzustellen, und er sagte zu sich: »Mein Gott, was tun wir bloß anderen Ländern an!«

11

Das Amerikanische Krankenhaus lag in einer der schönsten Gegenden in Kairo. Harriet wurde in einem weißen, klimatisierten Zimmer mit Balkon ins Bett gesteckt. Sie lag lange Zeit mit geschlossenen Augen da und wartete, daß jemand kam und sie über ihren Zustand befragte. Als niemand kam, öffnete sie die Augen, starrte auf den leeren Himmel hinaus und stellte sich ihren Tod in einem fremden Land vor. Der Dichter Mangan war an Cholera gestorben, und dieser Tod berührte sie direkter als all die Toten in Oberägypten. Wie Yakimov, der in Griechenland gestorben war, würde sie in trockener, fremder Erde begraben werden, wo sich ihr Körper schnell in Staub verwandeln würde, und sie würde England nie mehr wiedersehen. Die Aussicht bestürzte sie nicht allzu sehr, da sie sich zu müde fühlte. Sie dachte an Aidan, wie er unter das Schutzdach gekrochen war, um zu sterben, und sie konnte nicht sehen, daß sie selbst bessere Gründe hatte, um weiterzuleben.

Sie wurde von der armenischen Schwester wachgerüttelt, die ihr mit ehrfürchtigem Flüstern mitteilte: »Doktor kommen.«

Der Arzt war nicht, wie sie erwartet hatte, Amerikaner, sondern Ägypter und sprach mit amerikanischem Akzent. Er stellte sich vor: »Shafik«, und verbeugte sich leicht.

»Sie mußten sich übergeben, ja?«

»Nein.«

»Aber Ihre Verdauung ist gestört? Wie lange?«

»Seit langem, mit Unterbrechungen.«

»Und jetzt schlimmer?«

»Ja.«

Doktor Shafik untersuchte sie kritisch und ohne Mitgefühl, fast grantig, als ob er darüber verärgert sei, daß sie überhaupt hier war. Sie fand sein Verhalten beunruhigend und seine Erscheinung noch beunruhigender. Die meisten Ägypter wurden korpulent und sahen wie vierzig aus, wenn sie dreißig waren. Doktor Shafik, der dreißig oder darüber war, hatte sein gutes Aussehen im Gesicht ebenso bewahrt wie die schlanke Eleganz, die sie gelegentlich bei den jungen Offizieren im Offiziersclub bemerkt hatte. Er hob ihre Hand auf und studierte sie, als ob sie ein autarker Organismus sei.

»Wieviel wiegen Sie?«

»Knapp einen Zentner. Das sind fünfzig Kilo.«

»Ich glaube nicht. Ich glaube, Sie wiegen nicht einmal vierzig Kilo, aber das werden wir sehen. Eines kann ich sagen: Sie haben nicht Cholera.« Offensichtlich betrachtete er sie als Närrin, weil sie sich auf eine solche Krankheit versteift hatte: »Es gibt keine Cholera in diesem Teil von Ägypten.«

»Ich komme gerade aus Oberägypten, wo die Leute zu Hunderten sterben.«

»Nicht an Cholera. Eher Malaria. Oberägypten ist ein Malariagebiet.«

»Gibt es eine epidemische Form von Malaria?«

Harriets Hartnäckigkeit erschütterte die ernste Beherrschtheit in Doktor Shafiks Miene. Sein breiter, fester Mund zuckte leicht, aber er wandte sich ab, bevor aus dem Zucken ein Lächeln werden konnte. Beim Verlassen des Zimmers sagte er: »Morgen werden wir Tests machen; dann werden wir sehen, ob Sie krank sind oder nicht.«

Die Möglichkeit, daß sie nicht krank war, munterte Harriet auf, und da sie keinen Grund sah, um im Bett zu bleiben, stand sie auf, zog ihren Morgenrock an und ging auf den Balkon hinaus. Vom Balkon aus konnte man die Sportplätze auf der Gesîra überblicken. Eine Allee von blauen Eukalyptusbäumen säumte die Zufahrt zum Krankenhaus, und als sie hinabsah, konnte sie die Kronen mit den blaugrauen Blättern glänzen und sich im Wind bewegen sehen. Auf dem Balkon standen zwei große Korbsessel, und als sie so im kurzen Glanz des Abendlichts saß, verging ihre Neigung, über den Tod in Ägypten zu meditieren. Statt dessen dachte sie über die jüngsten Neuigkeiten nach: über die Tatsache, daß Tobruk zurückerobert worden war, und über Montgomerys Behauptung, er habe die deutschen und italienischen Streitkräfte vernichtet. Und sie fing an sich vorzustellen, daß der Krieg zu Ende ging und wieder ein normales Leben begann. Sie konnten zurück nach England gehen. Bei all diesen Aussichten, warum sollte sie da ans Sterben denken?

Drunten im Gras lärmten die Grillen, die von der sich abkühlenden Luft herausgelockt wurden. Als die Sonne versank, verschmolzen die verschiedenen Sportplätze – der Poloplatz, der Golfkurs, das Cricketfeld, die Rennbahn – zu einem einzigen Rasenstück, das so weiträumig war wie eine englische Parklandschaft. Die Clubdiener kamen mit Schläuchen und begannen, das Gras mit Nilwasser zu besprengen. Das Licht wurde schwächer, Nebel stieg vom Boden auf, und die weißen Gewänder der Männer schimmerten durch die Dämmerung. Die Nebelschleier verdichteten sich über den Grünflächen, aber sogar als sie ganz dunkel geworden waren, waren die Diener noch sichtbar, wie sie in ihrer saumseligen Art umhergeisterten, wie eine Versammlung von Schatten.

Die Krankenschwester, die sich Schwester Metrebian nannte, kam, um nach Harriet zu sehen. Sie sprach mit dünner, sanfter Stimme: »Sie sollten nicht hier draußen sein in der Kälte, Mrs. Pringle.« Aber sie überließ es Harriet zu entscheiden, ob sie hineingehen würde oder nicht. Sie war eine gelbhäutige, einfache, sehr schlanke, kleine Frau mit einem feierlichen Gesichtsausdruck, der sich nie veränderte, wie auch immer ihr Gefühlszustand sein mochte. Sie stand ganz einfach da und beobachtete Harriet, bis Harriet sich aus dem Stuhl erhob und ins Bett zurückkehrte. Nach dem Abendessen saß sie im Bett, als Guy hereinkam, mit einem üblichen Haufen von Büchern und Papieren und seiner üblichen Miene eines Mannes, der gerade einen Zwischenstopp auf seinem Flug um die Welt eingelegt hatte.

Er küßte sie, setzte sich aufs Bett und sagte, er könne nicht lange bleiben. Er schob seine Brille in die Haare, betrachtete sie mit einem Blick spöttischer Neugierde und fragte: »Was machst du hier? Was hast du?«

»Ich weiß es nicht, aber die Cholera ist es nicht.«

»Das hat doch auch keiner vermutet, oder?«

»Doch. Dobson hat mich gar nicht schnell genug aus der Wohnung kriegen können.«

Er schüttelte den Kopf und lächelte mit einer Falte zwischen den Brauen. Da er wegen ihres Gewichtsverlusts beunruhigt war, hatte er sie gedrängt, sich um einen Platz auf einem Schiff zu bewerben, das Frauen und Kinder nach England brachte, aber das bedeutete nicht, daß er hier und jetzt glauben konnte, daß sie tatsächlich krank war.

»Wie lange wollen sie dich hierbehalten?«

»Wenn es nicht weiter schlimm ist, bin ich vielleicht morgen schon wieder draußen.«

Diese vernünftige Antwort heiterte ihn auf, und auf der Stelle davon überzeugt, daß es keinen Grund zur Beunruhigung gab, hob er ihre Hand auf und sagte: »Kleine Affenpfote! Du wirst nicht lange hier sein.«

Nachdem dies geregelt war, schob er das Problem ihrer Gesundheit beiseite und plauderte von anderen Dingen. Es war nicht nur so, daß er sich wünschte, sie möge wieder gesund werden. Er betrachtete jede Art von Krankheit als Belästigung, weil er nicht daran glaubte. Da er aber gezwungenermaßen akzeptieren mußte, daß es Krankheiten gab, sah er sie als einen selbstverschuldeten Zustand an, als eine Verwirrung des Geistes, die auf Hexenzauber, Religion, Glauben an das Übernatürliche und ähnliche Narreteien zurückzuführen war. Soweit es Harriet betraf, vermutete er eine tiefsitzende Unzufriedenheit, aber da dies nichts mit ihm oder seinem Verhalten zu tun haben konnte, zog er es vor, es zu ignorieren.

»Was war denn in Luxor? Warum ist Angela so bald zurückgekommen?«

Harriet erzählte ihm von Angelas plötzlicher Angst und ihrem Bedürfnis, zurückzukehren und sich davon zu überzeugen, daß Castlebar lebte und wohlauf war.

»Die ist verrückt«, sagte Guy. »Das ist dir doch klar, oder? Die Frau ist verrückt.«

Harriet lachte und schnitt das Thema Aidan Pratt an; sie beschrieb ihr Zusammentreffen und das Dinner in seinem Hotel.

»Er erzählte mir, wie er mitten auf dem Atlantik torpediert wurde...«

»Ja, das hat er mir auch erzählt. Als wir uns zum ersten Mal in Alexandria getroffen hatten.«

Das hieß folglich, daß die vertrauliche Enthüllung eines Geheimnisses gar keine vertrauliche Enthüllung eines Geheimnisses gewesen war. Sie bezweifelte nicht, daß Aidan noch unter dem Erlebnis litt, aber sie argwöhnte, daß er sein

Leid jetzt konservierte und sich dadurch, daß er davon erzählte, als besserer Mensch fühlte.

Sie sagte: »Er erzählt sehr gut.« Aber Guy hatte das Interesse an Aidan verloren und wollte weder über ihn noch über sein Unglück diskutieren.

»Im Augenblick habe ich jede Menge zu tun: Nicht nur das Unterhaltungsprogramm für die Soldaten, es droht auch noch Pinkrose' Vorlesung. Er macht einen Riesenwirbel. Meine Idee wäre gewesen: ein Publikum in einer vernünftigen Größenordnung in der Aula des Instituts. Aber er ist der Meinung, wir sollten den Ballsaal im Semiramis oder im Continental-Savoy mieten.«

Professor Lord Pinkrose war von England ausgesandt worden, um in Bukarest eine wichtige Vorlesung zu halten, war aber während des politischen Umsturzes angekommen, so daß eine Vorlesung nicht möglich war. Er hatte gehofft, dies in Athen nachholen zu können, wo es die gleichen Probleme mit einem geeigneten Vortragssaal gegeben hatte. Schließlich hatte er bei einer Gartenparty in Major Cooksons Phaleron Villa referiert. »Eine glänzende Party«, hatte er es beschrieben. »Eine luxuriöse Angelegenheit.« Ganz offensichtlich erwartete er, daß die Vorlesung in Kairo auf gleichem Niveau stattfinden würde.

Harriet lachte: »Warum bittet ihr nicht den Botschafter, daß er den Ballsaal der Botschaft zur Verfügung stellt?«

»Ja, daran hat er auch gedacht, und er beauftragte mich, mit Dobson zu reden, der sagte, daß er für die Dauer des Krieges geschlossen sei. Pinkrose sagt, wenn ich nicht ein großes gesellschaftliches Ereignis daraus mache, dann hält er seinen Vortrag nicht. Ich muß ihn bei Laune halten, weil die Leute von der Universität von ihm beeindruckt sind. Er hat einen bedeutenderen Ruf, als wir alle es uns vorgestellt haben.«

Als Guy sein Handgelenk hob, um auf die Uhr zu sehen, sagte Harriet: »Geh noch nicht. Wenn dein Abend beginnt, ist meiner schon zu Ende. Also bleib noch ein bißchen.«

Guy ließ sich wieder auf seinem Stuhl nieder, aber es war klar, daß er bald gehen würde. »Heute abend habe ich eine Probe mit Edwina. Ich habe versprochen, sie abzuholen.«

Harriet erinnerte sich an das Zwischenspiel, das sie am Nachmittag mit anhören mußte, und sagte: »Ich bin nicht sicher, ob sie in der Stimmung sein wird wegzugehen.«

»Aber natürlich wird sie.« Guy sagte es leichthin mit der Sicherheit desjenigen, der erfahren hatte, daß die Leute normalerweise das taten, was er von ihnen verlangte.

Sie hatte es selbst erlebt, daß sich jeder, der in den Ausstrahlungsbereich seines Enthusiasmus geriet, plötzlich als geborener Schauspieler herausstellte. Jeder, das hieß, ausgenommen Harriet. Sie war für die Hauptrolle in seiner ersten Inszenierung vorgesehen gewesen, aber nach zwei Proben hatte er sie wieder herausgenommen. Er sagte, ihre starke gefühlsmäßige Beziehung zu ihm sei ein Hindernis, aber sie vermutete, daß er in Wahrheit spürte, daß sie nicht wie alle anderen von seiner persönlichen Anziehungskraft fasziniert war. Sie tendierte eher dazu, kritisch zu sein.

Sie für ihren Teil ärgerte sich nicht nur über die für Probenarbeit verschwendete Zeit, sondern sie fürchtete auch einen möglichen Fehlschlag. Bis jetzt war alles recht gut gegangen. In Bukarest hatte er die ganze britische Kolonie mit einbezogen, ein ideales Publikum. In Athen, wo jeder Soldat ein Held war, hatte er beinahe zuviel Hilfe und Unterstützung gehabt. Hier aber, in dieser großen, heterogenen und gleichgültigen Stadt, wo die Soldaten umsorgt und unterhalten wurden, bis ihnen die Unterhaltung zum Hals heraushing, wer würde sich da engagieren?

Sie versuchte einen letzten Appell: »*Mußt* du denn mit dieser Show weitermachen? Hast du nicht schon genug zu tun?«

»Ich habe nie genug zu tun.« Beseelt von dem Gedanken an den bevorstehenden Abend sprang er auf: »Du willst doch auch nicht, daß meine Energien brachliegen, oder?«

Sie sah ein, daß es nur seine dauernden Aktivitäten waren, die ihn befähigten, mit sich selbst zurechtzukommen, und dagegen war sie hilflos. Sie begann, ihre Gegensätze als unversöhnlich anzusehen. Er war nie krank und verstand Kranksein nicht. Sie wollte eine Symbiose gegenseitiger Zuneigung, während er die Ehe mehr als Rahmen betrachtete, um einen Mischmasch wahlloser Beziehungen zusammenzuhalten, die sich sehr oft als zu zahlreich und zu umfangreich erwiesen, als daß Harriet darin noch Platz gehabt hätte. Sie seufzte und schloß ihre Augen, und dies gab ihm Grund zu gehen.

»Die Bettruhe wird dir nicht schaden. Ich schätze, du hast das Sightseeing in Luxor etwas übertrieben.«

Als er gerade gehen wollte, kam Schwester Metrebian mit Schlaftabletten für Harriet herein. Ihr Anblick, mit ihrem unscheinbaren Gesicht, ihren kleinen, schokoladebraunen Augen, ihrer schweigsamen Zurückhaltung und ihrer nach innen gekehrten Traurigkeit, ließ Guy innehalten.

Sie wollte Harriet die Tabletten geben, die aber sagte, daß sie sie nicht brauchte. Schwester Metrebian insistierte sanft: »Es tut mir leid, aber Sie müssen sie nehmen. Doktor Shafik will, daß Sie gut schlafen, damit Sie morgen ausgeruht für die Tests sind.«

Guy hatte das Gefühl, er müsse der Schwester gegenüber eine Geste machen, und sagte fröhlich: »Ich sehe, daß die Patientin in guten Händen ist.« Und als er sie bewundernd anlächelte, färbten sich Schwester Metrebians bläßliche Wangen rosa. Obwohl sie von Natur aus schweigsam war und ihre Anweisungen eher durch Handbewegungen als durch Worte übermittelte, sagte sie, nachdem Guy gegangen war: »Was für ein netter Mann!«

Harriet wurde schläfrig, und als sie so in der Dunkelheit dalag, versank sie allmählich in Erinnerungen und fand sich plötzlich in der alptraumhaften Fremdartigkeit ihrer Kindheit wieder. Als kleines Mädchen hatte sie eine Lungenentzündung gehabt. Zuerst nahm man an, es sei nur eine Grippe, und man hatte sie auf das Wohnzimmersofa gegenüber dem Kamin gebettet. Sie erinnerte sich, wie das Feuer und der Kamin und die Uhr darüber und die Nippsachen immer unwirklicher geworden waren, als ob sie aus irgendeinem glühenden, sich dauernd verändernden magischen Stoff gemacht seien, der den augenblicklichen Luxus des Daliegens, eingehüllt in Wärme und Komfort, und des Ein- und

Wiederauftauchens aus der Bewußtlosigkeit noch vergrößerte.

Ihre Mutter hatte es mit der Angst zu tun bekommen, ihr eine Hand auf die Stirn gelegt und zu jemandem im Zimmer gesagt: »Sie hat Fieber.« Auch dies gehörte zum Luxus, denn ihrer Mutter lag Zärtlichkeit nicht. Sie sagte manchmal, als beschriebe sie eine kuriose und interessante Seite ihres Wesens: »Ich mag es nicht, wenn man mich anfaßt. Sogar wenn die Kinder mich umarmen, mag ich es eigentlich nicht.«

Aber Harriet war anders, und als der Schlaf sie übermannte, sagte sie zu sich selbst: »Ich will mehr Liebe, als man mir gibt. Aber wo kann ich sie finden?«

Ihr erster Besucher am folgenden Morgen war Angela, die mit einem Armvoll Nachthyazinthen hereinkam, deren Duft das ganze Zimmer erfüllte. Sie fragte mit sichtlicher Betroffenheit: »Was ist los? Was hast du?«

»Offensichtlich nichts Ernstes.«

»Oh, Harriet, was bin ich für ein Idiot gewesen, daß ich zurück nach Kairo gefahren bin und dich dort ganz allein gelassen habe.«

»Das war nicht weiter schlimm. Ich traf einen Freund und habe mir alles angesehen. Aber was ist bei dir herausgekommen? Hast du Bill lebend vorgefunden?«

»Da fragst du noch? Ich ging in den Union Club, und da saß er: blöde grinsend mit seiner blöde grinsenden, blöden Mona an seiner Seite. Mir ist dann klargeworden, daß er sie nie verlassen wird. Er traut sich nicht. Er hat keinen Mumm. Harriet! Ich habe mich entschieden, ich fahre mit diesem Schiff für Frauen und Kinder. Vielleicht fahre ich nach England, vielleicht gehe ich auch in Kapstadt von Bord, aber auf jeden Fall gehe ich weg von hier.«

Harriet konnte diese Erklärung nicht ernst nehmen: »Du kannst nicht fortgehen. Du kannst mich doch nicht ohne Freund hier zurücklassen.«

»Ich *gehe* fort. Ich habe mich bereits um einen Platz beworben. Ich muß von Bill loskommen, und ich werde nicht von ihm loskommen, wenn ich nicht etwas Drastisches unternehme. Also zum Teufel mit ihm und seinem grauenhaften

Weib. Soll er doch dort sitzenbleiben und blöde grinsen. Ich muß mein eigenes Leben führen, und ich beabsichtige, mich verdammt gut zu amüsieren.«

»Wenn du nach England gehst, werden sie dich dort dienstverpflichten.«

»Mich nicht. Ich weiß schon, was man da machen muß. Wenn sie dich aufrufen, sagst du bloß: ›Ich bin Nutte‹. Nutten sind freigestellt – Gott weiß, warum. Und dann werden sie sagen: ›Also kommen Sie, Lady Hooper, Sie wollen doch nicht, daß wir glauben, daß Sie eine gewöhnliche Prostituierte sind, nicht wahr?‹ Und dann sagst du einfach: ›Glauben Sie, was Sie wollen. Ich bin genau dies: eine Nutte.‹ Und wenn du dabei bleibst, können sie überhaupt nichts dagegen machen.«

»Aber du bist keine Nutte. Du könntest keine spielen.«

»Das könnte ich sehr wohl, und falls nötig, würde ich es auch tun.«

»Du hast also tatsächlich vor wegzugehen?« Harriet wurde niedergeschlagen, als sie sah, daß sie Angela verlor. »Jetzt fühle ich mich deinetwegen ganz elend.«

»Dann komm doch mit.«

Harriet lächelte. »Das werde ich vielleicht auch«, sagte sie.

Im Amerikanischen Krankenhaus hatte es niemand eilig. Da sie nun einmal hier war, erwartete man von Harriet, daß sie auch hier blieb, und als sie Schwester Metrebian fragte, ob sie bald nach Hause könne, schüttelte die Krankenschwester ausweichend den Kopf: »Wie kann ich das wissen? Zuerst müssen die Proben analysiert werden.«

»Und wann werden wir das Ergebnis bekommen?«

»Morgen, vielleicht. Übermorgen, vielleicht.«

Aber das Ergebnis der Tests ließ auf sich warten, und als Harriet nachfragte, sagte Schwester Metrebian gequält: »Wie kann ich das wissen? Sie müssen auf Doktor Shafik warten.«

»Wann kommt er wieder?«

Schwester Metrebian zuckte die Achseln: »Er ist ein vielbeschäftigter Mann.«

Das deckte sich nicht mit Harriets Eindruck von Doktor

Shafik. Manchmal, wenn sie Langeweile hatte, ging sie in ihrem Morgenmantel hinaus, wanderte durch die Gänge des Krankenhauses und sah niemanden und hörte nichts, bis sie einmal durch einen Durchgang mit der Aufschrift ›Zutritt verboten‹ schritt und in einen toten Flur kam, wo es nur eine einzige Türe gab. Hinter der Tür schrie ein Mann im Delirium und schrie seine Angst in die Welt hinaus, was für sie um so entsetzlicher klang, da sie die Sprache nicht verstand. Als sie in ihr Zimmer zurückeilte, traf sie Schwester Metrebian und fragte sie, was der Mann hatte.

Schwester Metrebian schüttelte in finsterer Mißbilligung den Kopf: »Sie sollten da nicht hingehen. Er ist sehr krank. Er ist ein polnischer Offizier aus Haifa, wo sie die Pest haben.«

»Die *Pest*? Er hat die Pest?«

»Wie kann ich das wissen? Er ist nicht mein Patient. Ich kann nur sagen: Sie dürfen da nicht hineingehen.«

Harriet setzte sich zitternd auf ihren Balkon, sog die frische Luft ein, als sei sie ein Prophylaktikum, und sie dachte an England, wo es keine Pest gab, keine Cholera, keine Pocken, und wo das Essen nicht verseucht war. Wenn sie mit Angela ginge, würde sie wieder gesund werden. Aber wie könnte sie Guy alleine hier zurücklassen?

Zu Angela hatte sie gesagt: »Du weißt, was geschieht, wenn die Ehefrauen nach Hause gehen? Wir haben es oft genug erlebt.«

Angela sah darin kein Problem: »Du weißt, daß du Guy vertrauen kannst. Er ist nicht der Typ, der durchdreht.«

Vielleicht nicht, aber es war Guy gewesen, der zuerst den Vorschlag gemacht hatte, sie solle um einen Platz auf dem Schiff bitten. Und sie war mißtrauisch, weil er wollte, daß sie ging. Sie dachte: »Seit wir hier sind, ist alles schiefgelaufen.« Das Klima veränderte die Menschen: Es konservierte uralte Überreste, zerrüttete aber die Lebenden. Sie hatte ganz normale englische Ehepaare kennengelernt, die sich zu Hause ein Leben lang gegenseitig ertragen hätten. Hier aber verwandelten sie sich in theatralische, tragische, angeödete, kraftlose, verdorbene, jammernde Figuren, verließen schließlich ihren Partner wegen eines anderen, der weder besser noch schlechter als der erste war. Untreue war in einem solchen Ausmaß die Regel unter den britischen Einwohnern in Kairo, daß sie glaubte, die Stadt sei eine einzige Börse für Sexualkontakte.

Folglich, wie konnte sie sich da Guys sicher sein? Als sie ihn heiratete, hatte sie ihn kaum gekannt. Und jetzt – kannte sie ihn vielleicht besser? Wie voreilig war sie doch gewesen, sich in die Ehe zu stürzen, und wie absurd war es gewesen, sich ohne jeden ersichtlichen Grund einzubilden, es würde eine vollkommene, unzerstörbare Ehe werden! Keine Ehe war vollkommen, und die zerstörerischen Kräfte des Unvollkommenen waren, unsichtbar, von Anfang an dagewesen. Woher sollte sie wissen, daß Guy unter dem unbekümmerten, sympathischen äußeren Schein nicht gerissen und hinterhältig war, indem er ihr vorschlug, nach England zurückzukehren, nur um dann selbst machen zu können, was er wollte, was immer das auch war?

Es war Mittag, die grellste Stunde des Tages, wo die Sportplätze auf der Gesîra genauso trocken wie die Wüste aussahen. Der Himmel war farblos vor Hitze, doch ihr kam es so vor, als sei er mit einem dunklen Netz überzogen. Die Welt erschien ihr finster und unheimlich, und sie spürte, daß sie ihr kein Vertrauen entgegenbringen konnte. Aidan Pratt hatte über das Leben gesagt: »Wenn es schon zu Ende gehen muß, spielt es dann eine Rolle, wann?« Das gleiche konnte man über die Beziehungen im Leben sagen. Falls Guy ein Betrüger war, dann war es um so besser, je schneller sie es herausfand.

Später am Nachmittag, nachdem sie wieder ins Bett gegangen war, kam Doktor Shafik federnden Schrittes herein, baute sich vor ihr auf und sagte voller Selbstzufriedenheit: »Well, Madam, wir haben Ihr Problem herausgefunden. Sie haben Amöbenruhr. Das ist nicht gut, nein, aber es ist auch nicht so schlimm, weil es gegen dieses Übel ein neues Medikament gibt. Die amerikanische Botschaft hat es uns geschickt, und Sie werden die erste sein, die davon profitiert.«

»Und ich werde wieder gesund?«

»Aber natürlich. Sind Sie zum Sterben hergekommen?«

Doktor Shafik sah in seinem weißen Mantel groß und schön aus und lächelte ironisch: »Wie könnten wir eine Angehörige Ihres großen Empires hier in unserem armen Land sterben lassen?«

»Ziemlich viele Angehörige dieses Empires sterben gegenwärtig hier. Sie vergessen, daß wir Krieg haben.«

Harriet konnte seiner Miene entnehmen, daß Doktor Shafik den Krieg vergessen hatte, aber er versteckte seine Vergeßlichkeit hinter einem Ton provozierenden Spotts: »Das nennen Sie Krieg? Zwei Armeen gehen in der Wüste vorwärts und rückwärts und jagen wie die Idioten hintereinander her!«

»Für die, die darin kämpfen, ist es jedenfalls ein Krieg. Und darf ich fragen, Doktor Shafik, warum Sie so unfreundlich zu mir sind?«

Er wurde von ihrer Frage überrascht, betrachtete sie lange, und sein Lächeln wurde boshaft: »Sind Sie sich bewußt, Mrs. Pringle, daß wir hier noch eine englische Lady haben?«

»Nein.« Harriet hatte nichts davon gehört, daß eine Engländerin im Krankenhaus war, aber in Kairo gab es viele Engländer, die sie nicht kannte. Einige lebten zwischen Orient und Okzident und mieden die, die sich wegen des Krieges nur vorübergehend hier niederließen. Andere hatten den islamischen Glauben und seine Lebensweise angenommen. Einige hatten Ägypter geheiratet, und wieder andere hatten so lange hier gelebt, daß sie, obwohl sie nach England gingen, um sich Ehepartner zu suchen, eine eigene Rasse geworden waren.

»Ist sie sehr krank?«

»Sie war es, aber jetzt erholt sie sich wieder. Möchten Sie, daß sie einmal bei Ihnen vorbeischaut, damit Sie sich unterhalten können?«

Harriet wußte, daß er sie hereinlegen wollte, aber aus Neugierde fragte sie: »Wie heißt sie?«

Shafik sagte es ihr nicht: »Vielleicht erkennen Sie sie wieder, wenn Sie sie sehen.«

Er ging und versprach, daß die Dame sie besuchen würde, und eine Stunde später tastete sich eine sehr alte Frau in ihr

Zimmer. Sie trug einen Krankenhausbademantel und ein Paar alte Pantoffeln aus Kamelleder, die an ihren Fersen schlappten. Sie schlurfte ans Bett, und als Harriet sah, wer sie war, sagte sie: »Aber Miß Copeland, was machen Sie denn hier?«

Sie hatte Miß Copeland zuletzt in der Pension gesehen, in der die Pringles wohnten, bevor sie in Dobsons Apartment umzogen. Sie war einmal wöchentlich erschienen und hatte ein kleines Sortiment von Kurzwaren ausgebreitet, und die Pensionsgäste kauften ihr gelegentlich etwas ab, um ihr zu helfen, auch wenn sie nichts davon brauchen konnten. Sie hatte sich nicht verändert; ihre Haut, die sich über zerbrechliche, hervorstehende Knochen spannte, hatte immer noch die milchige Blässe hohen Alters. Irgendwann während ihres langen Aufenthalts in Kairo war sie taub geworden, hatte sich selbst in ihrer Stille eingeschlossen und sprach selten.

Obschon sie wußte, daß die alte Frau sie nicht hören konnte, sagte Harriet, um sie aufzumuntern: »Warum sind Sie denn hier? Sie sehen doch ganz gut aus.«

Miß Copeland setzte sich auf die Stuhlkante. Ihre wäßrigen, milchigen Augen musterten die Umgebung, und als sie Harriet ansah, flüsterte sie: »Sie fanden mich im Bett. Ich konnte nicht aufstehen.«

»Was war geschehen?«

»Ich war schon ganz zerfressen davon.«

Harriet war so schockiert, daß sie nichts sagen konnte. Miß Copeland sah, daß sich Harriets Lippen nicht bewegten, und beugte sich zu ihr hin, um zu fragen: »Woran sind Sie gestorben?«

Noch bevor Harriet zu antworten brauchte, sprang Miß Copeland vom Stuhl auf: »Es muß jetzt Zeit für das Mittagessen sein. Es ist schön, wenn man tot ist, man bekommt dann so viel zu essen.« Im Nu war sie weg, und ihre Pantoffeln schlappten hinter ihr drein.

Fast im gleichen Augenblick kam Doktor Shafik herein, um herauszufinden, wie Harriet den Besuch aufgenommen hatte: »Sie haben die Dame also gesehen? Sie kennen sie, wie ich glaube?«

»Ich weiß, wer sie ist. Hat sie wirklich Krebs?«

»Nein. Das bildet sie sich bloß ein. Aber ist sie nicht bezaubernd? Eine alte, harmlose Dame, die hier unter anderen Damen ihres Landes lebt – und doch wäre sie beinahe verhungert. Sie lag im Bett, zu krank, um sich zu rühren, und niemand kam vorbei, um nach ihr zu sehen. Ein armer Ladenbesitzer, bei dem sie immer Brot einkaufte, war es, der sich fragte: ›Wo ist die ältere englische Dame? Braucht sie vielleicht Hilfe?‹ Und so wurde sie gefunden.«

Mit der Unbehaglichkeit, die von Doktor Shafik beabsichtigt war, sagte Harriet: »Wir wußten nichts von ihr. Sie verdiente sich etwas Geld, indem sie Kleinigkeiten verkaufte: Bänder, Garn, Nadeln und solche Sachen. Sie war selbständig. Sie lebte ihr eigenes Leben und schien nicht zu wollen, daß sie jemand besuchte...« Harriets Selbstrechtfertigung zerbröckelte, denn in Wahrheit hatte keiner gewußt, wo Miß Copeland wohnte. Und sie fragte sich, ob das überhaupt jemanden interessiert hätte.

Shafik nickte, zum Zeichen, daß er die Situation verstand: »Sie haben sie also in Ruhe gelassen, und es war ein ägyptischer Bauer, der sich erbarmte! Sehen Sie, hier in Ägypten leben wir zusammen. Wir kümmern uns um unsere alten Leute.«

»Miß Copeland wollte mit niemandem zusammenleben. Sie wollte allein sein, und deshalb war niemand da, um ihr zu helfen, als sie Hilfe brauchte.«

Shafik lachte spöttisch: »Da Sie ja jetzt wissen, daß sie hilfsbedürftig ist, werden Sie sie in Ihr großes Haus mit den vielen Dienern aufnehmen?«

»Das würde ich möglicherweise, wenn ich ein großes Haus und Diener hätte, aber das habe ich nicht. Mein Mann und ich haben ein Zimmer in einer fremden Wohnung.«

»Tatsächlich?«

»Sie haben meine Frage noch nicht beantwortet, Doktor Shafik. Ich fragte, warum Sie mir gegenüber so unfreundlich sind.«

Er ließ die Frage wieder unbeantwortet, aber als dann

später Edwina kam, um sie zu besuchen, erhielt sie so etwas wie eine Antwort.

Edwina hatte ihre rotgeweinten Augen hinter dunklen Gläsern versteckt und sagte: »Oh, Harriet, ich konnte nicht eher kommen. Ich konnte nicht...« Sie senkte den Kopf und schluchzte wieder und konnte erst nach einigen Minuten fortfahren: »Peter ist in die Wüste zurück. Jetzt sehe ich ihn nie wieder... ich sehe ihn nie wieder...«

»Nur keine Angst, du siehst ihn schon wieder. Als nächstes wird es eine Gegenoffensive geben, und alle werden sie zurück nach Sollum rennen und nach Kairo auf Urlaub gehen.«

»Er sieht das anders. Er sagte: ›Dieses Mal treiben wir sie vor uns her‹.«

»Das sagen sie jedes Mal.«

Harriet holte eine Flasche Whisky hervor, die sie von Angela bekommen hatte, und sagte: »Trinken wir einen. Das wird uns beiden guttun.« Während Edwina schniefte und ihren Whisky trank, sagte Harriet: »Auch wenn er nicht zurückkommen sollte, es gibt noch andere Männer auf der Welt.«

»Das stimmt. Guy war fürchterlich nett zu mir.«

»Er ist zu allen nett«, sagte Harriet, die nicht die Absicht hatte, Guy unter der Kategorie ›andere Männer‹ anzubieten.

Aber Edwina ließ sich nicht entmutigen: »Weißt du, ich glaube, daß Guy dieses ganze Unterhaltungsprogramm nur arrangiert hat, um mich von Peter abzulenken.«

»Er hatte das schon arrangiert, lange bevor Peter ein Problem wurde.«

Viele, darunter auch Aidan Pratt, hatten sich eingebildet, die einzigen Empfänger von Guys Aufmerksamkeit zu sein. Und doch... Und doch... Es war Edwinas Singstimme, die ihn dazu gebracht hatte, ein Unterhaltungsprogramm für die Truppe zu planen.

Durch Harriets Schweigen gewarnt, sagte Edwina nichts mehr über Guy, sondern lenkte sie dadurch ab, daß sie kicherte: »Ich sehe, du hast diesen tollen Doktor Shafik gekriegt! Wie romantisch, hier bleich und interessant zu liegen, und Doktor Shafik fühlt einem den Puls!«

»Amöbenruhr ist kein romantischer Zustand.«

»*Condition du pays*. Ich wette, er hat sie selbst schon gehabt.«

»Und zu mir ist er gar nicht toll. Er ist ausgesprochen widerlich.«

»Oh, er ist uns allen gegenüber widerlich. Er ist engagiert antibritisch. Er gehört der Nationalistischen Partei an, und die ist schlimmer als die Wafd. Die würden uns schon morgen die Kehle durchschneiden, wenn sie die Möglichkeit dazu hätten.«

»Guter Gott, Doktor Shafik hat hier jede erdenkliche Möglichkeit dazu. Ich hoffe nur, daß mich Schwester Metrebian vor ihm beschützt.«

Edwina hatte ihren Whisky ausgetrunken und fand das alles irrsinnig komisch, aber ihr Lachen veränderte sich von einem Augenblick zum anderen, und sie schluchzte erstickt: »Oh, Peter, Peter, Peter! Wie sehne ich mich danach, ihn wieder bei mir zu haben.« Sie war untröstlich, aber sie wollte nicht zugeben, daß es deswegen war, weil Peter schon mit einer anderen verheiratet war.

Harriet beurteilte die Affäre von ihrem Kenntnisstand aus und sagte in der Hoffnung, Edwina aufrichten zu können: »Es tut mir leid, liebe Edwina, aber meiner Meinung nach bist du gut aus der Geschichte herausgekommen. Er würde einen schrecklichen Ehemann abgeben. Dieses ewige Herumalbern! So was Langweiliges!«

»Wahrscheinlich hast du recht. Ja, ich weiß, du hast recht. Zeitweise hätte ich ihn umbringen können. Obwohl er einen Adelstitel hat, ist er ein Scheusal, wirklich.« Edwina betupfte sich die Augen und murmelte: »Trotzdem...«

Ein Scheusal, aber trotzdem kein gewöhnliches Scheusal! Er war eine gute Partie – aber leider schon vergeben! Edwina seufzte. Ihre goldige Schönheit litt unter der Enttäuschung, und sie sah sich schon wieder unterwegs, um eine neue ›Partie‹ aufzutun. In Kairo gab es sehr viele einsame Männer, aber wenige, die Edwinas Ansprüchen genügten.

Die Therapie mit Emetine-Kapseln und einer Schonkost schien Harriet so simpel zu sein, daß sie glaubte, sie könne sich selbst zu Hause kurieren, aber Schwester Metrebian wollte davon nichts hören: »Wir müssen Sie sorgfältig beobachten. Emetine ist sehr gefährlich. Es ist eine toxische Droge. Wenn Sie zuviel davon nehmen, bringen Sie sich um. Haben Sie verstanden?«

Und Harriet dachte daran, wie einfach Doktor Shafik sie umbringen könnte! Als sie schon eine Woche lang im Krankenhaus war, kam er mit dienstlicher Miene ins Zimmer und sagte, er müsse ihr etwas Blut abnehmen. Schwester Metrebian folgte ihm dicht auf den Fersen und trug ein Messer in einer Nierenschale. Er nahm das Messer auf, und Harriet war entsetzt, als sie sah, daß es spitz wie ein Küchenmesser war.

»Was ist denn das?« fragte er. »Das hat ja Scharten und Zacken wie die Fieberkurve eines Schwindsüchtigen!« Er warf das Messer mit überdeutlichem Widerwillen zurück, und sie erkannte, daß es wieder ein Scherz gewesen war. Er hatte nicht vorgehabt, es zu benutzen, aber in ihrem Mißtrauen allem und jedem gegenüber verspürte sie gegenüber Doktor Shafik ein besonderes Mißtrauen. Sie dachte sich: ›Der Lächler mit dem Messer‹, und fragte: »Warum wollen Sie mir Blut abnehmen?«

»Für einen kleinen Test, das ist alles. Haben Sie Angst?«

»Nein, natürlich nicht.«

Sie hatte erwartet, daß er das Blut mit einer Spritze abnehmen würde, aber er hatte ein neues Instrument gefunden, das er ausprobieren wollte. Sie hatte das Gefühl, daß er mit ihr experimentierte. Er drückte die Spitze einer Metallkanüle in die Vene ihres Unterarms. Als das Blut durch die Kanüle in ein Reagenzglas floß, spürte sie, daß sie es nicht mehr aushalten konnte. Tränen rannen über ihre Wangen, und Doktor Shafik sprach mit überraschender Freundlichkeit: »Na, na, Mrs. Pringle, nicht weinen. Sie sind doch ein tapferes Mädchen.«

Da Harriet wußte, daß sie kein tapferes Mädchen war, lachte sie, aber er lachte nicht mit. Nachdem das Blut abgenommen und die kleine Wunde versorgt war, drückte er seine langen, starken Finger in die Region um ihre Leber und fragte: »Tut das weh?«

»Ja, aber das kommt daher, daß Sie so fest drücken. Warum? Was stimmt bei mir sonst nicht?«

»Das ist es ja, was ich herausfinden muß.«

Als Arzt und Schwester gegangen waren, fragte sich Harriet, wie es denn kam, daß sie so tief gesunken war und beim Anblick ihres eigenen Blutes anfing zu weinen. Sie verachtete sich selbst und weinte doch gleich wieder. Auf der Suche nach einem Taschentuch fand sie unter dem Krimskrams am Boden ihrer Handtasche das Herz aus Rosendiamanten. Sie hatte es ganz vergessen, und als sie es sich jetzt vors Gesicht hielt, war sie verzückt von der Leuchtkraft der Diamanten und konnte es nicht fassen, daß sie nicht nur in ihrer Obhut waren, wie Aidans Katze, sondern ihr gehörten. Das Herz war ihr geschenkt worden: ein Stück aus einer reicheren, großartigeren, insgesamt üppigeren und wohlhabenderen Welt, als sie sie je kennengelernt hatte. Sie legte das Herz auf das Nachtkästchen, wo es funkelte, als Talisman und Hüter des Lebens.

Als Guy am Abend hereinkam, war Doktor Shafik gerade im Zimmer und machte eine Routinevisite. Er wollte schon wieder davoneilen, als ihm offenbar klarwurde, wer Guy war. Er blieb stehen, streckte seine Hand aus und sagte respektvoll: »Aber natürlich, Sie sind doch der Professor Pringle, von dem die Leute reden. Sie sind ein großer Liebhaber Ägyptens, nicht wahr? Sie sind jemand, der uns zu Freiheit und sozialer Verantwortung anspornen möchte?«

Die Offenbarung dieses Weitblicks überraschte sogar Guy, und sein Gesicht wurde rosa vor Freude. Er ergriff Shafiks Hand und gab zu, daß er tatsächlich jener Professor Pringle war. »Ja, Ägypten muß seine Freiheit erhalten. Aber soziale Verantwortung? Die, so glaube ich, kann nur aus einer marxistischen Revolution hervorgehen.«

Es war nicht zu erkennen, ob der Arzt zustimmte; jedenfalls ging er näher an Guy heran und sagte ruhig: »Sie wissen, daß wir viele sind, die so denken?«

»Oh, natürlich. Ich habe mich mit Studenten unterhalten...«

»Ach, die Studenten! Sie handeln, und sind folglich nützlich, aber sie denken nicht, und sind folglich gefährlich. Aber genug für heute. Wir sprechen noch einmal darüber, ja? In der Zwischenzeit habe ich hier den Fall Ihrer Frau. Ihr geht es nicht gut.«

Guy war gezwungen, sich wieder dem leidigen Thema von Harriets Gesundheit zuzuwenden, und fragte: »Sind Sie mit ihren Fortschritten nicht zufrieden?«

»Nicht besonders. Diese Amöben sind heimtückische kleine Tierchen. Sie wandern von Organ zu Organ.«

Guy sah stumm vor sich hin, während der Arzt, in der Annahme, die Sache sei für ihn von höchstem Interesse, die Gefahren einer Amöbeninfektion beschrieb: Gefahren, die nur einem männlichen Gehirn verständlich waren, aber natürlich nicht einem weiblichen.

»Sie müssen wissen, daß die Amöben mit dem Blut durch die Pfortader in die Leber gelangen und dort Hepatitis oder einen Leberabszeß bewirken können. Wenn sie in die Gallenblase gelangen, kann das ebenfalls schlimm werden. Aber ich glaube nicht, daß sie einen Leberabszeß hat.«

»Oh, gut!« Guys Besorgnis wurde von dieser Versicherung rasch zerstreut, und er sagte: »Dann ist sie also gesund. Sie hat nichts, worüber man sich Sorgen machen müßte?«

»Früher oder später wird sie gesund sein.«

»Wunderbar!« Nachdem dies klar war, wollte Guy unbedingt wieder auf das Thema der sozialen Verantwortung zu sprechen kommen, aber Shafik schien es genau so unbedingt vermeiden zu wollen.

»Solch ein Gespräch würde eine Dame langweilen, und Sie und Ihre Frau werden sich wahrscheinlich noch viel zu sagen haben.« Der Arzt hob die Hand zu einem Adieu und verließ schnell und mit einem belustigten Gesichtsausdruck das Zimmer.

Guy sah ihm bedauernd hinterher: »Warum ist er so plötzlich weggegangen?«

»Schwester Metrebian sagt, er sei ein beschäftigter Mann.«

»Wahrscheinlich ist er es auch.«

Da ihm die Möglichkeit, soziale Verantwortung zu diskutieren, so jäh genommen worden war, sah Guy müde aus. Er war ebenfalls ein beschäftigter Mann, und der Druck der staubigen lärmenden Kairoer Straßen schien auf ihm zu lasten. Er setzte sich, und als er sie ansah, hatte Harriet das Gefühl, daß er es ihr zum Vorwurf machte, daß sie in einem Land blieb, das ihre Gesundheit zerstörte.

»Dobson hat mir erzählt, daß vor dem Krieg jeder, der sich diese Art von Dysenterie zugezogen hatte, nach Hause verfrachtet wurde. In England verlassen die Amöben den Organismus, und man kann sich nicht noch einmal infizieren. Hier kriegt man es wahrscheinlich wieder, wenn man dafür anfällig ist.«

»Dobson will mich also nach Hause verfrachten? Zeitweise ist er ein richtig alberner Wichtigtuer. Er glaubt wohl, er braucht nur ein Wort zu sagen und schon marschiere ich aufs Schiff. Mit mir nicht. Das hieße ja, daß du alleine hier wärst und ich alleine in England. Ein miserables Arrangement!«

»Er sorgt sich nur um dein Wohlergehen. Er sagt, wenn man von akuter Dysenterie erschöpft ist, liest man leicht andere Krankheiten auf und...«

»Und stirbt? Na, dann warten wir noch ein wenig, bis ich mehr Symptome des Sterbens zeige.«

Er wollte noch etwas sagen, als er die Brosche mit den Rosendiamanten auf dem Nachttisch sah und sofort lebhaft wurde: »Wo hast du denn das her?«

»Angela hat sie mir geschenkt. Sie kaufte sie im Muski.«

Er hob sie auf und lachte, als er sie untersuchte: »Sie ist vulgär, hat aber irgendwie etwas Pompöses. Überlaß sie mir. Ich werde sie Edwina geben, um sie aufzuheitern.«

»Aber sie gehört mir. Ich habe sie geschenkt bekommen.«

»Du willst sie doch gar nicht. Du könntest dich doch damit gar nicht sehen lassen. Sie ist ein Kostümrequisit: genau richtig für Edwina, wenn sie singt ›We'll meet again‹ oder ›Smoke gets in your eyes‹.«

»So was singt sie überhaupt nicht.«

»Doch, in der Show, für die Soldaten. Und den Soldaten wird das Ding gefallen.«

»Es ist ein wertvolles Schmuckstück. Das sind echte Diamanten, und es hat einen Haufen Geld gekostet.«

»Trotzdem ist es kitschig. Es sieht billig aus.«

Er lächelte verächtlich, hielt die Brosche von sich weg, und sie mußte mit ansehen, wie sie vom Schatz und Talisman zum wertlosen Kinkerlitzchen degradiert wurde. Sie konnte sie nicht verteidigen, aber sie wollte sie nicht verlieren.

Sie sagte: »Gib sie mir zurück«, und konnte es nicht glauben, daß er sie ihr wegnehmen würde, aber er ließ sie in seine Tasche gleiten.

»Darling, sei nicht albern. Du weißt, daß du sie gar nicht willst. Laß Edwina sie haben. Tja, ich muß jetzt gehen.«

Stumm und ungläubig sah sie zu, wie er mit der Brosche wegging und sich freute, daß er etwas hatte, das er verschenken konnte.

»Aber was er verschenkt, nimmt er mir weg!« Sie ging auf den Balkon und setzte sich, und als der erste Schock des Vorfalls nachließ, hatte sie das Gefühl, Opfer eines Verbrechens geworden zu sein, weil die Brosche nicht mehr da war. Sie ließ ihren Blick über die großen Rasenflächen schweifen, wo sie manchmal Männer auf Polopferden sah und andere Männer, die Golfschläger schwangen, und sie fragte sich: »Was hält mich eigentlich noch hier?«

Als Angela sie wieder besuchen kam, sagte sie: »Ich habe über England nachgedacht. Ich könnte dort einen Job kriegen. Dann wäre ich wenigstens in der Welt zu etwas nutze.«

»Soll das heißen, daß du vielleicht mit mir kommst?«

»Ja, das soll es heißen. Ich habe da draußen diesen Männern zugeschaut, wie sie lächerliche Spiele spielen, während andere umgebracht werden, und da fiel mir auf, wie nutzlos das Leben hier ist. Ich habe das Gefühl, daß ich hier weg will.«

»Wenn es dir ernst ist, mußt du dich auf der Stelle bewerben. Gerüchten zufolge soll das Schiff schon überbelegt sein. Soll ich mit Dobson reden? Ihn dazu bringen, daß er seinen Einfluß geltend macht?«

»Ja, sprich mit Dobson.« Trotz ihrer Zustimmung hoffte sie halb, daß das Schiff bereits zu voll war, um sie mitzunehmen, und sie daher hierbleiben müßte.

Aber sie hatte die Angelegenheit in Angelas Hände gegeben, und bevor sie noch etwas dazu sagen konnte, trat Major Cookson ein. Er war nicht alleine gekommen. Sein Begleiter, dessen Funktion vermutlich darin bestand, die lange Taxifahrt zum Krankenhaus zu bezahlen, folgte ihm nicht bis ans Bett, sondern stand lediglich im Zimmer, als ob er verwirrt sei, sich an einem solchen Ort wiederzufinden.

Cookson setzte sich auf die Bettkante und flüsterte Harriet und Angela zu: »Ich habe einen alten, sehr distinguierten Freund mitgebracht. Ich wußte, Sie würden sich freuen, ihn kennenzulernen.« Er drehte sich um und rief dem Freund im Befehlston zu: »Humphrey, komm hier herüber.« Dann wandte er sich wieder flüsternd den Frauen zu: »Das ist Humphrey Taupin, der Archäologe. Sie waren in Griechenland, Harriet. Sie müssen von ihm gehört haben.«

Sie sahen alle Humphrey Taupin an, wie es ihm schließlich gelang, sich zum Bett herüberzuschleppen, wo er stehenblieb und schwankte, als würde er augenblicklich zusammenbrechen.

Cookson brachte einen Stuhl für ihn und sagte: »Setz dich, Humphrey, bitte!« Aber Taupin blieb stehen, sah Harriet an, und ein Lächeln von ganz weit her erschien auf seinem Gesicht.

Harriet hatte von ihm gehört. In den Cafés in Athen war er eine Berühmtheit gewesen. Als er noch sehr jung gewesen war, war er bei seiner ersten Ausgrabung auf einen Steinsarkophag gestoßen, der eine Totenmaske aus Blattgold enthielt. Die Maske, die einem König aus Korinth zugeschrieben wurde, war im Museum, und Harriet hatte sie dort gesehen. Dieser Fund, der für andere den Anfang bedeutet hätte, war für ihn das Ende. Sie konnte es nachvollziehen, daß eine solche Leistung im Alter von zwanzig dazu führen konnte, daß man sich überlegte, was man in seinen nächsten fünfzig Jahren anstellen sollte. Jedenfalls wurde er von seinem eigenen Erfolg aus der Bahn geworfen und zog sich auf die einsamste der Sporadeninseln zurück; und kein Mensch hatte sich an ihn erinnert, als die Deutschen kamen.

Aber irgendwie war er entkommen, und hier war er nun, in Kairo, und stand neben ihrem Bett. Als sie zurücklächelte, ging er etwas näher an sie heran, und der Geruch des Grabes ging von seiner Kleidung aus. Sein heller Alpaka-Anzug hing an ihm wie an einem Skelett. Er war zwischen dreißig und vierzig, aber sein Haar war bereits weiß, und sein Gesicht war verrunzelt und von der Farbe abgestandener Vanillesauce.

Sie fragte ihn, wie er aus Griechenland herausgekommen war. Als ihm aufging, daß sie mit ihm sprach, antwortete er nicht, sondern beugte sich zu ihr hin und streckte ihr seine Hand entgegen. Sie nahm sie widerwillig. Sie hatte gehört, daß er wegen Syphilis in Behandlung gewesen war, aber vielleicht war er noch nicht geheilt. Sie spürte seine Hand in der ihren, trocken und zerbrechlich wie das Skelett eines kleinen Vogels, und erinnerte sich an jenen höflichen Kreuzfahrer, der die Hand eines Leprakranken schüttelte und dann selbst leprakrank wurde. Als ihr Taupins Hand entglitt, fühlte sie, daß nun auch sie gefährdet war.

Cookson zupfte ihn an der Jacke und sagte ihm, er möge sich setzen, aber er schien zu weit entfernt, um ansprechbar zu sein. Dann lächelte er, drehte sich um, wanderte zurück und zum Zimmer hinaus.

Cookson machte mißbilligend »Na, na!« und sagte: »Er ist wirklich ein höchst unberechenbarer Bursche. Tut mir leid. Ich dachte, er würde Sie unterhalten.«

Harriet spürte auf ihrer Handfläche noch immer das Reibeisen von Humphrey Taupins Hand und fragte: »Wie ist er hierhergekommen?«

»Er ist gerade aus der Türkei gekommen. Seine griechischen Jungs schafften es, ihn mitten in der Nacht in einem Ruderboot nach Lesbos zu bringen. Von da ging er nach Istanbul, und dort hing er herum, bis ihn die Türken rauswarfen.«

»Warum haben sie das getan?«

»Haschisch, Sie verstehen schon. Das mögen die gar nicht.«

Angela fragte: »Ist er deswegen so geistesabwesend?«

»Aber natürlich, meine Liebe. Ich bin ein einziges Mal auf seiner Insel gewesen. Eine ganz schöne Strapaze, dorthin zu kommen, und eine noch größere Strapaze, dort zu bleiben. Die ganze Nacht hielt er einen mit seinem Gerede wach, und wenn man überhaupt zum Schlafen kam, dann nur tagsüber. Es wurde lediglich eine einzige Mahlzeit serviert, und die war nicht besonders. Er nannte es Frühstück. Das gab's ungefähr um zehn Uhr nachts, und dann begann das Gerede.«

»War er zu jener Zeit etwas mehr *compos mentis?*« fragte Harriet.

»Wesentlich mehr. Er war ein richtiger Tyrann, bevor er mit Haschisch anfing. Er hatte drei Gesprächsstoffe: Sex, Literatur und Religion. Man diskutierte ein Thema pro Nacht, und dann hieß es, die Jungs würden einen zurück nach Skíros rudern. Man wußte nie, wie lange man auf das Schiff zurück nach Athen würde warten müssen.«

»Und das war die gängige Prozedur?«

»Ja. Unabänderlich. Jeder, der dort hinging, sprach darüber.«

»Aber alle sind sie hingegangen?«

»Ja. Meist aus Neugier. Wir bildeten eine richtige kleine Elite, wir, die wir die Insel überlebt hatten. Wir hatten das Gefühl, etwas Außergewöhnliches getan zu haben.«

»Aber als die Deutschen kamen, haben sie ihn alle vergessen.«

»Oh!« Major Cooksons Kinn fiel herab, und dann versuchte er, eine Entschuldigung für sein Verhalten vorzubringen: »Er kam so plötzlich, der deutsche Durchbruch. Sie kamen so schnell.«

»Dennoch fanden Sie Zeit, Ihre eigene Flucht vorzubereiten.«

Major Cookson ließ den Kopf hängen und wußte, daß die Umstände seiner Abreise aus Griechenland vergeben sein mochten, aber sie würden nie vergessen sein.

Nachdem er entdeckt hatte, daß Harriet die Frau eines Professors war, der wiederum ein Liebhaber Ägyptens war, veränderte sich Doktor Shafiks Verhalten gegenüber Harriet. Wann immer er nichts anderes zu tun hatte, kam er in ihr Zimmer geschlendert und unterhielt sie mit frivolen und koketten Plaudereien. Er hielt sie nicht für fähig, tiefgründige Probleme zu diskutieren, aber er betrachtete sie nachdenklich, sogar zärtlich, und ließ ihr seine besondere Fürsorge zuteil werden. Harriet wußte, daß Araber, wenn sie das weibliche Geschlecht gerade einmal nicht als komische Kapriole der Natur belächelten, romantisch und großzügig waren, aber seine frivolen Erzählungen gingen ihr langsam auf die Nerven. Sie unterbrach ihn mit der Frage: »Ist Ihr Pest-Patient noch am Leben?«

»Ja, er ist am Leben. Woher wissen Sie, daß ich einen solchen Patienten habe?«

»Ich hörte, wie er im Delirium tobte. Es war fürchterlich. Und er lebt immer noch! Gibt es ein neues Medikament, mit dem man die Beulenpest behandeln kann?«

»Ja.« Er war ziemlich mürrisch, weil ihm diese Unterhaltung aufgezwungen wurde, und sie mußte ihn regelrecht verhören, bevor er sich bequemte zu sagen: »Es gibt ein Serum, das manchmal wirkt. Aber sein Herz ist schwach.«

»Sie selbst haben keine Angst?«

»Ich bin natürlich geimpft. Wir tragen spezielle Kleidung und so weiter. Die Gefahr ist gering.«

»Der Mann ist polnischer Offizier, nicht wahr? Warum wurde er in ein ziviles Krankenhaus gebracht?«

»Er mußte isoliert werden, und dafür hat das Militär keinen geeigneten Platz. Sie müssen wissen, daß genau hier an dieser Stelle vor langer Zeit das alte Krankenhaus mit seiner Quarantänestation stand. Die Insel war damals erst zur Hälfte ausgebildet und sie war Wüste.«

Harriets Interesse, das ihrer Angst vor Ansteckung entsprang, brachte Shafik gegen seinen Willen dazu, zu erzählen. Er erklärte ihr, daß während der Pestepidemie von 1836 die Patienten hierhergebracht worden waren. »Da gab es einen Doktor Brulard. Er war so sehr daran interessiert herauszufinden, wie die Pest übertragen wurde, daß er einem Toten das Hemd wegnahm und es selbst trug. War er nicht mutig?«

»Meine Güte, ja. Und hat er die Pest bekommen?«

»Nein. Aber er hat auch nicht das Geheimnis ihrer Übertragung gelöst. Und dann war da noch Typhus. Ja, wie haben sie Typhus bekommen?«

Harriet lachte nervös, und Shafik weigerte sich, weiter über Pest und Typhus zu reden, sondern er beugte sich zu ihr hin und sagte: »Es geht Ihnen jetzt schon besser. Sind Sie froh, daß Sie nicht gestorben und im Himmel sind?«

»Ich dachte, in Ihrer Religion gibt es keinen Himmel für die Frauen.«

»Falsch, Madame, falsch. Die Damen haben einen schönen Himmel ganz für sich. Zwar sind sie dort ohne Männer, aber sie haben einen Trost: Sie sind für alle Zeiten schön.«

»Wenn es dort keine Männer gibt, was spielt es dann für eine Rolle, ob sie schön sind oder nicht?«

»Ha!« Doktor Shafik lachte schallend: »Mrs. Pringle, ich bin sehr erleichtert. Sie sind doch eine echte Frau.«

»Warum ›doch‹?«

»Ich war mir nicht sicher. Ich dachte, Sie sind zu clever für Ihr Geschlecht.«

»Und Sie halten sich für cleverer, als Sie sind.«

»Oh, oh, oh!« Shafik schüttelte seine Hand, als hätte er sich gebrannt: »Wie undankbar, nachdem ich Sie so clever wieder gesund gemacht habe!«

»Vielleicht haben nicht Sie mich gesund gemacht. Vielleicht habe ich mich selbst gesund gemacht. Wissen Sie, ich gebe auf. Ich gehe zurück nach England.«

»Sie gehen zurück nach England?« Er starrte sie betroffen und entsetzt an: »Jetzt, wo wir Freunde geworden sind! Und Professor Pringle? Geht er auch nach England?«

»Nein. Er muß hierbleiben, bis der Krieg aus ist.«

»Aber will er denn, daß Sie gehen?«

»Er glaubt, daß ich so lange nicht gesund sein werde, solange ich hier bleibe.«

»Es tut mir leid, daß Sie gehen.«

»Mir auch.«

Ehe sie das Krankenhaus verließ, fragte Harriet, ob sie Miß Copeland noch einmal sehen durfte, aber Miß Copeland war nicht mehr da. Als er vorgeschlagen hatte, die Pringles sollten sie bei sich aufnehmen, hatte sich Shafik über Harriet lustig gemacht. Man hatte bereits für sie ein Zuhause im Kloster der Heiligen Familie gefunden, wo Miß Copeland für den Rest ihres Lebens bleiben konnte.

Shafik verabschiedete sich von Harriet und hielt ihre Hand zwischen seinen starken, schlanken Händen und sagte: »Eines Tages werden Sie nach Ägypten zurückkehren, und dann werden Sie mich besuchen, ja?«

Harriet versprach es. Sie sah in seine großen, dunklen, gefühlvollen Augen und wünschte sich beinahe, einen orientalischen Ehemann zu haben, insbesondere einen, der wie Doktor Shafik aussah.

12

Die beiden Wochen vor seinem Vortrag rief Pinkrose Guy mehrmals täglich an und verlangte zu wissen, welche Fortschritte bei der Suche nach einem Saal gemacht worden waren, der seiner Bedeutung angemessen war. Er lehnte die Aula der Amerikanischen Universität genauso ab wie die Kathedrale, die Universität von Kairo und das Landwirtschaftsmuseum.

Keine dieser Räumlichkeiten war großartig genug für das gesellschaftliche Ereignis, das er sich vorstellte. Er wollte einen großen, geschmückten Saal, einen, der für die Unterhaltung der königlichen Familie und der ägyptischen Aristokratie geeignet war.

In Kairo fand sich nichts, was ihm paßte. Wenn sich die Ägypter untereinander zur Hochzeit oder bei der Beerdigung einer angesehenen Persönlichkeit trafen, beauftragten sie eine Firma, auf einem Midan oder einer sonstigen freien Fläche ein Zelt zu errichten. Auf diesen großen, quadratischen Zelten waren überall farbige Designs aufgenäht, und Harriet hatten sie so gefallen, daß sie vorschlug, für den Vortrag eines zu mieten.

Pinkrose war über diese Idee entsetzt: »Ein akademischer Vortrag in einem Zelt, Pringle! Ein akademischer Vortrag in einem Zelt! Ganz gewiß nicht. Was glauben Sie denn, wer ich bin? Barnums Circus?« Er bestand darauf, daß man sich wegen der Öffnung des Ballsaals nochmals mit der Botschaft in Verbindung setzte.

Um ihm den Gefallen zu tun, sprach Guy erneut mit Dobson, der lediglich lachte: »Der ganze Saal ist mit Staubtüchern abgedeckt. Man bräuchte ein Heer von Dienern, um ihn herzurichten.«

Schließlich fragte Guy bei der Leitung des Opernhauses nach und fand heraus, daß die Oper zur Verfügung stand, solange der Preis angemessen war. Aber selbst die Oper paßte Pinkrose nicht. Da er jedoch gezwungenermaßen akzeptieren mußte, runzelte er die Stirn über die nackte Bühne und sagte: »Ich erwarte, daß Sie das alles entsprechend ausschmücken, Pringle.«

»Wir werden das Podium mit Blumen und Pflanzen einrahmen.«

»Einverstanden, Pringle. Kümmern Sie sich darum. Nun zum Empfang. Sie wissen, daß ich den König und den Hof eingeladen habe? Tja, wir werden sie wohl nicht bitten können, auf Küchenstühlen Platz zu nehmen, oder?«

Der Empfang sollte im Grünen Saal sein, den Guy für durchaus geeignet hielt, der aber Pinkrose nicht gefiel, so daß er sich höchstpersönlich aufmachte und ein Geschäft fand, das Theatermobiliar vermietete. Er suchte karmesinrote Plüschvorhänge mit goldenen Troddeln aus und einen großen, vergoldeten Stuhl mit Plüschsitz, der wie ein Thron aussah. Dies wurde zusammen mit zwei Dutzend vergoldeten Empfangsstühlen zur Oper geliefert. Als die Vorhänge aufgehängt und die Stühle in den Raum gestopft waren, rief Pinkrose Guy herbei, um die Wirkung bewundern zu lassen: »Wie gefällt Ihnen das, Pringle, he? Wie gefällt Ihnen das?«

»Ich finde es lachhaft und kitschig.«

»Nein, Pringle, es ist königlich. Seine Majestät wird sich wie in einem Winkel des Abdin Palastes vorkommen.«

»Sie wissen, daß wir bis jetzt noch keine Zusagen aus dem Palast bekommen haben?«

»Oh, sie werden kommen. Sie werden kommen.«

Guy hatte versprochen, Harriet abzuholen, wenn sie aus dem Krankenhaus entlassen wurde, aber er war zu beschäftigt. Er rief sie in der Wohnung an, um sich für seinen Wortbruch zu entschuldigen: »Wenn dieser Vortrag endlich vorbei ist, werde ich genauso einen Dachschaden haben wie Pinkrose.«

Harriet verlor die Geduld und sagte: »Warum unterstützt du den alten Egoisten noch? Wen interessiert schon, ob er seinen Vorträg hält oder nicht?«

»Du wärest überrascht. Alle Dozenten der Universität kommen. Und du kommst doch auch, oder?«

Da sie noch unter den Auswirkungen des Medikaments litt, das die Amöben abtötete, hatte Harriet vorgehabt, ins Bett zu gehen. Sie ließ sich jedoch überreden, sich anzukleiden und den Empfang zu besuchen; und sie bat Angela mitzugehen.

»O nein, meine Liebe, ich kann Vorträge nicht ausstehen. Ich vergesse das Zuhören und fange an, mich zu unterhalten, und dann werden die Leute um mich herum fuchsteufelswild.«

»Ach geh doch bitte mit, Angela. Wir setzen uns ganz hinten hin und lachen.«

»Nein, meine Liebe, nein.«

Angela war in ihrer Ablehnung unnachgiebig, und da Harriet annahm, daß sie eine anderweitige Verabredung hatte, ging sie allein zur Oper.

Der Grüne Saal war zwar jetzt mit vergoldeten Stühlen gefüllt, aber die Gäste, die man hineinzwängte, waren weder zahlreich noch besonders vornehm. Pinkrose ignorierte die Dozenten der Universität und die Regierungsvertreter und wartete in einem Zustand übellauniger Nervosität auf jemanden, der seiner Aufmerksamkeit würdig war. Er trug einen alten, grünlichen Smoking mit einem grauen Strickschal über der Schulter. Normalerweise hatte er den Schal bis zum Mund hochgezogen; jetzt aber hatte er den Mund freigelegt, um für eine königliche Begrüßung bereit zu sein. Seine Lippen öffneten und schlossen sich vor lauter Aufregung.

Guy kam und sagte, der Vortrag müsse beginnen. Pinkrose weigerte sich zuzuhören und schüttelte den Kopf: »Sie müssen den Kammerherrn des Königs anrufen, Pringle. Ich bestehe darauf. *Ich bestehe darauf.* Machen Sie ihm klar, daß dies keine gewöhnliche Vorlesung ist. Ich bin keine einfache Magnifizenz, ich bin ein Peer des Königreichs. Der Palast schuldet mir die Höflichkeit königlicher Schirmherrschaft.«

Guy, sanft im Ton, ansonsten aber unnachgiebig, lehnte es ab, den Palast anzurufen, und die Gäste lauschten und waren gebannt von Pinkrose' Verhalten.

»Wenn Sie den Palast nicht anrufen, weigere ich mich, den Vortrag zu halten. Ich weigere mich. Ich weigere mich. Und ich weigere mich.«

»Sehr schön. Dann werde ich den Vortrag eben selbst halten.«

Pinkrose erwiderte nichts, sondern starrte auf sein Manuskript, das in seinen zittrigen Händen zitterte. Als Guy die Gäste bat, ihm ins Theater zu folgen, stürzte Pinkrose nach vorn, trabte wütenden Schrittes den Gang entlang und betrat die Bühne über einige Stufen von der Seite her. Guy wollte ein paar einleitende Worte sprechen, aber schon hatte sich Pinkrose am vorderen Rand der Bühne aufgebaut, und obwohl er immer noch zitterte, schien er im Begriff, sprechen zu wollen. Sein Mund öffnete sich, aber es kam kein Laut heraus. Eine ovale Figur, schmal an den Schultern und breit in den Hüften: so starrte er ins Publikum, sein Blick kalt vor Verachtung. Ein Bühnenscheinwerfer schien herab auf sein hundebraunes Haar und beleuchtete den Ring, auf dem sein Hut immer saß.

Er trat einen Schritt nach vorn. Er wollte gerade beginnen, aber noch bevor er etwas sagen konnte, gab es einen Knall, und er stand da, sah erstaunt drein und sagte nichts. Das Geräusch war nicht sehr laut gewesen, und einige Zuhörer, die annahmen, er würde auf Ruhe warten, zischten die anderen an. Dann sahen sie, daß er eine Hand gegen die Seite preßte, und sein Körper sank langsam zu Boden. Während er zusammenbrach, eilte Guy zu ihm hin, zog den Schal weg und entdeckte, daß Pinkroses Frackhemd blutdurchtränkt war. Im Publikum entstand ein Tumult.

Harriet ging zur Bühne und sah, wie Guy vor ratloser Betroffenheit die Stirn runzelte. Ein Militärarzt rannte die Stufen zu ihm hinauf. Guy schüttelte den Kopf, und der Arzt legte ein Ohr an Pinkroses Brust und sagte: »Er ist tot.«

Der Satz erreichte die Gäste der ersten Reihe und wurde von ihnen sofort nach hinten weitergegeben. Eine Gruppe von Studenten sprang auf und fing an, triumphierend zu grölen. Einer von ihnen rief: »So sterben alle Feinde der Freiheit Ägyptens.« Die anderen waren ganz erregt und sahen die Möglichkeit zu einer politischen Demonstration. Sie wiederholten den Ruf, während der besonnenere Teil des Publikums versuchte, sich hinauszubegeben, bevor es richtig kritisch wurde.

Harriet stand unterhalb der Bühne und spürte, wie sie jemand am Arm berührte. Als sie sich umdrehte, sah sie eine junge Frau, die sagte: »Erinnerst du dich an mich?«

»Ja, du bist Mortimer.«

»Hör mal, warum sagen die, Lord Pinkrose sei ein Feind der Freiheit Ägyptens?«

Harriet konnte nur den Kopf schütteln, aber der ihr am nächsten stehende Student antwortete: »Nicht Lord Pinkrose. Lord Pinkerton. Staatsminister. Sehr schlechter Mensch.«

Ein anderer korrigierte ihn: »Nicht Staatsminister. Kriegsminister.«

Harriet sagte: »Pinkrose ist gar kein Minister. Sie haben den falschen Mann getötet.«

Die Studenten faßten dies als Beschuldigung auf und erhoben ein Protestgeschrei: »Wir haben überhaupt niemanden getötet.« »Wer ist der falsche Mann?« »Wen kümmert es; alle britischen Lords sind schlechte Menschen. Alles Feinde Ägyptens.« Da sie nunmehr einen Grund für Aufruhr gefunden hatten, begannen sie, an den Theatersitzen zu rütteln, um sie aus dem Boden zu reißen.

Die Bühne war jetzt leer. Guy und der Arzt hatten Pinkrose in die Kulissen getragen. Mortimer hielt Harriets Arm und sagte: »Du siehst gar nicht gut aus.«

»Das ist der Schock, und außerdem komme ich gerade aus dem Krankenhaus.«

»Gehn wir lieber von diesen Randalierern weg. Man weiß nie, was die als Nächstes treiben.« Zupackend legte Mortimer den Arm um Harriet und führte sie hinaus auf die Straße. Sie standen in der kühlen Nachtluft, hörten dem Tumult im Inneren des Theaters zu und warteten darauf, daß Guy auftauchte. Statt seiner kamen die Studenten, die wegen der festverankerten Sitze aufgeben mußten. Sie rannten heraus und grölten jeden politischen Slogan, der ihnen gerade in den Sinn kam. Zwei der jungen Männer erkannten Harriet wieder und wurden plötzlich vorsichtig und höflich. Harriet fragte sie, ob sie wüßten, wer den Schuß abgefeuert hatte.

Sie unterhielten sich untereinander, zeigten keine allzu große Mißbilligung dessen, was geschehen war, und erklärten ihr, daß die Ägypter gute Menschen seien: »Glauben Sie mir, Mrs. Pringle, wir töten nicht. Wir reden, aber töten liegt uns nicht.«

»Wer, glauben Sie, war es dann?«

Sie sahen sich an, zögerten, konnten aber ihr Wissen nicht für sich behalten. Einer sagte: »Sie sagen, man habe eine Waffe gesehen. Sie sagen, daß Mr. Hertz und Mr. Allain neben der Tür standen. Als der Schuß fiel, sind sie sofort hinausgegangen.«

»Aber wer hat den Schuß abgefeuert?«

»Ah, wer kann das wissen?«

Ein Sanitätsauto hielt am Randstein. Die Zuschauer wurden still und warteten ab, was als nächstes geschehen würde. Männer mit einer Bahre gingen hinein, und als sie herauskamen, schritt Guy vor ihnen her. Der tote Körper, im Tode noch besser geschützt als zu Lebzeiten, war wie eine Mumie eingewickelt, und Pinkrose' alter, brauner, schweißfleckiger Filzhut lag wie ein Ehrenzeichen auf seiner Brust. Die Leiche wurde ins Sanitätsauto geschoben, und Guy stieg dahinter ein. Harriet ging auf ihn zu, um ihm etwas zu sagen, aber das Auto fuhr davon.

»Das wär's dann wohl«, sagte Mortimer. »Ich könnte einen Drink brauchen. Wie steht's mit dir? Das Shepeard's ist zu voll. Holen wir uns ein Taxi und fahren zu Groppi.«

Harriet war in ihrer Erschöpfung froh, daß sich Mortimer um das Taxi kümmerte und ihr hineinhalf. Sie fanden den Garten bei Groppi fast leer vor. Die Ägypter fürchteten sich vor der winterlichen Nachtluft, und die Stabsoffiziere wurden immer weniger, je weiter sich der Krieg nach Westen bewegte. Kairo war keine Garnisonsstadt mehr, obwohl die Stadtbewohner, besonders die, die von der Armee lebten, die Briten täglich zurückerhofften.

Die beiden Frauen saßen in einer ruhigen Ecke, und Mortimer, die sich aufmerksam um Harriet kümmerte, empfahl zyprischen Brandy als Wiederbelebungsmittel für sie beide. Sie unterhielten sich über Pinkrose und die Art und Weise seines Todes.

»Er war als Professor Lord Pinkrose angekündigt«, sagte Mortimer. »Was hat er hier gemacht? Ist er losgeschickt worden, um Geheimdienstaktionen durchzuführen?«

»Das glaube ich nicht.« Harriet beschrieb, wie Pinkrose zu einem Vortrag nach Bukarest gereist war, und wie er von dort über Athen nach Ägypten gelangte. »Ich glaube, er hatte mit nichts etwas zu tun. Ich meine, er wurde wie Polonius für wichtiger gehalten, als er tatsächlich war. Die Studenten erwähnten einen Lord Pinkerton. Vielleicht war das der, hinter dem die Mörder her waren. Aber wie kommt es, daß du zu diesem Vortrag kamst?«

»Oh, ich bin vortragssüchtig. Ich habe selbst studiert, als der Krieg ausbrach. Ich war in Lady Margaret Hall. Und als ich sah, daß ein Professor aus Cambridge über Englische Literatur lesen würde, dachte ich mir: ›Das ist doch wie in alten Zeiten.‹ Ich kam hierher und wollte ein bißchen was mitschreiben. Mich sozusagen in Übung halten. Wenn der Krieg aus ist, studiere ich weiter. Obwohl ich die Vorstellung im Moment eher komisch finde.«

»Weißt du schon, daß Angela und ich Ägypten verlassen werden? Wir haben Plätze auf dem Schiff bekommen, das um das Kap herum nach England fährt.«

»Wirklich, ihr verlaßt uns? Alle beide? Bald wird hier niemand mehr übrig sein. Aber du klingst traurig. Gehst du ungern weg?«

»Seltsamerweise, ja. Als ich hierherkam, haßte ich das Land. Und jetzt fühle ich mich elend, weil ich es verlasse. Und außerdem lasse ich Guy zurück. Ich werde ihn erst wiedersehen, wenn der Krieg vorbei ist – falls er jemals vorbei ist.«

»Wenn dir derart zumute ist, warum gehst du dann eigentlich?«

»Ich weiß auch nicht. Aus Ärger, unter anderem.« Harriet erzählte Mortimer, wie ihr Guy die Brosche mit den Rosendiamanten weggenommen hatte, und Mortimer schüttelte sich vor Lachen.

»Aber deswegen verläßt man doch nicht das Land. Das wäre zu albern.«

»Nicht so albern, wie du denkst. Er hat mir die Brosche weggenommen, um sie einem Mädchen zu schenken, die eine unglückliche Liebesaffäre hinter sich hatte. Er war der Meinung, das würde sie trösten.«

»Aber es ist nichts Ernstes? Das mit dem Mädchen, meine ich.«

»Vielleicht nicht. Aber das hat mir den Rest gegeben. Ich wollte mein Leben ändern und wußte nicht, wie ich das anstellen sollte. Und jetzt weiß ich es. Wir wissen nichts darüber, wie es jetzt, während des Krieges, in England aussieht. Ich will hin und mir selbst ein Bild machen. Ich will mitten drin sein.«

Mortimer bestellte eine neue Runde Brandy, und sie tranken düster vor sich hin, Mortimer niedergeschlagen wegen der Abreise Angelas, und Harriet niedergeschlagen, weil sie selbst abreisen mußte. Harriet knöpfte ihre Wolljacke zu, um sich gegen den Wind zu schützen, der die Mauergewächse zum Rascheln brachte und die farbigen Leuchten schüttelte. In ihrer Vorstellung wurde England zu einem kalten Platz ohne Sonnenschein, der ihr nicht länger vertraut und so weit weg war, daß er für sie ein fremdes Land geworden war.

Mortimer sagte: »Morgen muß ich nach Damaskus. Wir fahren bei Tagesanbruch los.«

»Und wann kommst du zurück?«

»Das wissen wir nie so genau. Dieses Mal wollen wir ganz nach Norden, bis Aleppo.«

»Aleppo!« Harriets Fantasie schweifte durch die Levante und verhielt bei einer Vision von Aleppo. Sie war so weit gereist und hatte so wenig gesehen, und trotz Doktor Shafiks flehentlicher Bitte war es unwahrscheinlich, daß sie zurückkehrte. Aber es war zu spät, um etwas rückgängig zu machen. Sie trank ihren Brandy aus und sagte, sie müsse nach Hause und ins Bett.

Mortimer ging mit ihr hinunter zum Fluß und sagte: »Wahrscheinlich haben sie euch das Abreisedatum noch nicht genannt?«

»Nein. Aus Sicherheitsgründen halten sie es geheim. Wir müssen einfach warten, bis wir verständigt werden.«

»Ihr reist natürlich von Suez ab. Sobald du was hörst, ruf mich an. Angela hat meine Nummer. Hinterlaß eine Nachricht, wenn ich nicht da bin. Ich werde dich dann zurückrufen. Wir fahren oft mit dem Lastwagen nach Suez, um Nachschub abzuholen; das heißt, wenn möglich kommen wir und winken euch zum Abschied.«

13

Vor Gazala kämpfte die deutsche Nachhut hinhaltend und verzögernd, und Dobson sagte: »Ich glaube, jetzt haben wir ihn.« Die britische Infanterie brach durch, aber Rommel war bereits verschwunden.

Simon wurde nach vorne geschickt, um die Treibstoffvorräte zu überprüfen, und er fuhr durch den Schrottplatz, den die Schlacht hinterlassen hatte: rostende Fahrzeuge zwischen Küstenfelsen. Auf der anderen Seite der Straße, wo sich die Wüste Richtung Knightsbridge und Sidi Rezegh erstreckte, sahen die im Sand verstreut umherliegenden Gerätschaften wie eine Herde grasender Rinder aus. Der ganze Schauplatz vergangener Schlachten war ruhig, abgesehen von einer alten Lysander, die langsam und harmlos wie ein großer Weberknecht am Himmel tuckerte.

Simon war ganz zufrieden, als er mit Crosbie dahinfuhr, der neben ihm saß und die wortlose, doch umgängliche Präsenz einer Katze oder eines Hundes hatte. Die vertraute Berechenbarkeit Crosbies war ein beruhigender und stabilisierender Faktor, wenn das Lager wieder und wieder verlegt wurde und dem Kampf nach Westen in ein Land folgte, das Simon nicht kannte.

An dieser ruhigen Küste, wo die Wellen so nahe an sie heranklatschten, daß sie fast naß wurden, kam es ihm so vor, als ob der Krieg so gut wie vorbei war. Er sagte: »Weihnachten könnten wir schon zu Hause sein. Wollen Sie ins Fischgeschäft zurück?«

»Weiß nicht, was ich machen werde«, sagte Crosbie.

Simon dachte an seine Rückkehr zu einer Frau, die er schon fast vergessen hatte, und überlegte, wie er in eine Welt ohne Krieg passen würde. Er würde wieder von vorne anfangen müssen, sich für einen Beruf entscheiden und Verantwortung für seine eigenen Taten übernehmen müssen. Womit würde er bloß sein Geld verdienen? Er war für nichts als für den Krieg ausgebildet worden.

Außerhalb von Gazala, nahe den Überresten eines gemauerten Hauses, markierte eine große Palme die Lage eines Wassertanks. Die Palme zog ihn an, obwohl er nicht wußte, warum. Dann erinnerte er sich an die einzelne Palme, die er in Kairo gesehen und bemitleidet hatte. Diese Palme war ihr ähnlich, und wie sie so im Wind schwankte, war sie wie etwas Bekanntes und Geliebtes.

»Ein guter Platz, um unsere Fressalien zu futtern«, sagte er.

»Halten wir hier, Sir?«

»Ja. Fahren Sie in den Schatten.«

Als Crosbie den Jeep unter die Palme fuhr, hob sich die

Erde um sie herum, und er hob sich mit ihr. Simon beobachtete Crosbies grotesken Flug und nahm die Explosion kaum wahr. Er schrie: »Scheiß-Minenfalle!« Und wartete darauf, daß Crosbie zurückschrie. Dann wurde er selbst getroffen. Ein Teil aus der Metallhülle der Mine schnitt durch seine Seite, und er wurde aus dem Jeep geschleudert.

Dies, dachte er, ist der Tod, aber es war nicht sein Tod. Er schleppte sich um den Jeep herum, sah Crosbie ausgebreitet in etwa zehn Metern Entfernung auf der Erde liegen und rief: »Crosbie. Hey, Crosbie!« Aber das unordentliche Arrangement der Gliedmaßen des Soldaten blieb reglos.

Simon versuchte, in die Höhe zu kommen, weil er irgendwie die Absicht hatte, Crosbie in den Schatten zu ziehen, aber der untere Teil seines Körpers wollte sich nicht bewegen. Außerdem gab es keinen Schatten. Der Stamm der Palme war durchgebrochen, und ihr schöner Federbuschwipfel war abgeknickt und hing wie ein totes Huhn herab. Auch der Jeep war zerstört, und Simons erster Gedanke war: ›Wie kommen wir bloß zurück?‹ Er war auf kuriose Weise von der Wirklichkeit seines Zustandes losgelöst; er legte die Hand an die Seite und spürte die feuchte Wärme des Blutes. Er sprach mit sich wie mit einer anderen Person und sagte: »Du hast Angst davor gehabt, wie Hugo zu sterben, und jetzt ist es soweit!« Einige Minuten lang erschien ihm der Tod als Hirngespinst, doch dann wurde ihm klar, daß er Wirklichkeit werden könnte. Das Kampfgeschehen hatte sich so weit nach vorne bewegt, daß er wahrscheinlich verbluten würde, ehe Hilfe kam.

Als er den Kopf in die Hände legte und auf die Bewußtlosigkeit wartete, hörte er das Geräusch eines Fahrzeugs und schaute auf. Ein Sanka, der die Verwundeten aus Gazala eingesammelt hatte, rumpelte schwerfällig und schwankend durch die Trümmer und den Schrott, und er beobachtete ihn mit schwacher Neugierde, wie er neben Crosbie anhielt. Er schloß die Augen wieder und hörte eine Stimme von jenseits des Schlafes kommen: »Werfen wir mal ein Auge auf den da drüben.«

Als sie ihn in den Sanka hoben, flüsterte Simon: »Hätte nie gedacht, daß Sie noch rechtzeitig kommen.«

Der Fahrer lachte gutgelaunt: »Oh, gern geschehen, Sir. Es ist unser Job, rechtzeitig zu kommen.«

Als er bei den anderen Verwundeten im Sanka lag, rief Simon: »Was ist mit meinem Fahrer?«

»Der Bursche da drüben? Der ist Futter für die Milane.«

»Können wir ihn nicht mitnehmen?«

»Nein, Sir, können wir nicht. Wir müssen Sie und die anderen zum Verbandsplatz bringen.«

Der Sanka fuhr los. Simon stützte sich auf seinen Ellenbogen und starrte durch die offene Klappe hinaus auf Crosbies toten Körper, bis er nur noch ein dunkler Punkt auf dem Sand und schließlich überhaupt nicht mehr zu sehen war.

14

Nur die englischsprachigen Zeitungen berichteten über den Mord an Pinkrose. Die *Egyptian Mail*, die als probritisch galt, druckte einen Leitartikel unter der Überschrift ›Ein Rätsel‹. Wer, so fragte der Verfasser, hätte Grund, diesen großen und guten Lord zu töten, der seinen Vortrag ›umsonst und ohne Entschädigung und nur aus Liebe zu seinen *confrères*‹ halten wollte?

»In der Tat: wer?« fragte Dobson, als er den Artikel am Frühstückstisch las, und wandte sich mit einem Ausdruck ironischer Wißbegierde direkt an Guy.

Alle wußten jetzt, daß Hertz und Allain die Oper unmittelbar nach den Schüssen verlassen hatten und seitdem nicht mehr gesichtet wurden.

Guy, der selten ratlos war, war jetzt ratlos. Er konnte nicht an eine Schuld von Hertz oder Allain glauben; er konnte überhaupt nicht glauben, daß irgend jemand schuld hatte; doch er konnte auch nicht leugnen, daß jemand Pinkrose getötet hatte. Er konnte nur feststellen, daß Hertz und Allain die zwei besten Lehrer waren, die er je eingestellt hatte.

»Und außerdem war es eine Verwechslung«, sagte Harriet. »Die Studenten sprachen von einem britischen Minister mit einem ähnlichen Namen.«

Dobson schniefte und versuchte, ein Lachen zu unterdrücken: »Gibt es denn einen Minister mit einem ähnlichen Namen? Ich glaube es nicht. Aber vor ein paar Tagen kam tatsächlich ein Bursche auf seinem Weg nach Palästina durch kairo. Er hieß Pinkerton.«

»Ja, die Studenten sprachen von einem Pinkerton. Wer war er?«

»Das kann ich nicht sagen. Offensichtlich handelt es sich um etwas sehr Geheimes. Er sagte, er sei Beamter im Ernährungsministerium. Das einzige, was die Briten in Palästina zu essen haben, sind Würste, die von einem englischen Lebensmittelgeschäft namens Spinney gemacht werden. Sie sind übrigens sehr gut. Aber dieser Bursche war losgeschickt worden, um Mr. Spinney zu zeigen, wie man die Würste aus Brot macht statt aus Fleisch. Man stelle sich das vor! Der arme alte Feinschmecker Pinkers wird anstelle eines Wurstmachers abgemurkst.«

Guy rümpfte die Nase über Dobsons Scherze und fragte: »Warum sollte jemand einen Wurstmacher ermorden wollen?«

»Wer weiß? Vielleicht war er gar kein Wurstmacher. Vielleicht war er ein getarnter MI6-Agent.«

»Das ist doch alles Unsinn. Ich glaube nicht, daß Pinkrose mit jemand verwechselt wurde. Er stand auf der Bühne und stellte ein Ziel dar, und ein Kerl mit einer Waffe konnte nicht widerstehen, ihn abzuknallen.«

Dobson wurde ernst und nickte zustimmend: »Das wäre möglich. Und jetzt, wo die erste Aufregung vorbei ist, kommen alle Killer aus ihren Löchern.«

Guy und Major Cookson waren die einzigen, die Pinkroses Sarg zum Englischen Friedhof begleiteten, und keiner konnte als Leidtragender bezeichnet werden. Guy ging aus Pflichtgefühl, und Cookson, weil er Pinkrose von besseren Zeiten her kannte. Für Cookson war sogar die langweilige Fahrt in die Wüste bei Mahdi eine Zerstreuung. Als sie zusammen zurück nach Kairo kamen, hatte Guy, der eine

Feindschaft nicht lange durchstehen konnte, beschlossen, daß der Major letzten Endes doch kein so übler Kerl war, und er spendierte ihm ein paar Drinks.

Harriet, die darüber nachgedacht hatte, daß sehr wohl auch sie selbst gestorben sein könnte, erkundigte sich nach dem Englischen Friedhof.

Guy sagte: »Ein öder Platz hinter einem Geröllhaufen. Der arme alte Pinkrose mit all seinen Ansprüchen hätte etwas Besseres verlangt.«

Mitte Dezember wurden die in Frage kommenden Passagiere informiert, daß das Schiff – man bezeichnete es nur als ›das Schiff‹ – Anfang Januar ablegen würde. Englische Frauen und Kinder aus den benachbarten Ländern versammelten sich nach und nach in Kairo und warteten auf den genauen Zeitpunkt, der erst vierundzwanzig Stunden vorher bekanntgegeben werden sollte.

Ein Diplomat namens Dixon schrieb aus Bagdad und bat Dobson, seine Frau während der Wartezeit aufzunehmen. Da die Wohnung der Botschaft gehörte, fühlte sich Dobson verpflichtet, dem Wunsch zu entsprechen, und es ergab sich zufällig, daß ein Zimmer vorübergehend frei wurde. Sein Bewohner, Percy Gibbon, war an die ›geheime‹ Funkstation bei Sharq al Adna ausgeliehen worden, und so schrieb Dobson zurück, daß er Mrs. Dixon gerne als Gast begrüßen würde.

Ohne weitere Vorankündigung kam Mrs. Dixon an, als Hassan gerade den Frühstückstisch deckte. Im sechsten Monat schwanger, mit einem einjährigen Sohn, einem zusammenlegbaren Kinderwagen, einem Babystuhl, einem Dreirad, einem Schaukelpferd und zehn Gepäckstücken: so stolperte sie ins Wohnzimmer, von einer langen Bahnfahrt erschöpft, und sank aufs Sofa. Dobson wurde gerufen, um sich um sie zu kümmern, und er ging, um sich Percys Zimmer anzusehen. Erst dann bemerkte er, daß es abgeschlossen war und daß es keinen Zweitschlüssel gab. Er beauftragte gerade Hassan, einen Schlosser zu holen, als Percy Gibbon zur Haustüre hereinkam. Percy blieb kurz im Wohnzimmer stehen und betrachtete sich die fremde Frau mit ihren Gepäckstücken, schnaubte dann abfällig, ging in sein Zimmer und schloß sich ein.

Dobson kam aus seinem Zimmer geeilt und sagte: »Großer Gott, wer war denn das?«

Guy, der sich neben Mrs. Dixon gesetzt hatte und versuchte, sie aufzumuntern und zu trösten, sagte es ihm: »Das war Percy Gibbon.«

Dobson stand einen Augenblick lang hilflos und perplex da und winkte dann Guy ins Schlafzimmer. Er flüsterte: »Weißt du, das ist mir sehr peinlich. Ich habe zugesagt, sie aufzunehmen, aber wo soll ich sie jetzt hinstecken? Ihr Mann ist ein Kollege, also kann ich ihr nicht sagen, sie soll wieder gehen, aber du, lieber Junge, mit deinem Charme, du könntest ihr, selbstverständlich auf die allernetteste Art, erklären, wie es steht. Sag ihr, daß sie sich ein Zimmer in einem Hotel suchen muß.«

Guy war entgeistert über dieses Ansinnen. »Das geht unmöglich. Die ganze Zeit habe ich mich mit ihr unterhalten und ihr gesagt, wie sehr wir uns alle freuen, daß sie da ist. Das wäre ein fürchterlicher Schock für sie, wenn ich ihr jetzt sagte, sie müsse wieder gehen. Schau her, alle mögen sie mich. Ich bin nicht der Typ für so etwas. Frag Harriet. Die ist in solchen Sachen besser.«

Harriet, um Hilfe gebeten, kam aus ihrem Zimmer und glaubte, sie könne mit der Situation fertig werden. Dann sah sie Mrs. Dixon. Erschöpft und den Tränen nahe versuchte sie gerade, ihr quengeliges Kind zu besänftigen. Sie war eine zarte, kleine Frau, deren dünne Arme und Beine unangemessen durch ihren schweren Bauch belastet wurden. Ihre blonde Schönheit war verblichen, und ihre schlimmsten Befürchtungen waren durch den schrecklichen Auftritt von Percy Gibbon noch übertroffen worden.

Sie sah Harriet mit ängstlichen Blicken an, und Harriet sagte: »Keine Sorge. Das kriegen wir schon hin«, und ging, um mit Dobson zu sprechen. »Jemand muß geopfert werden, und zwar Percy Gibbon. Dein Zimmer ist groß genug für zwei. Du wirst also ein Feldbett reinstellen müssen und dein Zimmer mit ihm teilen.«

»Um Gottes Himmels willen, nein! Das halte ich nicht aus. Und wie soll ich ihn überreden, sein Zimmer aufzugeben?«

»Es ist deine Wohnung. Überrede ihn nicht, ordne es an.«

Dobson appellierte wieder an Guy: »Komm mit und hilf mir, mit Percy zu verhandeln.« Aber Guy hatte es eilig wegzukommen. Dobson fuhr sich aufgeregt über seine Haartollen und ging, um mit Percy zu sprechen.

Als sie aus dem Schlafraumtrakt Tumult vernahm, setzte sich Mrs. Dixon erschreckt auf und wandte sich kläglich an Harriet: »Das ist alles meine Schuld. Ich muß wieder gehen. Wir sind nicht so arm, daß wir uns kein Zimmer im Shepeard leisten könnten.« Sie begann, das Kind und seine Sachen einzupacken, und Harriet mußte ihr erklären, daß es nicht eine Frage dessen war, was man sich leisten konnte. In Kairo waren die wenigen großen Hotels so voll, daß sich sogar höhere Offiziere ein Zimmer, manchmal sogar ein Bett teilen mußten. Und die Hotels der billigeren Kategorien wären für sie kaum tragbar gewesen.

Mrs. Dixon blieb auf dem Sofa sitzen und beobachtete voller Furcht, wie Percy vorbeiging und seine Sachen in Dobsons Zimmer trug. Er sah sie finster an und knurrte wütend vor sich hin. Als sein Zimmer leer war, ging Harriet hin, um einen Blick hineinzuwerfen. Es war das einzige Zimmer auf der rechten Seite des Korridors und zeigte auf die nackte Mauer des Nachbarhauses hinaus. Jetzt verstand sie, warum Dobson Percy erlaubt hatte, es zu behalten. Wer sonst würde es haben wollen?

Sie sagte zu Mrs. Dixon: »Leider ist es gar nichts Besonderes.«

Mrs. Dixon hob eine Hand und sagte: »Das macht doch nichts. Mir ist alles recht.«

Nachdem Harriet ihr geholfen hatte, das Allernötigste auszupacken, fiel sie aufs Bett und weinte: »Oh, wenn ich doch nur schon sicher an Bord wäre.«

»Na, das ist ja bald soweit, Mrs. Dixon. In der Zwischenzeit werden Sie merken, daß die Wohnung hier gar nicht so übel ist.«

Mrs. Dixon lächelte schwach: »Ich heiße Marion«, sagte sie.

Marion Dixon war zwar dankbar für Harriets Beistand, aber ihre hauptsächliche Bewunderung galt Angela. Von den drei Frauen, deren Gemeinsamkeit die Aussicht auf eine lange Seereise war, war Angela diejenige, die sich am meisten auf den zukünftigen Spaß am Leben freute. Ihre hoffnungsfrohen Erwartungen richteten Marion auf und suggerierten ihr, daß jetzt das auf sie zukomme, was Angela mit den Worten umschrieb: »Wir werden uns verdammt gut amüsieren.«

Angela selbst hatte gehört, daß in England vieles knapp war, und sie verbrachte einen Großteil des Tages mit Einkaufen, kam dann mit Paketen zurück, die sie öffnete, um Marion eine Freude zu bereiten. Marion hatte wenige Interessen, abgesehen von ihrem Sohn Richard, aber sie liebte Kleider. Und während sie Angelas Seidenwäsche und neue Anziehsachen befühlte, sagte sie: »Hoffentlich habe ich bald wieder meine frühere Figur, damit ich auch solche Sachen tragen kann.«

Nachdem Edwina und die Männer zur Arbeit gegangen waren, blieben die drei Frauen weiterhin am Frühstückstisch sitzen, zwar noch verhaftet in der Nichtigkeit der Gegenwart, aber vor sich eine vielversprechende Zukunft mit den Reizen des Neuartigen und Unbekannten.

Angela sagte oft: »*Bokra fil mish-mish.*«

Marion, die ein anderes Arabisch sprach, fragte beim ersten Mal: »Was bedeutet das?«

»Morgen Aprikosen: viel Spaß voraus.«

Marion lächelte ihr mattes Lächeln: »Ich hatte so viel Angst, aber jetzt nicht mehr.« Und sie gestand ihren neuen Freundinnen, daß, falls ihr Baby wegen eines ungünstigen Zufalls auf See geboren werden sollte, ihre Gegenwart sie sehr trösten würde.

Dobson lachte sie alle aus: »Ihr drei, wirklich! Ihr seid wie eine Schulmädchenclique, die gerade den Sex entdeckt.«

Edwina fühlte sich ausgeschlossen und sagte: »Ich wünschte, ich könnte mit euch mitkommen. Aber ich kann es natürlich nicht. Da ist diese Show, und ich kann Guy jetzt nicht hängenlassen.«

Harriet fragte sie auf Treu und Glauben: »Du wirst dich doch an meiner Stelle um Guy kümmern, oder?«

»Oh, Darling, das weißt du doch. Ich paß schon auf, daß er nichts anstellt. Du kannst dich auf mich verlassen.«

Als die anderen gegangen waren, saßen die drei im abgedunkelten Wohnzimmer, wo sogar im Winter die Fensterläden gegen die Sonne geschlossen waren, die durch die Ritzen hereinstach. Irgendein Vormieter hatte in einer Ecke einen offenen Kamin einbauen lassen, allerdings einen sehr unzulänglichen. Der einzig auffindbare Brennstoff waren Kuhfladen, die mehr Rauch als Wärme erzeugten. Der merkwürdige, milde Geruch des Rauches erfüllte die Wohnung, und Harriet kam er wie ein Teil der Sinnlosigkeit ihres Lebens in Kairo vor. Sie redete sich ein, daß sie dankbar sei, es endlich verlassen zu können, und doch überkam sie gelegentlich eine Wut, weil sie zugestimmt hatte zu gehen. Es war alles so schnell gegangen. Sie hätte es überdenken sollen. Sie hätte sich Zeit lassen sollen. Jetzt war es zu spät, und sie dachte: »Wenigstens komme ich von dieser verdammten Show weg. Mir kann es jetzt egal sein, ob sie ein Mißerfolg wird oder nicht.«

Wenn sie besonders trübseliger Stimmung war, überlegte sie, wie es ihr in London ergehen würde. Angela redete ganz so, als ob ihre Freundschaft den Ortswechsel überdauern würde, aber Harriet war, im Gegensatz zu Angela, völlig klar, daß ihr jeweiliges soziales Umfeld verschieden war. Angela war reich und hatte reiche Freunde. Scherzhaft sprach sie von ihnen als von den ›Rs und Ns‹, den ›Rang und Namen‹, und sie sagte, sie seien höchst unterhaltsame Leute. »Du wirst sie bestimmt mögen«, sagte sie zu Harriet, aber Harriet würde arbeiten müssen, nicht nur, um einen Lebensinhalt zu haben. Sie würde das Geld benötigen. Guy konnte ihr praktisch nur ein Taschengeld zahlen.

Als sie dies gegenüber Angela erwähnte, sagte Angela: »Ich habe ebenfalls vor zu arbeiten. Ich werde wieder anfangen zu malen. Du weißt, daß ich gerade gemalt habe, als er getötet wurde. Deshalb habe ich nicht bemerkt, was er aufgehoben hatte. Ich dachte, ich würde nie wieder malen, aber in England wird das etwas anderes sein. Ein neues Leben, ein neuer Anfang. Wir werden uns eine Wohnung mit einem Studio suchen. Ich habe gehört, daß sie alle London verlassen haben, das heißt, daß man Wohnungen und Studios nach Belieben bekommt.«

Harriet teilte Marions Vertrauen in Angela und sagte: »Dann arbeiten wir also beide. Das Wichtigste im Leben ist, daß man etwas zu tun hat.«

Eines Abends wollte Angela ihre gefühlsmäßige Freiheit und Unabhängigkeit vorführen und sagte: »Gehn wir doch in den Union Club.«

»Aber dort sind doch wahrscheinlich Bill und Mona.«

»Na und? Das ist jetzt alles Vergangenheit. Bill ist mir egal. Gehen wir hin, verabschieden wir uns vom Club und bedanken uns für den ganzen Spaß, den wir dort hatten.«

Marion lehnte die Einladung mitzukommen ab. Guy und Edwina waren bei einer Probe, Dobson war nicht da, und da sie Geschichten gehört hatte, wonach frustrierte Diener kleine Kinder geschändet haben sollen, wollte sie Richard nicht alleine mit den Safragis zurücklassen.

Im Union Club bestellte Angela, wie üblich, eine Flasche Whisky und mehrere Gläser. Sie lächelte schelmisch und sagte zu Harriet: »Dann wollen wir doch mal sehen, wen wir aufreißen können.«

Schon bald kam Jackman an ihren Tisch, der sich mit Selbstverständlichkeit zu ihnen setzte: »Ich habe euch ja schon seit ewigen Zeiten nicht mehr gesehen. Kein Wunder. Dieses Rhinozeros von Bills Frau vertreibt ja wirklich jeden.«

»Ich sehe sie heute gar nicht.«

»Nein. Guy hat sie für seine Show beschwatzt. Ich glaube, sie ist bei der Probe.«

»Und Bill? Was treibt der?«

»Oh, der ist hier irgendwo. Ich halte mich gerne etwas abseits, solange er Mrs. C im Schlepp hat.«

Als Angela hörte, daß Castlebar allein im Club war, wurde sie still und rührte sich nicht, bis ein Instinkt ihr sagte, daß er in der Nähe war. Er kam mit seinem üblichen vorsichtigen und zögernden Gang und blieb ein paar Meter entfernt stehen. Sie blickte seitwärts, beobachtete ihn und widmete dann ihre ganze Aufmerksamkeit Jackman. Er hatte den Frauen gerade erzählt, daß nach seiner Meinung das ganze ›El-Alamein-Ding‹ ein abgekartetes Spiel gewesen sei: »Der Befehl lautete lediglich: ›Jagt sie, bis sie nicht mehr können‹, und mehr haben sie dann auch nicht getan.«

Angela lachte ihn kokett an: »Hör doch auf, Jake. Du bist ein fürchterlicher Lügner. Ich glaube kein einziges Wort von dem, was du erzählst.«

Jackman, der Castlebar nicht bemerkt hatte, protestierte und sagte, er habe ›Insider-Informationen‹, während Castlebar zuckend und zitternd dastand, wie ein hungriger, ausgestoßener Hund, der nach Nahrung lechzt, sich aber nicht zu nahe heranwagt. Angela tat so, als sei sie von Jackman völlig in Anspruch genommen, warf Castlebar dann aber einen schrägen Blick zu, und als er wußte, daß sie wußte, daß er anwesend war, schlich er sich näher und faltete seine langen, gelben Hände wie zum Gebet. Angela sprach ihn streng an: »Bill, komm sofort hierher.«

Bereitwillig kam er herbei, die Hände immer noch gefaltet, und murmelte: »*Mea culpa. Mea maxima culpa.*«

»Richtig. Setz dich neben mich. Als Buße verlange ich, daß du einen sehr großen Whisky trinkst.«

Castlebar grinste hocherfreut und setzte sich, wie ihm geheißen, und Jackman begriff, daß man ihn zum Narren gehalten hatte, runzelte die Stirn und fragte pikiert: »Wo kommst du denn her?«

Während Castlebar seine Zigaretten zurechtlegte, sagte Harriet: »Mona singt also in der Show mit? Wie hat Guy das bloß fertiggekriegt?«

Castlebar schnaufte und kicherte und sagte: »Du weißt doch, wie dein Alter ist. Er hat so lange Süßholz geraspelt und schön getan, bis sie ihm aus der Hand gefressen hat.«

Harriet fragte sich, wann das alles passiert sein sollte – und wo? Sie hatte das verzweifelte Gefühl, vollkommen aus Guys Welt ausgeschlossen zu sein, und sie dachte: ›Wenigstens gehe ich rechtzeitig fort. Ich bin noch jung genug, um ein neues Leben zu beginnen.‹

Nachdem Angela Castlebar erlaubt hatte, wieder in den alten Kreis zurückzukehren, hielt sie ihren Kopf abgewandt, während er sie beobachtete und sie durch Willenskraft zwingen wollte, zu ihm hinzusehen. Sie mußte sich schließlich umdrehen. Ihre Blicke begegneten sich, und eine Minute lang sahen sie sich mit bedeutsamer Vertraulichkeit an, dann stand Angela auf. Sie sagte: »Ich glaube, wir sollten gehen.«

Völlig durcheinander und enttäuscht jammerte Castlebar: »Ihr geht schon? Die Flasche ist erst halbleer.«

»Der Rest ist für dich und für Jackman. Wir Mädels brauchen unseren Schönheitsschlaf. Du weißt vermutlich, daß wir mit dem Schiff nach England fahren. In ein paar Tagen sind wir fort.«

Castlebars Mund öffnete sich bei diesem Schock, und seine Zigarette fiel zwischen seine Knie herab. Während er danach tastete, ergriff Angela Harriet am Arm und eilte mit ihr zum Tor hinaus, wo ein Taxi gerade einen Fahrgast abgesetzt hatte. Die zwei Frauen stiegen ein und waren in wenigen Sekunden verschwunden.

»Ich dachte schon, du und Bill wäret drauf und dran, euch wieder zu versöhnen.«

Angela lachte: »Nie im Leben. Er kriegt kein zweites Mal die Gelegenheit, mich abzuservieren. Ich habe gesagt, daß ich weggehe, und ich gehe weg. Ein neues Spiel, ein neues Glück.«

»Du bist klug«, sagte Harriet und dachte sich, daß Angela sehr viel klüger war, als sie erwartet hatte.

Dobson sagte den Frauen, daß das Schiff unter Umständen – als eine zusätzliche Sicherheitsvorkehrung – eher auslaufen würde, als beabsichtigt. Er hielt den 28. Dezember für wahrscheinlich.

Da die Zeit jetzt knapp war, schlug Harriet Angela vor, all die Plätze zu besuchen, die sie schon immer besuchen wollten, wie zum Beispiel die großen Moscheen, die Kalifengräber und den Zoo.

»O ja, toll«, stimmte Angela zu, denn sie hatte die Fähigkeit, alles toll zu finden. Aber am nächsten Morgen, als sie gerade zum Zoo aufbrechen wollten, klingelte das Telefon. Der Anruf war für Angela, und sie blieb so lange im Flur und redete mit leiser Stimme mit dem Anrufer, daß sie schließlich das Interesse am Zoo verloren hatte.

Sie kam zurück und sagte zu Harriet: »Sorry, Darling, aber ich kann heute nicht mit in den Zoo. Ich muß noch so viel einkaufen.«

»Soll ich mitkommen?«

Angela ignorierte die Frage. Wo auch immer sie hingehen wollte, sie wollte allein gehen. Ein Taxi hatte schon auf sie beide gewartet, und sie entschuldigte sich aufgeregt: »Du hast doch nichts dagegen, daß ich es nehme? Hassan kann dir ein neues besorgen.«

Sie wartete die Antwort nicht ab und eilte aus der Wohnung hinaus. Harriet wußte nicht, was sie tun sollte, und rief Mortimer an, um ihr das wahrscheinliche Abreisedatum zu sagen.

»Du fährst also tatsächlich? Irgendwie kommt mir das ein bißchen verrückt vor«, sagte Mortimer.

»Es ist verrückt, aber es ist eine Lösung. Ich kann nicht länger im Fegefeuer leben.«

»Na gut, wenn irgend möglich, werden wir dort sein und euch verabschieden.«

Alles schien geregelt zu sein, Harriet vergaß den Zoo und ging selbst zum Einkaufen. Als sie zum Mittagessen zurückkam, fand sie Marion im Wohnzimmer vor, die lustlos Richard zusah, der wimmerte und sein Spielzeug durch die Gegend warf.

»Ist Angela noch nicht zurück?«

Marion schüttelte den Kopf, und Harriet fragte: »Was hast du den ganzen Vormittag über getrieben?«

»Nichts. Richard hat Nesselausschlag. Das macht den armen kleinen Burschen unerträglich. Oh, Harriet, wären wir nur schon in England!«

England, so schien es, war die Lösung für alle Probleme, die sie hier hatten.

Als Angela zum Tee immer noch nicht zurück war, ging Harriet in ihr Zimmer und war erleichtert, als sie ihre prächtigen Koffer noch immer an der Wand aufgestapelt vorfand. Ohne Grund hatte sie gefürchtet, Angela sei für immer gegangen. Beruhigt trug sie Hassan auf, das Tablett mit dem Tee hereinzubringen.

Als er das Tablett abstellte, sagte er: »Mann ist hier.« Er übergab Harriet einen schmutzigen Fetzen Papier. Der Überbringer wurde damit bevollmächtigt, Lady Hoopers Gepäck abzuholen. Harriet ging zurück in Angelas Zimmer, öffnete den Kleiderschrank und sah, daß er leer war. Irgendwann vor sehr kurzer Zeit hatte Angela ihre Kleider gepackt – wahrscheinlich in Erwartung eines plötzlichen Abrufs zum Schiff.

Der Mann stand bescheiden im Flur, und Harriet fragte ihn: »Wo ist Lady Hooper?«

Er war einer der umherziehenden Träger, die in den Basaren saßen und sich bereithielten, Möbel und schwere Sachen in alle Teile der Stadt zu tragen. Er sagte: »Lady sagen, sie schicken Brief.«

»Aber wo bringen Sie ihr Gepäck hin?«

»Lady sagen, nicht sagen.«

Harriet dirigierte ihn zu den Koffern. Er war bis zur Hüfte nackt, klein, stämmig und stank entsetzlich. Er gehörte zu jener strengen Moslem-Sekte, die glaubt, daß der Messias von einem Mann geboren werden wird; und deshalb trug er weite Pantalons, damit das Messiasbaby auch Platz hatte, sollte es ohne Vorwarnung auf die Welt kommen. Er war dunkelhäutig, aber nicht negroid. Sein Handwerkszeug war ein Seil, sein größter und vielleicht einziger Besitz, wenn man von den Pantalons absah. Er hatte es um den Hals und um seine massiven Schultern gewickelt. Er sah wild aus, aber sein Auftreten war sanft. Er musterte die Koffer, um ihre Anzahl auszurechnen, und berührte sie mit liebenswürdiger Ehrerbietung. Er schüttelte bedauernd den Kopf. Er konnte sie nicht alle auf einmal tragen, sondern würde zweimal gehen müssen. Er fragte, ob die Lady wohl bereit sein würde, soviel zu bezahlen. Harriet sagte, daß sie das sicher tun würde.

Er sortierte das Gepäck in zwei Gruppen und band dann knurrend und sich selbst Befehle erteilend Koffer an seinem Brustkorb, seinem Rücken und an den Seiten fest und hievte die anderen auf seine Schultern.

Beladen wie ein Packesel, verließ er knurrend die Wohnung und hinterließ einen stechenden Geruch von schalem Schweiß. Harriet riß die Verandatüren auf und ging an die frische Luft hinaus. Sie sah auf ihn hinab, wie er zwischen den Weihnachtssternen zum vorderen Tor ging, und sah, daß er vom vielen und schweren Tragen schon ganz runde Füße hatte, die ringsherum Zehen zu haben schienen. Sie beobachtete ihn, bis er auf der Straße war, wo er in einen schnellen Trab fiel und dann um eine Ecke verschwand.

Eine Stunde verstrich, und dann kam er mit dem angekündigten Brief zurück: ›Harriet, Darling, du wirst erraten, was passiert ist. Bill ist ihr ausgerissen, aber er hat Angst, daß sie seine Spur verfolgen und ihn finden wird. Wir werden uns also so lange verstecken, bis sie sich an die Trennung gewöhnt hat. Wenn sie bei euch vorbeikommt und heult, sagt ihr nichts. Tut mir leid, daß aus unserer schönen Zeit an Bord des Schiffes nichts wird, aber du und Marion amüsiert euch für mich mit. Tschüß bis irgendwann. Love, Angela.‹

»Von wegen schöne Zeit und amüsieren«, sagte Harriet laut und ärgerte sich, daß sie nicht vorausgesehen hatte, was geschehen würde. Angela hatte gesagt, sie würde Castlebar keine zweite Chance geben, und Harriet, die schon einmal von einem Freund verlassen worden war, hatte sich nicht vorstellen können, daß die gleiche Sache sich ein zweites Mal ereignen konnte.

Von Angela kam dann keine weitere Nachricht mehr. In Kairo machten Gerüchte die Runde, denen zufolge sie und Castlebar in Jerusalem, in Haifa, in Tel Aviv und in Oberägypten gesehen worden waren, aber ihr Verschwinden blieb genauso ein Rätsel wie die Ermordung von Pinkrose.

Mona Castlebar kam tatsächlich in die Wohnung. Sie ›heulte‹ nicht, sondern war dermaßen wütend, daß sie kaum ein Wort aus ihrem verkniffenen Mund hervorbrachte. Als sie endlich ihre Stimme wiedergefunden hatte, beschuldigte sie Harriet: »Sie wissen doch, wo sie stecken, nicht wahr?«

»Nein. Niemand weiß es.«

»Mein Gott, die werde ich fertigmachen, darauf können Sie sich verlassen. Er wird seinen Job verlieren. Ohne einen Pfennig wird er dastehen. Hoffentlich verhungern sie.«

»Diese Gefahr besteht nicht. Angela hat mehr als genug für sie beide.«

»Das ist es also? Sie hat ihn mit ihrem Geld gekauft? Ich wußte doch, daß da was dahintersteckt. Sonst wäre er nicht davon. Sie *kaufte* ihn.« Diese Erklärung der Perfidie ihres Ehemannes verschaffte ihr eine bittere Befriedigung, und sie blieb grübelnd sitzen, als ob sie nicht wüßte, wohin sie gehen sollte.

Es war der Weihnachtstag, und alle hatten sie ein Geschenk für Richard, nur Percy Gibbon nicht. Die Geschenke lagen auf dem ganzen Fußboden verstreut umher, sehr zum Ärger Percys, der sie liebend gerne mit Fußtritten aus dem Weg befördert hätte, sich aber nicht traute.

Mona beobachtete Richard, wie er die Spielzeuge auf Rädern zuerst umherschob, sie dann trotzig umwarf und unzufrieden greinte. Sie sah aus, als ob ihr die Szene genausowenig gefiel wie Percy, und schließlich stand sie auf und sagte: »Na ja, es gibt ein paar Dinge, für die man dankbar sein muß«, und ging davon.

Sie waren alle zum Weihnachtsessen zu Hause, das sich durch nichts von anderen Mittagessen unterschied. Richard war in seinen hohen Babystuhl gesteckt worden und zappelte und schrie und spuckte das weichgekochte Ei wieder aus, das seine Mutter ihm mit dem Löffel zu füttern versuchte.

Percy hatte diese Darbietung zwar schon oft genug gesehen, jetzt aber, ohnehin gereizt wegen der Spielzeuge am Boden, sah er mit ungläubigem Ekel hin, bis Marion noch verängstigter als sonst wurde. Ihre Hand zitterte, und das Eigelb lief über Richards Kinn und Lätzchen.

»Ekelhaft!« sagte Percy mit Nachdruck, und Dobson protestierte:

»Also wirklich, Percy, das Kind muß ja wohl gefüttert werden.«

Percys bis dahin schweigend genährter Groll entlud sich, und er schlug mit der Faust auf den Tisch: »Er muß nicht in der Öffentlichkeit gefüttert werden. Sie kann ihn ja auf ihr Zimmer mitnehmen – auf *mein* Zimmer, sollte ich sagen.«

Guy versuchte, vernünftig mit ihm zu argumentieren: »Also kommen Sie, Percy, das Kind muß Erwachsene um sich haben, damit es Tischmanieren lernen kann.«

Percy sprang auf: »Von mir lernt er sie jedenfalls nicht.«

»Das ist nur allzu offensichtlich«, sagte Harriet.

Daraufhin stapfte Percy in das Zimmer, das er mit Dobson teilte, und knallte die Tür so heftig zu, daß Richard zu schreien und Marion zu weinen begann. Marion heulte: »Was soll ich denn bloß machen? Was soll ich denn bloß machen?«

Harriet sagte: »Leg ihn in seinen Kinderwagen, und wir nehmen ihn mit in den Zoo.« Aber für Marion war eine solche Exkursion zuviel. Von dem bockigen Kind angeödet, ging Harriet allein in den Zoo.

Sie spazierte über den Fluß und bewegte sich unter Menschenmassen, für die der Weihnachtstag – unter einem strahlenden Himmel – nicht besser und nicht schlechter als jeder andere Tag war.

Gleich hinter den Eingangstoren des Zoos waren die Papageiengestelle: eine lange Reihe knallig bunter Farben, und jeder Vogel unterschied sich von seinem Nachbarn. Ab und zu ließen sie ein Krächzen hören, aber sonst waren sie zu beschäftigt damit, ihre Federn zu putzen und sich aufzuplustern und mit den Flügeln zu schlagen, um größeren Lärm zu verursachen.

Harriet schlenderte umher, betrübt, daß sie Ägypten verließ und Angela nicht mitging. Jetzt gab es überhaupt keinen Grund mehr, um wegzugehen. Vor ein paar Tagen hatte sie zu Dobson gesagt: »Ich weiß, daß du mir einen Gefallen getan hast, indem du mir einen Schiffsplatz besorgt hast, aber würde es etwas ausmachen, wenn ich meine Meinung ändern würde?«

Dobson betrachtete sie nachdenklich: »Für dich würde es etwas ausmachen. Du siehst aus, als könnte dich ein Windhauch davontragen. In dieser Verfassung kannst du dir alles mögliche holen. Erst kürzlich hörte ich von einem Burschen, der sich Tertianamalaria eingefangen hatte und in ein paar Stunden hinüber war.«

Und Harriet hatte die Verantwortung für Marion übernommen, die mit Entsetzen auf Angelas Flucht reagiert hatte und deren anfängliche Ängste wiedergekommen waren und sie fast bis zur Panik getrieben hatten. Sie hatte zu Harriet gesagt: »Aber *du* kommst doch ganz bestimmt mit, nicht wahr? Du verläßt mich doch nicht. Ich wüßte nicht, was ich tun sollte, wenn ich euch beide verlieren würde.«

»Aber natürlich komme ich mit«, sagte Harriet und seufzte.

Jetzt überlegte sie, wie lange Marion ihre Hilfe wohl benötigen würde. Angela hatte ein Leben für sich und Harriet geplant, aber keine von beiden hatte sich überlegt, was Marion in England machen würde. Harriet hatte Marion oft hinter der geschlossenen Tür ihres Zimmers weinen hören und hatte beschlossen herauszufinden weshalb.

Sie fragte sie: »Wenn du nach England kommst, wo gehst du dann hin?« Und sie war bestürzt, als Marion mit brüchiger Stimme erwiderte: »Ich weiß es nicht.« Sie erzählte Harriet, daß ihre Eltern in Indien waren und daß ihr Mann annahm, sie würde bei seiner Mutter wohnen. »Aber ich weiß, daß sie mich nicht haben will. Sie hat nur eine kleine Wohnung, in der es für Richard keinen Platz zum Spielen gibt. Ich frage mich schon die ganze Zeit: Wo soll ich hin? Ich weiß es nicht. Ich weiß es nicht.«

»Warum bist du überhaupt weggegangen?«

»Das war Jims Idee. Richard war die ganze Zeit im Irak kränklich, und er geht Jim auf die Nerven. Tatsächlich war es Jim, der wollte, daß ich weggehe.«

Dieses Geständnis hatte für Harriet einen fatalen Klang, als sie sich daran erinnerte, während sie die Wege zwischen den gefangenen Tieren entlangspazierte, und sie dachte: ›Sie wollen uns loswerden.‹ Die Freundin, die ihr alles ermöglicht hatte, hatte sie verlassen. Zurückgelassen mit einer schwachen Frau, einer vollkommen Fremden, die sich einfach deshalb an sie klammerte, weil sonst niemand da war, fragte sie sich: »Was, um Himmels willen, werde ich bloß mit Marion machen, den ganzen Weg ums Kap herum und vielleicht auch noch in England?«

Sie blieb vor einem Käfig stehen, und dann vor dem nächsten. Die Tiere, benommen von der Nachmittagshitze, schienen einigermaßen zufrieden. Dann kam sie zu einem Eisbären und blieb stehen, ganz entsetzt darüber, ein Tier der Arktis hier in diesem Klima zu finden. Der Bär war in einem Rundkäfig, keinem sehr großen, einer Betoninsel, die von Gitterstäben umzäunt war und die nach oben zu eine Kuppel bildeten, von der fortwährend Wasser herabtröpfelte. Der Bär saß reglos darunter, ließ den Kopf hängen, war ganz abgestumpft in seinem weißen Pelz. Harriet spürte, daß er vollkommen verzweifelt war, und beugte sich zu ihm hin und flüsterte: »Bär.« Aber er rührte sich nicht. Sie war schon im Begriff weiterzugehen, brachte es aber nicht übers Herz, die Kreatur ungetröstet zurückzulassen, und so ging sie näher an den Käfig heran und stand lange davor und versuchte, mit dem Tier über das Medium ihres intensiven Mitgefühls Kontakt aufzunehmen. Es rührte sich nicht. Sie wußte, daß sie nicht ewig hier stehenbleiben konnte, aber bevor sie weiterging, sagte sie laut: »Wenn ich irgend etwas für dich tun könnte, würde ich es von ganzem Herzen tun. Aber die Welt ist gegen uns. Alles, was ich tun kann, ist fortzugehen.«

Wie Dobson vorausgesagt hatte, traf die Nachricht ein, daß das Schiff am 28. Dezember ablegen würde. Die Passagiere sollten am Abreisetag den Zehn-Uhr-Zug nach Suez nehmen.

»Du bist sicher froh, daß es soweit ist«, sagte Guy. »Du mußt von dem dauernden langweiligen Herumhängen die Nase voll haben.«

»Ich habe von allem die Nase voll, aber es ist zu spät, um

darüber zu streiten. Du kommst doch sicher mit mir nach Suez?«

»Mit nach Suez?« Guy geriet bei dem Vorschlag in sichtliche Verlegenheit: »Wie sollte ich das denn schaffen, mit nach Suez zu fahren? Du weißt, daß die Show am Neujahrsabend ist, und bis dahin muß ich Tag und Nacht proben.«

Harriet hatte keine andere Antwort erwartet und war daher nicht einmal enttäuscht, sondern sagte: »Der Zug fährt morgen um zehn Uhr ab. Du wirst doch *wenigstens* zum Bahnhof kommen und mir Auf Wiedersehen sagen?«

»Selbstverständlich.« Guy war getroffen von Harriets ironischer Resignation und wurde kleinlaut: »Es tut mir leid, daß ich nicht mit nach Suez kommen kann, Darling. Mir ist nie der Gedanke gekommen, daß du dir das gewünscht hättest, aber ich werde am Bahnhof sein. Ich werde als allererstes früh gleich ins Büro eilen, und wenn ich die Post durchgeschaut habe, fahre ich sofort zum Bahnhof. Ich werde noch vor dir dort sein.«

Am nächsten Morgen saßen Harriet und Marion verlassen und allein im Wohnzimmer und warteten auf die Abfahrt. In der Wohnung war es ruhig, und sogar Richard, der die ungewöhnliche Stimmung nicht verkraftete, hatte aufgehört zu schreien. Hassan war ausgeschickt worden, um zwei Taxis zu besorgen, eines davon nur für die Unmenge von Gepäck.

Die anderen hatten sich nach dem Frühstück verabschiedet. Edwina fiel Harriet um den Hals und brach in Tränen aus: »Was mache ich nur ohne dich?« Harriet, die sich an Peters Antwort auf die gleiche Frage erinnerte, atmete Edwinas Gardenia-Parfum ein und überlegte, was wohl aus ihr werden würde.

Der süße Duft hing immer noch in der Luft. Die Vorhänge und die Fensterläden waren tagsüber geschlossen, und die beiden Frauen, die sich schemenhaft gegenübersaßen, waren nervös und sich bewußt, daß sie eine ihnen bekannte Welt verließen, um eine andere zu betreten, in der alles anders sein würde.

Hassan kehrte zurück. Die Taxis waren vorgefahren, und die Reisenden konnten ihre Fahrt antreten. Es war die

Stunde des allmorgendlichen Staus, und als die Taxis im Verkehr steckenblieben, wurde Harriet unruhig, da sie sich vorstellte, wie Guy im Bahnhof die Geduld verlor und vielleicht schon wieder ging. Aber sie kamen rechtzeitig an und hatten noch Zeit; doch er war nirgendwo zu sehen. Sie setzte Marion in einen Waggon, rannte dann von einem Ende des Bahnsteigs zum andern, suchte ihn unter den Gruppen von Reisenden und konnte ihn nicht finden. Der Schaffner kam, schloß die Waggontüren, entrollte seine grüne Flagge und forderte die Fahrgäste auf einzusteigen.

Der Zug war voller junger Mütter mit ihren Kindern, und als Harriet ihr Abteil fand, wurde sie von einer ungewöhnlich fröhlichen Marion begrüßt, die glücklich war, in der Gesellschaft von ihresgleichen zu sein.

Harriet lehnte sich aus dem Fenster und spürte, daß der Zug abfahrbereit war. Sie sah Guy, wie er sich den Bahnsteig entlangkämpfte und kurzsichtig ihr Gesicht aus den Gesichtern an den Fenstern herauszufinden versuchte. Sie rief ihn, und er kam angerannt, und die Brille rutschte ihm von der Nase, und noch im Laufen begann er, sich ausführlich dafür zu entschuldigen, daß er nicht eher kommen konnte. Jemand war in sein Büro gekommen, als er gerade gehen wollte.

»Mußte noch schnell mit ihm sprechen . . . Hatte ganz übersehen . . . Tut mir so leid . . .«

Das bißchen Zeit, das ihnen blieb, brauchte er für seine Entschuldigungen, aber was wäre sonst zu sagen gewesen? Harriet streckte ihm die Hand hinunter, und er konnte sie noch ein oder zwei Sekunden halten, bevor sie der Zug seinem Griff entzog. Er lief neben dem fahrenden Abteil her und versuchte noch, ihr etwas zu sagen, aber was auch immer es war, es ging im Lärm unter, als der Zug Fahrt aufnahm.

Sie lehnte sich weiter hinaus, winkte ihm zu und konnte sehen, wie er seine Brille zurechtschob und sich anstrengte, sie zu erkennen. Aber im nächsten Moment war sie schon zu weit weg, um etwas zu sehen oder gesehen zu werden.

Marion hatte ihr einen Platz freigehalten, und sie sank nieder. Sie registrierte die Menschen um sich herum nicht, sondern hatte immer noch das Bild von Guy vor Augen, wie er dastand und angestrengt dem Zug nachsah, ganz verwirrt, weil er sie aus den Augen verloren hatte. Sie glaubte nicht, daß seine Verwirrung lange andauern würde. Sie konnte sich ihn vorstellen, wie er zu seinen Tätigkeiten zurückkehrte und seine Schultern und Gesäßbacken sich vor Energie und Tatendrang bewegten, weil er soviel zu tun hatte.

Und was war das Ergebnis dieses Tatendrangs? Er richtete sich selbst zugrunde. Er vergeudete seine Energie in kurzlebigen, seichten Unterhaltungsprogrammen, wie in dieser Show, die nur Eintagsfliegen darstellten und sonst nichts einbrachten. Für einen, der sich so schnell durchs Leben bewegte, verschwammen die Grenzen zwischen Wirklichkeit und Unwirklichkeit, bis beide ein und dasselbe waren. Zeitweise hatte sie geglaubt, er würde ihr beider Leben aufzehren; er aber hatte körperliche Kraft. Er konnte sich wieder regenerieren, und sie konnte es nicht.

Er hatte gesagt, das Klima würde sie umbringen, doch jetzt, wo sie die Beziehung aus der Distanz sah, wußte sie, daß es nicht die Hitze von Kairo war, sondern Guy, der sie umbrachte.

Marion saß neben einer Frau, die Harriet zwar nicht kannte, von der sie aber wußte, wer sie war. Es war jene Mrs. Rutter, die einmal Jake Jackman wegen seines Zivilistenstatus beschimpft hatte. Sie war eine reiche Witwe und strahlte das Selbstvertrauen und die Sicherheit von jemand aus, der wußte, daß ihre Welt die einzig maßgebliche war. Daran hatte der Krieg nicht viel geändert. Sie wohnte in einem der großen Häuser auf der Gesîra und hielt sich eine Schar von Dienern. Harriet fragte sich, warum sie dieses Land des Überflusses verließ und in ihr belagertes Heimatland zurückkehrte, wo sie nicht privilegierter sein würde als alle anderen Frauen auch.

Sie stellte Marion kleine, sondierende Fragen, gab sich aber selbst distanziert, bis sie herausfand, daß Marions Ehemann Diplomat in Bagdad war. Daraufhin wurde Mrs. Rutter liebenswürdig und sah Marion wohlgefällig an, machte sogar

Annäherungsversuche Richard gegenüber, der überredet werden konnte, sie anzulächeln. Auf den Knien hatte sie ein großes Schmuckkästchen aus Chagrinleder, und Marion, die Komplimente zurückgeben wollte, sagte: »Was für ein schönes Kästchen.«

»Ja, es ist schön«, stimmte Mrs. Rutter voller Wärme zu. »Ich behandle es wie einen Schatz. Überall, wohin ich reise, trage ich es selbst, so schwer es auch ist.«

Während sie über das Schmuckkästchen sprachen, hielt Marion Richard auf dem Knie, legte ihre Wange auf seinen Kopf und wußte, daß sie den größeren Schatz hatte.

Sie waren jetzt draußen in der Wüste; Mrs. Rutter sagte, das Licht sei zu grell für sie, und zog das staubige, dunkelblaue Rollo über das Abteilfenster. Das Fenster war offen, und das Rollo schlug im Wind. Richard schloß die Augen, da er dachte, die Nacht sei hereingebrochen, und lag wie ein kleiner Geist in Marions Armen.

Die anderen Fahrgäste wurden in dem stickigen Halbschatten schweigsam, und Mrs. Rutter, die nicht belauscht werden wollte, flüsterte mit Marion und teilte ihr offenbar so geheiligte Dinge mit, daß man sie nicht weitererzählen durfte. In England, sagte sie, habe sie eine verheiratete Tochter im gleichen Alter wie Marion. »*Und* drei kleine Enkelkinder. Ich habe sie noch nie gesehen, und jetzt fahre ich heim, um meine Freude an ihnen zu haben, solange sie noch klein sind.«

Von dieser Information begeistert, plauderte Marion über ihre bevorstehende Niederkunft: »Ich bin mir sicher, daß es mit Richard einfacher werden wird, wenn er nicht mehr der einzige ist. Ich war schon immer der Meinung, man sollte zwei oder drei haben.«

Mrs. Rutter stimmte enthusiastisch zu: »Was ist ein Zuhause ohne Kinder?« fragte sie.

Harriet, die in die Unterhaltung nicht mit einbezogen wurde, dachte: »... oder ohne Ehemann?« Sie konnte zusehen, wie sich zwischen Marion und Mrs. Rutter rasch eine Freundschaft entwickelte, die sich wahrscheinlich so weit intensivieren würde, bis schließlich, an Bord des Schiffes, Marion die Ersatztochter für die alte Dame und Mrs. Rutter die Ersatzmutter für die schwangere Frau war. Im gleichen Maß, wie sie spürte, daß die Bürde Marion sich von ihr entfernte, konnte Harriet immer weniger Gründe dafür sehen, warum sie jetzt in einem Zug saß, wo die jüngeren Kinder gereizt waren, die älteren aufsässig und die Erwachsenen fast erstickt im Halbdunkel brüteten.

Sie hatte den Eindruck, daß Stunden vergangen waren, und als sie das Rollo zur Seite zog, sah sie den Kanal: ein flaches Band türkisfarbigen Wassers, das sich zwischen gleißenden Sandflächen erstreckte. Sie fuhren nach Suez hinein. Zwischen den schmutzigen Hinterhöfen, die mit Wäsche behangen waren, konnte sie die Basare sehen und wünschte sich, sie besuchen zu können. Aber die Reisenden waren nicht auf einer Besichtigungstour. Der Zug fuhr direkt zum Kai, und sie sahen das Schiff zum ersten Mal. Zumindest hatte es einen Namen. Es hieß *Queen of Sparta*.

Aus irgendeinem Grund wurde Harriet bei dieser klassischen Anspielung von Angst durchzuckt, einer schwer faßbaren Angst. Sie konnte es sich nicht erklären, während sie zum Kai hinunterstiegen, in dem vom Meer kommenden Wind standen und sahen, wie das Meer gegen die Kaimauer klatschte. Dann erinnerte sie sich an eine andere Abreise, die Abreise aus Griechenland. Die Flüchtlinge waren in Piräus zwischen ausgebrannten Gebäuden an Bord gegangen; das Wasser war ganz schwarz vor Treibgut und Wracks gewesen. Nur zwei aufrecht schwimmende Schiffe gab es: die *Erebus* und die *Nox*.

Sie waren eingesetzt worden, um italienische Kriegsgefangene nach Ägypten zu transportieren. Sie waren mit Ungeziefer verseucht, dreckig, braun vor Rost, mit unbrauchbaren Rettungsbooten, da die Davits verrostet waren. Sie waren praktisch Schrott, aber die Flüchtlinge hatten keine Wahl. Die Situation war ausweglos, und sie waren dankbar, überhaupt Schiffe zu haben. Sie mußten sich der *Erebus* und der *Nox* anvertrauen, und die zwei alten Tanker hatten sie brav übers Meer nach Alexandria getragen.

Die dunkelbraun gestrichene *Queen of Sparta* hatte die gleiche Farbe wie die Tanker, aber sie schien in einem guten Zustand zu sein. Sie war wohl insgesamt seetüchtiger als die *Erebus* und die *Nox*, aber Harriet, die zu den Tankern Vertrauen gehabt hatte, fürchtete sich vor ihr. Während die anderen Frauen damit beschäftigt waren, ihre Kinder zusammenzuhalten, das Gepäck zu ordnen und sich in die Schlange einzureihen, stand Harriet abseits und wußte, daß sie keine Macht der Welt auf die *Queen of Sparta* bringen würde. Sie wußte auch, daß es lächerlich war. Sie hatte früher schon Vorahnungen kommenden Unglücks gehabt, die sich nicht erfüllt hatten, und sie mußte diese Vorahnung hinunterschlucken und mit den anderen gehen.

Die Schlange zog sich den ganzen Kai entlang bis zur Gangway des Schiffes. Sie sah Marion und Mrs. Rutter etwa in der Mitte und ging widerwillig hin zu ihnen, um sich anzuschließen. Sie dachte: ›Ich brauche einen Vorwand, um wegzukommen. Ich brauche eine Begnadigung in letzter Minute.‹ Aber wo sollte sie herkommen?

Harriets Begleiter waren immer noch vereint in dem wohltuenden und stimulierenden Gefühl ihrer neuen Beziehung und bemerkten kaum, daß Harriet bei ihnen war. Ein Lastwagen sammelte die Gepäckstücke ein. Er hatte schon fast Harriets Standort in der Warteschlange erreicht, als sie hörte, wie ihr Name gerufen wurde.

Mortimer und ihre Mitfahrerin kamen auf sie zu. Harriet brach aus der Schlange aus, rannte zu ihnen hin und rief mit ausgestreckten Armen: »Mortimer! Mortimer! Gott hat dich gesandt, um mich zu erretten.«

Mortimer lachte: »Wovon zu erretten?«

»Ich weiß es nicht. Alles, was ich will, ist von hier wegzukommen. Nimm mich mit.«

Harriet sah, wie ihr Gepäck gerade auf den Lastwagen geworfen werden sollte, und rannte hin, um es zurückzuholen. Sie sagte Marion: »Ich komme nicht mit euch. Du wirst es doch schaffen, oder? Mrs. Rutter wird sich um dich kümmern. Ich wünsche dir und Richard eine angenehme Überfahrt.«

Über Harriets Entscheidung verblüfft, fragte Marion: »Heißt das, daß du zurück nach Kairo gehst?«

»Nein, ich gehe nach Damaskus.«

»Damaskus!« Marion öffnete den Mund vor Mißbilligung und schaute wie ein braves Mädchen drein, das sich mit sündhafter Unanständigkeit konfrontiert sah. Sie brachte ein schockiertes »Oh, dear!« heraus, bemerkte dann, daß sich die Schlange weiterbewegt hatte und eilte davon, als fürchte sie, daß auch Mrs. Rutter sie im Stich lassen könnte.

Mortimer kam zu Harriet herüber: »Wir fahren die Nacht durch. Ich denke, du kannst hinten zwischen den Munitionskisten schlafen. Hoffentlich hast du nichts gegen eine holprige Fahrt über die Sinai! Die Straße ist in einem schlechten Zustand.«

Harriet lachte und sagte, daß es ihr egal sei, wie sie die Sinai durchquerten, wo doch alle Wunder der Levante auf der anderen Seite warteten.

Coda

Eine Woche, nachdem das Schiff abgelegt hatte, tauchten in Kairo Gerüchte auf, daß die *Queen of Sparta* auf der Höhe von Tanganjika torpediert worden sei, wobei alle Passagiere und Besatzungsmitglieder den Tod gefunden hätten. Danach erreichte ein weiterer, detaillierter Korrespondentenbericht aus Dar-es-Salaam die *Egyptian Mail.* Einem Rettungsboot voller Frauen und Kinder sei es gelungen, von dem sinkenden Schiff freizukommen. Das Steuerruder sei defekt gewesen. Das Boot sei hilflos umhergetrieben, als das deutsche U-Boot auftauchte, und der Kommandant habe eine hochschwangere Frau und ihren kleinen Sohn an Bord genommen. Sie sollten gerade in die Kommandantenkoje gebracht werden, aber ein britischer Kreuzer, der am Horizont auftauchte, zwang das U-Boot zum Untertauchen, und Frau und Kind mußten in das Rettungsboot zurück. Der Kreuzer habe das Rettungsboot nicht gesichtet, und es sei zehn Tage lang auf dem Meer getrieben, ehe es von Fischern entdeckt und in die Delagoa-Bucht geschleppt worden sei. Zu diesem Zeitpunkt seien die meisten Kinder und viele Erwachsene schon verdurstet oder an Erschöpfung gestorben gewesen. Namen wurden keine genannt.

Das war das letzte, was man in Kairo von der *Queen of Sparta* hörte, und so, wie die Zeiten nun einmal waren, dachten nur noch die Hinterbliebenen an das gesunkene Schiff.

Teil VI

DIE SUMME ALLER DINGE

Zum Gedenken an Jim Farrell,
auf See geblieben August 1979

1

Im Dezember, als die anderen, die Glücklichen, gerade auf Tripolis vorrückten, wurde Simon Boulderstone in das Krankenhaus von Heluan verlegt. Zuvor war er in einem Feldverbandsplatz gewesen und von dort zu einer improvisierten Erste-Hilfe-Station bei Burg el Arab gebracht worden. Aufgrund der Kämpfe in der Wüste waren die regulären Krankenhäuser so überfüllt, daß man erst dann ein freies Bett für ihn fand, nachdem die gehfähigen Verwundeten auf Genesungsheime verteilt worden waren. In der Zwischenzeit war er von Sanitätern im Rahmen ihrer Möglichkeiten versorgt worden. Viel hatte er nicht erwartet. Er spürte, daß seine Verfassung schwankte, aber in einem richtigen Krankenhaus würde er zweifellos im Nu wieder auf den Beinen sein.

Das Krankenhaus von Heluan, eine Ansammlung von auf Sand gebauten Hütten, war zwar für Neuseeländer bestimmt, aber nach dem Gemetzel von El Alamein wurden sie alle irgendwohin verteilt. Simon wurde vom Sanitätsfahrzeug aus in eine langgestreckte Krankenstation getragen, die dadurch entstanden war, daß man zwei Baracken aneinandergestellt hatte. Da er Offizier war, wenn auch nur im niedrigsten Dienstgrad, gab man ihm ein durch Vorhänge abgegrenztes Einzelabteil. Diese lange Baracke hieß allgemein ›die Querschnitte‹, da nur wenige der dort liegenden Männer hoffen durften, jemals wieder gehen zu können.

Simon wußte das nicht. Aber selbst wenn er es gewußt hätte, hätte er diese Tatsache in keiner Weise mit seinem eigenen Zustand in Zusammenhang gebracht. Zu jenem Zeitpunkt war er überglücklich, weil er überhaupt am Leben war, wo er doch genausogut hätte tot sein können.

Er und sein Fahrer Crosbie waren in eine Mine gefahren, und gleich einer Episode aus einem verschwimmenden Traum hatte er noch immer das Bild vor Augen, wie Crosbie durch die Luft segelte und als ein Bündel loser Gliedmaßen reglos auf dem Boden liegen blieb. Seiner Vorstellung nach würde Crosbie für immer dort liegen, während er, Simon, von einem Sanka aufgelesen und zurück in die Welt der Lebenden gebracht worden war. Und jetzt war er hier, mit nichts weniger als der merkwürdigen Empfindung, als sei sein Körper bereits bei der Hälfte der Wirbelsäule zu Ende.

Das Wunder, daß er lebend davongekommen war, hielt ihn in jenen ersten Tagen in einem Zustand der Euphorie. Er wollte mit Menschen reden, statt am Ende der Station abgeschlossen von den anderen zu sein. Er bat darum, die Vorhänge zu öffnen, und als er die lange Baracke und die nackten Wände im grellen Licht der ägyptischen Sonne entlangsah, war er überrascht, Männer in Rollstühlen zu sehen, die sich mit eigener Kraft den Gang hinauf und hinunter bewegten. Er empfand Mitleid mit ihnen. Er selbst jedoch – er hatte nur einen Schlag in den Rücken erhalten. Es war ein überwältigender Schlag gewesen, der ihn betäubt hatte, und so hatte er einige Zeit lang mehr über Crosbie nachgedacht als über sich. Erst als sie in Burg el Arab eintrafen, fiel ihm auf, daß ein Teil seines Körpers fehlte. Es hatte den Anschein, als sei er in zwei Teile geteilt worden, und er fragte sich, ob seine unteren Gliedmaßen noch vorhanden waren. Er fuhr mit der Hand die Hüfte abwärts und konnte seine Oberschenkel fühlen, aber er konnte sich nicht aufrichten, um weiter unten hinzufassen. Ganz ruhig erzählte er dem Soldaten auf der nächsten Bahre, daß er seine Beine unterhalb der Knie verloren hatte. Er war nicht überrascht gewesen. Seinem Bruder Hugo war das gleiche passiert, und Unfälle dieser Art kamen in manchen Familien eben vor. Er hatte sich davor gefürchtet, aber jetzt, wo es geschehen war, kam es ihm nicht weiter schlimm vor. Aus irgendeinem merkwürdigen Grund war er sogar recht gehobener Stimmung. Er sprach lange mit dem Soldaten auf der Bahre neben sich, bevor er sah, daß der Mann tot war.

Der Krankenpfleger, der seine Wunden verbunden hatte, fragte ihn, ob er eine Morphiumspritze bräuchte. Fröhlich erwiderte er: »Nein, danke. Ich bin in Ordnung. Mir geht's gut.«

»Keine Schmerzen?«

»Überhaupt keine.«

Der Pfleger runzelte die Stirn, als habe Simon die falsche Antwort gegeben.

Alle paar Minuten kamen Sankas mit Verwundeten von der Front an. Simon war zwei Tage auf der Erste-Hilfe-Station, ehe ihn ein Arzt untersuchen konnte. Als die Decke weggezogen wurde und er sah, daß seine Beine intakt waren, war er verblüfft und richtiggehend stolz auf sie.

»Mir fehlt doch nichts, Doc, oder?«

Der Arzt blieb unverbindlich. Er sagte, daß er einen gequetschten Rückenwirbel vermutete, daß aber erst eine Röntgenaufnahme Gewißheit verschaffen könne.

»Das heilt doch wieder, Doc, oder?«

»Das ist eine Frage der Zeit«, sagte der Arzt, und Simon, der dies so auffaßte, als sei seine Lähmung nur eine vorübergehende, brach in Gelächter aus. Als der Arzt die Stirn runzelte, sagte Simon: »Ich habe gerade an meinen Fahrer gedacht, an Crosbie. Der sah so komisch aus, als er durch die Luft segelte.«

In Heluan lachte er immer noch. Alles, was mit seiner Verfassung zusammenhing, brachte ihn zum Lachen. Nachdem die ersten Tage vollkommener Gefühllosigkeit vorüber waren, wurde er von den lächerlichsten Wahnvorstellungen heimgesucht. Zeitweilig schien es, als führten seine Knie ein Eigenleben und würden sich aus eigenem Antrieb erheben. Dann sah er immer hinunter und erwartete, daß sich die Decke hob. Oder er bildete sich ein, daß ihn jemand am Fuß zog. Ein- oder zweimal war dieser Eindruck so stark, daß er seine Beine aufdeckte, um sich zu vergewissern, daß er nicht über das Fußende des Bettes hinausrutschte.

Und dann diese Behandlung. Dauernd wurde sein Gesäß angehoben und mit Franzbranntwein eingerieben. »Gegen Wundliegen«, sagte die Schwester. Alle zwei Stunden wurde er gedreht, zuerst auf die eine Seite, dann auf die andere, und die Hüfte wurde mit einem Polster abgestützt, um ihn in der jeweiligen Lage zu halten. Beim ersten Mal fragte er: »Wofür soll das gut sein?«

Die Schwester kicherte und sagte: »Da fragen Sie mal lieber den Physio.«

Der Physio war ein junger Neuseeländer namens Ross. Er kicherte nicht, sondern erklärte ihm sachlich, daß die wiederholten Bewegungen dazu dienten, Verdauung und Stuhlgang aktiv zu halten. Nicht daß sie aktiv gewesen wären. Als ihm zum ersten Mal eine junge Frau ein Klistier verabreichte, hatte er sich fürchterlich geschämt.

Sie hatte gesagt: »Wir wollen doch nicht, daß die Scheiße oben rauskommt, oder?« Nach einiger Zeit hörten die Klistiere auf, und man führte ihm Stuhlzäpfchen ein. Er gewöhnte sich daran, angefaßt und behandelt zu werden und hörte auf, sich zu schämen. Er mußte akzeptieren, daß seine Verdauung außerhalb seiner Kontrolle lag, aber nach einiger Zeit erkannte er die Symptome, die ihm anzeigten, daß seine Blase gefüllt war. Dann pochte sein Herz, oder er verspürte einen Schmerz in der Brust und mußte darum bitten, mit Hilfe eines Katheters erleichtert zu werden.

Ross schaute dreimal täglich bei ihm vorbei, um seine Knie und Hüftgelenke zu bewegen, und er führte diese Übungen sorgfältig und mit sanfter Ernsthaftigkeit durch.

Alles, was man mit ihm tat, vergrößerte in ihm das absurde Gefühl seiner Abhängigkeit. »Ihr behandelt mich wie ein Baby«, sagte er zu Ross, der lediglich nickte und gegen sein Knie klopfte.

Das Klopfen bewirkte ein übersteigertes Zucken des Beins, und Simon fragte interessiert und amüsiert: »Warum macht es das?«

»Weiter nichts als Kontrollverlust, Sir. Ihr System ist sozusagen durcheinander.«

Als sich einmal sein linkes Bein ganz plötzlich bewegte, rief er nach Ross und sagte: »Ich muß wohl Fortschritte machen.«

Ross schüttelte den Kopf: »Das kommt manchmal vor, Sir. Es bedeutet gar nichts.«

Simon lachte weiterhin, und manchmal so hysterisch, daß der Arzt sagte: »Wenn wir Sie nicht ruhigstellen, junger Mann, dann wird die Rückkehr ins Leben Ihr Tod sein.«

Er erhielt Sedativa; er betrat eine Welt verklärter Wirklichkeit und verlor alle Hemmungen. Er hielt alles für möglich und bat die Oberschwester, Miß Edwina Little in der Britischen Botschaft anzurufen und ihr zu sagen, sie möge ihn besuchen.

»Ihre Freundin, stimmt's?«

»Das wär' schön. Sie war die Freundin meines Bruders. Ich weiß nicht, wessen Freundin sie jetzt ist, aber sie ist die tollste Puppe in Kairo. Warten Sie nur, bis Sie sie sehen. Glauben Sie, ich komme bald hier raus? Ich möchte mit ihr eine Spritztour machen, sie zum Dinner ausführen, in einen Nachtclub gehen...«

»Das heben Sie sich besser auf, bis Sie wieder auf den Beinen sind.«

»Das dauert doch jetzt nicht mehr lange, Schwester, oder?«

»Dazu kann ich nichts sagen. Das werden wir abwarten müssen.«

»Das heißt, es ist nur eine Frage der Zeit?«

Die Schwester machte keinerlei Versprechungen und sagte ausweichend: »So könnte man vermutlich sagen«, und Simon war damit zufrieden. Solange er die Gewißheit verspürte, daß er schließlich wieder genesen würde, konnte er die Zeit abwarten.

2

Nachdem die 8. Armee Ägypten verlassen hatte, hatte die Hauptstadt eine schläfrige Ruhe befallen. Kairo war nicht länger Garnisonsstadt. Die Soldaten, die die Gehsteige bevölkert hatten und ziellos, verärgert und zum Müßiggang verurteilt umhergeschlendert waren, weil es keine Waffen für sie gab, waren alle bewaffnet und in den Kampf geschickt worden.

Der britische Vormarsch nach El Alamein war beeindruckkend gewesen, aber niemand glaubte, daß er Bestand hätte. Alle erwarteten einen Gegenangriff, der das Afrika Korps über die Grenze zurückbringen würde. Aber dieses Mal blieb der Gegenangriff aus, und bis zum Januar hatten sich die Deutschen so weit zurückgezogen, daß es schien, als hätten sie sich im Sand der Wüste in Nichts aufgelöst.

Die wenigen britischen Offiziere, die immer noch ihren Tee im Garten bei Groppi tranken, trugen eine entschuldigende Miene zur Schau, da sie das Gefühl hatten, von der vorbeigaloppierenden Militärmaschinerie zur Seite gefegt worden zu sein.

Es war eine angenehme Jahreszeit. Der Winter war in Ägypten lediglich eine milde Pause zwischen einem Sommer und dem nächsten. Er dauerte nicht lange, und es gab keinen Frühling, obwohl ein paar Laubbäume, die gewohnheitsmäßig ihre Blätter abgeworfen hatten, jetzt wieder Knospen hervorbrachten. Niemand in Garden City bemerkte sie, da sie zwischen all den immergrünen Pflanzen und den Palmen und dem dichten, glänzenden Blätterdach der Mangobäume untergingen. Die Abende waren klar, und morgens hing etwas Dunst wie ein zarter Schleier über den Spazierwegen am Fluß.

Zur Mittagszeit war es gewöhnlich warm genug, um einen Eindruck von der drohenden Sommerhitze zu bekommen. In dem Apartment, das Edwina Little mit Dobson und Guy Pringle teilte, schwebte in den Räumen, die auf den Nachbargarten hinauszeigten, bereits der Duft trocknenden Grases.

Dobson, der das Apartment von der Botschaft gemietet hatte, bewohnte ein Zimmer im kühlen Zentrum der Wohnung. Die anderen Räume im Korridor unter dem Dach hatte er an Freunde untervermietet. Nur zwei Freunde waren noch da. Guy Pringles Frau Harriet hatte Kairo verlassen, um in Suez an Bord eines Evakuierungsschiffes zu gehen.

Dieses Schiff, die *Queen of Sparta*, sollte um das Kap herum nach England fahren. Sie hatte ein paar Tage nach Weihnachten abgelegt, und jetzt, im Januar, gab es das Gerücht, sie sei im Indischen Ozean versenkt worden und niemand habe überlebt. Als Guy davon hörte, weigerte er sich, es zu glauben. Kairo bestand ohnehin nur aus Gerüchten, die sich üblicherweise als falsch herausstellten. Dobson und Edwina, die

Gerüchte ebenfalls mit Argwohn aufnahmen, verständigten sich hinter Guys Rücken, das Thema nicht anzuschneiden und ihm ihr Beileid nicht zu bekunden, ehe es eine Bestätigung für die Versenkung gab.

Er war froh über ihr Schweigen, das zu beweisen schien, daß das Ganze eine Ente war. Er fing an, sich einzureden, daß diese Ente gegen ihn gerichtet war, weil seine Frau nicht evakuiert werden wollte. Halb verdächtigte er seinen Freund Jake Jackman, eine notorische Quelle von Gerüchten, der Harriet sehr gemocht hatte und jetzt vielleicht über ihren Weggang verärgert war.

Als er mit Jake im anglo-ägyptischen Union Club saß, sagte Guy, als müsse er sich rechtfertigen: »Du weißt ja, dieses Klima hätte Harriet noch umgebracht. Ich bezweifle, ob sie hier noch einen Sommer überlebt hätte.«

»Yep. Sie sah aus, als würde der Wind sie gleich davontragen«, stimmte Jake zu. Doch dann, unfähig, seiner eigenen Boshaftigkeit zu widerstehen, kicherte er und zupfte an seiner dünnen Adlernase: »Du kennst ja den Spruch: Wenn du den wahren Charakter eines Mannes rauskriegen willst, brauchst du nur den Gesundheitszustand seiner Frau zu betrachten.«

Guy war indigniert: »Wer sagt denn so was? Ich habe noch nie einen dümmeren Satz gehört.«

Nachdem er seinen Pfeil abgeschossen hatte, übte sich Jake bereitwillig in Verbindlichkeit: »Du wirst doch diese Gerüchte nicht glauben, oder? Ignoriere sie, und sie verschwinden von selbst.«

Aber sie verschwanden nicht. Leute, die Freunde oder Verwandte auf dem Schiff hatten, sprachen Guy an und fragten ihn, ob er Informationen hätte. Dobson erhielt einen Brief eines Diplomaten aus dem Irak, dessen Frau, Marion Dixon, an Bord des Schiffes gewesen war. Er bat Dobson um Einzelheiten, und schließlich wurde das Problem am Frühstückstisch angeschnitten, dem Ort, an dem sich die drei Bewohner der Wohnung trafen, um zu plaudern.

Guy schnitt es als erster an. Auch er bat Dobson: »Du mußt doch die Geschichte von der gesunkenen *Queen of Sparta* gehört haben! Wenn sie wahr wäre, dann hättest du doch bestimmt schon eine offizielle Bestätigung?«

»Ja, in normalen Zeiten, aber die Zeiten sind nicht normal. Das Schiff hat unseren Einflußbereich verlassen, und deshalb kann es Monate dauern, bis wir etwas hören.«

Edwina, eifrig bemüht, Guy zu beruhigen, sagte: »Oh, Dobbie, du hättest in der Zwischenzeit bestimmt etwas gehört. Natürlich hättest du etwas gehört!«

»Tja, wir *hätten eigentlich* in der Zwischenzeit etwas hören sollen. Insofern gebe ich dir recht.«

Dobsons Ton suggerierte, daß sie vielleicht noch etwas hören könnten, und Guy verließ verstört den Tisch und ging ins Institut, wo er seiner Angst und Nervosität dadurch entkommen konnte, daß er sich selbst beschäftigte.

Nachdem er gegangen war, sagte Edwina: »Weißt du was, Dobbie? Guy ist kein bißchen mehr er selbst. Man sieht, daß er sich fürchterliche Sorgen macht, aber versucht, es zu verbergen. Falls Harriet tot wäre – ich bin mir natürlich sicher, daß sie das nicht ist –, dann wüßte ich, daß sie wollte, daß ich ihn tröste. Und das sollte ich auch tun, findest du nicht?«

Dobson betrachtete sie mit einem ironischen Lächeln und fragte: »Und was, schlägst du vor, könnte man da wohl machen?«

»Oh, da gibt es verschiedene Möglichkeiten. Ich könnte ihn bitten, mich auszuführen. Einmal hat er mich ins Extase ausgeführt, als er mich heulend vorgefunden hat, weil Peter mich versetzt hatte. Er war wirklich süß.«

»Und was hat Harriet dazu gesagt?«

»Gar nichts, glaube ich. Wir waren gute Freundinnen, wie du weißt. Mir fiel gerade ein, daß wir ins Continental-Savoy gehen könnten, zu einem Abendessen mit Tanz. Guy tanzt doch hoffentlich?«

»Ich weiß nicht. Mir ist noch nie dergleichen zu Ohren gekommen.«

»Er kann es bestimmt. Er ist sehr klug, weißt du. Ich habe in seinem Konzert für die Soldaten gesungen, und er war wunderbar. Er sagte, ich hätte wie ein Engel gesungen.«

»Du vergißt doch trotz dieser gegenseitigen Bewunderung hoffentlich nicht, daß er mit Harriet verheiratet ist.«

»Dobbie, wie kannst du nur so etwas sagen! Ich werde Harriet nie vergessen. Aber wenn man zusammen eine Show macht, dann erwächst daraus eben eine besondere Beziehung. Und genau das haben Guy und ich: eine besondere Beziehung.«

Dobson lachte nachsichtig, und Edwina erinnerte sich an eine zweite besondere Beziehung. »Erinnerst du dich an diesen netten Jungen, Boulderstone, der gefallen ist, der, den ich so gerne mochte? Wie hieß er doch gleich?«

»Ich kann mich nicht erinnern.«

»Na ja, sein Bruder ist jetzt verwundet. Er ist im Krankenhaus von Heluan, und ich habe versprochen, ihn zu besuchen. Das ist eine ziemlich weite Fahrt. Wenn ich also heute abend zu spät ins Büro komme, dann verstehst du das doch, Dobbie, Lieber, oder?«

Dobson lachte erneut und sagte: »Zerbrich dir nicht den Kopf. Wir vergeben dir, wie immer, meine Liebe.«

Edwinas Auftritt bei den Querschnitten bewirkte bei den Männern eine ungläubige Stille. Jeder, der seinen Hals bewegen konnte, verfolgte sie, wie sie die ganze lange Station durchschritt und Simon am entgegengesetzten Ende suchte. Sie trug ein Kostüm aus feiner, weißer Wolle, und die Absätze ihrer Schuhe aus weißem Glacéleder pochten auf den Holzfußboden. Das Weiß ihrer Kleidung unterstrich die goldene Farbe ihrer Haare und ihrer Haut. Als sie die starren Blicke der Männer registrierte, schüttelte sie ihre Haare über dem rechten Auge zurück und lächelte freundlich, aber unverbindlich von einer Seite zur anderen.

Als sie auf Simon zuging, staunte dieser genauso ungläubig wie die ganze Station. Sie ging zu ihm hin, setzte sich neben ihn und sagte: »Simon, mein Lieber, wie geht's dir denn?« Er sank zurück in seine Kissen, ganz betäubt und ohne die Kraft zu einer Antwort.

Sie stellte ein paar weiße Nelken auf den Tisch und beugte sich dann zu ihm hin, so daß er sowohl vom Duft der Blumen als auch von dem schweren Parfum eingehüllt war, das sie trug. Er erinnerte sich, daß Hugo ihm aufgetragen hatte, für sie in einem teuren kleinen Westend-Laden ein Parfum zu kaufen: *Gardenia*. Einige Augenblicke lang war dessen Aroma viel wirklicher als ihre Anwesenheit. Obgleich er sie erwartet hatte, konnte er nur staunen, daß ein so schönes und so elegantes Wesen, das so gar nichts mit der Wüstenvorstadt aus Wellblechbaracken und Sand gemein hatte, ausgerechnet ihn besuchen kam.

Sie mißverstand sein Schweigen und fragte betroffen: »Du hast mich doch nicht vergessen, oder?«

»Dich vergessen?« Er stieß ein Lachen aus, das schon eher ein Schluchzen war. »Wie könnte ich dich vergessen? Ich habe an niemand anderen gedacht, seit ich dich zum erstenmal gesehen habe.«

»Also Simon, wirklich!« Seine Leidenschaftlichkeit verwirrte sie. Daß er sich in sie verknallt hatte, überraschte sie nicht, aber sie war nicht mehr das gleiche Mädchen, das sie bei ihrem letzten Zusammentreffen gewesen war. Sie war ebenfalls verknallt gewesen, nicht in diesen armen Jungen, sondern in einen Mann, einen irischen Peer, der ihre Beziehung sorglos und großzügig gehandhabt hatte, ehe er sie dadurch beendete, daß er ihr erzählte, er sei bereits verheiratet. Er war in die Wüste zurückgekehrt, und sie hatte nicht nur ihn verloren, sondern auch einiges an Selbstvertrauen. Und die ganze Zeit über, in der sie sich nach Peter Lisdoonvarna gesehnt hatte, hatte sich dieser junge Leutnant nach ihr gesehnt! Bei dem Gedanken lächelte sie traurig, und er fragte ängstlich: »Was ist los, Edwina? Du bist mir doch nicht böse, weil ich das gesagt habe?«

»Böse? Ach wo, kein bißchen, aber erinnerst du dich an diesen Oberst, Lord Lisdoonvarna? Er war gerade anwesend, als du kamst, um uns vom Tod deines Bruders zu erzählen.«

»Und ob ich mich an ihn erinnere. Ihm habe ich es zu verdanken, daß ich den Job als Verbindungsoffizier gekriegt habe. Er hatte sich meinen Namen aufgeschrieben. Unheimlich anständig von ihm, nicht wahr?«

»Das wußte ich ja gar nicht.«

Jetzt, wo sie es wußte, ließ sie dieser Akt der Freundlichkeit ihren Verlust noch größer erscheinen. Tränen verschleierten ihren Blick, und sie sagte mit brüchiger Stimme: »Oh, Simon, du kannst dir nicht vorstellen, wie er mich behandelt hat. Es war fürchterlich. Ich bin immer noch nicht darüber hinweg.« Sie hielt inne und schüttelte den Kopf, um sich in den Griff zu bekommen: »Er hat mich verlassen. Ja, verlassen. Monatelang sind wir zusammen überallhin gegangen. Er hat einfach Besitz von mir ergriffen, so daß ich keine Möglichkeit hatte, irgend jemand sonst kennenzulernen. Und dann, stell dir vor, als er genug hatte, hat er seine Rückkehr zu seiner Einheit gedeichselt.«

»Das ist ja gräßlich!« Simon streckte seine Hand aus, und sie legte die ihre hinein. Er war schockiert gewesen, als er geglaubt hatte, sie hätte Hugo im Stich gelassen, und er war jetzt schockiert, weil Lisdoonvarna sie im Stich gelassen hatte. Er konnte lediglich sagen: »Das tut mir leid«, aber sein Mitgefühl kam so von Herzen, daß Edwina seine Hand drückte.

»Lieber Simon, was bist du doch für ein Trost!« Sie sah in sein Gesicht, das dem Gesicht seines Bruders so ähnelte, und als sie darin die gleiche Jugend und Sensibilität und absolute Sympathie fand, verspürte sie so etwas wie Liebe für ihn. Sie sagte: »Vergessen wir Peter. Es gibt noch andere Männer auf der Welt, nicht wahr? Du bist so nett, daß du mir mein Selbstvertrauen wieder zurückgibst. Ich hatte schon geglaubt, daß mich überhaupt niemand mehr attraktiv finden würde.«

»Gott im Himmel! Mein Bruder Hugo hat jedenfalls gesagt...«

»Ja, Hugo.« Edwina griff den Namen auf, der ihr die ganze Zeit über entfallen war. »Hugo war wunderbar. Er war der Richtige für mich, weißt du. Ich habe mich bloß von Peter blenden lassen, das war alles. Er war ein Lord und Oberst und... na ja, ich war blöd, nicht wahr?«

Simon spürte, daß es dieser Argumentation an Logik mangelte, aber er sagte: »Du warst also doch Hugos Mädchen?«

»Na klar. Selbstverständlich war ich das. Und weißt du, Simon, du bist ihm so ähnlich. Dein Gesicht, deine Art zu reden, alles an dir. Genau wie Hugo.« Sie lächelte ihn aufmunternd an. Obgleich gutaussehende Offiziere keine großartige Zukunft boten, hatte man doch eine Menge Spaß mit ihnen, solange sie am Leben waren.

Simon lächelte zurück und sagte: »Man hat uns immer für Zwillinge gehalten. Meine Mutter erzählte, daß sie uns manchmal selbst nicht auseinanderhalten konnte.«

»Aber wie geht es denn dir, Simon? Dir scheint es ja ganz gut zu gehen. Viel kannst du ja nicht haben. Du bist nicht schlimm verwundet worden, oder?«

»Nein, es ist nicht weiter schlimm. Ich wurde von einem Metallsplitter getroffen. Bald bin ich wieder draußen und kann rumlaufen, und ich überlege schon die ganze Zeit, ob ich dich mal zu einer Spazierfahrt einladen darf, sobald ich ein Auto kriege?«

»Das wär' lieb.«

Das Wort ›lieb‹, von Edwina ausgesprochen, überwältigte ihn völlig. Er wurde rot, als ihm ein Gedanke kam, vermutlich der kühnste Gedanke seines ganzen Lebens. Wenn er ihr schon wie Hugo vorkam, konnte sie da nicht für ihn das gleiche empfinden wie für seinen Bruder? Schließlich war er der Überlebende, und der Überlebende war der rechtmäßige Erbe. Als sich seine Röte verstärkte, mußte er erklären, daß er immer noch Fieber hatte. Weil es Winter war, störte es ihn nicht weiter, aber im Sommer würde es strapaziös werden.

Edwina ließ sich nicht täuschen. Sie reagierte auf seinen hoffnungsvollen, erwartungsfrohen Blick, so wie sie auf viele andere junge Männer reagiert hatte. Sie lächelte ein Lächeln, das verführerisch und leicht schelmisch und für Simon voller Verheißungen war. Ihm fiel ein, daß er, wie Peter Lisdoonvarna, bereits verheiratet war, aber was machte das schon? Er war erst eine Woche verheiratet gewesen, als er eingezogen wurde. Und jetzt war diese Woche schon so weit weg, als hätte es sie nie gegeben.

Sie hielten einander immer noch bei den Händen, aber Edwina glaubte, sie könne ihm jetzt ihre Finger entziehen.

Als sie es tat, hielt Simon sie fester und sagte: »Geh noch nicht weg von mir.«

»Ich fürchte, ich muß aber weg.« Lachend entzog sie sich seinem Griff und nahm Handschuhe und Handtasche auf. »Ich gehöre nämlich zu den Werktätigen, weißt du. Ich muß zurück in die Botschaft.«

»Aber du kommst doch wieder?«

»Aber natürlich.« Sie berührte seine Wange mit den Fingerspitzen. »Ich komme wieder und wieder und wieder. Darum für heute: auf Wiedersehen.«

Die Dankbarkeit für dieses Versprechen würgte in seiner Kehle, so daß er kaum auf Wiedersehen sagen konnte.

Als er sie beobachtete, wie sie durch die Station davonschritt, veränderte sich seine Stimmung. Seine Begeisterung hatte während ihres Besuchs ihren Höhepunkt erreicht, und als sie wegging, ging seine Erregung mit ihr. Er sah, wie die Soldaten in ihren Rollstühlen zur Seite fuhren, um sie vorbeizulassen, und zum ersten Mal identifizierte er sich mit ihnen. Es wurde ihm klar, auf welcher Station er lag und warum. Er spürte das Entsetzen darüber wie einen Knoten in seiner Brust, und er warf sich ruhelos in seinen Kissen herum und hatte das dringende Bedürfnis nach Beruhigung und Bestätigung.

Eine ganze Zeit lang war der Sanitäter mit dem Tee die einzige Person, die bei ihm vorbeikam. Simon hielt ihn am Arm fest und versuchte, ihn auszufragen, aber der Sanitäter sagte lediglich: »Fragen Sie nicht mich, Sir. Das einzige, was ich gemacht habe, bevor ich in den Bunker hier kam, war Kohlen schaufeln.«

»Wo ist der Arzt? Warum ist er noch nicht vorbeigekommen? Ich muß ihn sprechen.«

Der Sanitäter, ein großer, rothaariger Bursche, sah mitleidig auf ihn hinab und sagte: »Jetzt regen Sie sich mal nicht auf, Sir. Es geht alles in Ordnung. Der Physio wird jede Minute hier sein.«

Simon ließ den Mann gehen und lag dann ungeduldig da und wartete auf Ross. Es wurde ihm klar, daß all sein Lachen, seine ganze Hochstimmung nur ein Schutzschirm gewesen waren, der ihn von den armen Teufeln in den Rollstühlen trennen sollte.

Er hörte sie ein altes Soldatenlied singen, das sie zu ihrem Lieblingsschlager erkoren hatten. Zuerst hatte er geglaubt, es sei: ›Schöne Träumerin, hör' meinen Gesang. Ich bin in Shiba schon zu verdammt lang...‹

Jetzt hörte er es in einer anderen Version:

Schöne Träumerin, hör' meinen Gesang.
Ich bin bei den Querschnitten schon zu verdammt lang.

Und dies hier war die Station der Querschnitte – der Paraplegiker und der Tetraplegiker! Traurig sangen sie die nächsten Zeilen:

Schickt uns die *Rodney* und die *Renown* runter.
Bloß mit der *Hood* hapert's, denn die ging schon unter.

Er überlegte, wie lange wohl einige von ihnen schon bei den Querschnitten sein mochten. Und wie lange würde er selbst wohl hierbleiben müssen?

Ross kam an sein Bett, und Simon wußte seinen gravitätischen Ernst zu schätzen.

Ross sah seine verzweifelte Miene und produzierte ein Geräusch in seiner Kehle, das wie eine Anerkennung seines Stimmungsumschwungs klang, aber er sagte nichts. Mit der für ihn typischen sanften Effizienz deckte er Simons Beine auf und begann, sie zu bearbeiten.

Simon sah hinunter, betrachtete sie und konnte erkennen, wie fremd sie waren. Das waren überhaupt nicht seine Beine. Sie hatten jede Sonnenbräune verloren und kamen ihm ganz unnatürlich weiß vor: gefühllose, steinerne Beine, zu schwer, um sie zu bewegen, leblos, die Beine einer Leiche.

Als Ross mit seinen Übungen fertig war, fuhr er mit einem Bleistift an Simons rechter Fußsohle entlang, von der Ferse bis zum Zeh: »Spüren Sie das?«

»Nein.«

Die Decke wurde wieder über die Beine gezogen, und Simon kam es vor, als verschwänden seine Beine in der Finsternis des Todes. Er sagte: »Warten Sie einen Augenblick, Ross. Ich möchte, daß Sie mir die Wahrheit sagen.« Simon nickte zu den an ihre Rollstühle gefesselten Männern hinüber, die sich im Licht der untergehenden Sonne bewegten, unendlich langsam und geduldig, wie in einem Gefängnis: »Werde ich auch mal so einer?«

Ross betrachtete ihn ernst: »Wie lange ist das jetzt her, seit es Sie erwischt hat, Sir?«

Seit er bei Gazala aufgefunden worden war, hatte Simon sein Zeitgefühl verloren, aber er sagte: »Ungefähr einen Monat.«

»Vor der sechsten Woche brauchen Sie sich nicht den Kopf zu zerbrechen.«

Ross ging zu seinen anderen Patienten, und Simon, der nichts anderes zu tun hatte, als sich den Kopf zu zerbrechen, begriff, daß es bereits volle vier Wochen sein mußten, seit er und Crosbie in die Minenfalle geraten waren. Das Gefecht bei Gazala war Mitte Dezember gewesen, und sie waren nicht viel später dem Vormarsch gefolgt. Jetzt war Januar. Zwar Anfang Januar, aber immerhin Januar. Angesichts der fortschreitenden Zeit wurde aus seiner Deprimiertheit Verzweiflung.

Die Schwester kam fröhlich zur abendlichen Visite herein: »Na, wie geht's uns denn heute?« Da sie auf Schweigen stieß, fragte sie: »Was ist los? Freundin nicht gekommen?«

Er antwortete erst, als sie mit ihren Verrichtungen fertig war: »Schwester, wenn diese junge Dame wiederkommt, dann will ich sie nicht sehen.«

»Das sagen Sie ihr am besten selbst.«

»Bitte, schließen Sie die Vorhänge.«

Die Schwester verstand seinen Stimmungsumschwung, zog an drei Seiten die Vorhänge um sein Bett und ging wortlos. Auf der vierten Seite war ein Fenster ohne Jalousie. Er mußte das Licht ertragen, aber wenn er es gekonnt hätte, hätte er es verdunkelt und sich selbst in seinem Elend wie in einer Gruft vergraben.

3

Die *Egyptian Mail* bestätigte die Versenkung der *Queen of Sparta*, doch ihrem Bericht zufolge gab es Grund zur Hoffnung. Ein Korrespondent in Dar-es-Salaam hatte die Zeitung dahingehend informiert, daß ein mit Frauen und Kindern voll besetztes Rettungsboot davongekommen sei. Seine Steuerung sei defekt gewesen, und es sei zehn Tage lang auf dem Meer umhergetrieben, ehe es von Fischern gesichtet wurde, die es nach Delagoa Bay schleppten. Zu diesem Zeitpunkt waren die Kinder und einige Erwachsene schon an Durst und Erschöpfung gestorben.

Aber nicht alle. Nicht alle. Es hatte Überlebende gegeben.

Edwina sagte voller Ernst zu Guy: »Ich bin mir sicher, und zwar *absolut* sicher, daß Harriet lebt.«

Guy gewann die gleiche Sicherheit wie sie, und seine natürliche gute Laune kehrte zurück. Seine quälenden Befürchtungen und Ängste wurden durch die Gewißheit ersetzt, daß ihm Harriet nun täglich ein Telegramm aus Dar-es-Salaam schicken würde.

Er sagte: »Harriet überlebt alles. Nach all dem, was sie seit Ausbruch des Krieges mitgemacht hat, sind zehn Tage in einem offenen Boot für sie so gut wie nichts.«

Dobson stimmte zu: »Sie sah zerbrechlich aus, aber gerade diese zerbrechlichen Mädchen sind die zähesten, eine wie die andere.«

Guy stimmte zu, ehe ihn sein Gedächtnis vorwurfsvoll daran erinnern konnte, mit welcher hauptsächlichen Begründung Harriet überredet worden war, das Schiff zu nehmen. Aber all dies war Vergangenheit. Wenn sie nach Kairo zurückkehrte, würden weder er noch irgend jemand sonst sie drängen zu gehen, wenn sie es nicht wollte.

Edwina sah, daß Guy wieder der alte wurde, und sagte: »Oh, Guy Darling, laß uns doch mal abends zusammen ausgehen!«

»Vielleicht, wenn ich etwas mehr Zeit habe.«

»Laß uns doch ins Continental-Savoy zum Dinner mit Tanz gehen.«

»Du lieber Himmel, nein!« Guy war entsetzt über diesen Vorschlag. Er sagte, er würde Harriets Rückkehr feiern, vorzugsweise dann, wenn Harriet sicher zurück war, aber nichts würde ihn ins Continental-Savoy bringen.

»Oh!« Edwina seufzte traurig: »Bist du denn noch nie mit Harriet zum Tanzen gegangen?«

»Nein, noch nie.«

»Arme Harriet!«

Guy gefiel diese Unterhaltung überhaupt nicht, und er ging fort. Edwina machte sich nach Heluan auf, wo sie sich herzerwärmende Unterhaltung erhoffte.

Sie war sich so sicher, willkommen zu sein, daß sie im Stationszimmer gar nicht erst nach Simon fragte, sondern gleich durch die Station dorthin ging, wo er hinter seinen Vorhängen lag. Sie teilte die Vorhänge und sagte »Hallo«, erhielt jedoch keine Antwort. Simon warf ihr einen Blick zu, der so voller Schmerz war, daß er sie verwirrte. Dann wandte er sich ab und zog die Decke übers Gesicht. Sein verändertes Verhalten brachte sie vollkommen aus der Fassung. Er war nicht mehr länger ihr glühender Bewunderer, sondern eine verschreckte Gestalt, die durch ein Loch im Bett zu versinken schien.

»Was ist denn los, Simon?« Sie beugte sich über ihn und versuchte, ihn aufzurichten: »Willst du mich nicht sehen?«

Sein Schweigen war Antwort genug. Ihm wurde klar, daß seine Beine nicht die einzigen Teile seines Körpers waren, die vielleicht nie wieder funktionieren würden. Er versteckte sich nicht nur unter seiner Decke, sondern drehte auch noch das Gesicht ins Kissen. Sie stand neben dem Bett und sagte mehrmals: »Simon, mein Lieber, sprich doch mit mir. Sag mir, was los ist.«

Schließlich murmelte er: »Geh weg«, und da sie den Jammer, der über dem düsteren, kleinen Abteil hing, nicht länger ertragen konnte, verließ sie ihn. Am anderen Ende der Baracke ging sie ins Zimmer der Stationsschwester und fragte, was denn diese dramatische Veränderung im Verhalten von Mr. Boulderstone bewirkt habe.

Die Schwester sagte: »Der kommt schon drüber hinweg.

Das machen die alle durch. Zuerst schnappen sie richtig über, aus Dankbarkeit, daß sie noch leben, und dann dämmert ihnen, was das wahrscheinlich für ein Leben sein wird. Es ist nicht einfach zu akzeptieren, daß man möglicherweise nie wieder gehen können wird. Trotzdem: Wenn er was taugt, wird er sich dem stellen und damit fertig werden. Wenn Sie das nächste Mal kommen, wird er vermutlich versuchen, *Sie* aufzuheitern.«

»Mich aufheitern? Aber mir hat er erzählt, daß er hier in Nullkommanichts draußen sein würde.«

»Selbst wenn er wieder werden sollte – und ich sage keineswegs, daß er keine Chance hat –, selbst dann wird es ein langer Weg sein, bis wir ihn wieder auf die eigenen Füße bringen.«

Die Schwester war eine schlichte, kraftvolle, direkte Frau und warf Edwina einen kritischen Blick zu, mit dem sie Edwinas Fähigkeit abschätzte, mit dieser Information fertig zu werden. Edwina konnte nur sagen: »Armer Simon, das habe ich nicht gewußt. Ich dachte ...« Aber sie sagte nicht, was sie dachte. Sie war bestürzt darüber, von Simons Zustand zu erfahren, und auch darüber, daß die Schwester sie richtig eingeschätzt hatte. Sie wußten beide, daß sie nicht wieder nach Heluan kommen würde.

Während der Rückfahrt nach Kairo sagte sie sich, daß der Besuch zu schmerzlich gewesen war, und was konnte sie schon für einen Mann tun, der sich so seinem Elend überließ, daß er nur noch sagen konnte: »Geh weg«? Dennoch war sie von der Einschätzung durch die Schwester verletzt, und sie überlegte, wie sie deren Urteil über sich entkräften konnte. Als der Zug in den Bahnhof einfuhr, hatte sie schon einen Ausweg aus ihrer Verwirrung gefunden. Sie selbst würde nicht wieder nach Heluan gehen können, aber ein anderer konnte an ihrer Stelle gehen. Sie entschied, daß der edelmütige Guy der Richtige war, um sich Simons anzunehmen.

Als ihm dieser Beschluß am nächsten Morgen vorgetragen wurde, war Guy sofort einverstanden. Er war jederzeit bereit, Menschen im Krankenhaus zu besuchen. Selbstverständlich würde er auch den armen Jungen besuchen.

»An meinem freien Tag fahre ich hin.«

Guys freier Tag war oft ein Tag voller Arbeit, aber der kommende Samstag sollte ganz Simon Boulderstone gehören. Er wollte gerade die Wohnung verlassen, um den Zug nach Heluan zu nehmen, als Dobson zur Haustür hereinkam. Dobson war ins Büro gegangen und aus irgendeinem Grund zurückgekehrt.

Er sagte: »Guy!« Die ungewöhnliche Feierlichkeit seines Tons rief in Guy eine Vorahnung schlimmer Nachrichten hervor und ließ ihn stehenbleiben. Dobson legte ihm einen Arm um die Schulter.

»Guy, ich wollte nicht telefonieren. Ich mußte zurückkommen und es dir selbst sagen. Wir haben jetzt die offizielle Bestätigung erhalten, daß das Evakuierungsschiff durch Feindeinwirkung gesunken ist. Nur drei Menschen haben in dem Rettungsboot überlebt. Heute früh haben wir ihre Namen bekommen. Harriet ist nicht unter ihnen.«

Guy starrte ihn an: »Ich verstehe. Harriet ist nicht unter ihnen.« Er befreite sich aus Dobsons Arm und eilte aus der Wohnung.

4

Am Tag vor Edwinas zweitem Besuch war Simon volljährig geworden. Früher einmal hatte er seinen einundzwanzigsten Geburtstag als den Höhepunkt der Reifezeit angesehen, als den Tag, der ihn vom Jugendlichen zum Mann machen würde. Nachdem er sich durch die Turbulenzen der Pubertät hindurchgekämpft hatte, würde er sich nunmehr in einer angemessenen Position der Welt gegenüber befinden. Seine Eltern würden ihm zu Ehren eine Party geben, und eine bedeutende Persönlichkeit, wie zum Beispiel sein Onkel Harry, Angehöriger des Rates der Stadt, würde eine Rede halten und ihm einen goldenen Schlüssel aushändigen und dabei sagen, daß es sich hierbei nicht nur um einen Schlüssel zu einer Tür handelte, sondern um den Schlüssel zum Leben.

Statt dessen verging der Tag wie jeder andere. Er sagte nicht einmal Ross Bescheid. Hier bei den Querschnitten war es ohne Bedeutung, aber in der Nacht hatte er einen Traum. Er träumte, daß er durch eine englische Landschaft rannte, daß er Meilen über Meilen durch grünes Gras rannte und hüpfte. Als er an eine Hecke kam, machte er einen Satz, einen außergewöhnlich hohen Satz. Er hob ihn so hoch in die Luft, daß er das Gefühl hatte zu fliegen, und als er wieder hinunter kam, sagte er beim Aufwachen: »Dies war zur Feier des Tages.« Die Hochstimmung aus dem Traum hielt noch einige Sekunden lang an; dann verblaßte sie, und er wußte, daß es nichts zu feiern gab.

Nach Edwinas zweitem Besuch begann er, an Selbstmord zu denken. Der Tod würde alle Probleme lösen, aber wie war er zu bewerkstelligen? Nichts Todbringendes – keine Schlaftabletten, keine giftigen Substanzen, nicht einmal die Flasche mit dem Spiritus – wurde jemals innerhalb seiner Reichweite zurückgelassen. Sie paßten auf. Er war wie ein Kind in ihren Händen, und er fühlte sich langsam auch wie ein Kind, abhängig, gehorsam, übellaunig.

Er überlegte gerade, ob er sich wohl selbst ersticken oder die Nahrung verweigern konnte, bis er verhungerte, als jemand an den Vorhängen fummelte, um sie zu öffnen. Er hatte eine Schwester erwartet, doch der Neuankömmling war keine Schwester. Es war der Pater.

»Dachte, Sie wollten vielleicht einen von uns sehen«, sagte der Pater. »Ich wäre schon früher gekommen, aber zur Zeit sind wir sehr gefragt. Habe gerade mit Ihrem Medizinmann geplaudert, und er sagte, Sie seien wieder guten Mutes. Froh darüber, am Leben zu sein und so weiter. Sie würden vermutlich gerne Dank sagen, wie?« Da er keine Antwort erhielt, drückte sich der Pater deutlicher aus: »Dank sagen dem Herrn über uns, meinte ich natürlich. Wie?«

Wieder keine Antwort. Das rötliche Gesicht des Paters sah wie eine mißratene Kartoffel aus; zwar blieb er liebenswürdig, aber er war von Simons Schweigen verwirrt. »Sie gehören doch der Kirche von England an, stimmt's?«

Simon nickte. Er wußte, daß er einen Fehler begangen

hatte, als er ›K.v.E.‹ hingeschrieben hatte. Sein alter Sergeant in der Wüste hatte ihn oft genug gewarnt: »Bekennen Sie sich zu gar nichts, Sir. Was immer Sie auch gefragt werden, sagen Sie: ›Weiß ich nicht‹, dann kommen die gar nicht erst an Sie ran, verstehnse!« Aber ›Weiß ich nicht‹ war ihm nicht als die geeignete Antwort erschienen, wenn man gebeten wurde, seine Religionszugehörigkeit anzugeben. Für einen Rückzieher war es jetzt ohnehin zu spät. Der Pater nahm befriedigt das Kopfnicken zur Kenntnis, zog seine Pfeife heraus und verschaffte sich Zeitgewinn, indem er sie stopfte.

»Sie können sich noch nicht gut selbst bewegen, nicht wahr?«

Simon schüttelte den Kopf.

»Das ist schon in Ordnung. Für Leute wie Sie haben wir ein Spezialarrangement. Wir bringen Ihnen die Eucharistie direkt ans Bett. Die Leute finden das eine große Erleichterung. Ja, wie wär's damit nach dem Gottesdienst am Sonntag?«

Simon schüttelte wieder den Kopf.

»Sie meinen, Sie gehen nicht regelmäßig zur Kommunion?«

»Ich meine, daß ich meine Ruhe haben will.«

Der Pater gab sich keineswegs geschlagen, steckte die Pfeife in den Mund und begann, sich auf die Situation einzustellen. »Depressionen, stimmt's? Was sagt denn der Medizinmann?«

»Nichts. Er braucht ja auch nichts zu sagen. Meine Beine sind kaputt.«

»Aber es ist doch nichts Dauerhaftes?«

»Wahrscheinlich schon. Dafür dauert es nun schon zu lange.«

»Ach, Kopf hoch, alter Junge. Halten Sie die Ohren steif. Sogar wenn der schlimmste Fall eintritt, sind Sie nur einer unter vielen, die Pech hatten. Denken Sie an Ihn. Denken Sie an Sein Opfer. Denken Sie an das Gleichnis vom Spatzen, der zur Erde fällt. Denken Sie an Seine Liebe.«

Der Pater fing an, Simon leid zu tun. Es war bestimmt nicht einfach, die Liebe Gottes jungen Männern zu predigen, deren Zukunft zu Ende war, noch ehe sie begonnen hatte.

Der Pater fuhr fort: »Im Moment sind Sie down. Aber das dauert nicht lange. Da kommen Sie schon wieder raus, ganz bestimmt. Und wenn die alten Beine nicht mehr wollen, na ja, das ist auch nicht der Weltuntergang. Sie können froh sein, daß Sie ein Para und kein Tetra sind. Da gibt's noch einen Haufen Dinge, die Sie machen können. Sie können sich Ihren Unterhalt verdienen, Sie können schwimmen, Sie können Spiele spielen . . .«

»Spiele!«

»Ja. Sie würden überrascht sein. Die bringen Ihnen hier allerlei Blödsinn bei. Und überall gibt es Leute, die Ihnen helfen werden.«

Was für Leute? fragte sich Simon, als der Pater gegangen war. Wer hätte wohl Zeit für einen Mann ohne Beine – einem Mann ohne Beine, und impotent dazu? Er hatte die erschreckende Vision, wie ihn eine vom Mitleid getriebene Edwina in einem Rollstuhl umherschob wie ein Baby im Kinderwagen. Und wie sie alle die beschwichtigende, herablassende, primitive Sprache gebrauchten, die man sich für Kinder und Invaliden aufhob.

»Mit mir nicht«, sagte er sich, aber was sollte aus ihm werden? Sein Bruder war im Niemandsland verblutet, nachdem es ihm die Beine abgerissen hatte. Hätte er überlebt, hätte man ihn mit zwei künstlichen Beinen versehen können; aber was machte man mit jemandem, dessen Beine zwar vorhanden, aber nutzlos waren? Er war ganz einfach der Gefangene seiner Beine. Zweifellos würden ihm Leute helfen. Vielleicht würde ihm irgendein Mädchen sogar die Heirat anbieten! Aber nein: Ein verpfuschtes Leben war genug.

Er überlegte, warum die Station so kahl aussah. Als er auf dem Truppentransporter und in der Wüste unter Soldaten gewesen war, hatte jeder von ihnen seine Bilder von Frauen gehabt, quasi als privates Retabel. Aber hier auf der Station gab es keine Bilder oder Fotos. Es kam ihm der Gedanke, daß diese Tatsache den Verlust der Männlichkeit symbolisierte. Als die Schwester das nächste Mal ihre Runde machte, sagte er zu ihr: »Keine Pin-ups.«

»Keine was?«

»Kahle Wände. Keine Pin-ups.«

»Wirklich nicht, möchte ich meinen! Wir wollen nicht, daß unsere schönen, sauberen Wände mit derartigem Dreck verunziert werden.«

So war das also! Aber vielleicht würde doch noch ein kleiner Stachel übrigbleiben, um ihn zu quälen.

Am gleichen Tag kam noch ein Besucher und fummelte sich durch die Vorhänge. Er befürchtete schon, der Pater sei zurückgekehrt oder es würde vielleicht einer dieser Sozialfürsorger sein, die sich den niederen Dienstgraden aufdrängten. Aber der Neuankömmling war weder der Pater, noch sah er wie ein Sozialfürsorger aus. Wie er so kurzsichtig in das abgedunkelte Abteil lugte, sah er für einen Fürsorger nicht zielstrebig oder selbstgerecht genug aus, und außerdem hatte er etwas Großes an sich, nicht nur körperlich, sondern auch geistig, was Simon nicht den Eindruck vermittelte, als sei er im Rahmen einer organisierten Mission unterwegs. Die Taschen seiner zerknitterten Leinenjacke waren mit Büchern und Papieren vollgestopft, und unter dem Arm hielt er ein paar Tüten mit Obst und einen Strauß Blumen, und alles zusammen war fürchterlich zerknautscht.

Seine Erscheinung trieb Simon in eine aufrechte Sitzposition und zu der Begrüßung: »Hallo.«

»Hallo. Ich bin Edwinas Stellvertreter. Ich wohne in der gleichen Wohnung. Ich heiße Guy Pringle. Sie hat mich gebeten vorbeizuschauen, weil sie nicht selbst kommen kann.« Guy legte Blumen und Obsttüten auf den Tisch und setzte sich. »Das da hab' ich dir mitgebracht. Wenn du sonst noch was brauchst, laß es mich wissen.« Er fing an, Bücher aus seinen Taschen herauszuziehen. »Ich dachte mir, die könnten dich vielleicht interessieren. Aus der Bücherei des Instituts kann ich noch mehr kriegen.«

»Danke, aber ich bin kein großer Leser.« Dann hatte er aber das Gefühl, Guys Geschenke honorieren zu müssen, und er nahm ein Buch auf: »Jedenfalls schau' ich sie mir gerne mal an.«

Während Guy über die Bücher redete, besserte sich Simons Niedergeschlagenheit ein wenig. Das war vermutlich einer derjenigen, die ihm helfen würden, und was noch viel wichtiger war, er war einer derjenigen, von denen sich Simon helfen lassen würde. Er überlegte, wie dieser große Mensch wohl in die Wohnung in Garden City paßte. Als er dort gewesen war, gleich nach Hugos Tod, waren die Bewohner alle Frauen gewesen. Da war natürlich Edwina gewesen, und eine merkwürdige Frau namens Angela Hooper; und da war dann noch dieses dunkelhaarige Mädchen Harriet gewesen.

Er sagte: »Du heißt Pringle? Dann mußt du der Mann von Harriet Pringle sein?«

Guy hob ruckartig den Kopf. Er atmete tief durch, bevor er sagte: »Du hast sie gekannt?«

»Ja, wir haben zusammen einen Ausflug in die Wüste gemacht. Und wir sind die Große Pyramide hinaufgeklettert und haben uns oben hingesetzt und über Hugo geredet. Damals war er noch am Leben. Sie sagte, daß du ihn in Alex getroffen und mit ihm zu Mittag gegessen hättest. Einen Monat später ist er gefallen.«

»Ja, das habe ich gehört. Es hat mir sehr leid getan. Harriet ist auch tot.«

»Harriet? Deine Frau?«

»Ja, sie ist auf See umgekommen. Sie war auf einem Evakuierungsschiff, das torpediert wurde, und nur drei Leute wurden gerettet. Aber Harriet nicht. Meine arme Harriet nicht.« Dann plötzlich, zu Simons Bestürzung, schluchzte Guy auf, barg sein Gesicht in den Händen und ließ seiner Qual und seinem Schmerz freien Lauf, so daß Simon ihn anstarrte und seinen eigenen Kummer vergaß. Er hatte schon zuvor Männer weinen sehen. Er selbst hatte bitterlich über Hugos Tod geweint, aber der Anblick dieses Mannes, der so heftig vom Leid überwältigt wurde, schockierte ihn zutiefst.

Guy keuchte: »Verzeih mir. Ich habe gerade erst erfahren...«

»Aber wenn drei gerettet wurden, dann gibt es vielleicht irgendwo noch weitere...«

»Nein.« Guy versuchte, sein Gesicht mit einem Taschentuch zu trocknen, aber seine Tränen quollen von neuem hervor: »Nein, es ist nur ein Boot freigekommen. Die Steuerung war kaputt, und es ist umhergetrieben, bis man es nach Dar-es-Salaam gebracht hat. Und zu dem Zeitpunkt waren nur noch drei Leute am Leben.«

»Vielleicht gibt's noch andere Boote, die woanders hinge-trieben wurden.«

»Davon hätte ich zwischenzeitlich gehört. Wo immer sie auch gelandet wäre, sie hätte mir telegrafiert. Sie würde mich nicht in der Ungewißheit lassen.«

Simon wußte nicht, welchen Trost er sonst anbieten konnte, und so schüttelte er niedergeschlagen den Kopf: »Dauernd sterben die Leute. Junge Leute. Ich meine Leute, die eigentlich noch nicht mit dem Sterben dran sind. Leute, die ihr Leben noch vor sich hätten.«

»Ja, dieser verfluchte Krieg.«

Sie schwiegen und dachten über die Misere ihrer Zeit nach, während sich Guy mit dem Taschentuch übers Gesicht wischte und Simon rotäugig ansah. Simon erwiderte den Blick voller Mitgefühl – und während er dies tat, verspürte er ein anderes Gefühl, eigentlich mehr eine Ahnung von einem Gefühl, und dann war da eine Bewegung in seinem oberen linken Bein, als ob unter seiner Haut ein Insekt kriechen würde. Er fuhr mit der Hand hinunter und betastete die Stelle, aber die Haut war glatt. Es gab kein Insekt. Er ver-suchte, es zu ignorieren, denn er wußte, daß Ross sagen würde: »Das bedeutet nichts.«

»Vermutlich wird der Krieg eines Tages zu Ende gehen«, sagte Guy, »aber das bringt sie auch nicht zurück...«

Simon wollte sagen, daß der Schmerz im Laufe der Zeit nachließ; daß er schließlich zu einem Gefühl von Trauer ir-gendwo ganz hinten in der Seele werden würde, aber er wurde abgelenkt, als sich die Bewegungen des Insekts in sei-nem Oberschenkel wiederholten. Dann verspürte er ein Rinnsal, langsam und stetig, eher klebrig wie Blut, zum Knie hinuntertröpfeln, und wieder betastete er die Stelle. Er be-trachtete seine Finger. Da war kein Blut. Er fürchtete sich vor der Hoffnung, das Rinnsal möge ein Rinnsal des Lebens-stroms sein. Guy sprach weiter, aber Simon konnte nicht zuhören. Sein ganzes Bewußtsein war auf den Bereich seiner Sinneswahrnehmung konzentriert. Eine Pause, dann bewegte sich das Insekt in seinem anderen Bein, und das gleiche, klebrige Rinnsal lief zum Knie hinunter. Vorsichtig versuchte er, seine Oberschenkel aneinanderzupressen, und zum ersten Mal seit seiner Verwundung spürte er, wie sich seine Beine berührten. Vor Aufregung hielt er den Atem an, und er wußte, daß dies das Symptom war, das er sehnlichst herbeigewünscht hatte, das Symptom dafür, daß er eines Tages wieder gehen können würde.

Er wollte Guy seine Erleichterung zurufen und erwartete, daß dieser sich mit ihm freuen würde, wurde aber vom Anblick dieses Mannes zurückgehalten, der sich Tränen aus dem Gesicht wischte.

Simon unterdrückte seine Freude oder versuchte es wenigstens, aber seine Freude übertraf seinen Sinn für Schicklichkeit, und er konnte sein Lachen nicht verbergen.

Guy war von seinem eigenen Gefühl zu überwältigt, um Simons Gefühle wahrzunehmen, und Simon biß sich auf die Lippen, um sich zu beherrschen. Guy sagte, er müsse gehen. Er trocknete seine Augen, nahm die Bücher auf, die Simon nicht haben wollte, und streckte die Hand aus. Simon ergriff sie und sagte: »Du kommst doch wieder, oder?«

Die Einladung wurde voller Lebhaftigkeit ausgesprochen, aber für Guy war dies nichts Neues. Die meisten Menschen, die ihn einmal kennengelernt hatten, wollten ihn unbedingt wiedersehen.

5

Harriet hatte keine Ahnung davon, daß ihr Tod betrauert wurde; sie war am Leben und in der Levante. Sie hatte das Evakuierungsschiff nicht bestiegen. Statt dessen hatte sie eine Mitfahrgelegenheit auf einem Militärlastwagen erbettelt, der sie nach Damaskus bringen sollte. Die zwei Frauen, mit denen sie sich heimlich davongemacht hatte, gehörten einer paramilitärischen Einheit an und fuhren regelmäßig in den Irak, um Munition und andere Nachschubgüter dorthin zu transportieren.

Sie ließen sich nur mit den Nachnamen anreden. Im Krieg hießen sie Mortimer und Phillips, oder vielmehr Mort und Phil, und sie waren zwei kräftige junge Frauen, deren Gesichter von der Sonne und vom Wind verbrannt waren und vor Strapazen den gleichen rötlichbraunen Ausdruck angenommen hatten. Sie saßen zu zweit im Führerhaus des LKW und wechselten sich hinter dem Steuer und beim Schlafen ab, so daß sie Tag und Nacht durchfahren konnten.

Harriet lag hinten zwischen Munitionskisten und schlief so gut wie gar nicht. Die Straße durch die Wüste war kaum mehr als eine Piste und voller Schlaglöcher. Jedesmal, wenn sie einnickte, wurde sie wachgerüttelt, weil der Laster schaukelte oder schleuderte oder in den sandigen Fahrbahnrand pflügte. Schließlich setzte sie sich auf und starrte in die Dunkelheit, wo sie Wasserfälle sah, die schwarz durch die schwarze Luft herabstürzten, und riesige Vögel, die hin und her durch die Nacht fegten, und unglaublich große Tiere, die stehenblieben und zu ihr zurückstarrten, ehe sie sich schwerfällig aus ihrem Gesichtsfeld schleppten. Als der Morgen dämmerte, sah sie nichts mehr von all dem, nur die leere Straße, die sich von ihr weg und in die Wüstenberge erstreckte.

Bald nach Tagesanbruch hielten sie an einer Grenzsperre, und dann fuhr der Lastwagen auf Asphalt, und Harriet, erschöpft von der unbequemen Nacht, fiel in einen schweren Schlaf. Als sie wieder erwachte, stand der Laster auf einem Felsvorsprung, von dem aus man das Meer überblicken konnte. Von Mort und Phil war nichts zu sehen.

Sie hatte Ägypten verlassen und war in einem anderen Land. In Ägypten hatte jeden Tag die Sonne von einem wolkenlosen Himmel geschienen. Hier war der Himmel mit Wolkenformationen übersät, und der Wind hatte einen Geruch, der ihr nicht vertraut war, den Geruch des Regens. Aufgrund des Regens zeigte sich Gras; ein dünner Hauch von Grün über den rötlichen Hügeln. In Ägypten hatte es während ihres ganzen Aufenthalts dort nur ein einziges Mal geregnet: eine abnorme Laune der Natur. Ein Sturm war wie ein böses Omen über Kairo hinweggefegt und hatte die Straßen in Flüsse verwandelt. Der Winter war in Ägypten wie ein schöner englischer Sommer, aber hier gab es einen wirklichen Winter, naß und kalt. Wiederbelebt von der Frische der Luft stand sie auf, dehnte ihre steifen Muskeln und sprang dann auf die Straße hinab. Sie war krank gewesen, doch jetzt fühlte sie sich gut und frei in einer neuen Welt.

Die Felsen verbargen das Küstenvorland, aber über sie hinausragend konnte sie die Bastion einer Festung sehen, die dem Wasser einer Bucht trotzte. Das Wasser war spiegelglatt und reflektierte jeden Stein und jede Fuge in der Mauer, so daß es zwei Festungen zu geben schien, die spiegelbildlich gegeneinander versetzt waren.

Sie kletterte die Felsen hinauf und sah Mort und Phil barfuß am Ufer des Meeres. Sie wollte schon zu ihnen hinunterrufen, wurde aber von der Intimität, die zwischen den beiden zu herrschen schien, zurückgehalten. Ihr fiel auf, wie wenig sie von ihnen wußte. Von Phil wußte sie überhaupt nichts. Mortimer hatte sie bisher erst zweimal getroffen, doch jedes Mal hatte sie eine solche Wärme ausgeströmt, daß sie, als sie sie auf dem Kai in Suez gesehen hatte, zu ihr hingerannt war und gerufen hatte: »Mortimer! Mortimer! Gott hat dich gesandt, um mich zu erretten.«

Sie wandte sich ab und ging in die entgegengesetzte Richtung auf die andere Seite der Bucht. Der Sand war fest und braun, wie gebrannter Ton; ihre Füße sanken ein und hinterließen eine lange Reihe von Fußabdrücken. Sie zog ihre Schuhe aus und watete in dem trägen Wasser, bis sie zu einem halbversunkenen Teil eines gerillten Pilasters kam. Sie setzte sich darauf und konnte Mort und Phil aus sicherer Entfernung beobachten. Sie standen ganz nah beieinander und sahen sich an, und Harriet argwöhnte, daß es ihnen wahrscheinlich lieber gewesen wäre, alleine zu sein. Als sie Mortimer gebeten hatte, sie vor dem Evakuierungsschiff zu retten, hatte sie Phil nicht als ein Hindernis in Erwägung gezogen. Sie hatte Phil überhaupt nicht in Erwägung gezogen. Und dies war ein Fehler gewesen. Sie drehte sich um und überlegte, was sie wohl tun würde, wenn die beiden beschlössen, ohne sie weiterzufahren. Einige Zeit verstrich, und dann sah sie sich wieder nach ihnen um. Als die Sonne hervorkam und zwischen den Wolken hindurchwanderte, verschmolzen die Gestalten und schwankten gegen das Gleißen der See. Einige Minuten lang verharrten sie fest aneinandergepreßt und gingen dann langsam zum Lastwagen zurück.

Während sie sie beobachtete, wurde ihr klar, wie prekär ihre Lage war. Sie hatte die fünfzig Pfund, die für Ausgaben auf dem Schiff gedacht gewesen waren. Jetzt würde sie so lange damit auskommen müssen, bis sie sich irgendeine Arbeit gesucht hatte. Sie hatte einen Freund in Syrien, Aidan Pratt, der Hauptmann bei der Zahlmeisterei der Division war und der ihr vielleicht eine Stelle verschaffen konnte. Er war auch irgendwie verantwortlich für ihre Eskapade, denn er war es gewesen, der den Vorschlag gemacht hatte, sie solle ihn in Damaskus besuchen. Er hatte gehofft, Guy würde mitkommen. Jetzt würde sie erklären müssen, warum sie alleine war und sich ihren Lebensunterhalt selbst verdienen mußte.

Sie hielt ihr Gesicht dem Meer zugewandt, um Mort und Phil die Möglichkeit zu geben, ohne sie weiterzufahren, und wurde von Mortimers kräftiger Baritonstimme aufgeschreckt, die hinter ihr ertönte: »Wie geht's dir denn nach dieser Holperfahrt?«

Harriet stand auf und war sofort wieder von Mortimers freundlicher Wärme gefangen: »So schlimm war's auch wieder nicht.«

»Also, dann komm mit.« Mortimer, die möglicherweise ein schlechtes Gewissen hatte, weil sie sie so lange allein gelassen hatte, hängte sich bei ihr ein und führte sie zurück zum Lastwagen. »Du wirst Hunger haben. Wir haben was zu essen mitgenommen. Machen wir Picknick.«

Sie hatten Lunchpakete im Fahrerhaus und zwei Thermosflaschen mit Tee aus der Kantine. Sie setzten sich auf die Felsen und aßen. Die Sandwiches bestanden aus Cornedbeef zwischen Brotscheiben und waren trocken und krumm geschnitten, aber Mort und Phil verschlangen sie mit dem Appetit alter Haudegen. Harriet erholte sich gerade von einer Amöbenruhr und beneidete die beiden um ihre Lebenskraft; sie fragte sich, ob es ihr jemals wieder gutgehen würde.

Nach dem Essen blieben sie noch eine Weile sitzen, schläfrig vom Essen und der Seeluft, als Phil aufschreckte: »Mutter Gottes, was ist denn das?«

Ein Grunzen und Schnaufen drang von jenseits der Straße von der Rückseite des Abhangs herüber, und dann watschelte ein großes, dunkles, schmutziges Schwein auf sie zu, gefolgt von einem Dutzend anderer Schweine in einem wirren Haufen und einem gleichermaßen schmutzigen und dunklen Schweinehirten. Wolken von Mücken hingen über ihnen, und ein strenger Geruch nach Schweinestall erfüllte die Luft.

Die Augen des Mannes glänzten hinter schwarzen Locken hervor. Dreist und neugierig starrte er die drei Frauen an. Er war nackt bis zur Hüfte, mit breiten Schultern und breiter Brust, beides von der Sonne tiefrot gebrannt, und seine nackten Füße waren grau vom Staub.

Mort rief: »Hallo, da drüben. Wie geht's dir und deinen Schweinen?«

Da er eine fremde Sprache vernahm, knurrte der Mann und trieb seine Herde eilig hinunter ans Meer.

»Na so was!« Morts Augen weiteten sich vor Bewunderung: »Was für eine tolle Gestalt! Er könnte Odysseus auf der Phäakeninsel sein.«

Phil fragte mit ihrer erstaunten irischen Stimme: »Hat Odysseus Schweine gehalten?«

»Nicht direkt, aber irgendwann im Verlauf der Geschichte wurden seine Gefährten in Schweine verwandelt. Dies sind heroische Gestade, was? Ich wette, daß die Festung von den Kreuzrittern erbaut wurde.«

Harriet sagte: »Bist du schon mal drin gewesen?«

»Ja, aber da gibt's nicht viel zu sehen. Die Bedu haben sie übernommen. Sie haben sich darin eingegraben, wie die Kaninchen, und leben in Löchern in der Mauer. Aber es gibt ein Café. Phil und ich haben dort schon einmal Kaffee getrunken. Wir könnten eigentlich wieder hingehen.«

Sie traten durch einen Torbogen hinein. Große Angeln zeigten, wo die Tore gehangen hatten, aber die Tore waren verschwunden. Wie Mortimer gesagt hatte, gab es nicht viel zu sehen. Ein Weg führte an der äußeren Mauer entlang, die narbenförmig mit dunklen Zellen überzogen war, die als Wohnstätten dienten. Beim Anblick der Fremden rannten die Kinder heraus, schrien nach Bakschisch und folgten den Frauen, wo sie auch hingingen. Sie kamen zu einer Kaverne, die nicht mehr als ein Loch in der ursprünglichen Bausubstanz war. Es war das Café. Drinnen saßen Männer in schmutzigen Galabiyas an schmutzigen Tischen. Das einzige Licht kam aus einem Durchbruch in der Mauer, durch den das reglose Silber des Meeres schien.

Mortimer führte Harriet und Phil hinein und bestellte Kaffee. Die Männer sahen schweigend zu, ganz offensichtlich verblüfft über diese weibliche Vermessenheit, und Harriet war stolz auf Mort und Phil und deren Vertrauen in die Welt.

Auf ihrem Rückweg zum Lastwagen trieb sie ein jäher Wolkenbruch vor sich her. Mortimer kletterte zwischen die Munitionskisten und zog eine Plane hervor, als Regenschutz für Harriet, die lediglich die Bluse, den Rock und die Wolljacke anhatte, die ihre Winterkleidung in Ägypten darstellten. Sie setzte sich unter die Plane, zog sie sich über den Kopf und sah hinaus auf das wilde und leere Hügelland, das von Sonne und Wolken hell und dunkel gesprenkelt wurde. Auf der einen Seite rollte das vom Wind aufgewühlte Meer gegen einen verlassenen Strand. Auf der anderen gab es Hügel, felsig und kahl bis auf einen spärlichen Grasbewuchs. Schwarze Wolken und weiße Wolken umschlangen einander und lösten sich wieder, und manchmal enthüllten sie ein Stück blauen Himmels. Der Regen kam schräg von allen Seiten, schnitt durch breite Lichtbänder, strömte in Bächen hernieder, um dann abrupt wieder aufzuhören.

Es war Abend, als sie die Landspitze von Haifa erreichten. Sie streiften die Außenbezirke auf der Küstenstraße und fuhren hinauf ins Hügelland vor der libanesischen Grenze. Die Beamten, die Mort und Phil einmal pro Woche sahen, winkten sie durch.

Als der regnerische Sonnenuntergang in der Dämmerung verblaßte, hielt der LKW am Straßenrand an. Fahrerin und Beifahrerin sprangen hinunter und verschwanden zwischen den dunklen Hügeln, ohne ein Wort zu Harriet zu sagen. Nach ungefähr zwanzig Minuten kamen sie zurück; Mortimer schaute zu Harriet hinauf und sagte: »Wie wär's mit Abendessen?«

Harriet kletterte hinab, nahm die Plane mit und wollte sie für alle drei auf dem Boden ausbreiten, aber Mort und Phil, deren Hosen von dem feuchten Boden schon durchnäßt waren, lachten über ihre Vorsichtsmaßnahme.

In der Ferne hörte man ein Gebimmel von Glocken, und Phil sagte: »Noch mehr Schweine?« Aber dieses Mal waren die Besucher Kamele, beladen mit Bündeln und ausstaffiert mit Fransen und Quasten und Kamelglöckchen. Eines nach dem anderen kamen sie groß und majestätisch aus der Dämmerung herangeschwankt und überquerten die Straße. Als ihre Hufe den Asphalt betraten, grunzten und knurrten sie, und als sie die Frauen erblickten, scheuten sie zurück, und die schreienden Treiber zogen an den hoch erhobenen Köpfen. Die Männer ignorierten die Frauen demonstrativ, hielten aber in der Nähe an. Die Kamele wurden zum Niederknien gezwungen und schnaubten gereizt, als sei selbst eine Ruhepause eine Form der Sklaverei.

Die drei Frauen aßen Cornedbeef-Sandwiches und tranken die zweite Thermosflasche Tee, und dabei sahen sie zu, wie die Gruppe ihre Kohlenpfanne entzündete und Fleischspieße über die Holzkohlen legte.

Phil sagte: »Was ist denn bloß mit der arabischen Gastfreundschaft? Meinst du, wir kriegen eine Einladung zum Abendessen?«

»Gott bewahre«, sagte Mortimer. »Ich habe ziemlich haarsträubende Geschichten über diese Burschen gehört. Ein paar britische Beamte hatten einmal angehalten, um einer Hochzeitsgesellschaft der Bedu zuzusehen, und wurden eingeladen mitzumachen. Sie sagten, daß sie es eilig hätten, und nachdem sie abgefahren waren, berieten sich die Bedu und beschlossen, daß die Ablehnung einer Beleidigung gleichkam. Sie galoppierten hinter ihnen her und brachten den ganzen Haufen um.«

»Auch Frauen?« fragte Harriet.

»Die hatten keine Frauen dabei, aber wenn sie welche dabei gehabt hätten, wären sie davongekommen.«

»Warum denn das?«

»Anscheinend hat Lady Hester Stanhope die arabische Welt derart beeindruckt, daß englische Frauen seitdem als etwas Besonderes behandelt werden.«

Harriet lachte: »Das ist ja tröstlich. Da fühl' ich mich ja richtig sicher jetzt.«

Aber alleine auf der Ladefläche des Lastwagens fühlte sie sich nicht sehr sicher. Die Gegend war still, der Himmel mit schweren Wolken behangen, und das einzige Licht war das Licht der Scheinwerfer. Es gab nur wenige Häuser, und die waren finster. Die Dörfer schienen verlassen zu sein, doch zweimal, als sie eine Dorfstraße entlangfuhren, trafen sie auf große Feuer, die dadurch entstanden, daß man Benzin in die Rinnsteine irgendeines größeren Gebäudes geschüttet und angezündet hatte. Wenn diese Darbietungen festliche Ereignisse markieren sollten, so gab es dafür keine Zeugen, niemanden, der sich daran erfreute. Jedesmal kehrten sie aus dem grellen Schein der Flammen in die dichte und schweigende Finsternis zurück. Harriet verspürte eine ängstliche Nervosität bei dem Gedanken, Mort und Phil verlassen zu müssen, und sie wünschte sich weiterhin den Trost und die Geborgenheit ihrer Gesellschaft.

Vielleicht ging ihnen die schwarze, endlose Straße nach Damaskus ebenfalls auf die Nerven, denn sie fingen an, gemeinsam laut und aggressiv zu singen:

Singt's laut, singt's leis,
Wo immer ihr seid,
Wir sind Artillerie-Bräute,
Und immer bereit.

Und eine andere Strophe endete so:

Bei Nacht auf dem Bootsdeck
Sagen wir immer ›Ja‹.

Sie sangen die beiden Strophen immer wieder, und die Art, wie sie so harmonisch zusammen sangen, machte Harriet klar, daß die beiden eine Einheit bildeten, an der teilzuhaben sie nie eine Chance haben würde.

Schließlich tauchte Damaskus auf, ein Lichterdiagramm hoch über der Dunkelheit. Als die Straße zwischen Gärten und Obstbäumen aufwärts führte, erreichte Harriet der Duft von Blättern und Laub, und ihre Befürchtungen schwanden. Jetzt befand sie sich in der ältesten bewohnten Stadt der Welt. Die Oase, auf der sie errichtet worden war, soll der Garten Eden gewesen sein. Hier waren Adam und Eva erschaffen worden, und hier hatte Kain seinen Bruder Abel getötet. Damaskus war schon eine Stadt gewesen, noch ehe Abraham geboren wurde, und sie hatte zu den Wundern des Altertums gezählt. Wer wußte, welche angenehmen Überraschungen sie an einem solch magischen Ort erwarteten?

Das Geräusch von Gewehrfeuer drang zu ihnen. Als sie auf den Hauptplatz fuhren, erkannten sie durch den gelblichen Dunstschleier der Straßenbeleuchtung, wie Männer umherrannten, schrien und mit Pistolen in die Luft schossen. Die großen Gebäude auf beiden Seiten sahen unheilverkündend und unfreundlich aus.

Der Lastwagen hielt am Randstein. Harriet konnte nicht weiter mitfahren, und vielleicht wollten Mort und Phil auch nicht, daß sie weiter mitfuhr. Ob es ihr nun gefiel oder nicht, sie war angekommen.

Sie standen vor einem heruntergekommenen Gebäude mit glatter Fassade, über dessen Tür das Wort ›Hotel‹ stand. Mortimer sprang hinab und hievte Harriets Koffer auf den Gehsteig. Sie sagte: »Ich weiß, es sieht nicht sehr einladend aus, aber es ist das einzige Hotel, das ich kenne. Ich denke schon, daß es so lange taugt, bis du etwas Besseres gefunden hast.«

Harriet fragte ängstlich: »Ist hier eine Revolution ausgebrochen?«

»Oh, nein, das ist nachts hier so üblich. Das ist eine Demonstration gegen die Freien Franzosen, aber es ist harmlos.«

Harriet war sich da nicht so sicher. Sie erinnerte sich, wie ihr Aidan Pratt erzählt hatte, daß während einer solchen Demonstration sein Freund von einer verirrten Kugel getötet worden war. Sie flehte Mortimer an: »Könntet ihr nicht wenigstens noch eine Nacht hierbleiben?«

Mort und Phil schüttelten die Köpfe. Sie standen beieinander und lächelten zum Abschied und sagten, sie müßten sich beeilen, um noch bis Aleppo zu kommen, wo sie im armenischen Krankenhaus bleiben wollten. Einen Augenblick lang dachte sie daran, sie zu bitten, mitgenommen zu werden, aber wo sie auch hinging, irgendwann würde sie sich von ihnen trennen müssen. Hier hatte sie wenigstens Aidan Pratt.

Als Mortimer sah, wie sie versuchte, ihren schweren Koffer aufzuheben, nahm sie ihn ihr ab und trug ihn mit Leichtigkeit zum Hoteleingang. Am Empfangstisch gab es ein kleines Nachtlicht, aber es war niemand da.

Mortimer sagte: »Wenn du läutest, kommt jemand. Du wirst dich doch zurechtfinden, oder?«

Sie wollte unbedingt wieder weiter, machte einen schnellen Schritt vorwärts und küßte Harriet auf die Wange: »Du bleibst doch bestimmt nicht lange hier, oder? Wir sehen uns dann in Kairo wieder. Paß gut auf dich auf.«

Harriet sah dem Lastwagen durch das Glas der Türe nach, bis er außer Sicht war, und schlug dann auf die Glocke an der Rezeption. Es dauerte sehr lange, ehe der Hotelangestellte erschien, und er sah ganz gekränkt aus, als sei die Glocke nicht zum Gebrauch bestimmt. Der Anblick einer alleinstehenden jungen Frau mit einem Koffer schien ihn aus der Fassung zu bringen, und er schüttelte den Kopf: »Sie wollen Hotel? Dies nicht Hotel.« Er deutete auf eine Bekanntmachung in Französisch, die besagte, daß das Gebäude von der Besatzungsmacht requiriert worden sei. Es sei jetzt eine Herberge für französische Offiziere.

Bestürzt fragte Harriet: »Aber wo kann ich denn hin? Es ist schon spät. Wo gibt es hier noch etwas?«

Der Angestellte sah mitleidig, aber wenig hilfsbereit drein: »Alles sehr schlecht. Militär nehmen alles.«

Da er ihr nichts anzubieten hatte, wartete er darauf, daß sie ging, und da sie nicht wußte, wohin sie gehen sollte, ging sie hinaus und stellte sich auf den Gehsteig. Es mußte doch irgend jemanden geben, der ihr den Weg zu einem Hotel zeigen konnte. Schließlich kam ein britischer Soldat vorbeigeschlendert, mit dem gleichen Ausdruck zerstreuter Langeweile, den sie oft genug in Kairo gesehen hatte. Sie hielt ihn an und fragte, ob er etwas wüßte, wo sie bleiben konnte. Er stieß ein Lachen aus, als ob er sein Glück kaum fassen könne, und er nahm ihren Koffer auf und sagte: »Sind Sie eine Militärangehörige?«

»Mehr oder weniger.«

»Dann paßt's ja. Dort drüben ist eine Art Wohnheim.«

Er führte sie über den Platz und in eine Nebenstraße. Wieder hörte sie Gewehrfeuer, und sie fragte, was denn los sei.

»Das sind bloß die Kameltreiber. Die ticken nicht ganz richtig.«

»Wie ist es denn hier so in Damaskus?«

»So wie überall. 'n Haufen Scheißausländer.«

Sie kamen zu einem weiteren heruntergekommenen Gebäude mit glatter Fassade. Es unterschied sich vom anderen dadurch, daß der Union Jack über dem Haupteingang hing.

Als sich Harriet bedankte, sagte der Soldat: »Bedanken Sie sich nicht. Es war mir eine besondere Freude, 'ne englische Maid zu treffen.«

Harriet hatte schon geglaubt, eine Zuflucht gefunden zu haben, als sie in der Eingangshalle von einer Engländerin mit borstigem roten Haar und listigen roten Augen aufgehalten wurde. Sie musterte Harriet von oben bis unten, ehe sie vorwurfsvoll sagte: »Das ist hier ein Wohnheim für Unteroffiziere und Mannschaften.«

»Spielt das eine Rolle? Ich habe einen weiten Weg hinter mir und ich bin sehr müde.«

»Ich weiß nicht. Vermutlich spielt es keine Rolle, wenn Sie nicht lange bleiben. Ich muß die Betten für die freihalten, für die sie gedacht sind.«

Harriet folgte der Frau durch eine Kantine, einen tristen Raum, der schon für die Nacht geschlossen war, zu einem großen Schlafsaal mit etwa dreißig schmalen Betten mit Eisengestellen.

»Welches kann ich nehmen?«

»Welches Sie wollen. Da drinnen gibt's eine Dusche, falls Sie Wert drauf legen.«

Die Betten waren nicht bezogen; auf jedem lag nur eine dünne, zusammengefaltete Militärdecke. Die Dusche war kalt. Wenigstens hatte sie den Raum für sich allein, wie es schien, allerdings nur bis in die frühen Morgenstunden, als sie von einer Gruppe von ATS-Frauen, Angehörigen des weiblichen territorialen Hilfsdienstes des britischen Militärs, aufgeweckt wurde. Sie waren allesamt betrunken und befaßten sich ausführlich und ordinär mit den Männern, von denen sie ausgeführt worden waren. Schließlich sanken sie in den Schlaf, aber um sechs Uhr wurde in der Kantine ein Lautsprecher angedreht.

Heisere Musik plärrte durch den Schlafsaal. Harriet gab die Hoffnung auf Schlaf auf, stieg aus dem Bett und ging zur Dusche. Als sie an den ATS-Frauen vorbeiging, schob eine von ihnen ein trieféugiges, blutunterlaufenes Auge über den Rand der Decke und beobachtete sie vorwurfsvoll.

Die Person in der Kantine war ein negroider Reinemacher, der genauso böse zu sein schien wie die rothaarige Frau. Als Harriet nach Frühstück fragte, brummte er: »Flühstück acht Uhl«, und fegte weiter den Boden.

Da sie eineinhalb Stunden Zeit hatte, machte sich Harriet auf, Damaskus zu betrachten. Der Start in die Unabhängigkeit war für sie nicht allzu gut verlaufen, und sie neigte dazu, sich daran selbst die Schuld zu geben. Hätte sie die Frau ins Vertrauen gezogen, sie betört, ihr geschmeichelt, hätte sie sich vielleicht als der bevorzugte Gast des Wohnheims etablieren können. Aber sie hatte kein Talent, sich gegenüber Fremden lieb Kind zu machen. Und sie war sich sicher, daß es nicht funktionieren würde, sollte sie es je versuchen.

Der schlecht beleuchtete und trostlose Platz vom vergangenen Abend lag jetzt friedlich im frühen Sonnenlicht. Die unheimlichen Gebäude waren nicht länger unheimlich. Es gab Türme und Kuppeln und Minarette, Sehenswürdigkeiten, die angeschaut werden mußten, eine neue Stadt, die zu erkunden war. Sie konnte sich vorstellen, wie Aidan Pratt sie begleitete und umherführte und ihr half, Arbeit und Wohnung zu finden. Sie würde ihm das Versprechen abnehmen, ihre Anwesenheit geheimzuhalten. Sie konnte nicht zulassen, daß ein von Mitleid getriebener Guy hier auftauchte, um sie zu erretten und mit zurück nach Kairo zu nehmen. Vielleicht würde sie zu einem späteren Zeitpunkt Kontakt mit ihm aufnehmen, doch solange das Evakuierungsschiff auf See war – die Reiseroute ums Kap würde mindestens zwei Monate dauern –, würde ohnehin niemand erwarten, etwas von ihr zu hören.

Sie setzte sich eine Weile in einen Garten neben einer Moschee und sah zu, wie der Verkehr stärker wurde und der Werktag begann. Die Stadt lag zwischen den Bergen wie in der Mulde zwischen den Zacken einer Krone. Die höchste Bergkette lag im Westen, war schneebedeckt, und ein kalter Wind blies zu ihr her. Sie war für dieses Klima nicht angezogen. Ihr schauerte. Sie stand auf und fand ein Café, wo sie an einem Tresen Kaffee trinken konnte unter Geschäftsleuten, für die sie ein Objekt ihrer Neugierde darstellte. Kairo hatte sich mittlerweile an die Selbständigkeit westlicher Frauen gewöhnt, aber jetzt war sie in Syrien, einem Land, das von moslemischen Vorurteilen beherrscht wurde. Trotz der unverschämten Blicke der Männer blieb sie so lange auf ihrem Hocker sitzen, bis sie annehmen konnte, daß die Offiziere ihre Arbeit beginnen würden.

Da sie kein Gebäude sah, das Ähnlichkeit mit dem Hauptquartier in Kairo hatte, nahm sie ein Taxi und ließ sich zur britischen Zahlmeisterei fahren. Dabei handelte es sich um ein requiriertes Hotel, in dem die Wände abgestoßen und die Möbel durch Klapptische ersetzt worden waren. Hier, unter ihren eigenen Landsleuten, fühlte sie sich wohl. Das Schlimmste war nun vorbei. Sie brauchte jetzt nur noch Aidan Pratt zu finden, der sich dann um sie kümmern würde.

Als sie nach ihm fragte, sagte ein Unteroffizier: »Sorry, Miß. Er ist versetzt worden.«

»Können Sie mir sagen, wohin?«

»Sorry, Miß. Da kann ich Ihnen nicht helfen. Über die Abordnungen von Militärangehörigen darf ich keine Auskünfte erteilen.«

»Aber ich bin ein Freund von ihm. Unter diesen Umständen könnten Sie doch sicher... Sagen Sie mir wenigstens: Ist er in Syrien?«

Der Unteroffizier gestand ihr die Information zu, daß er nicht in Syrien war, aber mehr würde er keinesfalls preisgeben. Entschuldigend sagte er: »Sicherheitsbestimmungen. Das müssen Sie verstehen, Miß.«

Sie sagte: »Kennen Sie irgendeine Adresse, wo ich längere Zeit wohnen kann? Ein Hotel oder ein Gästehaus?«

Der Unteroffizier schüttelte den Kopf: »Ich wüßte keines. Tut mir leid.«

Harriet ging zurück ins Sonnenlicht, das allmählich verblaßte. Wolken schoben sich über die schneebedeckten Berge, und Nebel verhüllte die Türme und Minarette. Sie sagte laut: »Jetzt bist du wirklich auf dich selbst gestellt!« Und als die ersten Tropfen auf ihr Gesicht fielen, ging sie zurück zum Wohnheim und hoffte auf ein Frühstück in der Kantine.

6

Guy durchlief eine Streßperiode, wie er sie in seinem ganzen bisherigen Leben noch nie erfahren hatte. In seiner Familie hatte es erst einen Todesfall gegeben, und das war in seiner Kindheit gewesen. Als man ihm gesagt hatte, seine Oma sei jetzt an einem weitaus schöneren Ort, hatte er erwidert: »Aber sie kommt doch wieder zurück, ja?« Sie kam nicht zurück, und er hatte sie vergessen. Aber nach seinem Zusammenbruch an Simons Bett konnte er Harriet nicht vergessen. Ihr Verlust verursachte ihm Alpträume, und die Alpträume verwirrten ihn. Er war wie ein Mensch, der für sich das Recht auf vollständige Gesundheit als eine Selbstverständlichkeit in Anspruch nahm und der dann von einer schweren Krankheit niedergeworfen wird. Aber ihr Verlust war nur der eine Teil seiner Verwirrtheit. Er mußte die Tatsache in Erwägung ziehen, daß ihr Fortgang unfreiwillig erfolgt war. Er weigerte sich, sich deswegen selbst Vorwürfe zu machen. Er hatte ihr eingeredet, daß es zu ihrem Besten sei, wenn sie das Land verließ. Er sagte sich, daß dies ein vernünftiges Argument gewesen sei, dem sie vernünftigerweise zugestimmt hatte. Das hieß, daß sie sich letzten Endes *selbst dafür entschieden* hatte abzureisen.

Aber wie sehr er auch immer dagegen argumentierte: Er wußte, daß er es gewesen war, der sie zu dieser Reise angestiftet hatte. Er war mit ihrer dauernden körperlichen Unpäßlichkeit und ihrer ewigen Unzufriedenheit nicht mehr zurechtgekommen. Es wurden zu viele Ansprüche an ihn gestellt. Er hatte ganz einfach nicht mehr die Zeit gehabt, sich mit ihr zu befassen. Also hatte er sie dazu überredet, in ihr heimatliches Milieu zurückzukehren, wo sie früher oder später ihre Gesundheit wiedererlangen würde. Kein Mensch konnte ihm einen Vorwurf machen, weder wegen ihrer Krankheit noch wegen ihrer Unzufriedenheit. Sie brauchte Beschäftigung, und die würde sie in England finden. Er hatte erwartet, daß sie, wenn sie schließlich in England wieder zusammenwären, die gleiche geistreiche, tüchtige, lebhafte junge Frau sein würde, die er geheiratet hatte.

Auch ihr Fortgang war demnach als ein Vorspiel für ihr gemeinsames Leben nach dem Krieg anzusehen. Sie sollte die Vorhut für ihrer beider Rückkehr sein. Mit ihrer besonderen Begabung, solche Aufgaben zu erledigen, sollte sie ein Haus oder eine Wohnung für sie suchen und all jene Alltagsprobleme regeln, die er so hinderlich und ermüdend fand.

Jetzt war es nicht nur so, daß Harriet nicht bei seiner Rückkehr da sein würde. Sie würde nie mehr da sein.

Er sah sich mit der Endgültigkeit des Todes konfrontiert und konnte sie nicht ertragen. In der Vergangenheit hatte er nur zu oft leichtfertig über jene Grabinschriften gelacht, die da verhießen: ›Sie wird nicht mehr zu mir zurückkommen, sondern ich werde zu ihr gehen‹. Oder: ›Nicht gestorben, nur vorangegangen...‹ und so weiter. Als Materialist mußte er auch weiterhin die Absurdität eines Glaubens an ein Leben nach dem Tod erkennen. Er konnte sich nicht einreden, Harriet sei zu einem ›weitaus schöneren Ort‹ vorangegangen, aber in dem Wirrwarr von Schmerz und Schuld gelangte er für sich immer mehr zu der Überzeugung, daß sie überhaupt nicht weggegangen war. Vielleicht hatte sie sich doch noch gegen die Reise nach England entschieden und war nach Kairo zurückgekehrt. Sie hielt sich vor ihm verborgen, aber wenn er um die nächste Ecke bog, würde er sie auf sich zukommen sehen. Und als er sie dort nicht fand, ging er erwartungsvoll zur nächsten Ecke und zur nächsten.

Wenn er keine zusätzlichen Unterrichtsstunden hatte, pflegte er die Nachmittage damit zu verbringen, daß er in den Kairoer Straßen umherwanderte, auf der Suche nach jemandem, den es nicht gab. Wenn ihn Menschen anhielten, um ihm ihr Beileid auszusprechen, hörte er ungeduldig zu, bildete sich ein, sie seien falsch informiert worden und Harriet sei irgendwo in irgendeiner weit entfernten Straße, und er müsse sie nur finden.

Als er eines Tages in den Vorlesungsraum kam, war er schockiert, als er einen sehr großen Kranz aus Lorbeer und Blumen vorfand, der gegen das Lesepult gelehnt war. Er weigerte sich, ihn wahrzunehmen, und ging zu seinem Platz, als ob er nicht vorhanden sei. Aber die Studenten konnten ihn natürlich nicht auf diese Weise davonkommen lassen. Sie standen alle auf, und der von ihnen gewählte Sprecher trat vor den Kurs.

»Professor Pringle, Sir, ich drücke Ihnen im Namen von uns allen unsere Trauer aus. Unsere Trauer und unser Bedauern, daß Mrs. Pringle nicht mehr ist.«

Er sagte kurz: »Ich danke Ihnen«, verärgert darüber, daß sie den Fehler begangen hatten, in ihm eine Angst zu bestätigen, die er von sich gewiesen hatte. Der Kurssprecher akzeptierte seine Wortkargheit, ging wieder auf seinen Platz, und es wurde kein weiteres Wort verloren. Aber in der Bibliothek fand er die Bibliothekarin, Miß Pedler, vor, die auf ihn wartete.

»Es tut mir so leid, Mr. Pringle. Ich habe es gerade erst erfahren.«

Guy nickte und drehte sich um, aber sie folgte ihm zu einem Alkoven, wo die Lyrikbände standen: »Ich wollte Ihnen sagen, Mr. Pringle, daß ich weiß, wie Ihnen zumute ist. Ich habe kurz nach Kriegsausbruch meinen Verlobten verloren. Er hatte sich Tbc zugezogen. Wenn er nach Hause zurückgekonnt hätte, wäre er geheilt worden, aber es gab keine Transportmöglichkeiten. Der Krieg hat ihn umgebracht, so wie er Ihre Frau umgebracht hat. Ich weiß, es ist furchtbar, aber schließlich kommt man doch drüber hinweg. Die ersten drei Jahre sind die schlimmsten.«

Entgeistert murmelte er: »Drei Jahre!« und rannte davon. Im Vorlesungsraum fand er immer noch den gegen das Lesepult gelehnten Kranz vor. Was sollte er damit anfangen? Er dachte an Gamal Sarwar, einen seiner Schüler, der bei einem Autounfall ums Leben gekommen und in der Stadt der Toten begraben worden war. Er konnte den Kranz Gamal bringen, aber er wußte, daß er das Sarwar-Mausoleum nie unter all den anderen Mausoleen herausfinden würde. Und der Friedhof, der zwar zur Nachtzeit von makabrer Schönheit war, war am Tag ein desolater, aschgrauer Ort, den er nicht alleine besuchen konnte. Der Gedanke daran erinnerte ihn an jenen Nachmittag, an dem er und Harriet Gamals *arba'in* beigewohnt hatten und an dem ihn die Männer der Sarwar-Familie so gefeiert hatten. Harriet hatte auf ihn gewartet, und dann, als der Mond aufging, hatte sie ihn gebeten, mit ihr zusammen die Gräber der Kalifen zu besuchen. Es hätte lediglich eine kurze Fahrt mit der Gharry bedeutet, aber er hatte sich geweigert. Als er sagte, sie könne ja mit jemand anderem dorthin gehen, hatte sie gefleht: »Aber ich will mit dir hingehen.«

Bereits wieder zornig, sagte er zu sich: »Ich hasse den Tod und alles, was mit dem Tod zu tun hat.« Und er nahm den Kranz, warf ihn in den Schrank mit den Schreibmaterialien und verschloß ihn.

Guy fühlte sich vom Leben verraten. Seine Gutmütigkeit, seine Bereitschaft, auf andere einzugehen und sie ernstzunehmen, hatte ihm Freunde gewonnen und ihm das Leben leicht und angenehm gemacht. Jetzt, unvermittelt und grausam, war er ein Opfer der Wirklichkeit geworden. Er hatte es nicht verdient, aber es war so: Seine Frau, die noch fünfzig oder sechzig Jahre hätte leben können, war mit dem Evakuierungsschiff untergegangen, und er würde sie niemals mehr wiedersehen.

Edwina war der Ansicht, daß sich Guy allmählich mit Harriets Tod abfand, und sie sagte zu Dobson: »Er kann doch nicht ewig so rumschleichen und Trübsal blasen. Ich denke, ich sollte versuchen, ihn abzulenken.«

»Wenn ich du wäre, würde ich noch ein bißchen warten.«

»Also wirklich, Dobbie, es scheint ja jeder zu glauben, daß ich Absichten mit ihm hätte. Dabei will ich ihm doch nur helfen.«

Das war zwar die Wahrheit, aber auch Edwina fühlte sich vom Leben verraten. Sie hatte die sehnsüchtige Hoffnung genährt, daß sie Peter Lisdoonvarna sehen würde, wenn er auf Urlaub kam, aber die britische Armee war jetzt so weit weg, daß die Soldaten ihren Urlaub nicht mehr in Kairo verbrachten. Guy war ein Haupttreffer gerade zur rechten Zeit, als sie schon befürchtete, daß ihre erste Jugend im Schwinden begriffen sei. Ehe sie sich hoffnungslos in Peter verliebt hatte, hatte sie das Leben leichtgenommen und den Lohn ihrer Schönheit kassiert. Aber was hatte sie schon damit anfangen können? Das Schicksal hatte ihr nur junge Männer ohne Zukunft, wie Hugo und Simon Boulderstone, zugeführt, oder Männer wie Peter, die ihre Frauen nicht verlassen wollten. Und gerade jetzt, wo sie ihn am notwendigsten brauchte, war da Guy, verwitwet und noch zu haben und viel zu jung, um unverheiratet zu bleiben.

»Weißt du, Dobbie, ich habe Harriet wirklich sehr gemocht, aber sie ist tot, und wir alle müssen weiterleben.«

»Ich glaube immer noch, daß es klüger wäre, noch ein wenig zu warten.«

»Damit irgendein levantinisches Flittchen ihn sich schnappen kann?«

Dobson lachte: »Zugegeben, das könnte passieren. Im Männerangeln sind sie Spitze, besonders wenn der Mann gerade Trost braucht.«

»Na, da hast du es! Ich werde da kein Risiko eingehen.«

Am Samstag, Guys freiem Tag, sagte Edwina mit kleinlauter, verführerischer Stimme: »Vergiß nicht, Guy, mein Lieber, du hast versprochen, mich auszuführen.«

»Hab' ich das versprochen?«

»Oh, Darling, du weißt, daß du das hast! Heute abend habe ich nichts vor. Wäre es da nicht toll, wenn wir irgendwo eine Kleinigkeit essen gingen?«

Guy, der Harriet ohne zu überlegen hätte abblitzen lassen, hatte das Gefühl, daß es ungezogen wäre, Edwina abblitzen zu lassen. Im Gegensatz zu Harriet repräsentierte Edwina die Umwelt, die der Rücksichtnahme bedurfte.

Er sagte: »In Ordnung. Ich treffe dich hier um sieben.«

Edwinas Stimme jubilierte vor freudiger Erwartung: »Oh, Darling, Darling! Wo werden wir hingehen?«

»Ich lasse mir etwas einfallen. Bis später dann.«

Guy kam zu einem Zeitpunkt zurück, der schon näher bei acht als bei sieben Uhr lag, und fand Edwina im Wohnzimmer vor, wo sie auf ihn wartete. Sie trug eines ihrer weißen Abendkleider und eine Pelzjacke gegen die Kühle des Winters. Beides erschien ihm für ein simples Abendessen unpassend, aber noch schlimmer war der Schmuck an ihrer Brust: eine große, herzförmige Brosche, die mit Diamanten besetzt war. Er runzelte die Stirn.

»Das Ding da kannst du nicht tragen. Es ist lächerlich.«

»Du hast es mir gegeben.«

Er war erstaunt, betrachtete es dann genauer und erinnerte sich, daß er es ihr tatsächlich gegeben hatte, damit sie es bei seiner Revue für die Soldaten tragen konnte. Er hatte keine Ahnung, wo er es her hatte.

Er sagte: »Es ist vulgär. Es ist nur ein Theaterrequisit.«

»Es ist kein Theaterrequisit. Das sind echte Diamanten. Es ist ein wertvolles Schmuckstück.«

Dieser Protest rief ihm einen anderen Protest ins Gedächtnis zurück, und ihm fiel ein, daß die Brosche Harriet gehört hatte. Sie hatte gesagt: »Sie gehört mir. Ich habe sie geschenkt bekommen.« Aber das war ihm einerlei gewesen. Er hatte ihr die Brosche weggenommen, weil sie für seine Show genau richtig war. Und außerdem erinnerte er sich an ihre ungläubige Miene, als er das alberne Stück in die Tasche steckte. Und bald danach sagte sie ihm, daß sie auf das Evakuierungsschiff gehen würde.

Er sagte zu Edwina: »Bitte nimm es ab.«

»Tja, wenn du meinst!« Sie löste den Verschluß, nahm die Brosche mit einem Ausdruck gequälter Resignation ab und streckte sie ihm hin: »Du willst sie vermutlich zurückhaben?«

»Sie hat Harriet gehört.«

Sie entschied, daß nichts ihren gemeinsamen Abend verderben dürfe, und lächelte verzeihend: »Dann mußt du sie natürlich zurückhaben.«

Er wollte das Ding gar nicht, aber er wollte auch nicht, daß Edwina es hatte. Er wünschte, es würde vom Angesicht der Erde verschwinden. Immer noch lächelnd ließ Edwina die Brosche in seine Tasche gleiten, und da er nicht wußte, was er sonst damit anstellen sollte, ließ er sie dort.

Ein Taxi brachte sie zur Bulak Brücke, und Edwina nahm an, sie würden in den Extase Nachtclub gehen. Statt dessen hielten sie bei einem der kaputten Häuser auf der anderen Seite der Straße.

»Was ist denn das?«

»Das Fischrestaurant«, sagte Guy, als hätte sie es wissen müssen.

Sie stiegen in ein feuchtes, schwach beleuchtetes Untergeschoß hinab, wo es lange Brettertische gab und ebensolche Bänke anstelle von Stühlen. Die anderen Gäste, niedere Angestellte und Studenten, begafften Edwinas weißes Kleid und ihre weiße Pelzjacke, und sie fragte nervös: »Kommen hier auch Europäer her?«

»Meine Freunde kommen hierher. Das Essen ist gut.«

»Ach ja? Ganz interessant hier. Mal eine Abwechslung für mich.« Edwina versuchte, alles bereitwillig zu erdulden und sah sich um: »Ich wußte gar nicht, daß es ein Fischrestaurant gibt.«

Noch ehe sie weiterreden konnte, erschienen Guys Freunde. Der erste war Jake Jackman. Als er an den Tisch kam, dachte Edwina, er würde nur kurz Guy sprechen wollen, aber er setzte sich nieder, um mit ihnen zusammen zu essen. Nichts dergleichen hatte sie erwartet. Ihr Abend mit Guy hätte ein Austausch gegenseitiger Sympathien in intimer Zweisamkeit werden sollen, der dann schließlich dazu hätte führen können, daß – aber na ja, man wußte ja nie, was noch alles passieren würde!

Da Jackman jetzt da war und zu bleiben beabsichtigte, würde sie mit ihm rechnen müssen. Sie hatte ihn nie leiden können. Sie hätte ihn in seiner schmalgesichtigen Art möglicherweise attraktiv finden können, aber ihr Instinkt war gegen ihn. Sie wußte, daß er in sexueller Beziehung – und nur die interessierte sie – skrupellos sein würde. Aber nun war er da: eine Herausforderung! Sie bedachte seine Anwesenheit mit einem schrägen, provozierenden Lächeln, das bei ihm keine Wirkung zeigte. Seine Aufmerksamkeit war auf Guy gerichtet, dem er augenblicklich seine Entdeckung eines ›Riesenskandals‹ enthüllte. Die westlichen Alliierten schlossen sich gegen Rußland zusammen, und er hatte Insider-Informationen, die das belegten.

»Was für Informationen?«

Schniefend und nasezupfend beugte sich Jake zu Guy hinüber und hob eine Schulter, um Edwina auszuschließen: »Dieser ›Hilfe-für-Rußland‹-Witz ist alles Gewäsch. Das Zeug, das sie schicken, ist veraltet und größtenteils nutzlos. Sie wollen nicht, daß die Russkis an dieser Front vorrücken. Sie wollen, daß sie ausgelöscht werden. Sie wollen, daß die deutschen Panzer die ganze verdammte sowjetische Streitmacht lähmen.«

»Das kann ich nicht glauben. Das würde ja bedeuten, daß die deutschen Truppen die Ukraine überschwemmen und unser Öl nehmen würden.«

»Sei nicht so bekloppt. Bis dahin hätten wir doch schon längst Frieden geschlossen. Oder die Hunnen hätten sich

selbst verausgabt. Das ist die alte Politik von den zwei Fliegen und der einen Klappe. Das war die Politik, bevor Hitler in Rußland eingefallen ist, und das ist sie immer
noch...« Jake senkte seine Stimme, so daß Edwina nicht
hören konnte, was er sagte, und sie fühlte sich nicht nur
ausgeschlossen, sondern auch verachtet.

Guy hatte vergessen, daß sie zum Essen hergekommen
waren; dem Kellner, der gegen die Küchentür lehnte, war
es recht so, und er ließ die Männer sich unterhalten.
Hungrig und vernachlässigt auf ihrer unbequemen Bank,
seufzte Edwina so laut, daß Guy sich an ihre Gegenwart
erinnerte. Er drehte sich um, aber in diesem Moment kam
noch jemand an den Tisch. Es handelte sich um Major
Cookson, einen dünnen, kleinen Mann ohne Einkommen,
der jeden Tag immer weiter herunterkam und jedem
nachlief, der ihm möglicherweise einen Drink spendieren
würde.

Er sagte zu Jackman: »Ich habe dich überall gesucht.«

Seit sein Freund Castlebar aus Kairo verschwunden war,
hatte Jackman Cookson als geduldetes Mitglied in seine
Entourage aufgenommen. Er betrachtete ihn jetzt ohne Begeisterung und sagte: »Setz dich. Setz dich.«

Als sie hörte, daß er mit Major angesprochen wurde,
warf Edwina ihm einen zweiten Blick zu, aber er hatte
keine Ähnlichkeit mit den freigebigen jungen Offizieren,
die sie in der Vergangenheit gekannt hatte. Er setzte sich
neben sie und hüllte sie mit einem Gestank von abgestandenem Schweiß ein, so daß sie sich durch ihn mehr beleidigt fühlte als durch Jackman.

Jake hörte mit seiner Enthüllung alliierter Intrigen auf
und sagte: »Ich nehme an, wir werden irgendwann mal
was essen?« Und er legte damit Guy die Rolle des Gastgebers auf.

»Gott im Himmel, ja.« Guy wurde munter, rief den Kellner und gab Edwina die Speisekarte.

Es war eine schmutzige, handgeschriebene Speisekarte,
die drei Arten von Flußfischen aufführte. Guy empfahl sie
alle drei, riet aber Edwina, den *mahseer* zu wählen, der, wie

er sagte, eine Spezialität des Hauses sei. Edwina mochte keinen Fisch, sagte aber ja, weil sie zum männlichen Geschlecht gewohnheitsmäßig immer ja sagte.

Jackman hatte jetzt die Rolle des Witzboldes übernommen. Er schenkte Edwina ein Lächeln voller Tücke und sagte: »Heute ist was Komisches passiert. Komme gerade am Abdin Palast vorbei und sehe da einen Landser, stinkbesoffen, und sein Schwanz steht zum Hosenladen raus. Irgendwie hatte er eine alte Brille mit Stahlfassung in die Finger gekriegt und sie dem besagten Schwanz aufgesetzt, und dabei sagte er: ›Schau dich nur um, Schwänziboy, und wenn du was siehst, was dir gefällt, dann kauf' ich dir das.‹«

Edwina wußte, daß Jackman sie beleidigen wollte, und sie ignorierte sein Gelächter und widmete ihre Aufmerksamkeit dem vor ihr stehenden Teller. Der Fisch, wenn er überhaupt nach etwas schmeckte, schmeckte nach Schlamm.

»Was mich«, fuhr Jackman fort, »an Loverboy Castlebar erinnert. Aber der hat selber nichts gekauft. Der wurde gekauft.«

Guy zuckte mit den Schultern: »Wenn sie glücklich sind, warum sich dann aufregen?«

»Glücklich? Du glaubst, Bill ist glücklich, daß er den Gigolo spielen darf? Ich wette, der fühlt sich hundeelend.« Jackman wandte sich um Zustimmung zu Cookson um, und Cookson sagte mit dünnem Kichern:

»Leben und leben lassen.«

»Was seid ihr doch für ein beschissener, unmoralischer Haufen!« Eine Weile war Jackman eingeschnappt, begann dann aber mit einer anderen Geschichte und wurde von einem weiteren Neuankömmling unterbrochen.

Es handelte sich hierbei um einen dunklen, düster dreinblickenden Mann, der unpassenderweise die Uniform eines Armee-Captains trug. Guy stellte ihn als ›Aidan Sheridan, der Schauspieler‹ vor. »Jetzt ist er in der Zahlmeisterei und nennt sich Pratt.«

Edwina stockte der Atem. »Oh, Aidan Sheridan!« sagte sie und betrachtete ihn mit großen Augen.

Aidan musterte sie angewidert und wandte sich dann vorwurfsvoll an Guy: »Wo ist Harriet?«

Am Tisch herrschte Entsetzen. Edwina und Jackman sahen Guy an, der kein Wort sagte.

»Was ist los? Ihr habt euch doch nicht getrennt, oder?«

Guy schüttelte den Kopf und sagte: »Ich hätte dir schon geschrieben, aber ich wußte nicht, wo du warst.«

»Ich bin nach Jerusalem versetzt worden. Aber wo ist sie denn?«

»Ich hätte es allen sagen sollen, die sie kannten. Ich habe nicht gedacht...«

»Egal, was ist es, erzähl's mir jetzt. Wo ist sie?«

»Sie ist tot. Sie war an Bord eines Evakuierungsschiffes, das versenkt wurde... Sie ist tot. Ertrunken.« Mehr konnte Guy nicht sagen, und so schüttelte er wieder den Kopf.

Aidan sank auf die Bank und sagte nach einem Augenblick: »Bist du sicher? Zur Zeit gehen so viele falsche Berichte herum.«

Guy konnte nur den Kopf schütteln, und Edwina sagte an seiner Stelle: »Leider wurde es bestätigt. Ich arbeite in der Botschaft, und ich habe den Bericht gesehen. Das Schiff wurde vor der afrikanischen Küste torpediert. Die arme Harriet. Es war schrecklich, nicht wahr? Drei Leute wurden gerettet, aber sie...«

Guy unterbrach stirnrunzelnd: »Was hat das für einen Sinn, jetzt alles noch mal durchzukauen! Sie ist tot. Nichts wird sie zurückbringen. Reden wir also von was anderem.« Er sah Aidan an, der auf den Tisch hinunterstarrte, als würde er nicht hören, was gesagt wurde: »Möchtest du was essen?«

Die anderen versuchten, von etwas anderem zu sprechen, aber für Aidan kam die Nachricht zu plötzlich, um beiseite gewischt zu werden: »Nein, ich kann nichts essen. Ich gehe... Ich gehe zum Bahnhof.«

»Fährst du heute nacht zurück?«

»Ja, ich habe ein reserviertes Abteil...«

»Dann begleite ich dich zum Bahnhof.« Beim Aufstehen erinnerte sich Guy daran, daß er ja mit Edwina ausgegangen war, und er sagte: »Tut mir leid, ich muß gehen. Ich möchte mit Aidan sprechen. Jake wird dich heimbringen.«

»Hör mal«, fiel Jake schnell ein: »Ich habe kein Geld bei mir. Ich brauche was für ein Taxi.«

Guy bezahlte die Rechnung, gab Jackman eine Pfundnote und ging dann mit Aidan davon.

»Ein katastrophaler Abend«, sagte Jackman.

Auch für Edwina war es ein katastrophaler Abend gewesen. Sie verbarg ihren Ärger und sagte: »Ja, arme Harriet!« Aber ihre Gedanken waren bei der Art und Weise, in der man sie behandelt hatte. Sie fügte hinzu: »Und armer Guy! Ich glaube, daß dieser nichtsahnende Schauspieler alles wieder aufgerührt hat.« Gleichzeitig sagte sie sich, daß Guy und die Leute, mit denen er sich umgab, nichts für sie waren.

7

Guy war von Aidans Reaktion auf Harriets Tod überrascht, und gleichzeitig verspürte er ihm gegenüber ein Gefühl der Dankbarkeit. Daß auch andere Menschen so etwas wie Schmerz über ihren Tod empfanden, erleichterte ihm seinen eigenen Kummer und die Schuld, die er ihr gegenüber hatte. Draußen auf der Straße sagte er: »Ich habe gar nicht gewußt, daß du sie so gemocht hast.«

»Wir waren Freunde geworden.«

Auch dies überraschte Guy. Obwohl er sich dadurch bedankte, daß er mit ihm zum Bahnhof ging, war Guy von Aidan angeödet und konnte sich nicht vorstellen, daß er für Harriet sonderlich attraktiv gewesen sein könnte.

»Sie hat mich immer aufgezogen«, sagte Aidan. »Ich hab's natürlich auch verdient. Ich weiß ja selbst, daß ich ein komischer Kauz bin. Du erinnerst dich, daß ich sie zufällig in Luxor traf und daß wir einiges zusammen anschauten.«

Guy bejahte, obgleich er Harriets Ausflug nach Luxor vergessen hatte. Während er darüber und über ihre Beziehung zu Aidan nachdachte, sah er sie im Geiste inmitten einer Welt von Interessen, von denen er nichts wußte. Er mißgönnte sie ihr nicht, verspürte aber das beunruhigende Gefühl, daß hinter seinem Rücken manches geschehen war. Nicht, daß etwas Schwerwiegendes hätte geschehen können. Er hatte sie von ihren Freunden in England fortgeführt, und im Ausland hatte sie kaum Gelegenheit gehabt, neue Freundschaften zu schließen. Zum allerersten Mal kam ihm der Gedanke, daß sie in der Zeit, in der er sich den ganzen Tag über, morgens, mittags und abends selbst beschäftigte, oft alleine gewesen war.

Er sagte: »Sie war auf diesem Schiff, der *Queen of Sparta*. Ich hielt es für richtig, daß sie fuhr – dieses Klima brachte sie um.«

»Als wir in Luxor waren, sah sie nicht gut aus, und glücklich sah sie auch nicht aus. Nach meiner Meinung hat ihr die Tatsache, daß sie unglücklich war, mehr zu schaffen gemacht als das Klima.«

»Unglücklich? Hat sie gesagt, daß sie unglücklich war?«

»Nein. Dergleichen hat sie nie erwähnt, aber sie schien dort einsam zu sein. Ich habe mich gewundert, warum du nicht mit ihr mitgefahren bist.«

»Ich und mitfahren?« Guy gefiel dieser kritische Hinweis gar nicht. »Davon hat sie nichts gesagt. Die ganze Sache wurde von dieser Angela Hooper eingefädelt. Sie schleppte Harriet nach Luxor und hat sich dann selbst davongemacht und Harriet dort sitzen lassen. Das war typisch für diese Frau. Die ist gestört. Und ich hätte sowieso nicht mitfahren können. Ich hatte viel zuviel zu tun.«

»Du tust auch viel zuviel, weißt du.« Aidan sprach mit sanfter Stimme, aber sein Tonfall drückte mehr Mißbilligung als Mitgefühl aus, und Guy ärgerte sich. Er war Kritik nicht gewohnt und sagte: »Vermutlich machst du es mir zum Vorwurf, daß sie nicht mehr da ist. Na gut, aber da liegst du falsch. Außerdem, vergangen ist vergangen. Wir müssen mit der Gegenwart fertig werden, auch wenn das unmöglich ist. Wir können uns nicht in Erinnerungen verlieren und nichts tun.«

»Nein, wahrscheinlich nicht.«

Aidans Zustimmung war eher halbherzig, und Guy schritt wortlos dahin, bis sie beim Bahnhof ankamen, verabschiedete sich dann mit einem knappen Good-bye, machte kehrt und ging zurück nach Garden City. Er sagte sich, daß Aidan nicht nur ein komischer Kauz war, sondern außerdem noch ein selbstgefälliger Besserwisser. Er strich ihn aus seinem Gedächtnis, aber er verspürte das Bedürfnis, daß er Harriet gegenüber einiges wiedergutzumachen hätte. Er begann, sich nach einem Ersatz umzusehen, den er an Harriets Stelle adoptieren konnte. Und zu diesem Zeitpunkt bot sich als einziger der junge Leutnant an, Simon Boulderstone. Harriet war jenseits seiner Möglichkeiten zu helfen, aber der verwundete junge Mann stand vor der Aufgabe, sein ganzes Leben neu zu gestalten.

Jetzt, wo er Anzeichen einer Wiedergenesung zeigte, hörte Simon auf, das hilflose Objekt der Zuneigung aller zu sein. Man erwartete, daß er zu seinem Fortschritt selbst beitrug, aber der Fortschritt kam ihm auf eine deprimierte Weise langsam vor.

Sobald er die Muskeln seiner Hüften betätigen und seine Knie ein paar Zentimeter von der Matratze hochheben konnte, wurde ein Barren an sein Bett gebracht, und Ross sagte: »Auf geht's, Sir, wir müssen Sie aus dem Bett kriegen.«

Ross und der Sanitäter hoben ihn zwischen die Holme des Barrens und befahlen ihm, sie mit den Händen zu umfassen. Er sollte sich selbst aufrecht halten und mit dem Körper hin- und herschwingen. Es war die reine Qual. Seine Armmuskeln waren so verkümmert, daß er kaum in der Lage war, seinen Rumpf abzufangen, aber mit Ross' Unterstützung fand er heraus, daß er sich dadurch vorwärts bewegen konnte, daß er sein Becken von einer Seite auf die andere schwang.

Ross sagte: »Das machen Sie schön, Sir. Weiter so. Noch ein bißchen Anstrengung, und Sie schaffen's bis zum Ende der Holme.«

Simon lachte und mühte sich weiter ab, aber all diese Übungen hatten etwas Phantastisches an sich. Er war ein gehunfähiger Mann, der die Rolle eines Gehfähigen zu spielen schien. Es war ein hoffnungsloses Unterfangen. Es plagte ihn die Vorstellung, nur einen halben, freischwebenden Körper zu haben. Aber er hatte Beine. Er konnte sie herabhängen sehen und verlor die Geduld mit ihnen und schrie: »Wann, zum Kuckuck, fangen die endlich an, sich selbst zu bewegen?«

»Nur keine Aufregung, Sir. Die kommen schon mit der Zeit wieder in Ordnung.«

Seine Füße waren, mangels Bewegung und Belastung, auf eine groteske Art weiß und zart geworden. »Schaun Sie sich die bloß an«, sagte er zu Ross. »Wie die Füße eines Mädchens. Ich glaube nicht, daß ich je wieder auf ihnen stehen werde.«

Ross lachte, fuhr mit seinem Bleistift an Simons linker Fußsohle entlang und fragte: »Spüren Sie das?«

»Nee.« Alles an ihm widerte ihn an: seine Beine, seine Knie, seine Füße, jeder gefühllose Teil seines Körpers.

Guy, der ihn zwei- oder dreimal wöchentlich besuchte, entschied, daß er mentale Stimulation nötig hatte, und sagte ihm, daß er, um zu genesen, nur beschließen müsse zu genesen. Guy glaubte an die Macht des Geistes über den Körper. Er sagte, er sei in seinem Leben nur ein einziges Mal krank gewesen, und das sei das Resultat einer Einmischung Harriets gewesen. Sein Vater, ein Bewunderer von George Bernard Shaw, hatte sich geweigert, seine Kinder in ihrer Kindheit impfen zu lassen. Als sie in den Nahen Osten kamen, wo die Pocken endemisch auftraten, hatte Harriet darauf bestanden, daß Guy sich impfen lassen müsse. Er hatte heftig auf das Serum reagiert. Er war zwei Tage mit hohem Fieber im Bett gelegen, hatte einen geschwollenen, schmerzenden Arm gehabt und gewimmert, daß man ihm, der nie zuvor auch nur einen einzigen Tag krank gewesen war, eine Krankheit aufgezwungen hatte. Seiner Meinung nach hatte man ihm eine körperfremde Substanz injiziert, weshalb er nun seinen Arm verlieren würde. Er war erstaunt, daß er am nächsten Morgen erwachte, ohne Fieber und mit intaktem Arm.

»Du siehst, was ich für ein Narr war. Ich erlaubte Harriet,

mich wider besseren Wissens zu beeinflussen, und als Ergebnis wurde ich krank.«

Simon protestierte: »Aber ich bin nicht krank. Ich wurde verwundet, als wir in eine Minenfalle fuhren – das ist etwas ganz anderes.«

»Nicht so anders. So was wie Zufälle gibt es nicht. Wir sind für all das, was uns widerfährt, selbst verantwortlich.«

Simon war verwirrt, doch als er darüber nachdachte, was Guy gesagt hatte, erinnerte er sich, wie er sich von der Palme angezogen fühlte, bei der die Falle gelegt war. Der Baum war ihm wie ein vertrauter und geliebter Gegenstand vorgekommen, und er hatte zu Crosbie gesagt: »Ein guter Platz, um unsere Fressalien zu futtern.« Guy konnte recht haben; vielleicht war jeder auf die eine oder andere Art selbst der Verursacher seiner eigenen Katastrophen.

»Was soll ich tun?«

»Nimm dir ganz fest vor, daß du dich aus der Bredouille, in die du dich selbst gebracht hast, auch selbst wieder rausbringen wirst.«

Ob es nun aufgrund dieser Unterhaltung war oder nicht: Er wurde sich seiner Füße auf eine kuriose, fast übernatürliche Art bewußt. Er konnte sie beinahe spüren. Als er darüber mit der Schwester sprach, sagte sie: »Oh! Wie fühlen sie sich an?«

»Eigentlich nicht besonders gut. Eher komisch!«

Sie warf die Decke zurück und legte ihre Hand darauf: »Kalt, ja?«

»Nein, so kommt es mir nicht vor.«

»Doch, die Hand ist kalt. Sie haben nur vergessen, wie sich Kälte anfühlt.«

Simon wartete auf Ross und nahm sich vor, von dieser Entwicklung nichts zu erzählen, bis Ross sagen würde: »Spüren Sie das, Sir?« Dann würde er sagen: »Ja, meine Füße fühlen sich kalt an.«

Aber es lief ganz anders ab. Als Ross an diesem Tag mit seinem Bleistift die Sohle entlangfuhr, zuckte ein elektrischer Impuls die Innenseite seines Beins bis in sein Geschlechtsteil hinauf, und er spürte, wie sein Penis erigierte. Er drehte sich auf die Seite, um sich zu verstecken, und preßte die Wangen ins Kissen, weil er nicht wußte, ob er erleichtert war oder sich schämte.

Ross sah, wie er rot wurde und warf ihm die Decke über. Er sagte: »Sie kommen wieder in Ordnung, Sir.« Er lachte, und Simon lachte zurück, und von diesem Zeitpunkt an wuchs eine neue Vertrautheit zwischen ihnen heran. Ross verlor seine Zurückhaltung und betrachtete Simon nicht mehr länger als Hilflosen, sondern begann, ihn wie einen jungen Mann von seinesgleichen zu behandeln. Er gewöhnte sich an, am Ende jeder Sitzung noch etwas zu verweilen, um über die kleinen Tagesereignisse des Krankenhauses zu plaudern. Dieser Klatsch brachte ihn auf ein Thema, das ihm am Herzen lag: seine Abneigung gegen die ›Aussies‹. Er hatte das Bedürfnis, Simon mit der Wohlanständigkeit der Neuseeländer zu beeindrucken, die im Gegensatz zu dem wilden Treiben der Australier stand.

»Ein wilder Haufen, Sir«, sagte er. »Von denen haben einige noch nie 'ne Stadt gesehen, bevor sie durch Sydney und auf den Truppentransporter gefahren wurden. Und nehmen Sie nur mal diese Kreta-Geschichte. Die Aussies haben auf uns und auf die Briten geschimpft, wegen der fehlenden Luftsicherung. Aber man kann doch keine Luftsicherung durchführen, wenn man keine Flugzeuge hat, oder was meinen Sie, Sir? Und das haben die einfach nicht einsehen können. Mit denen konnte man nicht argumentieren. Als sie zurückgingen, fingen sie an, Sachen zum Fenster rauszuschmeißen. In Clot Bey ham sie ein Klavier rausgeschmissen. Und sie ham 'nen britischen Flieger rausgeschmissen und zu ihm gesagt: ›Jetzt flieg mal, du Arsch!‹ Und zwar aus einem Fenster im obersten Stock. So was ist doch kein Benehmen, Sir!«

»Nein, wirklich nicht. Was ist dem Flieger passiert?«

»Hab' nie mehr was davon gehört.« Ross schüttelte den Kopf vor Abscheu über seine eigene Geschichte.

Simon sympathisierte mit Ross, aber insgeheim beneidete er die Aussies um ihr ›wildes Treiben‹. Man hatte sie schon mehrfach in ihren Kasernen einsperren müssen, um der öffentlichen Sicherheit willen. Und bei Tobruk hatte man ihnen befohlen, mit absoluter Stille vorzurücken, und sie hatten den ganzen Überraschungsangriff dadurch vermasselt, daß sie aus ihren Schützengräben herausgestürzt waren und gegrölt hatten: »Wir besuchen jetzt den Zauberer, den wunderbaren Zauberer von Oz.« Er mußte für diese gesetzlosen Männer ein Wort einlegen.

»Aber andererseits, Ross, hätten sie ja überhaupt nicht zu kämpfen brauchen. Wir haben den Krieg angefangen, und sie hätten uns ja sagen können, daß wir ihn dann auch alleine weiterführen können.«

»Oh, nein. Bei allem Respekt, hier liegen Sie falsch, Sir. Das ist deren Krieg genauso wie unserer.«

Der Schwester sagte Simon: »Sie kennen doch die junge Dame, die mich besucht hat? Ich hatte gesagt, daß ich sie nicht sehen will. Ist sie zurückgekommen?«

Die Schwester antwortete kalt: »Woher soll ich das wissen? Ich habe doch nicht jeden Tag oder den ganzen Tag Dienst, oder?«

»Schwester, falls sie tatsächlich kommt, dann lassen Sie sie rein, ja? Ich will sie sehen.«

»*Falls* sie tatsächlich kommt, dann werde ich sie Ihnen höchstpersönlich bringen.«

Als er ein paar Tage lang immer noch keinen anderen Besuch als den von Guy gehabt hatte, flehte Simon ihn an: »Könntest du nicht Edwina bitten, daß sie mich besucht?«

»Selbstverständlich«, stimmte Guy fröhlich zu. »Ich werde mit ihr reden. Ich nehme an, sie wird dann morgen oder übermorgen kommen.«

Aber als er mit Edwina redete, blinzelte diese ihn nur mit ihrem einen sichtbaren Auge an und schien den Tränen nahe zu sein: »Oh, Guy, ich kann wirklich nicht wieder nach Heluan. Das ist alles so schrecklich. Simon hat es sich in den Kopf gesetzt, daß ich die Freundin seines Bruders gewesen bin, und für mich ist das dermaßen anstrengend, ihm etwas vorzuspielen.«

»Warum ihm etwas vorspielen? Erzähl ihm doch die Wahrheit.«

»Oh, das wäre nicht nett. Außerdem bringt mich der Ort ganz durcheinander. Als ich das letzte Mal dort war, hatte ich am nächsten Tag Migräne. Ich hasse Krankenhäuser über alle Maßen.« Edwina ließ ein kleines Schluchzen hören, und Guy, der sie nicht noch mehr durcheinanderbringen wollte, sagte nichts mehr, sondern beschloß, daß es dann eben ein Zusammentreffen außerhalb des Krankenhauses geben würde.

Er plante, ein Auto zu mieten, und er fragte die Schwester um Erlaubnis, mit Simon eine Ausfahrt machen zu dürfen. Sie wollten zu dem Gesîra-Gärten fahren. Er bat Edwina, ihn dort zu treffen und sagte ihr, er würde aufpassen, daß das leidige Thema von Simons Bruder nicht zur Sprache kam. Edwina sagte: »Selbstverständlich komme ich, Guy, mein Lieber. Wie nett du doch zu allen Leuten bist.«

Höchst befriedigt unterbreitete Guy seinen Plan Simon, der darüber bestürzt war. Eingesperrt in seiner Einzelkabine war er wie eine Kreatur des Waldes geworden, die Angst davor hat, sich auf die freie Ebene hinaus zu wagen. Sogar Edwinas Versprechen, sie in den Gärten zu treffen, wies für ihn ein Element der Enttäuschung auf.

»Sie kommt also nicht hierher?«

»Sie sagt, Krankenhäuser üben einen ungünstigen Einfluß auf sie aus.«

»Guy, ich möchte lieber nicht in die Gärten. Ich glaube nicht, daß sie mich sehen will.«

»Aber doch, sie hat sofort ja gesagt«, überredete Guy Simon, so wie er Edwina überredet hatte, und es wurde ein Tag vereinbart. Bis es soweit war, daß das Auto vor dem Bau der Querschnitte stand, hatte sich Simon in einen Zustand unruhiger Erwartung hineingesteigert. Immer wieder fragte er Guy: »Glaubst du wirklich, daß sie kommen wird?«

»Wahrscheinlich ist sie schon dort. Also, nun mach schon.«

Simons Rollstuhl stand mit angezogenen Bremsen neben dem Bett, und Guy und Ross sahen zu, wie er sich hineinmanövrierte. Er rutschte an die Bettkante und schob die Beine darüber; dann ergriff er die entfernte Lehne des Stuhls und schwang sich in den Sitz. Als er bequem drinnen saß, schaute er sein Publikum an und fragte: »Na, was sagt ihr jetzt?«

Beide Zuschauer sagten unisono: »Hervorragend.«

Ross kam mit zum Auto, wo sich Simon nur mit der Kraft seiner Arme selbst auf den Rücksitz hob. Seine Bewegungen waren unbeholfen, und Guy und Ross litten mit ihm zusammen unter der Anstrengung, aber ihr Lächeln drückte Zufriedenheit aus. Simon machte gute Fortschritte.

Die Mittagshitze hielt wieder Einzug in Kairo. Die Fahrt durch die Wüste war angenehm, und Simon, der abwechselnd zu allen Fenstern hinaussah, sagte: »Komisch, wieder mal draußen zu sein. Ich spüre, wie's mir besser geht.«

Die Gärten, die der Krümmung am nordöstlichen Ende der Insel folgten, waren schmal, eine sandige Umrandung, die mit Bäumen bepflanzt war. Da die Bäume dauernd mit Flußwasser bewässert wurden, waren sie riesengroß geworden, aber sie hatten nur wenige Zweige und Blätter. Sie waren mit Schlingpflanzen behangen, die hier und da einen fadendünnen Stengel hinabließen, der eine einzige, blasse Blüte wie eine Alabastervase aufrecht hielt. Auf dem sandigen Boden wuchs nicht viel, aber er wurde besprengt, um den Staub zu binden, und die Luft war von einem schweren, erdigen Duft erfüllt.

Simon bewegte seinen Rollstuhl geräuschlos den Weg entlang, und Guy ging neben ihm her. Beide hielten sie nach Edwina Ausschau, aber sie erreichten das Ende des Gartens, ohne jemanden zu treffen.

Simon sagte mit gepreßter Stimme: »Sie ist nicht gekommen.«

»Sie kommt schon noch. Sie kommt schon noch.« Guy war zuversichtlich, daß sie noch kam. Sie kehrten um, und auf halbem Weg zwischen den Gartentoren fanden sie eine Sitzgelegenheit, wo sich Guy hinsetzen konnte. Er sagte, es sei vier Uhr, so daß sie wahrscheinlich auf ihrem Weg ins Büro vorbeischauen würde. Sie würde einen Umweg machen und die Brücke überqueren müssen, und das würde alles seine Zeit brauchen. Eine Stunde verstrich. Der Nachmittag ging in den Abend über, und Simons Hoffnung begann zu schwinden. Er konnte nicht auf Guys Unterhaltung eingehen, und bald verstummte auch Guy. Sie saßen dem Flußufer gegenüber, auf dem die Kasr-el-Nil-Kasernen standen, deren rote Farbe sich mit dem Licht veränderte, bis sie so dunkel wie getrocknetes Blut war. Das lange, niedrige Gebäude, das so von Wanzen verseucht war, daß man es nur mit Feuer desinfizieren konnte, verschwamm im Dunst des Flußnebels und sah unwirklich und weit weg aus; ein viktorianisches Relikt, ein Symbol vergangener Glorie.

Während er hinüberstarrte, erinnerte sich Simon an seine ersten Tage in Ägypten, als Tobruk gefallen war. Sein Befehl hatte gelautet, sich bei Tagesanbruch bei seinem Konvoi zu melden, und so war er mit dem Taxi zur Kaserne gefahren und hatte Angst gehabt, die anderen würden ihn wegen seiner Extravaganz auslachen. Ihm wurde bald klar, daß keiner wußte und sich auch keiner dafür interessierte, wie er dorthin gekommen war. Damals war Hugo noch am Leben gewesen. Jetzt, wo Hugo tot war und Edwina sich gleichgültig verhielt, sah er auf jene frühe Zeit zurück als auf eine Zeit der Jugend und Naivität, die er nie wieder kennenlernen würde.

Er seufzte und sah Guy an, der ebenfalls in irgendeiner Vision der Vergangenheit versunken schien. Er sagte, vermutlich unklugerweise: »Du hast sie sehr geliebt, nicht wahr?«

Von der Frage überrascht und aufgeschreckt, sagte Guy: »Du meinst Harriet? Ich glaube schon. Nicht daß ich jemals viel über die Liebe nachgedacht hätte. Ich hatte immer so viele Freunde.« Er stand auf, um diese Art der Unterhaltung zu beenden: »Eigentlich solltest du schon wieder zurück im Krankenhaus sein.«

Als sie das Haupttor erreichten, stiegen zwei Personen aus einem Taxi aus: Edwina und ein Armeeoffizier.

Edwina schaute sich um, sah Simon in seinem Rollstuhl, rannte durch das Tor und streckte die Hände aus: »Oh, Simon! Simon Darling! Ich hatte solche Angst, daß wir zu spät kommen würden.« Sie ergriff seine Hände und blickte ihm voller Wärme ins Gesicht. Sie fragte: »Wie geht's dir? Lieber Simon, du siehst ja soviel besser aus!«

Simon warf einen Blick über ihre Schulter und konnte erkennen, daß ihr Begleiter ein Major war, ein alter Knabe, fünfunddreißig oder älter; viel zu alt für Edwina. Aber der Major hatte zwei gute Beine, und er schlenderte hinter ihr drein mit dem Lächeln des Besitzers, das der Welt die Tatsache mitteilte, daß er und Edwina den Nachmittag in intimer Vergnüglichkeit verbracht hatten.

Er wurde als Tony Brody vorgestellt, kürzlich dem GHQ Kairo zugeteilt – ein großer schmalbrüstiger Mann mit ebenmäßigem Gesicht, das zu fein war, um zu beeindrucken. Edwinas Augen strahlten, ihre Stimme war leicht außer Atem, und sie schien vor Freude über ihre neue Eroberung überzuschäumen.

Sie sagte immer wieder: »Oh, mein Lieber, es tut mir leid, daß ich so spät komme.« Und sogar Simon konnte erraten, warum sie so spät kam. Er wollte weg von ihr. Guy fing seinen flehentlichen Blick auf und sagte, daß sie keine Zeit mehr für eine Unterhaltung hätten. Simon werde in Heluan zurückerwartet. Kurz angebunden schnitt er Edwinas aufgeregtes Geplapper ab, half Simon beim Einstieg in das wartende Auto und brachte ihn von ihr weg.

8

Harriet hatte sich in einer Pension niedergelassen, die ihr der Kellner in der Café-Bar empfohlen hatte. Sie hieß Anemonie, war ein großes, zugiges Gebäude, dunkel im Innern und bei Regenwetter sehr dunkel. Es gab einen Garten, in dem ein Maulbeerbaum eine Krinoline von Zweigen über einen langen Tisch und ein halbes Dutzend wackeliger Stühle breitete. Der Regen schwamm in Pfützen auf der Tischplatte, aber Harriet konnte sich vorstellen, wie die Touristen in der langen, trägen Dämmerung eines friedlichen Sommers draußen saßen und speisten.

Der Krieg hatte all dies beendet. Die Besitzer der Pension, Monsieur und Madame Vigo, waren überrascht, als Harriet an der Haustür erschien, aber sie ließen sie ein. Sie selbst wohnten in einem Nebengebäude und blieben auf Distanz, so daß Harriet die ganze Pension für sich hatte. Madame Vigo, die das Essen servierte, sprach Französisch und Arabisch, aber mit Harriets englischem Französisch oder ihrem ägyptischen Arabisch konnte sie nichts anfangen.

Harriet wußte, daß die Vigos neugierig waren, was sie betraf, und sich wunderten, was sie allein hier in Syrien machte. Jetzt, wo der Anreiz zu ihrer Eskapade nicht mehr vorhanden war, wunderte sich Harriet selbst.

Der Speisesaal, in dem sie alleine aß, hätte fünfzig bis sechzig Gäste aufnehmen können. Abends wurde eine einzige Glühbirne hinter ihrem Platz eingeschaltet, und der große Saal erstreckte sich von ihr weg in eine totale Dunkelheit. Sie wäre froh gewesen, wenn sie zusammen mit den Vigos hätte essen können, aber sie bewahrten sich ihre Privatsphäre und machten Harriet zuliebe keine Ausnahme. Die Speisen, die von Monsieur Vigo zubereitet wurden, wurden geschäftsmäßig von Madame Vigo serviert, die die Teller auf den Tisch stellte und dann augenblicklich wieder verschwand.

Nach dem Essen blieb Harriet meist noch etwas am Tisch sitzen, da sie sich davor fürchtete, in das Stockwerk mit den Schlafräumen hinaufzugehen, wo dreißig oder noch mehr leere Zimmer in einem Labyrinth von Fluren lagen. Wohin sie auch ging, es herrschte Stille, abgesehen von den knarrenden Brettern unter ihren Füßen.

Sie überlegte, wie lange sie es wohl hier aushalten würde. Wie lange würde sie sich leisten können hierzubleiben? Und wenn sie fortging, wohin würde sie dann gehen?

Während des Tages spazierte sie durch die Straßen oder stellte sich in Hauseingängen unter, um Schutz vor dem Regen zu suchen. Das Einkaufsviertel sah genauso aus wie das einer englischen Stadt, bis auf die arabischen Schilder. Das eigentliche Leben fand in den überdachten Souks statt. Bei Sonnenschein konnte sie den Schnee des Antilibanon herüberglänzen sehen, aber das war nicht oft der Fall. Es war Winter, Regenzeit, und an den meisten Tagen war die Stadt von einem nebligen Grau verhangen. Harriets Koffer war mit der leichten Kleidung gefüllt, die für das Passieren des Äquators gedacht war. Ihre Wintersachen waren auf das Schiff vorausgeschickt worden, und sie stellte sich vor, wie sie nach England reisten und in den Docks von Liverpool umherstanden und nicht abgeholt wurden. Sie konnte das Geld, das sie noch hatte, nicht mit dem Kauf von Kleidung vergeuden, und da sie an die ägyptische Hitze gewöhnt war, fröstelte sie wie eine Hauskatze, die man hinaus ins schlechte Wetter getrieben hatte.

Sie wanderte ziellos unter dem aufgedunsenen Himmel dahin und fühlte sich vom Abana verfolgt, einem über die Ufer getretenen Fluß, der sich zwar stets in irgendeinem Abfluß verlief, aber nur, um nach der nächsten Ecke wieder aufzutauchen und mit einem dahineilenden Geplätscher die Kälte der Luft noch zu verstärken. Sie vergaß bereits zusehends, daß sie die meiste Zeit in Ägypten krank gewesen war, und sie sehnte sich nach den prächtigen Sonnenuntergängen, dem funkelnden Nachthimmel, dem Mondlicht, das wie flüssiges Silber über den Häusern lag. Sie erinnerte sich, wie das gleißende Licht Kairos Luftspiegelungen und Wahnvorstellungen produzierte, die so lebendig waren, daß sie an die Stelle der Wirklichkeit traten. Und sie vergaß die Auspuffgase und den Gestank der Kairoer Müllplätze.

In Damaskus gab es keine Luftspiegelungen. Statt dessen gab es Regen, dem sie nur dadurch entfliehen konnte, daß sie zur Pension zurückging oder sich ihren Weg durch die Menschenmassen im größten Souk, dem Souk el Tawileh, bahnte, einer Marktstraße, die die Gerade Straße hieß und in der Paulus gewohnt hatte, als er geblendet war. Hier gab es Stammesangehörige, Bergbewohner, Geschäftsleute in dunklen, westlichen Anzügen, Bauern, Eseltreiber und Lärm. Sie war erstaunt über die Vitalität der Menschenmassen, und nach einer Weile wurde ihr klar, daß ihre eigene Vitalität zurückkehrte. Das syrische Klima stellte ihre Gesundheit wieder her. Sie spürte, sie konnte meilenweit gehen, aber wo immer sie auch hinging, befand sie sich außerhalb des Geschehens. Sie war eine Frau in einer Stadt, in der von Frauen erwartet wurde, im Haus zu bleiben.

Eines Morgens fand sie den Souk in heller Aufregung vor.

Etwas lag in der Luft. Die Zufahrtsstraße war geräumt und die Menschen waren zurück gegen die Geschäfte gedrängt worden. Die Ladenbesitzer hatten ihre Rolläden herabgezogen und sich unter die Zuschauer gemischt, und sie reckten die Hälse und schrien, wie alle anderen auch. Harriet stand ganz hinten auf einem Stein, einem Überbleibsel eines römischen Torbogens, und sie sah angestrengt über die Köpfe vor sich hinweg und wollte nichts verpassen. Während sie so abwartete, wurde ihr bewußt, daß ein Mann in der Menge nicht erwartungsvoll in den Souk hinuntersah, sondern sie betrachtete. Er trug den dunklen Anzug eines Geschäftsmannes und hielt einen flachen, schwarzen Koffer unter dem Arm. Es war ein dünner Mann mit einem dünnen, blassen Gesicht, und die Art und Weise, wie er sich gab, verriet eine würdevolle Gehemmtheit. Er fing ihren Blick auf und verbeugte sich leicht, und da sie ihrer eigenen Gesellschaft überdrüssig war, lächelte sie und fragte ihn: »Worauf warten sie alle?«

»Ah!« Er schob sich bis zu ihr durch und sprach ernsthaft, um die Lauterkeit seiner Absichten deutlich zu machen: »Sie warten auf einen führenden Politiker, der hier vorbeikommen soll.« Er machte eine Pause, verbeugte sich erneut und sagte: »Darf ich Ihnen meinen Schutz anbieten?«

»Gott im Himmel, nein«, amüsierte sie sich. »Ich brauche keinen Schutz. Ich bin Engländerin.« Als der Lärm zum Tumult anwuchs, hielt sie Ausschau nach dem führenden Politiker und sah, wie er langsam zwischen den zwei Reihen erregter Zuschauer hindurchgefahren wurde. Er stand hinten in einem offenen, alten Ford, und als die Menschen vor Begeisterung tobten, winkte er nach rechts und links und strahlte über sein ganzes fettes, fröhliches Gesicht und schien sie alle zu lieben und auch von allen geliebt zu werden. Seine Anhänger kreischten und applaudierten, zogen Revolver aus den Hosenbünden und feuerten auf das Blechdach des Souks. Es gab ein Getöse von Schüssen und getroffenem Metall, und Harriet spürte, daß es unklug war, den angebotenen Schutz zurückzuweisen. Sie sah dorthin, wo der blasse Mann mit seinem Koffer gestanden hatte, aber er war nicht mehr da, und sie befürchtete, daß ihre Antwort ihn vertrieben hatte.

Als der Ford vorbeifuhr, drängte die Menge hinterher, und Harriet konnte unbehelligt von ihrem Stein herabsteigen und zu ihrem einsamen Mahl in der Pension zurückkehren. Hätte sie dem Mann eine ermutigendere Antwort gegeben, hätte sie vielleicht einen Freund gefunden. Aber wollte sie denn einen Freund, der so aussah? Sie mochte große, gemütliche Männer. Sie wollte einen großen, gemütlichen Mann als Freund und Begleiter, einen wie Guy, aber ohne dessen unerträgliche Geselligkeit. Wenn Guy jetzt bei ihr wäre, wäre er kein Begleiter. Nichts würde ihn in die Omaijaden Moschee oder den Azem Palast bringen. Sie hatte sich zu lange von linken Sophisten langweilen lassen müssen. Sie war der Ansicht, daß die Ehe mit Guy von Anfang an hoffnungslos gewesen war. Sie hatten nie gemeinsame Interessen gehabt.

Aber ohne Guy machte es auch keinen großen Spaß. Und ihr Geld würde nicht lange reichen. Sie hatte bereits für die erste Woche in der Pension bezahlt, und ihr war klar, daß sie bald Hilfe brauchen würde. Und wo konnte sie die finden? Der einzige Mensch, an den sie sich wenden konnte, war der britische Konsul, und der würde ihr raten, zurück zu ihrem Mann zu gehen. Sie dachte: ›Was bin ich doch für ein Idiot gewesen! Wäre ich auf das Evakuierungsschiff gegangen, hätte sich mein ganzes Leben verändert. In England wäre ich unter meinen eigenen Leuten gewesen. Ich hätte Arbeit gefunden. Ich hätte alle möglichen Freunde gehabt.‹

Einige Abende später kam sie zum Essen herunter und hörte Stimmen im Speisesaal. Ein paar zusätzliche Lampen waren eingeschaltet worden, und drei Personen – ein Mann und zwei Frauen – saßen am Nebentisch. Der Mann sprach gerade, als sie sich setzte, und er sprach weiter, obwohl er ihr einen versteckten Blick zuwarf, unterbrach sich dann aber selbst und sagte: »Du hattest unrecht. Wir sind hier nicht allein. Da ist noch diese junge Dame: schwarzes Haar, ovales Gesicht, reine, helle Haut – aus Persien, würde ich vermuten.«

Harriet zuckte mit keiner Wimper. Da seine Worte bei ihr

keine Wirkung zeigten, widmete er seine Aufmerksamkeit wieder seinen beiden Begleiterinnen und erzählte weiter mit einem Akzent, der teilweise irisch und teilweise amerikanisch war. Er war groß, aber Harriet hätte ihn nicht als gemütlich bezeichnet. Neben ihm erschienen die Frauen unbedeutend. Seine milchige Gesichtsfarbe und die gravitätischen Gesichtszüge ließen ihn wie eine römische Büste aussehen, die man auf einen modernen Anzug gesetzt hatte. Es war eine sprechende Büste. Er schaufelte den servierten Pilaw in den Mund und schluckte ihn hinunter, als handle es sich um ein Hindernis, das aus dem Weg zu räumen war. Als er mit dem Pilaw fertig war, warf er die Gabel zur Seite und gestikulierte, und seine großen, weißen Hände schossen aus den Ärmeln und fuchtelten umher, während er über Ursprünge und Kulturen der Völker des östlichen Mittelmeerraumes dozierte. Die beiden Frauen schenkten ihm so wenig Aufmerksamkeit, daß man sie für taub halten konnte, aber Harriet, die eine Woche lang von jeder Unterhaltung abgeschnitten war, hörte angestrengt zu.

»Also, jetzt nehmen wir mal die Türken und die Tataren der Dobrudscha«, sagte er. »Und die Gagaoules – Mohammedaner, die zum Christentum übergetreten sind und dann wieder zurück zum Islam konvertierten! Sie sprechen eine Sprache, die in der ganzen übrigen Welt unbekannt ist.«

Bei dieser Behauptung mußte Harriet tief Luft holen, und der Mann drehte sich augenblicklich um. Er deutete mit der Gabel auf sie und sagte: »Unsere persische Dame fragt sich wohl, worüber um alles in der Welt wir sprechen.«

Harriet lachte: »Nein, das tue ich nicht. Ich weiß, worüber Sie sprechen. Ich habe nämlich einmal in Rumänien gelebt.«

»He, habt ihr's gehört?« Er glotzte die Frauen an. »Die persische Dame spricht Englisch.«

»Ich bin Engländerin.«

»Ja, was sagt man dazu!« Er starrte Harriet an und teilte

dann den beiden Frauen mit: »Sie ist ja gar keine Perserin.«
Die Frauen waren von dieser Enthüllung ziemlich unbeeindruckt und fuhren mit ihrer Mahlzeit fort.

Harriet sagte: »Darf ich fragen, was Sie sind? Ire oder Amerikaner?«

»Weder noch. Sondern beides. Ich bin Italiener, der sowohl in Dublin als auch in den Staaten gelebt hat. Ich habe mir einen Paß der Republik Irland besorgt, weil ich dachte, das sei die Lösung für die Probleme in diesen schwierigen Zeiten, aber wir haben damit nichts als Ärger. Kein Mensch in den besetzten Ländern glaubt, daß Eire kein Teil von England ist und sich daher genausowenig im Krieg befindet. Um Ihnen die Wahrheit zu sagen, wir haben es aufgegeben, in Europa eine Bleibe zu finden. Das schafft zu viele Probleme. Also haben wir den Staub des Kontinents von den Füßen geschüttelt, und jetzt albern wir hier in der Levante umher und sammeln Material für mein Buch. Wahrscheinlich haben Sie schon von mir gehört: Beltado, Dr. Beltado, Experte für Kulturen des Altertums. Und dies hier ist meine Frau, Dr. Maryann Jolly, auch Expertin, und das ist unsere Assistentin, Miss Dora O'Day.«

Dr. Beltado sah Dr. Jolly und Miß Dora an, als erwartete er, daß sie das Gespräch weiterführen würden, aber keine von beiden zeigte sich an Harriet interessiert.

Dr. Beltado sprach, um die Stille zu überbrücken: »Und Sie heißen…?«

Harriet sagte: »Harriet.« Dr. Beltado wandte sich erneut an seine Frau, aber sie blieb unbewegt. Sie war eine kleine, verwelkte Frau, und, wie Harriet jetzt sah, nicht zu unterschätzen. Miß Dora glich ihr äußerlich und war ihre Dienerin. Zusammen besaßen sie den großen, bombastischen Dr. Beltado. Vielleicht ignorierten sie ihn, vielleicht verachteten sie ihn sogar, aber niemand außer ihnen würde ihn je kriegen. Harriet brauchte gar nicht zu versuchen, in diese Gruppe einzudringen.

Da sie nicht den Wunsch verspürte, um Dr. Beltados Aufmerksamkeit zu konkurrieren, wandte sie den Blick von ihm ab und gab vor, nicht zu hören, wenn er Bemerkungen an sie richtete. Als sie ihr Mahl beendet hatte, bat Dr. Beltado Madame Vigo um türkischen Kaffee, und er und Dr. Jolly zündeten sich türkische Zigaretten an. Der angenehme Biskuitgeruch des Rauchs schwebte wie eine Verführung zu Harriet hinüber, und Dr. Beltado sagte: »Wie wär's mit Kaffee für die persische Dame?« Harriet antwortete nicht. Sie wollte abseits bleiben, aber ihr ging der Gedanke durch den Kopf: ›Guy hätte sie innerhalb einer Minute so weit, daß sie ihm aus der Hand fressen würden.‹

Die Tür zum Speisesaal öffnete sich einen Spalt weit, und jemand sah herein. Beltado sagte im Flüsterton: »Da ist dieser Bursche Halal.« Sein Ton verhieß kein Willkommen, aber er rief mit lauter Stimme: »Hi, Halal, nett, Sie zu sehen. Kommen Sie nur rein.«

Harriet schaute unter den Augenlidern hervor und sah, daß Halal der Mann war, der ihr im Souk seinen Schutz angeboten hatte. Er warf ihr einen schnellen Blick zu, und sie argwöhnte, sie sei der Grund für seinen Besuch; aber er ging direkt zu Beltados Tisch und sagte mit einer Verbeugung: »Guten Abend, Dr. Jolly und Miß Dora. Guten Abend, Dr. Beltado. Jamil hat mich gebeten, eine Einladung zu überbringen. Er gibt heute abend eine Party und würde Sie gerne dazu in sein Haus bitten.«

»Tatsächlich?« Dr. Beltado strahlte und wollte schon annehmen, als ihn Dr. Jollys dünne, brüchige Stimme innehalten ließ: »Nein, Beltado, wir sind alle zu müde.« Sie hob ihren Blick zu Halal: »Nein. Wir sind den ganzen Tag über von Iskenderun heruntergefahren.«

Dr. Beltado begann: »Vielleicht könnten wir nur kurz vorbeischauen und ›Hallo‹ sagen...« Aber Dr. Jolly unterbrach eine Spur energischer: »Nein, Beltado.«

Beltado zuckte ergeben mit den Schultern, dann, als ob er nicht derjenige zu sein wünschte, der den Abend verdarb, deutete er auf Harriet: »Warum nehmen Sie nicht Mrs. Harriet mit? Ob Sie's glauben oder nicht, sie ist Engländerin.«

»Dessen bin ich mir bewußt.« Halal sah zu Harriet hin und verbeugte sich. Ein leichtes Lächeln erschien auf seinem Gesicht, als er sich an ihre Erklärung im Souk erinnerte. »Wenn sie gerne mitkommen würde, wäre sie höchst willkommen.«

»Vielen Dank, aber ich war gerade dabei, zu Bett zu gehen.«

»Zu Bett! Um neun Uhr! Ein junges Ding wie Sie!« Beltado winkte sie davon: »Geh'n Sie hin und amüsieren Sie sich. Besichtigen Sie eines der großen arabischen Häuser. Es wird ein Erlebnis werden!«

Ja, ein Erlebnis! Da sie wußte, daß es kleinmütig wäre, abzulehnen, lächelte Harriet Halal an und sagte: »Vielen Dank, ich komme mit.«

»So ist's recht«, sagte Beltado beifällig, und als sie an ihm vorbeiging, tätschelte er sie ziemlich knapp über dem Hintern, als ob er sie zu einem Stelldichein ermutigen wollte.

Vor dem Tor zur Pension stand ein großes Auto. »Ich nehme an, das gehört Dr. Beltado?«

»Gewiß, ja. Nur wenige in Syrien haben solche Autos.«

»Kennen Sie ihn gut?«

»Nein, ich kann nicht sagen, gut. Er war zuvor schon zweimal hier gewesen und hat an seinem Buch gearbeitet.«

»An dem Buch über Kulturvergleiche? Er scheint schon sehr lange daran zu arbeiten.«

»Ja, schon sehr lange.« Halal sprach voller Respekt, und es entstand eine Pause des Schweigens, ehe er als nächstes sagte: »Mrs. Harriet, Sie waren verletzt, nicht wahr, als ich Ihnen meinen Schutz anbot. Ich hatte das nicht unhöflich gemeint. Ich bin selbst Christ, und ich weiß, daß man unter Moslems umsichtig sein muß.«

»War ich nicht umsichtig? Sie meinen, weil ich mich auf den Stein gestellt habe? Es tut mir leid, wenn ich undankbar geklungen habe.«

»Nein, nicht sehr undankbar. Es ist nur, ich möchte nicht mißverstanden werden. Nun lassen Sie mich Ihnen sagen, wo wir hingehen. Wir gehen zu einem Khan. Wissen Sie, was ein Khan ist? Nein? Es ist ein privater Souk, der einem einzigen Mann gehört. Dieser von heute abend gehört Jamils Vater, der die Geschäfte verpachtet und sehr reich ist. Jamil ist mein Freund. Er ist sehr schön, denn seine Großmutter war eine Tscherkessin. Er sagt mir, daß seine Frau auch sehr schön ist, aber selbstverständlich habe ich sie nicht gesehen. Sie sind Moslems. Ja, Jamil, ein Moslem, war mein großer Freund in Beirut. Wir sind zusammen auf die Amerikanische Universität gegangen. Sie sehen also, Sie werden sich in einem fortschrittlichen Zirkel bewegen.«

»Ist das so außergewöhnlich, wenn ein Moslem und ein Christ befreundet sind?«

»Hier ja, da ist es außergewöhnlich. In der Vergangenheit litten die Christen viel unter Verfolgungen und versteckten ihre Häuser hinter hohen Mauern. Aber Jamil und ich sind fortschrittlich. Wir verkehren auf eine Weise miteinander, die sich unsere Eltern nicht träumen lassen würden.«

»Ich freue mich darauf, ihn kennenzulernen.«

»Ja, Sie werden ihn mögen. Er ist eine überragende Persönlichkeit. Ich kann mich glücklich schätzen, ihn zu kennen.«

Halal sprach voller Bescheidenheit, aber Harriet verstand, daß Halal dadurch, daß er Umgang mit Jamil pflegte, ebenfalls eine überragende Persönlichkeit war.

Harriet sah ihn von der Seite an, sah, daß er immer noch seinen schwarzen Lederkoffer trug und fragte: »Was haben Sie an der Universität studiert?«

»Ich habe Jura studiert.«

»Dann sind Sie also Anwalt? Sie arbeiten in einem Büro?«

»Ich bin Anwalt, aber ich arbeite nicht in einem Büro. Mein Vater hat eine Seidenfabrik, und ich führe seine Rechtsgeschäfte. Das erlaubt mir mehr Zeit für mich selbst als die Arbeit in einem Büro.«

Sie hatten den Souk el Tawileh erreicht, der jetzt verlassen und nur schwach beleuchtet war und an dessen Ende der Khan lag, von Mauern umgrenzt und von verzierten Eisentoren geschützt. Halal zog ein Glockenseil, ein Türchen wurde geöffnet und ein uraltes Auge musterte sie, ehe die Torflügel geöffnet wurden. Drinnen wurde ein geräumiger Innenhof unter einem Kuppeldach von gläsernen Öllampen erleuchtet.

»Schauen Sie, ist das nicht schön?« Halal deutete auf den Mosaikfußboden und den maurischen Balkon, der über den verschlossenen Läden entlangführte: »Wenn wir Sommer hätten, würde uns Jamil hier draußen bewirten, aber jetzt ist es zu kalt.«

Halal war so darauf versessen, daß Harriet die Pracht des Khans auch richtig zu würdigen wußte, daß er sie einige Minuten lang in der Kälte stehen ließ, bevor er sie zu einer Tür in der entgegengesetzten Mauer führte. Sie überquerten einen Hof und betraten das Wohnhaus. Im Empfangsraum kam ein rundlicher, junger Mann mit ausgestreckten Armen auf sie zugesprungen: »Ha, ha, dann hast du die Dame also gefunden, wie?«

Halal sagte mißbilligend: »Ich bin, wie du es verlangt hast, zu Dr. Beltado gegangen, um ihn einzuladen...«

»Der aber nicht kommen konnte und statt dessen diese Dame geschickt hat? Das ist gut. Schaut her«, rief Jamil fröhlich den anderen Männern im Raum zu, »wir haben eine junge Dame.«

Jamil war ein weitaus überschwenglicherer Charakter als Halal. Er hatte die rundlichen, rosaroten Wangen und die helle Gesichtsfarbe der Tscherkessen und strahlte eine joviale Hemmungslosigkeit aus. Er führte Harriet wie eine Trophäe durch den Raum. Die Gäste, alles Männer, waren Moslems, Christen und Juden.

»Sind wir nicht ein bunter Haufen?« fragte Jamil, der besonders stolz auf die Anwesenheit der Juden war, die er einfach als Ephraim und Solomon vorstellte. Ehe Harriet sie ansprechen konnte, wurde sie zu einem großen Tisch hinüber gedrängt, auf dem jede Menge Speisen standen.

Jamil versuchte, sie zu Preßfleisch, Törtchen oder Süßigkeiten zu überreden, aber sie hatte schon zu Abend gegessen.

»Dann müssen Sie etwas trinken«, sagte er.

Es gab Krüge voller Limonensaft und Flaschen mit Brandy aus Zypern, Wodka aus Palästina, Weine und Liköre.

Harriet nahm Limonensaft, und Halal akzeptierte nach einigem Zureden einen kleinen Brandy, aber er protestierte: »Warum, Jamil, trinkst du nichts? Du bist nicht so enthaltsam, wenn du mich besuchst.«

»Pst, pst!« Jamil kicherte unbändig und bedeckte sein Gesicht mit seinen plumpen Händen. »Sprich nicht von solchen Sachen. Ich weiß, daß mich manchmal ein bißchen der Teufel reitet, aber in meinem Haus nehme ich Rücksicht auf die Diener. Wenn die sehen würden, wie ich Brandy trinke, dann könnte ich meinen Leuten nie mehr unter die Augen treten.«

Die Männer umringten Harriet und behandelten sie mit ausgesuchter Höflichkeit, so daß jeder sehen konnte, welch aufgeklärte Einstellung sie gegenüber dem weiblichen Geschlecht hatten.

Nachdem sie zu einem Ehrenplatz auf dem größten Diwan geführt worden war, fragte sie unklugerweise: »Kommt Ihre Frau nicht zur Party?«

Jamil sagte fassungslos: »Ich denke nicht. Sie ist ein wenig schüchtern, verstehen Sie. Aber wenn Sie sie besuchen möchten, würde sie sich sehr geehrt fühlen.«

Harriet wäre lieber bei der Gruppe der sie bewundernden Männer geblieben, aber Jamil nahm als selbstverständlich an, daß eine Frau lieber unter Frauen ist, half ihr beim Aufstehen und führte sie durch einen Durchgang zu einem anderen großen Raum, wo sie sich hinsetzen mußte, während Jamil seine Frau suchte. Der Raum war leer bis auf eine Anzahl kleiner, vergoldeter Stühle, die dicht an den Wänden entlang standen.

Jamil kehrte zurück. »Das ist Farah«, sagte er und eilte zurück zu seinen Freunden.

Farah war nicht, wie Halal gesagt hatte, sehr schön, aber sie sah freundlich aus und war prächtig gekleidet. Da sie nur wenig Englisch sprach und auch Harriets Arabisch nicht verstand, konnte sie zunächst gar nichts sagen. Die zwei Frauen saßen nebeneinander auf den vergoldeten Stühlen und lächelten einander an. Nach einigen Minuten berührte Farah Harriets Rock und stieß ein langes, trällerndes ›Oo-oo-oo-oo‹ der Bewunderung aus. Harriet erwiderte mit größerer Berechtigung die Bewunderung für Farahs Kaftan aus türkiser Seide und mit einem Goldüberzug. Obgleich zu schüchtern für die Party, schien sie doch dafür gekleidet zu sein.

Ein Diener brachte türkischen Kaffee und Teller mit silberüberzogenen, gezuckerten Mandeln herein. Sie tranken Kaffee und verharrten weiterhin in lächelnder Sprachlosigkeit. Einige weitere Minuten verstrichen, und dann machte Farah eine anmutige Geste in die Richtung des Antilibanon und sagte: »Schnee.«

Harriet nickte: »Ja, Schnee.«

»In England Schnee jeden Tag?«

»Nein, nicht jeden Tag.«

Farah schüttelte bedauernd den Kopf und seufzte.

Als eine Stunde, oder das, was wie eine Stunde schien, vorbei war, erhob sich Harriet, um sich zu verabschieden. Farah stöhnte vor Enttäuschung, lächelte dann tapfer und ging mit Harriet bis zur Tür des Raumes. Dort streckte sie die Hand aus und sagte langsam: »Bitte kommen wieder.«

Die Party war schon vorbei, als Harriet in den Empfangsraum zurückkehrte. Halal, der auf sie wartete, stand mit Jamil neben dem Tisch, wo die Speisen und Getränke kaum angerührt worden waren.

Jamil brachte seine letzten Gäste durch den Khan zum Tor und bestand darauf, daß Harriet ›viele Male‹ wiederkommen müsse. »Es ist eine große Auszeichnung für meine Frau, sich mit einer englischen Lady zu unterhalten.«

»Ich befürchte, wir haben uns nicht viel unterhalten können. Wir haben keine gemeinsame Sprache.«

»Was macht das schon? Frauen brauchen keine Sprache. Sie sehen sich an und verstehen sich.«

Als sie durch den Souk zurückgingen, fragte Halal wißbegierig: »War sie schön, Jamils Frau?«

Harriet erwiderte: »Sie war sehr nett.« Halal war zufrieden.

Bei dem Weg, der zur Pension führte, blieb Halal stehen und sagte: »Ich möchte Ihnen etwas zeigen«, und führte sie zu einer Sackgasse neben dem Souk. »Kommen Sie. Schauen Sie da hinein.«

Harriet lugte in einen dunklen Raum, der das Innere einer großen Kathedrale hätte sein können. Nur in einer Ecke war Licht, wo drei Araber mit ihren Kamelen um eine Holzkohlenpfanne saßen.

»Was ist das?« fragte sie.

»Die größte Karawanserei der Welt. Früher wäre sie um diese Nachtstunde mit Kamelkarawanen gefüllt gewesen, alle um ihre Feuer gelagert, alle essend, alle erzählend und dann in den Schlaf sinkend. Alle Routen liefen hier zusammen, und man nannte sie den Nabel der Welt. Aber jetzt, Sie sehen ja: nur die eine kleine Karawane, und bald überhaupt keine mehr. Vielleicht ist das die letzte, die hierhergekommen ist. Es ist traurig, nicht wahr?«

»Ja.« Harriet sah in die weite Finsternis mit der einen beleuchteten Ecke und verspürte die Traurigkeit des Vergänglichen.

Halal sagte: »Mohammed muß viele Male auf dieser Erde geschlafen haben. Seine Karawane wanderte von Mekka nach Akaba und wieder zurück nach Mekka. Als er Damaskus eroberte, nannte er es Bab Allah, das Tor Gottes, weil von hier aus die Straße direkt nach Mekka führt.«

»Zweifellos haben Sie schon vieles in Damaskus gesehen?« fragte Halal, als sie zur Pension gingen. Als Harriet zugeben mußte, daß sie als alleinstehende Frau Angst gehabt hätte, die moslemischen Viertel zu besuchen, sagte er: »Wenn Sie erlauben würden, könnte ich Ihr Begleiter sein. Ich versichere Ihnen, daß es vieles zu sehen gibt.«

Harriet wollte Halal nicht weiter ermutigen und sagte: »Vielen Dank.« Und sie war froh, daß entfernte Gewehrschüsse ihn unterbrachen, als er gerade etwas sagen wollte.

»Was bedeuten diese Demonstrationen?«

»Oh, das ist nur Zorn. Lebensmittel sind knapp, die Preise steigen immer weiter, und dafür machen sie das Militär verantwortlich, die Freie Franzosen oder die Briten. Sie tun niemandem etwas zuleide. Da brauchen Sie sich keine Sorgen zu machen. Aber, Mrs. Harriet, Sie haben noch nicht ja oder nein gesagt. So sagen Sie mir, ob ich Sie morgen abholen darf, um Ihnen den Azem Palast zu zeigen?«

»Also, morgen nicht. Vielleicht ein andermal.« Harriet wußte, daß sie für seine Gesellschaft dankbar sein sollte, aber als sie ihn verließ, hoffte sie, er würde verstehen, daß ›ein andermal‹ als Ablehnung gemeint war.

9

Ross war der erste, der Simon mitteilte, daß er ins 15. Schottische Hospital verlegt werden würde.

»Aber warum?«

»Kann ich nicht sagen, Sir. Nicht genau jedenfalls. Ich vermute, die haben dort eine Rehabilitations-Abteilung, wo Sie die richtige Behandlung kriegen werden.«

Simon, ohnehin gebrochenen Herzens wegen Edwinas Verrat, empfand diese Verlegung als erneuten Schlag. Er war so deprimiert, daß Ross mit gutem Zureden versuchte, ihn in bessere Stimmung zu bringen: »Sie wollen doch nicht etwa ewig hier bleiben, Sir, oder?«

»Nein, aber ich will auch nirgendwo anders hin. Ich will bei den Leuten bleiben, die ich kenne. Ich hatte gedacht, man würde mich hierbehalten, bis ich wieder auf den Füßen bin.«

Von den Personen, die er kannte – den Arzt, die Schwester, die Pflegerinnen –, war Ross derjenige, der ihm am meisten bedeutete. Ross war ein Freund geworden, und noch mehr als das. Er war wie ein treuer Geliebter, von dem er geglaubt hatte, er könnte ihn für die absehbare Zukunft immer um sich herum haben. Nun würde ihm, aus keinem ersichtlichen Grund, Ross genommen werden, nicht aufgrund von Feindeinwirkung, gegen die es keine Argumente gab, sondern aufgrund von Anordnungen irgendeines Verwaltungsmenschen, der Simon oder Ross gar nicht kannte und dem sie beide egal waren.

Aber es war nicht nur die Trennung von Ross, die ihn bedrückte. Hier, in dem kleinen Bereich der Querschnitte, war er ein wichtiger Patient. Der Arzt, die Pflegerinnen und Ross waren alle um seine Genesung besorgt und so eng vertraut mit seinen Bedürfnissen, Gefühlen, Ängsten und Unsicherheiten, daß sie für ihn wie Angehörige seiner eigenen Familie waren. Die Trennung von ihnen würde qualvoll werden.

Simon richtete einen Appell an den Arzt: »Ich kann doch bestimmt bleiben, bis es mir besser geht, Sir? Das dürfte doch nicht mehr lange dauern.«

Der Arzt bestätigte, daß sich Simon ›auf dem Weg der Besserung‹ befand. Er konnte jetzt auf Krücken umhergehen. »Aber wann Sie ohne die Dinger gehen können werden, kann ich nicht sagen. Sie brauchen Gymnastik, und dafür gibt's im 15. Schottischen eine Spezialabteilung. Dort werden Sie schneller wieder gesund, warten Sie's nur ab.«

Seinen nächsten Appell richtete Simon an die Schwester, die spontaner und direkter als Ross oder der Arzt war: »Sie müssen hier raus, junger Mann. Wir brauchen Ihr Bett. Dies hier ist ein neuseeländisches Hospital und in erster Linie für unsere Jungs da. Wir haben eine Vorausinformation gekriegt, daß wir uns auf neue Verwundete einstellen sollen. Unsere Jungs haben an der Front bei Mareth Prügel bezogen, und sie werden bald vom Verbandsplatz hierherkommen. Also, da hilft nichts. Wir müssen sie unterbringen.«

»Front bei Mareth? Wo ist denn das? Ich habe nie davon gehört.«

»Irgendwo in Tunesien. Dort, wo die Kiwis jetzt sind.«

Simon mußte sich mit dem Gedanken anfreunden, daß sich in der Zeit, in der er hier als Krüppel gelegen hatte, die Kämpfe weit nach Westen verschoben hatten. Es ärgerte ihn, daß er zurückgelassen worden war, und er wollte unbedingt wieder in die Wüste. Er fragte Ross: »Wie lange dauert's noch, bis ich wieder für den aktiven Dienst fit bin?«

»Kommt drauf an, Sir. Es ist so, wie's der Doktor gesagt hat. Was Sie jetzt brauchen, ist Gymnastik. Wenn Sie fleißig üben, sind Sie schneller wieder fit, als Sie glauben.«

Simon hoffte immer noch, daß der Umzug, wenn er schon sein mußte, aufgeschoben werden würde, und so war er schockiert, als Ross ihm sagte, daß der Sanitätswagen auf ihn wartete. Simon saß auf der Bettkante, zog sich an und legte seine wenigen Besitztümer in die Kiste, in der seine Ausgehuniform war. Dann schwang er sich auf seine Krücken und verließ die Querschnitte. Obwohl ihn sein Offiziersrang von den anderen Soldaten abgesondert hatte, verabschiedeten sie sich von ihm. Einer sagte sogar: »Schade, daß Sie gehen, Sir.«

Simon war zu gerührt zum Sprechen und konnte lediglich nicken.

Die Sanitäter halfen ihm beim Einsteigen und legten ihn auf eine Bahre. Von dort aus sah er zu Ross hinaus und sagte: »Sie kommen mich doch mal besuchen, Ross, oder?«

»Hundertprozentig, Sir.« Ross lächelte und salutierte und machte kehrt. Er drehte sich nicht um, als der Wagen anfuhr. Instinktiv wußte Simon, daß Ross ihn abgeschrieben hatte. Der Physiotherapeut hatte noch mehr zu tun. Neue Patienten waren angekündigt, und in Simons Abteil würde bald ein neuer Sonderfall liegen. Was Ross anging, so hatte Simon aufgehört zu existieren.

Das 15. Schottische Hospital war größer und besser ausgestattet als die Baracke der Neuseeländer, aber Simon mochte es von Anfang an nicht. Das Krankenhaus kam ihm zu unpersönlich vor. Das neue Team, das ihm zugeteilt wurde, zeigte kein sonderliches Interesse an ihm. Sie hatten keinen Anteil an seiner Genesung gehabt. Für sie war er lediglich ein Verwundeter unter vielen, der schon halb gesund war.

Da das Hospital nur eine Straßenbahnfahrt weit vom Institut entfernt war, konnte Guy Simon jetzt viel öfter besuchen. Er fand ihn übellaunig und verärgert wegen der veränderten Situation vor. Er durchlief gerade eine schwierige Phase seiner Genesung, in der man von ihm erwartete, daß er selbst mehr dazu beitrug und sich bemühte, sich wieder an die Normalität anzupassen. Er sehnte sich nach Ross, der für ihn Verantwortung übernommen hatte, und da er wußte, daß er Ross nie wiedersehen würde, stürzte er sich auf Guy, zu dem er aufsah wie zu einem viel älteren Mann, auf den er sich stützen konnte. Guy konnte das nicht haben. Simon mußte wieder unabhängig werden und sich seiner eigenen Zukunft stellen. Er hatte einfach zuviel Zeit, in der er sich bedauern konnte, und Guy drängte ihn, diese Zeit für Studien irgendwelcher Art zu nutzen.

»Was hast du gemacht, bevor du eingezogen wurdest?«

»Ich habe gar nichts gemacht. Ich hatte gerade die Schule hinter mich gebracht, als der Krieg ausbrach. Mein Dad wollte unbedingt, daß ich Lehrer werde. Er hatte mir einen

Studienplatz an einer Pädagogischen Hochschule besorgt, aber ich bin da nie hingegangen.«

Guy sagte: »Ausgezeichnet!« Er hätte Simon zur Vorbereitung auf jeden beliebigen Beruf ermuntert, aber kein anderer erschien ihm so wertvoll wie der Beruf des Lehrers. Er sagte enthusiastisch: »Ich werde für dich die Unterlagen für die Vorprüfung beantragen, und dann kannst du hier und jetzt mit der Arbeit anfangen. Was waren denn deine besten Fächer in der Schule?«

Simon schüttelte vage den Kopf: »In manchen war ich ganz gut, glaube ich.« Als er so auf seine letzten Tage im Gymnasium zurückblickte, konnte er sich nur an die Erregung des Wartens auf den Ausbruch des Krieges erinnern. Im Offizierslehrgang hatte er sich ausgezeichnet, und er hatte mittlerweile das Kriegshandwerk als den ihm gemäßen Beruf angesehen. Er sagte: »Ich bin nie scharf darauf gewesen, in Büchern rumzubüffeln. Sport hat mir gefallen. Und der Offizierslehrgang hat mir gefallen.«

»Na ja, jetzt hast du die Chance, dein Hirn zu trainieren. Im Institut haben sie eine gut ausgestattete Bibliothek, und ich habe eine Auswahl an Büchern über Unterrichtsmethodik. Du kriegst von mir jede Hilfe, die du brauchst.«

»Wozu das alles?« Simon war entsetzt über die Pläne, die Guy mit seiner weiteren Ausbildung hatte: »Es kann noch Jahre dauern, bevor ich entlassen werde. Bis dahin hätte ich längst alles wieder vergessen. Es wäre reine Zeitverschwendung.«

»Lernen ist nie Zeitverschwendung. Selbst wenn sich der Krieg wirklich so lange hinzieht, solltest du deinen Verstand betätigen, damit du dann, wenn du ins Zivilleben zurückkehrst...«

»Aber ich will nicht ins Zivilleben zurückkehren. Die Armee ist mein Leben. Alles, was ich jetzt will, ist zurück in den Kampf zu gehen. Da draußen denkt kein Mensch an die Zukunft, weil es ja vielleicht gar keine Zukunft gibt.«

Guy argumentierte dagegen, aber Simon sagte nur: »Lassen wir's gut sein, Guy. Im Moment muß ich mich darauf konzentrieren, gesundheitliche Fortschritte zu machen.«

Und er machte Fortschritte, aber nicht so rasch, wie sein neuer Physiotherapeut es sich wünschte. Obgleich er nun alle erdenklichen Übungsgeräte zur Verfügung hatte, wollten ihn seine Füße noch nicht tragen. Greening, der Physio, hatte ihm Gehhilfen anpassen lassen und ihm verboten, sich am Barren festzuhalten. Das Ergebnis war, daß er nach vorne kippte und sich den Brustkorb an einem Holm anschlug. Greening konnte kaum seinen Ärger unterdrücken, kniete nieder und zerrte Simons Füße heftig vorwärts, einen nach dem anderen und verlangte, daß er sie fest auf den Boden stellte.

Simon konnte Greening nicht ausstehen, der früher in seiner regulären Dienstzeit Ausbilder für Unteroffiziere gewesen war. Er war mittleren Alters, erfahrener als Ross und neigte gewohnheitsmäßig eher zum Kommandieren als zum Überzeugen. Er war jähzornig, ja brutal, und hatte wenig Geduld.

»Es liegt an Ihnen«, sagte er zu Simon. »Sie müssen sich eben anstrengen.«

Wenn Simon sich anstrengte, um sich aufrecht zu halten, kehrten seine Hände automatisch an die Holme zurück, und dann schrie Greening: »Nehmen Sie die Hände da weg.« Mit vor Anstrengung verzerrtem Gesicht gelang es Simon schließlich, den rechten Fuß vorzuschieben, aber der linke wollte nicht folgen.

Greening bekam Mitleid und sagte etwas freundlicher: »Alles, was Sie tun müssen, ist zu vergessen, daß Sie es nicht fertigbringen. Sie können doch Ihre Füße spüren, nicht wahr?«

»Ja. Ich weiß, daß sie da sind, aber irgendwie sind sie gespenstisch.«

»Also, nun stellen Sie sich Ihre Füße mal aus wirklichem Fleisch und Blut vor, und dann befehlen Sie ihnen weiterzumachen.«

In dieser Nacht hatte er erneut den Traum, daß er über leere, ebene Felder rannte, aus denen vereinzelt riesige Bäume wuchsen und vor ihm schwankten. Während des Rennens konnte er die rasende Laufbewegung seiner Füße sehen, nicht aber die Füße selbst. Plötzlich bekam er es mit der Angst zu tun, verlangsamte das Tempo, um zu ihnen hinab zu sehen, sah, daß sie da waren, aus wirklichem Fleisch und Blut, und raste dann weiter vor schierem Entzükken darüber, daß er wieder ganz war. Er schrie laut auf und erwachte davon, und als er sich seines Zustands bewußt wurde, stieß er einen Schrei aus, der die Nachtschwester im Laufschritt an sein Bett brachte.

Da er jetzt zusehends wieder zu Kräften kam, war er von der klaustrophobischen Routine des Krankenhauslebens angeödet. Einzelheiten aus seiner Zeit in der Wüste fielen ihm wieder ein, und er erinnerte sich mit sehnsüchtiger Wehmut an Dinge, die ihm früher nichts bedeutet hatten: Tee aufbrühen, mit Zweigen ein Feuer zwischen zwei Steinen machen, das Wasser im Kanister zum Kochen bringen und handvollweise Tee hineinwerfen; der Peitschenknall detonierender Granaten, sogar die Sandstürme und das Erwachen vor dem Morgengrauen.

Als Guy erneut versuchte, ihn für ein Pädagogikstudium zu interessieren, sagte er: »Ich weiß, daß Lehrer zu sein was Schönes ist. Mein Vater hat das gleiche gesagt, aber für mich ist das nichts. Ich will mit den Soldaten zusammensein. Am liebsten würde ich zu einem Regiment gehen, das an irgendeinem Ort wie Indien oder Zypern stationiert ist. Ich will die Welt sehen.«

»Aber später wirst du seßhaft werden wollen. Du wirst heiraten und ein eigenes Heim haben wollen.«

»Später vielleicht.« Simon hatte Guy nicht erzählt, daß er bereits verheiratet war, da diese Heirat für ihn nicht zählte, aber ihm kam ein anderer Gedanke, und er sagte so unterkühlt, wie er konnte: »Wie geht's Edwina? Geht sie noch mit Major Brody?«

»Ich glaube schon, aber sie wird ihn bald überhaben.«

»Tatsächlich? Meinst du wirklich?«

»Oh, ja. Edwina strebt nach einem Titel. Sie hält Ausschau nach einem zweiten Lord Lisdoonvarna.«

Simon lachte. Daß dieser Ehrgeiz Edwinas seine eigenen Chancen verminderte, zog er nicht in Betracht, sondern er dachte freudig daran, daß Major Brody bald aus dem Weg sein würde.

Guy fragte manchmal Greening nach Simons Fortschritten und diskutierte mit ihm, was getan werden könne, um seine Genesung zu beschleunigen. Greening sagte, daß er es mit Elektrotherapie versuchen wolle, und hielt es für jammerschade, daß das Krankenhaus keinen Swimming-pool hatte. Hydrotherapie habe sich in solchen Fällen oft als nützlich erwiesen.

Guy dachte darüber nach und beschloß, Simon zum Gesîra-Pool zu bringen, einem Ort, den Guy nie aus eigenem Antrieb besuchen würde. Er war weit weg von der Küste aufgewachsen, konnte nicht schwimmen und betrachtete Wasser als ein unberechenbares Element. Zuerst hatte er daran gedacht, mit Simon nach Alexandria zu fahren, erkannte dann aber doch die Gefahren des offenen Meeres. Er beantragte beim Gesîra Club eine zeitweilige Mitgliedschaft, und als diese bewilligt wurde, glaubte er, alle Schwierigkeiten aus dem Weg geräumt zu haben.

Er hatte vor, Simon zu überraschen, und so sagte Guy kein Wort darüber, wohin sie fahren würden. Der Winter neigte sich seinem Ende zu, und die Nachmittage waren sehr warm. Als sie den Garten des Clubs erreichten, hörte man Gelächter und Plantschen vom Schwimmbecken, und Simon sah erschreckt drein.

»Wir gehen doch wohl nicht da hinein, oder?«

»Doch. Wahrscheinlich werden wir Edwina treffen. Sie ist dauernd hier.«

Simon verließ das Auto widerwillig und voller Hemmungen auf seinen Krücken und ließ sich auf das umzäunte Gelände führen. Wie er befürchtet hatte, war das Schwimmbad voller Mädchen und kräftiger, unversehrter Männer, und wenn er gekonnt hätte, wäre er ausgerissen, aber Guy wollte ihn hierhaben, und so sagte er nichts und sank in einen Liegestuhl, den Guy für ihn aufgestellt hatte.

Guy hatte sich eingebildet, daß Simons Anblick Mitgefühl erregen und daß es bereitwillige Helfer geben würde, die ihn überreden würden, ins Wasser zu gehen. Aber diejenigen, die den Behinderten wahrnahmen, schienen verlegen und von seiner Anwesenheit peinlich berührt zu sein. Und Guy wurde klar, daß er seinen Plan nicht durchdacht hatte. Ehe er schwimmen konnte, mußte Simon sich umziehen. Handtuch und Badehose mußten für ihn besorgt werden, und er würde eine freie Bahn brauchen, um versuchen zu können, sich mit eigener Kraft fortzubewegen. Hier jedoch gab es nicht einmal einen halben Quadratmeter freier Wasserfläche für Simon.

Guy setzte sich neben Simon und sagte: »Später, wenn sie alle zum Tee nach drinnen gehen, wird mehr Platz für dich dasein...«

Als er bemerkte, was geplant war, sagte Simon heftig: »Gott im Himmel, da gehe ich nicht rein.«

»Aber ein paar von denen werden dir helfen.«

»Ich will ihre Hilfe nicht. In dieser Menge wäre ich nur ein Ärgernis.«

Das, befürchtete Guy, war richtig. Simon sah starr und finster auf das Treiben im Wasser und zuckte plötzlich zusammen, als habe er Schmerzen. Guy folgte seinem Blick und sah, daß Edwina auf dem Sprungbrett stand. Sie hatte einen weißen Badeanzug an und ihre Haare unter eine weiße Kappe aus Gummiblättern gesteckt. So stand sie da, ein großes, goldenes Mädchen, bereit zum Sprung. Tony Brody machte ihr im Wasser Platz und meldete damit offiziell seinen Anspruch auf sie an. Sie sprang, tauchte auf, sah Guy und schwamm hinüber zu ihm: »Hallo. Ich habe dich noch nie hier gesehen.«

»Ich bin auch noch nie hiergewesen. Ich habe Simon an die frische Luft gebracht.«

»*Was* für eine gute Idee!« Edwina war überrascht, Simon mit seinen Krücken zu sehen, und sagte: »Oh, Simon, du siehst richtig gut aus!«

Simon wußte, daß dies gelogen war. Er war nicht nur dünn und bleich, weil er bettlägerig war, sondern auch wegen Greenings strapaziöser Behandlung. Er errötete, ließ den Kopf hängen und gab keine Antwort.

Edwina redete ihm gut zu: »Toll was los hier, nicht?«

Guy sagte: »Kannst du ihn nicht überreden mitzumachen?« Aber Edwina, ob sie es nun gehört hatte oder nicht, stieß sich vom Rand ab und schwamm wieder zu Brody hin, der auf sie wartete und einen Medizinball über dem Kopf hielt. Sie sprang hoch, um ihn zu erhaschen, und sie balgten sich, plantschten im Wasser umher und quietschten vor Vergnügen.

Simon sah so konzentriert zu, daß er nicht hörte, als Guy ihn ansprach.

»Sollen wir gehen?«

Als Simon die Frage registrierte, schüttelte er den Kopf. Obwohl er sich elend fühlte, konnte er nicht fort, solange Edwina noch da war, und so blieben sie sitzen, bis sich die Sonne gegen Westen neigte. Nahe bei ihnen lag eine der jungen Frauen, die unter den Offizieren als die ›Gesîra-Schönen‹ bekannt war. Mollig, rundgesichtig, nicht hübsch, aber von blühendem Aussehen, streckte sie sich und setzte sich auf, als ein Safragi kam und ihr Eiskaffee servierte.

Für Guy war das ganze müßige, sinnliche, genußsüchtige Ambiente des Pools unerträglich langweilig. Wäre es nicht wegen Simon gewesen, so hätte ihn nichts hier gehalten, und als der Nachmittag zu Ende ging, fühlte er, daß er es nicht länger aushalten konnte.

»Ich muß dich jetzt zurückbringen. Ich muß um fünf bei einer Lehrerkonferenz sein.«

Da er befürchtete, Simon seines Vergnügens beraubt zu haben, sagte er im Auto: »Wir fahren ein andermal wieder hierher.«

»Nein, vielen Dank. Ich will nicht wieder hierher.«

»Vermutlich ging es dir wie mir: Hier herumzuhängen ist reine Zeitverschwendung.«

Simon war überrascht: »Nein, so habe ich das nicht empfunden. Ich war neidisch. Ich habe mich danach gesehnt, so wie die zu sein.«

Guy war überrascht, sagte aber, um ihn aufzumuntern: »Bald wirst du soweit sein. Es ist nur eine Frage der Zeit.«

»Genau das sagen sie alle«, sagte Simon bitter und

dachte an die Zeit, die er verloren hatte, die Zeit, die man ihm genommen hatte.

<h2 style="text-align:center">10</h2>

Wenige Tage nach der Party im Khan erschien Halal mit einem Taxi bei der Pension. Die Pensionsgäste waren noch beim Frühstück, und als Beltado sah, wie Halal schattenhaft und unsicher den Raum betrat, begann er: »Hi, Halal!«, ehe er bemerkte, daß der Besucher nicht seinetwegen gekommen war. Er beobachtete, wie sich Halal mit seinem Koffer unter dem Arm vorsichtig auf Harriet zubewegte, und grinste ordinär.

»Mrs. Harriet, darf ich mich setzen?«

»Ja, aber mein Name ist nicht Mrs. Harriet. Ich bin eine verheiratete Frau. Mein Mann heißt Guy Pringle.«

»Ah, ich verstehe – Sie sind dann also Mrs. Pringle. Ich bin gekommen, um zu fragen, ob Ihnen der Sinn danach steht, einer Sehenswürdigkeit einen Besuch abzustatten. Der großen Moschee vielleicht oder der Burg? Ich kann Ihnen darüber etwas erzählen. Ich wäre Ihr Führer.«

Harriet fiel keine Begründung ein, um abzulehnen, und sie sagte: »Ich würde gerne die Moschee ansehen.« Als sie die Pension in Halals Begleitung verließ, hörte sie Beltado vor Zufriedenheit glucksen.

Im Taxi sagte Halal: »Ich habe mich erdreistet, diesen Fahrer für eine Woche zu mieten, in der Hoffnung, daß wir viele Ausflüge zusammen machen werden.« Nach einer Pause fügte er hinzu: »Ihr Mann ist also nicht in diesem Teil der Welt? Wo, wenn ich fragen darf?«

»Er ist in Kairo.«

»So? Ich vermute, Sie sind nur zu einem kurzen Urlaub hier? Sagen Sie mir, Mrs. Pringle, wie lange planen Sie, in unserer Stadt zu bleiben?«

»Schätzungsweise so lange, bis ich kein Geld mehr habe.«

Halal hielt dies für einen Scherz und stieß einen leisen, erstickten Laut aus, der ein Lachen andeuten sollte. »Dann darf ich hoffen, daß Sie lange hier sein werden.«

Harriet lachte ebenfalls, aber sie wußte, daß er spürte, daß da etwas Merkwürdiges an ihrer Anwesenheit in Syrien war, obwohl er nicht den Mut besaß zu fragen, was es war.

Das Taxi hielt bei der Moschee, und Halal verkündete: »Wir sind nun vor der großen Moschee der Omaijaden.«

Ein Wärter räkelte sich im Halbschlaf auf einer Bank, wurde aber schlagartig lebendig, als er Harriet sah, und griff in einen Schrank, aus dem er einen schwarzen Umhang hervorholte, den er ihr hinhielt.

Halal sagte: »Ich fürchte, Sie müssen das anziehen. Er sagt, Sie müssen die Kapuze über den Kopf ziehen, so daß sie Ihr Gesicht verbirgt.«

Der Umhang war staubig und nicht übermäßig sauber und gefiel Harriet gar nicht. Sie fragte: »Warum muß ich ihn tragen?«

»Es tut mir leid, aber man fürchtet, daß eine Dame die Männer von ihrer Andacht ablenkt. Die Männer haben, Sie verstehen, starke Begierden.«

»Sie meinen, sie sind frustriert. Sagen Sie ihm, daß man Männer nicht dadurch zur Keuschheit bringt, daß man die Frauen außer Sichtweite hält.«

Halal sah sie fassungslos an und lächelte dann, weil ihm nichts anderes einfiel. »Sie sind eine ungewöhnliche Dame, Mrs. Pringle. Sehr ungewöhnlich. Sie machen sich Ihre eigenen Gedanken.«

»Dort, wo ich herkomme, ist das nicht ungewöhnlich.« Harriet schüttelte den Umhang aus und lachte: »Es ist lächerlich, aber was sein muß, muß sein.« Sie legte ihn um und zupfte ihn zurecht und versuchte, ihm etwas Würde zu verleihen, und wollte dann weitergehen. Der Wärter krächzte einen Protest und deutete auf ihre Schuhe. Halal sagte:

»Ah, ich vergaß. Wir müssen barfuß eintreten.«

»In Kairo kriegt man Filzpantoffeln, die man über die Schuhe ziehen kann.«

»Hier sind sie strenger.«

Schließlich wurden sie in den weiten, sonnenhellen Hof

eingelassen, wo sie den Marmorboden kalt unter ihren Füßen spürten. Sie blieben unter dem Säulengang stehen, um die Mosaiken zu bewundern.

»Schauen Sie, sie sind sehr alt, sehr schön«, sagte Halal, als ob Harriet diese Tatsache nicht bemerken würde. »Sie müssen verstehen: Die Städte, die sie porträtieren, sind nicht wirklich. Die Gebäude, die Wälder sind alles Fantasiegebilde. Sie werden bemerken, daß es keine menschliche Figur gibt, kein Tier, keine Kreatur, die irrtümlicherweise für ein Objekt der Anbetung gehalten werden könnte.«

»Vermutlich wegen der alten Ägypter?«

»Vermutlich ja. Sie treffen den Nagel sehr schön auf den Kopf, Mrs. Pringle.« Halal lächelte wieder, wärmer, denn er fand immer mehr Gefallen an Harriets Gewohnheit, sich eigene Gedanken zu machen. »Jetzt betreten wir die Moschee erst richtig.«

Die große Innenhalle wurde nur durch den Schein der buntbemalten Glasfenster erleuchtet und lag im Halbdunkel, so daß Harriet die Männer, deren Andacht vor weiblichen Formen geschützt werden mußte, nicht klar zu Gesicht bekam. Einige wenige beteten, aber die meisten schienen die Moschee als gesellschaftliches Zentrum zu betrachten. Sie saßen gruppenweise auf dem Boden, unterhielten sich und ließen ihre bernsteinfarbenen Gebetsketten durch die Finger gleiten.

»Kommen hier jemals auch Frauen her?«

»Oh, ja.« Halal deutete auf einen schweren Vorhang, der eine Ecke abteilte. »Dahinter dürfen sie sitzen.«

Harriet war froh, in Begleitung zu sein. Niemand begaffte sie neugierig oder betastete sie verstohlen oder starrte ihr frech und provozierend ins Gesicht. Sie war den Blicken entzogen und nur für ihren Beschützer von Bedeutung, der wahrscheinlich irrtümlich für ihren Ehemann gehalten wurde. Halal seinerseits umgab sich mit einer Aura von Wichtigkeit. Als Führer wußte er schon fast zuviel. Harriet wurde es überdrüssig herumzustehen, während er redete. Er forderte sie auf, ihre Aufmerksamkeit auf die Lampen zu richten, von denen es einst sechshundert gegeben hatte und die jede an einer goldenen Kette hingen. Er fing an, sie zu zählen, gab aber bei hundert auf und sagte entschuldigend: »Viele sind gestohlen worden, fürchte ich. Manchmal hat es hier viel Zerstörung und Massaker und diese Dinge gegeben, und die Moschee ist sehr alt. Zuerst war sie ein griechischer Tempel – der in der Bibel erwähnte Tempel von Rimmon –, dann eine christliche Kirche und jetzt eine Moschee. Unter diesem Fußboden gibt es eine kostbare Reliquie: der Kopf von Johannes dem Täufer.«

»Den würde ich gerne sehen.«

»Ich auch, aber er ist weggebracht worden, wegen des Krieges, glaube ich. Aber es gibt noch eine andere Reliquie. Sehr interessant. Folgen Sie mir.«

Sie kamen zu einem antiken Gang, dem Hauptgang der frühen christlichen Kirche. Halal streckte den rechten Arm aus: »Sehen Sie, was dort oben geschrieben steht. Können Sie es lesen?«

»Nein, ich habe nie Altgriechisch gelernt.«

»Dann werde ich es für Sie übersetzen.« Steif und aufrecht, seinen schwarzen Koffer unter dem Arm, rezitierte er ehrfürchtig: »Dein Königreich, o Christus, ist ein ewigwährendes Königreich, und deine Herrschaft wird überdauern alle Generationen.« Er entspannte sich und lächelte sie an: »Das war im vierten Jahrhundert richtig und ist es auch heute noch, nicht wahr?«

»Warum, glauben Sie, hat es Christus zugelassen, daß die Moslems aus dieser christlichen Kirche eine Moschee machten?«

Halal hielt es für das beste, der Frage auszuweichen: »Wir dürfen den Willen Gottes nicht in Frage stellen. Jetzt werden wir die alte Burg besichtigen.«

Als Halal sie zu einem Spaziergang um die Burgmauern führte, war Harriet von ihrer eigenen Energie überrascht. Allmählich entwickelte sie wieder das, was sie in Ägypten verloren hatte: den Willen, sich anzustrengen. Als Halal für den nächsten Tag ›eine kleine Ausfahrt in die Ghuta‹ vorschlug, sagte sie: »Das hört sich schön an.«

»Es ist schön.« Voller Ernsthaftigkeit erklärte er ihr: »Die

Ghuta ist der Garten – der Garten von Damaskus. Dann werden Sie also mitkommen, Mrs. Pringle? Gut! Ich werde Sie abholen.«

An diesem Abend beugte sich Dr. Beltado zu ihr hin und sagte mit verschwörerischem Lächeln: »Ich sehe, Sie haben eine Eroberung gemacht.« Sie begriff, daß er den Beginn einer Liaison vermutete, und fühlte sich unbehaglich, hauptsächlich deshalb, weil Halal für sie nicht attraktiv war. Sie beschloß, daß die Ausfahrt in die Ghuta ihre letzte gemeinsame sein müsse.

Am nächsten Tag wünschte Harriet, sie hätte abgelehnt. Der Himmel war bedeckt, und das vom Regen der Nacht nasse Grün der Vorstadt erschien ihr bedrückend. Sie hatte sich an die Wüste gewöhnt, an den nackten, kahlen Boden; die Obstgärten und Marktgärten beunruhigten sie. Hinter ihrem üppigen Blattwerk konnte sich alles Mögliche verbergen.

»All das verdanken wir«, sagte Halal selbstgefällig, »unseren großen Flüssen, die in der Bibel Abana und Pharphar genannt werden.«

»Die, welche Naaman nicht heilen konnten?«

»Ah, ich könnte Ihnen das Haus Naamans zeigen. Es ist jetzt eine Leprakolonie.«

»Nein, vielen Dank.«

Halal lächelte, ließ sich aber durch ihr Verhalten entmutigen und schwieg, bis sie aus der Stadt draußen waren und in die grasbewachsenen Hänge des Antilibanon hineinfuhren. Die Sonne brach durch, die Nebel lichteten sich, und das Grün um sie herum wurde durchsichtig. Harriet, die Halals Gastfreundschaft nun mehr zu schätzen wußte, sagte: »Schön ist es hier.«

»Ja, ja.« Halal zeigte wieder seine eifrige Gesprächsbereitschaft: »Und jetzt kommen wir zu einem sehr netten Café, von wo aus wir Damaskus sehen können, von seinen Gärten umgeben, wie der Mond von seinem Hof.«

Harriet lachte: »Sie sind ja ein richtiger Dichter, Halal.«

»Leider war es nicht ich sondern jemand anders, der diese unsterbliche Huldigung an unsere Stadt schrieb.«

Das Café war ein weißer, holzverschalter Bungalow, den man so an den Hang gebaut hatte, daß seine Terrasse über den darunterliegenden Abhang hinausragte. Drei junge Männer, einer mit einer Gitarre, saßen auf der Terrasse, und als Halal vorüberging, riefen sie ihm zu: »Du bist schon früh unterwegs, Halal«, und sie sahen nicht Halal an, sondern Harriet.

Halal entbot ihnen einen kalten »Guten Morgen« und führte Harriet an das Geländer, damit sie sehen konnte, wie die Burganlagen und die mit Gold verzierten Spitzen der Kuppeln und Minarette der Omaijaden Moschee aus dem Damaskus umgebenden ›Hof‹ der Grünanlagen herausragten.

»Mohammed hatte recht, nicht wahr? Dies ist das Paradies. Einige sagen, es sei in der Tat der Garten Eden gewesen.«

Als Harriet nichts sagte, fragte er: »Könnten Sie Ihr Leben an diesem Ort verbringen?«

»Ja, wenn ich es müßte. Ich fühle mich wohl hier.«

»Das ist gut. Und nun beachten Sie das bitte.« Halal deutete zu den Minaretten: »Sehen Sie das ganz große? Dort wird Christus herabsteigen am Tag des Jüngsten Gerichts.«

»Christus? Nicht Mohammed?«

»Nein, nicht Mohammed. Mohammed wird zu dem Felsen in Jerusalem zurückkehren, von dem aus er in den Himmel sprang. Er ist in der Omar Moschee und trägt noch immer den Abdruck des Hufes seines Pferdes.«

Hinter ihnen hatte der junge Mann mit der Gitarre begonnen, ein populäres arabisches Lied zu klimpern. Er sang leise: »Wer ist Romeo? Wer ist Julia?« Harriet bemerkte, wie zwei Schildkröten um ihre Füße herumkrochen, und als sie sich zu ihnen hinabbückte, begegnete sie dem Blick des Gitarristen, der sie verschmitzt von der Seite ansah und dabei einfältig grinste. Das Lied galt also ihr.

Da Halal sah, daß ihre Aufmerksamkeit abgelenkt war, runzelte er die Stirn und bemühte sich, sie wiederzuerlangen: »Der Frühling ist bereits hier! Die Anemonen kommen heraus.«

Harriet sah auf das Gras hinunter, wo gerade ein paar Knospen aufbrachen; eine, die geschützter als der Rest war, öffnete sich mit scharlachrotem Schimmer.

»Im Sommer, wenn die Abende lang sind, spazieren wir am Fluß entlang, und viele junge Männer bringen ihre musikalischen Instrumente mit. Solche Dinge sind hier alltäglich.«

Bevor Halal sie weiter aufklären konnte, rief ein Kellner ihm etwas zu, und er führte sie zu einem Tisch, der mit Kaffee und Kuchen gedeckt war: »Ich habe vorsichtshalber telefonisch vorbestellt, so daß es keine Verzögerungen geben würde.«

Die jungen Männer steckten vor Verwunderung über diese Vorsichtsmaßnahme die Köpfe zusammen. Halals Selbstvertrauen wuchs, und so fragte er kühn: »Darf ich fragen, Mrs. Pringle, warum Sie alleine hierher nach Damaskus gekommen sind?«

Auf diese Frage war sie nunmehr vorbereitet, und so sagte Harriet: »Weil ich in Kairo krank war. Das Klima dort ist mir nicht bekommen. Ich hatte mir eine Amöbenruhr zugezogen, und man riet mir, hierher zu gehen, um meine Gesundheit wiederherzustellen.«

»Ah, ich verstehe. Und Ihr Mann konnte nicht mitkommen?«

»Nein, seine Arbeit hält ihn in Kairo fest.«

»So werden Sie also bleiben, bis Ihre Gesundheit wiederhergestellt ist, ist das so?«

»Wenn möglich, ja, aber um Ihnen die Wahrheit zu sagen, ich muß mir etwas Geld verdienen.«

»Sie müssen sich Geld verdienen? E-e-e-e-e!« Halal gab einen Laut von sich, der sein Erstaunen ausdrückte. »Aber das ist sehr schwierig für eine englische Dame. Und doch könnte es möglich sein. Vielleicht habe ich eine Idee.«

»Wirklich?«

»Sprechen wir nicht mehr davon. Ich möchte keine falschen Hoffnungen wecken.«

Auf der Rückfahrt in die Stadt hielt Halal das Taxi an und sagte zu Harriet: »Lassen Sie uns einen kleinen Spaziergang machen. Da ist etwas, was Ihnen gefallen könnte.«

Der Spaziergang führte einen Weg hinter den Häusern entlang und endete beim Tor eines Friedhofs. Die Gräber waren so alt, daß die Steine schon beinahe völlig versunken waren, aber in der Mitte stand ein herausragendes Grabmal, ein durch ein Eisengeländer geschütztes Rechteck. Eine Kletterrose, die gerade neue Blätter trieb, war über die Stangen gewachsen und bedeckte die Oberseite des Grabs. Halal ging hinüber und legte seine Hand liebevoll auf den Stein.

»Dies ist ein christlicher Friedhof, und dies ist die Grabstätte von Al-Akhtal, einem Dichter und wilden Burschen. Da er Christ war, war es ihm erlaubt, Wein zu trinken, und er umgab sich gerne mit singenden Sklavenmädchen. Diese Dinge inspirierten ihn, und er schrieb darüber.« Halal kicherte. »Es war sehr schockierend, selbstverständlich, aber vielleicht auch amüsant. Was denken Sie?«

»Für mich klingt das sehr harmlos.«

»In der Tat?« Halal sah angenehm überrascht aus: »So sollten wir, da stimme ich Ihnen zu, es auch sehen, aber die meisten Menschen hier sind nicht sehr fortschrittlich.« Er lächelte und hob den Blick zum Himmel: »Dort ist die Mondsichel. Wissen Sie, wie die Moslems sie nennen? Die Augenbraue des Propheten.«

Der Mond glänzte, ein Kristallsplitter in dem Grün des Abendhimmels. Halal senkte den Blick zu ihr und sagte feierlich: »Wissen Sie, Mrs. Pringle, daß Sie wie der Neumond sind?«

»Das heißt, ich bin bleich und dünn?«

»Das heißt, Sie sind sehr zart. Als ich Sie im Souk sah, dachte ich: ›Sie ist so zart, daß diese Rohlinge sie wegfegen werden.‹ Doch obgleich Sie zart sind, schimmern Sie wie der Mond. Sie sind, wenn Sie mir erlauben, das zu sagen, die Frau, die ich mir wünschte.«

»Lieber Himmel! In Damaskus gibt es doch bestimmt sehr viele Damen, die auch in Frage kämen.«

»Ja, es gibt Damen hier, sehr hübsch, aber sehr schlicht.

Ich selbst hätte sie lieber weniger hübsch und dafür intelligenter. Sagen Sie mir: Werden Sie morgen mitkommen und die Schlucht betrachten, durch die der Abana fließt?«

Harriet erwiderte bestimmt: »Nein. Sie sind sehr freundlich zu mir gewesen, Halal, aber ich kann nicht länger mit Ihnen ausgehen. Man würde dies mißverstehen.«

Halals Gesicht wurde lang und nahm einen Ausdruck tragischer Melancholie an; er schüttelte langsam den Kopf: »Es ist wahr, sie beobachten und verstehen nichts. Und ich weiß, Sie haben Angst vor Ihrem Mann. Der Klatsch wird ihn erreichen, und er wird zornig sein.«

Harriet lachte bei der Vorstellung von Guys Zorn. »Nichts dergleichen«, beruhigte sie Halal, aber er wußte es besser.

»Glauben Sie mir«, sagte er. »Ich respektiere Ihre Klugheit.«

Harriet lachte wieder, aber sie beließ es dabei. Ehe sie auseinandergingen, fragte sie ihn: »Bitte sagen Sie mir, Halal, was bewahren Sie in Ihrem schwarzen Koffer auf?«

Er antwortete mit feierlichem Ernst: »Meine Diplome.«

Als die Tage ohne Halal verstrichen, wünschte sich Harriet, sie hätte ihm keine so entschiedene Abfuhr erteilt. Beinahe jede Gesellschaft war besser als gar keine. In ihrer Isolierung kam es ihr so vor, als ob Dr. Beltado sie ignorierte, vielleicht weil er ihre Trennung von Halal mißbilligte. Nachdem sie einen eigenen Begleiter gehabt hatte, waren die beiden Frauen gnädiger gestimmt und hatten ihr sogar ein- oder zweimal einen Blick geschenkt. Jetzt schienen alle drei entschlossen, ihre Einsamkeit noch zu verstärken. Aber vielleicht bildete sie sich das auch nur ein, denn eines Abends kam Dr. Beltado mit seiner Kaffeetasse in der Hand zu ihr herüber und setzte sich auf den Stuhl neben sie.

»Unser Freund Halal erzählte mir, daß Sie mir vielleicht gerne bei meinem Buch helfen würden?«

»Oh, doch, ja.«

»Na, sehr schön. Sie wissen, daß wir das große Zimmer

im obersten Stock haben? Wir arbeiten dort jeden Morgen zusammen. Also, kleine Lady, wann immer Sie Lust haben, kommen Sie hinauf und machen Sie mit.«

Harriet war überwältigt von seinem Vorschlag und wünschte, Halal wäre da, damit sie ihre Dankbarkeit zeigen konnte.

Das Zimmer, von dem Beltado gesprochen hatte, war sehr groß; eine lange, niedrige Mansarde mit zwei Dachfenstern. Es war genauso sparsam möbliert wie Harriets Schlafzimmer, aber die Beltados hatten ihre eigenen Klappstühle und -tische mitgebracht, und der Boden war mit Bücherstapeln bedeckt.

Dr. Jolly hatte ihren Arbeitsplatz an einem Ende des Zimmers und saß vornübergebeugt und konzentriert über ihrer Arbeit, offenbar taub gegenüber der Stimme ihres Mannes. Dr. Beltado und Miß Dora belegten die Mitte des Zimmers, wo es das meiste Licht gab. Beltado hatte sich für das Frühstück angezogen und danach anscheinend wieder ausgezogen, um mit der gewaltigen Aufgabe zu ringen, einen Vergleich aller Kulturen zu erstellen. Das Bett war nach vorne geschoben worden, damit er es sich bequem machen konnte, und er lag darauf, auf einen Ellenbogen gestützt und mit einem chinesischen Umhang angetan, der mehr ent- als verhüllte. Er diktierte gerade Miß Dora, als Harriet an die Tür klopfte. Er rief ihr zu einzutreten und war offensichtlich irritiert wegen der Unterbrechung. Einige Augenblicke lang starrte er sie verwirrt an, bevor er sich wieder erinnerte, warum sie da war.

Eher erbost sagte er: »Was machen wir denn jetzt mit Ihnen?« Er befahl Miß Dora, ihr ihre Kurzschrift-Aufzeichnungen zu zeigen. »Glauben Sie, Sie könnten daraus mit der Schreibmaschine ein Rohmanuskript machen?«

Es handelte sich um eine Art von Kurzschrift, wie Harriet sie noch nie gesehen hatte. »Tut mir leid, das kann ich nicht.«

»Das können Sie nicht, wie? Dann setzen Sie sich mal hin, und wir werden was anderes für Sie suchen.«

Harriet setzte sich hin, hörte zu und erfuhr etwas über die verschiedensten Kulturen, aber nichts darüber, weswegen sie nun eigentlich angestellt worden war. Und falls sie überhaupt richtig angestellt worden war, so wurde kein Wort über ein Gehalt verloren.

Dr. Beltado vergaß Harriets Anwesenheit, diktierte, fuchtelte mit den Armen herum und ließ seinen Umhang aufgleiten, so daß alle seine weißen Beine, seinen Bauch und sein großes Gemächt sehen konnten. Miß Dora war offenbar an diese Darbietung gewöhnt; sie ignorierte sie und kritzelte untertänig weiter. Dr. Beltado plädierte für die Koordinierung aller kulturgeschichtlichen Disziplinen und sagte, die Experten sollten zusammenarbeiten wie ein Orchester unter dem Dirigentenstab eines überragenden Leiters.

»Und wer«, sagte Beltado, »sollte dieser Dirigent sein? Ich denke, ich darf ohne ungebührliche Unbescheidenheit mich selbst vorschlagen, einen weitgereisten und erfahrenen Mann, der vor Verantwortung nicht zurückschreckt. Sollte ich aufgefordert werden, diese Aufgabe zu übernehmen...« Er sah sich um, begegnete Harriets Blick und hielt inne.

»Was machen Sie denn hier?«

»Ich warte auf Arbeit.«

Miß Dora wurde beauftragt, Arbeit für Harriet zu suchen. Sie brachte eine Schachtel mit Fotografien zum Vorschein, die entsprechend ihren Herkunftsländern sortiert werden mußten. Es handelte sich um etwa fünfhundert Fotos, und Harriet war drei Tage lang mit dem Aussortieren beschäftigt. Als sie damit fertig war, sollte sie von Miß Doras Rohmanuskript eine Endfassung erstellen. Am Ende der ersten Woche hoffte sie darauf, daß Dr. Beltado das Thema Geld anschneiden würde, aber es fiel kein Wort darüber. Die nächste Woche verbrachte sie damit, daß sie täglich von neun Uhr morgens bis sechs Uhr abends tippte, und einmal, als Dr. Beltado gerade hinausgegangen war, um sich zu erleichtern, sagte sie leise zu Miß Dora: »Bezahlt Dr. Beltado wöchentlich oder monatlich?«

»Bezahlen?« Miß Dora schien noch nie etwas von Bezahlung gehört zu haben. Ihr schlichtes Gesicht mit den kleinen Augen und der dünnen, roten Nase zuckte vor Verlegenheit, aber sie fragte: »Was haben Sie denn mit ihm ausgemacht?«

»Ich habe gar nichts mit ihm ausgemacht, aber ich muß mir etwas Geld verdienen.«

»Wenn sich die Gelegenheit ergibt, werde ich es bei Dr. Jolly erwähnen.« Miß Dora wandte sich ab, als handle es sich um ein ekelerregendes Thema, und die nächsten Tage wurde nicht mehr darüber geredet. Dann gelang es Harriet, sie im Flur abzufangen.

»Miß Dora, bitte! Haben Sie Dr. Jolly wegen meines Gehalts gefragt?«

»Sie sollen Ihre Rechnung einreichen.« Miß Dora drückte sich an Harriet vorbei und verschwand. Harriet war ein System gewohnt, wo wöchentlich Lohn für geleistete Arbeit gezahlt wurde, und sie hatte keine Ahnung, was und für wie lange sie etwas in Rechnung stellen konnte. Sie kaufte sich liniertes Papier und verbrachte den Freitagabend in ihrem Zimmer damit, eine so bescheidene Rechnung aufzumachen, daß niemand sie in Frage stellen konnte, aber als sie am Samstagmorgen hinauf ins Arbeitszimmer der Beltados ging, fand sie keinen Menschen vor.

Dr. Beltado, Dr. Jolly, Miß Dora, Klappstühle und -tische, Bücher und Papiere – alles weg. Das Bett war zurück an die Wand geschoben worden. Das ganze Zimmer hatte etwas von der absoluten Nichtigkeit eines Körpers, aus dem das Leben entwichen war. Und Harriet hatte, einen Stock tiefer, keinen Laut gehört.

Sie eilte nach unten, um Madame Vigo zu fragen, wo Dr. Beltado hingegangen sei. Er und seine Damen hatten die Pension kurz nach Tagesanbruch verlassen und keine Nachsendeadresse angegeben.

»Und wann kommen sie wieder zurück?«

»Ein Jahr. Zwei Jahr. Ich nichts wissen.«

»Sie haben mich nicht für meine Arbeit bezahlt.«

»Sie vergessen?«

Vielleicht hatten sie es vergessen, und Harriet fühlte sich untröstlich und kam sich genauso vergessen vor.

11

In Kairo traf die Nachricht ein, daß britische und amerikanische Streitkräfte in Nordafrika den Kontakt zueinander hergestellt hatten. Zum gleichen Zeitpunkt erhielt Guy die offizielle Bestätigung für Harriets Tod. Der Brief besagte, daß der Name von Harriet Pringle auf einer Liste mit den Namen von 530 weiteren Personen stand, die eine Passage auf dem Evakuierungsschiff *Queen of Sparta* erhalten hatten, das am 28. Dezember 1942 in Suez abgelegt hatte. Die *Queen of Sparta* sei durch Feindeinwirkung im Indischen Ozean gesunken. Harriet Pringle war, zusammen mit 528 weiteren Passagieren, als vermißt erklärt worden, vermutlich ertrunken. Ein Passagier und zwei Besatzungsmitglieder hatten überlebt. Der Name des Passagiers wurde mit Caroline Rutter angegeben.

Guy brachte den Brief zu Dobson, der noch in seinem Schlafzimmer war: »Das hat lange gedauert.«

Dobson verteidigte die Behörden und sagte: »Es hat so lange keine absolute Gewißheit über das Schicksal des Schiffes geben können, ehe es nicht in Kapstadt überfällig war.«

»Aber die Überlebenden. Die sind doch wohl Beweis genug!«

»Nein. Wir haben einen längeren Bericht bekommen. Die Besatzungsmitglieder waren Filipinos und Malaien, die kaum wußten, auf was für einem Schiff sie waren. Die Frau war wochenlang zu krank gewesen, um irgend jemandem irgend etwas zu sagen. Ehe es keine Beweise gab, mußte man die Gerüchte behandeln wie – ja eben, wie Gerüchte.«

»Ich verstehe.« Guy steckte den Brief in die Tasche.

Am gleichen Morgen, beim Frühstück, sagte Edwina, daß sie daran dachte, Tony Brody zu heiraten.

»Du lieber Himmel«, sagte Dobson, »doch nicht Tony Brody!«

»Warum denn nicht? Er ist Major und ein netter Mann.«

»Eigentlich hätte ich gedacht, daß du etwas Besseres verdienst als Brody.«

Edwina schniefte hinter dem Vorhang ihrer Haare und

sagte trübsinnig: »Heutzutage ist die Auswahl nicht groß. Die aufregendsten Männer sind alle nach Tunesien gegangen, und ich glaube nicht, daß sie zurückkommen werden.«

»Na und? Sei gescheit und warte ab. Es wird schon einer vorbeikommen.«

»Ich warte schon die ganze Zeit, wahrscheinlich schon zu lange. Und ich werde dabei nicht jünger.«

Dobson betrachtete sie mit einem kritischen Lächeln: »Stimmt. Die Motten umschwirren dich nicht mehr so wie früher.«

»Oh, Dobbie, wirklich! Was bist du doch für ein Scheusal!« Edwina ließ ein Schluchzen hören, und Dobson tätschelte ihr die Hand.

»Na, na, mein Schatz, der Onkel Dobbie hat doch nur Spaß gemacht. Du bist noch immer so schön wie ein Traum und willst Brody ja gar nicht heiraten.«

»Oh, das ist nicht gesagt. Wenn man nicht den Mann heiraten kann, den man haben möchte, was spielt es dann für eine Rolle, wen man heiratet?«

»Warum willst du nicht in Frieden unverheiratet bleiben, so wie ich?«

»Weil ich nicht den Rest meines Lebens damit verbringen will, in einem langweiligen Büro zu arbeiten.«

Während diese Unterhaltung sein Bewußtsein streifte, mußte Guy dauernd an Harriet denken: für vermißt erklärt, vermutlich ertrunken. In einem Alter, wo andere Mädchen ans Heiraten dachten, lag sie auf dem Grunde des Indischen Ozeans.

Obwohl in dem Brief nichts stand, was er nicht schon gewußt hätte, sah er ihn während seines Vormittagsunterrichts dauernd vor sich. Es war, als sei nun endgültig der letzte Vorhang vor die Erinnerungen an seine Frau gefallen, und ihm wurde klar, daß er die ganze Zeit über noch eine irrationale, schwache Hoffnung in seiner Brust gehegt hatte.

Er dachte an ein anderes unglückseliges Schiff, an das, auf dem Aidan Pratt als Steward gedient hatte, nachdem er den Kriegsdienst verweigert hatte. Es war mit Evakuierten nach Kanada unterwegs gewesen, als es torpediert wurde, und

Aidan war in einem überfüllten Rettungsboot zusammen mit Kindern gewesen, die lediglich ihre Schlafanzüge anhatten. Eines nach dem anderen waren sie vor Kälte und Durst gestorben, und nachdem man sie über Bord geworfen hatte, waren die kleinen Körper hinter dem Boot hergetrieben, weil sie zu leicht waren, um zu versinken. Harriet hatte kaum mehr als ein Teenager gewogen, und Guy konnte sich vorstellen, wie ihr Körper im Wasser trieb und dem Boot folgte, als habe sie Angst davor, alleine auf dem endlosen Meer zurückgelassen zu werden.

Als er im Krankenhaus eintraf, war er noch immer untröstlich, während Simons Stimmung eine gänzlich andere war. An diesem Morgen war es Simon gelungen, ein paar Meter ohne Krücken zu gehen. Er war unbeholfen gegangen, aber er hatte es geschafft – er war ohne fremde Hilfe gegangen.

»Verstehst du, was das bedeutet?«

Guy lachte und versuchte, seine eigene Stimmung auf Simons Ebene zu heben: »Kein Wunder, daß du so lustig bist.«

Simon lag in einem Liegestuhl auf der Veranda seiner kleinen Station und war lustig bis zum Grad einer leichten Übergeschnapptheit. Mit sich selbst höchst zufrieden, sagte er: »Mir ging's schon mal so, am Anfang, als ich zu den Querschnitten kam – nur schlimmer. Eigentlich war ich schon fast meschugge, und das ohne Grund. Aber jetzt habe ich einen Grund, oder etwa nicht? Ich *weiß* jetzt, daß ich wieder wie ein normaler Mensch gehen werde. Ich hab' dir doch von den Träumen erzählt, in denen ich meilenweit über grüne Felder renne? Also eines Tages, nach dem Krieg, werde ich das machen! Da gehe ich ins Gelände und renne meilenweit, wie ein Verrückter.«

»Nur um zu zeigen, daß du so gut bist, wie die anderen? Du könntest genausogut in der Wüste laufen.«

»Nein, es muß über die Felder gehen. Ich will grünes Gras, genau dieses grüne, englische Gras.«

»Dann ist es jetzt also England, nicht Indien oder Zypern?«

Simon lachte unbändig. Er war in einem Zustand, in dem ihn alles belustigte, aber ganz besonders lustig fand er einen Witz, den er am Vorabend gehört hatte. Im Versammlungssaal des Krankenhauses hatte es einen Vortrag für die Patienten gegeben, die kurz vor dem Abschluß ihrer Genesung standen. Man sagte ihnen, daß sie das Hospital vollständig gesund verlassen würden und daß die Armee erwartete, daß sie vollständig gesund blieben. So sollten sie Bordelle und Dirnen meiden und sich selbst sauber und fit halten.

»Genau wie eine Standpauke in der Schule«, sagte Simon. »Nur daß dieser Bursche komisch war. Und wie der komisch war. Was meinst du, hat er zum Schluß gesagt? Er sagte: ›Denkt dran: Den Schwanz verbrannt, die Nutte kichert: Hoffentlich war er brandversichert!‹«

Simon warf den Kopf zurück vor ausgelassener Freude über diesen Spruch, und Guy, der zugleich lächelte und die Stirn runzelte, dachte: »Was ist er doch für ein Kind! Trotz all dem, was er mitgemacht hat, ist er noch wie ein Schuljunge.« Guy selbst war noch nicht einmal fünfundzwanzig, aber jetzt, unter den Nachwirkungen des Verlusts eines geliebten Menschen, fühlte er sich eine ganze Generation oder mehr älter als Simon. Es fiel ihm ebenfalls auf, daß der zu seiner normalen Vitalität zurückkehrende Simon eine andere Persönlichkeit war als der behinderte Jugendliche, den Guy in seine Obhut genommen hatte. Der hilflose und abhängige Simon hatte die Ausstrahlung eines Kindes oder eines jungen Tieres gehabt; jetzt aber, wo er langsam selbständig wurde, zeigte er Eigenschaften, die ihn von seinem Beschützer absetzten. Guy erinnerte sich daran, wie gelangweilt er selbst am Swimming-pool in Gesîra war, während Simon lediglich Neid auf eine Aktivität verspürte, bei der er zu jenem Zeitpunkt nicht mitmachen konnte. Sogar jetzt entfernte sich Simon mit seinem unbeschwerten Ehrgeiz, über grüne Felder rennen zu wollen, von ihm, und Guy, mit dem Brief in seiner Tasche, fragte sich, welchen Trost er wohl finden würde, wenn Simon ihn endgültig verließ.

Schon seit einigen Wochen hatte er öffentliche Zusammenkünfte und die Beileidsbezeugungen von Freunden gemieden, aber an diesem Abend verspürte er ein Bedürfnis, sich mit jemandem zu unterhalten, der Harriet gekannt hatte, und so ging er in den anglo-ägyptischen Union Club, wo er

Jake Jackman vorfand, der gerade am Billardtisch Stöße übte. Sie spielten eine Runde und gingen dann auf ein paar Drinks in den Clubraum. Als er mit Jake an einem Tisch saß, nahm Guy den Brief heraus und sagte nebenbei: »Das kam heute früh.«

Jackman las und brummte sein Mitgefühl, bis er auf den Namen Caroline Rutter stieß. Er platzte heraus: »Dann ist diese alte Kuh Rutter also noch am Leben!«

»Wer ist diese Caroline Rutter?«

»Na, diese impertinente, alte, verdammte Hexe, die die Frechheit besaß, mich zu fragen, warum ich keine Uniform trage. Das muß man sich mal vorstellen! Ein nettes und hübsches Mädchen wie Harriet ist tot, und diese alte Ziege überlebt! Die hat wahrscheinlich von ihrem eigenen Fett gezehrt. Die Reichen sind wie die Kamele. Denen wachsen zwei Mägen, und sie bringen ihre Zeit damit zu, daß sie beide vollfressen, damit sie immer einen haben, auf den sie im Notfall zurückgreifen können.«

Jackman trank stetig weiter und verweilte den ganzen Abend bei dieser Vorstellung und baute sie weiter aus, bis Castlebars Frau an den Tisch kam. Er hatte sich gerade über die Perversität des Zufalls in Rage geredet und betrachtete Mona Castlebar voller Haß. Sie war dadurch keineswegs aus der Fassung gebracht und setzte sich neben Guy. Sie war in seiner Revue für die Truppen als Sängerin aufgetreten und glaubte, damit das gleiche Recht auf seine Gesellschaft zu haben wie jeder andere auch. Guy hatte keinen Streit mit ihr und lud sie folglich zu einem Drink ein.

Sie sagte: »Ich nehme an, du hast nichts von Bill gehört?«

»Leider nein, kein Wort.«

»Ich auch nicht, und seit er fort ist, habe ich nicht einen Penny von ihm gesehen. Er weiß weder, noch interessiert es ihn, wie es mir geht.«

Jackman fragte mit fröhlicher Boshaftigkeit: »Ja, wie *geht* es Ihnen denn?«

»Das ist meine Sache.«

Beide Männer wußten, daß Mona mit Einverständnis der Universität Castlebars Gehalt abhob, und daher sagte Guy nichts, aber Jackman, der die ganze Zeit ihre Brüste und Beine beäugt hatte, als könne er deren Umfang nicht glauben, sagte: »Hunger leiden Sie ja nicht, das sieht man.«

Mona wackelte mit ihrem leeren Glas, als fordere sie zum Nachschenken auf. Jackman sagte: »Ich kaufe Ihnen einen Drink, wenn Sie mir einen kaufen.«

»Ihnen kaufe ich gar nichts. Und außerdem haben Sie schon genug.«

»Oh!« Jackman richtete sich auf, und seine Augen glänzten angriffslüstern: »Kein Wunder, daß Bill mit der erstbesten Frau durchgebrannt ist. Er hat schon immer gesagt, daß Sie ein geiziger Trampel wären.«

»Und mir hat er gesagt, daß Sie ein Faulenzer und Schnorrer sind.«

»So ist's recht. Das muß ausgrechnet Lady Hoopers Traummann sagen.«

Guy sagte: »Haltet die Klappe. Alle beide.« Jackman brummte in sich hinein und sah sich um, als suche er bessere Gesellschaft. Er erblickte Major Cookson an einem anderen Tisch und sagte: »Wenn diese Kuh dableibt, gehe ich.«

Guy spürte, daß auch er genug von Mona hatte. Als ein Taxi durchs Tor des Clubs kam, sagte er, er müsse nach Hause und Aufsätze korrigieren.

Mona ergriff die Gelegenheit und stand mit ihm auf: »Wenn Sie schon nach Garden City fahren, können Sie mich auch unterwegs absetzen.«

Und so geschah es, daß Guy ein Ereignis verpaßte, das noch lange das Thema des Kairoer Klatsches bleiben sollte. Doch eigentlich verpaßte er es nicht; denn wäre er geblieben, wäre es nie geschehen.

Was Jake Jackman vollbrachte, nachdem er sich Major Cookson angeschlossen hatte, wurde später von Cookson erzählt, wann immer er ein Publikum dafür fand.

Cookson hatte nicht allein an seinem Tisch gesessen. Seine beiden Kumpane waren bei ihm gewesen: Tootsie und der Ex-Archäologe Humphrey Taupin. Jackman schrie so laut, daß es jeder hören konnte, und sagte der Gruppe, daß er nicht eine Minute länger bei diesem ›raffgierigen Monster‹ Mona Castlebar verbringen würde, und er fuhr so lange fort, sie herunterzuputzen, bis sie und Guy gegangen waren. Dann krümmte er sich in seinem Stuhl zusammen, zupfte mit der rechten Hand an der Nase, ließ die linke zwischen den Knien baumeln und versank in düsterem Schweigen. Cookson, der Taupins Geld ausgab, fragte, was Jake trinken wollte.

»Whisky.«

Cookson forderte Taupin auf, Geld herauszurücken, aber Taupin sagte, es sei keines mehr da. Jackman verlor die Geduld, rief einen Safragi herbei und bestellte einen doppelten Whisky: »Schreib's auf Professor Pringles Rechnung.«

»Plofessol Plingel nicht da.«

»Er kommt wieder zurück. Und bring ihm auch einen. Schreib sie beide auf seine Rechnung.«

Jackman war noch immer von Groll durchdrungen und trank beide Whiskys schnell hintereinander. Sie ließen in ihm einen Entschluß reifen. Er neigte sich vertraulich zu Cookson hin und sagte: »Sie kennen doch diese Mrs. Rutter, die gleich da unten wohnt?«

»Nein, ich glaube nicht.«

»Ihr gehört dort ein tolles, großes Haus mit Garten und haufenweise Kanaken, die sie bedienen. Sehr freigebiges altes Mädchen, führt ein offenes Haus. Sagte mir, ich könnte jederzeit auf einen Drink vorbeischauen. ›Und bring deine Freunde mit‹, sagte sie, ›ich bin immer für eine Sauferei zu haben.‹«

»Na so was!« Major Cooksons graues, spitziges Gesicht hellte sich vor Interesse auf. »Das klingt nach einer charmanten Frau.«

»Charmant? Und ob die charmant ist. Haben Sie Lust mitzukommen?«

»Was, jetzt? Oh, ich glaube nicht, daß ich meine Freunde allein lassen kann.«

»Die kommen alle mit, warum denn nicht?« Jackman schlug auf den Tisch, um seine Großmut zu unterstreichen, und sprang auf die Füße: »Es ist überhaupt nicht weit. Wir sind zu Fuß in einer halben Minute da.«

Cookson und Tootsie ergriff eine ungewöhnliche Lebhaftigkeit, und sie standen beide auf, aber Taupin war zu keiner Bewegung fähig. Er lag weltentrückt in seinem Stuhl, von dem er langsam herabrutschte, mit geschlossenen Augen und einem Lächeln auf seinem zerknitterten, käseweißen Gesicht.

»Laßt ihn in Ruhe«, sagte Jackman und ging voraus. Nach einem Moment der Unsicherheit folgten Tootsie und Cookson.

Wie Jackman gesagt hatte, war das Haus überhaupt nicht weit entfernt. Es war eine der privilegierten Villen auf der Gesîra, die sich den großen Mittelrasen mit dem Union Club, dem Offiziersclub und dem Sportclub teilten. Es lag im Dunkeln mitten unter dem dunklen Schatten großer Bäume, und als Cookson in keinem einzigen Fenster Licht sah, sagte er zweifelnd: »Ich glaube nicht, daß die Dame zu Hause ist.«

»Die ist schon da. Die ist immer zu Hause. Wahrscheinlich im hinteren Salon. Los, kommt.« Jake führte sie durch den kühlen, nach Jasmin duftenden Garten zur Haustür, wo er einen großen Türklopfer mit Löwenkopf ergriff und damit heftig auf den Anschlag klopfte. Wenn auch der Krach niemanden weckte, so beunruhigte er doch Cookson, der sagte: »Meine Güte, glauben Sie wirklich, daß das richtig ist, was wir da machen?«

Sie alle guckten durch das gefärbte Glas der Haustüre und sahen die Umrisse einer Treppe, die bogenförmig aus einer geräumigen Halle nach oben führte. Jake hämmerte erneut, und schließlich wurde am oberen Ende der Treppe ein Licht eingeschaltet. Eine weißgekleidete Gestalt begann unsicher herabzusteigen.

»Ich fürchte, wir haben sie aus dem Bett geholt«, flüsterte Cookson.

»Unsinn. Sie ist immer bis zum frühen Morgen auf.«

Die Gestalt erreichte die Halle, blieb auf halbem Weg zur Türe stehen, und eine ängstliche weibliche Stimme rief: »Wer ist da? Was wollen Sie?«

»Wir sind Freunde. Machen Sie auf.«

»Wenn Sie zu Mrs. Rutter wollen, sie ist nicht da. Sie können eine Nachricht in der Dienstbotenwohnung hinterlassen – die ist am Ende des Gartens.«

Jackman verlor die Geduld und brüllte: »Ich will nicht zu den Scheißdienstboten. Machen Sie die Tür auf.«

»Nein. Ich passe hier nur auf die Sachen auf, während sie weg ist.« Das Mädchen bewegte sich rückwärts zur Treppe hin, und Jackman versuchte es mit Überredung:

»Schaun Sie, es ist wichtig. Ich muß Mrs. Rutter etwas übergeben. Ich werde es Ihnen aushändigen.«

Das Mädchen kehrte zurück, öffnete die Tür fünf Zentimeter weit und fragte: »Was ist es?«

Die fünf Zentimeter ermöglichten es Jackman, seinen Fuß dazwischen zu zwängen, dann drückte er mit der Schulter die Tür so heftig auf, daß das Mädchen zurücktaumelte. Jackman war drinnen.

Das Zerstörungswerk, sagte Cookson, begann auf der Stelle. In der Halle stand eine fast zwei Meter hohe chinesische Porzellanfigur. Jackman kippte sie um mit der zielstrebigen Effizienz eines Kino-Stuntmans, und sie zerbrach und zersplitterte auf dem Steinboden. Danach marschierte er in den Salon – ›eine wahre Schatzkammer‹, laut Cookson – und machte sich dort an die Arbeit, als führe er einen Plan aus, der schon monatelang in ihm rumort hatte.

Cookson und Tootsie waren ihm gefolgt und protestierten schwach, während das Mädchen schluchzte und fragte: »Warum machen Sie denn das? Warum machen Sie das bloß?« Da sie keine Antwort erhielt, versuchte sie, das Telefon zu erreichen, aber Jake schleuderte sie weg und riß das Kabel aus der Wand.

»Dann«, sagte Cookson, »machte er einfach weiter und schlug alles kurz und klein.«

Als alles Zerbrechliche zerbrochen war, nahm er eine Papierschere, die das Mädchen zuvor benutzt hatte, und versuchte, die Samtvorhänge zu zerschneiden. Die Schere war nicht stark genug, so daß er, erzählte Cookson, »so lange herumtobte, bis er ein Diplomatenschwert fand, ein wertvolles

Stück, Heft und Scheide mit Brillanten besetzt. Er zog es heraus, schlitzte die Vorhänge auf und die Polster und zerschlug das Mobiliar. Auch das schöne venezianische Mobiliar. Ich habe andauernd gesagt: ›Um Gottes willen, Jake, hör doch auf‹, aber es war genauso, als hätte ich versucht, einen Tornado aufzuhalten. Aus irgendeinem Grund hatte das Mädchen vor dem Schwert am meisten Angst. Sie fing an, um Hilfe zu schreien und rannte aus dem Haus, aber ihr wißt ja, wie es zu dieser Nachtzeit auf der Gesîra ist. Ein Boab hätte Dienst tun sollen, aber der hatte sich irgendwohin verkrochen. Und selbst wenn sie einen Polizisten gefunden hätte, dann wäre der bei dem Ansinnen, einen Wahnsinnigen zu stoppen, schlichtweg ausgerissen.«

Das Mädchen erreichte den anglo-ägyptischen Union Club. Die Tore waren geschlossen, aber die Safragis waren noch im Innern. Sie überredete den Ober-Safragi, die Britische Botschaft anzurufen, und so traf schließlich ein Aufgebot an Botschaftsbediensteten mit einem Auto ein, die sich Jackmans annahmen, der zwischenzeitlich vor Erschöpfung eingeschlafen war.

Guy fragte Dobson: »Ist das wahr, daß Jackman in der Botschaft unter Arrest ist?«

»Nicht mehr.«

»Wo ist er dann?«

»Im Augenblick in einem Militärflugzeug. Wenn du es schon wissen mußt, aber behalte es bitte für dich: Man hat ihn zum Verhör ins Hauptquartier nach Bizerta geschickt.«

»Ins Hauptquartier nach Bizerta in einem Militärflugzeug? Warum sollte sich das Militär mit Jackman befassen? Du glaubst doch nicht etwa, daß der ein Geheimagent war?«

»Mein lieber Junge«, sagte Dobson, »wer weiß so was schon? In diesen Zeiten kann jeder alles sein.«

12

Während der drei Wochen, in denen Harriet für Dr. Beltado gearbeitet hatte, war Halal fünfmal in die Pension gekommen. Dabei handelte es sich um Höflichkeitsbesuche. Er kam immer kurz nach dem Abendessen, verbeugte sich vor dem Doktor und den beiden Frauen und sagte dann: »Ich hoffe, ich treffe Sie wohlauf an!«

Dr. Beltado rang sich dann immer eine müde Geste der Kumpelhaftigkeit ab und sagte: »Hi, Halal, wie geht's, wie steht's?« oder: »Was macht das Leben?«, schob ihm danach einen Stuhl hin mit den Worten: »Nehmen Sie das Gewicht von Ihren Füßen, Halal.«

Daraufhin pflegte Halal zu protestieren, daß er nicht zu stören wünsche, daß er sich nicht aufzudrängen wünsche, und dann setzte er sich immer, während Miß Dora losgeschickt wurde, um Kaffee für ihn zu bestellen. Und während Beltado weitererzählte, warf Halal Harriet verstohlene Blicke zu, welche die Botschaft überbringen sollten, daß er immer noch hier war und geduldig wartete für den Fall, daß sie ihn brauchte.

Jetzt benötigte sie zwar nicht Halal selbst, aber doch Hilfe irgendeiner Art. Sie war beinahe pleite und spazierte den Souk hinauf und hinunter auf der verzweifelten Suche nach einem Ausweg. Sie lungerte an jedem Verkaufsstand herum, wurde von der Menge umhergestoßen, und wenn sie bei den römischen Arkaden ankam, drehte sie um und ging den ganzen Weg wieder zurück. Niemand nahm jetzt groß Notiz von ihr. Sie war eine vertraute Gestalt geworden, eine exzentrische Engländerin, die endlos Zeit aber kein Geld hatte.

Drei Tage nach Beltados Abreise, als sie schon am Verzweifeln war, kam Halal in die Pension. Sie war gerade mit dem Frühstück fertig und überlegte, was sie mit sich anfangen könnte, als er vorsichtig um die Tür des Speisesaals herum kam und ohne Umschweife seine Anwesenheit zu erklären und zu entschuldigen begann. Jamil hatte von Beltados Abreise gehört und hatte sie im Souk umherspazieren sehen, offensichtlich ziel- und planlos.

»Da fragte ich mich: ›Könnte Mrs. Pringle gelangweilt sein? Würde sie vielleicht gerne der Seidenfabrik einen Besuch abstatten?‹«

»Das wäre schön.« Harriets Stimmung war so apathisch, daß Halal zu ihr hinüber ging und betroffen sagte: »Ich hoffe, Mrs. Pringle, Sie sind nicht krank.«

»Setzen Sie sich, Halal. Nein, ich bin nicht krank, aber ich mache mir große Sorgen. Haben Sie eine Ahnung, wo Dr. Beltado hingefahren sein könnte?«

»Ich weiß nichts, aber ich sehe, daß es Ihnen überhaupt nicht gut geht. Bitte, wenn ich helfen kann, was kann ich tun?«

»Ich wäre für jede Hilfe dankbar, aber ich weiß nicht, was Sie für mich tun können. Dr. Beltado ist fortgefahren, ohne mich für die Arbeit zu bezahlen, die ich für ihn verrichtet habe.«

»Nein!« Halal war entgeistert und erklärte grimmigen Tones: »Solch ein Vorfall ist unerhört in unserer Welt.«

»Sie meinen die arabische Welt? Aber Beltado ist kein Araber. Madame Vigo glaubt, er hat es einfach vergessen.«

»Jemanden zu vergessen, der drei Wochen lang gearbeitet hat! Das ist nicht möglich.« Er dachte stirnrunzelnd einige Augenblicke über die Angelegenheit nach und sagte dann: »Das sollte Jamil erfahren. Er wird jetzt in seinem Café sein und Geschäfte besprechen. Darf ich Sie zu ihm bringen?«

»Hätte das einen Sinn?«

»Vielleicht. Er kennt Dr. Beltado schon länger als ich. Er weiß vielleicht, wo man ihn finden kann.«

Jamils Café war nicht, wie Harriet angenommen hatte, eines der Basar-Cafés, wo die Männer den ganzen Tag über einer Tasse Kaffee saßen. Es war in der neuen Stadt, ein großes, modernes Gebäude mit marmornen Tischplatten und verchromten Stahlrohrstühlen. Jamil saß als Besitzer zwischen einer Menge junger Männer, die ihn anhimmelten; einer von ihnen war der Gitarrist, der gesungen hatte ›Wer ist Romeo?‹. Sie alle riefen Halals Namen, und Jamil sprang auf, holte einen Stuhl für Harriet und demonstrierte damit den anderen, daß er bereits ihre Bekanntschaft gemacht hatte. Sie bemerkte, daß sie zumindest schon von ihr gehört hatten, wenn sie sie noch nicht mit Halal zusammen gesehen hatten. Ihr Willkommensgelächter galt nicht allein Halal, es galt dem von einer Dame begleiteten Halal. Es mochte durchaus sein, daß sie irgendwo einen Ehemann hatte – aber wenn schon. Diese Tatsache vergrößerte nur noch das Drama von Halals Beziehung zu einer ausländischen Frau, und die Höflichkeit, die ihr zuteil wurde, war um so höflicher.

Halals Verhalten war ernsthaft, aber dies beeinträchtigte nicht die gute Laune seiner Freunde, und es vergingen einige Minuten, ehe er ihnen von Beltados Treulosigkeit erzählen konnte. Sogar darüber mußte Jamil aus Gewohnheit lachen, und er sagte: »Dieser Beltado! Das sieht ihm wieder ähnlich, nicht wahr? Erinnert ihr euch, wie er das letzte Mal, als er hier war, lange Zeit wegen seines Magens bei Dr. Amin in Behandlung war, und wie er dann eines Tages verschwand, ohne Amin zu bezahlen?«

Einer von ihnen drängte ihn: »Erzähl uns noch mal, was Amin sagte.«

»Ja, was hat er gesagt?« Dies war so komisch, daß Jamil vor lauter Lachen kaum sprechen konnte: »Er sagte über Beltado: ›blaß, massig und ekelhaft, wie die Scheiße eines Sprue-Patienten‹.«

»*Jamil!*« Halal erhob seine Stimme vor Zorn: »So etwas vor einer Dame zu sagen!«

Jamil brach vor Scham zusammen, rotgesichtig und sprachlos vor Verlegenheit. Harriet tat so, als sei Dr. Amins Bemerkung jenseits ihres Begriffsvermögens gewesen, und so erholte sich Jamil allmählich wieder und war in der Lage, Beltados Abreise zu diskutieren. Aber die Diskussion half Harriet nicht weiter. Beltado mit seinem großen, starken Wagen konnte überall hingefahren sein. Er konnte sogar zurück in die Türkei gefahren und, wie er es in der Vergangenheit schon gemacht hatte, auf dem Gebiet der Achsenmächte untergetaucht sein. Das Gespräch entfernte sich zusehends von Harriets Dilemma und widmete sich anerkennend Beltados mysteriöser, fast übernatürlicher Fähigkeit, Grenzen zu überschreiten, die für Untertanen der alliierten Mächte geschlossen waren.

»Wie schafft er das?« fragten sie einander. »Ist er Brite oder Amerikaner? Und wenn nicht, was ist er dann?«

Harriet erzählte ihnen, daß er einen Eire-Paß hatte.

»Aber was ist das, ein Eire-Paß? Wieso gibt der ihm solche Macht?«

»Es bedeutet, daß er die britische Staatsangehörigkeit hat, und da die Republik Irland sich nicht im Krieg mit der Achse befindet, kann er besetzte Länder betreten, aber es ist nicht einfach für ihn. Die Grenzbeamten der Achse können nicht glauben, daß Irland als Teil der Britischen Inseln kein Feindesland ist.«

Diese Erklärung verwirrte sie noch mehr und führte noch weiter von Harriets Problem weg. Halal sah, daß von Jamil keine Hilfe kam und sagte: »Ich begleite Mrs. Pringle zu einem Besuch der Seidenfabrik meines Vaters.« Sie gingen, begleitet von Bedauern und guten Wünschen.

Als er mit ihr alleine auf der Straße war, sagte Halal traurig: »Ich befürchte, Sie werden jetzt nach Kairo zurückkehren.«

»Ich weiß nicht, was ich tun werde. Um Ihnen die Wahrheit zu sagen: Ich kann nicht nach Kairo zurück. Mein Mann glaubt mich auf einem Schiff nach England. Ich hätte fahren sollen, aber statt das Schiff zu besteigen, bin ich hierher gekommen.«

Halal war über dieses Bekenntnis verblüfft, blieb stehen und starrte sie an: »Was Sie mir da erzählen, ist sehr seltsam, nicht wahr? Habe ich die Bedeutung Ihrer Worte falsch verstanden? Sagten Sie, Sie hätten mit einem Schiff nach England reisen sollen, aber Sie sind nicht gefahren? Ah, ich verstehe! Sie konnten es nicht ertragen, so weit von Mr. Pringle wegzureisen, und weil Sie sich davor fürchteten zurückzukehren, sind Sie hierher gekommen. Ist es das, was geschah?«

»Das könnte der Grund gewesen sein.«

Das Unbestimmte dieser Erwiderung verwirrte ihn noch mehr, doch er spürte, daß es da einen Riß zwischen den Pringles gab, und er ging weiter und sah auf seine Füße hinab, als müsse er abwägen, was er da gehört hatte. Schließlich sagte er: »Möchten Sie in die Seidenfabrik mitkommen?«

»Ja.«

Die Fabrik bestand aus einer Reihe von Schuppen hinter dem Souk. Eine Zeitlang wurde sie von den jungen Arbeitern abgelenkt – sie sahen wie Halals Freunde aus, nur daß die Freunde Müßiggänger waren, wohingegen diese hier arbeiten mußten – und den großen Rollen mit glänzenden, eingefärbten Seiden. Man zeigte ihr Ballen mit dem fertigen Material, mit antiken Mustern, einige mit Gold und Silber angereichert. Sie vergaß Beltado, aber Halal vergaß nicht sein Engagement für sie. Als er mit ihr zur Pension zurückging, sagte er voller Ernst:

»Mrs. Pringle, meine Freunde verstehen nicht, warum ich Ihre Gesellschaft suche. Sie sagen: ›Halal, du bist töricht. Wir kennen diese englischen Ladys. Sie scheinen frei zu sein, aber für dich wird es nichts geben. Alles, was du tust, ist dein Geld zu verschwenden.‹ Aber ich weiß es besser. Ich habe in mir Ideale, von denen sie nichts wissen. Sie sprechen viel von romantischen Liebesaffären, aber sie haben Angst. Schließlich heiraten sie innerhalb der Familie. Bei ihnen ist es üblich, eine Cousine zu heiraten.«

»Und funktioniert das?«

»Oh, ja, recht gut. Die Mädchen erwarten nicht viel. Es ist etwas Einfaches und Gutes in diesen Frauen. Sie haben das kindliche Aussehen von Nonnen. Und welche Kriterien haben sie? Was wissen sie schon von Männern? Sie kennen nur einen Vater oder einen Bruder. Ein Cousin ist das Nächstliegendste; er ist sicher. Und die weibliche Verwandtschaft ist taktvoll. Wenn der Bräutigam besichtigt wird, sind sie voller Bewunderung, oder tun so, damit das Mädchen zufrieden ist.«

»Ich vermute, es ist die Kritiksucht der Welt, die alles kaputt macht.«

»Also, was mich angeht, ich fürchte keine Kritik. Ich weiß, was ich will. Ich weiß, was ich tue. Ich sage zu Jamil und den anderen: ›Wenn ich für diese Dame Geld ausgebe, werde ich mir eine Freundin schaffen. Eines Tages, glaube ich, wird sie mich belohnen.‹«

Er sah Harriet direkt ins Gesicht, erwartete Zustimmung, vielleicht sogar Hoffnung, aber Harriet hatte ihm keine Hoffnung zu bieten. Es begann zu regnen, als sie den Garten der Pension erreichten, und sie standen einige Minuten unter dem Maulbeerbaum. Halal streckte ihr seine Hand hin, aber sie ergriff sie nicht.

Er sagte erneut: »Darf ich Ihnen meinen Schutz anbieten?«

Sie sah weg und überlegte, wie sie ihm entkommen konnte. Als er versuchte, ihren Arm zu berühren, sagte sie: »Es tut mir leid«, und rannte in die Pension. In ihrem Zimmer angekommen, verschloß sie die Tür, nicht aus Angst, daß er ihr folgen würde, sondern weil sie allein sein mußte. Sie mußte sich über ihre Situation klarwerden. Sie legte sich aufs Bett, schloß die Augen und schickte ihre Gedanken in den Raum. Mit der Entschlossenheit der Verzweiflung rief sie imaginäre Mächte an: ›Sagt mir, was ich jetzt tun soll.‹ Nach einer Weile versank sie in schläfrige Trägheit, betäubt von ihrem eigenen Versagen.

In London hatte sie sich ihren Unterhalt selbst verdient, und sie hatte sich gesagt, daß ein Mädchen, das dort überlebte, überall in der Welt überleben könne. Jetzt wußte sie, daß sie sich geirrt hatte. Hier hatte der Versuch, ein unabhängiges Leben zu beginnen, lediglich dazu geführt, daß sie kein Geld mehr hatte. Sie schlief ein und erwachte mit einem Namen im Kopf: Angela.

Sie kannte nur eine Angela, ihre Freundin in Kairo, die mit dem Dichter Castlebar davongegangen war. Sie erinnerte sich an sie voller Zuneigung und dachte: ›Liebe Angela, ich weiß, du würdest mir helfen, wenn du hier wärst. Aber du bist nicht hier, und so muß ich mir selbst helfen.‹ Sie sprang auf und packte ihren Koffer. Als sie zum Speisesaal ging, sagte sie Madame Vigo, daß sie am nächsten Tag abreisen würde.

Madame Vigo sagte ungerührt: »Sie wollen Taxi?«

»Nein. Ich werde mit dem Zug nach Beirut fahren.«

»Zug nicht gut. Besser Taxi.«

Harriet konnte sich kein Taxi bis Beirut leisten, aber sie mußte eines zum Bahnhof nehmen. Sie fuhr über den Hauptplatz und sah Halal am Randstein, den Koffer unter dem Arm, mit fahlem, verletzlichem, ernstem Gesicht, wie er darauf wartete, die Straße zu überqueren. Als sie sicher an ihm vorbei war, sagte sie zu sich: ›Good-bye, Halal. Deine Freunde hatten leider recht.‹

Am Bahnhof sprach sie mit dem Vorsteher, der etwas Englisch konnte. Wann würde der nächste Zug nach Beirut abfahren? Er zuckte mit den Schultern und breitete die Arme aus: »Mam'sell, wer weiß? Züge sehr schlecht. Alle gestohlen von Armee. Besser nehmen Taxi.«

»Das kann ich nicht. Es würde zuviel kosten.«

»Dann fahren Riyak und dann fahren Baalbek. In Baalbek viele Touristen, manche Englisch. Sie nehmen mit nach Beirut.«

Das war so etwas wie eine Lösung. Sie verspürte ein angenehmes, ja aufregendes Gefühl bei dem Gedanken, Baalbek zu besuchen. Um ein Uhr mittags gab es eine Lokalbahn nach Riyak, und sie wartete auf dem Bahnsteig vor Angst, sie zu verpassen. Es gab kein Büfett und keine Sitzgelegenheit, aber sie war auf dem Weg, sich von Halal zu befreien.

Der Zug lief um zwei Uhr ein und stand eine Stunde lang im Bahnhof, ehe er weiterfuhr. Als er die Ausläufer des Antilibanon erkletterte, konnte sie durch die schmutzigen Fenster das Blätterdach der Ghuta und die goldenen Halbmonde der Moschee sehen, und sie sagte wieder: ›Good-bye. Goodbye, Halal.‹ Die Oase, ein dicker, dünner Teppich, hörte abrupt auf, und dann waren sie in der grauen Wüste unter einem grauen Himmel. Der Zug verhielt sich wie ein störrischer Esel und ruckte und rüttelte und hielt alle paar Meilen an.

Zwei alte Landfrauen teilten das Abteil mit Harriet und sprachen in einer Sprache, die ihr merkwürdig vorkam. Halal hatte ihr erzählt, daß die Menschen in einigen abgelegenen Dörfern noch aramäisch sprachen, und sie lauschte konzentriert und überlegte, ob sie wohl gerade die Sprache Christi hörte.

Als sich der Zug schließlich nach Riyak hineinschleppte, hatte der Himmel aufgeklart, und ein kleiner Nahverkehrszug mit dem Schild ›Baalbek‹ stand am nächsten Bahnsteig. Das unkomplizierte Umsteigen ließ für sie alles andere in einem freundlicheren Licht erscheinen. Während der Zug zwischen Obstgärten dahinfuhr, deren Knospen vom Sonnenlicht beschienen wurden, verspürte sie die Gewißheit, daß sie in diesem schönen und fruchtbaren Land Beistand erhoffen durfte.

13

Dobson sagte beim Frühstück: »Die Navy bombardiert Pantelleria. Ich glaube, man kann erraten, was das bedeutet.«

Da Guy und Edwina noch nie etwas von Pantelleria gehört hatten, erklärte er ihnen: »Das ist eine unscheinbare, kleine Insel, die die Form von einem Pottwal hat. Ich vermute, daß die Ithaker sie befestigt und ausgebaut haben.«

»Du glaubst, wir bereiten uns darauf vor, das Mittelmeer zu überqueren?« fragte Guy.

»Ich kann da auch bloß spekulieren, aber mit Sicherheit bereiten wir uns auf etwas vor. Die allgemeine Ansicht ist, daß die Truppen der Achsenmächte in Nordafrika zusammengepackt haben. Von ihnen ist kein Piepser mehr zu hören. Das heißt, wir sind mit dem nächsten Zug dran, und der müßte Richtung Norden gehen. Es könnte alles viel schneller vorbei sein, als man sich vorstellt. Weihnachten zu Hause, wie?«

»Aber noch nicht diese Weihnachten, würde ich sagen.« Guy erinnerte sich an die nassen, leeren Straßen in London zu Weihnachten und wußte, daß er dort kein Zuhause hatte. An seinem letzten Weihnachten in London war er auf seinem Weg zu einer Abendparty an Menschen vorbei gekommen, die an den Straßenecken standen und darauf warteten, daß die Pubs öffneten. Einsame Menschen, Menschen ohne ein Zuhause. Aber bei ihm wäre das anders. Er würde immer Freunde haben. Er hatte überall Freunde, wo er auch hinging, aber die Wirklichkeit sah so aus, daß Freunde auch ein Eigenleben führten und dazu neigten zu verschwinden. Castlebar war mit dieser verrückten Angela Hooper auf und davon, und Jackman war festgenommen und nach Bizerta verfrachtet worden. Und wahrscheinlich würde ihn sogar Simon nicht mehr länger benötigen. So langsam hatte er das Gefühl, daß die einzige Beziehung von Dauer die Beziehung in einer Ehe war, solange sie nicht durch den Tod oder durch Scheidung beendet wurde. Er seufzte und dachte daran, daß seine Ehe so gut wie jede andere gewesen war, nur daß er das zum damaligen Zeitpunkt nicht erkannt hatte.

14

Baalbek war die Endstation. Obgleich der kleine Zug immer noch hoffnungsvoll seinem Bestimmungsort zustrebte, gab es nur wenige Touristen, und Harriet war der einzige Passagier. Als sie auf dem leeren Bahnhof ausstieg, schien es, als seien selbst der Lokomotivführer und der Schaffner verschwunden. Es gab keine Gepäckträger. Die Bahnsteige waren leer. Sie war allein. Sie schleppte ihren Koffer auf die Straße hinaus und blieb dort stehen, unfähig, ihn weiter zu tragen. Sie hoffte, ein Taxi zu finden, aber es gab keine Taxis.

Neben dem Bahnhofseingang gab es ein primitives Café mit einem Tisch und einer Bank im Freien. Sie schob den Koffer vor sich her bis zur Bank und setzte sich ins Licht der späten Nachmittagssonne. Obgleich der ganze Ort menschenleer aussah, freute sie sich, daß sie da war.

Eine breite Straße führte vom Bahnhof aus in die Ferne, wo sich aus grünem Blattwerk rostfarbene Berge erhoben. Die Straße war hell und staubig, und auf jeder Seite standen Bäume, sehr große und schlanke, die sich gegeneinander neigten. Hie und da gab es ein paar alte Gebäude oder vernachlässigte Felder. Jenseits der Felder sah man die Überreste eines antiken Schutzwalls. Auf einer Seite der Straße floß ein klarer und glänzender Bach in einen Teich. Der Ort, wenn man ihn als solchen bezeichnen konnte, vermittelte ein Gefühl von Ruhe und Frieden und zerfallener Grandeur.

Müde und ohne zu wissen wohin, überließ sie sich der angenehmen Trägheit des Geistes, die die Araber *khayf* nannten, und sie schreckte auf, als ein Mann aus dem Café kam, sich vor sie hinstellte und sie betrachtete. Er war klein und korpulent, obwohl er noch sehr jung war. Seine Kleidung, weißes Hemd und schwarze Hose, sagte ihr, daß er Christ war. Er fragte sie auf französisch, was er für sie tun könne. Als sie sagte, daß sie nach einer Unterkunft suche, wurde sein rundliches, braunes Gesicht sorgenvoll.

»Ich bringe Ihnen *mon frère* George.«

George, ein großer, rothaariger, hellhäutiger Bursche kam aus dem Café. Von seiner äußeren Erscheinung her hätte er ein englischer Gutsbesitzer sein können, und passenderweise sprach er auch etwas Englisch. Harriet entschied, daß die Brüder Abkömmlinge eines rothaarigen Kreuzfahrers waren, und war höchst zufrieden mit ihnen, da sie die Mendelsche Theorie bestätigten. Sie versuchte, ihnen die Vererbungslehre anhand der Tatsache zu erklären, daß der eine Bruder zwar ein braunhäutiger Araber sei, der andere aber eine Kopie seines englischen Vorfahren. Sie verstanden nicht, wovon sie sprach, und sie bemerkte, daß sie ein absurdes Verhalten an den Tag legte. Ihre Lage war jetzt so hoffnungslos, daß ihr beinahe schwindlig wurde.

Sie sagte zu George: »Wo kann ich ein Hotel finden?«

George starrte sie einige Augenblicke lang an, ehe er wieder in der Lage war zu sprechen: »Nix kein Hotel mehr. Vor dem Krieg zwei, aber jetzt all zwei zu.«

»Gibt es einen Zug nach Beirut?«

»Heute abend nix Zug. Zug morgen.«

Ein dritter Bruder, dem ersten sehr ähnlich, erschien jetzt, und die drei diskutierten ihre Lage auf arabisch mit dem Ausdruck von Betroffenheit. Es fiel ihnen nicht ein, sie im Stich zu lassen. Hier war eine junge Dame, ganz allein und auf der Suche nach einem Bett für die Nacht, und etwas mußte für sie getan werden. Sie schienen zu einem Schluß zu kommen, und der rothaarige Bruder sagte: »Kommen Sie mit mir«, und winkte sie ins weißgetünchte Innere des Cafés. Sie wurde hinauf zu einem Treppenabsatz geführt, wo es nach einem ungelüfteten Schlafraum roch. Er öffnete eine Tür und zeigte ihr einen kleinen Raum mit einer Koje, einem kaputten Stuhl und einigen Kleiderhaken. Es gab keine Laken, sondern nur eine schmutzige, wattierte, zur Seite geworfene Decke wies darauf hin, daß es sich hier um einen Schlafraum handelte. Einer der Brüder hatte ihr sein Zimmer gegeben.

Der rothaarige Mann bot ihr diese Unterkunft mit einem Lächeln an, das offensichtlich bedeuten sollte, daß dieser Platz so gut wie jeder andere auf der Welt sei. Sie erwiderte das Lächeln und sagte: »Vielen Dank, es ist sehr hübsch.« Was sonst hätte sie tun können? Wo sonst hätte sie hingehen können? Wenigstens hatte sie jetzt eine Bleibe für die Nacht, und am nächsten Tag würde es einen Zug nach Beirut geben.

Der erste Bruder trug Harriets Koffer hinauf, und allein gelassen ging sie auf die Suche nach einer Toilette. Sie fand lediglich einen Abort mit einem Loch im Boden, der fürchterlich stank und nicht übermäßig sauber war.

Als sie hinunterging, warteten die Brüder bereits auf sie, und George fragte: »Sie wollen essen? Wir machen Kebab.«

»Ja, aber später. Ich muß zuerst die Tempel besichtigen.«

George kam mit ihr auf die Straße hinaus, deutete auf die lange Baumallee und sagte: »Baalbek sehr alt.«

Sie schaute auf die Ruinen der Befestigungen und fragte: »Römisch?«

Er schüttelte den Kopf in heftiger Verneinung: »Nein, nein. Viel mehr alt. Kain lebte hier. Er baute eine Festung, um sich zu verstecken, nachdem er Abel ermordet hatte. Noah lebte hier. König Salomon saß an diesem Wasser. Er baute die Tempel für seine Damen. Sie wissen, er hatte viele Damen, alle viele Religionen.«

Harriet lachte: »Sind Sie sicher, daß Salomon die Tempel erbaute?«

»Wer sonst konnte das tun? Salomon ließ sie bauen von seinen Geistern. Nicht Menschen.«

Harriet lachte wieder und ging die Straße hinunter. Beim Gehen sah sie, wie sich in der Ferne Säulen erhoben, dunkel und gewichtig, und sie sahen weniger wie klassische Monumente aus, als vielmehr wie Menhire aus einem primitiveren Zeitalter. Die Sonne begann zu sinken, das Licht wurde dunkler, und sie beeilte sich, um zu sehen, was es zu sehen gab, ehe die Nacht hereinbrach.

Im Inneren der Tempeleinfassung kam sie zu den Stufen, auf denen die Säulen standen. Sie stellte sich darunter und schaute hinauf, überwältigt von ihrer Höhe und ihrem Umfang. Gegen das intensive Tiefblau des Abendhimmels wirkte ihre grelle Farbe fast schwarz.

Obwohl es knospende Walnußbäume gab und obwohl Tauben davonflogen und Eidechsen zwischen den Steinen raschelten, hatte die Anlage eine sinistre Atmosphäre. Die Plattform war eine Opferstätte gewesen: für Menschenopfer. Der Stempel des Schreckens war der Atmosphäre aufgedrückt, und Harriet fürchtete sich, als sie die Stufen hinaufkletterte und zwischen die Pfeiler hindurch zu der Fläche massiver Steine ging, die jetzt das orangene Gold der sinkenden Sonne reflektierten. Sie dachte über ihre eigene Einsamkeit nach und an das Zimmer, in dem sie die Nacht würde verbringen müssen. Wie lauter auch immer ihre Absichten sein mochten, die Männer waren Fremde, und in dem ganzen Café hatte sie keine Spur von einer Frau gesehen.

Morgen konnte sie nach Beirut weiterfahren, aber was würde sie dort machen? Ohne Geld und ohne Zukunft wäre sie nicht besser dran als in Damaskus. Entnervt von ihrer Lage rief sie aus: »Guy, warum kommst du nicht und kümmerst dich um mich?«

Aber niemand kam, um sich um sie zu kümmern. Niemand wußte, wo sie zu finden war. Sie hätte genausogut tot sein können.

Sie ging zu dem Tempel am anderen Ende der Plattform. Das Innere war dunkel, und als sie am Eingang stehenblieb, glaubte sie, ein Auto anhalten zu hören. Sie stand da und lauschte angestrengt, und nach einigen Minuten hörte sie, wie jemand die Stufen zu der Plattform heraufkam. Sie verspürte den Trost, nicht alleine zu sein, begriff dann aber, daß sie alleine war und ihr alles Mögliche zustoßen konnte.

Sie beobachtete furchtsam, wie ein dicker Mann in Sichtweite humpelte. Er trug ein ausgebleichtes Khakihemd und braune Kordhosen, und nur seine Mütze, in flotter Schräglage getragen, zeigte an, daß er Armeeoffizier war. Sie erkannte ihn wieder und lachte über ihre Furcht. Als er sie sah, hob er seinen Stock und fuchtelte aufgeregt damit, während er rief: »Was machen Sie denn hier?« Er war über ihre Anwesenheit erstaunt und kam auf sie zu, bewegte sich, so schnell er konnte, wobei sein rundes, rosafarbenes Gesicht über dieses unwahrscheinliche Zusammentreffen strahlte. Ihre Erleichterung und Dankbarkeit waren zu groß, als daß sie hätte etwas sagen können.

»Sie erinnern sich doch an mich, nicht wahr? Der alte Lister, der Sie immer zum Lunch zu Groppi ausgeführt hat.«

»Natürlich erinnere ich mich an Sie. Es ist nur ... ich kann's noch gar nicht fassen. Es ist zu schön, um wahr zu sein.«

Vor lauter Freude, sie zu treffen, hörte Lister diese Erklärung kaum, sondern plapperte drauflos: »Es ist doch erstaunlich, was alles passiert. Erst gestern habe ich einen von Guys Freunden gesehen, diesen Dichterfritzen, den ich in Alex getroffen habe. Ich habe ihn nicht angesprochen, weil er nicht allein ist. Er hat da eine Puppe bei sich. Hübsches, dunkelhaariges Mädchen, nicht mehr ganz jung.« Listers runde, pinkfarbene Nase und sein buschiger, blonder Schnurrbart bebten, als er von dem Mädchen erzählte: »Der Bursche hat ein Glück, was? So ein Glück!«

»Wissen Sie, wo sie wohnen?«

»In meinem Hotel. Dort habe ich sie gesehen.«

Lister verstand ihre Verwunderung über diese Nachricht nicht und fuhr fort: »Und wo ist Guy? Sie sind doch nicht alleine da, oder?«

»Doch, ganz allein. Ich versuchte, von Damaskus nach Beirut zu gelangen und bin hier gelandet. Der nächste Zug fährt erst morgen.«

»Dann sitzen Sie also hier fest? Ein gottverlassener Flekken, wenn Sie mich fragen. Wo wohnen Sie?«

»Hier gibt's kein Hotel, aber ich habe ein Zimmer gefunden, kein sehr schönes.«

»Darauf wette ich, daß es kein sehr schönes ist. Wenn Sie nach Beirut wollen, warum fahren Sie dann nicht mit mir zurück? Übernachten Sie in meinem Hotel, treffen Sie Ihren Freund Castlebar und nehmen Sie morgen den Bus. Und verbringen Sie mit dem alten Lister einen lustigen Abend in der Bar. Was sagen Sie jetzt?«

Vor ein paar Stunden wäre ihr dieser Vorschlag wie die reine Erlösung erschienen, aber jetzt dachte sie an die Brüder und ihre Freundlichkeit und sagte: »Die Leute, die mir ein Zimmer gegeben haben – ich will deren Gefühle nicht verletzen.«

»Da machen Sie sich mal keine Sorgen. Das erkläre ich denen schon.«

»Und dann Ihr Hotel – ich glaube nicht, daß ich mir das leisten kann.«

»Wenn Sie knapp bei Kasse sind, dann kann ich Ihnen ein paar Pfund leihen. Guy gibt mir die bestimmt wieder zurück. Und jetzt sehen wir uns hier mal um. Ein gespenstischer Ort, nicht wahr? Aber diese Säulen sind recht beeindruckend. Was ist mit diesem Tempel?« Lister hatte einen Reiseführer und führte sie von Tempel zu Tempel, entschlossen, alles zu betrachten: »Herr im Himmel, schauen Sie sich das an! Genau wie das Innere einer Stadtpfarrkirche. Mich würde interessieren, wo das Orakel gewohnt hat!« Hinkend und stöhnend wegen der Schmerzen in seinem Fuß, hielt Lister sie so lange zwischen den Tempeln fest, bis die Luft kühl wurde und die Sonne allmählich unterging. Dann in der Dämmerung, die jetzt schön und angenehm war, weil sie nicht mehr allein war, gingen sie zu dem wartenden Taxi hinaus und fuhren zum Bahnhof.

»Wo ist Ihre Pension?«

»Eigentlich ist es gar keine Pension. Ich bin in dem Café da.«

Die Brüder waren zufrieden, daß Harriet jemanden gefunden hatte, der sich um sie kümmerte. Lister ging nach oben, um ihren Koffer zu holen, und kam mit ausdruckslosem Gesicht wieder herunter. George stellte den Koffer ins Taxi und sagte glücklich: »Sie fahren Beirut. Wird gefallen sehr.«

Als sie außer Hörweite waren, sagte Lister schockiert: »Mein liebes Mädchen, in dem Haus hätten Sie auf gar keinen Fall bleiben können. Was meinen Sie wohl, was da mit Ihnen passiert wäre?«

»Was wäre da wohl passiert?«

»Gott weiß, was. Sie sind zu vertrauensselig.« Lister schnaufte und fing an zu kichern. »Ein Mädchen allein mit drei geilen Arabern! Kein Wunder, daß sie sagten: ›Komm in meine Laube . . .‹«

»Also wirklich, Lister! Ich bin sicher, die wollten mir nur helfen.«

»Vielleicht, vielleicht.« Lister ließ das Thema fallen und sagte: »Schade, daß wir das Orakel nicht gefunden haben. Es war viel gescheiter, als dieses Dingsda in Delphi. Viel – na, wie sagt man? – ätzender. Der Kaiser Trajan versuchte, es auszutricksen, indem er ihm ein leeres Blatt Papier übergab, und als Antwort bekam er ein anderes Stück leeres Papier. Dann fragte er nach seiner Expedition zur Eroberung Parthiens, und das Orakel übergab ihm ein Bündel Stöcke, in ein Tuch gehüllt.«

»Was sollte das bedeuten?«

»Tja, gute Frage! Wahrscheinlich gar nichts, aber er starb unterwegs, und seine Knochen wurden nach Rom geschickt, in ein Tuch gehüllt.«

»Haben die Orakel jemals jemandem eine gute Nachricht übermittelt?«

»Das bezweifle ich. Sie haben immer etwas Unangenehmes angedeutet.«

Die Straße führte sie in der sich verstärkenden Dämmerung über den kahlen, felsigen Paß zwischen dem Antilibanon und dem Libanon. Die Fahrt dauerte nicht lange, und am westlichen Horizont war noch immer ein Glühen zu sehen, als sie zwischen Gärten und Obstkulturen hinabfuhren, und Lister deutete hinaus: »Dort! Das ist das Hotel, The Cedars.«

Als sie das Hotel sah, mit seinen hell erleuchteten Fenstern, auf einem Bergvorsprung über Beirut gelegen, sagte Harriet: »Das ist eine Nummer zu groß für mich.«

»Unsinn. Guy verdient nicht schlecht. Wir können doch

nicht zulassen, daß Sie in Häusern wie diesem Café wohnen.« Als das Taxi anhielt, quälte sich Lister hinaus und sagte: »Ich werde mich darum kümmern, daß Sie ordentlich untergebracht werden. Zimmer mit Bad, ja?«

Er war schon weg, bevor Harriet etwas erwidern konnte, und sie stand im Garten, mitten im Duft der Orangenblüten, und überlegte, wie sie es anstellen sollte, die Rechnung zu bezahlen.

Sie betrat die Vorhalle, gerade als Angela Hooper die Treppe herunter kam. Angela sah Harriet an, sah dann wieder weg, warf ruckartig den Kopf zurück und stieß einen Schrei aus: »Harriet Pringle! Aber du bist doch auf dieses Evakuierungsschiff gegangen.«

»Nein, bin ich nicht. Ich bin statt dessen nach Syrien gegangen.«

»Du meine Güte, was hast du mir für einen Schock eingejagt! Und du wohnst hier?«

»Nur für eine Nacht...«

»Nein, du mußt länger bleiben. Ich möchte hören, was in Kairo alles passiert ist, und eine Menge anderer Dinge.«

»Ich muß mir was Billigeres besorgen. In Wahrheit bin ich nämlich fast pleite.«

»Ach was. Du zerbrichst dir dauernd den Kopf wegen Geld...«

Angela brach jäh ab, als Lister von der Rezeption zurück und zu ihnen kam. Sie versteifte sich etwas, sah ihn argwöhnisch an und sagte dann zu Harriet: »Ich dachte, du wärst allein.«

Angela rührte sich nicht, aber Harriet spürte, daß sie im Geiste einen Schritt von ihr wegtrat und sich mißbilligend distanzierte. Harriet sagte: »Ich war allein, aber ich habe Major Lister in Baalbek getroffen, und er war so freundlich, mich in seinem Taxi mitzunehmen. Und jetzt bin ich da.«

»In der Tat!« Angela lächelte, aber in ihrem Verhalten lag immer noch etwas Unsicherheit. »Und wo ist Guy?«

»In Kairo.«

»Vermutlich zu beschäftigt, um mitzukommen.« Angela warf Lister einen erneuten Blick zu, und als ihr klar wurde, daß ihr Argwohn unberechtigt war, lachte sie: »Jedenfalls ist es schön, daß du hier bist. Trinken wir doch nach dem Essen alle zusammen etwas. Bis dann im Wintergarten!«

Nachdem sie gegangen war, sagte Lister: »Ich glaube, Ihre Freundin mag mich nicht.«

»Das liegt nur daran, daß sie zuerst geglaubt hat, ich sei mit Ihnen durchgebrannt.«

Lister keuchte und schüttelte sich vor Lachen: »Ich wünschte, es wäre so! Mein Gott, mein Gott! Ich wünschte, es wäre so!«

Harriet lachte ebenfalls: »Sie ist mit Castlebar durchgebrannt. Es ist komisch, wie oft die Leute bei anderen das mißbilligen, was sie selbst gemacht haben.«

Angela und Castlebar saßen an einem kleinen Tisch in einem Alkoven des Speisesaals, den Angela vermutlich mit ihrem üblichen großzügigen Trinkgeld permanent für sich hatte reservieren lassen. Harriet sah hinüber und betrachtete die beiden in ihrer abgekapselten Intimität, und sie konnte sich nicht vorstellen, daß Angela sie sehr lange hier bei sich haben wollte. Harriet hatte zwar Freunde gefunden, aber damit waren nicht alle Probleme gelöst. Sie konnte sich von Angela Geld leihen, sie konnte sich sogar von Lister etwas leihen, aber Geld leihen schob nur den Tag hinaus, an dem sie sich ihrer Situation stellen mußte. Sie sah nochmals zu den Verliebten hinüber und fing Castlebars Blick auf. Als verstünde er ihr Dilemma, lächelte er und hob beruhigend die Hand. Sie hatte nie verstanden, warum Angela ihn attraktiv fand, aber jetzt, von seinem Gruß angenehm berührt, empfand sie ihn wie einen alten Freund in einer fremden, kalten Welt.

»Was wollen wir trinken?« Lister reichte ihr die Weinkarte.

»Für mich keinen Wein.«

»Ach, jetzt kommen Sie«, hänselte Lister sie. »Ein Glas müssen Sie mittrinken.« Und als bekenne er sich zu einer kuriosen Tugend, fügte er hinzu: »Ich trinke immer Wein zum Essen.« Er bestellte eine Flasche zyprischen Roten, schaute zu, wie der Korken entfernt wurde, errötete vor lauter Ungeduld und schob sein Glas nach vorn.

Harriet erinnerte sich an seine Leidenschaft für Essen und Trinken. Er war in Jerusalem stationiert, pflegte aber bei jeder Gelegenheit nach Kairo zu kommen, um sich, wie er es nannte, ›an den Fleischtöpfen‹ gütlich zu tun. Gelegentlich hatte er Harriet zum Essen ausgeführt, da er glaubte, daß eine Begleitung ihm die Erlaubnis gab, nach Herzenslust schwelgen zu dürfen.

Sobald sein Glas gefüllt war, hob er es schnell und trank, hielt den Wein im Mund, bewegte ihn umher und um seine Zähne herum, schluckte ihn dann hinunter und ließ ein langgezogenes ›Ah-h-h‹ hören. Noch ehe die Mahlzeit zu Ende war, hatte Lister die ganze Flasche getrunken.

Als Angela und Castlebar den Saal verließen, rief Angela herüber: »Bis später im Wintergarten.«

»Glauben Sie, die wollen mich dabeihaben?« fragte Lister mit bebenden Lippen und hervorquellenden, feuchten blauen Augen.

»Selbstverständlich. Sie haben ja gesehen, daß sie uns beide gemeint hat.«

Der Wintergarten, der sich vom Hauptgebäude weg erstreckte, war eine große, glasverkleidete Aussichtsterrasse, die den Blick auf die Lichter Beiruts ermöglichte und auf den dunklen Schimmer des fernen Meeres. Lister folgte Harriet zaghaft und unsicher, als fürchtete er, daß Angela ihn wieder fortschicken würde.

Angela und Castlebar saßen in einer Ecke hinter einem Schutzschirm aus blauen Bleiwurzblüten. Erneut hatte Harriet das Gefühl, daß die beiden sich hier eine Privatsphäre geschaffen hatten, aber Castlebar stand spontan auf, um sie zu begrüßen und Stühle zu besorgen. Seit er aus Kairo weg war, hatte er anscheinend die Aufgabe des Gastgebers übernommen, während Angela die Rechnungen bezahlte und sich im Hintergrund hielt. Ihre allnächtliche Flasche Whisky stand auf dem Tisch. Angela schob sie Lister zu, der sich zunächst gebührend zierte, dann sein Glas füllte, ihr zuprostete und sagte: »Auf Ihr spezielles Wohl, Mem.«

Angela beobachtete ihn mit kritischer Aufmerksamkeit, als er sein Glas abstellte und erneut füllte. Sie sah Harriet nicht an, aber Castlebar fühlte sich der alten Freundin verpflichtet und bestand darauf, daß sie an diesem Abend etwas Festlicheres trinken müsse als ihr übliches Glas Weißwein: »Wie wäre es mit Pimm? Sie machen das hier sehr schön.«

Als der Pimm eintraf, fachmännisch garniert mit Früchten und Borretsch, überreichte er ihn ihr mit einem verschwörerischen Lächeln, und sie spürte, daß es ihm überhaupt nicht unangenehm wäre, wenn sie bleiben und Angelas Großzügigkeit mit ihm teilen würde. Sie war sich sicher, daß sie das Merkwürdige an ihrer Anwesenheit hier bereits diskutiert hatten, wo sie doch eigentlich auf der *Queen of Sparta* hätte sein sollen. Und warum war sie knapp bei Kasse, wo sie doch ihren Mann um Hilfe bitten konnte? Ihr wurde klar, daß sie, falls sie länger hier blieb, eine Menge würde erklären müssen.

Angela legte ihren feingliedrigen, hübschen Kopf zurück zwischen die Blumen und warf Harriet ein spöttisches Lächeln zu. Dann erinnerte sie sich möglicherweise wieder ihrer vergangenen Freundschaft, beugte sich plötzlich vor und drückte Harriets Hand: »Liebe Harriet, ich dachte schon, ich würde dich nie mehr sehen.«

Angela hatte sich äußerlich nicht verändert, seit sie Kairo verlassen hatte, aber Castlebar war nicht mehr ganz der Castlebar des anglo-ägyptischen Union Clubs. Er hatte nicht nur mehr Selbstvertrauen und mehr Eigeninitiative, sondern er hatte auch den elenden Blick des Alkoholikers verloren, für den alles Geld, das nicht für Drinks ausgegeben wurde, verschwendetes Geld war. Er trug einen teueren Maßanzug und ein Seidenhemd. Das gute Leben hatte seinem Aussehen gutgetan, aber er war noch immer der Kettenraucher, der die offene Packung vor sich plazierte, eine Zigarette herausgezogen und bereitgelegt, damit sie übergangslos derjenigen folgen konnte, die er gerade in der Hand hielt. Er hielt sich noch immer über den Tisch gebeugt, wobei seine dicken, blassen Lider die Augen verdeckten und seine volle, malvenfarbene Unterlippe leicht herabhing und beinahe gänzlich einen gelben Eckzahn entblößte. Eigentlich doch nicht sehr verschieden von dem Castlebar des anglo-ägyptischen Union Clubs.

Harriet fragte, wo sie nach ihrer Abreise aus Kairo gewesen seien.

»W-w-wir gingen nach Zypern«, sagte Castlebar. »B-b-blieben in Kyrenia.«

»Im Dome?« fragte Lister. »Großartiges Hotel, das Dome. Hat mehr Gesellschaftsräume und *größere* Gesellschaftsräume als alle anderen im östlichen Mittelmeer. Und die Fünf-Uhr-Tees!« Listers Augen wurden bei dem Gedanken daran feucht. »Richtiger, echter, alter englischer Fünf-Uhr-Tee: Scones, Orangenmarmelade, Sahne, Pflaumenkuchen! Meine Güte!«

»Ja, wir wohnten im Dome. Aber Zypern ist recht klein, wir haben uns g-g-gelangweilt. Wir sind mit dem Schiff zurück nach Haifa, und Angie hat ein gebrauchtes Auto gekauft und uns hier heraufgefahren.«

Angela sagte: »Wir dachten, wir bleiben hier erst mal ein bißchen.« Sie lächelte Harriet an: »Das ist doch ein recht hübsches Hotel, oder?« Und Harriet dachte daran, was Angela wohl zu dem Café in Baalbek gesagt haben würde.

Als man ihm erneut die Flasche anbot, sagte Lister: »Ich kann euch doch nicht euren ganzen Stoff wegtrinken.« Aber nach einigem Drängen nahm er sich ein noch größeres Glas voll als zuvor, nippte daran und seufzte: »Muß morgen wieder in die Tretmühle zurück. Habe nur vier Tage Urlaub gehabt, konnte mir aber ein paar Sachen ansehen. Wart ihr schon mal am Dog River?«

Angela wurde ihm gegenüber zugänglicher und fragte: »Was ist der Dog River?«

»Oh, was Mystisches. Da ist diese große Landzunge, wo all die Eroberer seit Nebukadnezar Inschriften eingemeißelt haben. Ich wollte mir die allerfrühesten betrachten, die babylonischen, aber es ist alles mit Brombeersträuchern zugewachsen. Ein blödes Volk, diese Libanesen. Haben keinen Sinn für Geschichte. Ich bin raufgeklettert und hab's freigelegt, bin aber nicht über den Fluß gekommen. Es heißt, daß an der Flußmündung ein Hund ist – natürlich kein richtiger Hund –, der früher beim Anblick des Feindes immer so laut heulte, daß man es noch in Zypern hörte.«

Castlebar hob die Lider vor Interesse: »W-w-w-was war das? Eine Art Sirene?«

»Weiß nicht. Bin runtergefahren und habe rumgesucht, habe aber rein gar nichts gefunden.« Geistesabwesend füllte Lister sein Glas wieder und verfiel in Schweigen. Er sackte langsam in sich zusammen und mußte sich an seinem Stock festhalten, damit er nicht umfiel. Er seufzte auf und hob die Flasche, aber als er sie leer fand, stellte er sie wieder hin; seine kindliche Nase und seine dicken Wangen fielen vor Enttäuschung zusammen: »Bin eine weite Strecke gegangen... dem Fuß geht's ziemlich schlimm... keine Spur von einem Hund. Eigentlich habe ich in meinem ganzen Leben noch nie etwas gefunden. Immer alles weggenommen, immer schlecht behandelt worden. Mein Kindermädchen – was glaubt ihr, was die immer gemacht hat? Die hat mir die Hosen runter gezogen und mir den Popo mit einer Haarbürste versohlt. Mit der Borstenseite. Hat immer die kleinen Hosen runter gezogen und den kleinen Popo versohlt. Armer kleiner Popo! Was für ein Verbrechen an einem Kind!« Er atmete tief ein und schmerzerfüllt wieder aus: »Bin nie drüber weggekommen. Nie. Und werde es auch nie.«

Er schniefte, und als er ein Schluchzen von sich gab, richtete sich Angela abrupt auf, sah von Castlebar zu Harriet und sagte: »Zeit für's Bett.«

Die drei standen auf, sagten Lister gute Nacht, der weiterhin über Ungerechtigkeiten brütete, und gingen in die Halle hinaus, wo Angela fragte: »Wie hast du denn den da aufgelesen? Oder vielmehr, wie hat ihn Guy aufgelesen? Das war doch bestimmt Guy?«

»Natürlich. Und wie liest Guy wohl jemanden auf?«

»Na gut, Major Lister fährt morgen ab, Gott sei Dank, aber Harriet, du mußt hierbleiben. So schnell kann ich dich nicht gehen lassen. Wir haben ja noch gar nicht miteinander reden können.«

»Liebe Angela, ich habe keine fünf Pfund mehr.«

Angela ging die Treppe hinauf. Sie streckte eine Hand aus, um die Diskussion zu beenden und sagte: »Ich werde deine Rechnung bezahlen, und du gibst es mir in Kairo zurück.« Und damit verschwand sie.

Harriet wandte sich an Castlebar: »Du weißt, Bill, daß ich es mir nicht leisten kann, hier zu bleiben.«

Castlebar grinste: »Überlaß das Angie. Mach dir keine unnötigen Gedanken, sie lädt gerne Leute ein.« Er folgte Angela nach oben.

Er selbst machte sich auch keine unnötigen Gedanken. Seine Einstellung gegenüber Angelas Geld war schon frühzeitig definiert worden, als ihm sein Freund Jake Jackman sagte: »Wenn Angela uns in Lokale einlädt, die wir uns nicht leisten können, dann ist das ihre Sache. Wir werden es zulassen müssen, daß sie die Rechnung bezahlt.«

Auch Harriet hatte keine andere Wahl. Sie mußte sich entweder Geld borgen oder verhungern. Sie konnte nur darauf hoffen, daß sie eines Tages in der Lage sein würde, ihre Schulden zurückzuzahlen.

Als sie am nächsten Morgen zum Frühstück herunterkam, erfuhr sie, daß Lister bereits abgereist war. Da von Angela und Castlebar nichts zu sehen war, frühstückte sie alleine und spazierte im Hotelgarten umher, der üppig mit halbtropischen Pflanzen und frühen Orangenbäumen bestückt war. Das Ende war nicht eingezäunt und fiel über hundert Meter tief ab auf die Straße nach Beirut. Sie sah, wie sich Beirut unter ihr erstreckte, ein deutlich erkennbares Labyrinth von Straßen mit rosa- und cremefarbenen Gebäuden, deren Farben zart im frühen Sonnenschein leuchteten. Die Straßen, in denen der Verkehr tobte, führten alle Richtung Küste, wo eine Anzahl Schiffe auf dem glitzernden Mittelmeer lag. Auf der Südseite der Stadt gab es neben der Straße einen Wald von dunklen Bäumen, die jeder für sich ein steifes Arrangement von Ästen mit Baldachinen dichten Blattwerks bildeten und die wie Krähen in affektierten Posen dastanden. Sie erkannte, daß dies die Zedern waren, nach denen das Hotel benannt wurde. Das Hotel war natürlich eines der berühmtesten des Nahen Ostens – und sie war hier und lebte untätig und mittellos vor sich hin. Wie lange konnte das gutgehen? Angela hatte gesagt: »Gib's mir in Kairo zurück.« Was bedeutete, daß Angela und Castlebar, nachdem sich ihre Beziehung gefestigt hatte, früher oder später wieder nach Ägypten zurückkehren würden. Was würde dann aus Harriet werden? Die Zukunft war zu bedrohlich, um länger darüber nachzudenken, und so kehrte sie ihr den Rücken zu, ging auf die Straße hinaus und spazierte zwischen den Obstgärten umher.

Angela und Castlebar erschienen zum Mittagessen. Angela hatte um einen größeren Tisch gebeten, und sie hatten ihren Alkoven verlassen und schienen froh zu sein, Harriet bei sich zu haben. Sollten sie unter Kopfschmerzen oder Kater gelitten haben, so hatten sie Zeit genug gehabt, sich zu erholen, und Angela begann, über die Gestaltung des Nachmittags nachzudenken.

»Was haltet ihr davon, wenn wir diesen Dog River suchen? Was meinst du, Harriet?«

Harriet sagte, sie sei zu allem bereit. Nach dem Essen sagte Angela:

»Trinken wir unseren Kaffee im Wintergarten. Du, Bill, mein Schatz, du willst doch sicher an deinem Gedicht weiterarbeiten, ja?«

Castlebar sagte »Ja«, ging nach oben, wie zweifellos zuvor verabredet, und Angela führte Harriet zu dem abgesonderten Platz hinter den Bleiwurzpflanzen.

»Hör mal, Harriet, wenn du sagst, daß du so gut wie pleite bist, dann spielst du doch ein Spielchen mit dir selbst, stimmt's? Wenn du deinem Mann schreiben würdest, dann würde er dir doch bestimmt so viel schicken, wie du brauchst, oder?«

»Ich kann ihm nicht schreiben, das ist ja das Problem. Ich kann ihn um gar nichts bitten.«

»Na gut, auf mich kannst du dich verlassen. Ich werde alles tun, um dir zu helfen – aber ich muß die Wahrheit wissen. Was machst du hier? Du bist offensichtlich nicht auf Urlaub. Hast du Guy verlassen?«

»Ich glaube, die Frage müßte eigentlich lauten, hat er mich verlassen? Es sind da ein paar Dinge passiert, die in mir den Eindruck erweckt haben, daß ich woanders besser dran wäre. Ich hatte mich entschieden, nach England zu gehen, aber statt dessen bin ich hierher gekommen.«

»Was ist passiert? Was für Dinge?«

»Kleine Dinge, die mir damals aber wichtig erschienen. Erinnerst du dich an die Brosche, die du mir geschenkt hast, das Herz aus Rosendiamanten? Guy hat sie mir weggenommen und sie Edwina gegeben.«

»Edwina?« Angela lachte schockiert auf, fügte aber hinzu: »Wenn er das getan hat, dann hatte das aber doch sicher nichts zu bedeuten?«

»Für mich schon.«

»Das tut mir leid. Oh, Harriet, es tut mir aufrichtig leid. Ich wünschte, ich hätte das verdammte Ding nie gekauft.«

»Ich habe es geliebt. Aber wenn es das nicht gewesen wäre, dann wäre es etwas anderes gewesen. Ich war krank und deprimiert. Guys ständige Hinwendung zur Umwelt war mehr, als ich ertragen konnte. Ich hatte das Gefühl, an ihn gebunden und doch dauernd allein zu sein. Manchmal glaube ich, es wäre das beste gewesen, auf das Evakuierungsschiff zu gehen. In England hätte ich mir meinen Lebensunterhalt selbst verdienen können. Ich hätte ein eigenes Leben führen können.«

»Aber wie bist du denn von Suez hierher gekommen? Doch nicht mit dem Zug.«

»Jemand hat mich mit einem Lastwagen mitgenommen. Ich bin ganz spontan mitgefahren, ohne mich lange zu fragen, wie ich leben würde, wenn ich erst mal da wäre. Ich hatte fünfzig Pfund dabei, aber die haben nicht lange gereicht. Ich sitze jetzt ganz tief in der Tinte und habe mir das selbst zuzuschreiben, und ich weiß nicht, wie es weitergehen soll.«

»Also, ich werde dich nicht im Stich lassen, jetzt, wo ich dich gefunden habe. Wegen Geld brauchst du dir keine Gedanken zu machen. Wir ziehen in der Gegend rum, und wenn du gerne mit uns mitkommen möchtest, dann tu's.«

»Nichts täte ich lieber, aber ich würde mir wie ein Eindringling vorkommen. Du und Bill werdet bald die Nase davon vollhaben, mich dauernd mitschleppen zu müssen.«

»Nein, du wärst kein Eindringling. Wir beide sehen schon genug voneinander, und wenn wir an die Oberfläche auftauchen, sind wir froh, wenn noch jemand da ist, mit dem wir uns unterhalten können.«

»Ja, aber für wie lange?«

Angela lachte und sagte: »Du weißt, daß Bill dich mag, und er hat gar nichts dagegen, wenn er zwei Frauen im Schlepptau hat. Männer sind nun mal so. Frauen wahrscheinlich auch. Ich hätte ebenfalls nichts dagegen, wenn noch ein Mann um mich herum wäre, vorausgesetzt, er ist amüsant. Bloß um Gottes willen keine Major Listers mehr! Der ist ja unmöglich. Bill und ich sind vielleicht nicht gerade eine aufregende Gesellschaft, aber wir greinen wenigstens nicht über unsere kleinen Popos.«

»Angela, Darling, es ist wunderbar, wieder mit dir zusammen zu sein. Ich habe nur die Angst, daß ich dir meine Schulden nie zurückzahlen kann.«

»Oh, doch, das wirst du schon. Ich werde alles anschreiben, jeden Penny. Aber jetzt, bitte, kein Wort mehr über Geld. Du hast keine Ahnung, wie stumpfsinnig das ist. Es ist stumpfsinnig, keines zu haben, und es ist stumpfsinnig, welches zu haben und sich dauernd darum zu kümmern. Es sollte ein zufriedenstellenderes System des Tauschhandels geben.«

Angela stand auf, und da jetzt alles geklärt war, erwartete Harriet, sie würden zum Dog River gehen, aber nein. Angela sagte: »Ich schau mal lieber nach, was Bill treibt.« Sie ging nach oben und kam nicht wieder.

Harriet gab die Hoffnung auf, sie zu sehen, ging in den Garten zurück und betrachtete das tief unten liegende Beirut. Sie überlegte, wie teuer ein Taxi bis an die Küste sein würde, ging hinein und fragte den Hotelangestellten. Der sagte: »Hin und zurück, mit Wartezeit dazwischen? Ich fürchte, das ist sehr teuer.«

»Mehr als fünf Pfund?«

»Ich fürchte mehr, ja. Hier gibt es keine Taxis. Sie kommen von Beirut herauf und müssen wieder dorthin zurück. Und weil es sich um eine schlechte Bergstraße handelt, verlangen sie mehr. Und dann noch dieses schöne Hotel. Die Fahrer denken sich: ›Alles reiche Leute‹, und sie verlangen noch mal mehr. So ist das.«

Harriet sann über den Strafzuschlag für Reichtum nach und sagte: »Ich verstehe. Vielen Dank«, und gab den Gedanken auf, allein nach Beirut zu fahren.

Die Tage vergingen mit eintönigem Nichtstun. Angela sagte zum Beispiel: »Fahren wir doch mal nach Baalbek oder in die Basare von Beirut oder zum Dog River«, aber das Endergebnis war stets, daß sie und Castlebar sich in ihr Zimmer zurückzogen und erst wieder zum Abendessen auftauchten. Harriets einzige Zerstreuung war, die Landstraße entlang bis zu einem kleinen Dorf zu wandern, wo es nichts zu tun oder zu sehen gab.

Auch hier, auf der dem Meer zugewandten Seite des Gebirges, war der Frühling auf dem Vormarsch. Die Obstbäume begannen zu blühen, und kleine Alpenveilchen öffneten sich in den Grasrainen. Die Mittage waren so warm, daß Angela und Harriet ihren Kaffee im Garten trinken konnten. Castlebar, der keinen Kaffee trank, ging immer nach oben, ›um zu arbeiten‹, und Angela pflegte ihm zu folgen.

Es war Harriet noch nie aufgefallen, daß Castlebar unterhaltsam war, aber jetzt, in Begleitung seiner ›beiden Bienen‹, wie er sich ausdrückte, konnte er Geschichten erzählen und Unterhaltungen wiedergeben, die er mit angehört hatte, und auf Angelas Bitten hin trug er seine Limericks vor, die Harriet alle schon kannte. Die Stunde nach dem Abendessen war die Zeit für diese Darbietungen. Später wurde sein Stottern schlimmer und seine Sprache undeutlich, und er fing an zu gähnen. Wenn er in Hochform war, stachelte ihn Angela weiter an und erinnerte ihn an diese Geschichte und an jene.

»Herzallerliebster, erzähl doch Harriet von den zwei Offizieren im Mohammed Ali Club.«

Castlebar schniefte und kicherte, scheinbar widerstrebend, bis ihm noch etwas gut zugeredet wurde: »Bitte, bitte, Darling, erzähl's, es ist doch meine Lieblingsgeschichte.«

»G-g-g-gut, es war also so. Diese zwei jungen Offiziere diskutierten die Ankunft eines Sikh-Regiments in Kairo: ›Ist aber auch zu blöd, daß die hier sind. Das heißt nämlich, wenn die die Stadt überschwemmen, müssen wir unsere Frauen erschießen.‹

›Unsere Frauen erschießen, alter Junge, warum denn das?‹

›Das ist so Sitte, alter Junge. Obligatorisch, verstehst du?‹«

Vor Entzücken warf sich Angela Castlebar um den Hals: »Das würde dir gefallen, mich zu erschießen, nicht wahr, du großes, starkes, herrliches Scheusal?«

Jeden Abend bestand sie auf mindestens einem von Castlebars eigenen Limericks, und sie war genauso entrüstet wie er, daß die Kairoer Lyrik-Zeitschrift *Personal Landscape* sie als zu obszön für eine Veröffentlichung abgelehnt hatte.

Harriet hatte entdeckt, daß hinter den Nebeln des Alkohols Castlebars Kreativität ein Eigenleben führte. Während der Zeit im The Cedars arbeitete er, wie er sagte, an einem Gedicht.

»Wann arbeitest du daran? Nachmittags?«

»N-n-n-nein. Angie und ich sind am Nachmittag meist zu schläfrig.« Aus seiner Tasche entnahm er eine Seite aus einem kleinen, linierten Notizbuch: »Ich habe es bei mir. Vor dem Mittagessen, wenn ich mich rasiere, hänge ich es an den Rasierspiegel und betrachte es, und ich verändere dann hier und da ein Wort, und allmählich nimmt es Gestalt an. In zwei Wochen ist es ein Gedicht.«

»Wenn es fertig ist, was machst du dann damit?«

»Ich hebe es auf, und eines Tages werde ich genug für einen kleinen Gedichtband haben.«

Als Harriet ihn mit wachsender Bewunderung betrachtete, tätschelte Castlebar ihr Knie: »Mach dir keine Sorgen wegen Geld. Bei uns bist du gut aufgehoben. Angie ist gerne freigebig. Sie liebt die Vorstellung, uns als ihre Gefangenen zu haben.«

»Und du hast nichts dagegen, ein Gefangener zu sein?«

»Ich habe gegen gar nichts etwas, solange ich an meinen Gedichten arbeiten kann.«

Er lächelte und steckte das Papier in die Tasche zurück.

Sie konnte erkennen, daß er seine eigene Integrität besaß. Er mochte zwar unter Angelas Pantoffel stehen, aber ein Teil von ihm blieb abseits und intakt.

Sie beneidete ihn wegen seines Talents und kam zu dem Schluß, daß eine Beschäftigung, die so intensiv war, daß sie alles andere als unwichtig erscheinen ließ, genau das war, was sie selbst benötigte. Sie fragte sich, ob sie selbst schreiben könnte. Während der leeren Nachmittage las sie die Bücher im Regal des Schreibzimmers durch. Sie waren von Gästen zurückgelassen worden, und es handelte sich meist um vergessene französische Romane, gestelzt und langweilig, aber es gab eine Tauchnitz-Ausgabe von *Romolo*. Obwohl sie es für stilistisch überzogen und inhaltlich blutleer hielt, las sie es, weil sie nichts anderes zu tun hatte.

Eine Woche nach ihrer Ankunft hörte Harriet eine vertraute Stimme, als sie den Speisesaal betrat. Dr. Beltado saß mit Dr. Jolly und Miß Dora zusammen und referierte über eine mögliche Fusion aller Kulturen. Er sah auf, als Harriet vorbeiging, sah verwirrt aus, als überlegte er, ob er sie schon zuvor gesehen hatte. Dr. Jolly bemerkte sie nicht, aber sie sah, daß Miß Dora sie gesehen hatte und nicht wünschte, sie zu sehen.

Während die Stimme des Doktors während des Abendessens durch den Saal dröhnte, befragte sie sich selbst, ob sie es wohl wagen würde, ihn abzupassen, bevor er sich wieder aus dem Staub machte. Angela sah, daß sie geistesabwesend war, fragte sie nach dem Grund und bekam die ganze Geschichte zu hören.

Angela schwang herum, warf dem Trio einen furchterregenden Blick zu und fragte so laut sie konnte: »Du meinst diese Bagage da drüben? Geh hin und zwinge sie zu bezahlen. Wenn du es nicht machst, tu ich's.«

Die anderen Speisegäste witterten eine spannende Situation, sahen zuerst Angela und dann Beltado an, und dann wieder Angela und Beltado, bis es Beltado die Sprache verschlug und er zu erkennen begann, daß er das Zentrum unwillkommener Aufmerksamkeit war.

»Ich werde mal ein Wörtchen mit ihm reden«, sagte Angela, ging zu seinem Tisch hinüber und beschuldigte ihn so laut, daß es alle hören konnten. Er habe sich aus dem Staub gemacht, ohne seiner Angestellten den ihr zustehenden Lohn zu bezahlen.

Beltado warf erneut Harriet einen Blick zu und erinnerte sich, wovon die Rede war. Er begann zu poltern: »Woher sollte ich denn wissen, was ich ihr schuldig war? Man hatte ihr gesagt, sie solle ihre Rechnung einreichen...« Poltern hatte bei Angela keine Wirkung. Extravagant wie sie war, so hatte sie doch keinerlei Verständnis für ungerechte Behandlung, und sie verlangte, daß das Geld auf der Stelle bezahlt würde. Sie kam mit mehr zu Harriet zurück, als ihr zustand.

»Aber so viel habe ich doch gar nicht verdient.«

»Macht nichts.« Angela schloß Harriets Finger über dem Bündel Geldscheine und küßte sie siegestrunken auf die Wange: »Nimm's ruhig. Das ist dein Geld plus Zinsen. Beim nächsten Mal wird er wissen, daß es billiger ist, das Geld pünktlich zu zahlen.«

15

Simon näherte sich dem Zeitpunkt vollständiger Genesung. Bei seinem nächsten Besuch im Krankenhaus sah Guy, daß er seine Krücken aufgegeben hatte und sich sicher mit einem Stock bewegte. Sein Gang war normal, mit Ausnahme der Tatsache, wie er Guy erklärte, daß sein linker Fuß immer etwas nachschleifte und seine rechte Zehe den Tick hatte umzuknicken.

Dieser Tick geschah zu unerwarteten Augenblicken, aber er hatte ihn unter Kontrolle. Wenn er das Gefühl hatte, daß ihn die Zehe kopfüber auf die Nase stürzen lassen wollte, straffte er seine Schultern und warf sie zurück, und der Zeh war frustriert.

Simon lachte, als hätte er einen Feind hereingelegt: »Sehr schlau. Greening sagt, der Zeh sei die letzte Hürde. Er sagte: ›Bringen Sie Ihre Muskeln auf Vordermann, und Ihre Füße

werden prima mitmachen.‹ Er sagte, ich solle einfach weitermachen, also mache ich weiter. Ich sage zu mir: ›Siehst du
das Seil dort drüben? Da mußt du jetzt bis zur Decke raufklettern.‹«

»Und schaffst du es?«

»Ich hab's schon geschafft. Es kostet ein bißchen Schweiß,
aber ich zwinge mich dazu. Ich glaube, Greening ist recht zufrieden mit mir.«

»Kannst du ihn jetzt besser leiden?«

»Oh, Greening ist schon in Ordnung.«

Simon ging es nicht nur körperlich besser; er hatte den
Schock überwunden, der sein ganzes System verwirrt hatte,
und hatte einen neuen Glauben an sich selbst.

»Sobald der Zeh sich ordentlich benimmt, bin ich von hier
weg. Ich habe keine Lust, im Genesungsheim rumzuhängen.
Eine Menge Kerle bleiben da wochenlang und haben Angst
davor, wieder zurück in die Wüste zu gehen, aber ich bin da
anders. Ich will wieder zurück.«

Guy mietete immer noch das Auto und fuhr mit Simon zu
den Gesîra Gärten oder zu den Sportplätzen, aber die Hitze
wurde zu drückend für diese Nachmittagsausfahrten, und
Simon wollte auch nicht länger wie ein Invalide behandelt
werden. Und was Guy anging, so gab es andere Dinge, die er
hätte erledigen sollen.

Als er das nächste Mal mit dem Auto kam, sagte Simon:
»Ich möchte zu den Pyramiden.«

Guy war von den Pyramiden nicht sehr angetan und sagte:
»Wir könnten nach Mena fahren und dort in der Bar einen heben.«

Sie fuhren durch die Vorstädte, wo Flammenbäume ihre
Blütentrauben vorzeigten, die die Farbe von Tomatensuppe
hatten, und Simon wurde an seinen ersten Tag in Kairo und
seinen ersten Ausflug in die Wüste erinnert. Dies war etwa einen Monat später gewesen als heute, aber der in den Wagen
wehende Wind hatte die glühende Hitze des Hochsommers,
und das Chrom war zu heiß zum Anfassen. Das Klima war ihm
zunächst unerträglich vorgekommen, aber während seines
Jahres in Ägypten hatte er gelernt, es zu ertragen.

Das Auto hielt vor Mena House. Als sie in das grelle Sonnenlicht hinaustraten, galt Guys einziger Gedanke der Bar mit ihrer Klimaanlage, aber Simon eilte unverzüglich und ohne weitere Erklärung in die entgegengesetzte Richtung. Guy folgte ihm, rief ihn, aber er drehte sich nicht um. Er schritt über die Steine, auf denen die Pyramiden erbaut waren, und blieb an einer Ecke der Großen Pyramide stehen, wo der Stein vom Scharren vieler Füße schon ganz weiß war. Dort wurde normalerweise der Aufstieg begonnen. Er schützte seine Augen mit den Händen, sah hinauf zur Spitze, auf der gerade die Sonnenkugel balancierte, lodernd und funkelnd in einem Himmel, der vor Hitze ganz weiß war.

Als Guy ihn einholte, sagte Simon: »Ich werde da raufklettern.«

»Aber doch nicht jetzt?«

»Ja, jetzt.« Er drehte sich um und sah Guy mit triumphierender Entschlossenheit an. Guy versuchte, vernünftig mit ihm zu argumentieren.

»Simon, du weißt, daß das leichtsinnig ist. Wenn du ausrutschst, dann bedeutet das, daß die ganze Arbeit umsonst war, die sich die anderen mit dir gemacht haben.«

»Ich rutsche schon nicht aus.« Er streckte den Stock aus: »Wenn du den vielleicht mal nehmen würdest...«

Guy nahm den Stock und legte ihn auf die Erde: »Du wirst dir doch nicht einbilden, daß ich dich alleine gehen lasse?«

Simon lachte: »Bravo! Dann schaun wir mal, wer als erster oben ist.«

Die Blöcke, aus denen die Pyramide gebildet wurde, waren ungefähr einen Meter hoch. Guy stellte sich mit dem Gesicht zu den Steinen, legte die Hände auf den ersten Block und stemmte sich so weit hinauf, bis er sich darauf knien konnte. Dann stand er auf und nahm den zweiten Block in Angriff.

Simon rief ihm zu: »Schau her, so hat's Harriet gemacht.« Er stellte sich mit dem Rücken zur Pyramide, sprang mit dem Hintern auf den Block, zog die Beine nach, stand auf und setzte sich auf den zweiten Block.

Für Guy als Beobachter erweckte dies den Eindruck, als geschehe es in einem einzigen Bewegungsablauf, und er erinnerte sich, daß Harriets schwarzes Abendkleid aus Samt nie mehr wieder dasselbe gewesen war, nachdem sie auf gleiche Weise hinaufgestiegen war.

»Es ist ganz einfach«, sagte Simon, und Guy stimmte zu. Es sah außergewöhnlich einfach aus, aber er zog es vor, Simon im Auge zu behalten, und so mühte er sich auf seine Weise hoch und hielt sich dicht hinter seinem Begleiter als eine Art Auffangnetz.

Simon in seiner Euphorie lachte vor Vergnügen über die Schnelligkeit seines Aufstiegs, und der Lärm brachte die ›Führer‹ zum Vorschein, die schrien: »Verboten. Müssen Führer haben.« Sie drohten mit den Fäusten, als man sie ignorierte. Aber für Proteste war es zu heiß, und bald zogen sie sich wieder in ihren Schatten zurück.

Auf der Hälfte des Weges ließ Simons Tempo nach. Beide Männer waren schweißnaß, und Simon blieb stehen, um zu verschnaufen, zog sein Hemd aus und breitete es auf den Stein. Guy tat das gleiche, und während sie einige Minuten da standen, hoffte er, Simon würde aufgeben. Statt dessen ging er weiter, aber nicht mehr so wild. Guy hinter ihm konnte die Narbe seiner Verwundung sehen, die von seinem Hosenbund nach oben führte. Sie war rot, und die Haut sah dünn aus. Guy befürchtete, sie könne aufplatzen, und überlegte, wo er Hilfe holen könnte, falls sie benötigt wurde. Aber Simon brauchte keine Hilfe. Er war ein gutes Stück voraus, und als er die Spitze erreichte, von der die obersten Steine entfernt worden waren, verschwand er aus Guys Blickfeld. Guy kletterte schneller, folgte ihm und fand ihn ausgestreckt auf dem Rücken liegend, die Arme über den Augen.

Guy warf sich neben ihm nieder und fragte: »Wie fühlst du dich?«

»Gut.« Er war zu sehr außer Atem, um viel zu sagen, und lag so lange da, ohne sich zu bewegen, daß Guy wieder nervös wurde. Wie sollte man Simon nach unten transportieren, wenn er sich nicht selbst bewegen konnte? Noch ehe seine Nervosität in Angst umschlagen konnte, hob Simon die Arme, und als er Guys sorgenvolle Miene sah, brach er in ein Gelächter aus.

»Ich hab's geschafft.«

»Ja. Das war schon erstaunlich.«

»Trotzdem fühle ich mich ein bißchen schwindlig.«

Auch Guy fühlte sich schwindlig. Er sah um sich in die blendend heiße Wüste und überlegte, aus welchem Grund jemand hier heraufzugehen wünschte. Es gab wenig zu sehen. In der Ferne waren, zitternd und in der flüssigen Hitze verschwimmend, die merkwürdigen Formen der Sakkâra Pyramiden zu erkennen. Nicht viel mehr. Die beiden Männer hätten genausogut auf einem Floß in einem gelben Meer sein können; oder eher noch auf einem Grillrost unter einer sehr heißen, gefährlichen Flamme.

Er schüttelte Simon an den Schultern: »Komm, los. Wenn wir hier nicht weggehen, kriegen wir beide einen Sonnenstich.«

Wortlos rollte Simon seinen Körper so lange um die eigene Achse, bis er die Kante erreicht hatte, und ließ sich dann auf die nächste Stufe hinunter. Hier gab es ein bißchen Schatten, aber nicht genug.

»Wenn du es schaffst«, sagte Guy, »dann gehen wir am besten hinunter zum Hotel und trinken dort was.«

»Oh, ich schaffe es.« Simon erhob sich, schwankte leicht und zog eine Grimasse zu Guy hin: »Die Muskeln sind steif. Noch nicht in Topform, aber bald ist es soweit.« Er setzte sich auf die Kante des Blocks und ließ sich auf den darunterliegenden hinabgleiten. »Ein Kinderspiel war das. Ich wünschte, Greening könnte mich sehen.« Sein Hemd war wieder trocken, und unten angekommen nahm er seinen Stock auf: »Ich glaube nicht, daß ich den noch lange brauche.«

»Was macht der Zeh?«

»Der Zeh? Gott im Himmel, den habe ich ja ganz vergessen. Genau das hat Greening gesagt. Ich bräuchte nur zu vergessen, daß ich es nicht schaffe.«

Er redete im Ton triumphierender Zuversicht, war aber dennoch reichlich froh, als er in der Bar in einen Sessel sinken und das Glas nehmen konnte, das Guy ihm in die Hand drückte: »Prost. Das ist goldrichtig.«

In der Bar gab es ungefähr ein halbes Dutzend Offiziere,

und Guy bemerkte, daß sie, als Simon, leicht auf seinen Stock gestützt, eintraf, ganz anders als die Männer im Swimming-pool reagierten. Dort hatte er blaß und gequält ausgesehen und die anderen auf bedrückende Weise an die Wirklichkeit des Krieges erinnert. Hier war sein junges Gesicht noch von der Kletterei gerötet, und er war der strahlende Held.

Er und Guy saßen eine Weile da, schwiegen und waren froh, sich ausruhen und ihr kühles Bier trinken zu können. Dann steckte Simon die Hand in die Hemdtasche und nahm eine dünne Karte heraus: »Das kam vor zwei Tagen.«

Es handelte sich um einen der neuen Luftpostbriefe, foto-grafiert und verkleinert, und Guy mußte seine Brille abwin-keln, um die winzige Handschrift lesen zu können:

Lieber Simon, tut mir leid, daß ich nicht mehr ›Darling‹ sa-gen kann. Ich weiß, es wird Dir weh tun, aber es ist schon lange her, seit Du fortgegangen bist, und viel hast Du ja nicht geschrieben, nicht wahr? Ich glaube nicht, daß es in der Wüste recht lustig war, aber hier ist es auch nicht sehr lustig. Ich habe mich einsam gefühlt, und was hast Du da erwartet? Also, der langen Rede kurzer Sinn: Ich habe je-mand anders kennengelernt. Und weil ich von Dir keine Briefe bekommen habe, habe ich mich halt einem anderen zugewandt. Ich mag ihn sehr, und er macht mich glück-lich, und ich will die Scheidung.

Es war sowieso keine großartige Ehe, oder?

Immer die Deine,
Anne

P.S. Deine Mama hat mir erzählt, daß du verwundet wur-dest. Das tut mir leid, aber nicht einmal das hast du mich wissen lassen.

Guy las den Text zweimal durch, ehe er sagte: »Du hast mir gar nicht erzählt, daß du verheiratet bist.«

»Ja. Das war ganz überstürzt, bevor ich eingezogen wurde. Wir hatten nur eine Woche im Hotel Russel, ehe ich fortging.

Sie hat recht, es war sowieso keine großartige Ehe. Sie hat mich zur Bahn gebracht. Das einzige, woran ich mich erinnern kann, ist, wie sie weinend dagestanden und darauf gewartet hat, daß mich der Zug fortbringt. Ich habe gedacht: ›armes, kleines Ding‹. Mehr war nicht: ein weinendes Mädchen und ich, der sie aus dem Abteilfenster heraus anschaut. Wenn ich ihr jetzt auf der Straße begegnen würde, würde ich sie nicht erkennen.«

»Hast du ein Foto?«

»Nein. Ich hatte eines, aber das ist mir irgendwo in der Wüste aus der Brieftasche gefallen. Ich weiß nicht mal, wann ich es verloren habe. Ich habe nur eines Tages festgestellt, daß es nicht mehr da war. Na ja, jetzt braucht sie mir auch nicht mehr leid zu tun. Ich bin froh, daß sie jemand gefunden hat, der sie glücklich macht. Ich hoffe nur, er ist ein anständiger Kerl.«

»Ich würde es nicht allzu ernst nehmen. In Kriegszeiten passiert allerhand mit den Menschen. Wenn du zurückkommst, wirst du wahrscheinlich finden, daß sie auf dich wartet.«

»Oh, nein. Es ist besser so, wie's ist. Sie kann ihre Scheidung haben, und herzlichen Glückwunsch. Das ist das beste für uns beide.« Simon, in dessen Gedanken Edwinas Gesicht strahlte, lächelte und schob den Brief in die Tasche zurück.

»Hast du dich schon entschieden, was du machen willst, wenn der Krieg vorbei ist?«

»Ich weiß es nicht. Was kann man dann noch machen?«

»Alles. Du hast noch dein ganzes Leben vor dir. Sogar wenn sie dich bei der regulären Armee annehmen, dann wäre das auch nur eine kurzfristige Verpflichtung. Du mußt dich noch immer mit deiner Zukunft auseinandersetzen. Ich vermute, du wirst in jedem Fall nach England zurückkehren, oder?«

»Vermutlich, ja, aber ich werde nicht länger bleiben, als unbedingt sein muß. Es ist wegen Mama und Papa. In jedem Brief, den ich von ihnen kriege, schreiben sie, daß sie nur darauf warten, daß ich zurückkomme und ihnen von Hugo erzähle. Sie schreiben, das sei das einzige, was sie noch am Leben hält. Sie schreiben: ›Wir wissen, daß Du uns alles erzählen wirst.‹ Als ob es um seinen Tod irgendein Geheimnis gebe. Ich habe ihnen schon alles erzählt. Das heißt, alles was ich weiß. Was gibt es da noch zu erzählen? Das ist jetzt alles Vergangenheit. Ich will darüber nicht reden. Ich will nicht daran erinnert werden. Ich glaube, ich kann durch all das nicht noch mal durch.«

»Aber wenn es so viel für sie bedeutet...«

»Sie sollten versuchen, es zu vergessen. Statt dessen verhalten sie sich so, als würde ich ihn mit zurückbringen.«

»Auf eine Art wirst du ihn ja mit zurückbringen, weil du ihm so ähnlich siehst.«

»Trotzdem bin ich nicht Hugo. Wenn sie mich sehen, wird alles noch viel schlimmer für sie werden. Es wird ihnen klarwerden, daß sie früher zwei Söhne hatten und daß jetzt nur noch einer da ist. Sie werden mir die Schuld geben. Kannst du dir nicht vorstellen, was das heißen wird, alles wieder und wieder durchzukauen? Sie tun mir leid, aber irgendwie, weißt du, sind sie mir fremd geworden.«

»Wenn du erst mal zu Hause bist, wird es anders sein. Es wird dir vorkommen, als seist du nie weg gewesen.«

»Ich weiß nicht, ob ich das will, daß es mir so vorkommt. Ich kann nicht so tun, als hätte sich nichts verändert. Ich habe mich verändert. Ich glaube, ich gehöre nicht mehr dorthin.« Simons Mund, der in den Zeiten seiner Unselbständigkeit und Abhängigkeit zart, jung und schutzlos ausgesehen hatte, schloß sich nun fest. Er war ein kranker, verzweifelter Junge gewesen; jetzt war er ein junger Mann, der sich seiner Kraft und seiner Individualität in der Welt bewußt war. Guy war überhaupt nicht zufrieden mit dieser sich entwickelnden Selbstsicherheit, die auf Egoismus hinwies, und er sagte ernst: »Aber es sind immer noch deine Eltern. Du mußt sie über Hugo reden lassen; das bist du ihnen schuldig. Für sie wird es ein Trost sein. Und denk dran: Du bist jetzt alles, was sie haben.«

Simon trank sein Bier aus und stellte das Glas hin: »Ja, wahrscheinlich hast du recht. Natürlich gehe ich heim und mache für sie, was ich kann. Ich habe nie gemeint, daß ich das nicht tun würde, aber ich werde nicht in England bleiben. Mir kommt es jetzt so vor, als warte die ganze Welt auf mich.«

Auf der Rückfahrt zum Hospital sagte er fröhlich: »Weißt du, ich habe mir gesagt, wenn ich es schaffe, wenn ich wieder hochkomme, dann bewerbe ich mich um eine Wiedereinstellung in den aktiven Dienst. Vielleicht stecken sie mich zunächst in ein Büro, aber das ist alles besser, als herumzuhängen und wie ein Invalide behandelt zu werden.«

»Vermutlich werden sie dich nach Tunesien schicken.«

»Ich hoffe es. Ich hätte keine Lust, untätig herumzusitzen wie diese Burschen, die wir in der Bar gesehen haben.«

Guy spürte, wie seine Stimmung sank, als er daran dachte, daß er auch Simon verlieren würde. Aber das mußte früher oder später so kommen. Simon hatte das letzte Stadium der Genesung erreicht und mußte ins normale Leben zurückkehren, das hieß, zu Tod, Zerstörung und blindem Haß, die zu dieser Zeit für das normale Leben gehalten wurden. Als er über die gefühlsmäßige Seite der Gewalt nachdachte, die alle anderen Gefühle auslöschte, sagte Guy: »Der Krieg ist etwas Grauenhaftes, aber fast könnte ich dich beneiden.«

16

Am Tag nach ihrer öffentlichen Blamage verließen die Beltados das Hotel, und Angela und Harriet kehrten zu der Ungezwungenheit und dem guten Einvernehmen ihrer früheren Freundschaft zurück; sie redeten davon, woanders hinzugehen, aber es blieb beim Reden. Angela fühlte sich in The Cedars wohl, und die Tage verstrichen wie zuvor, mit der allabendlichen Flasche Whisky nach dem Essen und dem schläfrigen Rückzug ins Bett. Dann sagte sie eines Tages: »Morgen reisen wir ab. Wo sollen wir hinfahren?« Sie wandte sich an Castlebar: »Wohin möchtest du gerne, du großes, tyrannisches Scheusal?«

Castlebar strahlte sie an: »Wo immer du mich hinfährst, mein Schatz.«

»Dann fahren wir zurück nach Palästina. Wir brechen früh auf und fahren nach Jerusalem. Bill, sag ihnen, sie sollen uns um acht wecken.«

Castlebar nickte: »In Ordnung. Die Mannschaft wird um acht Uhr antreten.« Harriet wurde geweckt, aber als sie zum Frühstück hinunterging, war von Angela und Castlebar nichts zu sehen. Sie erschienen wie üblich zum Mittagessen, und um drei Uhr nachmittags fuhr die Gruppe los.

Angelas Wagen war ein alter Alvis, und sie schimpfte dauernd während des Fahrens: »Verdammtes Auto. Die Lenkung ist völlig hinüber. Auf dem Weg hierher sind wir deswegen beinahe in einen Abgrund gefahren.« Aber es brachte sie sicher die Hügel hinauf zur Grenze, und Angela hielt für eine Rast neben einem merkwürdigen Paar Felsblöcken an, die wie Hörner aus dem Gras ragten.

Castlebar sagte: »An dieser Stelle wurde 1187 die große Schlacht geschlagen, in der Saladin die Kreuzritter besiegte und das wahre Kreuz Christi eroberte.«

Ob dies der Wahrheit entsprach oder nicht: Sie standen da und bewunderten die unschuldigen Felsen, weil Menschen um sie herum gekämpft hatten.

Sie waren in Galiläa. Das junge Gras, das Harriet auf ihrem Weg durch Palästina gesehen hatte, war jetzt hochgewachsen, und die ganze Landschaft war zu einer einzigen, blumenübersäten Wiese geworden. Bei einem Feld blauer Lupinen brach sie in Rufe des Staunens aus, und Angela hielt das Auto an und sagte, sie würden einen Spaziergang machen und alles betrachten.

Zwischen den Lupinen versteckt waren Iris von einer so tiefen kastanienbraunen Färbung, daß sie schon schwarz aussahen. Weiter weg gab es andere Iris, purpur- und rosarote und mit braunen Adern durchzogene lederfarbene. Das Feld endete in einem Abhang, dessen Gras mit Sternen von roten, weißen und purpurnen Anemonen überzogen war, ähnlich wie die Ghuta in Damaskus, und in der Ferne sah man einen See vom reinen Blau eines Lapislazuli.

»Ist dir klar, was das ist?« sagte Angela. »Das ist der See von Galiläa.«

Castlebar, der hinter den Frauen hergetrottet war, blieb am Rand des Lupinenfeldes stehen und sagte, er bräuchte einen Drink.

»Ja, mein armes Lämmchen braucht einen Drink, und ich glaube, daß ich lange genug gefahren bin. Diese kleine Stadt dort unten sieht bezaubernd aus. Die wäre gerade richtig für eine Nacht.«

Als sie zu der Stadt hinunterfuhren, sah sie weniger bezaubernd aus als von oben. Wie alles andere in der Levante war sie vom Krieg in Mitleidenschaft gezogen worden. Die Hotels waren mit Brettern vernagelt. Auf einem Schild stand ›Thermalbäder‹ und auf einem anderen ›Geschlossen‹. Der ganze Ort, mit seinen weißen Villen und den Gebäuden am Ufer, hatte die Atmosphäre eines Kurortes, aber der Kurort war heruntergekommen, und die meisten Einwohner waren fortgezogen. Castlebar wurde in ein Geschäft geschickt, um eine Unterkunft zu erfragen, und er kam zurück und sagte, daß es an der langen Hauptstraße entlang des Sees eine Pension gebe.

Die Pension gehörte einer sehr alten jüdischen Frau, die mit Angela Arabisch sprach und erklärte, daß die Leute normalerweise im Sommer hierherkämen, daß aber zur Zeit überhaupt niemand kam. Dennoch war sie damit einverstanden, die englischen Besucher unterzubringen, und sie öffnete die Zimmer, in denen die Jalousien heruntergelassen waren, das Bettzeug zusammengelegt war und die Luft nach Staub roch. Sie lächelte sie an, freundlich und aufmunternd, und sagte, wenn sie einen Spaziergang durch die Stadt machen wollten, dann würden sie bei ihrer Rückkehr alles bereit finden.

Angela wandte sich an Castlebar: »Was meinst du, Geliebter?«

Castlebar meinte gar nichts, sondern schüttelte den Kopf und sagte: »Das tut's doch, Darling, oder? Wir wollen doch nicht die ganze Nacht fahren.«

Die alte Frau fragte nach ihren Pässen und verlangte, daß Castlebar sich ins Meldebuch eintrug. Sein Füller war trokken, und sie sagte: »Warten Sie, warten Sie«, und holte ein kleines Tintenfaß. Als das Faß offen war, war nichts drin als etwas schwarzer Satz. Resignierend breitete sie die Arme aus, sagte: »Macht nichts«, und schloß das Buch weg.

Die englischen Besucher gingen die Hauptstraße hinunter, kamen aber nicht weit. An einem Steinkai, wo ein arabischer Cafébesitzer seine Tische und Stühle an den Rand des Sees gestellt hatte, setzte sich Castlebar hin und holte seine Zigarettenschachtel heraus.

Die Sonne stand niedrig, das Wasser war ruhig. Das einzige Geräusch war das Klicken von den Trick-Track-Tischen aus dem Innern des Cafés. Eine leichte Brise blies kühl über den See; Castlebar trank Arak und rauchte seine Zigaretten, lächelte zufrieden und streckte seine Hand nach Angela aus. Sie ließ ihre Hand in die seine gleiten, lächelte dann Harriet an, und Harriet lächelte zurück. Sie wußte, daß er sie nicht ausgeschlossen sehen wollte, und sie hatte ihn nicht nur schätzen gelernt, sondern sie verspürte eine Zuneigung zu ihm. Sie konnte verstehen, daß Angela ihn liebte. Er mochte seine Umwelt vielleicht nicht gerade faszinieren, aber er war ausschließlich Angelas Mann. Er überließ sich vollständig ihr und ihrer Fürsorge. Er war freundlich, und das nicht nur gegenüber Angela. Er übertrug seine Freundlichkeit auch auf Harriet, so daß sie, die an einem Mann Witz, Intelligenz und Aussehen schätzte, allmählich erkannte, daß Freundschaft, wenn man das Glück hatte, sie anzutreffen, eine weitaus wünschenswertere Eigenschaft war.

Eine Zeitlang saßen sie wortlos da, und dann fühlte sich Castlebar durch die Tatsache, daß sie sich im Heiligen Land befanden, veranlaßt, den Frauen eine Geschichte zu erzählen, die er noch nicht erzählt hatte: »W-w-w-wißt ihr, daß man im Fernen Osten jeden Juden einen ›Sassoon‹ nennt? Das ist dort der Name für die Juden. Jemand hat mir erzählt, daß einer der Botschaftsleute einmal an einem Karfreitag von einer Safari zurückkam und sah, daß die Botschaftsflagge auf Halbmast war. Er sagte zu seinem Träger: ›Was glaubst du, Chang, ist da los?‹ Und Chang erklärte ihm: ›Vol zweitausend Jahlen, Sassoon Mann töten weißen Mann sein Joss. Weiß Mann noch immel velly solly.‹«

Angela quietschte vor Entzücken: »Oh, Bill, du bist wunderbar!« Und sie beugte sich zu ihm hin und küßte ihn aufs Ohr.

Wie schön wäre es doch, überlegte Harriet, wenn Guy hier bei ihnen wäre und nicht ununterbrochen wie ein Wasserfall reden und sich nicht dauernd nach weiterer Gesellschaft umsehen würde, sondern glücklich wäre, bei ihr zu sein, so wie Angela und Castlebar miteinander glücklich waren.

Als die Sonne tiefer sank, geschah etwas Merkwürdiges. Zuerst erschien der Berg Hermon; sein silberner Kamm hing einfach in der Luft, wie der körperlose Geist von einem Berg; dann überzogen sich die Hügel um den See herum mit Farbe, die von Orange-pink zu Karmesinrot wechselte und danach zu einem Karmesinpurpur, das so lebhaft war, daß es kaum wie ein Teil der Natur aussah.

Sie alle hatten die Pracht ägyptischer Sonnenuntergänge erlebt, und Harriet hatte das berühmte violette Licht auf den Hügeln von Athen gesehen, aber keiner von ihnen hatte zuvor schon einmal diese überladene, dickflüssige Farbenpracht des Lichts erlebt, das jetzt die Berge, die Stadt und das Wasser des Sees überflutete. Ihre Gesichter glänzten im Widerschein, und Angela rief: »Wenn das Galiläa ist, dann bleiben wir für immer hier!«

Staunend saßen sie da, bis die Farben verblaßten und der Wind kalt blies. Dann gingen sie in ein Restaurant, bei dem ein Schild im Fenster ›Steak Sandwiches‹ verhieß. Steak Sandwiches, sagte Castlebar, sei genau das, was er im Sinn habe. Und was er außerdem im Sinn hatte, war der Gedanke an ein Klo. Während er weg war, sagte Harriet: »Jetzt kann ich mir vorstellen, warum du so in Bill verknallt bist. Er ist freundlich. Vielleicht der freundlichste Mann, den ich je getroffen habe.«

»Ja, hat denn nicht immer dein Guy als die Freundlichkeit in Person gegolten?«

»Gegolten, ja.«

Angela lachte und sagte dann ruhig: »›Ist er nicht freundlich zu mir, was kümmert's mich, ob er's ist?‹ Um die Wahrheit zu sagen: Ich habe immer gedacht, daß Guy der größte

Egoist ist, den ich je gekannt habe. Ich habe mich oft darüber gewundert, daß du ihm keine runtergehauen hast.«

Harriet lächelte. Sie wußte, daß sich Guy, wenn er Angelas Meinung über sich hören würde, nur in seinem Glauben bestätigt sähe, daß sie verrückt war.

»Eigentlich ist es nicht Egoismus. Es ist so ... na ja, er denkt einfach nicht nach.«

»Du solltest ihm mal kräftig die Meinung sagen: *bring* ihn dazu nachzudenken. Das Problem ist, daß er es mit seinem Charme immer zu leicht gehabt hat.«

»Das stimmt; aber gleichzeitig fühlt er sich benachteiligt. Er glaubt, er hätte in Spanien mitkämpfen müssen. Er verehrt die Männer, die dort hingegangen sind, besonders die, die gefallen sind. Ich weiß auch nicht, warum es heldenhafter ist, in Spanien gekämpft zu haben, als, sagen wir mal, in der Westlichen Wüste, aber anscheinend ist es das.«

»Sind deswegen einige von denen in die Staaten getürmt, als der Krieg ausbrach?«

»Wahrscheinlich. Sie wollten sich nicht in so was Triviales wie den Zweiten Weltkrieg reinziehen lassen.«

Angela lachte und legte Harriet die Hände auf die Schultern: »Liebe Harriet, ich bin so froh, daß du bei uns bist. Du trägst wirklich zum Frohsinn der Völker bei.«

Das Restaurant war ein langgezogener Raum mit je einer Tischreihe an jeder Wand. An einem Ende gab es eine Bar mit einer überraschenden Vielfalt an Flaschen. So klein das Lokal auch war, so schien es doch das Zentrum des Lebens in Tiberias zu sein. Jungen aus dem Ort waren hier versammelt und tranken Bier und Met. Angela konnte ihre Flasche Whisky erstehen, und Harriet wurde weißer zyprischer Wein serviert. Die Steak Sandwiches waren sehr gut, und Castlebar konnte sich eine frische Packung Camel kaufen. Er und die beiden Frauen stellten sich gerade auf einen gemütlichen Abend ein, als es einen Tumult auf der Straße gab. Dutzende von australischen Soldaten gingen unsicher in der Straßenmitte entlang. Die Tür des Restaurants krachte auf, und ein Haufen Soldaten bahnte sich den Weg mit den Ellenbogen durch den engen Gang zwischen den Tischen hindurch. Sie sahen sich zuerst benebelt und streitlustig um, ließen sich dann an den wenigen freien Tischen nieder, und der Ärger begann.

Die Männer verlangten Whisky. Die junge Bedienung, ein jüdisches Flüchtlingsmädchen mit geringen Englischkenntnissen, versuchte, ihnen klarzumachen, daß es keinen Whisky gab, aber sie deuteten auf Angelas Flasche und die anderen Flaschen hinter der Bar.

Das Mädchen appellierte an Castlebar: »Was machen? Offiziere sagen, kein Whisky für Mannschaft, Mannschaft haben Bier. Aber Mannschaft sagen: ›Gib Whisky.‹ Was machen?«

Castlebar sah seine eigene Position als zu schwach an, grinste unbehaglich zu den zornigen Männern hin, hatte aber keinen Vorschlag parat. Noch mehr Australier drängten herein, aber es gab keine Sitzplätze mehr für sie. Sie taumelten umher und stießen vage Drohungen aus, bevor sie wieder hinausspazierten. Einer von ihnen grapschte sich beim Hinausgehen einen Haufen Kleingeld von einem Tisch an der Tür. Als der rechtmäßige Besitzer bemerkte, daß es weg war, fing er ein Geschrei an, daß er kein Wechselgeld erhalten hätte. Die Bedienung stritt sich mit ihm herum und weinte, während sie von weiteren Neuankömmlingen hierhin und dorthin gestoßen wurde.

Da sich die Bedienung als unkooperativ erwies, übernahmen die Australier die Bar und begannen, sich selbst zu bedienen. Sie füllten große Gläser mit Schnaps und fingen an zu singen. Das Mädchen holte eine ältere Frau, die forderte: »Sie bezahlen, hören Sie? Sie trinken unsere Drinks, und jetzt Sie bezahlen.« Die Soldaten ignorierten sie, stritten, schrien und sangen mit schweren, heiseren Stimmen.

Mitten in diesem Krach sagte Angela: »Gehn wir.« Castlebar versteckte die halbleere Flasche unter seinem Mantel, und sie versuchten, sich zwischen den Tischen hindurchzuschieben, aber der Weg wurde ihnen von einem einzelnen Australier versperrt, der sich auf den freien vierten Stuhl neben Harriet gesetzt hatte. Als sie sich erhob, drückte er sie zurück auf ihren Platz und sagte: »Du gehst noch nicht.«

Da sie sahen, daß sie in der Falle saßen, setzten sich Angela und Castlebar wieder hin. Nachdem der Australier Harriet ausgiebig gemustert hatte, sagte er: »Willste tanzen?«

»Da ist nicht viel Platz zum Tanzen.«

»Könnste recht ham.« Er zog eine Brieftasche heraus und offerierte Harriet Bilder von seinen Eltern. Sie bewunderte sie und fragte dann: »Was macht ihr alle hier?«

»Dreitagestour«, sagte er, aber er war nicht in der Lage zu sagen, wo sie gewesen waren oder wo sie hinfuhren. Es schien so, als seien die Männer in der vorhergehenden Nacht betrunken angekommen und als hätten sie den Tag verschlafen, um sich jetzt wieder betrinken zu können.

»Ihr habt also nicht viel gesehen?«

Der Australier schüttelte den Kopf und brachte wieder die Brieftasche zum Vorschein: »Willste mal die olle Mama un Papa sehn?«

»Ich habe sie schon gesehen. Wie lange werdet ihr hierbleiben?«

»Weiß nich. Dreitagestour.«

In diesem Augenblick stieß ein Junge aus dem Dorf, offensichtlich völlig überdreht von den Ereignissen, am Nachbartisch einen Schrei aus und fiel auf den Boden. Zitternd, schnaubend, plappernd und mit Schaum vor dem Mund lag er Harriet zu Füßen, ein jämmerlicher, schrecklicher Anblick. Als sie ihm auszuweichen versuchte, drückte sie der Australier wieder nieder.

»Beachte ihn nicht. Der gibt nur an. Der will bloß, daß de ihn beachtest. Guck dir noch mall meine olle Mama un Papa an.«

»Um Himmels willen«, schrie Angela zu Castlebar hin, »mach doch was, damit sie uns rauslassen.«

Angela stand auf, ergriff den vor ihr stehenden Tisch wie einen Sturmbock, schob ihn in den Gang, wobei sie Harriet und den Australier vor sich her schob. Der Australier versuchte, sie zurück zu zwingen, aber mit der Kraft des Zorns schlug sie ihm heftig über den Mund, und er brach in Tränen aus. Castlebar nahm Harriet bei der Hand und zog sie hinter sich her, während der Australier greinte: »Keiner mag die armen Aussies. Keiner mag die armen Aussies.«

Irgendwie gelang es den drei Engländern, die Straße zu erreichen.

Harriet sagte: »Morgen sind sie wieder fort.«

»Wir auch.« Angela sprach mit wütender Entschiedenheit, und Harriet begann sich über Angelas Kommandoton zu ärgern. Sie fand die Stadt am See reizvoll und wollte ein paar Tage bleiben. In der Pension fand sie ihr Zimmer aufgeräumt und mit gemachtem Bett vor, und sie dachte daran, Angela zu sagen: ›Fahr du weg. Ich bleibe hier. Ich bin es gewohnt, meine eigenen Entscheidungen zu treffen, und ich habe es satt, daß man mir sagt, wo ich hingehen soll und wann.‹ Aber angenommen, sie bliebe tatsächlich: Wovon würde sie leben? Wenn es ihr schon in Damaskus nicht gelungen war, Arbeit zu finden, dann würde sie hier erst recht keine finden.

Während der Nacht brach ein Sturm los. Vom Donner geweckt, ging sie zum Fenster und sah auf einen kleinen Garten hinaus, der zum See hinunterführte. Sie konnte das aufgewühlte Wasser sehen und eine Palme, die vom Wind gepeitscht wurde und sich von einer Seite auf die andere bog, als sei sie aus Gummi; ihre Wedel berührten den Boden auf allen Seiten. Blitze zuckten über den Himmel und in die Regenwand hinein und beleuchteten die Szene mit unnatürlichem Glanz. Das Gras war vom Regen plattgedrückt worden, und als sie sich vorstellte, wie das Lupinenfeld von der Sturzflut umgerissen wurde, gab sie den Gedanken auf, noch länger in Galiläa zu bleiben.

Am nächsten Morgen glitzerte die Luft, und die Palme stand aufrecht in der Sonne. Aus Angelas und Castlebars Zimmer drang kein Laut. An der nächsten Tür hing das Schild ›Bad‹, aber als Harriet versuchte, sie zu öffnen, rannte die alte Frau aus ihrer Küche heraus, streckte zehn Finger hoch, um anzuzeigen, was ein Bad kostete. Drinnen gab es keine Wanne sondern eine alte, verrostete Dusche, die röhrte und keuchte und unregelmäßige Schauer von kaltem, braunem Wasser von sich gab.

Das Restaurant war bis Mittag geschlossen. Harriet spazierte in die entgegengesetzte Richtung und fand am See eine freie Fläche, die mit Pfefferbäumen bepflanzt war. Unter den

Bäumen standen eiserne Tische und Stühle, noch naß vom Sturm, und als sie trockneten, stieg Dunst hinauf in das zarte, spitzenartige Blattwerk der Bäume. Das Wasser des Sees war glatt und glasklar, und die Bäume am Ufer standen reglos in der frühen Morgenluft. Ein paar Leute saßen an den Tischen und tranken Kaffee, und während Harriet wartete, kam eine Bedienung mit einem Handtuch, wischte den Regen von einem Stuhl und bot ihn ihr an.

Als sie so glücklich und allein in der Sonne und unter dem wandernden Schatten der Bäume saß, wurde Harriet von einem Flugboot abgelenkt, das den See umkreiste und dann etwa fünfzig Meter von ihr entfernt auf der Wasseroberfläche landete. Ein Ruderboot fuhr hinaus, um die Passagiere aufzunehmen. Sie wurden zum Café gebracht, eine Gruppe von Zivilisten mit einem Armeeoffizier. Die Zivilisten, Regierungsvertreter oder Journalisten, gingen schnell zwischen den Tischen hindurch und waren nicht mehr zu sehen, während sich der Offizier mühsam hinter ihnen herschleppte. Vor Harriet blieb er stehen.

»Nein, so was! Ich weiß ja, daß der Nahe Osten eine kleine Welt ist, aber uns bringt bestimmt die Hand des Schicksals zusammen.«

Durch seinen großen, buschigen Schnurrbart schnaufend und hustend, ließ sich Lister auf einen Stuhl fallen und versuchte, Harriets Hand zu ergreifen. Sie schob sie von ihm weg und fragte: »Was machen Sie hier mit dem Wasserflugzeug? Wer waren die anderen Männer?«

»Vertreterpack«, keuchte Lister, erschöpft von dem Gang durch den schweren Sand. »Geheime Mission. Versuch, das Problem der Lebensmittelversorgung zu lösen. Alles sehr geheim. Aber jeder weiß Bescheid, natürlich. Jeder weiß hier alles.« Er hustete und prustete, ehe er wieder seine Stimme fand: »Neulich stieg ich in ein Taxi und sagte zum Fahrer: ›Fahren Sie mich zur Rundfunkstation.‹ – ›Was wollen Sie, Sah?‹, fragte er. ›Wollen Sie zum PBS oder wollen Sie zur Geheimen Rundfunkstation?‹ Ich sagte: ›Woher wissen Sie, daß es eine geheime Rundfunkstation gibt?‹ Und der Bursche brüllte vor Lachen: ›Oh, Sah, jeder kennt die geheime Rundfunkstation.‹« Lister brüllte selbst vor Lachen, und sein gro-ßer, weicher Körper platzte fast aus den Nähten seines aus-gewaschenen Khakihemdes und seiner ausgebleichten Kordhosen. Seine Augen tränten, und als er wieder zu hu-sten begann, zog er einen Flachmann heraus und trank da-von: »Jetzt geht's besser. Muß wieder gehen. Um zehn Uhr werden wir von einem Bus abgeholt. Auf Wiedersehen in der Heiligen Stadt, vermutlich. Oh, übrigens, dieser Schau-spielerfritze Pratt ist dort. Hab' ich Ihnen schon erzählt?«

»Nein. Falls wir dorthin kommen, wo kann ich ihn fin-den?«

»Er ist im gleichen Wohnheim wie ich, in der YMCA. Ich sehe ihn oft, aber den armen, alten Lister mag er nicht son-derlich. Hält mich wohl für liederlich oder so was. Besuchen Sie mich, ja? Dann veranstalten wir ein Gelage. Muß gehen. Muß gehen.« Er rutschte herum und verrenkte sich und schaffte es schließlich, von seinem Stuhl aufzustehen, winkte mit dem Stock und stapfte davon; seine Stiefel ver-sanken im Sand, seine Hosen rissen über dem dicken Hin-tern ein.

Jerusalem, entschied Harriet, war die Stadt für sie. Mit Aidans und Listers Hilfe würde sie in einem Büro der Regie-rung Arbeit finden. Sie bildete sich ein, daß alle ihre Pro-bleme gelöst seien, eilte zurück zur Pension und traf Angela bei den Vorbereitungen zur Fahrt nach Jerusalem. Castlebar war losgeschickt worden, um Steak Sandwiches einzukau-fen, und bald nach Mittag hatten sie die Blumen und die Wiesen von Galiläa hinter sich gelassen. Angela fuhr den mittleren Kamm der Hügelkette hinauf, um nach Nazareth zu kommen, wo Castlebar glaubte, man könne für einen Drink anhalten. Angela sagte: »Hier nicht. Trübseliger klei-ner Ort. Wir fahren weiter bis Nablus.«

Nablus sah nicht viel besser aus, aber dort gab es eine Art Swimming-pool, einen großen Tank, wo die Jungen herum-spritzten und einen Heidenlärm verursachten.

»Na, das ist toll«, sagte Angela, »hier bleiben wir.« Nach-dem sie ihre Steak Sandwiches gegessen hatten, ging sie hinunter und sprach die Jungen auf arabisch an. Sie fragte, wie sie zu dem Pool gekommen seien, und die Jungen erzählten ihr, daß ein reicher Mann ihn der Stadt geschenkt hatte.

Sie fragte, wann die Mädchen an der Reihe seien, ins Wasser zu gehen.

Die Mädchen? Die Jungen sahen verblüfft drein, bis einer, der älter als die anderen war, ihr wie einer Schwachsinnigen erklärte, daß die Mädchen nicht zum Pool kämen. Die Mädchen müßten zu Hause bleiben und ihren Müttern helfen.

Angela kam voller Wut zum Auto zurück und sagte: »Das ist eine eingeschlechtliche Stadt. Machen wir, daß wir in die Zivilisation kommen.«

Als sie das Ende des Kamms erreichten, erblickten sie undeutlich ferne Türme und Kirchturmspitzen, aber erst als sie über das Tal von Latrun hinwegschauten, sahen sie die Heilige Stadt vollständig und glänzend auf ihren Hügeln. Sie schien auf einem Dunstbecken zu schweben, und innerhalb ihrer verzierten Mauern glänzte die goldene Kuppel der Omar Moschee im Licht der Abendsonne.

Die Straße führte in Haarnadelkurven nach unten. »Die Sieben Schwestern«, erzählte Castlebar den Frauen. »Berüchtigte Unfallstelle, von den dummen Türken gebaut. Hier an dieser Stelle haben die Pferde immer ihre Ställe gerochen und sind dann durchgegangen und haben die ganzen Karren über den Abhang gerissen. Hoffentlich riecht unser alter Esel keine Garage.«

Angela lächelte ihn nachsichtig an. »Du schrecklicher Idiot«, sagte sie, beugte sich zu ihm hin, um ihn zu küssen, und fuhr den Alvis beinahe über die Kante.

Sie fuhren hinab in Olivenhaine, dann wieder hinauf zu den Außenbezirken der Stadt und kamen auf die Jaffa Road.

»Wir sind da«, sagte Angela und hielt vor dem King David Hotel.

17

In Jerusalem war das Wetter immer noch unbeständig. Schwere Schauer zogen durch, verschwanden wieder und hinterließen in der Luft einen Duft von Rosmarin, aber die Regenzeit war fast vorbei. Wenn die Sonne sich zeigte, hatte sie die angenehme Wärme eines englischen Sommers.

Harriet, Angela und Castlebar nahmen ihre alte Routine wieder auf; vor dem Abendessen saßen sie im Hotelgarten und beobachteten, wie sich der Dunst über dem Jordantal verzog und die Moabberge hervortraten, purpurbraun und runzelig wie Backpflaumen.

Am ersten Abend war Angela von ihrer Umgebung so angetan, daß sie sagte: »Eigentlich könnten wir den ganzen Sommer hier verbringen.« Harriet, die bald Arbeit zu finden und für sich selbst aufzukommen hoffte, sagte, sie könne sich keinen schöneren Ort vorstellen.

»Und wie steht's mit dir, Geliebter?« Angela drehte sich zu Castlebar um, und Castlebar stimmte ihr wie üblich zu.

Aber beim Dinner schwand ihre Begeisterung angesichts des seltsamen, dunklen Stück Fleisches auf ihrem Teller. Sie rief den Ober, einen Armenier, und sagte: »Was, um Himmels willen, ist denn das?«

Der Ober war sich nicht sicher. Er sagte, es könne Hammel oder Kamel sein.

»Hammel? Kamel?« Angela schrie entsetzt auf und erregte die Aufmerksamkeit der anderen Speisegäste: »Kein Mensch ißt heutzutage Hammel. Und Kamelfleisch auch nicht!«

»Hier, Madam, müssen wir für das dankbar sein, was wir bekommen können.« Der Ober erklärte, daß die verschiedenen Nationalitäten die Lebensmittel für ihre eigenen Leute horteten. Die Araber ernährten die Araber, die Juden die Juden, aber die Briten, die niemanden hatten, der sie belieferte, waren immer halb verhungert, und die Hotels mußten nehmen, was sie kriegen konnten. Er, ein Armenier, war auch nicht besser dran als die Briten, und so hatte er Glück, hier arbeiten zu können, wo es überhaupt etwas zu essen gab. Seine bescheidene und rücksichtsvolle Art entwaffnete Angela, die ihm in sein altes, trauriges, verrunzeltes Gesicht lächelte und mit gespielter Resignation sagte: »Irgendwas ist doch immer, nicht wahr? Und vermutlich werden Sie mir als nächstes erzählen, daß es keinen Scotch Whisky gibt.«

»Oh, Madam, es gibt Whisky. Viele Sorten. Sie mögen Whisky, Madam?« Er fragte sie, wie man ein Kind fragt, ob es Schokolade mag. Angela warf den Kopf zurück und lachte und fragte dann all die interessiert lauschenden Speisegäste: »Ist er nicht süß?« Sie sagte ihm, daß er ihr Lieblingsober sei, ihr Lieblingsober von all den Obern, die sie je gekannt hatte, und er lächelte sie mit sanften, bewundernden Blicken an.

Die Heilige Stadt stand unter Denkmalschutz. Die City war aus dem grauen Stein der Umgebung gebaut, und neue Gebäude mußten sich anpassen. Aber gegenüber dem Hotel stand ein roter, nüchterner Bau, der die Vorschriften irgendwie umgangen hatte. Davor wuchsen die kleinen, sauberen Rosmarinhecken, die bei feuchtem Wetter die Luft parfümierten. Harriet dachte, daß der Block städtische Ämter beherbergte, aber sie sah, daß es die YMCA war.

Als sich Angela und Castlebar in der Bar niederließen, überquerte sie die Straße, um sich nach Aidan Pratt zu erkundigen.

Der Portier sagte ihr: »Captain Pratt weggegangen.«

»Und kommt nicht wieder zurück?«

»Ja, doch, kommen zurück. Wir halten Zimmer für ihn. Er kommen, wann er kommen. Wann? Alle Zeit jetzt, ich denken.«

Harriet wollte unbedingt anfangen zu arbeiten und verließ das Gebäude mit einem Gefühl aufgeschobener Hoffnung. Draußen auf den Stufen traf sie Lister, der sie überschwenglich begrüßte: »Da ist sie ja, mein liebliches Mädchen. Gekommen, um ihren alten Lister zu besuchen.«

»Tja, nicht so ganz. Um die Wahrheit zu sagen, ich habe Aidan Pratt gesucht, aber er ist nicht da.«

»Der ist immerzu weg. Der glaubt, daß ihn das Kriegsministerium auf eine Vergnügungsfahrt geschickt hat. Wollen Sie etwas Besonderes von ihm?«

»Ich wollte ihn nur besuchen. Er ist einer von Guys Freunden.«

»Sind wir das nicht alle? Jeder ist ein Freund von Guy.«

»Wann, meinen Sie, wird Aidan zurück sein?«

»Ich weiß es nicht, aber ich könnte es rausfinden. Warum zerbrechen Sie sich den Kopf über ihn, wo Sie doch Ihren alten Lister haben, der Ihnen die Gegend zeigen wird. Wie lange werden Sie in Jerusalem bleiben?«

»Ich weiß es noch nicht.« Harriet begriff, daß es in ihrem Plan, hier zu leben und zu arbeiten, einen schwachen Punkt gab. Guy hatte Freunde in der Stadt, und früher oder später würde ihm einer von ihnen erzählen, wo sie war. Sie war darauf vorbereitet gewesen, Aidan ins Vertrauen zu ziehen, aber Lister war etwas anderes. Sie konnte nicht darauf vertrauen, daß er ihre Anwesenheit geheimhielt.

Er sagte: »Kommen Sie auf einen Drink mit rüber in die Bar.«

Da sie keinen Grund hatte abzulehnen, ging Harriet mit ihm zum Hotel und fühlte sich unbehaglich bei dem Gedanken, daß Angela ihn ja nicht mehr sehen wollte. Aber Angela schien von seinem Anblick belustigt, und als er seinen feuchten Schnurrbart leidenschaftlich auf ihren Handrücken drückte, fragte sie: »Und wie geht's dem kleinen Popo heute abend?«

Lister schüttelte sich vor Lachen, und aufgrund ihrer früheren Bekanntschaft nahm er Platz und bediente sich von der Whiskyflasche. Seine Hand zitterte. Es war offensichtlich, daß er bereits das geschwätzige Stadium der Betrunkenheit erreicht hatte, aber er sagte: »Der erste heute.« Dann: »Habe gerade dieses Mädchen getroffen, wie sie nach diesem Schauspielerheini Pratt gesucht hat. Sie sagte, er sei ein Freund von Guy. ›Sind wir das nicht alle?‹ sagte ich. ›Sind wir das nicht alle?‹ Was, was? Kein Wunder, was?« Er hielt eine Lobrede auf Guys Kameradschaftlichkeit, auf sein Talent, Menschen das Gefühl zu vermitteln, daß sie gebraucht würden, auf seine Bereitschaft, jedem zu helfen, der Hilfe brauchte, und so weiter. Während er redete, flackerten seine Augen hin und her, und mehrmals sah er Harriet an um Bestätigung dessen, was er sagte, in der Erwartung, sie sei dankbar.

Und auf eine Art war sie das auch. Guy verdiente dieses Lob, sie konnte sogar Stolz darüber empfinden, daß er es verdiente, aber es blieb die Tatsache bestehen, daß sie von dieser freigebig verteilten Großzügigkeit nicht bedacht worden war.

Angela hörte zu und sagte nichts. Castlebar lächelte und warf Harriet einen verschmitzten Blick zu. Lister fing diesen Blick auf und rief: »He, du Dichterling? Was meinst denn du? Habe ich recht oder nicht?«

»Natürlich hast du recht.«

»Schon die Geschichte von den zwei Männern auf der einsamen Insel gehört? Keiner kannte den anderen, aber beide kannten sie Guy Pringle.«

»Oh, j-j-ja, schon oft.«

»Da habt ihr's also! Der Mann ist eine Legende. Oder etwa nicht, wie?«

»J-j-ja. Obgleich eine sehr lebendige Legende.«

Besänftigt, lenkte Lister ein: »Bin froh, daß ihr hier seid. Schön, jemanden zu haben, der die eigene Sprache spricht. Ihr werdet abends wahrscheinlich immer hier sein. Gibt ja sonst nichts, wo man hingehen kann, oder?«

Lister bediente sich wieder von der Flasche, und als Gegenleistung für die Gastfreundschaft setzte er zu einem Überblick über Palästina aus seiner Sicht an.

»Das Klima ist hier ideal, nie zu heiß, aber es ist ein schreckliches Land, jeder haßt jeden. Die polnischen Juden hassen die deutschen Juden, und die Russen hassen die Polen und die Deutschen. Sie leben alle in kleinen Gemeinschaften, und alle versuchen sie, alles nur für sich zu hamstern: Jobs, Lebensmittel, Wohnungen, Häuser. Dann gibt's da noch die orthodoxen Juden; die waren als erste hier und wollen jetzt den ganzen Laden kontrollieren. Die intellektuellen westlichen Juden hassen die Altstadttypen mit ihren Pelzhüten und Kaftanen und ihrem schwulen Händedruck. Man kann sehen, wie sie am Sabbat die Runde machen und an den Türen der Geschäfte rütteln, um zu kontrollieren, daß ja keiner heimlich offen hat. Alles, was sie machen, ist beten und die Köpfe gegen die Klagemauer bumsen. Ihre Frauen müssen sie aushalten. Und dann vereinen sich alle Juden im Haß auf die Araber, und die Araber und Juden vereinen sich im Haß auf die britische Polizei, und die Polizei haßt die Regierungsvertreter, die sie verachten und nicht in den Club reinlassen. Was für ein Land! Gott weiß, wer es zum Schluß kriegen wird, aber wer immer es ist, ich beneide sie nicht.«

Castlebar sagte: »Ich n-n-n-nehme an, die Lage wird sich beruhigen, sobald sich die Juden sicherer fühlen.«

»Weiß nicht.« Lister hatte seinen Spruch aufgesagt und begann jetzt, wieder in sich zusammenzusinken. »Der Haß«, murmelte er. »Schreckliche Sache, der Haß! Mein Kindermädchen hat mich immer gehaßt. Wußte nie, warum. Sie hat mich mit der Bürste versohlt. Mit der Borstenseite. Hat mir immer die kleinen Hosen runtergezogen...«

»Nein, nicht schon wieder den kleinen Popo«, unterbrach Angela scharf, und Lister warf ihr einen verletzten Blick zu und sank dann nach vorne auf seinen Stock. Eine Träne rann seine Wange hinunter.

»Kein Mitleid. Kein Verständnis...«

»Los komm«, befahl Angela Castlebar, der protestierte: »Aber die Flasche ist noch nicht leer.«

»Soll er's haben. Du trinkst sowieso zuviel. Wie steht's mit dir, Harriet?«

»Ich komme mit.« Als Harriet zurückschaute, sah sie, wie Lister geistesabwesend sein Glas füllte. Sie erwartete einen Vorwurf von Angelas Seite, aber Angela sagte nur: »Ich nehme an, daß wir ihn jetzt jeden Abend am Hals haben werden«, und sie seufzte, als sie den Lift bestieg.

Wie befürchtet, war Lister allabendlicher Bargast, aber er begleitete auch Harriet auf Besichtigungstouren, während Angela und Castlebar die Nachmittage in ihrem Zimmer verbrachten. Angela lieh Lister das Auto. Er fuhr Harriet nach Bethlehem, um die Geburtskirche zu besuchen und eine Höhle, die völlig überladen war mit Samt, Brokat, Ikonen, Heiligenbildern, mit Schmucksteinen besetzten Kinkerlitzchen und die beanspruchte, der Ort mit der Krippe zu sein, wo Christus geboren wurde. Sie fuhren nach Westen, durch die Orangenhaine hinunter nach Jaffa, nach Osten durch die Wüste nach Jericho und zum Toten Meer. All diese Ausflüge wurden am Abend Angela beschrieben, der es gefiel, zuzuhören und nichts zu sehen. Doch ein Ereignis erregte ihr Interesse. Der armenische Ober hatte ihr von einer großen Zeremonie der griechischen Kirche erzählt, der Zeremonie des Heiligen Feuers.

Lister stimmte eifrig zu: »Dürft ihr auf keinen Fall verpassen, selbst wenn ihr die ganze Nacht in der Kirche campieren müßt.« Weiter sagte er dazu nichts mehr, aber nach ein paar Tagen kam er mit einer Miene lächelnder Selbstzufriedenheit an, in der sich sogar eine Spur Überheblichkeit spiegelte. Selbst sein Hinken hatte etwas Majestätisches an sich. Er verbeugte sich zuerst vor Angela, dann vor Harriet und Castlebar und sagte: »Mir ist das Unmögliche gelungen. Ich habe Karten für das Heilige Feuer bekommen, und ich bitte Sie, mir die Ehre zu erweisen und als meine Gäste mitzukommen.«

Vor Freude über die dankbare Annahme seiner Einladung ging er zur Bar und kaufte Drinks für alle. »Dieses Jahr«, erklärte er mit leichter Überheblichkeit, »wird die Polizei die Show überwachen. Es wird keine Kämpfe geben, keine Gewalt, keine Toten. Zugang hat nur, wer eine Einladung hat.«

»Aber wird dadurch nicht alles verdorben?« sagte Angela.

»Kein bißchen. Das gemeine Volk wird einfach warten müssen, bis die Karteninhaber ihre Plätze eingenommen haben, und dann wird man sie in geordneter Weise einlassen. Für ausgewählte Besucher wird es einen eigenen Eingang geben, und zu diesem Kreis werden gehören...« Er hob Angelas Hand, dann Harriets, und nachdem er beide geküßt hatte, lächelte er sie geziert an: »...diese beiden wunderbaren Damen.«

Harriet fragte: »Wie haben Sie die Karten bekommen?«

»Spielt keine Rolle. Da gibt es Mittel und Wege, *wenn* man Beziehungen hat.« Lister konservierte seine Würde den ganzen Abend hindurch, verließ die Bar in einigermaßen nüchternem Zustand und erwähnte kein einziges Mal mehr seinen kleinen Popo. Er weigerte sich zu enthüllen, wie er an die Karten gekommen war, aber Angela erfuhr von ihrem Freund, dem armenischen Ober, daß diese Einladungen stapelweise an die verschiedenen Gruppen der Jerusalemer Gesellschaft verschickt worden waren: an die Regierungsangestellten, das Militär und die religiösen Gruppen – die Griechen, die Römischen Katholiken, die Kopten, die Armenier, ja sogar an die sozial ganz unten stehenden Abessinier, die so arm waren, daß sie aus dem Inneren der Kirche vertrieben worden waren, denen es aber gelungen war, Plätze auf dem Dach zu erhalten.

»Dem Dach wovon?« fragte Angela.

»Nun, Madam, dem Dach der Kirche. Die Kirche des Heiligen Grabes.«

Als Lister von Angela ins Verhör genommen wurde, gab er zu, daß er vier Karten aus dem Kontingent für das Militär beantragt hatte und daß sie ihm bewilligt worden seien. »Ist doch 'ne Leistung, wie? Alle vier zu kriegen?« Er brachte die Karten zum Vorschein und erlaubte seinen Gästen, sie zu studieren; dann, mit der Miene des großzügigen Gastgebers, steckte er sie zurück in seine Brieftasche. Er machte ihnen die Notwendigkeit eines frühen Aufbruchs klar. Obwohl man die Zuschauer organisiert habe, sei es unmöglich, den griechischen Patriarchen organisatorisch einzubinden.

»Die Show fängt an, wenn es dem alten Knaben beliebt, aufzukreuzen, und das kann jederzeit geschehen. Aber wir wollen es doch von Anfang an sehen, oder? Es wird ein großes Erlebnis werden, ein großes Erlebnis.«

Lister, in seiner Position als allgemein anerkannte Autorität, blieb nüchtern wie nie zuvor. Das einzige, was ihn plagte, war seine Gicht.

18

Edwina hatte ihre Verlobung mit Tony Brody bekanntgegeben, aber sie hatte immer noch Zweifel bezüglich ihrer Heirat. Sie tastete sich mit ihrer Hand an Guy heran, berührte
ihn sanft am Arm, seufzte und sagte: »Guy, Darling, was
meinst du? *Soll* ich Tony heiraten?«

»Willst du ihn denn nicht heiraten?«

»Ich wollte, ich wüßte es. Ich mag ihn, natürlich, aber er ist
so knauserig mit dem Geld. Ich habe ihm gesagt, daß ich eine
große Hochzeit in der Kathedrale will und ein Spalier mit
Schwertern, aber davon will er nichts hören. Er sagt, daß ihm
eine einfache Zeremonie im Konsulat genügt. Ist das nicht
knickerig? Ich habe schon immer ein Spalier mit Schwertern
gewollt, aber er weigert sich, mit seinem Oberst zu sprechen.
Stell dir das vor! Eine einfache Zeremonie im Konsulat! Da
brauchen wir ja gleich gar nicht zu heiraten. Wie war denn
deine Hochzeit, Guy?«

»Sehr einfach. Wir sind zum Standesamt gegangen.«

»Na ja, das hat man in England kurz vor dem Krieg so gemacht. Aber beim nächsten Mal wirst du dir auch was Schö-
neres wünschen.«

»Da gibt es kein nächstes Mal.«

»Also Guy, wirklich!« Der Abend in dem Fischrestaurant
war Vergangenheit, und Edwina betrachtete Guy erneut als
möglichen Kandidaten: »Du bist zu jung, um alleine zu sein.
Ich denke dauernd daran, wie blöd es wäre, wenn ich Tony
heirate, und du änderst dann plötzlich deine Ansicht und
siehst dich um und... du weißt schon, was ich meine!«

Guy lächelte: »Ich werde meine Ansicht nicht ändern. Ich
bin nicht der Typ zum Heiraten.«

»Aber du hast Harriet geheiratet.«

»Harriet war etwas anderes.«

»Was für ein Scheusal du bist!« Edwina errötete leicht,
schüttelte ihre Haare ins Gesicht, um sich dahinter zu verstecken, und sagte kleinlaut: »Na ja, Harriet ist jetzt tot.
Arme Harriet! Du warst gar nicht nett zu ihr, solange sie noch
am Leben war. Sie muß hier viele Nächte alleine zugebracht

haben, genau wie ich, wenn Tony Dienst hat. Ich weiß, wie scheußlich das ist.«

Guy erhob sich wortlos und ging in sein Zimmer, um seine Bücher zu ordnen. Dobson sagte zu Edwina: »Das war grausam und unangebracht, Edwina.«

»Ich halte es nicht für unangebracht. Warum ist Guy zur Zeit so grob und ekelhaft? Früher war er so nett, und jetzt weiß man nie, was er sagen wird.«

»Dann provoziere ihn nicht. Wenn du dich für Tony Brody entschieden hast, dann mußt du dir Guy aus dem Kopf schlagen.«

»Dir ist es egal, was aus mir wird, nicht wahr? Es ist schlimm, wenn man verlobt ist. Niemand, außer Tony, führt mich aus.«

»Du meinst, es gibt Loyalität unter Männern, sogar in diesen mageren Zeiten?«

»Nein, das ist es nicht. Die besten Männer sind alle nach Tunesien gegangen.«

»Wenn du Tony nur deswegen heiratest, weil sonst keiner da ist, dann wäre es klüger zu warten. Es gibt noch mehr Männer auf der Welt.«

»Oh, aber wir können nicht warten, weil wir nach Assuan gehen. Ich habe schon immer im Old Cataract wohnen wollen, und bald wird es zu heiß sein.«

Da sie in aller Eile heiratete, fuhr Edwina mit Taxis umher, kaufte sich ihre Aussteuer zusammen, erstand Abendkleider bei Cicurel und hatte Anproben für ihr Brautkleid. Gelegentlich schaute sie in ihrem Büro vorbei, da sie entschlossen war, ihren Job zu behalten. Auf eine Art war das ja auch Kriegsdienst, aber in einer weniger enthusiastischen Stimmung hatte sie zugegeben, daß Tony der Meinung war, das Geld wäre nützlich. Da sie immer noch mit ihm stritt und für eine Hochzeit in der Kathedrale und einen Empfang im Semiramis plädierte, mußte Tony ihr sagen, daß er geschieden war. Obwohl die Kirchenbehörden wahrscheinlich keinen Einspruch erheben würden, war er doch der Meinung, daß eine stille Zeremonie für eine zweite Hochzeit angebrachter sei. Edwina war von dieser Enthüllung entsetzt; ihr blieben jetzt nur noch die Flitterwochen im Old Cataract. Und Oberägypten war bereits ungemütlich heiß.

»Das arme Mädchen«, sagte Dobson zu Guy. »Ich werde etwas für sie tun müssen. Wir könnten hier einen kleinen Empfang geben. Nichts Großartiges, aber besser als nichts.«

Als man ihr eine Party mit dreißig Gästen, mit Champagner aus Zypern und Gebäck von Groppi anbot, war Edwina zu Tränen gerührt: »Oh, Dobbie, was bist du doch für ein Darling! Was bist du doch mir gegenüber immer für ein Darling gewesen! Und Guy auch.« Sie betupfte ihre Augen, und beide Männer spürten das Pathos aufgegebener Hoffnungen. All ihre großartigen Pläne waren eine einzige Enttäuschung geworden. Sie hatte gehofft, Peter Lisdoonvarna zu heiraten und einen Titel zu tragen, wenn auch nur einen irischen, und sie war bei einem Major gelandet, dessen erste Jugend schon vorbei war und der außer ihr noch eine Frau unterhalten mußte.

In der Zwischenzeit hatte Dobson beschlossen, seine Memoiren zu schreiben. »Jetzt, wo der Krieg weit weg ist, muß man sich ja beschäftigen«, sagte er am Frühstückstisch. Und während Edwina versuchte, die Einzelheiten ihres Empfangs zu diskutieren, pflegte er Guy aufzufordern, irgendeiner Theorie über das Empire zuzustimmen oder ihn bei dieser oder jener Anekdote zu beraten. Er bewahrte eine Sammlung gebrauchter Umschläge auf, die er für seine Notizen benutzte.

Guy hörte zunächst beiden zu, tendierte dann aber mehr zu Dobson, da er sich einigermaßen für Sinn und Zweck der Diplomatie interessierte, hingegen gar nicht für Tony Brody.

Dobson war der festen Ansicht, daß das Britische Empire dabei war zu zerfallen, wenn der beschleunigte Ausbau moderner Kommunikationstechniken dem Kolonialministerium Entscheidungsbefugnis über die Gouverneure in den Kolonien gab.

»Das wird mein Thema sein«, sagte er.

Guy dachte darüber nach: »Du meinst, das Individuum muß sich vor dem Apparat verantworten?«

»Ausgezeichnet formuliert.« Dobson kritzelte auf einen

Umschlag. »Wir haben keine großen Männer mehr, wie Bentinck, die Wellesleys, Henry Laurence und James Kirk: Männer, die ihre Initiative dadurch entfalteten, daß sie ganz einfach handelten. Jetzt ist der Dienst abhängig von einem Haufen Nullen. Stimmst du mir zu?«

»Da bin ich mir nicht sicher. Man kann genauso ein schlechtes Urteilsvermögen entwickeln wie ein gutes.«

»Richtig, aber zur Zeit haben wir überhaupt kein Urteilsvermögen. Wir verwalten auf Grund von Statistiken.«

»Das ist nicht notwendigerweise schlimm. Denk doch an das Chaos, das dadurch verursacht wurde, daß man einem Hitler die Macht übertrug.«

»Gut, ja. Spektakuläre Maßnahmen funktionieren nicht immer. Würdest du sagen, daß Seine Exzellenz irgend etwas erreicht hat, als er mit einem Panzer durch das Tor des Abdin Palastes gefahren ist?«

»Darüber weißt du mehr als ich.«

Dobson sah auf einem anderen Umschlag nach: »Ich habe geschrieben, daß die Ergebnisse recht mager waren. Seine Exzellenz dachte, er hätte Faruk eine Lektion erteilt, aber Faruk hat seine eigenen Vorstellungen. Er ist kein Idiot. Neulich sagte er zu Seiner Exzellenz: ›Wann werden Sie die letzten Ihrer verdammten Truppen aus meinem Land abziehen?‹ Seine Exzellenz hielt ihm einen Vortrag darüber, daß Ägypten die vorderste Front bei der Verteidigung der Ölfelder des Golfs sei. Faruk hörte mürrisch und wortlos zu und sagte am Schluß: ›Oh, bleiben Sie, wenn es sein muß. Aber wenn der Krieg zu Ende ist, legen Sie, um Gottes willen, des weißen Mannes Bürde ab und gehen Sie.‹«

Als Guy lachte, fügte Dobson schnell hinzu: »Aber behalte es für dich. Das ist meine Story. Diese verdammten Journalisten sind ein einziges Diebsgesindel. Wenn man blöd genug ist, ihnen irgend etwas zu erzählen, dann drucken sie es am nächsten Tag als ihren eigenen Text. Und dein Freund Jackman ist der größte Gauner.«

»Jackman ist nicht mehr da.«

»Mmmmh, hab' ich vergessen. Jetzt hör' dir das an: König Faruk sagte zu mir: ›Wissen Sie, Ägypten ist ein Teil von Europa.‹ – ›Was Sie nicht sagen‹, erwiderte ich. ›Und welcher Teil?‹ – Ich wollte das eigentlich nicht mit aufnehmen, aber ich denke, es ist zu gut, um es wegzulassen.«

Edwina wurde diese Gespräche leid und unterbrach: »O Dobbie, du bist ein solcher Langweiler geworden. Kein Wunder, daß dich Harriet als einen Meister der unpersönlichen Konversation charakterisiert hat.«

»Hat sie das?« fragte Dobson im Ton höchster Befriedigung und kritzelte nieder: ›Meister der unpersönlichen Konversation.‹

»Ich glaube nicht, daß du irgend jemand gegenüber ein echtes Gefühl hast. Du weißt, welche Sorgen ich habe. Ich sitze hier am Vorabend meiner Hochzeit mit Tony und weiß nicht einmal, ob sie überhaupt stattfinden wird.«

»Dann werde ich den Champagner wohl besser wieder abbestellen.«

»Oh, ich glaube nicht, daß du das tun solltest«, sagte Edwina.

Als ihm Edwina vorgeworfen hatte, er habe Harriet zu oft allein gelassen, war Guy beleidigt gewesen, aber der Vorwurf war gerechtfertigt. Harriet mußte viele Abende und Nächte lang allein verbracht haben, und er hatte sie nie gefragt, womit sie sich in dieser Zeit beschäftigt hatte. Einsamkeit war etwas, das außerhalb seines Erfahrungsbereichs lag. Er hatte seine Arbeit und seine Freunde und hatte Harriet beidem geopfert. Die Wahrheit war, daß der Krieg seiner Arbeit zuviel Bedeutung verliehen hatte. Seine Arbeit hatte seinen Zivilistenstatus entschuldigt. Ihre Anforderungen hatten ihm keine Zeit für seine Frau gelassen, und er hatte sie zur Rückreise auf dem unglückseligen Schiff angestiftet. Aber waren die Anforderungen seiner Arbeit wirklich so umfangreich gewesen? Hatte er sie nicht aufgebauscht, um sein Gesicht als Zivilist zu wahren?

Jetzt, wo ihn die Nähe des Krieges nicht länger herausforderte, konnte er die Sinn- und Nutzlosigkeit seiner u.k.-Stellung erkennen. Mit Vorträgen über englische Literatur und dem Unterrichten der englischen Sprache war er mit der Vorstellung von einem Empire in einem Land hausieren gegangen, das nur eines wollte, nämlich die Engländer ein für allemal loszuwerden. Und, um die Absurdität noch zu steigern, er selbst glaubte gar nicht ans Empire.

Aber wenn er seine Arbeit nicht hatte, was bliebe ihm dann noch übrig? Er hielt es für kein Wunder, daß Leute sich solchen Absurditäten hingaben, wie Dobson seinen Memoiren und Edwina ihrer Heirat aus Verlegenheit. Der Krieg hatte sie überflüssig gemacht und in einem Vakuum zurückgelassen, das sie mit alltäglichen Wehwehchen auffüllten. Aber alltägliche Wehwehchen reichten nicht aus. Sie mußten sich Aufregungen schaffen, um das Leben erträglich zu machen. Und ihm kam es so vor, als sei die Arbeit die einzige Aufregung im Leben, die noch übriggeblieben war.

Natürlich hatte er noch Freunde. Fast jeder, der ihn kannte, behauptete, sein Freund zu sein. Da war Simon, der sich über eine gelegentliche Ausfahrt freute. Und Aidan Pratt, der, trotz fehlender Aufforderung, mit der alleinigen Absicht nach Kairo kam, um ihn zu treffen.

Aidan hatte sich zwei Wochen Urlaub genommen, die ganze Zeit im Sheperd's gewohnt, Guy täglich angerufen und ihn um seine Gesellschaft gebeten, falls Guy Zeit übrig hätte.

An seinem letzten Tag lud er Guy zum Dinner in der Hermitage ein. »Nur um auf Wiedersehen zu sagen«, sagte er mit nicht überzeugender Fröhlichkeit, und Guy, der sich ihm wegen seiner Zuneigung zu Harriet verpflichtet fühlte, nahm die Einladung an, sagte jedoch, er würde wahrscheinlich erst spät kommen.

»Wie spät es auch immer werden wird, ich werde auf dich warten«, erwiderte Aidan, und Guy, seiner Gesellschaft müde, spürte, daß ihre Beziehung immer mehr zu einer Art von Erpressung wurde.

Als er den Midan überquerte und zur Tür des Restaurants ging, konnte Guy durch das Glas ins hellerleuchtete Innere sehen, wo Aidan auf einem Sofa saß. Wie versprochen, wartete er auf seinen Gast, hielt nach ihm Ausschau, aber in der falschen Richtung, und seine dunklen, traurigen Augen verrieten eine Sehnsucht, die Guy innehalten ließ.

Guy trat auf den Gehsteig, blieb in der Dunkelheit der Straße stehen, scheute sich hineinzugehen, da er wußte, daß er das langersehnte Objekt war. Er hatte Aidan ertragen, da er sich wegen eines geteilten Leides in seiner Schuld fühlte, aber jetzt hatte er genug. Während er dastand und schon halb davonlaufen wollte, drehte sich Aidan um, erblickte ihn und spielte sofort eine andere Rolle. Zuvor hatte er wie ein im Käfig eingesperrter, unglücklicher Vogel in der Sofaecke gesessen. Jetzt stand er mit der Anmut des Schauspielers auf, hob eine Hand, als Guy zu ihm trat, und sagte: »Da bist du ja!«

»Tut mir leid, daß ich so spät komme.«

»An dein spätes Kommen habe ich mich schon gewöhnt«, sagte Aidan leichthin und mit einem selbstverleugnenden Lächeln, als erkenne er resigniert seine eigene Bedeutungslosigkeit im Rahmen von Guys Aufgaben an. Er behielt das Lächeln bei, während sie zu dem Tisch gingen, den er reserviert hatte, und sich setzten.

Während des Essens versuchte er nicht, irgendeine Art von Vertraulichkeit herzustellen. Er sprach, wie dies die meisten Menschen taten, über den Krieg. Er habe gehört, sagte er, daß Pläne bereitlägen für einen vereinten britischen und amerikanischen Angriff über das Mittelmeer.

Guy sagte: »Ich wußte, daß die was planen, aber wenn es unmittelbar bevorstünde, dann wäre es doch sicher streng geheim.«

»Es ist streng geheim. Selbstverständlich. Aber so was spricht sich herum. Diesem Burschen Lister, der in Sharq al Adna arbeitet, brauchst du nur ein paar Drinks zu geben, und er erzählt dir alles. Er bekam eine Meldung über die Vorbereitungen für einen Angriff übers Mittelmeer, aber da steckt noch mehr dahinter. Es gibt ein Gerücht, daß die Vichy-Regierung damit begonnen hat, Kinder aus den Kanalhäfen zu evakuieren. Das könnte einen konzentrierten Angriff bedeuten, im Norden und im Süden. Bei zwei unerwarteten Schlägen könnte die ganze Mitte ziemlich plötzlich auseinanderfallen. Es könnte einen vollständigen deutschen Zusammenbruch bedeuten.«

»Meinst du?« Guy konnte es nicht glauben. Er wollte es noch nicht einmal glauben. Er war nicht in der entsprechenden Verfassung, um sich zu diesem Zeitpunkt mit dem Frieden zu beschäftigen. »Wenn du mit der Mitte die besetzten Länder meinst: Ein Gebiet von dieser Größe bricht nicht so schnell zusammen. Mit der Ausnahme von der Schweiz und von Schweden wäre das ja ganz Europa.«

»Was ist mit Spanien?«

»Spanien ist ein Teil der Achse.«

»Das würde ich nicht sagen. Franco war nicht so folgsam gewesen, wie die Deutschen gehofft hatten, und dafür sollten wir dankbar sein. Wenn die Regierungstreuen gewonnen hätten, wäre Spanien bei Kriegsausbruch besetzt worden. Es wäre ein wichtiger Stützpunkt für den Feind geworden. Wir hätten garantiert Gibraltar verloren.«

Guy sagte stirnrunzelnd: »Das sind doch reine Vermutungen.«

Aidan begriff, daß er Guy verärgert hatte, ließ das Problem Spanien fallen und sagte besänftigend: »Ich habe das Gefühl, daß der Krieg noch dieses Jahr zu Ende gehen könnte.«

»Das ist doch lachhaft. Die Deutschen werden um jede Stadt kämpfen, um jedes Haus, um jeden Hauseingang. Das kann sich Jahre hinziehen. Bis zu dem Zeitpunkt, zu dem wir zurückkommen – wenn wir je zurückkommen –, ist von Europa vielleicht nichts mehr übrig als ratten- und pestverseuchte Ruinen; und vergiß nicht, daß es noch andere Kriegsgebiete gibt. Ich kann mir nicht vorstellen, daß die Japaner jemals aufgeben werden. Das kann werden wie im Hundertjährigen Krieg. Vielleicht gibt es in unserer Zeit überhaupt keinen Frieden mehr.«

Aidan lachte freudlos: »Heute abend siehst du aber recht schwarz. Warum sollten wir uns nicht aus dem Krieg zurückziehen, einen Separatfrieden schließen?«

»Zurückziehen? Wir sind mit Rußland und den Vereinigten Staaten alliiert. Bildest du dir ein, wir könnten uns da zurückziehen und sie ohne uns kämpfen lassen? Würdest du das wollen?«

»Ich weiß es nicht. Vielleicht.«

Guy konnte erkennen, daß Aidan es wollte, obwohl es dafür nur wenig Hoffnung gab. Das Lächeln, das er beibehalten hatte, schwand aus seinem Gesicht, als er über einen lebenslänglichen Krieg nachdachte, und er sagte: »Ich glaube, daß das eine ganze Menge Leute wollen, aber sie werden es natürlich nicht zugeben. Schau doch mal, was der Krieg mit uns allen gemacht hat! Du hast Harriet verloren. Ich habe meine Zukunft als Schauspieler verloren, alles, was mir etwas bedeutet hat. Erinnerst du dich an den Abend in Alex, als Harriet sagte, sie hätte mich als Konstantin in der *Möwe* gesehen? Wie aufgewühlt sie war! Sie sagte, sie sei fasziniert gewesen. Am Abend der ersten Aufführung habe ich zu mir gesagt: ›Jetzt fängt's erst richtig an‹, und weniger als drei Monate später war's auch schon zu Ende. Ich habe den Kriegsdienst verweigert und wurde auf das Schiff befohlen, das die Kinder nach Kanada brachte ...« Aidans Stimme brach, und Guy sagte nicht ohne Mitgefühl: »Irgendwann geht der Krieg zu Ende. Dann fangen wir wieder von vorne an.«

»Aber für mich ist es dann zu spät. Da bin ich nur einer unter vielen arbeitslosen Schauspielern.«

»Du glaubst, man wird dich so schnell vergessen?«

»Ich habe ja gerade soviel geleistet, daß man mich als vielversprechend in Erinnerung hatte. Und ich gehe auf die Dreißig zu. Das ist zu alt, um nur vielversprechend zu sein. Wenn du auf dem Theater nicht in jungen Jahren anfängst, dann brauchst du überhaupt nicht erst anzufangen.«

Guy schüttelte langsam den Kopf, denn er hatte keinen Trost anzubieten. Als sie zum Bahnhof gingen, brach Aidan das Schweigen und fragte: »Hast du das mit dem Hundertjährigen Krieg ernst gemeint?«

»Eigentlich nicht wirklich, nein. Aber egal, wie lange er dauert, was verloren ist, ist verloren. Man wird uns nichts zurückgeben. Ich vergaß dir zu sagen: Harriet hat etwas für dich hinterlassen – eine dieser ägyptischen Motivfiguren.

Eine Katze. Sie sagte, du hättest sie gebeten, sie für dich aufzubewahren.«

»Ja, ich habe sie für meine Mutter gekauft.«

»Also, sie ist in der Wohnung. Ich werde sie dir schicken.«

Sie verstummten wieder einige Minuten lang, dann sagte Guy: »Ich lese gerade Paters *Imaginary Portraits*. Er schreibt, daß die Griechen ein eigenes Wort für das Schicksal hatten, das einem ein gewaltsames Ende beschert. Es ist Kér – das außergewöhnliche Schicksal, das Verhängnis. Es sind Todesdämonen, die dem zum Untergang Verurteilten von der Wiege aus über den ganzen Lebensweg folgen: ›Über die Wellen, durch Pulverdampf und Schießen, durch die Rosengärten…‹«

»Die Rosengärten!« Aidan stieß ein Gelächter aus: »Werden wir nicht alle durch die Rosengärten hindurch verfolgt? Auf die eine oder andere Art sind wir alle für ein gewaltsames Ende bestimmt. Aber glaubst du, daß Harriet ein außergewöhnliches Schicksal erlitten hat?«

»Wer weiß schon, was auf diesem Schiff passiert ist?«

»Du meinst Kannibalismus? Ich versichere dir, daß in unserem Boot keiner auch nur daran gedacht hat.«

»Nein, ich habe nicht Kannibalismus gemeint. Sie ist wahrscheinlich gar nicht erst ins Rettungsboot reingekommen. Stell dir doch nur vor, wie die da alle um ihr Leben kämpfen. Sie war so dünn und schwach. Sie war krank gewesen. Sie hätte keine Chance gehabt.«

Aidan gab keine Antwort. Sie waren am Bahnhof angekommen, und als er seine Koje im Schlafwagen gefunden hatte, stand er im Gang, um sich zu verabschieden. Guy sah ihn vom Bahnsteig aus an und sagte: »Wenn du mir deine Adresse in Jerusalem gibst, dann schicke ich dir die Katze.«

»Warum bringst du sie nicht selbst vorbei? Du mußt doch noch Urlaub guthaben. Komm und verbringe eine Woche in Palästina. Jerusalem ist ein hübscher Ort, genau wie eine Stadt in den Cotswolds. Ein Urlaub wird dir guttun. Lenkt dich etwas ab.«

»Nein.« Guy sprach mit Entschiedenheit. Er hatte für eine Weile genug von Aidan, und die Bemerkungen über Spanien verdrossen ihn immer noch. Er hatte beschlossen, den Kontakt mit ihm zukünftig zu reduzieren. Es sollte keinen Spielraum für Phantasien über eine Beziehung geben, die nie existieren würde. Er trat vom Waggon zurück und sagte: »Ich warte nicht länger. Ich muß weg.«

Aidan konnte ihn nicht so ohne weiteres gehen lassen. Er streckte seine Arme durch das offene Fenster hinaus, beugte sich vor, um Guy zu berühren, und flehte ihn an: »Komm doch nach Jerusalem...« Noch ehe Aidans Hand ihn berühren konnte, trat Guy einen weiteren Schritt zurück.

Er sah in Aidans erwartungsvolles, unglückliches Gesicht und schüttelte den Kopf: »Das kommt nicht in Frage. Ich bin viel zu beschäftigt. Wie ist deine Adresse?«

»Ich bin in der YMCA. Bist du sicher, daß du nicht kommen wirst?«

»Ganz sicher.«

»Vielleicht später. Im Sommer. Das Sommerklima ist ideal.«

»Nein. Ich habe keine Zeit für Urlaub.«

»Oder für mich?«

Guy lachte und tat die Frage als Scherz ab. Aidan sah ihn mit dunklen Augen schmerzerfüllt an und stieß einen langen Seufzer aus. Er sagte: »Dann good bye, Guy«, drehte sich um und schloß sich in seine Koje ein.

Guy spürte die Endgültigkeit dieses Good-byes und billigte sie. Am liebsten würde er Aidan nie mehr wiedersehen. Er hatte nicht den Wunsch, ihm weh zu tun, aber was war denn schmerzlicher als die Jagd nach hoffnungslosen Illusionen? Draußen vor dem Bahnhof fiel ihm ein, daß er Aidans Abschiedsgruß nicht erwidert hatte, und er sagte für sich: ›Good bye, good bye.‹

Ein klarer Bruch, ein sauberer Bruch, dachte er, als er sich auf den langen Fußweg durch die Stadt nach Garden City machte.

19

Die Einladung zum Heiligen Feuer veränderte Angelas Einstellung gegenüber Lister völlig. Castlebar brummelte manchmal und sagte: »Wollen wir denn, daß der dicke Idiot jeden Abend unseren Whisky trinkt?« Jetzt beendete Angela diese Nörgeleien: »Ich will kein Wort mehr gegen ihn hören. Er ist mein Liebling.«

Lister fühlte sich geschmeichelt, schien vor Selbstzufriedenheit zu zerschmelzen und hob ununterbrochen ihre Hand an seinen feuchten Schnurrbart. Alles, was er tat, schien sie zu amüsieren. Sie ließ ihn seine Limericks wiederholen, die geistloser und schmutziger als die Castlebars waren. Harriet hielt sie für primitiv, aber Angela fand sie unbändig komisch und wollte immer neue hören. Listers Stolz wuchs derartig, daß er beschloß, eine Party zu geben.

»'ne kleine Party. Nichts Großartiges. Ich erwarte euch um 18.00 Uhr in meinem Zimmer. Ja?«

Listers Zimmer hätte auch gar keine größere Gesellschaft aufnehmen können. Er hatte einen weiblichen Offizier des Women's Royal Naval Service, auf Urlaub von Alexandria, eingeladen, und die Gäste wurden irgendwie zu dem Bett, der Garderobe, dem kleinen Tisch und dem einzigen Stuhl in das Zimmer gepackt. Die WREN, als Neuankömmling, erhielt den Stuhl, und Castlebar stellte sich hinter sie. Ein Teppichstreifen verlief vom Stuhl zum Tisch, und auf dem Tisch stand eine Flasche Gin.

Harriet und Angela sollten neben Lister auf dem Bett sitzen. Ehe sie Platz nahm, studierte Angela das dekorative Etikett auf der Ginflasche und las:

IN MEMORIAM GIN

Abgefüllt von S. M. König George VI. zu Balmoral, England, und verschifft von Messrs. Ramatoola, New Delhi, India

Sie fragte: »Wo, um Himmels willen, haben Sie denn den her?«

Mit leichter Überheblichkeit sagte Lister: »Ich habe da meine Kontakte.«

Angela sagte zu Castlebar: »Gin verträgst du nicht«, aber Castlebar hörte nicht zu. Er stand ganz nahe bei der hübschen WREN und sagte, da sie ja bei der Marine sei, sollte sie doch eigentlich ein paar Seemanns-Shanties kennen. Fröhlich und entgegenkommend sang das Mädchen ›Roll out the Barrel‹, während Castlebar mit dem Zeigefinger den Takt angab. Obgleich er völlig auf den Gesang konzentriert zu sein schien, schlich er alle paar Minuten auf Zehenspitzen den Teppich entlang, um sein Glas zu füllen. Mit dem gleichen Zehenspitzengang kam er zurück und dirigierte mit dem Zeigefinger weiter, um seine Ausflüge zur Flasche zu kaschieren.

Angela sah nervös zu, wie sich die Spur seiner Fußabdrücke immer deutlicher auf dem Teppich abzeichnete und flüsterte Harriet zu: »Das Zeug wird ihn umbringen.«

Das Zeug zeigte auch bei Lister Wirkung, der anfing, auf uralten Kränkungen herumzuhacken. Er erzählte dem Zimmer, daß letztes Jahr an Weihnachten im King David eine ›Superschnalle‹ gewesen sei. Er hatte beschlossen, sich als Weihnachtsbescherung eine Sitzung mit der Dame zu schenken, aber – und hier begann seine Stimme zu brechen: »Sie hat so viel Geld verlangt, daß ich sie mir nicht leisten konnte. Ich sagte: ›Jetzt ist die Zeit der Nächstenliebe. Komm, tu einem Kerl einen Gefallen‹, aber sie wollte einfach nicht...« Listers Rede endete in Schluchzen.

»Was wollte sie einfach nicht?« fragte Angela barsch.

»Mit dem Preis runtergehen«, schluckte Lister.

Angela rief Castlebar zu: »Zeit zu gehen, Bill.«

Er wurde in benommenem Zustand aus dem YMCA-Heim geführt, und in der Mitte der Straße sank er auf die Knie. Angela zog ihn auf die Füße und verlangte zu wissen: »Was war das für ein Zeug, das du da getrunken hast? Wahrscheinlich irgendwas Selbstgebranntes, so wie's aussah.«

»Sehr stark«, murmelte Castlebar. »Ein kleines Schlückchen haut einen schon um.«

Angela kommandierte ihn ins Bett. Als er beim Mittagessen noch immer nicht wiederhergestellt war, bekannte sie

Harriet: »Ich weiß nicht, was ich tun würde, wenn Bill etwas zustoßen würde.«

Der nächste Tag war der Tag der Zeremonie. Noch ehe Harriet mit dem Frühstück fertig war, traf Lister ein und drängte darauf zu gehen. In seiner Ungeduld verließ er das Hotel und ging im frühen Sonnenschein auf und ab, während sich Harriet telefonisch mit Angela verbinden ließ und sie bat, herunterzukommen.

Lister trug seine Mütze in flotter Schieflage, die Spitze über dem einen Auge, aber darunter war seine Miene angestrengt. Alle paar Schritte blieb er stehen und sah auf seinen Stiefel hinab, der seine gichtige Zehe beherbergte.

Es war schon fast neun, ehe die Gruppe losmarschierte. Als sie das Jaffa Tor erreichten, strömten Menschenmassen auf ihrem Weg zum Heiligen Grab hindurch – sagte jedenfalls Lister. Er hatte vergessen, daß die Zeremonie von der Polizei organisiert worden war, und behauptete dauernd, daß sie keinen Platz mehr in der Kirche kriegen würden.

Gleich hinter dem Tor standen Fleischverkaufsstände, die die Luft mit einem Geruch wie von einer verwesenden Leiche durchdrangen. Angela blieb stehen, um über ein einzelnes, schwarzes Stück Fleisch zu lachen, das in einer Wolke von Fliegen hing. Der Besitzer, der in ihr eine Kundin vermutete, kam mit einer Flitspritze herbeigeeilt und besprühte das Fleisch. Angela begann, mit ihm auf arabisch zu feilschen, und Lister, der vor Nervosität und Angst ganz außer sich war, ergriff sie am Oberarm und drängte sie weiter: »Es wird Ihre Schuld sein, wenn wir die Show verpassen.«

Von den Ellenbogen aller Rassen Palästinas getroffen, schoben sie sich durch den Hauptgang, der zwischen so hohen Häusern hindurchführte, daß diese sich oben beinahe zu berühren schienen. Lister trieb seine Gesellschaft zur Eile an und bemerkte, daß er den Weg zur Basilika nicht kannte. Er fing an, sie wild hierhin und dorthin zu jagen, selbst durch den Obstmarkt, dann in den Gewürzmarkt, danach zum Basar der Metallarbeiter, wo der Geruch von weißem, heißem Stahl wie Eisenspäne in der Luft hing. Lister schrie mit dünner Stimme: »Hier sind wir falsch. Wo sind wir? Wo sind wir?«

Angela blieb bei einem Kuriositätenladen stehen und begann intensiv, antike Feuerwaffen zu betrachten, deren Kolben mit Silber und Messing und Halbedelsteinen verziert waren. Als sie sagte: »Mit einem von denen da könnte man gut Bills Frau erschrecken«, hinkte Lister angewidert weiter.

»Wir haben uns verirrt«, sagte er. »Wir haben die falsche Abzweigung genommen.« Er sah sich nach jemandem um, der ihnen den Weg zeigen konnte. Ein Kamel kam vorbei und schüttelte den mit Troddeln geschmückten Kopf; Esel wurden durch Passagen getrieben, die für ihre Ladung zu schmal waren. Bettlerinnen, die Gesichter mit schwarzen und weißen Schleiern verhüllt, zupften ihn am Ärmel, und er schreckte zurück, da er glaubte, sie seien Leprakranke. Schließlich kam ein Mann in einem europäischen Anzug um eine Ecke, und Lister blieb vor ihm stehen. Der Mann war Grieche. Als er herausfand, daß Lister modernes Griechisch verstand, begann er, ihn wüst zu beschimpfen, wurde dann aber plötzlich ausnehmend freundlich, lächelte und zeigte ihm den Weg zur Basilika.

»Was war denn los?« fragte Angela.

»Ach, der hat sich über die Einmischung der Polizei beschwert. Er sagte, kein anständiger Mensch würde dieses Jahr auch nur in die Nähe der Basilika gehen. Seiner Meinung nach ist es das Recht der Leute, sich zu Tode trampeln zu lassen, und niemand dürfe sie daran hindern. Jedenfalls sollten wir ihm zufolge durch die Via Dolorosa gehen.«

In der Via Dolorosa schritt gerade eine Prozession langsam über die großen, cremefarbenen Steinplatten, angeführt von einem bebrillten Kardinal im magentafarbenen Ornat. Lister salutierte, und der Kardinal verbeugte sich zu ihm hin.

»Wer war das?« flüsterte Harriet.

Lister erwiderte mit bescheidener Befriedigung: »Spellman. Freund von mir.«

Sie kamen ins griechische Viertel, das merkwürdig sauber, leer und still war. Riesige schwarze Sargdeckel standen senkrecht an den Türen der Leichenbestatter, und kleine Läden waren mit Seidenroben und Kamelen aus Olivenholz vollgestopft. In der Luft lag ein Duft von Weihrauch, und Lister sagte: »Na endlich.«

Irgendwo versteckt hinter den Gebäuden, die sich um sie herumdrängten, war die Basilika. Sie fanden sie am Ende einer engen Biegung. Als er die große, geschnitzte Türe mitten in dem zerbröckelnden Glanz der Fassade sah, stieß Lister einen Triumphschrei aus: »Wir sind da, und keine Seele geht hinein. Wir werden die ganze Kirche für uns haben.«

Aber die Türe war versperrt. Eine Barriere war errichtet worden, und zwei Polizisten saßen davor. Sie beobachteten Lister mit blankem Hochmut, als er seine Karten herausnahm und zu ihnen hinging. Die Tür war kein Eingang, sie war ein Ausgang. Lister und seine Gruppe mußten zurück zur Via Dolorosa und einen neuen Anlauf machen.

Einen Augenblick lang stand Lister niedergeschmettert da, dann versuchte er, den Vorgesetzten herauszukehren. Er behauptete, mit dem Griechischen Metropoliten und mit Kardinal Spellman befreundet zu sein. Er sagte, er kenne den Chef der Polizei. Er sagte, die Damen seien müde, und eine von ihnen sei sehr krank gewesen. Die Polizisten ließen sich nicht bewegen. Karteninhaber müßten, wie alle anderen auch, durch den Haupteingang gehen.

Lister, der so voller Selbstvertrauen hingegangen war, kam nun mit gequälter Miene und dümmlich dreinschauend zurück. Als er bei seinen Gästen war, sagte er leise: »Diese verdammten, wichtigtuerischen Nullen. Wie ich's euch gesagt habe. Weil jeder sie verachtet, versuchen sie, es uns heimzuzahlen. Die meisten von denen sind Kriegsdienstverweigerer. Man hat sie hierher verfrachtet, weil sie sonst zu nichts taugen. Einer von ihnen war Ballettänzer. Stellt euch das vor, ein Ballettänzer als Polizist!« Lister versuchte ein Lachen, und Harriet wurde schmerzlich bewußt, daß er derartige Niederlagen schon sein ganzes Leben lang eingesteckt hatte.

Der Lärm rund um den Haupteingang war zu hören, längst bevor sie den Weg dorthin gefunden hatten. Unvermittelt stießen sie auf eine dichtgedrängte Menge und konnten nicht mehr weitergehen. Lister versuchte sich hindurchzudrängen, indem er Zugang für Karteninhaber verlangte. Niemand bewegte sich.

Ein Grieche in der letzten Reihe drehte sich um und sagte, daß die Menschen eine halbe Meile weit oder noch weiter ineinander verkeilt seien. Einige warteten schon seit Sonnenaufgang. Andere schon die ganze Nacht.

»Aber warum warten sie denn?« fragte Lister. »Warum gehen sie nicht in die Kirche hinein?«

»Weil die Türe verschlossen ist und eine Absperrung davor steht. Eine Absperrung der Polizei«, sagte der Grieche und zischte vor Verachtung.

»Wie lange wollen die uns hier festhalten?«

Es wurde ihm gesagt, daß sie so lange warten müßten, bis der armenische Patriarch eintraf. Die Türe gehörte den Armeniern, der Patriarch bewahrte den Schlüssel auf, und nur er hatte das Recht aufzusperren.

Während dieses Gesprächs waren noch mehr Menschen gekommen, so daß Listers Gruppe nicht länger am Ende der Menge sondern mitten drin war. Da die Hinteren nach vorne zu drücken versuchten, wurden die englischen Besucher fest in eine Masse von Körpern eingekeilt, und Harriet, ohnehin zerbrechlicher als die anderen, konnte ihre Arme nicht mehr befreien. Ihr Gesicht wurde gegen schweißdurchtränkte Kleidung gepreßt, und sie mußte sich auf die Zehenspitzen stellen, um Licht zum Atmen zu bekommen.

Immer mehr Menschen stießen hinzu, und als sich der Druck verstärkte, begannen einige der älteren Frauen zu stöhnen, aus Angst vor dem, was geschehen würde, wenn die Masse in Bewegung geriet. Eine Gruppe griechischer Soldaten fand den Weg versperrt und versuchte, sich mit den Ellenbogen durch die Menge zu zwängen. Augen wurden angeschlagen, Arme sausten wie Hämmer auf Köpfe und Schultern, und Schmerz- und Zornesschreie waren zu hören. Eine Frau begann zu beten, und andere stimmten ein. Die Schreie, die Gebete der Frauen, das Stöhnen der Eingeklemmten und nach Atem Ringenden erzeugte Panikwellen, die vorwärts und rückwärts durch die dichtgedrängten Körper gingen.

Angela klammerte sich an Castlebar. Harriet, zerquetscht und schon fast bewußtlos, blieb nur deshalb aufrecht stehen, weil kein Platz zum Umfallen war. Lister schob seinen Arm zwischen ihren Körper und dem dahinter, griff um ihre Hüfte und faßte sie auf der anderen Seite am Ellenbogen. Er flüsterte: »Wenn der Ansturm beginnt, halten Sie sich an mir fest.«

Es wurde gezischt, und wütende Beleidigungen wurden gerufen, als die Information nach hinten drang, daß der Armenische Patriarch dabei sei, die Tür aufzusperren. Lister, der einen Kopf größer als die Umstehenden war, lachte und sagte: »Der alte Narr ist ziemlich schnell reingehüpft. Macht sich vor Angst ins Hemd. *Jetzt!* Haltet euch bei mir fest!« Aber die Tür wurde wieder geschlossen, und die wütenden Griechen schrien: »Reißt die Absperrung nieder!« Als ein Stoß wie mit einem Rammbock die Menge von hinten traf, begann eine alte Frau, Gott anzurufen, und ihr Schrei wurde von Männern und Frauen aufgenommen. Die Leute flehten: »Laßt uns raus. Laßt uns raus.« Harriet, die sich an Lister klammerte, fühlte den gleichen primitiven Drang, Gott anzurufen, die letzte Zuflucht für sie alle.

Die Absperrung krachte zusammen. Die Menge stolperte vorwärts unter den Warnrufen der Polizisten, und die griechischen Soldaten brüllten, als stürzten sie sich in die Schlacht. Lister hielt Harriet umfaßt und rief ihr zu: »Bleiben Sie aufrecht. Was immer Sie auch tun, lassen Sie sich nicht umwerfen.«

Die Menschen stürzten an ihnen vorbei und schlugen gegen sie wie Felsbrocken, die einen Abhang hinunterkollerten. Ein heftiger Schlag riß Harriet aus Listers Arm, aber er erwischte sie am Handgelenk, als sie fiel, und hielt sie so fest, daß sie fürchtete, er würde ihr den Knochen brechen. Dann wurden sie beide zusammen von einem zweiten Schlag in einen Andenkenladen geschleudert. Sie stürzten durch die Kerzen, die über dem Eingang hingen, warfen Rosenkränze, Kruzifixe, Kästchen aus Olivenholz, Körbe mit Rosen aus Jericho um, fielen in eine Ecke und ein Tisch auf sie drauf.

Sie waren mitgenommen, aber unverletzt, und der Ladenbesitzer half ihnen auf und sagte: »Das wird mir die Polizei bezahlen. Sie haben das ganze Schlamassel verursacht, also werden sie auch bezahlen.«

»Und das geschieht ihnen auch verdammt recht«, sagte Lister.

Er lachte, hielt den Arm um Harriet und vergaß zu hinken, als sie sich ihren Weg durch den Friedhof bahnten, wo die Soldaten einen Lattenzaun aufbrachen, der dazu gedacht war, die Besucher in einer ordentlichen Schlange zu halten. Die Polizisten hatten sich davongemacht, weshalb die Griechen die Gelegenheit benutzten, alles zu zerschlagen, was man zerschlagen konnte. Die Front der Basilika, vom Alter und durch Erdbeben rissig, wurde von hölzernen Streben abgestützt, und auch diese wurden attackiert, bis ein Priester herauskam und verlangte, damit aufzuhören.

Von Angela und Castlebar war nichts zu sehen. »Wie wollen die bloß reinkommen?« fragte Lister besorgt, als er seine Karten herauszog, aber niemand kontrollierte Karten. Hinter dem Portal bewachte ein armenischer Mönch die armenische Tür und musterte jeden, der sie passierte, mit grimmigen Blicken. Im Inneren der Kirche war es kühl und still. Um die Dramatik des Ereignisses noch zu erhöhen, waren alle Kerzen gelöscht worden, und der Raum war dunkel. Als sich Harriet und Lister blind vorwärts tasteten, stießen sie auf einen Zeremonienmeister, der einen Stock mit Silberknauf hatte. Er stellte fest, daß sie Karten hatten und führte sie steif und zeremoniell zu den Stühlen, die für ausgewählte Besucher reserviert worden waren. Der bisher einzig anwesende, ausgewählte Besucher war Angela. Sie hatte Castlebar verloren, und Lister wurde losgeschickt, ihn zu suchen.

Angela hatte sich in die Mitte der ersten Reihe gesetzt, und Harriet, die noch verstört von dem Sturz war, sank neben sie. Es gab etwa fünfzig Stühle, die im Quadrat aufgestellt waren, das von einem dicken Seil abgegrenzt wurde. Außerhalb des Seils stand eine erwartungsvolle Menschenmenge. Die erste halbe Stunde warteten sie geduldig, dann wurden die Soldaten und die jungen Männer unruhig und begannen, das Gerüst zu erklettern, das die Mauern von innen abstützte. Die

Langeweile erzeugte Lärm, und der Lärm wuchs mit fort-schreitender Zeit an. Gelegentlich versuchte jemand, der sich für privilegierter als die anderen hielt, den Kordon zu durchbrechen und sich auf die leeren Stühle zu setzen. Einige wurden streng zurück in die Menge befohlen, anderen wurde es aus keinem ersichtlichen Grund gestattet, sitzen zu bleiben. Eine ägyptische Familie, der Vater im Fes, wurde unbehelligt gelassen, wohingegen ein alter, dicker, schnaufender, schwitzender und jammernder Grieche von dem einen Zeremonienmeister zu einem Stuhl geführt wurde, von dem ihn der andere wieder vertrieb.

Nach längerer Zeit kehrte Lister mit Castlebar zurück, und beide rochen stark nach Arrak. Sie setzten sich zu beiden Seiten der Frauen nieder, benahmen sich zunächst ganz andächtig und betrachteten schweigend das Monument aus Gold und gefärbtem Marmor, von dem es hieß, es markiere die Stelle, an der Christus geboren worden war. Lister erklärte ihnen, daß die Rotunde darüber, die jetzt von Tragbalken und Streben gestützt wurde, von den Kreuzrittern dort plaziert worden war. Dann schwiegen sie wieder. Fünfzehn oder zwanzig Minuten waren verstrichen, als Castlebar, betört von dem Zwielicht, seinen Arm um Angela legte und Lister nach Harriets Hand fummelte. Harriet war dankbar für den Schutz, den er ihr gewährt hatte, und ließ ihn eine Weile ihre Hand halten. Lister war freundlich, doch als sie an sein feistes, rosafarbenes Gesicht, an seinen lächerlichen Schnurrbart, die feuchten Augen und die Babynase dachte, sagte sie sich, daß Freundlichkeit alleine doch nicht ausreichte.

Die Kirche war jetzt so voll, daß die Menschen die Plätze auf den obersten Galerien einnahmen, und einigen war es gelungen, zu den armen Abessiniern auf das Dach zu klettern. Gesichter preßten sich gegen die kleinen Fenster in der Kuppel. Die jungen Männer auf den Balken kletterten höher, damit andere ihre Plätze haben konnten. Die Wagemutigsten stiegen hoch und höher, bis einer ausrutschte und schreiend auf die Menge unten fiel. Die Balken, mit dem Gewicht der Menschheit beladen, ächzten und zitterten, und einige der

Frauen riefen Warnungen hinauf, woraufhin die jungen Männer zurückriefen. Die versammelten Gläubigen verloren allmählich jede Zurückhaltung und unterhielten sich und lachten und sangen griechische Lieder.

Listers Mund war plump und klein, mit kurzen, dicken Fingern; eine vergrößerte Babyhand, die Harriet viel zu weich vorkam. Er war nicht älter als dreißig, baute aber schnell ab. Das Gefühl, dauernd zu unterliegen, hatte ihn fest im Griff, auch wenn er sich dagegen wehrte, und Harriet verspürte Mitleid mit ihm. Sie konnte ebenfalls freundlich sein, und als er ihre Hand drückte, drückte sie zurück. Lister flüsterte: »Sie finden vielleicht einen, der besser aussieht, aber einen, der Sie mehr liebt, werden Sie nicht finden.« Harriet lachte und zog ihre Hand weg.

Der Tumult endete abrupt. Eine kleinere Prozession betrat die Kirche. Vertreter der führenden griechischen und christlichen arabischen Familien, selbstverständlich alle männlich, umrundeten das Grab; die reicheren in dunklen Anzügen mit spitzen Lacklederschuhen, die sehr armen in schmutzigen Galabiyas.

»Ein wilder Haufen«, flüsterte Lister, als Reich und Arm um das Grab herumgingen, ohne Ansehen ihres unterschiedlichen Status, sich mit den Fingern einhakten und sich anlächelten.

Als er sah, wie drei Menschen zum Eingang des Grabes geführt wurden, wurde Lister ernst: »Meine Güte, schaut mal, wen wir da haben! Prinz Peter und Prinz Paul. Die Frau ist Peters russische Frau. Er ist ein netter Bursche; sieht aus wie ein englischer Herr.«

Harriet drehte ihr Gesicht von Listers Arrakfahne weg und sah, wie eine Gruppe offizieller englischer Vertreter zu den Stühlen geführt wurde. Unter ihnen war eine Frau, die sie schon irgendwann einmal gesehen hatte. Aber wo? Die Frau setzte sich allein in die erste Reihe. Harriet beobachtete sie, als sie Platz nahm. Sie hatte eine große Handtasche aus Krokodilleder, die sie auf ihre Knie stellte, und sie legte ihre Hände darauf, als ob sie sie vor allen anderen beschützen müßte. Diese Geste bestätigte Harriet in ihrer Gewißheit, daß sie die Frau kannte. Eine bestimmte Situation, in der es ein ähnliches Beschützen eines Gegenstandes gegeben hatte, rumorte heftig ganz hinten in ihrem Gedächtnis, wollte sich aber nicht deutlich zeigen. Jene Situation, wußte sie, war damit verbunden, daß sie sich unglücklich gefühlt hatte. Dieses Gefühl verspürte sie auch jetzt wieder, aber das war schon alles. Die Situation selbst entglitt ihr.

Ihre Verwirrung hielt an, bis sie von der Aufregung um sie herum abgelenkt wurde. Die Zeremonienmeister machten einen Weg frei für den griechischen Patriarchen. Sie benutzten ihre Stöcke mit dem Silberknauf, um die Menschen aus dem Weg zu schieben und zu stoßen. Die Gläubigen bewegten sich, wenn überhaupt, widerwillig und reckten die Hälse, um einen Blick auf die wichtigste Person des Tages zu erhaschen.

Als er im Eingang erschien, erfüllte ein Willkommensschrei die Kirche, und er blieb stehen und kostete seinen Eintritt voll aus, ehe er langsam vorwärts schritt. Der Patriarch trug Gewänder aus weißem Brokat und eine große, goldene Zwiebelhaube auf dem Kopf. Seine Haltung strahlte Würde aus, und sein weißer Bart war vom Kinn bis zur Taille geteilt, damit jeder die Pracht des Goldes und der Edelsteine sehen konnte, die seine Brust bedeckten. Die Priester hinter ihm trugen goldene Gewänder, einige davon schon abgetragen, andere neu und glänzend. Nach den Priestern kamen die Chorknaben. Sie sangen, öffneten und schlossen die Münder, aber in dem allgemeinen Lärm ging der Gesang unter. Nach den Chorknaben kamen all diejenigen, die zufällig eine Kirchenfahne hatten. Diese Nachhut-Parvenüs wurden wenig respektvoll behandelt. Die Menge schloß sich hinter ihnen, schwemmte sie hinweg, riß die Fahnen zu Boden, die sie als Waffen gebraucht hatten, um sich den Pöbel vom Leib zu halten.

Der Patriarch sah sich mit einem Auge nach den Pressefotografen um, zog seinen Bart zurück und ordnete seine Edelsteine, wann immer er eine Kamera sah. Die Prozession hätte dreimal durch die Kirche ziehen sollen, aber beim dritten Rundgang herrschte bereits allgemeine Konfusion. Der Patriarch selbst blieb unversehrt, aber sein Gefolge hatte sich in einen schreienden, raufenden, prügelnden Haufen verwandelt. Nachdem er sicher beim Eingang zum Grab angekommen war, schüttelte er den königlichen Besuchern die Hände, stieg dann die Stufen zum Eingang hinauf und stand gütig lächelnd dort oben, während ihm Meßdiener seine Zwiebelhaube und die äußeren Gewänder abnahmen, so daß er in seiner schwarzen Soutane nur noch der gleiche, bescheidene Priester wie die anderen war. Dann kam die Durchsuchung nach Streichhölzern oder irgendeinem anderen Gerät, um Feuer zu machen. Er hob die Arme, und die Akolythen tasteten ihn leicht an jeder Seite ab. Es wurden keine Streichhölzer gefunden.

Nach beendeter Durchsuchung wurde das Siegel an der Tür erbrochen. Der Patriarch betrat mit zwei Priestern als Zeugen die Grabkammer. Die Tür wurde geschlossen. Schweigen herrschte, während alle auf das Wunder warteten.

»Wie lange wird es dauern?« flüsterte Harriet.

Lister nickte unheilverkündend: »Eine gebührende Zeit lang.«

So lange dauerte es nicht. Es gab zwei rauchgeschwärzte Löcher, durch die das Feuer erscheinen würde. Als es hervorschoß, brauste ein wilder Freudenschrei durch die Menge. An jedem Loch hatte ein Mann bereitgestanden, um die Zylinder mit dem Feuer zu packen, und das Feuer wurde augenblicklich von Hand zu Hand weitergereicht, während die Kirche von dem Geschrei der Gläubigen widerhallte. Der Kordon wurde durchbrochen, und die Menschen stürzten nach vorn, stolperten über die Stühle, fielen gegen die ausgewählten Besucher und streckten ihre Kerzen aus, um das Feuer zu bekommen. Alle Hemmungen fielen in der trunkenen Freude über das Wunder. Der Patriarch hatte ihnen das göttliche Geschenk des Feuers gebracht.

Durch den Tumult hindurch konnte man schwach das Dröhnen der Kirchenglocken hören, die der Welt mitteilten, daß das Wunder vollbracht war, und die den Verputz von der Decke rieseln ließen. Bündel brennender Kerzen wurden den

Männern auf den Gerüsten hinaufgereicht und weitergegeben zu den obersten Galerien und hinaus zu den Abessiniern auf dem Dach, so daß die ganze Kirche im Nu im Glanz von Lichtergirlanden erstrahlte.

Zwei riesengroße, bemalte Kerzen, die Wächter des Grabs, die nur zu besonderen Anlässen entzündet wurden, brannten mit riesengroßen Flammen. Die dunklen Seitenkapellen wurden vom Feuer erhellt, und aus der Krypta, in der Helena das wahre Kreuz entdeckt hatte, drang ein heller Schein aus der Tiefe nach oben.

Harriet hatte sich von der Erregung anstecken lassen, kletterte auf ihren Stuhl und stand inmitten eines verwirrenden Lichterstrudels.

Die Tür der Grabkammer öffnete sich, der Patriarch, die Hände voller brennender Kerzen, stürmte vor den Priesterzeugen heraus, die ihn an beiden Seiten hielten und ihn im Eilschritt aus der Kirche hinausführten. Weg war er.

Aber dies war nicht das Ende der Zeremonie. Eine Art Burleske oder Harlekinade folgte dem Wunder. Priester in zerrissenen, schmutzigen Gewändern gingen jetzt umher und schüttelten Stangen, an denen silberne Teller mit Glöckchen hingen. Nach den Priestern kamen Männer, auf deren Schultern Knaben saßen. Diese hatten Peitschen, mit denen sie auf all die einschlugen, die sich nicht rechtzeitig außer Reichweite bringen konnten. Die Männer auf den Gerüsten beugten sich vor, um nach den Knaben zu haschen, und zwei von ihnen verloren den Halt und stürzten in die Menge.

Eine neue, weniger erfreuliche Lebhaftigkeit machte sich breit. Die königlichen Besucher bereiteten sich zum Aufbruch vor, und die Engländer hielten es für das beste, ihnen zu folgen. Als Harriet von ihrem Stuhl herunterstieg, warf ihr die Frau am Ende der Reihe einen Blick zu, und Harriet wußte, daß es Mrs. Rutter war.

Mrs. Rutter erkannte Harriet nicht wieder. Ihr einziges Zusammentreffen war nur kurz gewesen. Mit ihrem Schmuckkästchen auf den Knien, hatte sie bei Harriet in dem Zug nach Suez gesessen. Sie war in der Warteschlange vor der *Queen of Sparta* gewesen, als Harriet Mortimer und Phillips gesehen hatte. Und jetzt hätte sie eigentlich auf halbem Weg nach England sein sollen.

Sie eilte ihren Freunden nach, und Harriet ging hinter ihr her und holte sie am Kirchenportal ein.

»Entschuldigen Sie, bitte.«

Mrs. Rutter wandte sich um, erblickte eine anscheinend Fremde und runzelte einschüchternd die Stirn: »Ja?«

»Sie sind doch Mrs. Rutter?«

»Ich bin Mrs. Rutter, ja.«

»Wir sind im gleichen Zugabteil nach Suez gefahren. Ich war mit Marion Dixon und ihrem kleinen Jungen zusammen.«

Mrs. Rutter stieß hörbar den Atem aus, hob eine Hand, um Harriet abzuwehren, rannte beinahe hinaus auf den Friedhof, wo ihre Freunde auf sie warteten. Verstört und verwirrt folgte Harriet ihr und ergriff sie an der Schulter.

»Mrs. Rutter, bitte, Sie müssen mir sagen, warum Sie hier sind. Sie sind doch auf das Schiff nach England gegangen, nicht wahr? Wie sind Sie dann zurückgekommen? Ist Marion auch hier?«

»Sprechen Sie nicht davon.« Mrs. Rutter hatte jede Farbe verloren, und ihre Stimme war heiser. »Ich kann darüber nicht sprechen. Ich will darüber nicht sprechen. Gehen Sie.« Als sie jedoch Harriets bestürzte Miene sah, wurde sie etwas entgegenkommender: »Jedenfalls kann ich nicht hier darüber sprechen.« Sie ging hinüber zur Friedhofsmauer und lehnte sich dagegen, als sei sie kurz davor, das Bewußtsein zu verlieren.

Die Opfer der Zeremonie – zwei Männer auf Tragbahren, einer in ein Leichentuch eingehüllt – lagen in der Nähe, aber sie schien sie nicht zu bemerken. Ihre Freunde standen abseits, starrten Harriet an und bemerkten, daß an diesem Zusammentreffen etwas merkwürdig war.

Außer Atem und immer noch heiser, sagte Mrs. Rutter: »Sie wissen nicht, was geschah? Sie wissen nicht, daß wir torpediert wurden? Ein paar von uns gelangten in ein Rettungsboot. Marion und ich und der arme, kleine Richard ...« Sie würgte und keuchte, ehe sie fragte: »Von all dem haben Sie nichts gewußt?«

»Nein.«

»Aber es stand in der *Egyptian Mail*.«

»Ich bin nicht zurück nach Ägypten gegangen. Ich habe nichts davon gehört.«

»Das Boot trieb ab. Irgend etwas mit der Steuerung war nicht in Ordnung. Wir hatten zwei Malaien an Bord, aber sie wußten nicht, was zu tun war. Wir hatten kein Wasser, nichts zu essen. Das ging tagelang so. Wir haben mit einer Plane etwas Regenwasser aufgefangen und es getrunken, aber es war nicht genug. Die Leute fingen an zu sterben... Der arme, kleine Richard war einer der ersten.«

»Und Marion?«

Mrs. Rutter schüttelte den Kopf, unfähig zu sprechen, und flüsterte dann: »Alle tot, ausgenommen ich und die Malaien. Zuerst die Kinder, dann die Frauen... Ich will nicht darüber sprechen. Ich bin hierhergekommen, um es zu vergessen.«

»Es tut mir leid, wenn ich Sie aufgeregt habe, aber ich mußte es wissen.«

Mrs. Rutter sah wie eine Invalidin auf der Suche nach Hilfe zu ihren Freunden hin, und einer der Männer warf Harriet einen vorwurfsvollen Blick zu, ging zu Mrs. Rutter und führte sie weg.

Vor Schock gelähmt, blieb Harriet an der Mauer stehen. Als Angela sah, daß sie allein war, kam sie und fragte: »Was ist los?«

»Guy glaubt, daß ich tot bin.«

»Hat dir diese Frau das erzählt?«

»Nein. Sie hat mir erzählt, daß das Evakuierungsschiff torpediert wurde, und sie war die einzige Frau, die überlebte. Marion und Richard sind tot. Guy denkt, daß ich auf dem Schiff war.«

»Aber vielleicht hat er nichts davon gehört...«

»Doch, es stand in der *Egyptian Mail*.« Als Harriet diese Tatsache begriff, füllten sich ihre Augen mit Tränen, und sie brach schluchzend zusammen: »Armer Guy. Oh, armer Guy. Er glaubt, ich bin tot.«

Angela führte sie zu Castlebar und Lister hinüber. Auf dem Rückweg zum Jaffa Tor versuchten alle drei, sie zu trösten, indem sie ihr die verschiedensten und unbegründetsten Argumente dafür anboten, warum Guy nichts von der Versenkung zu wissen brauchte. Harriet war zu aufgeregt, um zuzuhören. Sie wollte nur eines: mit Guy Kontakt aufnehmen und ihm die Gewißheit geben, daß sie am Leben war und wohlauf.

Sie standen im Foyer des King David zusammen und überlegten, was in dieser Situation zu tun war. Sie hatten Lister zum Mittagessen ins Hotel eingeladen, aber Harriet wollte nicht mitkommen. Sie sagte: »Ich rufe lieber zuerst mal das Institut an.«

Castlebar sagte: »Heute ist Samstag. Ist das nicht Guys freier Tag?«

Angela sagte zu Lister: »Ist es einfach, nach Ägypten zu telefonieren?«

»Nicht besonders. Die Leitungen sind dauernd belegt. Es gab eine Alarmleitung fürs Militär, aber die wurde stillgelegt, als die Armee nach Westen vorrückte. Wir setzen besser den Hotelportier drauf an. Sagen Sie ihm, er soll's alle zwei Minuten probieren, bis er eine Verbindung kriegt.«

Angela sagte zu Harriet: »Das kann ewig dauern, bevor er durchkommt. Da kannst du genausogut mit uns zum Essen kommen.«

»Ich kann nichts essen.«

Harriet saß den ganzen Nachmittag im Foyer und wartete darauf, zum Telefon gerufen zu werden. Es wurde sechs Uhr abends, ehe der Portier mit der Wohnung in Garden City verbunden wurde. Er lächelte vor Stolz auf seine Leistung, rief Harriet und übergab ihr den Hörer. Ihre Ungeduld, die während der Stunden des Wartens nachgelassen hatte, erfüllte sie jetzt mit solcher Unruhe, daß ihr übel wurde. Ein unbekannter Safragi war am Apparat. Mit abwesender, schwacher Stimme fragte sie nach Professor Pringle.

»Nicht hiel, Blofessol Blingle.«

»Wo ist er?«

»Wohel ich weiß, Lady?«

In der Tat, woher! Woher wußte überhaupt jemand, wo Guy war?

»Wer ist da?«

»Nix niemand. Alle weg, Lady.«

Verzweifelt fragte sie nach dem Safragi, den sie gekannt hatte: »Wo ist Hassan? Sag ihm, er soll ans Telefon kommen.«

»Nein, nix Hassan. Hassan foltgegangen. Ich Awad, ich jetzt alles machen.«

»Ich verstehe. Vielen Dank, Awad.«

Niedergeschlagen vor Enttäuschung ging sie in die Bar zu Angela und Castlebar. Sie sagte: »Er ist nicht in der Wohnung. Ich kann niemanden erreichen.«

Angela sah Castlebar an: »Wenn wir heute den Nachtzug nehmen würden, wären wir morgen früh in Kairo.«

Harriet verstand kaum, was sie sagte, und starrte sie an: »Du meinst, du würdest mit mir mitkommen?«

»Natürlich. Wir können dich doch nicht allein fahren lassen.«

»Angela, du bist der beste Freund, den ich je hatte.«

»Vielen Dank; aber die Wahrheit ist, daß wir nach Kairo wollen. Bill mag das Essen hier nicht. Wir wären schon früher gefahren, aber das hätte bedeutet, daß wir dich mutterseelenallein hier hätten zurücklassen müssen.«

Als Lister nach dem Abendessen ins Hotel kam, hatten Harriet, Angela und Castlebar fertig gepackt und waren bereit zum Aufbruch. Sie wollten den Zug nach Jaffa nehmen und dort in den Zug nach Kantara umsteigen, der den Kanal vor Tagesanbruch erreichen würde. Zwar würden sie nicht so bald in Kairo sein, wie Angela angenommen hatte, aber immer noch früh genug.

»Und Sie nehmen all dieses Gepäck mit? Sie reisen wie eine russische Prinzessin.« Lister lächelte Angela an, aber sein Verhalten war ungewöhnlich gedämpft. Er bot an, für sie Plätze im Schlafwagen reservieren zu lassen. Die meisten Schlafwagen waren permanent für Armeeoffiziere reserviert und normalerweise leer. Er ging zum Telefon und kam zurück und sagte: »Erledigt.« Dann half er, die Koffer zu Angelas Auto zu tragen. Am Bahnhof legte Angela die Autoschlüssel in seine Hand.

»Ich überlasse es Ihnen.«

»Eine Leihgabe?«

»So ähnlich. Ich glaube nicht, daß ich es je zurück erbitten werde.«

»Ein Auto ist immer nützlich.« Lister betrachtete einige Augenblicke lang die Schlüssel, ehe er sagte: »Ich fürchte, ich habe schlimme Nachrichten für Sie, Harriet. Ihr Freund Aidan Pratt wurde erschossen.«

»Aber er ist nicht tot?«

»Doch, ja. Es geschah im Zug auf dem Rückweg von Kairo. Im Gang.«

»Aber wer würde denn ihn erschießen? Er hatte keine Feinde.«

»Nein, keine Feinde. Er hat sich selbst erschossen.« Lister hob seine feuchten, blauen Augen und sah Harriet an: »Es tut mir leid. Es ist ein ungeeigneter Zeitpunkt, es Ihnen zu sagen, aber ich dachte, Sie sollten es wissen.«

Der Pfiff ertönte, und Harriet, viel zu verwirrt von ihrem eigenen Problem, um Aidans gebührend zu gedenken, stieg mit Angela und Castlebar ein, zur Rückkehr nach Ägypten.

20

Die Nachricht von Aidan Pratts Selbstmord erreichte Guy mit ungewöhnlicher Schnelligkeit. Der befehlshabende Offizier in Kantara hatte die Botschaft angerufen, in der Dobson Nachtdienst hatte, und als Dobson am folgenden Morgen zum Frühstück nach Hause kam, sagte er: »Du kennst doch diesen Schauspielfritzen Aidan Sheridan. Er scheint in dem Zug nach Palästina durchgedreht zu haben. Hat sich auf dem Gang im Schlafwagen umgebracht. Setzt sich die Pistole an den Kopf und pustet sich das Hirn raus. Wir werden vermutlich noch vom Transportministerium von der Sauerei erfahren. Warum konnte er bloß nicht warten, bis er in seinem Quartier war?« Als er Guys Gesicht beobachtete, entschuldigte er sich: »Ich wollte dich nicht aufregen. Es war doch kein besonderer Freund, oder?«

»Ich habe ihn ziemlich oft gesehen. Er hat immer angerufen, wenn er hierherkam. Ich war gestern nacht sogar mit ihm beim Abendessen. Er war Harriet recht zugetan und bestürzt über ihren Tod, aber nicht in einem solchen Ausmaß. Ich fürchte, er war einer von denen, die dramatische Gesten lieben.«

»War der Bursche labil?«

Betäubt von dieser zweiten Tragödie, sagte Guy: »Ich weiß es nicht. Labil würde ich ihn nicht nennen. Der Krieg hatte ihn in eine unerträgliche Situation gebracht, aus der er sich vermutlich auf diese Art befreit hat.«

»Der Krieg hat eine Menge von uns in eine Situation gebracht, aber der Tod ist ein ziemlich hoffnungsloser Fluchtweg.«

Guy konnte wenig mehr als Erbitterung über Aidans Tod empfinden. Zuviel lastete gegenwärtig auf seinen Schultern. Er versuchte, ihn aus dem Gedächtnis zu verbannen, aber den ganzen Tag über und während der Arbeit verfolgte ihn Aidans dunkler, flehentlicher Blick. Aidan hatte sich Entgegenkommen, Bestätigung und Zuneigung gewünscht, vielleicht sogar Liebe, und Guy hatte ihm klargemacht, daß er ihm nichts von alldem geben würde. Er erinnerte sich, daß Harriet ihm vorgeworfen hatte, sich mit den unmöglichsten Leuten einzulassen, so daß diese sich zum ersten Mal verstanden und anerkannt fühlten. Wenn ihre Anhänglichkeit dann für ihn ermüdend wurde, pflegte er ihr die Aufgabe zuzuschieben, sich mit ihnen zu befassen. Das hatte bei Aidan offensichtlich funktioniert. Nachdem ihn Guy mit seinen Reden aus seiner Abwehrhaltung herausgelockt hatte, war er seiner überdrüssig geworden und hatte ihn sich weit weg gewünscht. Aidan war gegangen, und zwar für immer.

Als man Edwina von seinem Tod erzählte, weinte sie ihm keine Träne nach: »Du meinst diesen Schauspieler, der ins Fischrestaurant kam? Ich bin nicht überrascht, daß er sich erschossen hat. Der war ja eine absolute Jammergestalt.«

Es war der Vorabend ihrer Hochzeit, und sie ging augenblicklich zu dem viel wichtigeren Thema ihres Empfangs über.

»Du kommst doch, Guy Darling, nicht wahr?«

Guy war nicht nach Partys zumute und er versuchte, sich zu entschuldigen: »Ich fürchte, ich kann nicht. Ich habe versprochen, Simon zu besuchen.«

»Oh, aber Guy, du kannst doch Simon jederzeit besuchen. Dies ist ein besonderes Ereignis; schließlich heirate ich nicht jeden Tag.«

»Tja, das alles kommt jetzt ein bißchen plötzlich, und ich bin Simon gegenüber im Wort. Er wird aus dem Hospital entlassen, und ich werde ihn vielleicht eine ganze Zeitlang nicht mehr sehen.«

»Dann bring ihn mit. Ich freue mich auf ihn. Und jetzt, Guy, hast du keine Ausrede mehr. Du mußt zu meinem Empfang kommen. Ich werde es dir nie verzeihen, wenn du nicht kommst. Du bist ein so enger Freund, und wenn du nicht da wärst, würden die Leute denken, wir hätten Streit miteinander oder sonstwas.«

Guy verstand, daß es klug wäre, sich zu zeigen, rief Simon im Hospital an und fragte ihn, ob er Lust hätte, zu einer Party nach Garden City zu kommen.

»Wird Edwina da sein?«

Simons Stimme klang aufgeregt, und Guy sagte: »Selbstverständlich«, vergaß aber, ihm mitzuteilen, daß es sich bei der Party um Edwinas Hochzeitsempfang handelte.

Simon hoffte, das Hospital bald zu verlassen. Er schlug alle Angebote einer Erholung in einem Genesungsheim aus und beabsichtigte, sich selbst in die Kasr el Nil-Kaserne zu begeben, ehe man ihn zu einem Bürojob versetzte. Um welche Stelle es sich handeln würde, wußte er nicht, aber es würde eine vorübergehende sein. Die Party in Garden City kam ihm gerade recht. Es würde für ihn die Feier seiner völligen Wiederherstellung werden.

Als Teil seiner Ausrüstung hatte er aus England eine Paradeuniform aus rehbraunem Twill mitgebracht, die ihm, verpackt in einer insektensicheren Blechkiste, im Troß des Regiments überallhin gefolgt war. Jetzt hatte er zum erstenmal

Verwendung für sie. Die Blechkiste war ihm ins Hospital nachgeschickt worden. Er zog sie unter dem Bett hervor, und Greening traf ihn an, wie er versuchte, die Knitterfalten im Twill zu glätten.

»Machen wir uns schön, Sir? Kommen Sie, ich werde das für Sie bügeln lassen.«

Als Guy im Hospital eintraf, fand er Simon fertig angezogen vor; ein hübscher und eleganter junger Offizier in bester Stimmung und strotzend vor Gesundheit. Guy war mit dem Taxi gekommen, das sie früher nach Garden City brachte, als sie erwartet wurden.

Simon, ganz außer Atem bei dem Gedanken, Edwina wiederzusehen, hüpfte die lange Treppenflucht zur oberen Wohnung hinauf und ließ Guy ein gutes Stück hinter sich. Nachdem er ins Wohnzimmer geführt worden war und erkannte, daß sie alleine waren, war er herb enttäuscht.

»Und wo ist jetzt Edwina?«

»Keine Angst, die wird bald dasein.«

Sie warteten inmitten all der Partyutensilien und -vorbereitungen. Da gab es einen Tisch mit kaltem Braten und Gebäck von Groppi, fünf ausgeliehene Sektkübel und drei Kisten Champagner. Außerdem gab es Blumenvasen mit Nachthyazinthen, weißen Astern, Lilien und Immergrün.

»Hallo, das ist ja wirklich 'ne Party, oder?« sagte Simon.

Es dauerte noch einige Zeit, ehe die anderen Gäste kamen, und sie kamen alle gleichzeitig. Simon, in Unkenntnis der wahren Natur des Anlasses, war über das laute Gelächter auf der Straße überrascht. Dann kam eine Gruppe junger Leute hereingeströmt, die meisten aus der Britischen Botschaft, und alle trugen sie weiße Nelken. Von Edwina war noch immer nichts zu sehen, aber ihr Name wurde wiederholt genannt, und als die meisten Gäste auf den Balkon hinausrannten, wurde Simon klar, daß sie dies wegen ihr taten. Er vermutete, daß es sich um eine Hochzeitsparty handelte, aber er kam nicht auf die Idee, daß es Edwinas Hochzeit sein könnte.

Unten hörte man eine Autotür schlagen. Die Gäste auf dem Balkon bereiteten ein lärmendes Willkommen. Zwei Mädchen kamen herein, in rosa Chiffon gekleidet und mit

Bouquets aus Parmaveilchen. Dann erschien endlich Edwina selbst. Sie posierte unter der Zimmertüre, so daß alle sie in ihrem weißen Kleid aus glänzendem Satin bewundern konnten. Den Schleier hatte sie zurückgeschlagen, und ein Kranz aus Gardenien krönte ihr leuchtendes Haar. Sie blieb fast eine Minute lang dort stehen, als der strahlende Star des Tages, dann applaudierte das geblendete Publikum. Sie brach in ein Gelächter aus, und die jungen Männer drängten sich um sie herum und forderten lärmend, geküßt zu werden.

Simon war wie betäubt und bemerkte, daß ein Mann hinter ihr stand. Er sah undeutlich das grinsende Gesicht von Major Brody, dem Eigentümer. Als Edwina ins Zimmer gezogen wurde, begannen die Safragis, den Champagner in den Eiskübeln zu bringen. Nachdem Simon ein Glas erhalten hatte, flüsterte er Guy zu: »Du hast mir nichts davon gesagt.«

Edwina machte nun ihre Runde. Ganz die überschwengliche Gastgeberin, begrüßte sie alle Gäste nacheinander und küßte die Mädchen, die ihre Freundinnen aus dem Büro waren. Die Gäste umarmten sie, und sie stieß kleine Schreie des Entzückens aus und erklärte, wie sehr sie sie alle liebte. Als sie zu Simon kam, blieb sie abrupt stehen, ganz erstaunt über die Veränderung, die mit ihm vorgegangen war. Sie holte tief Luft, ehe sie sagte: »Aber du siehst ja wunderbar aus!«

Sie neigte sich zu ihm hin, um ihn zu küssen, und ein Widerstreit von Gefühlen überzog ihr Gesicht, als sie flüsterte: »Du bist Hugo so ähnlich... so ähnlich!«. Dann wandte sie sich schnell ab und widmete Guy ihre Aufmerksamkeit: »*Lieber* Guy, ich freue mich so, daß du hier bist.« Sie sprach seinen Namen in einer Weise aus, als herrschte zwischen ihnen eine besondere Vertrautheit. Er gab ihr einen flüchtigen Kuß, und sie schritt weiter.

Der Hochzeitskuchen war eine große Sahnetorte, aber Edwina nahm Tony Brodys Paradeschwert und schnitt sie an, als sei es eine richtige Hochzeitstorte. Im Verlauf dieser Vorstellung sagte Simon flehentlich zu Guy: »Bitte, laß uns gehen.«

Guy war gerade dabei, sich bei dem Brautpaar zu entschuldigen und zu verabschieden, als ihm auffiel, daß es in dem

Raum still geworden war. Alle sahen zur Tür hin, wo sich eine offensichtlich nicht eingeladene und unerwartet erschienene Gestalt ins Zimmer drückte, scheu lächelnd und genauso überrascht, sich auf einer Party zu finden, wie die Partygäste, ihn zu sehen. Der Neuankömmling war Castlebar.

Guy schob sich nach vorn und sagte: »Aber das ist ja herrlich! Jake ist uns genommen worden, und du bist gekommen, um uns zu trösten.«

»J-j-ja.« Castlebar tastete nach seiner Zigarettenpackung. »D-d-da hast du recht. Ich bin gekommen, um dich zu trösten.«

Edwina stellte sich wieder in den Mittelpunkt und sagte: »Du meine Güte, wo kommst du denn her? Wo bist du denn die ganze Zeit gewesen?«

»Oh, in der Gegend rumgezogen.« Castlebar schaffte es, sich eine Zigarette in den Mund zu stecken, und seine Rede wurde deutlicher. »Ich wollte Guy besuchen. Wußte nicht, daß bei euch was los ist. Angie ist unten in einem Taxi, und sie hat mich raufgeschickt, um es dir beizubringen. Sie meinte, ich sollte zuerst mal raufkommen und es dir s-s-sagen. Sie ist nicht allein.« Was immer Castlebar Guy sagen wollte, man hatte ihm offensichtlich eingeschärft, es ohne ungebührliche Hast zu sagen. Er zündete seine Zigarette an, ehe er hinzufügte: »Es... ist wegen Harriet.«

Im Zimmer entstand eine unbehagliche Bewegung. Dies war nicht die Gelegenheit, die Toten zurückzurufen, und Guy ging dicht zu ihm hin und sagte eindringlich: »Du weißt es natürlich nicht, aber Harriet ist tot...«

»Aber das ist sie nicht. Deshalb bin ich ja gekommen, um dir das zu sagen. Sie ist nicht tot. Sie hat gestern dauernd versucht, dich anzurufen, hat dich aber nicht erreicht, und so dachten wir, es sei das beste, direkt herzukommen und...«

Dobson fragte streng: »Was erzählst du denn da, Castlebar?«

»Ich mach' das wohl nicht sehr gut, wie? Ich wollte, daß Angela zuerst raufgeht, aber sie wollte bei Harriet bleiben.«

»Was soll das heißen?« Guy war aufgeregt und schüttelte Castlebar an den Schultern: »Willst du sagen, daß Harriet lebt?«

»Ja, das sage ich schon die ganze Zeit. Sie ist drunten bei Angela.«

Dobson zog Castlebar von Guy weg und schüttelte ihn erneut: »Wenn du lügst, bringe ich dich wahrscheinlich um.«

»Ich lüge nicht. Sei doch kein Esel. Wer würde bei so etwas lügen? Sie *lebt*. Aus irgendeinem Grund ist sie nicht auf das Schiff gegangen, ich weiß auch nicht, warum. Sie ging nach Syrien, und wir haben sie dort getroffen und sie zurückgebracht. Das ist die Wahrheit. Wenn du runtergehst, wirst du sie mit Angela im Taxi finden.«

Guy schien sich nicht von der Stelle rühren zu können, und Edwina, ganz außer sich wegen alldem, was an ihrem Tag geschah und noch geschehen würde, schoß nach vorn: »Ich geh' runter. Ich bringe sie rauf. Ich war ihre beste Freundin.«

Guys Gesichtsausdruck war vor Sehnsucht und Ungläubigkeit verzerrt, und er starrte auf die Tür, bis Edwina zurückkam. Sie hielt Harriet fest an sich gedrückt, und Angela folgte ihnen. Edwina rief ins Zimmer: »Ist das nicht wundervoll! Stellt euch vor, das alles passiert an meinem Hochzeitstag! Ganz Kairo wird davon sprechen.«

Harriet machte einen Schritt auf Guy zu und blieb dann unsicher stehen: »Ich war mir nicht sicher, ob du mich zurückhaben wolltest.«

Guy streckte die Arme aus. Sie rannte zu ihm hin; er preßte sie an die Brust und wurde von einem Weinkrampf geschüttelt. Er ließ seinen Kopf hinab auf den ihren sinken und weinte laut und hemmungslos, während ihn die Gäste voller Verwunderung beobachteten. Er war als der ewig gutgelaunte Kumpel bekannt, als ein großzügiger und hilfsbereiter Kumpel, aber niemand hätte erwartet, daß er jemals tiefergehende Gefühle zeigen würde.

Harriet sagte immer wieder: »Es tut mir leid. Ich wußte nichts von der Versenkung des Schiffes. Wenn ich es gewußt hätte, wäre ich nicht weggeblieben.« Sie versuchte, ihre

Handlungsweise zu erklären, aber er wollte keine Erklärungen hören. Sein Weinkrampf ebbte ab, und nachdem er seine Stimme wiedergefunden hatte, sagte er: »Was soll's? Du bist in Sicherheit. Du lebst. Du bist hier.« Und mit noch tränennassem Gesicht begann er zu lachen.

Simon war gefesselt von dem Drama von Harriets Rückkehr und wollte nun die Party nicht mehr verlassen. Hätte Guy ihm angeboten, mit ihm zusammen zu gehen, hätte er gesagt: »Jetzt ist's egal.« Und es war ihm egal. Ein Teil seines Bewußtseins war zu ihm zurückgekehrt. Sein verklärtes Bild von Edwina war herausgefallen, genau wie Annes Foto aus seiner Brieftasche gefallen war, und er wußte, daß er sich jetzt von ihr befreit hatte. Diese plötzliche Freiheit erzeugte in ihm eine Leere, die wie die Leere in einer Geschenkschachtel war, die im Lauf der Zeit mit Geschenken gefüllt werden würde.

Als er Edwina jetzt betrachtete, sah er, daß ihr strahlender Glanz verblaßt war. Zwar hatte sie noch immer ihr glanzvolles Haar und ihre glatte Haut, aber es war, als hätte sich ein Staubfilm auf das goldene Bild gelegt.

Sie war eine Traumgestalt seiner Adoleszenz gewesen; aber jetzt war er nicht nur volljährig geworden, er wurde auch zu einem reifen Mann. Er war der jüngere Sohn gewesen, Hugos Bewunderer und Imitator, und Edwinas Anziehungskraft war nicht nur in ihrer Schönheit begründet gewesen, sondern auch in der Tatsache, daß er sie für Hugos Freundin gehalten hatte. Er hatte Hugo sein wollen und er hatte Hugos Mädchen haben wollen, aber nun war er er selbst. Und Edwina war genausowenig Hugos Freundin gewesen, wie sie die seine sein konnte.

Es wurde ihm klar, daß er Hugo immer weniger ähnlich wurde. Er verlor zusehends die Eigenschaften, die ihn zu Hugos Abbild gemacht hatten. Er wurde weniger einfach, weniger sanft, weniger rücksichtsvoll gegenüber anderen. Er war, befürchtete er, von seinen Erlebnissen und Erfahrungen vergiftet worden, aber – er machte sich deswegen weiter keine Gedanken. Hugo mußte ja nicht mit der Zukunft zurechtkommen; er konnte in alle Ewigkeit unschuldig und naiv bleiben. Aber niemand wußte, was ihm, Simon, noch alles bevorstand.

Harriet kam zu ihm herüber, um sich mit ihm zu unterhalten. Sie wußte nicht, daß er verwundet worden war, und fragte: »Wie geht's, Simon?«

»Sehr gut, vielen Dank.« Und das entsprach der Wahrheit. Er hatte sich durch eine langsame Genesung hindurchgequält, und jetzt ging es ihm sehr gut.

Eine Aufregung entstand, als Edwina, die sich umgezogen hatte, in einem weißen Kostüm aus gerippter Seide wiedererschien; ein hübsches Mädchen, ein sehr hübsches Mädchen, aber der Zauber war nicht länger vorhanden. Ihre Abreise ließ Simon ungerührt. Für ihn war sie bereits entschwunden.

Die Party verlief sich; die Gäste gingen zurück in ihre verschiedenen Büros. Bevor Dobson wieder in die Botschaft ging, kam er ganz nahe zu Harriet, faßte sie überraschend um die Taille und drückte sie an sich.

Es waren nur noch Guy und Harriet, Simon, Angela und Castlebar sowie die Überreste der Feier übriggeblieben. Sie setzten sich hin und hatten wenig zu sagen, da sie alle noch ganz erschöpft von den Ereignissen waren.

Guy begann, an sein tägliches Arbeitspensum zu denken. Er sagte, er wolle Simon zurück zum Hospital bringen und dann zum Unterricht ins Institut gehen.

»Oh, nein!« Angela setzte sich vor Protest aufrecht: »Einen Abend kannst du das Institut mal sausen lassen. Wir werden alle zusammen Simon zurückbringen, und dann müssen wir etwas Besonderes machen. Den Anlaß feiern. Einen richtig schönen Abend daraus machen.«

Guy sah ausdruckslos drein und sagte nichts. Für ihn war die Aufregung vorbei. Harriet war sicher zurück, und es gab keinen Grund, warum das Leben nicht seinen gewohnten täglichen Gang nehmen sollte. Angela bildete sich ein, er sei ihrer Meinung, und entwarf weiter Pläne für den Abend. Sie und Castlebar beabsichtigten, sich im Semiramis einzuquartieren, und daher sagte sie: »Gehen wir doch zum Dinner ins Hotel und danach irgendwo hin, vielleicht ins Extase.«

Guy runzelte die Stirn, sagte aber immer noch nichts. Harriet dachte ans Semiramis und sagte, sie müsse sich umziehen. Awad hatte ihren Koffer in das Zimmer gestellt, das sie mit Guy geteilt hatte. Jetzt war es auch wieder ihr Zimmer.

Sie dachte: »Unser Zimmer. Unser eigenes Zimmer!« Sie war vor Verzweiflung davongerannt, aber jetzt wußte sie nicht mehr, warum sie überhaupt verzweifelt gewesen war. Das Zimmer war, wie es immer gewesen war: sehr heiß, das Holz knochentrocken, die Luft mit dem Duft getrockneter Blätter aus dem Nachbarsgarten gefüllt. Es war der Tag des Schlangenbeschwörers, und die dünne, zittrige Melodie seiner Flöte übertönte das Zischen des Gartenschlauchs.

Sie öffnete ihren Koffer und warf die Kleider heraus. Es handelte sich um ihre Sommersachen, die sie auf der Fahrt entlang der Küste Afrikas hatte tragen wollen. Sie waren reichlich zerknittert, aber ein Kleid aus merzerisierter Baumwolle war noch soweit in Ordnung, daß man es tragen konnte. Sie schüttelte es aus und breitete es auf das Bett. Dann zog sie die oberste Schublade ihrer Kommode heraus; es war die Schublade mit ihrer Unterwäsche gewesen. Und Guy hatte sie gelassen, wie sie war. Nur ein einziger Gegenstand lag jetzt darin: die diamantene Herzbrosche, die ihr Angela geschenkt hatte. Sie rannte damit ins Wohnzimmer.

»Schau, was ich gefunden habe.«

Sie streckte sie Guy hin, der einen uninteressierten Blick darauf warf. Sie fragte: »Hat Edwina sie dir zurückgegeben?«

»Weiß ich nicht. Ich glaube, ich habe sie verlangt.«

»Warum hast du sie verlangt?«

»Kann ich mich nicht mehr erinnern.« Guy wandte sich Simon zu, sagte: »Wir müssen fahren«, und dann zu Angela: »Ich fürchte, mit dem Dinner heute abend wird es nichts. Ich habe zuviel zu tun. Nach dem Institut muß ich mich mit ein paar jungen Ägyptern treffen und mich mit ihnen über Selbstbestimmung unterhalten. Ich bin von Harriets Arzt, Doktor Shafik, eingeladen worden und kann ihn jetzt nicht hängenlassen. Das ist doch wohl einzusehen. Wir werden das Dinner an einem anderen Abend machen.«

Angela gab sich damit überhaupt nicht zufrieden und sagte: »Das ist doch blödsinnig. An einem Abend wie dem heutigen kannst du doch bestimmt diesen ganzen Unfug, den du da veranstaltest, absagen. Was dich betrifft, so ist Harriet gerade von den Toten auferstanden, und du willst sie jetzt sitzenlassen und fortgehen, um mit einem Haufen Ägyptern zu plaudern.«

»Sie erwarten mich.«

»Du kannst ihnen absagen.«

»Das wäre nicht fair ihnen gegenüber.«

Angela gab sich geschlagen von seinem Glauben an die eigene Vernünftigkeit und hörte auf zu argumentieren. Guy beugte sich zu Harriet hin, um sie zu küssen, bemerkte ihre Niedergeschlagenheit und machte ein Zugeständnis: »Also gut. Ich werde nicht lange bei dem Treffen bleiben. Geh du mit ins Semiramis zum Dinner, und ich werde dann später nachkommen. Und dann trinken wir einen zur Feier des Tages. Wie wäre das?«

»Versuche, nicht zu spät zu kommen.«

»Nein. Ich komme, sobald ich kann.«

Nachdem Guy fröhlich mit Simon davongegangen war, sagte Harriet: »Es hat sich nichts verändert.«

»Nein. Ich habe dir gesagt, du solltest ihm eine runterhauen. Es geschähe ihm nur recht, wenn du ihn wieder verlassen würdest.«

»Wo sollte ich denn hin? Ich bin nicht gut im Alleinsein. Mein Zuhause ist dort, wo Guy ist, und in Wirklichkeit steckt mehr in ihm, als es für dich den Anschein hat. Du hast gesehen, wie er geweint hat, als er mich sah. Und er ließ sich von Edwina die Brosche zurückgeben.«

»Ich wüßte nur zu gerne, wie das abgelaufen ist«, sagte Angela, und dann sah sie sich nach Castlebar um, der offenen Mundes eingeschlafen war: »Armer Bill, er verträgt keinen Schampus.« Sie küßte ihn auf den Kopf, und er hob seine blassen, schweren Lider und lächelte sie an. »Wach auf, du prachtvolles Scheusal«, sagte sie. »Wir gehen ins Semiramis. Und du, Harriet, beeil dich, wenn du dich noch umziehen willst. Wir müssen Bill füttern. Er braucht unbedingt etwas Richtiges zu essen, nach all diesen schrecklichen Wochen im Heiligen Land.«

Im Semiramis belegte Angela eine berühmte Suite im obersten Stockwerk, die die Royal Suite genannt wurde. Dort hoffte sie vom Hotelpersonal so beschützt zu werden, daß sie vor Attacken von Bills Frau sicher waren. Der Hauptraum übersah den Nil, und Angela entschied, daß sie, ehe sie in den Speisesaal hinuntergingen, sich Drinks kommen lassen und sich ans Fenster setzen würden, um zu warten, bis die Pyramiden auftauchten.

Castlebar lag auf einem Sofa, lächelte in fauler Zufriedenheit und sagte: »Angenommen, wir bleiben einfach hier! Lassen wir uns das Essen raufschicken!«

»Was für eine gute Idee!« Angela ging zum Haustelefon und bat um die Speisekarte.

Die kleinen, schwarzen Dreiecke der Pyramiden kamen aus dem Dunst, wie sie es seit über viertausend Jahren getan hatten. Sie kamen wie der Abendstern, magisch und immer dann, wenn sich das Rotgold des Sonnenuntergangs zu Grün veränderte. Die Dämmerung brach herein, und der Stern war da, ein einzelnes Funkeln, das einige Minuten im Westen hing, ehe es sich in den Myriaden von Sternen verlor, die das Firmament überzogen. Während all dies geschah, hielt Castlebar die Augen auf seinen Teller gerichtet und aß geräucherten Lachs, Kalbsschnitzel und einen Berg frischer, glänzender Datteln. Harriet hatte ihren Appetit noch nicht wieder zurückgewonnen; sie aß spärlich und betrachtete das Schauspiel draußen.

Angelas Whiskyflasche war zusammen mit den Speisen heraufgebracht worden, und nachdem sie gegessen hatten, machten sich die beiden darüber her, wie Harriet es schon an so vielen Abenden zuvor erlebt hatte. Die Lichter auf der Gesîra gingen an, und die Dunkelheit fiel hernieder. Es war an der Zeit, daß Guy auftauchte. Castlebar, abgefüllt, gähnte ein- oder zweimal, und Harriet wurde nervös, da sie spürte, sie sollte eigentlich gehen, aber noch bleiben mußte. Schließlich, als die Flasche beinahe leer war und Angela und Castlebar eingenickt waren, wurde Guy ins Zimmer geführt.

»Tut mir leid, daß ich so spät komme.«

Angela rappelte sich auf und lachte zu Harriet hin: »Du hast recht: Es hat sich nichts verändert.«

Guy war von dem Gelächter überrascht und fragte: »Was sollte sich ändern?« Er war wieder er selbst, nicht nur vom Kummer befreit, sondern auch von Reue und einem bohrenden Schuldgefühl, und nunmehr wieder in der Lage, seinen Aktivitäten nachzugehen, ohne bei jeder Kleinigkeit über die Erinnerung an seinen Verlust zu straucheln. Er sagte: »Das Leben ist perfekt. Harriet und ich sind wieder zusammen. Keiner würde wollen, daß etwas anders wäre, oder?« Er nahm Harriets Hand und beugte sich hinab, um sie zu küssen.

»Und wie waren deine Gyppos?« fragte Angela.

»Nett! Ich habe einen brillanten Abend verbracht, und als Dankeswort hat der Sprecher der Gruppe gesagt: ›Blofessol Blingle hat seinen Einfluß geltend bemacht bei vielen velzwickten Ploblemen‹.«

Guy imitierte den ägyptischen Akzent dermaßen perfekt, daß Angela lachen mußte, als sie sagte: »Velzwickte Plobleme, in der Tat! Haben sie die Hoffnung, irgendeines lösen zu können? Die Gyppos spielen mit nebulösen Idealvorstellungen rum, anstatt zu lernen, wie man sich selbst regiert.« Sie hatte Guy den letzten Rest Whisky gegeben, und als er ihn getrunken hatte, sagte sie: »Wir müssen ins Bett.«

»Aber ich bin gerade erst gekommen. Ich möchte mich mit meinem Freund Bill unterhalten.«

»Jetzt nicht. Bill ist erschöpft. Es ist schon fast Mitternacht. Ich fürchte, du wirst dich ein andermal mit ihm unterhalten müssen.«

Guy hatte den Eindruck, auf unhöfliche Art hinausgeworfen worden zu sein, und sagte, als sie auf der Straße waren: »Siehst du, was ich meine, wenn ich von Angela rede? Sie bittet mich zum Dinner und wirft mich dann raus, wenn ich komme.«

»Du bist sehr spät gekommen.«

»Aber nicht ungebührlich spät. Sie ist wirklich die irrationalste aller Frauen. Verrückt. Übergeschnappt. Total meschugge. Ich weiß nicht, was du an ihr findest.«

21

Im Juli, während Kairo unter der üblichen Hitzedecke erschlaffte, verließen die britischen und amerikanischen Streitkräfte Nordafrika und überquerten das Meer nach Sizilien. Für die Ägypter war der Krieg vorbei. Doch die Briten, angeödet und ruhelos und ohne Hoffnung, nach Hause gehen zu können, bevor die Feindseligkeiten beendet worden waren, wußten, daß er nicht vorüber war.

Für Guy stellte sich die Zukunft jetzt in einem günstigeren Licht dar. Er sagte Harriet, der Krieg könne in einem Jahr oder in anderthalb Jahren vorbei sein; und was würden sie dann machen?

Dies war etwas, was durchdacht werden mußte. Harriet sagte zu Angela: »Was werdet ihr, Bill und du, machen, wenn der Krieg aus ist?«

Angela lächelte und sagte: »Uff!« Als ob das Ende des Krieges eine entfernte und fantastische Vorstellung sei. Aber sie war dennoch bereit, darüber nachzudenken.

»Bill sollte eigentlich wieder arbeiten. Sie haben ihm hier seine Stelle freigehalten, aber ich bezweifle, daß er zurückgehen wird. Am liebsten würde er wohl immer so weiterleben, aber ob das gut für ihn ist? Ich würde es gerne sehen, wenn er sich um eine Dozentenstelle in England bewerben würde. Natürlich würde er nur eine in einer kleineren Universität kriegen, aber was wäre das doch für ein Spaß, sich in einem Provinznest niederzulassen und die Frau des Professors zu spielen: sich mit dem Pfarrer und der Ortsprominenz anzufreunden, ein hübsches, altes Haus zu haben und seinen Garten zu pflegen. Würdest du uns da besuchen kommen?«

»Natürlich. Vielleicht kommen wir und wohnen bei euch in der Nähe.« Auch Harriet konnte es sich vorstellen, sich in einer Provinzstadt niederzulassen. »Suchen wir uns eine Stadt mit einer Kathedrale«, sagte sie. »Wie wär's mit Salisbury?«

»Du Gänschen, Salisbury hat keine Universität. Ich befürchte nur, daß wir alle zusammen in einem schlimmeren Ort landen werden.«

Harriet war der einzige Besuch, der zur Royal Suite vorgelassen wurde. Die Nachricht, daß die Ausreißer zurück waren und Harriet mitgebracht hatten, war von den Hochzeitsgästen verbreitet worden. Als bekannt wurde, daß Angela und Castlebar in luxuriöser Zurückgezogenheit im obersten Stock des Semiramis wohnten, kamen Angelas alte Freunde und Freundinnen beim Hotel vorbei, wurden aber wieder weggeschickt.

Angela sagte: »Eine oder einer von denen könnte sich als Bills Frau in Verkleidung herausstellen. Sie würde alles darangeben, um hier hereinzukommen. Sie würde sich sogar als Mann verkleiden.«

»Mit ihrer Figur würde sie da extrem komisch aussehen«, sagte Harriet.

»Trotzdem, ich gehe kein Risiko ein. Ich habe Bill in Sicherheitsverwahrung, und da wird er auch bleiben.«

»Für wie lange?«

»So lange, wie es sein muß. Wenn sie hier reinkommt, dann nur über meine Leiche.«

Die Suite hatte eine Klimaanlage, und in den glühendheißen Tagen des Sommers, während die britischen und amerikanischen Streitkräfte Sizilien besetzten, kamen Angela und Castlebar kaum aus ihrem Versteck heraus. Die Fenster waren mit Jalousien nach fernöstlicher Art ausgestattet. Tagsüber, während die Stadt in der Sonnenglut schimmerte, waren die Zimmer schattig und die Bewohner abgekühlt wie Meerestiere in einem Felsenbad.

Das Hotelpersonal hatte soviel Trinkgeld erhalten, daß es keinem Eindringling erlauben würde, bis zur Suite zu gelangen. Harriet wurde als dazugehörig angesehen, und sie kam und ging, wie es ihr gefiel. Sie brauchte nun ihre Abende nicht länger allein in Garden City zu verbringen. Wenn die Sonne zu sinken begann, konnte sie den Uferweg zum Hotel nehmen und sich ihren Freunden im obersten Stock auf einen Drink oder zum Abendessen anschließen, und sie konnte so lange bleiben, wie sie wollte. Wenn die Hitze dann nachließ, kam ein Safragi, um die Jalousien zurückzuziehen, und sie konnten nach den Pyramiden am westlichen Horizont Ausschau halten. Bei Einbruch der Dunkelheit kehrte der Safragi zurück, um die Fenster zu öffnen und die Abendluft einzulassen.

Es war eine angenehme Routine, aber am Abend der Kapitulation Italiens gab es eine beunruhigende Unterbrechung. Bei Harriets Eintreffen war Castlebar nicht auf dem Sofa mit seinem Drink und den Zigaretten, sondern er lag ausgestreckt auf dem Bett, und Angela schenkte ihm Eiswasser ein und versuchte ihn zu überreden, zwei Aspirin zu nehmen.

»Was fehlt Bill?«

»Er hat Kopfschmerzen. Ich glaube, wir haben uns zu lange hier oben eingeschlossen. Er braucht Tapetenwechsel. Warum machen wir nicht alle eine Ausfahrt?« Angela sah ihn ängstlich an und legte ihm die Hand auf die Stirne: »Besser?«

Er lächelte sie matt an: »Etwas besser.« Er hatte die Aspirin genommen, und nach einer Weile sagte er: »Der Schmerz läßt nach. Wenn du willst, fahren wir aus.«

Eine Gharry wurde geholt, und sie fuhren unter dem glühenden Himmel am Fluß entlang. Als sie zur Bulak Brücke einbogen, sprangen kleine Jungen auf die Trittbretter der Gharry und boten ihnen Halsketten aus Jasminblüten an. Bettelnd und lachend schwangen sie die intensiv duftenden Ketten Castlebar ins Gesicht, und Castlebar, den dieses Spiel normalerweise amüsierte, schauderte zurück: »Sag ihnen, sie sollen fortgehen.«

Angela gab den Jungen Geld und fragte dann: »Wo sollen wir hinfahren?« Castlebar sagte, es sei ihm gleich, und so wandte sie sich an Harriet, die sich an ein ausgegrabenes Dorf erinnerte, das sie zu Beginn ihres Aufenthalts in Kairo besucht hatte. Sie sagte: »Wenn wir zu den Pyramiden fahren könnten, würde ich euch etwas zeigen, was ihr noch nie zuvor gesehen habt.«

Sie fuhren durch den zarten Abendduft der Bohnenfelder hinaus nach Mena, wo die Pyramiden standen, und dann noch weiter hinaus in die Wüste, die sich bis zum Horizont erstreckte. »Aber da gibt es doch bestimmt nichts zu sehen?« sagte Angela.

»Warte es ab.« Harriet ließ die Gharry anhalten, und Angela stieg mit ihr ab, aber Castlebar schüttelte den Kopf. Er lächelte leicht, lehnte das Gesicht gegen die schmutzige Polsterung der Rückbank und schloß die Augen.

Die zwei Frauen überquerten den flachen, steinigen Fahrdamm und kamen zu einer Senke, die von der Straße aus nicht sichtbar war. Drunten konnten sie ein ganzes Dorf mit engen Straßen und leeren Häusern ohne Dächer sehen, die aus dem Sand ausgegraben worden waren.

Angela sprang sofort hinunter und sagte: »Gehen wir auf Entdeckungsreise.« Als Harriet sie beobachtete, verspürte sie eine merkwürdige Beklemmung. Man hatte ihr und den anderen das Dorf an dem Tag gezeigt, an dem Angelas Kind gestorben war. Sie schob die Erinnerung weg und folgte Angela. Sie spazierten in den Gassen umher und sahen in kleine Räume hinein, erstaunt darüber, daß in diesen beschränkten Unterkünften früher einmal Leben möglich gewesen war. Sie fragten sich, warum dieses isolierte Dorf überhaupt existierte, ohne Wasser und ohne Daseinsberechtigung.

»Ja, natürlich«, sagte Angela, »bevor der Damm gebaut wurde, ist der Nil wahrscheinlich ziemlich dicht herangekommen. Da könnte es Ackerland gegeben haben. Oder noch wahrscheinlicher, die Menschen, die hier lebten, haben die Pyramiden gebaut. Du weißt, daß das keine Sklaven waren, wie die Wissenschaft früher angenommen hatte. Sie waren Bauern, gewöhnliche Arbeiter, die sich als Tagelöhner verdingten. Und zu essen kriegten sie Zwiebeln und Rettiche – nicht gerade eine sehr nahrhafte Kost, wenn man Steinblöcke umherschleppen muß.«

Die Dämmerung begann, sich zwischen die Häuser zu senken, und als die Frauen auf die Straße zurückkehrten, erhob sich ein Wind und blies ihnen Sand ins Gesicht. Sie fingen an zu laufen, als der Sturm sie antobte, die Sandkörner ihnen in die Haut stachen und ihnen die Sicht nahmen. Sie klammerten sich aneinander, waren in dem sie einhüllenden dunklen Sand verloren und hörten, wie der Gharry-Fahrer mit seiner Stimme den Lärm des Windes übertönte und nach ihnen rief.

Sie trafen Castlebar noch immer zurückgelehnt und mit geschlossenen Augen an, ohne daß er von dem Sand oder dem

Wind etwas bemerkte. Der Fahrer gestikulierte wild und wies sie darauf hin, daß sie zurückfahren müßten, ehe der Weg zugeweht war. Castlebar bewegte sich nicht, und Angela setzte sich dicht neben ihn, hob seine schlaffe Hand und sagte: »Die Aspirin haben ihn schläfrig gemacht.« In Mena House, sagte sie, müßten sie zur Toilette gehen und sich säubern, ehe sie den Gästen im Foyer des Semiramis gegenübertreten konnten. In der Toilette sahen sich die Frauen gegenseitig an und betrachteten ihre Gesichter, die mit einer grauen Sandmaske überzogen waren. Angela warf mit lautem Gelächter den Kopf zurück, und es sollte sehr lange dauern, bis Harriet ihr Lachen wieder vernahm.

Im Semiramis sagte Castlebar, daß er nichts zu essen wolle. Er würde sofort ins Bett gehen.

»Aber du wirst doch einen Whisky wollen, nicht wahr?«

»Nein, ich mag keinen. Vielleicht einen Tropfen Wodka.«

»Ja gut, so lange du wenigstens irgendwas möchtest!« Angela war erleichtert.

Für Harriet und Angela wurde etwas zu essen nach oben ins Wohnzimmer geschickt. Beim Essen sagte Angela: »Wahrscheinlich ist es nur ein Anflug von ägyptischem Bauchgrimmen. Was meinst du, was er nehmen sollte?«

Harriet rief sich all die Rezepturen ins Gedächtnis zurück, die Bestandteil der Mythologie des Nahen Ostens waren. Sie empfahl jenes bekannte Allheilmittel, Dr. Collis Brownes Chlorodyne, aber es war nicht einfach zu bekommen. Eine andere Kur bestand darin, nur Äpfel und Bananen zu essen und eine Mischung aus Port und Brandy zu trinken. Dann war da noch Kaolin, das den Darm verschließen sollte, aber eine schneller wirkende Methode war nach Harriets Ansicht ein unverdünnt genommener Löffel Dettol.

»Unverdünnt?«

»Ja. Es ist nicht schwer zu schlucken, und es ist angenehm und wärmt auf.«

»Ich würde Bill nie dazu kriegen, es runterzuschlucken.« Angela schickte nach Äpfeln, Bananen, Port und Brandy, und nachdem alles gebracht worden war, sagte sie: »Sehen wir mal nach ihm und fragen ihn, was er nehmen will.«

Castlebar war im Bett, der Hals schaute zur Schlafanzugjacke heraus; er sah hager und müde, aber nicht ernsthaft krank aus. Harriet verabschiedete sich bald, und Angela begleitete sie zum Lift und sagte: »Meinst du, es könnte Gelbsucht sein? Viele Offiziere haben sie. Er könnte sie in einer dieser ordinären Bars aufgegabelt haben.«

»Lieber Himmel, er geht in Bars?«

»Ich weiß, daß er ausbüchst, wenn ich im Bad bin. Der Ärmste, er will mit den Jungs einen heben. Ich sage kein Wort dazu.«

Harriet stimmte Angela zu, daß Castlebar in ein oder zwei Tagen wieder in Ordnung kommen würde, aber zwei Tage verstrichen, und sein Zustand war unverändert. Nahrung gegenüber war er gleichgültig, und die Sachen, die ihn früher am meisten gefreut hatten, ekelten ihn an. Und dann gab es noch weitere Symptome.

Castlebar wollte keine Gesellschaft um sich haben, und so kam Angela nach unten und setzte sich mit Harriet ins Foyer oder in den Speisesaal. Sie sagte: »Seine Temperatur geht rauf und runter; abends rauf und morgens runter. Er sagt, daß ihm der Bauch weh tut. Er will nicht, daß ich ihn anfasse. Ich möchte, daß er zum Arzt geht, aber er sagt nein.«

»Ägyptisches Bauchgrimmen ist schmerzhaft.«

»Sein Bauch schmerzt eigentlich nicht richtig, er ist empfindlich, und er ist geschwollen, oder besser: aufgebläht.«

»Es könnte eine Lebensmittelvergiftung sein.«

»Daran habe ich schon gedacht. Manchmal schleicht er sich in ein Lokal, wo sie Muscheln verkaufen. Ich habe ihm gesagt, er soll das Zeug nicht anrühren, aber er macht nicht immer das, was man ihm sagt.«

Nach einer Woche hatte sich bei Castlebar ein Ausschlag gebildet, der Brust und Bauch bedeckte, und Angela rief ganz aufgeregt Harriet an und sagte, er müsse zum Arzt, ob er nun wolle oder nicht.

Sie rief ins Telefon: »Es könnten die Pocken sein.«

»Nein. Glaub mir, dann wäre er viel kränker. Dann hätte er hohes Fieber und würde delirieren; und er würde sich

übergeben müssen. Ich weiß es, denn ich habe das alles nach-
gelesen, während ich in Quarantäne war.«

»Er hat sich schon übergeben müssen. O Gott, Harriet, was
soll ich bloß machen?«

»Ist er in der Lage zu gehen? Kriegen wir ihn in ein Taxi?«

»Ja, er geht ins Bad. Er hat mittags sogar ein paar Bissen
Hähnchen zu sich genommen.« Angelas Stimme zitterte bei
dem Versuch, sich selbst zu beruhigen. »Er sagt, er sei nicht
krank, es gehe ihm nur nicht gut.«

»Dann bringen wir ihn zu Shafik ins Amerikanische Krankenhaus. Shafik ist ein guter Arzt; er wird dir deine Sorgen
nehmen.«

»Kommst du mit?«

»Selbstverständlich komme ich mit. Sorg dafür, daß er sich
anzieht. Bis ihr fertig seid, bin ich auch schon bei euch.«

Harriet fühlte sich unbehaglich, weniger wegen Castlebar,
der vielleicht wirklich nicht sehr krank war, sondern eher wegen Angela, die schon einmal in einer verzweifelten Lage gewesen war und dies nicht erneut durchstehen würde. Harriet
hatte sie in einem Zustand von Angst gesehen, der beinahe
Hysterie gewesen war, und sie wußte, daß sie in solchen Augenblicken das war, was Guy behauptete, nämlich verrückt.
Es war wichtig, daß Castlebars Krankheit diagnostiziert
wurde, ehe Angela wieder den Verstand verlor.

Sie nahm ein Taxi zum Hotel und wartete in der Halle. Als
Castlebar aus dem Aufzug trat, war sie von seinem Anblick
entsetzt. Er konnte zwar gehen, aber er schlurfte einher, wie
ein alter Mann, und stützte sich bei Angela auf, die eine über-
reizte Ruhe an den Tag legte. Er sah unerträglich abgespannt
aus. Schweißtropfen der Erschöpfung perlten über sein Gesicht, und als Harriet ihn ansprach, konnte er kaum die Lider
von den eingesunkenen Augen heben. Er lächelte sie an,
aber es war ein schwaches und furchtsames Lächeln.

Der Portier nahm ihn am Arm und half ihm zum Taxi. Angela folgte und flüsterte Harriet zu: »Er hat wieder Fieber,
38,9.«

Harriet sagte: »Das ist nicht schlimm.« Aber sie wußte, daß
es schlimm genug war.

Das weiße Krankenhausgebäude und die Allee der Gummibäume glänzten in der Nachmittagssonne und gaben ihnen das Gefühl, daß jetzt alles gut werden würde. Es würde keine Zweifel mehr geben, kein Auf und Ab von Hoffnung und Angst. Hilfe stand bereit. Castlebars Beschwerden, was immer sie auch waren, würden behandelt und geheilt werden.

Der Krankenhausportier öffnete die Tür des Taxis und bestand darauf, daß der Patient bleiben müsse, wo er war, bis für ihn ein Rollstuhl gebracht wurde. Dann kamen drei Krankenschwestern heraus, und mit dem Mitgefühl, das die armen Ägypter den Kranken entgegenbringen, hoben sie ihn in den Stuhl. Castlebar versuchte ein Grinsen, um anzudeuten, daß all dieser Wirbel ein Scherz sei, und im Inneren des Krankenhauses nahm er seine Zigaretten heraus, versuchte aber nicht, sich eine anzuzünden.

Harriet ließ ihren Namen an Dr. Shafik übermitteln. Shafik kam sofort herunter, und sein hübsches Gesicht strahlte vor Erstaunen und Freude: »Wie kommt es, daß Sie hier sind, Mrs. Pringle? Sind Sie so schnell nach England gefahren und wieder zurückgekommen? Oder haben Sie schließlich doch beschlossen, daß Sie Ihren Dr. Shafik nicht verlassen können?« Er war sehr bestrebt, ihren früheren koketten Umgangston wieder herzustellen, aber Harriet war nicht in der Stimmung, darauf einzugehen. Sie sagte: »Dr. Shafik, ich habe meine Freunde zu Ihnen gebracht, weil sie Ihre Hilfe brauchen.«

Shafik drehte sich um und betrachtete Harriets Freunde, und sein Verhalten veränderte sich augenblicklich. Er ging zu Castlebar hin, sah ihn an und fragte: »Wie lange ist er schon so?«

Angela sagte: »Seit ungefähr zehn Tagen.«

»Sie hätten ihn eher bringen sollen.«

»Was ist es?« Angelas Stimme war schrill vor Bestürzung. »Was ist los? Was können Sie für ihn tun?«

»Das, Madam, weiß ich nicht.« Shafik war zu jener ironischen Förmlichkeit zurückgekehrt, die er im Dienst benützte. »Wir müssen Tests machen. Darf ich fragen: Sind Sie seine

Frau? Nein? Ich verstehe. Nun, es ist notwendig, daß er hier-
bleibt, und wenn wir seine Krankheit kennen, werden wir
tun, was wir können.«

»Darf ich bei ihm bleiben?«

»Nein, nein. Unmöglich. Er muß allein sein. Er braucht
Ruhe und Stille.«

Castlebar hing schlaff in seinem Rollstuhl und gab nicht zu
erkennen, daß er wußte, wovon gesprochen wurde. Er öffnete
weder die Augen, noch bewegte er sich, als sich Angela einige
Augenblicke lang an ihn klammerte, ehe er weggefahren
wurde. Der Rollstuhl wurde in einen Aufzug geschoben. Angela blieb so lange stehen und starrte dem nach oben ent-
schwindenden Lift nach, daß Harriet ihr den Arm um die
Schulter legte: »Angela, Liebes, ich denke, wir sollten gehen.«

»Gehen? Wohin gehen?«

»Wir könnten bei Groppi Tee trinken und dann zurückkommen und fragen, ob es etwas Neues gibt.«

»Nein. Ich kann hier nicht weg. Ich muß bleiben bis ich
weiß, was ihm fehlt.« Sie sah sich nach Shafik um, aber Shafik war bereits gegangen.

»Bleib bei mir«, sagte sie zu Harriet.

Am gegenüberliegenden Ende der Halle gab es einen Wartebereich, wo Glastüren auf das Krankenhausgelände hinausführten. Das Gelände grenzte an die Poloplätze der Gesîra; sie setzten sich und betrachteten den großartigen Anblick der Grasflächen, die im Dunst der Hitze zitterten und
sich wiegten. Angela, von Natur aus eine zappelige Frau, saß
so still, daß kein einziges Knistern von ihrem Korbstuhl zu
hören war.

Harriet erinnerte sich, wie lange es gedauert hatte, ehe sie
die Ergebnisse ihrer eigenen Tests erhalten hatte, und sie
sagte: »Wahrscheinlich erfährst du erst morgen oder übermorgen etwas.«

Angela drehte langsam den Kopf und sah Harriet mit glasi-
gen Augen verständnislos an. So blieben sie weiter sitzen.
Schwester Metrebian, die Harriet während ihrer Amöbenruhr gepflegt hatte, kam herunter und sprach sie an: »Aber
Sie sehen sehr gut aus!«

Harriet stand auf und führte die Schwester von Angela weg, um zu flüstern: »Der neue Patient – ist er so krank, wie er aussieht?«

»Ja, er ist krank, aber es ist Dr. Shafiks Sache, etwas zu sagen. Er muß zuerst die Diagnose machen.«

»Was glauben Sie selbst?«

Schwester Metrebian schüttelte den Kopf und ging gleich wieder; sie wollte nichts sagen. Angela und Harriet saßen schweigend bis sechs Uhr, als der Portier Angela sagte, sie könne zu Castlebars Zimmer gehen. Während sie weg war, kam Shafik und sprach in gedämpftem Ton mit Harriet: »Mrs. Pringle, Sie müssen sich um Ihre Freundin kümmern. Sie hat, glaube ich, ein hysterisches Temperament und wird Beistand brauchen. Ich habe ihr erlaubt, den Patienten zu sehen, aber Sie kann ich nicht zu ihm lassen. Sie waren erst vor zu kurzer Zeit selbst krank. Sie dürfen keine Infektion riskieren.«

»Was für eine Infektion? Was fehlt ihm denn?«

»Das kann ich noch nicht sagen. Er hat das, was man ein ›Typhoid‹ nennt. Das heißt: Er hat Fieber, jagenden Puls, niedrigen Blutdruck und andere Symptome, die wir nicht erwähnen wollen.«

Harriet konnte erraten, daß die anderen Symptome nach Shafiks Meinung entweder zu unästhetisch oder zu kompliziert für den weiblichen Verstand waren. Sie durchkreuzte seine Zurückhaltung und sagte: »Er hat also Typhus?«

»Das habe ich nicht gesagt. Er ist jetzt erst seit zehn Tagen krank. Es ist die zweite Woche, welche kritisch ist.«

»Die arme Angela, was kann ich für sie tun? Sie wird ganz außer sich sein.«

»Ich werde Beruhigungsmittel verschreiben. Ich habe ihr nichts erzählt, aber wenn sie einen Verdacht äußert, dann können Sie ihr sagen, daß Typhus hier endemisch ist und daß wir wissen, wie man ihn behandelt. Sagen Sie mir: Wissen Sie, ob Mr. Castlebar gegen Typhus geimpft wurde?«

»Das wurde er vermutlich, als er zum ersten Mal hierherkam. Wir sollen unsere Impfungen jährlich auffrischen lassen, aber ich fürchte, daß die meisten von uns es vergessen.«

»Das habe ich befürchtet. Mrs. Pringle, Sie und Ihre Freundin müssen noch heute in die Ambulanz und sich gegen Typhus impfen lassen. Sie gehen, bitte, jetzt gleich, und Ihre Freundin werde ich Ihnen nachschicken.«

Unter dem Einfluß der Beruhigungsmittel war Angela bis zum Ende der zweiten Woche wie betäubt, aber plötzlich rief sie Harriet an und bettelte flüsternd in höchster Verzweiflung: »Komm her, Harriet, komm sofort.«

Es war neun Uhr morgens, und Harriet fragte: »Kommen wohin?«

»Ins Krankenhaus.«

»Was ist denn passiert?«

»Das wirst du sehen, wenn du kommst.«

Da ihr Taxi in dem Verkehr der frühen Morgenstunden immer wieder aufgehalten wurde, war Harriet selbst schon ganz aufgeregt vor Sorge. Shafik hatte gesagt, die zweite Woche sei kritisch, aber Typhus war für die langen Fieberperioden berüchtigt und endete nicht notwendigerweise tödlich. Trotz Angelas dringlichem Tonfall konnte sie nicht glauben, daß Castlebar tot war. Als sie den Haupteingang des Krankenhauses betrat, stürzte Angela auf sie zu und sagte heiser: »Diese Frau! Diese schreckliche Frau!« Sie deutete zum Wartebereich, wo eine Frau saß, aufrecht und entschlossen, die massiven, röhrenförmigen Beine so plaziert, daß sie blitzschnell aufstehen konnte.

Harriet erkannte das rote Haar wieder, das die feuchte Blässe des Gesichts akzentuierte: »Mona Castlebar! Wie lange ist sie schon da?«

»Sie war hier, als ich heute morgen herkam. Sobald sie mich sah, schrie sie: ›Hau ab, du Miststück, du bist ja nichts anderes als eine Nutte.‹ Sie versuchte, mich zur Tür hinaus zu drängen, aber ich habe mich gewehrt, und der Portier hat Shafik geholt. Shafik hat uns beide hinauskommandiert. Sie sagte, sie würde den Konsul holen, um zu beweisen, daß sie Bills rechtmäßige Ehefrau ist, und Shafik sagte, daß es ihm egal sei, wer sie ist, und daß sie gehen müsse. Aber sie wollte nicht gehen, und ich wollte auch nicht. Bill braucht mich. Er gehört mir. Man kann mich nicht von ihm fernhalten. Harriet, Shafik ist dein Freund. Dir wird er zuhören. Bitte, Harriet, *bitte*, geh zu ihm und erkläre ihm, daß Bill diese Frau vor Monaten verlassen hat. Sie hat keinen Anspruch auf ihn. Er will sie nie mehr wiedersehen.«

»Aber geht's ihm denn gut genug, um überhaupt jemanden zu sehen?«

»Die Schwester sagt, daß es ihm heute etwas besser geht. Ich weiß, daß er einen Rückschlag erleiden wird, wenn sich diese Frau Zugang zu ihm verschafft. O Harriet, bitte, geh hin.«

Harriet traf Shafik noch immer gereizt wegen des Aufruhrs an, den die beiden Frauen verursacht hatten. Noch ehe sie reden konnte, schrie er sie an: »Mr. Castlebar hat also zwei Frauen! Das ist mir gleich. Er kann drei haben. Und wenn er reich genug ist, dann kann er so viele haben, wie der Prophet erlaubt. Aber es ist ein kranker Mann. Und ich werde nicht erlauben, daß diese Ladys zu ihm gehen und ihn beunruhigen.«

»Ist er sehr krank?«

»Ja, er ist sehr krank. Er kommt jetzt in die dritte Woche, und wir müssen täglich mit der Krise rechnen. Es könnte eine Perforation geben, Bauchfellentzündung, Lungenentzündung, Herzversagen – alle diese Dinge werden durch Schock ausgelöst. Diese Ladys müssen von ihm ferngehalten werden.«

»Aber seine Ehefrau! Kann man sie fernhalten – ich meine, rechtmäßig? Sie hat damit gedroht, den britischen Konsul zu rufen, um ihre Rechte durchzusetzen.«

Dr. Shafik schlug vor Zorn darüber, daß der Konsul oder sonst jemand versuchen könnte, seine Autorität zu unterlaufen, mit der Hand auf seinen Schreibtisch: »In einem Fall von Leben und Tod ist die Entscheidung des Arztes die allein maßgebliche.«

»Dr. Shafik, ich wäre Ihnen dankbar, wenn Sie es zulassen würden, daß Lady Hooper nur einmal einen Blick auf ihn wirft. Sie wird sich ruhig verhalten, ich verspreche es Ihnen. Die beiden lieben sich. Ihr Anblick wird ihm helfen.«

Shafik wurde wie alle Araber versöhnlich gestimmt, wenn sie eine Liebesromanze witterten, und er überlegte einen Moment, ehe er sagte: »Na gut. Wenn Sie sie zum Hintereingang bringen, dann schicke ich den Portier, daß er sie in sein Zimmer führt. Sie bekommt fünf Minuten, nicht mehr.«

Harriet kehrte in die Halle zurück und sagte: »Komm, Angela, es hat keinen Zweck, hierzubleiben.« Angela begriff, daß diese Aufforderung mehr bedeutete, als die Worte besagten, und folgte Harriet zum Portal und sah sie hoffnungsvoll an.

»Hintereingang. Er läßt dich Bill fünf Minuten sehen.«

Angela hielt Harriets Hand, während sie die Personaltreppe hinaufstiegen und zur Tür von Castlebars Zimmer geführt wurden. Als sich die Türe öffnete, erhaschte Harriet einen flüchtigen Blick auf den Patienten, der von seinen Kissen gestützt wurde, Eisbeutel auf Kopf und Stirne hatte, die Augen geschlossen, die Haut gelb, das Gesicht schmerzverzerrt. Ein leises Murmeln kam von seinen offenstehenden, geschwollenen und rissigen Lippen, die wegen des Fiebers ganz dunkel waren.

Die Tür wurde hinter Angela geschlossen, und Schwester Metrebian stand davor Wache.

Harriet sagte: »Lady Hooper erzählte mir, daß es ihm heute etwas besser geht.«

»Nicht viel besser. Sein Fieber will nicht heruntergehen. Das ist schlecht.«

»Hat er Schmerzen?«

Schwester Metrebian legte ihre schmale, kleine Hand auf ihren Unterleib: »Er ist ... puff!« Sie bewegte ihre Hand nach außen, um anzuzeigen, wie sehr Castlebars Bauch aufgebläht war: »Da sitzen Beschwerden.«

»Armer Bill!« sagte Harriet und dachte an seine sanfte Nachgiebigkeit gegenüber Angelas Wünschen, an seine Freundlichkeit und Sympathie: »Wird er sich erholen?«

»Ich kann es nicht sagen.«

Angela kam heraus, zu verstört, um zu weinen, und Harriet führte sie hinunter zum Taxi. Harriet steckte sie in der Royal Suite ins Bett, und sie lag so lange stumm da, daß Harriet glaubte, sie schliefe, und das Zimmer verlassen wollte. Sofort war sie hellwach und sagte: »Geh nicht weg, Harriet, geh nicht weg.« Sie bestellte telefonisch geräucherten Lachs und eine Flasche Weißwein. Als beides gebracht wurde, weigerte sie sich zu essen.

»Nein, Harriet, das ist für dich.«

Dann lag sie wieder da wie zuvor, bis spät in den Nachmittag, als das Telefon läutete. Der Portier des Krankenhauses hatte versprochen, mit ihr in Kontakt zu bleiben. Nach wenigen Worten legte sie den Hörer mit einem Seufzer wieder auf.

»Wie geht es ihm, Angela?«

»Unverändert.« Nach einer weiteren Periode des Schweigens stützte sie sich auf ihrem Ellenbogen auf und sagte mit fester, klarer Stimme: »Es wird ihm wieder besser gehen. Ich glaube es. Es heißt, daß man mit dem Glauben Berge versetzen kann. Ich habe einen festen Glauben.«

Angela durfte Castlebar nicht wieder besuchen. Der Portier, der sie zwei- oder dreimal täglich anrief, sagte ihr, daß Mrs. Castlebar ständig im Krankenhaus war, aber das Krankenzimmer nicht betreten durfte. Drei Tage nach Angelas Bekundung ihres Glaubens schien es so, als habe sich der Glaube durchgesetzt. Der Portier teilte Angela mit, daß das Fieber des Patienten schließlich doch gesunken sei. Es war unter 37,8.

Ganz euphorisch rief Angela Harriet an, die gerade beim Frühstück war, und bat sie, sofort zum Hotel zu kommen. Sie solle ein Taxi mitbringen, und sie würden zusammen das Krankenhaus durch den Hintereingang betreten, ohne daß es Shafik wußte oder Mona bemerkte, und zu Castlebars Zimmer gehen.

Sobald sie Harriet sah, begann Angela mit wahnsinniger Geschwindigkeit zu sprechen, und sie redete die ganze Fahrt zum Krankenhaus hindurch und machte Pläne für Castlebars Wiedergenesung. Sie würden zurück nach Zypern gehen, nach Kyrenia, und im Dome wohnen, oder vielleicht würde er lieber in Famagusta bleiben wollen, wo es wunderbare

Strände gab und weiße Lilien auf den Dünen wuchsen. Oder sie könnten vielleicht nach Paphos gehen, wo Venus dem Meer entstiegen war.

Als sie den Korridor erreichten, der zu Castlebars Zimmer führte, blieb Angela stehen. Mona Castlebar postierte vor der Tür. Angela zog Harriet hinter die Ecke zurück und außer Sichtweite und sagte: »Sieh zu, daß du sie irgendwie wegbekommst. Sag ihr, Shafik will sie in seinem Arztzimmer sprechen.«

»Aber die wundert sich doch bestimmt, was ich hier mache.«

»Dann sag ihr, daß du hier einmal als Patientin warst. Du bist zur Nachuntersuchung da. Mach schon, geh!«

»Sie wird mir nicht glauben.«

»Sie wird. Oh, Harriet, werde sie los. Schmeichle ihr, becirce sie, lüge ihr was vor, mir zuliebe.«

»Also, dir zuliebe...«

Harriet ging auf Mona zu und versuchte ein freundliches Lächeln: »Ich höre, Bill geht es besser. Ich bin so froh.«

»Ich weiß nicht, wer Ihnen das gesagt hat.« Kalte Aggressivität lag in Monas Stimme, aber noch ehe etwas gesagt werden konnte, kam Schwester Metrebian aus dem Zimmer.

Harriet fragte sie: »Wie geht es Mr. Castlebar?«

Schwester Metrebian antwortete ernst: »Er ist im Operationssaal. Der Darm ist perforiert. Er hatte große Schmerzen. Ich habe gehört, wie er geschrien hat, und habe sofort Dr. Shafik geholt. Sie führen jetzt einen Bauchschnitt durch.«

»Dann hat er also eine Chance?«

»Eine Chance, ja. Es hat keine Verzögerung gegeben.«

Mona machte ihre Stellung als Castlebars Ehefrau deutlich und sagte: »Ich durfte eine Minute zu ihm, aber er hat mich nicht erkannt.«

Was auch gut so war, dachte Harriet. Laut sagte sie, um überhaupt etwas zu sagen: »Glauben Sie, er wird sich wieder erholen?«

»Ich weiß soviel, wie Sie.« Monas Verhalten war von angemessenem Ernst, aber sie konnte einen leichten Anflug von Triumph nicht unterdrücken, die Befriedigung darüber, daß Angela letztendlich doch den kürzeren ziehen würde.

Harriet kehrte zu Angela zurück, die begierig die Neuigkeiten von ihrem Geliebten hören wollte: »Er ist nicht in seinem Zimmer.«

»Warum nicht? Wo ist er? Er ist doch nicht tot, oder?«

»Nein. Hier können wir nicht reden. Mona ist voller Argwohn. Ich erzähle dir alles draußen.«

Als sie unter den Gummibäumen standen, die im frühen Sonnenlicht zitterten und glänzten, sagte Harriet: »Sie müssen operieren. Es hat keinen Zeitverlust gegeben. Schwester Metrebian sagt, er hätte eine Chance...« Als Angelas Lippen zitterten, fügte Harriet hinzu: »Eine *gute* Chance.«

»Was soll ich machen? Was *kann* ich denn nur machen?«

»Angela, Liebes, du kannst gar nichts machen. Nur abwarten.«

»Bleib bei mir, Harriet.«

»Natürlich bleibe ich bei dir«, sagte Harriet.

Castlebar starb kurz nach drei Uhr am folgenden Morgen.

Als der Portier Angela am vorhergehenden Abend angerufen hatte, hatte er gesagt: »Mis' Castlebar nicht gut gehen.« Angela war sofort zum Krankenhaus gefahren, wo man ihr sagte, daß Mona der Zutritt zum Krankenzimmer gestattet worden war. Angela selbst wurde der Eintritt verwehrt. Mona hatte sich auf jede Eventualität vorbereitet und sich vom Konsul eine schriftliche Bestätigung besorgt, daß sie Castlebars rechtmäßige Ehefrau sei. Demzufolge mußte ihr erlaubt werden, ihn zu besuchen, und im Falle seines Todes hatte sie allein das Recht, über seine sterblichen Überreste zu verfügen. Angela, die keinerlei Rechte besaß, ging zu Fuß zu ihrem Hotel zurück.

Dobson, der wie immer der erste war, den alle Neuigkeiten erreichten, erhielt vom Konsul einen unterhaltsamen Bericht über ›das ganze, verdammte, blöde Hin- und Hergezerre. Zwei Weiber balgten sich um einen Mann, der im Sterben liegt. Und eine von denen ist keine geringere als Lady Hooper. Jetzt, wo er tot ist, ist er beiden entkommen, aber Mrs. C. wird mit der Leiche belohnt werden.‹

Harriet hielt es für unwahrscheinlich, daß der Portier mit dem den Arabern eigenen Unwillen, schlechte Nachrichten zu überbringen, Angela gesagt hatte, daß Castlebar gestorben war. Harriet ging sofort in die Royal Suite und fand Angela vollständig angekleidet und wach auf dem Bett liegend.

»Welche Nachrichten bringst du mir, Harriet?«

»Ich fürchte, du hast es schon erraten.«

»Er ist tot?«

Harriet nickte. Angela starrte sie an mit einem Ausdruck gequälter Leere, beraubt, wie es schien, von allem, was ihr das Leben ermöglichte. Da Harriet wußte, daß in nichts von dem, was sie sagte, Trost liegen würde, setzte sie sich auf die Bettkante und streckte ihre Arme aus. Angela fiel hinein und brach zusammen.

Harriet blieb bis spät in den Abend bei ihr. Die meiste Zeit lag Angela wie betäubt da, aber zweimal begann sie zu sprechen; schnell, fast lebhaft ging sie noch einmal alle Einzelheiten von Castlebars Krankheit und ihrer möglichen Ursachen durch.

»Die Muscheln! Wenn ich bei ihm gewesen wäre, würde er jetzt noch leben. Aber, wer weiß, vielleicht waren es auch gar nicht die Muscheln. Doch ich bin mir sicher, die Muscheln waren es...«

Als sie das zweite Mal in Schweigen versank, überredete Harriet sie, sich auszuziehen und ihre Beruhigungstabletten zu nehmen. Als sie schlief, verließ Harriet sie und ging den Fluß entlang nach Garden City zurück. Sie war überrascht, Mona Castlebar im Wohnzimmer bei Dobson vorzufinden. Sie hielt einen Drink in der Hand, und ihrem Verhalten nach zu schließen, genoß sie ihre Anwesenheit als Galavorstellung. Da sie sonst niemanden hatte, dem sie sich aufdrängen konnte, war sie zu der Wohnung gekommen, unter dem Vorwand, sich wegen der Beerdigung beraten zu lassen.

Wenn Castlebar irgendwo anders als im Amerikanischen Krankenhaus gestorben wäre, wäre er längst beerdigt worden. Das Krankenhaus war modern ausgestattet und hatte eine gekühlte Leichenkammer, und dort konnte der Tote bleiben, bis Mona seine Herausgabe verlangte.

Dies, sagte sie, sei höchst zufriedenstellend. Somit hätte sie genügend Zeit, um eine Beerdigung zu organisieren, wie sie einem wohlbekannten Dichter und Universitätsdozenten gebührte.

»Der Gottesdienst wird natürlich in der Kathedrale stattfinden. Mit Chor. Ich lasse Einladungen drucken, aber die werden nur an einige wenige Ausgewählte gehen. Wenn andere der Andacht beiwohnen wollen, können sie hinten sitzen. Und was jetzt den Ablauf angeht, so schlage ich vor, daß wir den Sarg gegen Mittag hereintragen lassen, dann eine Pause von, sagen wir, fünfzehn Minuten gewähren, und danach werde ich langsam den Gang nach vorne gehen. Es sollte jemand da sein, um mich zu stützen.« Mona sah Harriet an. »Guy würde genügen.«

Harriet sagte kein Wort. Dobson, der bis dahin eine schickliche Miene gezeigt hatte, konnte kaum noch ein Lachen unterdrücken: »Meine liebe Dame, dies ist ein Begräbnis und keine Hochzeit. Wenn Sie schon einen Auftritt haben müssen, dann sollten Sie unmittelbar nach dem Sarg hereinkommen.«

Monas Gesicht wurde lang. Sie versuchte zu argumentieren, mußte aber schließlich zugeben, daß Dobson als Autorität in Protokollfragen vermutlich am besten Bescheid wußte.

Zu Harriets Überraschung wollte Angela den Trauergottesdienst besuchen. »Ich muß da hin. Selbstverständlich muß ich das. Was würde Bill denken, wenn er mich nicht dort sehen würde? Du kommst doch und holst mich ab, ja? Wir gehen zusammen.«

Harriet holte Angela ab und traf sie in einem kurzen Kleid an, das viel zu modisch und zu chic für eine Beerdigung war.

Angela sagte: »Das ist mein einziges Schwarzes. Ich weiß, es paßt nicht für diese Gelegenheit, aber was spielt das für eine Rolle? Wahrscheinlich muß ich einen Hut tragen!« Sie zog eine Hutschachtel aus der Garderobe und brachte einen breitrandigen Hut aus schwarzer Spitze, besetzt mit rosa Rosen, hervor. »Der wird's tun, oder?« Sie setzte ihn auf, ohne in den Spiegel zu sehen. »Paßt er so?« Sie wandte sich zu Harriet um und zeigte ein rotes, geschwollenes, verzweifeltes Gesicht unter dem hübschen Hut.

»Der tut's«, sagte Harriet.

In der Kathedrale waren die ersten drei Reihen des Gestühls mit Monas ausgewählten Gästen besetzt: ein paar Angehörige des Botschaftspersonals und einige Professoren und Dozenten der Universität.

Obgleich Guy eine Einladung erhalten hatte, zog er es vor, hinten zu sitzen, und Harriet und Angela setzten sich neben ihn. Unmittelbar darauf erhob sich die Versammlung. Man hörte das Scharren von Füßen am Portal, und dann begann der Leichnam seine Reise durch den Gang. Monas Einladungskarten hatten besagt: »Auf Wunsch – keine Blumen.« Aber es war nicht zu entnehmen, wessen Wunsch dies war. Ihr eigenes Gebinde war ein großes, auffälliges Kreuz aus roten Nelken, das auf dem Sargdeckel lag. Wie Dobson ihr empfohlen hatte, folgte sie dem Sarg, ging langsam mit gesenktem Kopf, die Beine unter einem schwarzen Abendkleid aus Samt versteckt, das ihr wie eine Schlange auf dem Boden hinterherkroch. Ihr Mieder enthüllte vorteilhaft ihre breiten, dick gepuderten Schultern und den vollen Busen.

Guys Gesicht war vor Widerwillen angespannt, und er flüsterte: »Wenn sie eine bessere Schauspielerin wäre, würde sie wenigstens eine Träne rausquetschen.«

Angela blieb gefaßt, bis der Trauerzug sie erreichte. Als sie dann zur Seite schaute und den Sarg nur wenige Zentimeter entfernt von sich sah, brach sie in ein gequältes Schluchzen aus, das man durch das Dröhnen der Orgel hindurch hören konnte. Die Ehrengäste in den vorderen Sitzreihen warfen verstohlene Blicke zurück. Angela nahm nur ihren eigenen Schmerz wahr, sank auf ihren Sitz, begrub das Gesicht in den Händen und überließ sich einem herzzerreißenden Weinen, das den ganzen Gottesdienst hindurch anhielt.

Nach dem Gottesdienst verließ Mona die Kathedrale vor dem Sarg, hocherhobenen Hauptes, um anzuzeigen, daß die Zeremonie vollbracht worden war. Während sich die anderen Sitzplätze leerten, bleiben Guy und Harriet bei Angela und rührten sich nicht, bis sie damit rechnen konnten, daß sich der Leichenwagen schon zum englischen Friedhof in Bewegung gesetzt hatte. Aber Mona hatte es keineswegs eilig, ihre Rolle als überlegene Gastgeberin vorzeitig aufzugeben. Als Guy Angela aus dem Portal führte, stand der Leichenwagen immer noch am Randstein, während Mona sich unter ihren ausgewählten Gästen bewegte. Sie hatte noch niemanden gefunden, der sie hinter dem Sarg begleitete, aber es waren mehrere bereit, ihr bei einem abendlichen Umtrunk Gesellschaft zu leisten. Sie warf einen schnellen, hochmütigen Blick auf Angelas lädierten Hut und ihre Erscheinung einer geschlagenen Frau und ergriff dann Guy am Arm: »Sie kommen doch mit nach Mahdi, nicht wahr?«

Guy entschuldigte sich und sagte, er hätte eine Verabredung im Institut.

Sie ließ nicht locker: »Sie wissen doch, daß wir einen Abendempfang haben werden, nicht wahr? Ich habe hinter der Suleiman Pascha ein Zelt aufstellen lassen. Ich dachte, wir gehen zunächst in die Britannia Bar, ziehen von dort zu Groppi, danach ins George V. und treffen gegen sechs im Empfangszelt ein. Sie können sich uns irgendwo anschließen, ja?«

Obgleich Harriet und Angela links und rechts von ihm standen, ließ Mona keinen Zweifel daran, daß sich die Einladung ausschließlich auf Guy bezog. Er murmelte abwehrend: »Ich werde kommen, sofern ich kann.«

Der Leichenwagen war ein alter Rolls-Royce, der mit schwarzen Straußenfedern und schwarzen Cherubimen verziert war, die schwarze Kerzen hoch erhoben hielten. Angela hielt ihren Blick auf den Sarg mit seinem großen Nelkengebinde gerichtet, und als die Equipage aufbrach, starrte sie hinterdrein, als könne sie Castlebar durch die Kraft ihres Blicks zurückholen.

Harriet beobachtete die Wagenkolonne, die Mona und ihre Gäste wegbrachte, und sagte: »Sie läßt es sich einiges kosten, nicht wahr?«

Guy sagte ihr: »Das geht alles auf Kosten der Universität.

Sie kriegt nicht nur ihre Witwenpension, sondern außerdem noch einen großen Staatszuschuß. Sie mußte irgendeine Art von Show abziehen, und sie denkt, daß Bill sich das auch gewünscht hätte.«

Guy begleitete die Frauen zum Semiramis und verließ sie dort. Harriet saß in der abgedunkelten Düsterkeit der Royal Suite und paßte auf Angela auf. Sie hatte geglaubt, daß Angela ihr Zeitgefühl verloren hätte, aber Punkt sechs setzte sie sich auf: »Gehen wir doch mal zum Empfangszelt.«

Immer noch im schwarzen Kleid, aber ohne Hut, hielt Angela Harriets Hand, als sie mit einer Gharry durch die überfüllten Straßen fuhren. Der Dunst der Hitze hing immer noch in der Luft. Das blasse Rosa des Abendhimmels war von violetten Streifen durchzogen. Es war die Zeit, wenn in den Fenstern, die tagsüber achtlos übersehen wurden, das Licht anging, und sich hinter den staubigen, kitschigen Fassaden der Gebäude ein geheimnisvolles Treiben enthüllte. Für Angela existierte dies alles nicht. Sie sah keine Menschenmassen, keinen Himmel, keine Fenster, kein Leben, welcher Art auch immer. Sie saß kraftlos da und wartete darauf, das Zelt zu sehen, das letzte Andenken an den Geliebten, den sie verloren hatte.

Das Zelt war nicht leicht zu finden. Hinter der Suleiman Pascha Moschee gab es zahlreiche kleine Midans, und die Gharry irrte umher und fuhr die Gassen auf und ab, ehe sie es letztendlich fanden: ein sehr großes, quadratisches Zelt aus Segeltuch, auf das über und über geometrische Designs und Blumen aus gefärbtem Stoff appliziert waren. Der Eingang war zurückgebunden, um möglichst viel Luft einzulassen, und die zwei Frauen konnten einen Blick ins Innere werfen. Auf dem Boden waren Teppiche übereinander gelegt, und es gab eine große Anzahl kleiner, vergoldeter Stühle. Die Szenerie wurde von dem grünlichen Glühen von Butangas erleuchtet. Die Gäste hielten sich beim offenen Eingang auf. Es waren nicht viele da, und jene, die Harriet wiedererkannte, waren der harte Kern von Monas Trinkbekanntschaften. Sie konnte Cookson mit seinen

Nichtstuern Tootsie und Taupin sehen. Dann schob sich zu ihrer Überraschung eine unerwartete Figur ins Blickfeld.

»Schau mal, wer dort ist – Jake Jackman!«

Angela war es gleich, wer dort war. Sie starrte auf das Zelt und durch das Zelt hindurch in die Leere, und ihr Gesicht war eine Maske hoffnungsloser Sehnsucht.

Als sich Mona dem Eingang näherte – ihr schwarzer Saum schlängelte sich noch immer hinter ihr drein –, spürte Harriet, daß es besser war zu gehen. Sie fuhren zum Hotel zurück, wo Angela sich weigerte, etwas zu essen, und ganz erschöpft vor Verzweiflung ging sie bereitwillig ins Bett.

Harriet ging zu Fuß nach Hause und traf Major Cookson und Tootsie. Cookson war ganz aufgeregt und mußte unbedingt etwas loswerden: »Lieber Himmel, was für eine Trauerfeier! Sie begann so schön, aber endete, wie ich fürchte, mit einem Mißton.« Er erzählte ihr, daß Mona, als sie bemerkte, daß sie nicht die wenigen Ausgewählten sondern Leute wie Jake Jackman bewirtete, gereizt und ärgerlich wurde. Sie genehmigte jedem zwei Drinks, und dann sagte sie, wenn sie mehr haben wollten, müßten sie sie bezahlen.

»Lieber Himmel!« sagte Cookson. »Was für eine Szene! Sie können sich vorstellen, wie Jake auf eine solche Ankündigung reagierte! Leider hat es ein kleines Spektakel gegeben. Tootsie und ich waren der Meinung, es sei besser wegzugehen.«

»Was hat denn Jake Jackman dort gemacht? Ist er jetzt wieder endgültig zurück?«

»Äh, nein. Um Ihnen die Wahrheit zu sagen: Er wird unter Gewahrsam nach England gebracht werden. Er muß mit dem nächsten Truppentransporter fahren.«

»Was glauben Sie, was dann mit ihm geschehen wird?«

»Ich weiß es nicht. Wahrscheinlich nicht sehr viel.«

Als sie am nächsten Morgen in die Royal Suite zurückkehrte, fand Harriet Angela umgeben von ihren teuren Koffern und ihren Kleidern vor. Sie versuchte zu packen und sagte: »Ich kann dieses Zimmer nicht einen Moment länger ertragen. Es ist so... so leer. Ich habe die ganze Nacht nicht geschlafen.

Die Suite deprimiert mich. Ich hasse sie richtig. Schau dir nur diese grauenhafte Aussicht an. Mir wird ganz übel, wenn ich das sehe.«

»Wo willst du hingehen?«

»Gott weiß, wohin. Jetzt braucht mich ja keiner mehr.«

»Angela, ich brauche dich.«

Angela schüttelte den Kopf, da sie ihr nicht glaubte, und Harriet sagte: »Komm mit mir zurück nach Garden City. Dein Zimmer ist noch immer so, wie du es verlassen hast. Es sind nur noch Guy und Dobson da. Wenn du nicht kommst, dann werde ich die meisten Abende allein sein. Du siehst also, ich brauche dich. Kommst du mit?«

»Würde Dobson mich zurückhaben wollen?«

»Das weißt du doch, daß er das will. Kommst du mit?«

Angela ließ die Kleider fallen, die sie gerade in der Hand hielt, und seufzte. Wie ein einsames und zutrauliches Kind streckte sie die Hand aus: »Ja, wenn du es möchtest. Du weißt, daß dies das Ende meines Lebens ist. Niemand wird mich je wieder lieben.«

»Ich liebe dich.« Harriet war der Meinung, daß genug geredet worden war, stopfte die Kleider in die goldverzierten Krokodilleder- und Schweinslederkoffer, telefonierte dann mit dem Portier und bestellte zwei Gharries. Als Angela das erste Mal nach Garden City gekommen war, war sie mit zwei Gharries erschienen, von denen die eine nur ihr umfangreiches Gepäck befördert hatte. Und jetzt würde sie wieder mit zwei Gharries zurückkehren.

Awad verbrachte den ganzen Morgen damit, die Koffer unter dem Fenster von Angelas altem Zimmer aufzustapeln. Das Zimmer blickte auf die große, runde Krone eines Mangobaums hinaus. Die Luft war sehr heiß und voll mit dem Duft trocknenden Grases.

»Wieder daheim«, sagte Harriet.

Angela lächelte, legte ihren Kopf auf das Kissen, das sie so oft mit Castlebar geteilt hatte, sagte: »Ich glaube, ich kann jetzt schlafen«, schloß die Augen und schlief ein.

22

Es dauerte einige Tage, ehe der von seinen vielen Interessen beanspruchte Guy bemerkte, daß Angela eine ständige Bewohnerin der Wohnung geworden war. Er hatte sie bei den Mahlzeiten gesehen und geglaubt, sie suche den Trost der Geselligkeit. Dann traf er auf sie, als sie in ein Handtuch gehüllt aus dem Bad trat, und es kam ihm der Gedanke, Harriet zu fragen: »Ist diese verrückte Frau jetzt wieder dauernd da?«

»Falls du Angela meinst – ja.«

»Wie hat sie denn das fertiggekriegt? Du hast sie doch hoffentlich nicht dazu ermuntert?«

»Ich habe sie dazu ermuntert. Das heißt, ich habe sie sogar überredet zu kommen.«

»Dann mußt du genauso verrückt sein wie sie. Sie hat den armen Bill Castlebar abgeschleppt und ihm den Rest gegeben. Der Himmel weiß, was sie mit dir anstellen wird.«

Guy war zornig, aber Harriet war von seinem Zorn nicht beeindruckt. Sie sagte mit fester Stimme: »Angela hat mir geholfen, als ich Hilfe brauchte; und jetzt helfe ich ihr, wenn ich kann. Also versuche nicht, mich gegen sie zu beeinflussen. Du hast deine Freunde, laß mich die meinen haben.«

Guy war von ihrem Ton überrascht, und sie erinnerte sich daran, wie Angela ihr geraten hatte, ihm eine Ohrfeige zu geben. Und in gewisser Hinsicht war es das, was sie gerade getan hatte. Nachdem die erste Überraschung vorbei war, war er sich ganz offensichtlich im unklaren darüber, wie er mit der Situation fertig werden sollte. Harriet entzog sich immer mehr seinem Einfluß. Sie war schon einmal fortgegangen und anscheinend recht gut allein zurechtgekommen. Die Aussicht, daß sie ihn erneut verlassen könnte, brachte ihn aus der Ruhe. Aber mehr noch brachte ihn die Aussicht aus der Ruhe, daß Angela, die ihm bereits Castlebar genommen hatte, jetzt versuchen könnte, ihm Harriet zu stehlen.

Er sagte: »Mal von allem anderen abgesehen: Angela ist reich. Sie ist einen völlig anderen Lebensstil gewohnt. Es wäre ein Fehler, in eine solche Frau zuviel Vertrauen zu investieren. Früher oder später wird sie sich davonmachen, wie beim letzten Mal.«

Guy wartete darauf, daß Harriet ihre Attitüde der Selbständigkeit aufgab und ihm beipflichtete, was sie aber nicht tat. Sie sagte nichts; Guy ergriff ihre beiden Hände und hielt es für das beste, großzügig zu sein: »Ich weiß, du bist manchmal einsam, und wenn du Angela so gerne hast und meinst, sie ist eine Freundin – schön und gut. Aber vergiß nicht, daß sich unser Leben verändern wird, wenn der Krieg aus ist. Alles wird dann ganz anders werden. Ich werde viel mehr freie Zeit haben, und wir werden alles gemeinsam unternehmen.«

»Tatsächlich?« fragte Harriet zweifelnd.

»Natürlich werden wir das.« Er hob ihre Hände an die Lippen und murmelte: »Kleine Affenpfoten.« Dann fiel ihm plötzlich eine dringende Angelegenheit sonstwo ein, und er legte ihre Hände wieder hin und sagte: »Ich muß jetzt weg, aber mach dir keine Gedanken; es wird nicht sehr spät werden.«

23

Es war Mitte September, ehe Simon für den aktiven Dienst tauglich erklärt wurde. Ungeduldig und voller Tatendrang ging er vom Zimmer des Stabsarztes direkt auf seine Station und begann, seine Sachen zusammenzupacken. Er wollte das Hospital auf der Stelle verlassen, aber er mußte sich so lange gedulden, bis er irgendwohin eingeteilt wurde.

Greening, der auf ihn gewartet hatte, sagte: »Wir sehen Sie ungern gehen, Sir.« Aber Simon war viel zu aufgeregt, um traurig über die Trennung von Greening oder jemand anderem zu sein.

Lachend sagte er: »Nächste Woche um diese Zeit bin ich schon wieder voll dabei.«

»Darauf würde ich nicht wetten, Sir. Der Stabsarzt hat Ihnen empfohlen, die Sache erst mal ruhig anzugehen. Man wird Ihnen vermutlich einen hübsch bequemen Bürojob verschaffen.«

»Nicht mit mir. ›Aktiver Dienst‹ bedeutet ›aktiven Dienst‹, und das ist genau, was ich will. Ich bin jetzt lange genug gehätschelt worden.«

»Vergessen Sie nicht, daß wir Sie ganz neu aufbauen mußten, und das braucht seine Zeit.«

»Ich werde denen sagen, daß ich wieder so gut wie neu bin. Ich brauche einen neuen Anfang. Ein neues Land. Ich habe jetzt genug von Ägypten.«

Das Land, an das Simon dachte, war Italien. Alliierte Streitkräfte waren vor kurzem in der Nähe von Reggio an Land gegangen, und zwar vorsichtshalber mitten in der Nacht. Eine Maßnahme, die sich als unnötig herausgestellt hatte, da die Italiener nur darauf gewartet hatten, sich zu ergeben. Als Folge davon besetzten die Deutschen Rom, versenkten ein Schlachtschiff – *Roma* und jagten die ganze italienische Flotte Volldampf voraus nach Malta.

Italien war das Land, wo etwas los war. Es war das Land für Simon. Er wurde ins Truppenamt befohlen und sagte fröhlich zu Greening: »Ich kenne dort einen Burschen, der alles für mich deichseln wird.«

Der Bursche war Perry, ein dicker, jovialer Major, der nach Whisky roch und bei dem sich Simon am Tag nach dem Fall Tobruks gemeldet hatte. Perry war seinerzeit von Simons Jugend und seinem ungestümen Wunsch, an die Front zu kommen, beeindruckt gewesen. Er hatte ihm versprochen, ihn ›im Laufschritt‹ in die Wüste zu schicken. Das Versprechen war eingelöst worden. Perry würde sich schon darum kümmern, daß Simon richtig untergebracht wurde.

Aber die Zeiten hatten sich geändert. Das Militärpersonal war auf ein Minimum reduziert worden, und viele Büros waren geschlossen. Das Truppenamt, das früher in Heluan gewesen war, war jetzt wieder in der Abbasia-Kaserne, und Simon fand heraus, daß Major Perry nach Bari versetzt worden war. Der ungefähr dreißigjährige Hauptmann, der ihn befragte, war alles andere als jovial. Er betrachtete lange den medizinischen Bericht und sagte: »Ich entnehme dem, daß

Sie für eine Stelle in einem Büro eingestuft worden sind, Mr. Boulderstone.«

»Tja, also, Sir, ich würde lieber etwas vom Kampf mitkriegen. Büroarbeit liegt mir nicht, und ich bin vollkommen fit. Ich will zurück an die Front.«

Der Captain war nicht ohne Mitgefühl und warf ihm einen Blick zu: »Für mich sehen Sie okay aus, aber wir müssen uns an die Empfehlung des Stabsarztes halten. Wir werden Sie zum Feldzeug Korps schicken. Schreibstube. Sie werden es nicht allzu schlimm finden.«

»Wie lange werde ich dort bleiben müssen, Sir?«

»Nicht lange. Das ist nur eine vorübergehende Beschäftigung. Außerdem werden wir alle bald von hier weg sein.«

Besänftigt fragte Simon nach einer Unterkunft in der Kaserne, und man wies ihm ein Zimmer zu, das genauso aussah wie jenes, das er in seiner ersten Nacht in Ägypten bewohnt hatte: kahl, mit drei Feldbetten und dem intensiven Geruch des Desinfektionsrauchs. Das Gefühl, daß sich sein Leben wiederholte, bestärkte ihn in seiner Entschlossenheit fortzukommen.

Simon fühlte sich nun nicht mehr wegen der Hoffnung, Edwina sehen zu können, zu der Wohnung in Garden City hingezogen, sondern weil es der einzige Ort war, den er ein Zuhause nennen konnte.

Guy und Harriet hatten Edwinas Zimmer am Ende des Korridors übernommen, und Edwinas Gardenia-Duft hing noch monatelang darin. Harriet schlug vor, Simon solle das ehemalige Zimmer der Pringles beziehen. Er sagte: »Das ist die Mühe nicht wert. Ich muß praktisch täglich damit rechnen, daß ich fort muß.«

Sie wußte, was er damit meinte, denn sie alle fühlten sich wie auf Abruf und lebten in irgendwelchen Hoffnungen, ohne zu wissen, worauf sie hofften. Die Ereignisse um sie herum berührten sie nicht länger. Wie jener Hauptmann in der Abbasia-Kaserne glaubten auch sie, daß sie ›alle bald von hier weg sein‹ würden.

Edwina kam nach ihrer Hochzeit nur noch einmal in die

Wohnung. Sie traf Dobson und Harriet im Wohnzimmer an und gestand ihnen, daß Tony ein humorloser Langweiler war. Dann kicherte sie wehmütig und sagte, sie sei schwanger. Nachdem sie gegangen war, schüttelte Dobson traurig den Kopf: »Das hat sie jetzt von ihrer überstürzten Heirat! Armes Mädchen! Wenn man daran denkt, wie früher die Männer mit Revolvern herumgefuchtelt und gedroht haben, sich ihretwegen gegenseitig umzubringen. Und jetzt hat sie diesen Schlappschwanz Tony Brody am Hals!«

»Ich glaube nicht, daß sie den sehr lange am Hals haben wird«, sagte Harriet. »Ich wette, sobald das Baby auf der Welt ist, findet sie einen anderen Major; einen mit einem etwas besser entwickelten Sinn für Humor. Aber haben Männer *tatsächlich* damit gedroht, ihretwegen einander umzubringen?«

»Ich glaube, einer hat einmal mit einem Revolver herumgefuchtelt, aber das liegt schon lange zurück. Sie war damals achtzehn und ein ganz exquisites Mädchen.«

Dobson starrte in die Ferne, von der Erinnerung überwältigt, und Harriet staunte, daß er hinter seiner ironischen Duldung von Edwinas Narreteien dieses Wissen um ihre dramatische Vergangenheit verborgen gehalten hatte.

Simons Job, den er als ›Briefmarken anfeuchten‹ beschrieb, währte nicht lange. Anfang Oktober wurde er nach Alexandria befohlen, um das Kommando über zweihundert Soldaten zu übernehmen, die an einen unbekannten Ort verlegt werden sollten. Nach Simons Ansicht kam dafür nur ein einziges Einsatzgebiet in Frage. Endlich würde er nach Italien kommen.

Guy, der mit ihm zum Bahnhof ging, sagte: »Ich beneide dich, daß du zu dieser Jahreszeit nach Alex gehen kannst.« Aber Simon, schon ganz darauf eingestellt, sich nach Rom durchzukämpfen, war an Alex nicht interessiert. Er war jetzt Oberleutnant und wuchs in seine Stellung als Vorgesetzter hinein. Aber für Guy stellte er immer noch eine verantwortungsvolle Aufgabe dar, die er nicht verlieren wollte.

»Wie lange wirst du wahrscheinlich in Alex sein?«

»Ich weiß es nicht. Vielleicht eine Woche.«

»Wir kommen dich möglicherweise mal besuchen.«

»Ja, fein.«

Als der Pfiff ertönte, legte Guy seine Hand auf Simons Arm, und Simon legte die seine darauf und sagte: »Vielen Dank für alles.« Es war ein distanziertes Abschiednehmen. Simon fühlte sich von Guy so weit weg wie von Greening. Aber für Guy war es Dankbarkeit genug. Der Besuch in Alexandria, den er zunächst nur als vage Möglichkeit angedeutet hatte, wurde zur zwingenden Notwendigkeit, und sobald er Harriet sah, bat er sie mitzukommen. Er war überrascht, daß sie nicht sofort einverstanden war.

»Du willst doch fahren, oder?«

»Ich wollte zu sehr vielen Orten fahren, seit wir verheiratet sind, aber du hattest nie Zeit, mit mir mitzufahren.«

»Oh, Darling, das ist etwas anderes. Sei nicht unvernünftig. Vielleicht sehen wir Simon nie wieder.«

Sie machten sich am folgenden Samstag auf den Weg, brachen früh auf, als das Licht, das jetzt zum kühlen Topas des Winters verblaßte, dem Delta eine besonders zarte Färbung verlieh. Sie sahen hinaus auf den grünen Gürtel, der durch glitzernde Wasserkanäle unterteilt wurde. Harriet dachte an ihre Ankunft in Ägypten und sagte: »Erinnerst du dich an unser erstes Kamel?«

Guys Aufmerksamkeit galt der *Egyptian Mail*, und er murmelte ein Ja, während Harriet nach einem Kamel Ausschau hielt. Eines tauchte auf und wurde an einem sehr langen Seil von einem Jungen geführt. Es bewegte sich langsam, setzte die Füße gemächlich in den Staub neben den Eisenbahnschienen, wurde noch langsamer, wenn an dem Seil gerissen wurde, warf den Kopf zurück und weigerte sich, zur Eile angetrieben zu werden.

»Guy, schau mal!«

Guy kam hinter der Zeitung hervor, richtete seine Brille und versuchte zu erkennen, was sie ihm zeigte: »Du hast etwas von unserem ersten Kamel gesagt; was hast du da gemeint?«

»Erinnerst du dich nicht mehr? Nachdem wir in Alex von Bord gegangen waren, sind wir in den Zug gestiegen und haben ein Kamel gesehen. Unser erstes Kamel. Vielleicht war es genau dasselbe.« Nach einer Pause sagte sie: »Ägypten ist schön.« Und sie bedauerte, daß sie es eines Tages würden verlassen müssen.

Guy lachte und kehrte zu seiner Zeitung zurück, und Harriet begriff, daß er gar nicht sehen konnte, was sich vor dem Fenster ereignete. Verborgen unter seinem Glauben an sich selbst, unter seiner Gewißheit, daß er geliebt und gebraucht wurde, wo immer er auch war, litt er unter einem Defizit. Sie nahm die Welt als Wirklichkeit wahr, und er nicht. Sie legte ihre Hand auf sein Knie; er tätschelte sie und ließ sie dort liegen, während er den Blick auf die Druckzeilen der Zeitung gerichtet hielt. Defizit oder nicht, er war es zufrieden; aber war sie zufrieden?

Sie konnte ihren eigenen Gedanken nachhängen. Sie konnte ihre Fantasie entfalten. Hätte sie letztendlich nicht auch mit irgendeinem tyrannischen, sich dauernd einmischenden, eifersüchtigen Mann auskommen können, dem sie über jeden Atemzug hätte Rechenschaft ablegen müssen?

Nicht für lange.

In einer unvollkommenen Welt war die Ehe ein Problem des Sich-Arrangierens mit dem, den man sich ausgesucht hatte. Als ihr dieser Gedanke durch den Kopf schoß, drückte sie Guys Knie, und er tätschelte wieder ihre Hand.

Als sie in Alexandria eintrafen, hatte es nichts mehr mit der Stadt gemein, die Harriet zur Zeit der Umzingelung und der Nachrichtensperre erlebt hatte. Damals, als das Afrika Korps einen Tagesmarsch entfernt war, waren die Menschen nervös gewesen, hatten Deutsch gesprochen und Lebensmittel für den Fall einer möglichen Besetzung gekauft oder ihre Habseligkeiten auf die Autos geladen, um für eine Flucht gerüstet zu sein. Es war eine graue Stadt unter einem grauen Himmel gewesen, mit einem verlassenen Strand an einem grau vor sich hinplätscherndem Meer. Jetzt, in der glitzernden Luft einer Oktoberbrise, sahen die Menschen sorglos aus, und am allersorglosesten waren die jungen Seeleute der Navy, die immer noch ihre weißen Sommeruniformen aus Leinen trugen.

»Ich bin froh, daß wir hierhergefahren sind.«

Guy antwortete mit heiterer Gelassenheit: »Ich wußte es ja.«

Sie waren mit Simon in der Bar des Cecil verabredet, und sie fanden ihn bereits dort vor, eine einsame Khakigestalt inmitten der Marineleute. Er tat sein Bestes, um sie freundlich zu begrüßen, aber sie konnten sehen, daß seine Stimmung gedrückt war. Etwas, das zweifellos mit seinem Kommando zu tun hatte, hatte ihn enttäuscht, aber er konnte nicht darüber sprechen, und sie konnten ihn nicht befragen. Obschon sie ihn vielleicht nie wieder sehen würden, gab es kein anderes Gesprächsthema als den Krieg und die italienische Kapitulation.

Um die allgemeine Niedergeschlagenheit etwas aufzuhellen, sagte Harriet: »Ich glaube, die Zukunft wird sich in unserem Sinn entwickeln.«

Simon fragte: »Wie kommen Sie zu dieser Annahme?«

»Die Italiener hätten doch nicht die Seiten gewechselt, wenn sie nicht ziemlich sicher gewesen wären, daß wir gewinnen. Wird das nicht wunderbar, wenn der Krieg aus ist? Wir können dann wieder hingehen, wohin wir wollen. Stell dir vor, wir besuchen Griechenland noch einmal!«

Die Erwähnung Griechenlands ließ Simon aufhorchen, und er sagte: »Ihr habt dort gelebt, nicht wahr? Wie war es?«

»Wir haben es geliebt.« Harriet wandte sich an Guy: »Erinnerst du dich, wie wir auf den Pendeli gestiegen sind, an dem Tag, an dem die Italiener den Krieg erklärten?«

»Werde ich das je vergessen?«

»Oder diese beiden alten Trampschiffe, die *Erebus* und die *Nox*, mit denen wir vom Piräus aus weggefahren sind? Du hast an Deck gesessen und gesungen: ›Wenn deine Maschine abschmiert überm Hellfire Paß, dann steck dir deine Browning-Kanonen in den Arsch.‹ Hattest du wirklich geglaubt, daß wir es schaffen?«

»Ja. Ich wußte, daß wir es auf die eine oder andere Art schaffen würden. Wir schaffen es immer.«

Guy und Harriet lächelten einander an in dem Bewußtsein, daß diese gemeinsamen Erinnerungen sie zusammenhielten und daß sie nie verlorengehen würden. Dann sah Harriet Simon an, denn auch er war ein Teil ihrer Erinnerungen und sie ein Teil von seinen. Sie sagte: »Als wir auf die Pyramide hinaufgeklettert sind, hatte der Krieg gerade seinen schlimmsten Punkt erreicht. Jetzt hat sich das Blatt gewendet.«

»Ja. Sie haben recht. Die Dinge entwickeln sich *tatsächlich* in unserem Sinn.« Er lachte, und einen Augenblick lang sah er wie der sehr junge Mann von vor einem Jahr aus, der, frisch vom Truppentransporter herunter, über die Wüste sagte: »Ich weiß nicht, wie es da draußen ist.« Und der am nächsten Tag losgeschickt wurde, es herauszufinden.

Dann warf er einen Blick auf seine Uhr, wurde ernst und stand auf. »Ich muß mich beeilen. Tut mir leid, daß ich euch jetzt schon verlassen muß, aber wir sehen uns wieder, wenn alles vorbei ist.«

»Ja, wenn alles vorbei ist«, stimmten Guy und Harriet beide zu.

Sie beobachteten, wie er wegging. Eine Spur von Unsicherheit oder Angst hatte sein Gesicht überzogen, und als er zwischen den Tischen hindurchging, schien er älter zu sein als die weißgekleideten Marineoffiziere, die vielleicht noch nie in ihrem ganzen Leben ein echtes Problem gehabt hatten.

Er ging durch die Tür hinaus, und die Pringles blieben zurück und betrachteten die verblaßten Creme- und Goldfarben des Raums mit seinem vom Krieg strapazierten, rehbraunen Teppich.

Guy senkte den Blick und seufzte. Wieder war ein Freund gegangen. Als er nach der Rechnung rief, sagte er: »Wir können genauso mit dem nächsten Zug zurück nach Kairo fahren.«

Sie gingen hinaus in das intensiver werdende Licht, spazierten die Corniche entlang und sahen zu, wie die silbernen, nierenförmigen Sperrballons über den Docks aufgelassen und in ihre Positionen gebracht wurden.

Guy hängte sich bei Harriet ein und sagte: »Du wirst mich nie wieder verlassen, oder?«

»Weiß ich nicht. Kann ich nicht versprechen.« Harriet lachte und drückte seinen Arm. »Wahrscheinlich nicht.«

Am Morgen des gleichen Tages war Simon über seinen bevorstehenden Einsatz informiert worden. Er führte seine Männer nun doch nicht nach Italien. Ihr Ziel war eine Insel in der Ägäis, namens Leros, wo sie möglicherweise nie einen Schuß hören würden.

Als der befehlshabende Offizier seine niedergeschlagene Miene bemerkte, sagte er: »Dies ist ein wichtiges Kommando, Boulderstone. Sie werden von einer Militärmission begleitet werden, und Ihr Auftrag ist es, den Burschen auf Leros Mut zu machen.«

»Ich hatte eigentlich auf etwas mehr ›action‹ gehofft, Sir.«

»Die können Sie vielleicht kriegen. Die Insel ist unter allen Umständen zu halten.«

Simon bestätigte »Jawohl, Sir«, war aber nicht beeindruckt. Er sollte in der Ägäis ausgesetzt werden und würde vermutlich bis zum Ende des Krieges dort bleiben müssen.

Nach seinem Mittagessen mit den Pringles verbrachte er den Rest des Tages damit, seine Männer und ihre Ausrüstung zu organisieren und auf den Zerstörer zu bringen. Als sie erfuhren, wo es hinging, grinsten die Männer, und einer von ihnen sagte: »Wird 'n Spaziergang, Sir.«

Er erinnerte sich, wie Harriet von Griechenland gesagt hatte: »Wir liebten es.«

Und er begann zu glauben, daß Leros vielleicht doch nicht so schlecht war. Der Konvoi, der Nachschub zur Garnison auf Leros brachte, legte um Mitternacht ab. Simon stand an der Reling des Zerstörers und betrachtete das Glitzern der verdunkelten Küste, das letzte Stück von Ägypten. Er spürte, daß er seine Jugend zurückließ und nichts weiter als das Andenken an Hugo mitnahm. Und selbst das versank in seinem Bewußtsein, wie ein Gesicht, das unter Wasser verschwand.

»Das Glück wohnt woanders«, sagte er laut und zog sich dann müde von den Tätigkeiten des Tages in seine Koje zurück.

Coda

Zwei weitere Jahre mußten durchgestanden werden, ehe der Krieg zu Ende war. Dann, endlich, kam der Friede über die Welt, ein zerbrechlicher Friede allerdings, und die Überlebenden konnten nach Hause gehen. Wie die am Ende einer großen Tragödie auf der Bühne umherirrenden, verstreuten Figuren mußten sie jetzt die Ruinen des Krieges beiseite räumen und in ihren Herzen die edlen Toten begraben.

HEYNE BÜCHER

VICKI BAUM

*Eine der großen
Unterhaltungs-
Schrift-
stellerinnen
des 20. Jahr-
hunderts*

01/643

01/7622

01/6494

01/5194

01/6615

01/6709

01/6795

01/6920

DIE GROSSE HEYNE-JAHRESAKTION '90